Anonymus

# Mallei Maleficarvm Tractatvs Aliqvot Novi ac Veteres

Anonymus

**Mallei Maleficarvm Tractatvs Aliqvot Novi ac Veteres**

ISBN/EAN: 9783742821133

Manufactured in Europe, USA, Canada, Australia, Japa

Cover: Foto ©Andreas Hilbeck / pixelio.de

Manufactured and distributed by brebook publishing software
(www.brebook.com)

Anonymus

# Mallei Maleficarvm Tractatvs Aliqvot Novi ac Veteres

# MALLEI
# MALEFICARVM
# TRACTATVS ALIQVOT
## NOVI AC VETERES;

Opus è variis auctoribus in vnum corpus coaceruatum,

*IN QVO PRÆVARICATORIS NATVRA PERVICAX, nocendi auida potestas, prodigiosa religionis species, præstigiosa transformatio, fictitia Strimagarum transuectio, deliciosa ludorum illecebra, & infinita propemodum hæreses cum exterminio pœnisque earum recensentur.*

## TOMI II. PARS II.

Cum summariis, notulis marginalibus, & INDICIBVS auctorum rerúmque ac verborum necessariis.

*Non inueniatur in te qui ariolos sciscitetur, & obseruet somnia, atque auguria, nec sit maleficus, nec incantator, qui Pythones consulat, nec diuinos, & quærat à mortuis veritatem: omnia enim hæc abominatur Dominus & propter istiusmodi scelera delebit eos in introitu tuo.* Deuteronom. 8. cap.

*LVGDVNI;*

Sumptibus CLAVDII BOVRGEAT, sub signo Mercurij Galli.

---

*M. DC. LXIX.*

CVM PRIVILEGIO REGIS.

# Proœmium Operis.

TANTA est hisce temporibus hominum nocendi cupiditas, vt nihil sit à summo deorsum vsque, cui effrænata cuiusque libido detrahere non conetur. Hoc certè communi omnium malo, vbi nullus ferè hominum annos suos in amaritudine animæ suæ recogitat. Atque vtinam mentem & animam ad hoc miserabile sæculum tantisper referremus, meritò non ingemiscere, & à gemitu cordis rugire non possemus. Vix enim scio, cui bono diuina prouidentia tam truculentos humani generis hostes viuere ac nobis conuersari patiatur: absit tamen altiùs ea mysteria perscrutari. Nullum quippe est tam turpe, tam execrandum, támque abominabile scelus, quod impia pestiferáque Sortilegorum atque Strigimagarum secta non leni quidem aut negligenti animo facere sint aggressi, sed tanquam rabidi canes per fas & nefas in dies singulos omnia tentarunt, adeò vt quod mente conceperint scelus, id opere, necnon præstigiosis facturis, quasi venenum veneno addentes, exequantur & perpetrent. Quod autem tam anxiè optauerunt, Deo permittente, & Dæmone eorum patre & magistro improbè sollicitante, magna ex parte, proh dolor! assequuturos se sibi pollicentur. Ac tam virulentum eorum dogma, quod Paulo teste, vt cancer serpit, tam sæuè atque potenter grassatum est, vt vix vlla sit iam Christiani orbis atque vniuersi prouincia, cuius pars aliqua non sit hac peste infecta. Nec igitur est, quod quis ignoret non paucos reperiri, qui peruersa cupidine & malitia ducti, abiecto proprij baptismatis sacramento, ac Dei præpotentis vero cultu penitùs derelicto, diabolicam professionem sectantur, & pro mundi huius vanitatibus diaboli suffragia quæritant, eidémque tanquam suo proprio principi obedientiam cum iuramento præstare non erubescunt, eiúsque mandatis postergatis diuinis parere, & quæcunque noxia fidelibus Christianis infligere non cessant, ac omnia quæcunque, quæ in læsionem Diuinæ Maiestatis, sacræque legis corruptionem ac sanctæ matris Ecclesiæ tendunt opprobrium, promptè suscipiunt, & pro viribus adimplere student, quibus Dæmonis illusionibus & prauitate diuersa maleficia in humanis seu brutorum corporibus inferre contendunt, vitásque insontium labefactare non dubitant, futuráque prædicere & occulta penitùs cognoscere hac diabolica obseruantia profitentur: quorum opera quidam appellant sortilegia, quidam facturas, alij verò incantationes, alij maleficia. Quæ omnia arte quadam malefica & plerumque delusoria non sine dæmonis ministerio fiunt, & quasi semper in alterius detrimentum vertuntur: vltimus eorum effectus semper tendit in peccatum. Hi verò, qui fraudibus ipsorum fidem præstant, & eorum cultui addicuntur, non minimam animæ faciunt iacturam. Inde tot tantorúmque malorum fons & origo: inde seditiones, adulteria, stupra, incestus, sacrilegia, veneficia, homicidia, membrorum debilitationes & mutilationes, fœtuum abortiones; ac tum demum diuersæ hominum & brutorum ægritudines, in fructibus pluuiæ, grandines, tempesta-

tes

tes & procellæ; arborum ac terræ nascentium quandoque sterilitates: iumentorum gregúmque abortus innumeri, & quamplura infinitáque propemodum enormia scelera, turpia atque nefanda facinora perpetrantur. Vt verò his tam truculentis & mortis auidis hostibus occurreretur, multi viri Catholici & docti ex orbe Christiano se his opposuerunt pro muro Ecclesiæ, qui verbo & scripto contra pestiferas eorum superstitiones acerrimè pugnarunt. Scripserunt aliqua Ioan. Laurent. Anania, Bernardus Comensis, Ambros. de Vignate cum Francisco Peña, Ioan. Gersonius, Ioan. Francis. Leo, Iacobus Simancas, Alphonsus à Castro, & Paulus Grillandus: plura scripserunt alij, quorum memoria aliquando recoletur. Verùm & si ab his omnibus aliisque doctissimis viris tam dextrè pugnatum sit, vt planè & apertè de his humanis hostibus triumphauerint, nunquam tamen resipuerunt, aut insanire desierunt. Tanta quidem est illorum obstinata malitia & impudens obstinatio, vt quamuis apertè conuicti, nunquam tamen errori cedere voluerint, imò potiùs duriores effecti, & in suis facturis pertinaciores rabiem suam in dies auxerunt, tam nouas, támque diuersas & nobis ignotas quotidie inducendo superstitiones, vt nihil aliud eo pensitare & excogitare meritò credamus, quàm quomodo eorum quilibet plus possit Christi fidelibus nocere. Isti sint necne serpentes illi, quos Deus per Hieremiam Prophetam minitatus est se nobis immissurum, quibus (vt ille ait) non est incantatio, videris. Nam furor istis secundùm similitudinem serpentis, sicut aspidis surdæ obturantis aures suas, quæ non exaudiet vocem incantantis, & venefici incantantis sapienter. Ea propter non tantùm Sortilegorum ex variis auctoribus facturas, sed horrendos etiam concubitus & congressus, qui sæpius dæmonis ope & tentatione procedunt: pocula item

a 5 venefica

venefica & amatoria, & pœnas iis impoſitas ex vtroque iure clericis & laïcis, huic opuſculo ſubnectere viſum eſt. Cùm itaque & reipublicæ Chriſtianæ & totius vniuerſalis Eccleſiæ plurimùm interſit hanc impiam ſectam, cùm animas tum corpora Chriſti fidelium ſæpiſſimè vulnerantem, provt iuſtitia ſuadet corripere, & ab omni ciuitate propulſare & eliminare, non iniuria certè ipſæ vtriuſque inſtrumenti ſacræ paginæ, ſancta ſummorum Pontificum & Oecumenicorum Conciliorum decreta, antiqua ſanctorum Patrum teſtimonia, ſacræ Imperatorum, Regum & Principum leges & conſtitutiones, ipſa denique ſanctæ inquiſitionis inſtitutio, hanc nefariam peſtem non tantùm euitare, ſed & à nobis auerruncare, exterminare, & mortis pœna damnare vt naturæ humanæ peregrinos & communis ſalutis hoſtes ſanctionibus edixêre delendos. Iam igitur ſatis ſupérque compertum eſt, nihil eiuſmodi facinoroſis blanda prodeſſe tormenta: quapropter acerbioribus vtendum eſſe medicaminibus, vt non ampliùs verbis aut ſcriptis, ſed fuſtibus & flagellis, gladiis & flammis contra illos agatur, vt & pœna illos efficiat ſapientiores, qui benignitate abutentes in ſua hactenus perſiſtant nequitia, & reliquis ſupplicium capitis det intellectum, quem nimia manſuetudo præſtare non potuit. His igitur motus rationibus pœnas, quibus meritò teneantur iſti Sortilegi, aliquot huiuſce opuſculi locis & præcitatis doctoribus, explicare viſum eſt: vt ſanctæ inquiſitionis cenſores de Strigimagarum ſupplicio bene perſuaſi, nullam earum pœnarum, quas ius vtrumque contra tam impia & diabolica dogmata decernit, prætermitti patiantur, quin illas pertinacibus & obſtinatis animis infligere iubeant, & pœnarum metu alij coërceantur, ne ſimiles ſuperſtitiones præſtigioſóſque ritus & ſpurcitias effutire audeant, & ſic tandem à ſuis errori-

bus

bus reſipiſcant. Ac ſi fortè illi ( quod Deus pro ſua clementia dignetur auertere ) Pharaonem imitantes ( tanquam malleatoris incus ) indurati fuerint: alij tamen, vt credere par eſt, alieno periculo ſapientiores erunt. Sed iſtis iam ſuperſedeo, vt ad materiam & ad inſtitutum redeam. Breuiter ergo & deciſiuè per quæſtiones & capitula, diuino fauente ſuffragio, habita notitia criminum diſtinctè ſingulorum pœna, in vtroque foro conſtitutæ, tranſcurrentur. Præſens itaque opuſculum è variis coadunatum ſcriptoribus ſub diuerſis titulis multiplices itidem Sortilegorum & faſcinariorum hæreſes continet. Ibi naturam, virtutem, & potentiam Dæmonis in homines, verſutias eiuſdem, nociuam cupidinem & libidinem, illuſionem & præſtigias aduerteris, quibus homines, & vt plurimum mulierculas & vetulas fragiliores & faciliores, ad vanas quaſdam ſuperſtitiones ſpecie mendacium quarumdam pollicitationum, voluptatum deliciarúmque fictitio apparatu, miraculorum etiam velamine futurorum omnium vt præſentium & præteritorum reſponſis, varia apparitione, transformatione non tantùm ſua ſed & Strimagarum eius miniſterio diuerſa, & equitatione & tranſuectione ad ludos nocturnos bonæ ( vt aiunt ) congregationis, allicit & ſeducit. Ipſa verè ac realiter illis contingat in corpore, An ſolùm illudantur in ſpiritu, facturæ & præſtigiæ, quæ arte malefica Dæmonis ope fabricantur, ſatis commonſtrant. Quorum peſtiferas hæreſes vt retorqueamus, retundamus ac conteramus, pœnis eiuſmodi facinoroſis conſtitutis de iure diuino & humano, ciuili & canonico, in foro conſcientiæ & contentioſo, clericis vt & laïcis, vtriuſque ſexus hominibus totum opus abſoluitur. Omnia tandem vt expediam veluti poſt terga metentis ſpiculas colligens huius operis aceruo reconduntur, vt in noſtri Ananiæ libros de natura Dæmonum commentarij vices ſubeant, & quod ipſe vel non attigit vel omiſit, reliqui ſaltem ſubſequentes ipſum explicent & defectus ſuppleant. Atque ſic extricata præſens & propoſita quæſtio de diabolica ſecta & diſciplina, in eam peſtiferæ luis exterminium, malorum tamen conuerſionem, & ſpem bonorum ab oculo Dei noſtri vindice prodeat.

---

## ELENCHVS AVTHORVM HVISCE ſecundæ Partis, ſecundi Tomi.



DE

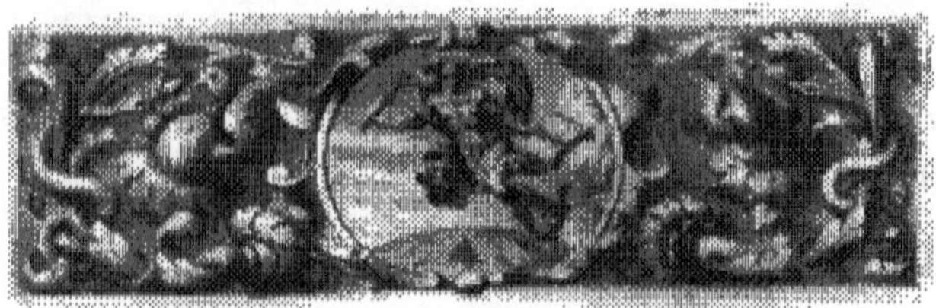

# DE NATVRA DÆMONVM

## IO. LAVRENTII Ananiæ Tabernatis Theologi

## LIBER PRIMVS.

### *PRÆFATIO.*

ÆMONVM naturam, eorúmque vim noſſe, rem ſummè arduam ac difficilem ſemper extitiſſe, cùm apud Philoſophos, qui de his nonnulla verè aliquantùm ſcripta reliquerunt, tum ipſos etiam Theologos, quibus horum facultatem, nonnihil altiùs ſcrutari cœlitùs datum eſt, neminem eſſe vel in literis mediocriter tinctum, qui ignoret, pro comperto habeo. Proinde, nec mirum cuiquam videri debet, ſi de eorum poteſtate, operandique modo, ne dicam ſimplici natura, nec dum hodiè, vlla ſcientia ſuis numeris abſoluta, ac vndique perfecta, haberi potuit: cùm & de Aſtrologia quam ante alias omnes ingenuas artes, ac ſcientias, mortales & colere & profiteri cœperunt, cuius materia tamen oculorum obtutui patet, adhuc exacta cognitio haberi, minimè creditur: licèt hanc non pauci, vel ante ipſum etiam diluuium, cognouerint, poſteriſque temporibus ipſi Chaldæi, Hebræi, & Ægyptij, paſſim obſeruauerint quos ſimili ſtudio exinde Græci, Latini, demum Arabes, Perſæ, Indi, & Seres ſubſecuti ſunt. Huius etenim rei cauſa fuit, eorum natura adeò abſtruſa & à noſtro intellectu magis remota, immò, cùm ſenſibilis haud ſit, penitùs occulta: de quorum tamen ſpirituum ſubſtantia ac facultate, gen-

Dæmones vix in notitiam veniunt.

Aſtrologiæ cognitio non exacta.

Aſtrologiæ periti, qui prioribus temporibus.

Spirituum facultatem & tiam ſub-

[ſtantiam natam gentium ſacerdotes.] tium ſacerdotes, cùm non pauca olfecerint, multa ſcriptis prodiderunt, & ſi minus veriora, vt noſtri, cum Syri & Græci, tum Latini Theologi ſcripſerint: de quibus profectò Spiritibus, haud cum eo (vt res ipſa poſtulare videbatur atque in cæteris contingit ſcientiis) dicendi lumine, aut ordine, hiſce omnibus pertractatum fuit. Videre enim eſt, cunctos gentium peritos, etſi de his eleganter admodum diſſeruerint, nihilominus tamen, ob eorum [Spirituũ deluſio & aſtutia.] (qua ſunt) difficiliorem cognitu naturam, deluſos forſitan, vel à propria eorundem ſpirituum aſtutia, plurimum à rei veritate declinaſſe: noſtri verò Catholici ſapientes, licèt magis vera ſcripſerint, nullo tamen Latinitatis ſtylo, nec elegantiæ alicuius ſplendore, ob temporum illorum iniuriam, vſi ſunt. Hinc factum, vt non omnino abs re, operæque pretium fore exiſtimarim, ſi quæ magis conſona, atque ſparſim hinc inde, de natura & poteſtate illorum ſcripta reperi, cùm à Platonicis, aliiſque gentium ſcriptoribus, tum etiam à noſtris Theologis, ea, pro virili noſtra, ex ordine, ſingula ſuo loco in vnam collata, piis animis, ob oculos legenda proponam. In quorum equidem variis atque diuerſis, variorum multorumque auctorum, quos præ manibus habere potui, colligendis opinionibus, ita elaboraui, vt diu multúmque inſudauerim ſimul, & alſerim, apum ipſarum naturalem ſagacitatem & ſolertiam inſecutus, quæ, etſi diuerſos peruolitant floſculos, ex iis tamen dumtaxat ſuccos excerpunt, quos ſuis in ſtipandis fauis, naturæ inſtinctu, vtiles eſſe, cognoſcunt deprehenduntque. Cunctæ enim Platonicorum ſententiæ, quæ ab Ægyptiis & Chaldæis, de dæmonibus relatæ, hiſque acceptæ fuerunt, ſi veritati nullo pacto, mihi conſentire poſſe, viderentur, eas, vt erroneas, reieci, & exploſi. At vbi quid veri ſub cortice continere, apparerent, eas concordes (quo ad eius fieri potuit) noſtris cum Theologis reddendas curaui: ea verò, quæ noſtri omnes, vel abſurda vocabulorum barbarie, vel abditis verborum ambagibus, ob Latinæ Phraſis penuriam temporúmque iniuriam inuoluerunt, nullóque diſpoſitionis ordine collocarunt; hæc (inquam) puriori Latini ſermonis phraſi efferre, ſuiſque ſingula locis diſponere ſic enodatè, quantum licuit, ſtudui. Tuum itaque erit, (benigne lector) hunc noſtrum laborem, eo, quo nos in publicum damus, animo, bono nimirum & candido, accipere, hilarique & alacri fronte legendum aggredi: in ſpe ſum enim non dubia, quicquid in hiſce perlegendis, temporis otiique poſueris eius te (inſtar agri non ita ſterilis) inde fructum vberrimum abundè relaturum.

---

## CAP. I.

*Dæmones ſintne in rerum natura: quid & ad quid ſint: varia Philoſophorum opiniones, & fidei noſtra teſtimonia.*

[Dæmonum qui] DÆmones, ergo, iam diu certatum eſt inter Philoſophos, aliiſque antiquorum peritos, ſintne, [ea Philoſophia] quos Deus in rerum natura fecit, an quos ſolummodo hominum intellectus atque ingenium ſibi effinxit, nec vlla inter eos concordia eſſe potuit: quoniam, etſi horum ſectæ plures fuerint, nihilominus hi omnes, hac in re, tantùm in duas diuiſi ſententias, maior horum pars, Epicureorum ac Peripateticorum opinionibus, inhæſere: qui quidem nihil, quod non

non validis argumentis demonstrationibúsque consequi valuerunt, approbando, hos in rerum vniuersitate Spiritus ceù superfluos, ac superuacaneos, à natura prorsus exterminarunt; eosque duntaxat Poëtarum figmentis, vetularum fabulis, ac prudentum legibus, effictos esse, asseuerando, vt & inferorum pœnas, quò mortales, à malo perpetrando horum terrore abstinerent, ac iustè humanéque viuere consuescerent; idcircò hos Spiritus, in hominum opinionibus nomine tantùm vagari, re ipsa autem nihil omninò esse, autumarunt. Quibus omnibus obnixè refragando Stoici, qui Socrati, hos esse acceptum referunt ac etiam Platonici, qui, varijs proborum sapientúmque narrationibus freti, atque antiquis oraculis, pletisque historiis quæ cuncta, hos apertè ostenderent, innixi ferè omnes, Dæmones in rerum natura & existere, & multarum rerum causam esse procul dubio, asserere non dubitarunt. Itaque Peripateticis, & alijs quibuscunque, multi (vt dixi,) fuerunt diuersum hac in re sentientes, aqua (vt aiunt) & igni quasi profanis, ac religiosis, quæ nobis natura, vt existat comparatum est, penitùs aduersarijs, atque ab eo non consuetudine remittentibus, optimo iure interdicere; in quorum sanè opinionem ac sententiam, quod nostris cum Theologis hac in re, pedibus iuerunt his enim, fidei afflatis lumine, vera de eis, vt dictum est, supernè concessum manifestare fuit, sanè doctrinæ neminem vnquam discrepasse, in confesso est. Ea itaque de causa hi, tanquam omnino à veritate aberrantes, immò prorsus eam respuentes, omnes posthabendi, in minimisque ponendi sunt, qui, cunctis, hac in re Epicureis, Peripateticis, ac nonnullis etiam suffragantur

Stoicorum opinio de dæmonibus.

Peripateticorum & nostrorum Theologorum opinio.

hæreticis qui vno cum ipsis ore, impudenti tamen, vel animæ immortalitatem, ne dicam corporis (cum Saducæis) resurrectionem omnino abnuunt & abijciunt: nobis enim satis est, horum naturam, ac facultatem, Stoicorum, atque Platonicorum opinione probari, nullámque esse legem, in qua horum substantia ac potestas, verè abnegetur: verùm etiam Arabibus, eorum secta, & Hebræis, Moysis lege, nobisque fide, omni demonstratione longè melior, firmiter credi & amplecti. Quod nimirùm patet, tum ex veteri testamento, *Gen.* sub metaphoris, ac Serpentis, Euam alloquentis, forma, & sine velamine. In eodem, *penès* sub cùm etiam ex nouo, *apud Matth.* vbi legitur: *Discedite à me maledicti in ignem æternum, qui paratus est diabolo, & angelis eius*, idémque alibi sæpius; ex quo fit, vt Dæmones in naturæ statu existere, lippis (vti parœmia fert) & tonsoribus liqueat.

Dæmones fuere ex Stoicis, Platonicis & ex fidei testimonijs.

## CAP II.

*De Spirituum nomine & Græcis & Latinis; substantiáque eorumdem ac facultate diuersæ hac in re Theologorum opiniones producuntur.*

DE quibus profectò Spiritibus, quoniam, & nomine, & substantia, adde etiam facultate haud parum à Platonicis nostri discrepant Theologi, quæ horum sit differentia, dicere, nunc animus est: Aiunt námque Philosophi, hoc nomine, Dæmon, cùm sciens Græcis sonet, & bonos & malos angelos, vbi id vtrosque non dedeceat, crebrò innuit:

Vnde & [illegible], frequens apud eos mentio reperitur: ex quorũ sententia nostri Theologi, quibus hæc semper nomen-clatura infensa ac odiosa habita est, omnes valdè dissentiunt, inquiunt enim, hoc vocabulum, licet eorum creationis principio, his, & Angelis cunctis simul, ob communem inditam propriæ naturæ scientiam, conuenerit; nunquam tamen hos beatos Spiritus, nec apud Hebræos, nec penes nostros Theologos, demonstrasse: etenim hac voce, non quod eis natura dedit, sed quod sibi, & ob propriam eorum malitiam, ob prætensámque nostros in protoparentes calumniam, obuenit, qua etiam & Diaboli nuncupantur, vtique nec iniuria, vt *inferius* manifestabitur, omnes nostri periti intellexere. Quapropter nuspiam non malum hoc nomen piis auribus resonuisse inuentum est. neque mira res: cùm scientiam & iniquos, & prauos consecutos, reperiri, nihil obstat: vnum enim ex his donum est, quod haud quicquam, quo mereat, perficit habentem, neque hoc duntaxat nomine, hi nequam Spiritus nuncupati sunt; ac diuersas aut varias in nos struxere calumnias, appellationes sortiti fuere. Omnia tamẽ hæc vel propriora ei, vel metaphorica sint, eos, vt & opera eorum auersantur nos prauos, iniquos, impios, ac crudeles nobis ostendere altius euenit. Hinc fit, vt, vel exorcismo constricti, eorum sic nomina spernant, sic aufugiant: de quibus singulis in locis, dicendum restat. Verùm de Dæmonibus, quod ad eorum naturam spectat, haud modò, omnibus in rebus, vbi à nostris antiqui gentiliũ Theologi dissenserunt, cunctorum referam errores, cùm hos obiter omnes, opportuniùs referendi, sciẽ offertur occasio. At solùm (inquã) quidnã maior nostrorum de his scribentium pars, opinata sit, quibus, tũ ex eorum operatione, tum etiam ex fide circa multa de his, omnis penè veritas illuxit: quorum quidem opinio, neotericorum præsertim, nõ enim omnes sic vnà concordant, vt secum nihil discrepent, hæc est: Dæmones scilicet spiritus esse, substantià bonos, quippe à Deo Opt. Max. creatos, intellectu præpollentes, incorporeos omnes, & immortales, sua voluntate malos: quibus furor, rationis expers inest, demẽs concupiscẽtia, cogitatio præceps, atque proterua. Qua in re, quantùm errauerit Plato, eiusque imitator Porphyrius, ex hoc cernere licet: cùm alter apertè, hos spiritus aëreo, prætenuiq; ac vti astra, rotundo corpore, alter verò, inter eius asseclas doctrinæ haud vulgaris, eosdẽ dicit genus esse, natura fallax vniforme, Deos simulans: quandoquidem, quod Plato sentit falsum demonstratur, vel ex eorum actione, quæ (vt Philosophis placet) formam sequitur: nihil enim ipsi, licèt appareant, quod sensus habet, veriùs operantur. Cæterùm, quidquid faciunt, solùm ab intellectu, vt suo in loco clariùs apparebit, totum procedit, ac proficiscitur: atque quod alter, maximum esse errorem, vel ob id ostenditur: cùm hi spiritus è tenebris, vt sibi nonnulli hæretici finxerunt, mali non exurrexerint. quoniam nullum in mundo principium malum esse quiuit, ne duo cuncti-potentes, (quod absurdũ est) dari cogantur: quandò certè omnia, quæ videntur; aut quæ oculorũ acie comprehendi non possunt, ex vno tantùm bono emanant initio: Cunctarum etenim rerum vna est causa, à qua, cùm sit summè bona, nihil vitij proficisci valet. Quamobrem, aut vllum datur, vt autumauit Manes, summum in rerum natura malum

Dæmonis nomẽ quibus spiritibus conueniat.

Dæmones dicti diaboli ob calũniam.

Dæmones qui ex Theologis.

Platonis & Porphyrij error de spiritibus.

Hæreticorum error de creatione Dæmonum.

Causa vna omnium, & summe bona.

malum: *Vidit enim Deus cuncta quæ fecerat, & erant valdè bona.* Reliquum est igitur, vt Dæmon alius sit, quàm naturà malus, voluntate scilicet, cuius quidem firmam ac stabilem post suum ipsius errorem, malitiam atque perfidiam, Ægyptij qui hieroglyphicis quibusdam pleraque arcana abscondebant, Scaleno imperfectum quid continente, pingebant.

Ex his habes (candide, piéque lector) Dæmonum naturam spiritalem esse initio perfectam à Deo creatam, dehinc hos omnes in eorum cogitatione, vt satis in sequentibus patebit, corruptos, lapsósque quò tempus nos admonet, ne ordinem, cunctis in rebus apprimè necessarium, vel hilum quidem transgrediamur, vt de eorum creatione, quid nostri existimarint Theologi, quàm exactissimè referamus.

---

## CAP. III.

*De creatione Dæmonum ex Theologis Cabalistis, Arabibus, Thalmudistis, Philosophis, Græcis & Latinis: Quo etiam die creati sint, & ad quid creati.*

Creatio quæ sit Dæmonum.

HAnc igitur, etsi per simplicem emanationem, absque vlla temporis intercapedine, motúve intersititio, extitisse volunt: Deo tamen haud coæternam, quòd ab æterna Dei substantia, quasi à sole radij effluxerint, vt arbitratur de mundi productione Philosophus, cogitare, tantùm abest, dicere fas est: cùm vt ij extiterint, quia opera sunt propria extra Dei substantiam, sola diuina voluntas in causa fuit, qua eos, vt & Angelos, vt sibi placuit, omnes vnà produxit ac effinxit: non enim vnus alterum genuit, quemadmodum Cabalistæ nonnulli sibi somniarunt: quorum opinioni satis Auicena, haud profectò postremæ inter Arabes eruditionis, tractans de intelligentiis, firmiùs adhæsisse videtur. Creatio namque ipsa, cùm infinitam sibi potestatem exigit, creaturæ certè finitæ nullo pacto impertiri valuit: sic enim & propria eius natura destrueretur, & Deum, quem esse necessè est, aliis cunctipotētia imperfectā, existere possibile esset; quod, vt absurdissimum, esse minimè potest. Nec creari ex sinistro massæ latere, vt Talmudistæ sibi fingunt, quodammodo mali quasi ranæ ac muscæ, ex subiecto putri: intellectiles enim sunt, omnisque (vt ostendetur) materiæ expertes: hinc ne mori quidem vnquam eos contingit, quemadmodum falsò nonnulli Philosophi ac etiam Arabes, (vt dicetur *inferius*) ab ipsis spiritibus delusi crediderant: nec etiam malorum animæ, vt Plotinus scsit philosophus, existunt, cuius opinioni Tertullianus adhærere videtur: cuncti enim simul ex nihilo, Dei præpotentis imperio producti sunt, quādo (*vt ex superioribus* videre est) sibi placitum fuit, ab animis quæ corpora vt informēt opus habent satis diuersi: at non ante hanc mundi constitutionem, vt plerique ex Græcis opinati sunt, qui spiritalem hanc naturam, multis iam sæculis corpoream, quò seipsos, Deúmque supernè, vt sui contemplaretur principium, præstitisse asserunt: cùm verisimile id non est; quandoquidem Deus, cuius perfecta sunt opera, si seorsum à corporea Angelicam creasset naturam: cùm hæc pars mundi existat, hanc mundi substantiam imperfectè fecisset: quod vel opinari, nedum dicere, satis absurdum est, atque profanum. Sed creatos (inquam, vt quàm

Cabalistarū & Arabum de creatione Dæmonū opinio.

Malorū animæ non existunt.

Dei perfecta sūt opera.

plurimi Latini saniores asseuerant) sub cœli nomine, prima die: quod quidem verius esse, ipsa Scriptura sacra testis est locupletissimus, vbi dixisse legitur: *Quando facta sunt sydera, laudauerunt me Angeli mei.* Quis enim esse potest, in lectione sacrarum literarum vel mediocriter versatus, qui adeò excutiat, vt quarta die, sydera creata fuisse, penitùs non videat? An ergo, si tunc sydera facta sunt, & Angelos ipsos, tum simul factos fuisse non oportuit? At oportuit profectò: alioquin quomodò (cùm ij forent quidem) Deum ipsi laudassent. Nec dicere satis est eos secunda, aut tertia die creatos fuisse, cùm horum mentio hisce diebus sacra in pagina nulla omnino reperiatur. Restat ergò, consequiturque ex dictis *superius*, vt prima die sub Cæli nomine facti sint, maximè cùm & Propheta dicat: *Fecit cælos in intellectu*; quod quidem de intelligentiis multi non vulgares exponunt, quas initio cum cœlis vt eos mouerent, ac virtutes influerent, creari necesse fuit. Ex his itaque satis intelligi, breuissimè quidem, non dubito, quidnam de creationis eorum æuo, plerique ferè Latinorum Theologorum cœtus meditati sunt; quinimò, & ipsa Ecclesia, æterna veritate confirmata, asserere videtur.

---

## CAP. IV.

*Quonam pacto creati fuerint Dæmones. Quæ item & quanta sit inter eos differentia.*

NVnc verò reliquum est, ordine rerum attento, vtpote in rebus enarrandis maximè necessario, vt, quonam pacto creati fuerint apertiùs quoad fieri potest, à nobis explicetur. Facti sunt ergo, vt & cæteri Angeli boni, ac perfecti omnes; at illi, non ex æquo, hanc susceperunt perfectionem: licèt hac de re nihil inter eos, inuidiæ ortum fuerit; verùm cuncti, pro naturæ eorum captu, contenti fuerunt: quam quidem naturam, inter se differentem his omnibus à materia Hebræi ac Platonici obuenisse asserunt: non enim abnegant, hos Spiritus omni prorsus materiâ carere; tametsi, quæ eos donent, haud sit, sicuti nostra, diuersarum formarum, ob contrarias scilicet, quas habet, qualitates, aridissima: verùm continuæ corruptioni minimè, vt cælestis obnoxia. Quod cùm procul à rei veritate remotum, repertum sit, tum ex eorum substantia atque operatione, quorum altera omni corpore caret, altera tantùm intellectualis existit (vt *inferiùs* copiosè demonstrabitur) tum etiam ex Dionysij auctoritate, omnem ab eis materiam amouentis: mirum non est, si multi, haud quidem spernendi Theologi, hos, qui secùs asseuerant & sentiunt, ceù prorsus ignaros ab eorum classe omnes eiiciunt, expelluntque: nec tamen est, quin & ipsi secum aut dissentiant, ac disceptent; quandoquidem in duas diuersas separati animi sententias, qui à D. Thoma sunt, eos tantummodo forma inter se differre dicunt, à quorum profectò opinione, iterum atque iterum discrepant, quicunque Scotū sectantur: sectantur enim eum multi iique minimè contemnendi Theologi, qui haudquaquàm temerè sibi sentire videntur, asserentes nimirum, nihil omninò inconcinnum ac absurdum esse, horum Spirituum plurimos sub vna forma existentes, propria, quæ sunt, indiuidua natura mutuò differre;

Dæmones vt Angeli boni & perfecti omnes creati sunt, sed dispari modo.

Dionysij & Theologorum opinio.

Thomistæ.

Scotistæ.

vbi,

vbi, & animæ vnius formæ omnes, absque tanta formarum varietate, specierúmque multiplicatione, in primo (vt inquiunt) naturæ instanti, quibusdam internis propriæ essentiæ gradibus inuicem inter se distent, ac differant. Cui quidem rei, quò opinio eorum reddatur probabilior, libenti addunt annectúntque animo præter talentorum, quæ initio ipsis data sunt varietatem, satis naturæ ordinem decore tot Angelorum species, intellectili ac glorioso in mundo, Dæmones cùm æternùm apud Tartara damnentur, decesse: quando si vna quidem species desiisset, hoc ne corporeo, ne sensibili orbe, quem illius instar ad similitudinem creatum, aiunt, imperfectus meritò dici posset; eóquemagis, quòd, omnibus ex nationibus, linguis, ac artibus, quàmplurimi apud homines, ab æterno cruciatu, Dei tamen ope adiuti, incolumes reddantur. Qui profectò dæmones, quáuis creati fuerint omnes, quòd Spiritus, quòd indissolubiles, quódque immortales, æquales, vt Angeli ac similes cuncti: non tamen est, cùm ex omnibus ceciderint, (vt *infrà* ostendetur) Angelorum ordinibus, vbi cõplurium formarum existit varietas, qui mutuò sibi, & specie nonnulli, & potestate quàm plurimi distant, differúntque. Quorum quidem differentia, quæ, & quanta inter eos sit, Deũ solummodò, qui cuncta numero, pondere, ac mensura fecit, & stellas, vnamquamque illarum, suo nomine vocans, minimè latere potest: nobis verò, hoc tantùm diuina reuelatione patefactum est, quòd licèt tres essent Angelorum classes, nihilo tamen seciùs, nec excellentioris naturæ vigor, quin hi spiritus starent, nullam infirmitatem adduxit, nec minor sapientiæ virtus, nec intelligerent, vllam ignorantiam ingessit, nec etiam inferior libertas arbitrio, aliquam, vt caderent necessitatem imposuit: Quinimò ex hac eorũ varietate, quæ in mundo intellectili facta sunt, admirabile ac stupendum, vt in hoc præsenti ob rerum sensibilium diuersitatem, decorum, ornamentúmque emanauit: Nec ex tanta horum variatione, quicquam eis imperfectius contigit, quò de suo creatore iustè conqueri possint: quamquàm natura, quantò quis superior esset, tantò se inferiore, per pauciores rerum species, intelligit, ampliori virtute valet. Cunctorum siquidem propria cuiusque virtus tanta fuit, vt eis nihil aliud perfectionis, quod naturâ capere possent, absque propriarum vniuscuiusque formarum mutatione, vnquam addi potuisset: quod ob eius propriam destinationem vnusquisque tenuit, ac tenuisset. Hoc ergo modo producti fuerunt dæmones omnes, vt reliqui Angeli, quoquo pacto, vt eis par erat natura felices.

Orbis vniuersi commendatio.

Varietas sensibilium transit in mundi intellectilis ornamentum.

---

## CAP. V.

*De lapsu Dæmonum: quænam & quæ sint lapsus eorum causæ: probatur multis Theologorum rationibus & sententiis.*

TAnta namque eis naturæ indita fuit perfectio, in qua sic omnino perdurare ac consistere poterant, si quidem ipsi vellent vt (quamquam flexibilem, tum quo animo ducerent: arbitrij libertatem sortiti essent) nullo, si id intenderent, pacto cadere possent. Suo igitur ipsorum crimine, culpáque ceciderunt omnes, cùm ipsi proprio, quod facere noluerunt, Marte stare valebant: ex quo tandem tali ac tanta desuper si modò constitissent, omnes gratia obumbrati, donatique fuissent, vt hanc vltimam felicitatem, quæ haud naturæ, sed eiusdem finis est consecuti instar Angelorum diuina semper essentia, conspectúque fruentes, essent: & si non ex æquo, ob præstantiorem eorum naturæ gradum, diuersámque quam habuissent gratiam, vti nec Angeli, nacti forent. At illorum qua fuerant, animi instabilitate, vt prælium in ipso cælo inter eos magnum exortum sit, effectum est: quoniam Lucifer (ita à præstantiore qua donatus erat, natura nuncupatus) quem reliqui eius complices, proteruiæ suæ consentientes, vltrò hunc, in tam funestissimum errorem, duci adhæserunt, tanta inflatus superbia, venenata prorsus rabie ac vesania tumens freménsque dum suam pro se, eo quòd Angelus, in qualibet rerum specie intuenda naturam, quam ea de se continenter intuebatur, aliorum omnium substantia, pulchriorem atque excellentiorem conspicatus: vt corrupto sibi animi intellectu, non vlla quidẽ perturbatione sensibili, cùm nulla ei talis inesse potuerit, sed iniqua sua ipsius voluntate, dicere non erubuerit: *Ponam sedem meam in Aquilone, & ero similis Altissimo:* Quod quidem omnium grauissimum peccatum, maximéque omnium execrandum scelus, nefas, horribilisque blasphemiæ nullà vnquàm ratione, (vt falsò Origenes censuit) expiandum, alio enim nullo suggerente, ab ipsomet sponte patratum fuit: quod nõ verè extiterit, mirum in modum Theologi certant, & adhuc sub iudice (vt fertur vulgò) lis est. Quandoquidem nonnulli fuisse aiunt, quòd dæmon naturâ contentus, quà donatus erat, vltimam ad quam duntaxat gratiam consequendam procreatus fuerat, diu felicitatem respuit. Aliqui volunt fuisse quòd fortitudinem suam, non ab ipso Deo à quo cũcta bona, tanquam fonte perenni, promanant, sed à se ipso proficisci sibi persuasit, pro certóque habuit: hinc factum esse (inquiunt) vt cùm mutabilis foret natura, immutabilis culpa, malo tamen liberè semper adhærendo, vtique efficeretur. Quidam verò existimant, quòd, vel omittẽs, vel propriis viribus innixus, id quod gratis consecutus esset, vltrò tentasset. Nec etiam desunt, qui hoc peccatum fuisse dicant, quòd sibi Messiæ locum vendicare statuisset; propterea quòd, cùm se videret cæteris omnibus (vt latum est) naturâ præstantiorem, satis diúque, optauit vt eius causâ reliquĩ omnes suã ipsius quò penes Deum consequerentur gloriam, operâ vterẽtur. Verùm alij, hanc tanti piaculi ansam fuisse, affirmant, variisque argumentis corroborãt: quòd Dei splẽdorem, quem altissimi voluntate, diuini quadam luminis reuelatione, incarnãdum præuiderat (veniret enim hic sanctissimus Dei character, nisi, nos vt redimeret, cùm opus tunc non esset, vt sua humanitate, maiori gloria nos afficeret) adorare, vt cæteri Angeli, ob suæ naturæ superbiam, iterum atque iterum detrectauit ac renuit. Solùm, qui Scotum sectantur, à litera minùs recedunt: id enim peccatum fuisse asserunt quòd Dei verè æqualitatem ac omnipotentiam, (quod litera sonat) quæ tamen nullo vnquam pacto vlli creaturæ communicabilis est, perturbato, peruersóque appetit animo, quod profectò haud aliunde, quàm à sua ipsius peruersa prouenit voluntate: cùm ob essentiæ præstantiam, potiùs Deum prosequi amore debuisset cæteris omnibus submissiùs se gerendo, Deóque gratias immortales habendo, id quod hîc in terra apud nos, dum illius proprium cultum tantopere expetit, apertè præ se ferre videtur. Quorum quidẽ opinioni, vtpote veritati ipsi haud parũ consentaneæ, multi ex Theologis faciliùs adhærẽt.

Lucifer unde eius cõplices.

Origenis opinio.

Filium Dei incarnãdũ præuidẽs, adorare cũ suis recusauit.

Dissidij Angelorum inter se causæ à dispari voluntate.

CAP.

## CAP. VI.

*De dissidio Angelorum, causis eius & armis quibus concertarunt.*

QVa de causa, hoc scelus criménque nefandum & abominabile, haud exiguos belli apparatus inter eos, ob disparem nimirum eorum ab Angelis voluntatem, excitasse credere par est. Vbi Michaël bonorum dux tanta fortitudine Draconi pugnanti restitit, (hoc enim nomine Luciferum, malorum principem nuncupari, ob lethiferum in cæteros effusum virus) vt magno eis vltrò citróque prælio certatum sit, non corporeis quidem armis, cùm ipsi spiritus sint, omnisque corporeæ molis (vt suo docebitur loco) expertes, nec cæli ob eorum naturam scindi queunt, at sola animi voluntate, quæ omnium actuum sibi clarior reddita, non secùs ac solis radij varia pertranseuntes specula, Draconis, vt peruersâ atque impia: sic ingratis superbisque hanc intus eis simul ortam, ac deforis ostensam, omnibus approbantibus, ita renuitur ac inculatur cunctis bonis, vtrinque obnixè certantibus postremo, ipsius factio, propriis freta viribus, adeò debilitata est, ob gratiam Angelis viua fide desuper infusam, quàm in Messiam forsan (vt aliquibus placet (futurum, aut magnam verámque summi Dei bonitatem habuere, vt vel à bonorum minimo quoque de cælis omnes deturbari ac deiici potuerunt, vsque adeò natura superatur à gratia.

Michaël Angelorũ dux.

## CAP. VII.

*De loco & tempore, quo commissum est prælium ab Angelis, cum varijs in eam rem Thomistarum & Scotistarum sententiis.*

VErumtamen, vbinam cœlorum id certamen peractum, & quandiu huius certaminis acies durauerit, magna inter Theologos, cùm diuersa plerique hac in re sentiant, controuersia etiamnum est. Thomistæ namque cum multis aliis Ezechielis auctoritate moti, qui *Diabolum in Dei delicijs fuisse*, inquit, atque ob similitudinem terrestris Adæ peccantis in Paradiso persuasi, tradunt hoc prælium commissum in cælo Empyreo, vbi beatorum spirituum ac deliciarum locus est. Alij, quorum primus D. Augustinus non exigui momenti fuisse videtur, apertè aiunt, hanc Angelorum pugnam in suprema aëris extitisse regione, quam cœlum interdum nominari consuetum est. Ego verò, si hoc mihi dicere fas est, neutrobique hoc prælium factum apertiùs referre ausus fuerim: quandoquidem, nisi prorsus conniuentibus (vt fertur) oculis præteream, vbi hanc rem vt Aquila in suos pullos firmiùs Solem inspicere nititur, perspicuè mihi videor videre: nullo Angelis pacto, quâ sunt incorruptibili natura, hunc aëris tractum, ob eius corruptibilitatem ac mutationem, initio conuenisse, qui posteà eis, nonnullique pœnarum generi, ac ignobili exercitationi datus ac concessus est: nec etiam cœlum Empyreum, gloriæ ac naturæ locum ob supernaturalem supérque eminentem eius excellentiam. Neque illud Ezechielis

D. August. in suprema aëris regione.

Aëris suprema regionẽ locus prælij Angelorum.

dictum nobis quicquam aduersatur, cùm id verbum non loci qualitatem innuere videatur, sicut nec nostri etiã Saluatoris in cruce pendentis, ad latronem facta promissio: *Hodie mecum eris in Paradiso*: at eius conditionem, ac status qualitatem, qua Lucifer altiùs aliquantò, quàm cæteræ tum omnes creaturæ, Deum vt totius naturæ auctorem & principium, magna cum eius delectatione, ob propriæ essentiæ præstantiam cum aliis contemplari potuit. Quandoquidem verisimilius esse, haud parũ ad hanc nostram sententiam facit, quòd Diabolus inflatus & elatus superbiâ dixit: *In cœlum ascendam, & super astra ponam solium meum*. Nam si in cœlo Empyreo hæc pugna facta, quorsum hæc verba? cùm locus, hoc, nullus superior: an allegoricè tantùm interpretandum? haud certè, cùm ex litera sensus, vbi id fieri potest, eliciendus sit: non ergo is locus hoc certamen, at firmamentum sustinuit: quod Ioannis authoritate innixus, conuenienter dici posse, mihi videor, qui *in Apocalypsi sua* Draconem nostrum antiquum hostem, tertiam secum stellarum partẽ traxisse ait: quòd eos, vt propria eorum mobilis, ac incorrupta natura ostenderetur, nihil magis decuit, quàm hoc cœlum, quod mouẽdo, absque sui motetur corruptione. quo peractum est, vt alibi, de more Angelorum, triumphus fuerit, & alibi, quàm vbi disceptando obtenta est victoria, dæmonum atrocissima pœna, æternúmque sine fine supplicium, atque vt Angeli, vel loco Paradisum, ita dæmones inferna eodem tempore, non iniuria senserint.

Angelis Paradisus est destinatus Dæmonibus Infernus.

## CAP. VIII.

*Quanto tempore steterint Angeli in cœlo à creatione ad ruinam: quamdiu concertauerint, & quot dentur instantia ex Thomistis & Scotistis.*

VErumtamen, quanto hi Spiritus tempore in cœlo ab hac eorum ruina steterunt, ac quandiu cum Angelis mutuò concertauere, nondũ apud Theologos decretum est. Nam, qui D. Thomæ (qui non minùs apud Theologos, quàm ipsos etiam Philosophos, tanquam alter Aristoteles celebratur) sic addicti sunt, vt ne vnquam ab eius opinione vel sententia, transuersum etiam (vt aiunt) vnguẽ recedant: duo tantùm instantia ab eorum creatione ad ruinam vsque intercessisse tradunt, vnum scilicet, quo puris naturæ dotibus dumtaxat omnes extitere, alterum, quo peccato obnoxij à cœlo Angelorum ministerio, qui gratia confirmati sunt, exclusi & expulsi fuerunt: At eorum, qui non ita in verba sui magistri iurarũt, quasi, vt sese sui animi omni iudicio ac opinione priuent, non omnes eiusdẽ omninò sunt sententiæ: sed bifariam inter se diuisi aliqui: qui Scotum sui ducem agnoscunt, (qui & non sine causa, Subtilis, nomen meruit,) ij quatuor ab eorum productione ad casum vsque moras interuenisse asserunt, nonnulli verò multis argumentis tres tantùm affirmare conantur: Et primam quidem, qua cunctos naturæ muneribus contentos fuisse asseuerant: secundam, quæ tantùm naturæ Angelicæ valuit, quantùm nobis totius, quo viuimus, temporis interuallum: quã quidem secundã morã, sic eos à veritate declinasse, nonnulli affirmant: vt primo ab ipsis commisso crimine, etsi nimia inflati fuerint

Tres moras tantùm alij ponunt.

rint Philautia, poterant tamen, modò vellent, cùm adhuc essent in via, satis pœnitere, ac facilè misericordiã veniamque à Deo, qui vtitur in opus suum clementiã ac lõganimitate propensus, consequerentur. Quamuis huic contradicant plerique Theologorum, qui omnibus viribus contendunt, nullum omninò in hoc innocentiæ statu errorem, venia vlla dignum esse potuisse, adhuc enim nulla creatura corrupta erat: ex qua quidem corruptione peccatum, tanquam ex Epimethei pyxide cumulatim in mundum inuolauit, quod haud negari potest: At sic, quod nihil tum venia dignum fuerit, cùm vel propter liberam Angelorum voluntatem, ita fuisse certè decuit, quod vsque ad vltimam ipsorum damnationis moram durasse non pauci perhibuere Theologi, ne scilicet adeò nobilis spiritalis creatura vel exiguo temporis momento, errorésque modico obstinationis inquam ratione, cui obnoxius fuerit, præsertim cùm mutabilis sicuti principio omnis creatura extiterit, tam repentè æternis cruciatibus, paulò postquam esset producta, manciparetur, eo maximè, quòd in suis, *vt Scriptura inquit*, Angelis reperit mutationem. Verumtamen Dæmones (liber enim inceptum ordinem prosequi) plus iusto & æquo diutius à voluntate sui Creatoris sese abstrahendo, vsque adeò omnes, sui ipsorum amore immoderati, stulti, & ebrij, in hac secunda mora processere, vt tandem iustissimo Dei iudicio, honorem suum alteri non dantis, in ea præfracta ceruice, in odiũ Dei obstinati perseuerantes, ad vnũ omnes in tertia damnarentur mora, nulla prorsus iusta excusatione ipsos reuelante: siquidem hoc iudicio & sententia, non præcipitatione quadam, sed potiùs æquissima Dei longanimitate, iustitiáque: nempe ipsa misericordia temperata contra ipsos processum est. Adde, quòd non vnius (vt nonnulli opinantur) tantùm criminis rei peracti fuerint, sed & diuersorum, quibus omnes simul, sua tamen quisque peculiari malitia ineffabili cum cupidine agitabatur. Hi enim variis flagitiis & sceleribus implicati à minoribus ad maiora & atrociora semper adeò progressi sunt, vt, etsi non ex æquo contra suæ naturæ præstantiam ac voluntatis certè imperio, frenum scelestissimis cupiditatibus laxando, in infinitum peccauerint, adeò vt in Dei extremum contemptum & odium (horribile dictu) sic prolapsi & demersi sunt, quod inde pedem referre retrocedereque tandem ipsis integrum minimè fuerit. Hinc factum, vt hac tandem sua postrema & funesta mora, ipsi dæmones è Cœlo, non secùs ac plumbum in aquam, Angelorum, *vt dictum est*, ministerio eiecti præcipitatique fuerint, non sine summa exterorumque suorum ignominia, sic intanti vermis nunquam morientis arrosionis dolore, & ad inferna pleraque relegati: eorum enim plurimi adhuc, (Diuo Iacobo innuente) huic caliginoso frigidáque aëri inhærent, quem quidem ipse Deus, pro sua miranda & infinita prouidentia, vt nos incautos exerceant, & ad timorem Dei somnolentos excitent, vsque ad diem magnam Domini, ne & ipsi penitus sine cura sibi relicti viderentur, ipsis ita concessit permisitque: quibus etiam interdum in executione suæ diuinæ iustitiæ in nos homines vtitur, *vt suo loco dicetur*. Atque hos omnes, qui huic inclusi sunt aëri, inferiores fuisse tradunt: maiores enim ob eorum nobilitatem, propriæque voluntatis à Deo secedentis furorem & impetum atrocius

Peccatũ ex corruptione.

Dæmones è cœlo vt plumbũ in aquã præcipitati & ad inferna relegati.

Inferiores Dæmones inclusi aëri.

aliis in creatorem suum peccando, iustissima Dei trutina rem examinantes, ad infinita Tartara detrusi sunt vnà cum eorum principe Dracone. Hinc enim cùm suæ ipsius stolidæ superbiæ veneno plus cæteris inflatus, nobilioris suæ essentiæ à Deo concessis donis ad id elatus, reliquisque tam turpissimæ, æternisque doloribus expiandæ apostasiæ, ansam præbuisset: aut iniurià qui amisit mensuram, qua summo torquetur opere, & Dei iure optimo pœnas delictis commensurantis, acerbiores quoque luit, sustinétque.

## CAP. IX.

*Quot Angeli ceciderint, & è quibus ordinibus detrusi sint ad inferos.*

CÆterùm, quanta pars lapsu illo ceciderit, & an ij omnes vnius, vel diuersorum ordinum fuerint: non minima inter Theologos, ea de re dissensio est. Quidam enim considerantes, multò maiorum hominum turbam, ad inferos, cum diabolis ibi cruciandam detrudi, quàm ad cœlestia gaudia cum Angelis perfruenda, tuchi: huius quidam instar ac simile in ipsis etiam Angelis vsu venisse opinati sunt: qua de re, maiori eos etiam numero ad inferos detrusos, hinc colligunt. Alij verò sanioris aliquantò hac in re (vt mea fert opinio) iudicij, oculis defixis in bonum illud, quod spiritibus, vt intellectus purioris capacibus, inerat, ideò minorem eorum partem hoc lapsu corruisse voluerunt: quorum quidem opinio vt vero magis consentanea, ita magis amplectenda mihi videtur. Quotus tamen quisque eorum sic præcipitatus è Cœlis fuerit, à diuersis in diuersas opiniones itum est. Nam quidam partem decimam huius flagitij ream peractam fuisse referunt: alij verò, nonam his æternis pœnis destinatam, nec pauciores reperire est numero, qui tertium dumtaxat Angelorum agmen damnatum asserunt: quorum sententiæ aut opinioni, vt putà D. Ioannis suffultæ auctoritate, ex ipsa veritate hæc verba depromeris: *Draconem sua ipsius cauda, tertiā partem stellarum secum traxisse*, plerique tutiùs inhærendum prædicant. Verùm à quotis, quibusve ordinibus pars hæc deiecta fuerit, quòd non secundùm gloriæ statum intelligendū, cùm nec etiam in merito, *vt multi volunt*, conditiones vnquam steterunt: at, vt in puris fuerint naturæ dotibus, inferioribus nempe, an superioribus ordinibus, an mixtim ex omnibus satis superque inter Græcos ac Latinos Theologos contenditur. Illi enim spirituum pronitatem, vt materiæ magis appropinquantium, solummodò consulerādo retulerunt: vnà cum nōnullis Platonicis, qui Cacodæmones, vt Ioui rebellarent, materiam in causa fuisse produnt, vel omnes, cum eorū principe Diabolo, quem Ophineum veritati alludendo, vocant, de inferiori sede deturbatos. Nostri autem, cùm nihil eis materiæ adscribant, de cunctis eiectos fuisse ordinibus meditati sunt: licèt propter horum minùs nobilem, minúsque quàm superiorum præstantem naturam, plures ex inferioribus deturbatos fuisse asserāt: negando prorsus, Diabolum cum aliquibus, qui excellentioris essentiæ fuerunt, de inferiori classe extitisse: quem profectò longè omnium pessimum, non temerè, cunctorum supremum, haud pauci Theologi asseuerant: præsertim, cùm nihil, quod nonnulli obiiciunt, de Ezechielis dicto obstare inquiunt: *In Cherub extentus & protegens, posui te in monte sancto Dei*: vbi

1. Opinio Theologorum.

2. Opinio verior.

Minor pars Angelorū cecidit.

Angeli stellæ dicti.

E quibus ordinibus deiecti Angeli.

Draco dictus Diabolus.

vbi multi Theologorum sunt, qui apertè confitentur, sic Draconem à Sancto Propheta nuncupari, ob præstantiorem eius scientiam, qua propriam, quam habuit, ob naturam, reliquos omnes facilè superauit: cæterùm qui alio nomine, quod ei immẽsus Dei ardor indidisset, ni propriâ ipsiusmet peruersâ voluntate, Deo reluctando, perdidisset, vtique appellandus foret: etenim capitali charitatem peccato, quòd ipsi omninò aduersa, & ex diametro contraria sit, nec persistere, nec exhiberi in cõfesso est: quo agitur, vt eius nobilem essentiæ gradum exprobrando, alio nomine vocari non potuerit. Nec quicquam impedimento est, quòd hanc firmam eorum sententiam, Draconem scilicet bonis omnibus, ab initio aduersantẽ, æternámque oppugnantem veritatẽ de Seraphico ordine, apertè expressẽque in sacris literis non reperiant: cùm id satis elici per eos possit, qui non oscitanter sacram Scripturã scrutantur, vel eodem etiam Propheta, haud perperam intellecto, qui eius ruinam enarrans ait: *Quomodo enim manè oriebaris Lucifer*, & reliqua: ex quibus profectò verbis, si saniori iudicio examinantur pensantúrque, clarè admodum liquet, pessimum hoc caput, ad aliud quicquam, quàm supremum omnium ordinem, in quo primùm Dei voluntate conditus est referri minimè posse: tum ex stellæ magnitudine, ac perlucido eius fulgore: tum ex dici potiori ac nobiliori parte, cuius tanti criminis nunquam eum, sicut nec cæteros dæmones immensa, ac infanda malicia, perfidia & obstinatione prohibente, vel minima etiam ex parte pœnituit: quamuis ob tam execrandum facinus ex cælo ipso, partim in hanc (*vt suprà* dictum est) tenebrosi algidique aëris regionem, partim ad infima tartara, extrema cum eorum pernicie, summa omnium turpitudine, æternis denique cruciatibus afficiendi, deturbati sunt: in qua tamen humanum omnem captum excedente summe miserrima conditione & statu, longè nihilominus quotidie eis miseriora metuenda, formidanda, expectandáque sunt: denique adeo peccato sese manciparunt, eoque, vt suo, læto, delectantur, occalluerúntque vt non nisi malum & velint & agant: id quod non hinc solùm euenit, quòd Dæmones omnia intellectu percipiunt quo per prima, vt & nos, principia mouentur: Verùm inde multò magis, quòd hoc modo diuinæ Iustitiæ ordini placitum est confirmari, horrendæ nempe à Deo confectionis crimine non aliter promerente, ita vt nullâ dehinc ampliùs veniâ, gratiáque qua rursus subleuentur, digni videantur: immò potiùs in omne æternum grauioribus in dies magis magísque pœnis meritò miseri subiiciantur.

Draco è Seraphico ordine.

Dæmones non nisi malum & velint & agunt.

# DE NATVRA DÆMONVM IO. LAVRENTII Ananiæ Tabernatis Theologi LIBER SECVNDVS.

## CAPVT I.

*De impia Dæmonum contra Deum, & genus humanum cogitatione & vafritie.*

Dæmones qui in aëre manſere.

X his itaque, quàm breuiſſimè id potuit fieri præmiſſis, cùm de nomine ac natura, tùm etiam miſerrimo dæmonũ lapſu, eiúſque cauſis, vnicuique facilè rem conſtare poſſe arbitror. Ex quo autem, ſæpiùs dicto modo, pars eorum ad infimos tartarorum abyſſos præcipitati, pars verò altera eáque potior huic nos circundanti obſcuro ac gelido aëri inhæſere, variam quoque tentandi voluntatem atque poteſtatẽ nacti, pro variis ab ipſis cõmiſſis criminibus, quorum quidẽ cauſâ ne vel minimâ ducuntur pœnitentia: immò, quòd in ipſo cœlo ſeſe aſſequi potuiſſe deſperatũt, id hic in terris omnibus neruis, velis, remiſque (quod dicitur) freti ſuâ aſtutiâ perficere contenderunt. Hinc & factum, vt cùm primùm Adamum iam factum formatúmque conſpicarentur nihil omninò intentatum certè reliquêre, Acheronta etiam ipſum mouendo, donec, cæterorum conſpiratione factâ, ipſe Lucifer, ceu Vertumnus in varia rerum miracula ſeſe animo transformans; tum autem ſpeciem ſerpentis ſimulans, ipſius ſociam venenata ſuâ aſtutiâ circumueniens ſocium ſuæ à Deo, creationis auctore, defectionis (proh dolor!) faceret. Dracopeta enim Græcè ſerpens eſt, qui Euæ cauſa ſeductionis

Dæmones quod in cœlo perficere non potuerunt, id in terra tentarunt.

Acheronta mouere.

Vertumni transformatio varia.

ductionis fuit: nullū enim enim aliud animal, quàm ipsum anguem ita horribilem aspectu, ei vt subiret permissum fuit, nec alio vllo signo, quàm vt loquendo suæ voluntatis sensum clarè exprimeret, concessum: ea maximè de causa, quòd nostri primi parentes id conspicati, quasi præmoniti, tam sibi, quàm suis posteris eò cautiùs prospicerent, malúmque id omnium maximum declinarent, id quod & ipse Dominus, si ex contumacia sui obliuiscerentur præcepti, sibi euenturum prædixerat. Ipsi porrò Dæmones hanc eorum nó tam duram, quàm magis miseram & horrendam prouinciam, non solùm vt Deo aduersarentur, sed etiam ob eam, quà laborant, inuidiam susceperunt, cùm hosce in præsenti statu innocentiæ creatos viderent, ac in futuræ gloriæ, si stabiles permansissent persitissentque, conditione, quam gratiá dehinc confirmati auctique consequerentur quá ipsi Dæmones ab hominibus verá & perpetuá felicitate honoréque superarétur æterno: verùm & hoc insuper metuentes, & veritati, ne & homines in eorum sedibus, ex quibus summa & perpetua cum ignominia gementes & fremebundos deturbatos se minimè obliti essent, summa vice versâ, & perpetua cum gloria & honore coronandi, collocarent, substituerentúrque. Inuidet Adamo Diabolus.

---

## CAP. II.

*De præuaricatione Adami & posterorum, perpetuo Diaboli cum hominibus bello, & Dei pietate ac misericordia in suam creaturam.*

CVius quidem rei cogitatio quantum dolorem æmulationémque in eis concitarit, dictu haud facile est; in iis præsertim Spiritibus, quibus nihil vnquam solida superbia magis clarum, & vsquedum tumpetentur, inflammati auditum est. Inde tantum in odium, tantumque furorem & rabiem contra Deum, eiusque denuò formatum opusculum, ex propriis fecundæ mortis actibus conceptá insaniá inflammati ardent horrendum in modum, vt omnia, nunc eorum consilia, acta & facta scelestissima, in eum solum scopum, quasi collimant, tendantque, vt si vllo pacto foret possibile, Deum honore suo diuino exuere & spoliare, eundémque sibi falsò vendicare omnibus neruis contendant. Cùmque id vindicatum odii in ipsum Deum sine vllo successu, & frustra quidem se conniscerum Lucifer videret: at in eius creaturam hoc facere tentandum duxit, cùm in terrestri Paradiso ad Euam primam nostram matrem, vtpote figmentum imbecillius, phaleratis verbis, mirá astutia viam affectauit, porrigendo & ad gustandum inuitando pomum illud, vt aspectu pulcherrimum, ita gustatum ac comestum omnium in mundo rerum infelicissimum, causam nempe primam ac præcipuam omnium, quorum terra & mare plenum est, malorum, mortis denique vniuersæ carnis sempiternæ & perpetuæ. Verumtamen, etsi hinc potissimum appareat, ipsum Diabolum hac sua prima seductione, & in posterum quoque perpetuum, & ἄσπονδον bellum toti hominum generi indixisse, adeò vt omnibus piis perpetuò, magísque quàm aliis, cum eo decertandum sit: simul tamen nihilominus, Dei omnipotentis in suum figmentum hinc insignis & paterna elucet pietas, & prouidentia non adeò Diabolo laxantis frenum, vt sua quam animo conceperat, sibique certò promiserat, perfectâ potiretur victoria: siquidem

Consilia conatusque Dæmonum cōtra Dei honorem. Lucifer tentat Euam in Paradiso.

Dei pietas in hominem.

ip'um Adamum, (etsi posteà non minùs peccantem) aggredi primum dubitauit, quod tamen in Eua, vtpote imbecilliori creatura Dei, ipsi magis (proh dolor!) successit. Adam enim nobilioris naturæ, totius generis humani principium, magnum mundi miraculum, non primùm à serpente, sed persuasu potiùs mulieris suæ, delusus legitur: vnius tamen & eiusdē pœnæ socius iustissimo Dei iudicio factus, misericordià tamen Dei ineffabili, quà quodammodo se ipso maior est, semperque iustitia diuina temperata, hoc tantùm inflictum malum aliis æterna morte piandum, remedio & antidoto longè efficaciori ipso morbo, haud multò post (prolatis primis promissionibus ex sinu æterni Patris,) ostenso, verus Samaritanus sanare non destitit; adeò vt nemo vnquam hoc malo, nisi pueri Dei visione in Lymbo orbari, suàque ipsius quisque culpà ad Tartara cum iis affligendus detrudi, æternúmque perire necesse habeat. Neque hoc tam scelestissimum facinus ipse Dæmon cum suis complicibus tulit inultū, cùm longè atrocissimis pœnis in omnem æternitatem afficiendus, dehinc à Deo condemnatus sit: dictúmque serpentis semen ipsius mulieris contriturum caput eius. Quod & signo diuino vnicæ pellis mysterio obumbratū est, qua parentes nostri sese exteriùs nudos cooperire tegeréque iussi: interiùs animo crimen vulnúsque tandem tegendum, sanandúmque fore, non sine maxima animorum lætitia perceperunt. Dei tum etiam, cùm destituti omni spe, præ dolore animi infando, in æternam desperationem præcipites fuissent acti, peculiaris Angeli illuminatione subleuati, quem leuctiores Theologi, Raziel fuisse asserunt, pelle illa ouinā verum & immaculatum agnum ipsis præfigurante. Hinc, cùm & quod hac via aggressus erat, non sibi ex animi sententia succedere videret Dæmon, non potuit non maiorem in modum tristari ac dolere; cùm tamen ob nostram præuaricationem, ab ipso tanquam auctore profectam, nonnullam neque eam minimā in nos potestatē sibi accessisse, haud ignoraret; eam in nos exercendi occasionem nullam prætermittit, diuersis technis retia tendens, nunc nostris corporibus, nunc verò bonis, vtinam non insuper pelle tectis, & sanguine agni conspersis multorum animabus: hinc & Satanas, quòd perpetuò nobis aduersetur, alio nomine dicitur, vnum ad hoc, alterū ad aliud flagitium perpetrandum, in quod scilicet cuiuslibet naturam pronam per se esse videt, incitando.

Dei misericordia in genus humanum.

Raziel Angelus Rabbinis.

stis. quis sit.

Satanas Diabolus vnde dictus.

## CAP. III.

*De varia Dæmonum voluntate nocendi: potestate eorum à Deo limitata: de malis Genijs: qui sint. victoria nostra aduersus Dæmonem vnde petenda.*

VAria autem atque diuersa dæmonum nocendi facultas, non tam à præstantiori horum (vt aliquibus placet) forma, vnde omnis nostra operatio, quam (vt aliis & fortasse rectiùs) ex vltimo eorum vario nixu, magnóque conatu procedit, quò cùm adhuc in cœlo existerent, magis procliues ad hæc, quàm illa flagitia crimináque vltrò in diuinam ad peccandum rapiebantur iustitiam, quod nempe æquo etiam Dei euenit arbitrio, vt quanto vehementiori propriæ voluntatis cupiditate in facinus aliquod aduersus Deum ferebantur, tantò ardentiùs eisdem nos oppugnare delictis pertentando, plusquam ingrati

grati in eorum creatorem, atrociori supplicio, æternóque cruciatu ad tartara detrusi, mille tormentorum pœnarúmque generibus afficiendi. Verùm & hæc dæmonum in nos quæsita potestas, nósque sine fine seducendi studium, suis etiam finibus & carceribus à Deo & misericorde & iusto inclusum est. Ipse enim qui nullum sibi fidelem dictóque audientem vltra vires tentare permittit, Angelos singulos singulis, seu plures omnibus, pro varia eorum diuersáque dignitate attribuit: quibus etsi ante lapsum, non absimiles erant: tamen nunc, vt vilissima mancipia, (maxima certè capitis diminutione minuti) velint nolint subiecti sunt diaboli. Quamquam autem, veteris suæ superbiæ fermento in dies magis magísque inflati non secus ac simia hominum facta, ita dæmones Angelorum imitari student, in eo tamen, vt pote re impossibili sese anteà plus satis turpes, turpissimos tamen magis dant quod vel ex Pharaonis Magorum tertio signo ipsa meridianâ luce clariùs ostéditur. At quænam hæ res sint propriæ, & quando eueniant, humani ingenij imbecillitatem fugit: id nobis sufficiat scire sæpenumerò dæmones, cùm anteà maiora fecissent, minora tamen multò facere, fuisse prohibitos.

*Dæmonum nos seducendi potestas à Deo limitata.*

Dæmones ipsi à prima statim hora atque in lucem sumus editi, immò in ipso vtero materno, nobis summè aduersantur: hinc & malos Genios, nuncupauêre Latini Poëtæ, quòd eos falsò nobiscum nasci censerent; ob peccatum enim originis, variam sibi nobis nocendi ansam datam arbitrantur, minori aut maiori malitiâ præpollentibus, quibus sæpenumerò, nisi Angelorum adiuti præsidio, dubio procul succumberemus. Si quam autem victoriam inde reportamus, (quam quidem frequentissimam sanctos Dei reportasse scimus) id diuinæ gratiæ auxilio, custodúmque Angelorum præsidio, non immeritò adscribendum est. Nobis certè, qui nec astu, nec per nos ipsos armis pares vnquam esse possumus hosti antiquo Draconi semper succumbendum esset diuino auxilio destitutis: etsi ex vltimo & infimo Angelorum ordine defecerint Spiritus hi nequam: excepto eo, qui primos parentes in terrestri Paradiso & in deserto Christum tentationibus aggressus est, quem quidem supremum certè, respectu præstantiæ subiecti quod tentauit, esse oportuit: Duo enim principia status innoxij, vnum gratiæ, alterum, quorum neutri securitas inerat, vbi alter sic in gratiâ constitutus fuit, vt posset, quanquam deliquit, non delinquere, alter autem eiusmodi naturæ, vt in eum nullum omnino peccatum cadere potuerit.

*Mali Genij Latinis Poëtis qui.*

*Tentatio Christi & primorum parentũ suprema dicitur.*

## CAP. IV.

*De diuersa nos seducendi potestate dæmonum, & ætate qua nos adoriri incipiant: stratagematis etiam eorum in consideratione humana.*

Nec mirum, quòd hi spiritus sæpenumerò vnius sint formæ, tentatum accedentes: minimè tamen habeant inter se tentandi æquam potestatem: cùm, & inter cunctas animas vnius formæ magna tamen reperiatur varietas, ex internis pro-

*Spiritus nequitiæ esse vnius formæ, nõ tamẽ*

*habentes æquum trocinaliú præstationem.*

priæ essentiæ gradibus promanans, ex quibus etiam gradibus varia spiritibus in peccando conatuum obuenit magnitudo ac diuersitas. Quod eò magis affirmandum videtur, quòd præterquàm quòd nihil prorsus inde absurdi procedere potest, rerum etiã ordo id exposcere ac requirere apparet; quò scilicet, vti, qui maiori gloriæ prædestinantur, vt plerique beati ac sancti fuere, Angeli etiam ipsi virtute præpollentes, licèt haud diuersæ formæ, nisi ob officium suscipiant: sic & qui grauiori miseriæ præsciũtur, vt plurimi fuere, ac in dies sunt apostatæ, hæresiarchæ, prædicones cæterique hoc genus flagitiis nobilitati, Dæmones quoque eiusdem speciei, impensè malos sibi accersant: cùm contrariorum, vt alibi docetur, eadem sit ratio & doctrina. Hinc euenit, vt qui officij præstantiorem, præter custodem Angelũ, sortiti sunt: iidem & Dæmonem aliquo vitio eorum, in quod natura propensior fertur, qui plus defatigentur, clarum ac superbum, quò armis æqualibus contendere, queant, accipiant: qui quidẽ impuri spiritus haud inuiti, quã sunt astutiã sese associant, vt eò faciliùs voti sui compotes fieri possint, iam à primo nostro ortu statim (vt multis placet) corporibus ni prohibeantur, nocituri; animæ verò non ante, quàm liberi arbitrij voluntate nos regi contingit, quod vt plurimùm septimo ætatis anno fieri assolet, nec etiam sine consilio, vtpotè spiritus maxima calliditate prædi ti & vaferrimi, temerè nobiscum congrediuntur, sed victoriam quasi certam iam ante sibi promittant, conscij nostræ imbecillitatis, & quàm in peccata, propter vitium originis, proni ruamus. Eo stratagemate vsi, quòd nostrorum omnium animi qualitates ac passiones, tum ex parentum constitutione,

*Contrariorũ eadem ratio.*

*Homines quã ætate vexentur à Diabolo.*

*Stratagema Dæmonum in considerat-*

nostráque consuetudine, tum etiam ex propria cuiusque genesi, perspectissimas habere solent; facillimo quippe negocio, hos fore Saturninos, hos verò maligno & crudeli Martis influxui obnoxios. Illos, Venerem aspexisse retrogradam; nec Lunam, neque Solem, in eorum horoscopo benignè fauisse. Omnium enim hominum Astrologicarum aliarúmque rerum longè sunt peritissimi, perspicuitate ingenij, diuturnóque tot mille annorum vsu, qui solus facit artifices, maximè edocti. Qua de re fit, vt & quæ naturã eueniant, immò quò sua cuique inclinatio feratur, vsque adeò exactè calleant, vt solùm ij religione, quò quisque ducitur, decipi videantur.

*ratione corporis humani.*

---

## CAP. V.

*De variis artibus, quibus sæpenumerò, vt nos circumueniant Dæmones vtuntur: & variis eorum denominationibus.*

PRoinde, quo minore negotio nos circumueniant, laqueisque suis irretiant, eò maiori astutia ordinis nobis imponunt. Quos enim natura magis in furorem irámque præcipites ferri intelligunt, iis ætherei spiritus, huic rei magis perficiendæ accommodati, negotium facessant. Sic enim quidam nominantur, non ob id, quòd cùm elementis habeant cognitionem, quid enim Spiritui cum materia elementari? nihil certè, alioquin, corpus in Spiritum, idémque in alterum naturã ageret, quo nihil absurdius, cum in nullo, quo naturã mutuò pati possint, conueniant: non itaque ob elementorũ analogiam dicti sunt sic hi spiritus, vt multi sibi ex philosophis persuaserunt,

*Spiritus ætherei furiosos sollicitant.*

runt, sed potiùs à locis elementorum quæ inhabitant, hoc ipsis nomen obuenit; nec tamen ita caliginoso huic alligati sunt aëri, vt omnis quoque locorum obambulandis eis præclusa sit potestas, cùm sæpenumerò diuersissima Elementorum interstitia peruolitent, nec vllus reperiatur locus, in quo non mille suis nocendi artibus occasionem captét, ac instar Harpyarum infernalium ferali suo contactu (vt Poëtæ verbis vtar) omnia fœdét ac polluant. Quos verò ambitionis vitio natura præ cæteris laborare perspectum habent, hos pituitâ aërei aggrediuntur diuexantque. Oscitantia torpentes ac libidine instigatos aquei sanguine satis exercent. Auaritia diráque habendi cupidine infectos atra bili terrei defatigant, qui quidem inter cæteros principatum obtinere dicuntur; qui & alias vt à serpentibus nomen sortiti, ob diuersũ quo circũaguntur situm ac positum.

Tentandi ratio quæ seruetur à Dæmone.

Ex quo fit, vt qui nos ad omnimodam à Deo creatore nostro defectionem apostasiámque sollicitent, ab Aquilone, qui semper pro malo & ominoso Cabalistis habitus est, denominationem acquisierint; non tamen ab illo cœlesti, quò quidem Lucifer princeps eorum propria stoliditate ascendere præsumpserat, sed à terrestri potiùs, ad quem merita suorum scelerum præmia referens, cum aliis suæ farinæ principibus repétino ictu, fulguris instar, cœlo exclusus corruit. Atque hos, Hebræorum Mechubales, præcipuæ potestatis insignisque nequitiæ, esse affirmant. A meridie verò ij dicuntur, qui nobis blanditiis suis imponunt, quoad optatis contra nos potiantur: genus & hoc dæmonum non minùs quàm terrestre, pessimum quoque in eo, quod perficere intendit nullum non mouẽs lapidem, solet esse potentissimum, Dauidis exemplo docemur, qui Deum assiduis votis & compellare & exorare iubet, vt ab huius astu & insidiis vmbrâ alarum suarum nos protegat inquit enim: *A dæmone meridiano, &c.* Qui verò diuinationibus, quarum humanas mentes naturâ curiosas auidissimásque vel & ipsius Adami haud ignorant, nos adorari tentant: quos, cùm Dei magis proprium sit scire futura, omnes his curiositatibus frenum laxantes, peccatum incurrisse palàm est, ij Eoi nominantur, cæteris plus vafritiâ, iactantiâ, ac mille dolis præcellentes. At qui nos sæpenumerò in mœstitiam inducunt, animique desperationibus succumbere moliuntur, rationi rectæ mendaciorum tenebras obtendentes, Occidui vocantur: his omnibus mirando Dei nobísque occulto iudicio quotidie, vel singulis etiam horis, nos vt infestent, potestas data est, non tamen ex æquo vnumquemque.

A postasia aggrediuntur spiritus Aquilonares, Aquilo ominosus Cabalistis.

Meridiani Dæmones potentissimi.

---

## CAP. VI.

*De summa Dei in nos affectione: perpetua Angelorum custodia contra Diaboli fraudes: deque titulis quos diuersimodè sortitus est Dæmon.*

IN quibus quidem continuis tentationum pugnis quid mirum: si vel decies, in dies victi, ab hoste callidissimo prosterneremur, ni diuina ope suffulti erigeremur. Paternâ enim suâ in nos affectione sic rem moderatus est; ne spiritus hi semper propriâ essentiâ ac pro voluntatis maligno libitu, animi nostri affectibus incommodare possint, vt omnibus conatibus nihil intentatum relinquentes & extrinsecus & internè ibi sedulò operam dent: hæc enim via peccato nos contaminatos, ijs aggredi

Dei paterna in nos affectio.

gredi potestas à Deo facta est: quo fit, vt crebrò in nobis varias animorum perturbationes concitent, imaginationes corrumpant, phantasiásque ad eorum peruersum libitum accommodent, diuerso quod faciunt phantasmatum motu interiorisue concupiscentiæ accensu, nihil tamen vel parum, iis omnibus adhibitis machinis promouent, si modò nobismet ipsis deesse nolimus, nostro appetitui deprauato indulgêdo: sed potiùs gratiâ omnipotentis,

Angeli hominũ custodes

sanctorúmque Angelorum pro nobis perpetuò excubias agentium, auxilio adiuti, militis Christiani ab Apostolo luculenter depicti modo *fortiter illi resistamus.* Neminem enim his præsidiis munitum reluctantem violenter trahere, sed spontè peccatis indulgentem, ipsósque sequentem ducere possunt. Quod verò non semper ex æquo vnis iisdémque peccatis nos solicitent, *vt paulò ante* dictum est, hinc factum, quòd (physicè tamen in hoc loquendo) ipsius cœli magis propitiam in nostra corpora sentientes virtutem ex parte impediantur: adde non postremo, sed priori loco, quòd sanctorum Angelorum excubiis arceantur, præsertim cùm nos gratiâ diuinâ corroboratos sentiunt, quod vel ex Ba-

Balaam ariolus.

laam ariolo nõ obscurè deprehendere est, qui vt populo Dei omnia infausta diráque precaretur propriæ Israëlis intelligentiæ oppositum influxum, quo, quæ imprecaturus erat, vt reperiret sollicitè quæsiuit, quod apparet vel hinc, dum per montes varios ascenderet, nunc hæc, nunc illa expectans tempora, & hinc vsu venit, vt magis hoc, quàm illo loco, frequentiúsque noctè, quàm interdiu nos infestẽt, maximè verò ante intẽpestam, quãdo more Hebræorũ nunc dici incipit, & *din* [illegible] vt ipsi aiunt viget, durum dixeris iudicium. Nec ita mirum cuiquam videri potest, quòd eo potiùs quàm alio tempore maior dæmonum sit potestas facta: qui enim non nisi in ipsis tenebris Spiritus tenebrarum, tanquam in suo regno potentiores; à quibus & suos

Tituli Dæmonum.

sortiti sunt titulos (vt vocant) vt nẽpe potestates tenebrarũ in sacris literis vocitentur. Iis autẽ ob eorũ peculiarem ab aliisque distinctam perfidiam & nequitiam nõ semper ex æquo pro eorum, vt dictum est, rabie, vno tentationum genere nos aggredi datum est: cùm magis hoc, quàm illo tempore ac die (quod & de superioribus dictum) hac vel illâ vigiliâ, horâ & momento viribus præualeant: tum ob diuersam Angelorum mutationẽ, mutuis enim vicissitudinibus, pro ratione temporum ac vigiliarum, non secùs ac milites excubitores in specula collocati sibi succedunt. Hanc autem rem sic sese habere patet vel ex

Tentationum eodem genere nõ semper tentamur.

Lucta Angeli cum Iacob.

eo ad oculum: quòd Angelus cum Iacob Patriarcha, noctu multũ diúque luctatus, ob has diuersas vigilias instãter ab eo, vt dimitteretur quæsiuit. Porrò, & propter diuersum cœli influxum variúmque situm, sub vno magis quàm alio possunt ac præualẽt: hi enim situm suis institutis malignis nacti idoneum, loci mutatione (*vt post dicetur*) maximè in suis rationibus turbantur, eámque nobis magni esse momenti, ad præcauenda auertendáque mala nobis ab illis imminentia, vel ex Angelis patet, qui diuinum iussum exequuturi, déque Sodomæis supplicium sumpturi essẽt, pium Deóque dilectum Loth, vt inde fugâ sibi consuleret, locúmque mutaret fideliter monuerunt.

CAP.

## CAP. VII.

*De precibus in Ecclesia Catholica institutis: vsu item in ea campanarum ac luminum: & ad quem finem.*

Preces Ecclesiæ qua ratione institutæ.

TEmporis etiam diuersi diuersa ratio ipsis, vel secunda, vel magis aduersa, accidere solet: hinc non sine causa sancta Ecclesia Catholica, ritum populi Israëlitici piè æmulans, consueuit vt septies in die statis tamen horis, ad Deum Optimum Maximum preces effundantur, forsan, quòd his ipsis astutissimus ille hostis, in nullas non occasiones intentissimus, maiores insidias animabus nostris struat, etsi alioquin, ne vel exiguo temporis momento (inæqualiter tamen) in nobis oppugnandis ferietur. Circuit enim, haud secùs ac Leo rugiens, quærens semper quem deuoret. Hoc autem conuenientissimo epitheto diabolus à Spiritu Sancto depingitur, cùm aperto Marte quasi nos aggressurus est, quod assiduè facit. Quòd autem in tenebris magis quàm in luce, potentiusque vires suas contra nos exerat: hinc Saluator noster, æterna veritas æterni Patris, nos dum lucem habemus, operari iubet, paternisque monitionibus hortari non destitit: ex quo & mos ille introductus est, vt morituris, (his enim crebrò cum temporis omnibus dæmon conspiciendum sese exhibere solet, maximisque tentationibus eos concutit) candelæ accendantur, veram lucem, *de qua Simon canit*, lumen de lumine nobis præfigurantes. Ipsæ quoque Romanorum leges tenebras non immeritò tam suspectas infensásque habent, vt nullam sententiam legitimam noctu, nisi tribus quatuórve accensis luminibus proferri sinant. Quare vt præsentiâ huius luminis fallaces dæmonum insidiæ, quas nobis struunt, retunduntur retardánturque: in eius absentia maiores vires in nos sumere, omnium ferè antiquorum Thalmudistarum doctrinis traditum legimus: quod tamen non ita accipiendum, quòd hoc elementari lumine haud secus, ægrorum oculi radiis solaribus offendantur, & à suo cœpto repellantur: spiritus enim sunt, & sic ab omnibus corporis tactúsque affectionibus immunes. Nam si ab hac luce pœna aliqua eis reformidanda foret (vt nonnulli Hebræorum Mechubales somniarunt, quod & Arabes hac earum falsa religione inbuti sequuntur) hoc absurdum inde euenire necessum esset, Dæmones quocumque locorum sese recipiant, inferorum pœnas minimè semper subsequi, quin potiùs caliginosi aëris subterfugio, ac specuum cauâ, cùm hanc lucem omnem siue à Sole, cæteris astris, ipsóque igne profectam declinare vitaréque possint: neque tamē hinc affirmādum dæmones nihil prorsus angoris & cruciatus ab his Solaribus reliquorūq; Planetarū radiis sentire, aut etiā ignis elementari splendore affici, cùm id fieri possit; non tamen quòd sensu aut aliquo virtutis contactu, sed potiùs intellectui sibi aduersari intelligant, vt eis accidit ad campanarum sonitum, facésque accensas, ad quas quidem sacerdotum Christianorum, cæterorúmque religiosorū ipso Purificationis festo, precaes fieri cōsueuere: aut ob sanctorum, qui de his triumphum reportarunt, reliquias, aliáque id genus similia: ex quibus quidē omnibus infinitā illius supernæ lucis virtutē, cuius latissimo

Tenebræ Romanis suspectæ.

Præsentia lucis insidiæ Dæmonum retunduntur.

Campanarū & luminū vsus in Ecclesia.

aſpectu & vitam & motum accipimus, ſatis agnoſcunt ac percipiunt: Chriſtum nempe ipſum, lapidem angularem, ipſorum ſtolidâ ſuperbiâ reprobatum & contemptum, non ſine extrema æternâ morte luenda pernicie. Quocirca, non abs re factum, vt ſancta, Apoſtolica & Catholica Eccleſia, à primitiua quaſi per manus tradito & accepto more, hunc luminũ vſum in hunc vſque diem retineat, non quòd omnes omnium generum dæmones (plures enim ſunt) hac luce Elementari, prec ſus in fugam acti, à nocendo deſiſtant. Aliqui enim (cùm ſex à Platonicis numerentur genera) non ita magnopere hanc lucem, occultâ eorum proprietate, odio habent: ſubterranei vtpote, qui eius præſentiam vel inuiti fugere coguntur: quin ad candelas ab Eccleſia benedictas, aut quæ ſanctorum reliquias tetigere (ne dicam de aliis luminibus) ita immoti perſiſtunt, vt ſupremi luminis virtutem magis expaueſcant, ſuperiorúmque à perpetrandis malis vix deſiſtant: frequenter enim id vſu veniſſe legimus.

*Luminis vſus ex primitiua Eccleſia.*

---

## CAP. VIII.

*De occaſione quam nobis nocendi naſti ſunt Dæmones: de noſtra illorum conatui reſiſtendi neceſſitate: déque doloſis contra moribundos præſertim machinationibus.*

*Dæmones vnde anſã nobis nocédi ſumant.*

VErùm cùm ipſis dæmonibus in nos graſſandi animus eſt, multò frequentiùs anſam arripiunt ex noſtris prauis cogitationibus, otioſis & obſcœnis dictis & factis, cœleſti influxui contrariis, Angelicorúmque præſidiorum expulcricibus: ſiquidem altiſſimi diuini numinis virtus, non niſi caſtiſſima pectora inhabitare gaudet. Cúmque nos propria eorum eſſentia tentatum venientes adoriuntur, tanta ſubitò ſpirituum compreſſio, animi anguſtia, repentinuſque mœror nos inuadit occupátque, vt ſæpenumerò ſic quaſi obſeſſos vel propriæ vitæ nos tædium capiat ab ipſis nempè dæmonibus, quibus nihil magis horrendum triſtiúſque, noſtris ſpiritibus adeò conturbatis: quæ quidem animi ſubitanea quaſi extaſi abrepta deſperatio, vt plurimùm ab occulta cauſa proueniens (longè meliùs vt ſentiunt puro iudicio Cabaliſtæ) dæmonum acceſſui aſcribitur, quam Aſtrologi ſolis aſtris eam acceptam referunt. Siquidem, ſi hoc deſperationis genus dumtaxat à cœlo cauſaretur, nequaquam tam repête & è veſtigio quaſi, nec etiam ſine inſigni aliqua corporis, animi, ac valetudinis mutatione aut diſpendio (vt ſæpè fit) contingeret. Nec tamen negandum, cùm dæmones gladiatorio animo ad nos adſectant viam, eos nobis aduerſorum ſyderum aſpectuũ occaſiones negligere haud ignari malis corpora ſcilicet noſtra, peccato originis ipſorum culpa infecta, aſtris affici; magis tamen numinis imminutionem curantes, quæ vt ſuccedat, nõ tam ſydera, quàm ipſa flagitia in cauſa ſunt. Ex quo fit, vt nullo non tempore, cùm etiam iuſtus ſepties in die cadat, in nobis tentandis oppugnandiſque ſtrenuam nauent operam, pro eo, quo nos fallere ac circumuenire doloſè flagrant, aut potius toti æſtuãt deſiderio; huius, quo compotes fiant, omnia poſtponunt reliqua, etiam ipſam quam ſibi imaginantur habere lætitiam hanc temporaneam, cùm verum aut ſolidum gaudiũ nullo pacto in eos cadere poſſit, ob perpetuum ignem, vermem nunquam moriturũ, æternos denique inferorum cruciatus quibus mancipati ſunt & dolore præſentium,

*Occupatio Dæmonum.*

*Deſperationis origo.*

*Numinis imminutio non tam ex ſyderibus quàm ex flagitiis.*

*Oppugnatio Dæmonum cõtinua.*

sentium, & timore futurorum. Hoc autem omnem humanum captum excedens, tristissimúmque & acerbissimum tormentum non hinc eos afficit, quo ad pœnam coexistentem, quæ in Deo, vt beatitudinis obiecto, nunquã videndo consistit, quò diris flammis hi nequam Spiritus, vel etiamnum vrantur; sed à supplicio ex accidenti, quod apud Theologos nomen obtinuit, quod tum à loco deteriori, tum ex hoc tenebroso vbi crebriùs obseruantur aëre, omnes ad inferna, omni spe inde redeundi penitus præcisâ, intru sedi sunt, maiori cum angustia, ob mala, ad quæ induxere damnatos: tum etiam à sensibili igne tanquam diuinæ iustitiæ instrumento singuli castigandi satis supérque sunt: cui perfecto igni in omne æuum destinati, tãtò vehementiùs ardebunt, quantò magis peccarunt, ac in hos grauius scelus machinati fuerint, ter & ampliùs sine fine omnium miserrimi: Nec tamẽ propterea de suo aliquid in nos, quo sũt animo doloso & pessimo remittunt: itaque continuo viuæ fidei clypeo muniti aduersus eos nobis prælio decertandum est, à Deo suppetias & petentibus, & spe non dubiâ expectantibus, iuxta Principis Apostolorum Diui Petri præceptum, cum fide fortiter eis resistẽdum. *venit enim Diabolus à Deo, vt tentet, quæ interiorẽ inspiciat hominem*; vbi haud vnquam nostram non machinantur ruinam, minimè sic à Deo missus, at quo est animo in nos maleuolo: ac in Deũ insolenti haud immeritò permissus. Diuina autem misericordia semper tẽperata Iustitia, etsi nos sæpenumerò non ob nostri perditionem, sed potiùs æternam saluationem his tentationibus exerceri permittat; nunquam tamen, modò nobis ipsi non desimus, in iis nos submergere succumberéque concedit, quantumcúmque etiam nequam horum Spirituum sit potestas, immò fides nostra ne sopore torpescere assuescat, ac haud secùs ac ferrum nõ ex rubigine obducatur ab iis egregiè continuò exercetur; mirabilisque Dei gloria & potentia, ex tentationibus veluti ex infernorum abyssis nos forti sua manu vel ex insperato eripientis, velut insignis gemma hinc nõ obscurè relucet. Porrò, etsi nunquam non Diabolus (vt & supra adduxi) tentationibus omnis generis aggrediatur hominem, maximè tamen omnibus suis adhibitis dolosis machinis animum iam agentes oppugnare non desistit: quod non sine summo mysterio, ex postremis verbis Saluatoris nostri in cruce adeo patri æterno Spiritum suum ardẽti pectore viuidáque voce commendantis, satis supérque videre est. Inter alias autem tentationes, hæc etiam non minima, sed grauissima certè existit, quod postquam peccatum mũdum inuasit æterna Dei iustitiâ id postulante hominem incertè tentationibus suis aggredi potestas Diabolo facta est: qua quidem primùm statim à cõdito mundo, ex duobus illis fratribus, Caini animum horrendum in modum perculit & concussit: (quod scilicet nomen tale ex re ipsa, more primi sæculi, ipsi Caino obuenit) tantam enim tãmque diram inuidiam erga germanum fratrẽ Abelem innocẽtissimum Deóque dilectum internè in eo excitauit fouítque strenuè: vt & luctuosâ morte omni fraternæ charitatis vinculo rupto ipsum tandem perimere non dubitari, ea vnica de causa (si modo causa dicenda) quòd secundùm Hebræorum placitum, fumum ex sacrificio fratris rectiùs cœlum petere videret: Sic & Lamech carnis illecebris libidinísque flamma incẽdit, postquã ab Aenos primùm nomen Dei *Sadai* cœpit vocari audierat, vt priùs duas

Hominis necessitas resistẽdi Diabolo

Ex diuina misericordia tentationibus Dæmonum exercemur & non submergimur.

Morientes tentantur à Diabolo

Lamech libidine sollicitatur.

conjuges appeteret, sicque filij Dei in filias hominum irruerent.

---

## CAP. IX.

*De diluuij causa, & quis ab eo saluus remanserit: de imprecatione Noë in Caïnum & nepotes: déque gigantibus & eorum superbo molimine.*

QVo factum, libidinum flammis semper crescentibus, vt ferè omnes, paucissimis exceptis, à recto deuiarent tramite, timore Dei à terra prorsus expulso, post habitóque nefariam, tandem Dæmonum artibus passim Gigantes illi producerentur: quorum vastam, humanæque naturæ parum decentem & inconditam molem, tempore vniuersæ carnis resurrectionis, ab his dumtaxat auferet qui diuinâ gratia, ab inferorum vinculis exoluti sunt. Hi nempe Gigantes, quâ erant superbiâ sibi filiorum Dei nomen assumentes, cæteros præ se contemptos, hominum filios, appellauere: tandem vltionem diuinam sibi & toti mundo accelerarunt, vt omnia diluuio submersa perirent, excepto Noë (quæ vox quietem Domini denotat) propter quòd cæteris iustior esset, & semen aliquod generis humani seruaretur. Quod quidem diluuium, ab Angelo (quem Pelion fuisse Cabalistæ volunt) instructus Noë (hoc enim modo, multa præsciuisse antiquitùs Patriarchas, cum de rerum euentibus, tum de humana salute, iidē asserunt) Deique ad hoc excitatus spiritu, totis annis centum ante populo prædixerat, ad resipiscentiam concionibus suis fideliter exhortando: sed omni sine fructu, frustra & incassum laborando. Interea temporis arcam sibi, diuinitùs id edoctus, extruxit: in quam, cum vxore sua, tribus filiis, totidémque nuribus, addo

Gigātes diluuij causa.

Noë, quies Domini. Angelus præmonuit Noë futuri diluuij.

& nonnullis, de cunctis cæli & terræ animantium generibus, seruandus sese reciperet, cæteris omnibus Cataclysmi aquis submersis & perditis. Post hæc, haud longâ temporis morâ, & antequā adauctū adhuc esset nouū genus humanum, Diaboli antiquum obtinētes filium Noë, Cham dictum, induxere eò, vt patrem denudatum dormientem cæteris fratribus deridēdum propinaret ac monstraret, quem tamen anteà fascino quodam ligasse, ne gigneret, quò id semen impediretur, Berosus antiquissimus Chaldæorum historicus testis est, qui hinc expergefactus Noë tantùm piaculum in se patrem commissum sentiens, à Dæmonum insidiis, filiique malitia profectum, Cain eius nepoti imprecatus est; cùm quibus Deus benedixerat, ipsi maledicere non integrum esset: ex quo tempore Caïnum primum nigro à reliquis distinctum esse cœptū non leuis suspicio est, cum vel extrinsecus, tum Dei vindicta appareret, id quod magis aliqui asseuerare videntur, cū ex ipso Æthiopes, Ægyptij, cæteriq; Nigritæ orti propagatiq; sint. Verùm cuimaerò an nō etiā egerunt variis iterū per vniuersum terrarū orbē nationib' hinc inde dispersis, cùm per plurima signa & sacrificia antiquos patres à propriis intelligentiis quibus familiares erant, vt eorū fidem in id futurum semen clariùs testatam facerent, instructos viderent; quo & ipsi, varias regiones, & loca peruolando, omnis generis vitiis Mundum inquinarent, teutaréntque; vt huius benedicti promissi germinis omnem memoriam, (si foret possibile) penitùs obliterarent, totóque exterminarent mundo. Diuino itaque permissu, hominum peccatis id merentibus factum, vt quemadmodum pij sensim incrementa sumunt in dies, in scientia & timore Dei illuminati: ita

Cham patrem Noë fratribus deridēdū propinat.

Caïni posteri Æthiopes, Ægyptij, Nigritæ.

ita rursus impij contemptores nominis diuini magis magisque ignorantiæ tenebris inuoluantur. Quapropter sub id tempus Zoroaster, hic dictus Astronomus, quidam Nembroth fuisse autumant, Dæmonum astutiâ hûc risisse ferunt, tam variis præstigiis hominum, cælorum siue potiùs Dæmonum ope adiutus, oculos perstrinxit, vt supra omnes humanas vires inde superbia elatus dicatur. Eorundem porrò Dæmonum furiis & excitatus & agitatus, ille Gigantum pessimus, proles hominum miserrima, felicitatem hic in terra à cœlo sibi contingere, omnibúsque aliis asserere non erubuit, ex quo consequutũ vt homines mirum in modum superbiâ efferrentur, superbissimæque turris illius extructionem molirētur, à qua tamen immissâ in eos diuinitùs linguarum diuersitate ac tanta confusione inextricabili, vtpotè operis nefarij cœpto statim desistere coacti sunt. Hoc itaque pacto & lingua illa, quâ Adam cunctis rebus vnicuique & propriæ substantiæ virtute nomina indiderat, omnibus in hoc consentientibus erepta est; si Heberum, cui Hebræi suam originem acceptam referunt, illi operi minimè consentienti exceperis. Eodem etiam tempore idem Nembroth, dum passim ignem obseruari præciperet, quo priùs Aretia, Noë vxor, ex arca egressa, gratias Deo agens, quòd minimè totum genus humanum submersum voluerit, Deum adorauit: is in causa fuit, vt Chaldæi primi Assyriique Reges hunc coram se præferrent ac colerent, ansámque præbuit non exiguam, quòd Abraham, primus Dei martyr, seu confessor haberetur. Nam is apud Hur, Chaldæorum existens, Deum cœli verè adorauit: Elementum verò idololatricum, vt potè ab imperfectiori institutum sexu, diuinis honoribus vt afficeret adduci nullo pacto potuit, qua de causa & tyranni iussu in fornacem ardentem coniectus, in testimonium suæ fidelis constantiæ, cedentibus nihilque lædentibus flammis, saluus (vt Franciscus Georgius Venetus asserit) ac incolumis euasit.

*Zoroaster aliàs Nébrothus impiæ doctrinæ magicæ primus inuentor*

*Aretia al. Tyrea Noë vxor.*

*Abrahā primus Dei martyr.*

*Abrahā è fornace saluus euasit.*

---

## CAP. X.

*De origine cultus idolorum superstitiosi perfugio delinquentium: circumcisionis præcepto: & transformatione toties à Poëtis laudata.*

SVb id porrò idem tempus, eorundem Diabolorum instinctu, Ninus Assyriorum rex, primus in mundo, & author hominibus, & inuentor æris signati, quo quidem nonnulli in priori mundo Christum esse venditum putant) idola colendi occasionem præbuit, erigendo in honorem patris sui Beli statuam, azylum cunctis ad eam confugientibus delinquentibus, haud abominandam impietatem, postcà Cedas longiùs in vulgus sparsit, quibus imaginibus è limo, ceu alter Prometheus fictis quam profectò Deus miro suæ prouidentiæ ordine priùs irrepere propter mundi recentem creationem prohibuit ac vetuit: malum certè, quo non aliud magis abominabile ac detestandum, cùm homo eò insaniæ à diabolis seductus peruenit vt neglecto & obliuione dira præterito suo Creatore, Creaturam aliquam sordidam & interdum se longè ignobiliorem diuinis afficerit honoribus, crimen scilicet omnium criminum grauissimum ratione obiecti, læsæ nẽpe Maiestatis nõ humanæ sed diuinæ.

Gen. 11. cap. Quod vel hinc clarè patuit, quidnā sydera etiam ipsa, ob eiusmodi piacula commissa, in nostra corpora possint, cùm Aram ante patrem morte rebus humanis exemptus sit, nec id sine causa, cùm sæpenumerò in magna delinquentium turba, etiam si qui reperiuntur innocentes, vnà rapiantur ad supplicium, nec tamen in hoc etiam Deus alicuius iniustitiæ incusādus, cùm ex hoc malo pœnæ bonos præmio afficiat potiùs, ornatioréśque reddat, cum ipsos malos meritò pœna maneat & interitus excipiat. Ex hoc autem idololatrico creaturarum cultus initio, res paulatim eò deducta est, Dæmonum miris technis & fraudibus, vt Chaldæi priùs, dehinc sacerdotes Ægyptij, vtpotè maximè præ cæteris superstitioni huic Diabolicæ irretiti, eò tandem dementiæ processerint, vt firmiter penitúsque illi per ignes, hi verò per statuas magica fabricatas arte, Dæmoni vel propriam salutem, omniáque sua bona & commoda, accepta referentes, ab vniuerso eorum ordine, vt à Deo animas in corpora naturā immitti somniarint potiùs quàm crediderint. Quam ob causam processu temporis hac venenatissima animarum peste maximam partem hominum inficiente, à Deo ipso Abrahæ mandatum est, vt hanc quamuis sibi cognatam infectam tamen hoc veneno præsentissimo gentem penitùs fugeret, mutando solum etsi patrium, vel Deo (vt assolet) Angeli ministerio, quem Zadchiel, Cabalistæ fuisse volunt, ad hoc vtente, ne & ipse ex eorum conuersatione corrumperetur, cùm iuxta commune verbum, *Cum peruersis peruerteris*, vt plurimùm. Ne autem diuinæ promissiones suo tandem tempore complendæ; intereà prorsus penitúsque ex omnium fidelium etiam animis, Diabolicis dolis extirparentur: inite Deo cum Abraham eiúsque posteris perpetuum fœdus placuit, externo præputij circumcisionis signo post octauum, ex quo masculi nascerentur, diem faciēdo, quasi adumbrato. Hoc nimirum signo, cùm Dæmones prohibitarum libidinum flammas summoperè debilitari animaduerterent, ne hîc quidem pro more suo, aliquid intentatum relinquerent, quò huius seminis memoriam omnem abolerēt, gentes reliquas acriter instigando, vt hoc, quò Hebræi à cæteris secernebantur gentibus, quasi dedecoris & infamiæ loco exprobrarent, eósque homines exulcerios Appellas ac Verres nuncuparent: denique pro gente impia ac superstitionibus dedita, passim diuulgarent. Iis itaque gentibus omnem gratiam, à vero Deo profectā quasi pedibus conculcantibus, inciderunt tandem iustā Dei vindictā in sensum prorsus reprobum, naturæ etiam lumine ipsos destituente, plusquam brutorum naturam induentes, adeò vt eorum multi ipsis brutis miscerentur, mas in marem, fœmina in fœminam, in proprium denique hominē (*horresco referens*) coïre nō erubuerint. Hoc belluino ac nefando scelere, quo non aliud Deo magis exosum, res eò deducta est, vt tandem omnes meritas luerent pœnas: tres in meridie non sine mysterio Angeli apparuere, ex quibus duo tantùm vesperi Sodomiam ingressi, hinc sine mora cœlum vndique sulphur & ignem pluere visum est, quo quinque illæ antiquæ insignésque vrbes hoc nefando crimine pollutæ, penitus deletæ, ac etiam hodie ita subuersæ, in perpetuam diuinæ iræ testimonium cernuntur in lacu, quo contra reliquorum naturam viua absorptis mortuis non submerguntur animantia, tanto fœtore exhalante, vt cunctis suprà volantibus alitibus lethalis sit;

Dæmoni omnia sua referentes.

Abrahæ mandatum à Deo.

Gene. 6. cap.

Pactum Dei cū Abrahā.

Hebræorū gēs.

Coitus contra naturā.

adeò vt Cabalistæ ibi locorum inferorum portas esse rati sint, de loco enim subterraneo, nobiscum alioqui concordant. Ipsius quoque Loth coniux, quæ non sine maximo secreto anonyma in scriptura reperitur, ex transgressione mandati, quo egrediens ne retrò circumspiceret iussa, in salis statuam vel in hodiernum diē non sine horrore conspicuam, transformata scribitur. Hæc & similia diuina oracula, quòd dæmones eluderent, quadam cacozelia stultáque imitatione, haud secùs ac simia humana facta imitari tentat, authores fuere, vt tot, tantæque metamorphoseon fabulæ, ab antiquis Poëtis fingerentur, quibus gentiles iam anteà stultos, prorsus (vt ille ait) insanos redderent. Ad instar enim huius statuæ, Battum in saxum, in montem Rhodopen apud Poëtas primùm translatos legimus; Phyllidem in Amygdalum, in florem Narcissum, in fontem Arethusam, in auem Picum, atque adeò in stellam Arctophylacem, milléque alias eorum fabulosas transmutationes, vbique gentium apud eos videre est: hinc etiam factum volunt, vt diluuij memoria, quam Noë Hetruscos edocuit, dum iam ad alta, iam ad ima tenderent, ærumnosæ tunc vitæ memores, Pani Lycæo post Euandri accessum, dæmonum astutiâ falsò ascripta sit.

Transformatio apud Poëtas.

## CAP. XI.

*De sacrificijs hominum: quinam ea instituerint, qui verò abrogarint.*

CÆterùm, cùm & intellexissent Deum, ob præfigurandum verum illud, multis seculis post futurū sacrificium tentasse Abraham, præcipiendo vt filium sibi vnicum, vnicéq; dilectum in monte Moria mactaret, (montibus enim antiqui Patriarchæ, loco templorum vsi sunt) haud mora istud genus sacrificij sibi expostularūt, hinc in reliquiarum ad sacrificandum destinatarum penuria, Phœnices primùm apud Tyrum impulit: Deinde & alios plerosque vicinarum gentium, vt humana sacrificia sibi cæderent, immò tandem parentes, vt propriis liberis minimè parcendum ducerent, ad eam dementiam adegit. Huius rei vel sacra scriptura testis esse potest, quæ tradit, regem Moab primogenitum suum, regni successorem, in obsessæ vrbis mœnibus, hostibus videntibus, quò de Hebræis victoriam reportaret, idolo Molocho iugulasse, quam ex voto etiam obtinuit, minimè tamen ob tantum scelus commissum, omnibus potiùs flagris dignissimum: sed quòd Hebræi diuinitùs, ob multifaria commissa crimina, ipso quasi medio punirentur. Hæc tam execranda parentum in liberos laniena, vndè nā aliò, quàm ab ipso Diabolo, homicida & mendace ab initio profectam dixeris? innatam parētum in liberos [illegible], in crudelissimam carnificinam conuertente: superbissimus omnium spiritus iste nequam, qui excellentissimam & ad ipsius Dei imaginem formatam creaturam, sibi litari exposcere non veretur, quod tamen iis, qui Tyriorum coloniam Carthaginem inhabitarunt persuasit, Saturno sic litantibus, dein in Taurica Chersoneso, Arabia Ægyptóque idem factitatum, quod tandē Amasis Ægyptiorum rex magis cordatus vir, substitutâ imagine cereâ abrogauit. Inuasit & hæc dira pestis tandem Germaniam, qui Theutati suo idolo, multo tempore eiusmodi sacrificia nefaria offerebant: perrepsit postea & in Sueciam prope Vpsaliam; quin & ipsa Italia rerum olim domi-

Sacrificium filij Dei præcipitur Abrahæ.

Montes loco templorum.

Amor parentū in crudelitatem versus.

Sacrificarunt varij populi.

na, delusa à Græca voce φῶς, ab hac immunis remansit, immò tam diu ea afflicta est, donec Hercules orbem terrarum peragrans, tot eum monstris purgando, veriorem reddiderit interpretationem: eam scilicet, vt hoc sacrificium potiùs lumine, id quod vox sonat facerent edocuit. Nec ipsa Roma, quòd veriora reportaret responsa, humano sanguini parcendum rata. Exinde in Galliam, Britaniam ac Noruegiam apud Druydas serpere cœpit. Quis itaque hæc omnia à dæmonibus orta esse non videt? Tempore tamen (vt anteà Prophetarum prædictum erat vaticiniis) aduentus Christi in carnē, hęc diabolica laniena in vsu esse desiit in imperio Romano, quod Adriani Imperatoris ministerio, diuino autem instinctu factum est. Maiorem etiam in modum hæc pestis grassata reperitur in nouo illo orbe superiori sæculo, Hispanica nauigatione à Christophoro Columbo Ligure primùm reperto, vbi non rarò vsu venit, vt quotannis ad septem millia hominum variis gemmis sacrificaretur, sic enim Ipsorum Idola vocabantur, tum à Sucatanensibus hîc solùm, ignotâ tamē de causa Appellis: cùm etiam à Mexicanis, qui tum ibi rerum potiebantur: Quod tamen execrandum facinus nostro tempore à magno illo Ferdinādo Cortesio, Iberorum duce, sub auspiciis Caroli quinti nunquam satis laudati, vel ex hoc solo, ipsorum quoque finibus exturbatum est, haud secùs ac altero Hercule. Prætereà, horum etiam spirituum fraude factum peractumque est, vt Iosephus innocens à fratribus suis, Ægyptiis venderetur. Ab iis enim Pharao Moysi famulo Dei credere dissuasus est, qui quidem primus prophetarum miracula edidit, hinc bicornem per ceruam Cabalistæ prophetasse tradunt: immò ex eo Hebræos arctiùs premere cœpit: quò autem miraculorum diuinorum auctoritatem imminuerent, è vestigio per suos magos similia, præstigiis tamen hominum oculos fascinando, facere tentarunt: quibus præstigiis adeò non tā oculos, quàm ipsa corda gentium occuparunt, vt non modò cœlum, stellásque, sed & omne ferè brutorum genus, pisces, allia, cæpas, aliáque olera, gemmas & ipsa Elementa, hominum gratiâ tamen producta à Deo, quæque cuiusque ingenium sibi idola finxerat, pro diis suis colere nihil addubitarint.

Druydæ non pepercerũt humano sanguini in sacrificiis.

Iosephus à fratribus venditus Ægyptiis.

Idola plurima pro Diis colũt.

---

## CAP. XII.

*De legibus gentilium, qui imitatione Mosaica Diis suis omnia referebant accepta: quo item idiomate seruentur: de libris sacris & pauca de Sibyllinis.*

CVm postmodum autem, verus & vnicus Deus verum quoque & vnicum cultum, quo se affici vellet, misertus generis humani multis modis à vero aberrantis inscriptum binis tabulis lapideis (legem illam omnium legem, duarum nempe tabularum) populo suo per Moysen in monte Synai inter fulgura & tonitrua promulgaret, & inter cætera Sabbatum obseruare præciperet, mendaces hi Spiritus & tum in contrarium nixi sub diuersis fabulis festa celebranda esse ementiti sunt, quò magis suā superstitionē stabilirēt, ipsos Hebræos festa vera vero Deo ritè celebrantes imitati, Ioui, Apollini, Dionysio, infinitisque aliis suis laruis & heroïbus vbique gentium peculiaria festa sacrificiáque institui procurarunt, agitu etiam paschalis

Præcepta Dei tabulis duabus lapideis insculpta.

conui

comestionem æmulati vanis libaminibus agentibus immolatum est, quibus & diuinationem, quo vsu increbesceret, mirâ addiderunt astutiâ: nec defuere, qui in ferendis legibus suis gentibus Moysi cedere voluerunt; hinc Ægyptiis Hermes, & Apis; Persis Oromasis; Bactris Zatriastes: Cretensibus Minos, & Epimenides Thracibus Zamolxis; Scythis Anacharsis: Lacedæmonibus Lycurgus; Triptolemus, Phoroneus, Draco & Solon Atheniensibus, legumlatores fuere, sicut apud Macedones Cabiris, apud Romanos Romulus ac Numa Pompilius: atque multis sæculis post, apud Indos Senásque Somogarbonus, qui exercitiorum idololatricorum (vt & hodie adhuc Orientalibus moris est) causa fuit præcipua, perinde vt Viracoces, in orbe nuper reperto, apud Peruanos, & Zuazadus penes Mexicanos: apud Iaponios Amidas & Xaca, & tandem Mahumectus; sic enim aliqui scriptum reliquêre, quem ex eius ortu, numine, ne dicam dictis ac factis, ipsummet Antichristum, orbis bestiam, ferum aprum blasphemiæ denique & iniquitatis filium, nosse licet. Qui quidem Pseudopropheta legem ab Archangelo acceptam assedis ac miseris mancipiis suis tulisse mentitus est, prout & alia omnia, ab aliis similiter ferè factum vniuersis; qui, quò maiorem authoritatem sibi conciliarent, Moysem imitari, suis etiam Diis leges acceptas referebant; hinc Zatriastes legem à bono numine se accepisse gloriatus est. Minos à Ioue: ab Apolline Lycurgus: atque à Vesta Zamolxis; & Numa ab Ægeria Nympha. Haud multùm absimili dolo & fraude caruerunt, vt tot eorum leges aliâ quàm vernacula lingua scriberentur,

*Mahumedi aduentus.*

*Leges Diis acceptas referentes.*

quò minùs eorum cultus passim scribendo vilesceret: instar eius, quòd veram viuentis Dei religionem, ob maiorem obseruantiam, non aliâ nisi Hebraicâ (omnibus vocabulis Ægyptiis inde exterminatis, quò citiùs eorum superstitionum obliuio induceretur) scriptam cernerent. Proinde antiquiores Græci Puniceis literis suas leges exaratas obseruauerunt; Romani lingua Hetrusca ab Aramæis non ita dissimili fulguratorum ac augurium artem custodiuere, quam pueros eorum edocere sedulò dederunt operam. Sic veteres Germani & Galli Græcis elementis quæ de religione sentirent, scripsere. Vniuersi verò Orientales Syriacis characteribus suas superstitiones consignant. Nunc etiam temporis adhuc diabolorum sic instinctu vt pleræque gentes barbaræ, nos, Græcos, Æthiopes, nonnullósque Indos, omnes tamen Christianos, apud quos alius à vernaculo sermone in religione exercenda vsurpatur, in suis quoque superstitionibus æmulentur, vt hodie faciunt Sinæ, etiamnum idololatræ, Iaponij & Peruani, cum nouæ Bæthicæ incolis; qui omnes diuersa ab ea quâ loquuntur lingua vtebantur: immò & adhuc licèt clàculum vtuntur. Horum etiam spirituum opera peragitur, vt Turcæ, Assyrij, Mauri, Arabes, Nigritæ, Aegyptij, Persæ, Medi, Parthi, Arachosij, Sogdiani, ac nõnulli ex Indis, eisque Tinaũ, Tartari, necnõ Sacæ diuersa orbis climata inhabitantes, alio quàm vernaculo sermone suam legem Arabico nempe scriptam habeãt: ad hæc nõne, dum Hebræos suilla carne lege vetante abstinere viderẽt, & ipsi vt à bobus ægyptij sibi temperarent, effecere; quod & adhuc obseruatur ab Indis, sic & à piscibus Syri. Illa itaque diuinę legis obseruatione, res eò deducta est, vt hoc benedict. sem̃ nõ modò

*Romanorum leges qua lingua [illegible]*

apud Iudæos in dies magis magisque radices ageret, verum & gentibus Sibyllinis innotesceret oraculis, quarum decem celebrantur (etsi nonnulli vnam tantùm fuisse velint diuersis dictam nominibus) quæ omnes diuino afflatæ numine, vaticinatæ sunt: etsi ipsæmet suorum vaticiniorum ignaræ miseræ. Haud enim existimandũ, cùm verę fidei essẽt expertes, eas, instar nostrorum Prophetarum, fuisse illuminatas, verùm vaticinia illa ex diuino influxu in earum animis quasi imagines in speculo, relucebant: non ad illarum proprium, sed potiùs gentium, ne quicquam causare possẽt commodum, perinde vt Balaam ariolo, ac Caïphæ sacerdoti immittebantur. Quorum porrò molitionibus factum, Hebræos imitando, qui Salomonis Cantica, Ezechielis propheciã, *Libri sacri non omnibus manifestati.* allegoricámque scripturæ interpretationem, non nisi viris dignis manifestari volebant, harum libros, atque Hidaspim legi, præterquam quod à quindecim viris capitis cunctis supplicium præscriptum erat.

## CAP. XIII.

*De Poëtarum miris figmentis: eorum doctrina fabulosa à Dæmonibus instigata: responsis etiam Dæmonum, oraculisque diuersimodè redditis imitatione sacrorum Prophetarum.*

PRæter hæc, an non ijdem nequã & fallaces spiritus excitarunt, vbi hoc beatissimum semẽ apud Hebręos nasci debere, eisque propriâ maliciâ crucifigi ac expelli, gentibus verè Dei filium prædicandum perceperint, quo *Poëtæ quæ à Diabolo edocti.* vllo si modo possent impedirent, aut saltem ni possent retardarent tot Poëtas, ad tot tantásque fabellas effingẽdas vbique gentium de Iouis liberis, qui nonnulla ex parte huius sanctissimi seminis virtutes, ac Theandrica gesta, non secùs ac simia humana, æmulari viderentur. Quid enim aliud sibi voluere antiquorum vates per Perseum è virgine natum, nisi vt hac *Perseus è virgine natus.* fabula, Apostolos hoc diuinum germen à virgine prodiisse docentes, quasi nihil inauditum, admiratione aliqua dignum afferentes, præ se cõtemnerent? quid per Mercurium, Deorum hominúmque internunciũ, nisi, cùm hoc semen verè hoc officio functurum audirent, leuiùs eo afficerentur? quid per Herculem natum è Ioue, orbem terrarum à tot monstris vindicantem intelligi voluerũt, in cuius beneficij memoriam tot tãtisque malis erepti, propria mortales sedendo libarent sacrificia, eique decimas instituerent? quid per Sameticum regem inferos petentem, atque *Descensus ad inferos.* cum exuuiis redeuntem? quid per tot plures alios, nisi vt cùm hoc diuinũ germen ineffabili quodam modo humanam suæ diuinæ indissolubili vinculo copulasse naturam audirent: quò homines ex inferorum potestate, è lacu illo, in quo non erat aqua, liberaret; hæc (inquam) omnia non maioris ac suas facerent fabulas, vnúmque alteri quasi similia conferrent? quid aliud per Aesculapium, morbis hominum variis medentem, nisi vbi hoc sanctitatis germen verè nostros languores sanasse intelligerent, flocci omnino penderent? Quæ porrò effinxere de Aristeo Proconesio mortuo, & denuò tandem viuo apparente, Cleomede in arca incluso nec ampliùs reperto, Adonidi quẽ spargerent planctu, Abari ac Hyperboreo per aëra volante, nisi vt nos huius seminis memoriam requiescentis in sepulchro quotannis celebrantes derideant: quasi perinde ac cùm eum, propria virtute à mor-

tuis

nis resurrexisse, ad cœlum in conspectu multorum ex fratribus cõscendisse, grata mente & ore recolimus, vt rem nullâ admiratione tantâ dignam, stupentes ludibrio habent.

Resurrectio & Ascensio Christi.

Quid de Mithræ sacrificio, pane ac potu, Mercurij aqua, quâ commissa scelera expiare miseri somniabant, denique de tot innumeris hoc genus fabulis ab eis confictis? an ob vllam aliam id factum putaueris, quàm vt huius clarissimæ lucis ad reuelationẽ gẽtium cœlitùs demissæ, splendorem suarum fabularum caligine tenebrisque retunderent, ac inuoluerẽt, cùm penitùs illud extinguendi potestatem omnem sibi præcisam viderent. Haud absimili modo & consilio diuinos Prophetas, populum ad veri Dei cognitionem crebris concionibus prodigiisque inuitantes, diuinásque reuelationes propalantes, suis & ipsi falsis diris æmulati sunt, quorum insigniores celebrantur, Musæus Atticus, huiúsque ciuis, Lycus, Bachides, Boëticus & ipse Tiresias, Eucleus, Epimenides, ac Mopsus, omnes quidem, at diuersis futuris prædicendis olim occupati, vt à diuersis dæmonibus ipsorum abriperentur sacrificia, vel etiam ieiuniis, lotionibus, variisque cantibus, choreisque præmissis: vix enim dici potest, quàm hi immundissimi spiritus diuinorum tamen honorum sint auidissimi, adeò miserandum in modum diuinos honores sibi exposcentes miseris hominibus diù multùmque imposuere. Hinc neque Branchis, virgo vatidica, ni virgam manu teneret, triduò ante ieiunans, pedes limbúsve fontem tangerent, responsa dare poterat. Ita nec Colophone responsa proferebat, non gustatâ anteà aquâ illâ, quâ omnium cõspectui subtrahebatur: quid? quod ipsum Delphicum nihil promebat, ni sacerdos in antri adytis tripodi insidẽs

Poëtæ diuinos Prophetas imitati.

Branchis vates.

diras illas potiùs quàm diuinas exhalationes exciperet. Adde de tot aliorũ oraculorum responsis, quæ iisdem dæmonibus ducibus & auctoribus primùm in Iouis Dodonæi templo ex quercu reddi cœpta sunt: post vbi stulti Dei vocem ex ære resonantem, & sacerdotibus vt populi futuras portas cauerent iubentẽ, primùm perciperẽt. Quid porrò cum illis fatidicis sermonibus totque Deorum simulacris, quę omnia vsque ad tempora Pyrri Epyrotarum regis carmine responderunt, aliud sibi voluere, nisi vt Iob versus, Dauidísque Psalmos imitarentur: nostrâ certè astutiâ breuiloquentiam introducentes, vt ambiguitate veridici haberentur, cùm tamen reipsa, nil nisi hominum extria spectantes fallacissimi mendacésque in ipso euentu rei semper comperti sint. Responsa itaque mendacia strictioribus numeris inclusa, sonora magis, sensúsque gratiora quę reddere volebant, quò & eorum laudes suauitate quadam veri Dei laudes hymnis decantari solitas exuperarẽt: progressu tamen temporis, cùm non ampliùs ligatâ, sed prosâ potiùs sua reddere cogerentur, minùs certa tum prædicere potuisse deprehensi sunt, quod non cœlestis alicuius influxus defectu factum putandum: quasi verò pythones ac ventres eorum non tanto vt anteà terræ halitu explerentur, quod nonnullis per somnium in mentem venisse videmus, cùm oraculo passionis omnis expertia, nec à rerum natura, nec loco certo afficiantur, concludantúrque, verùm longè potiori causæ id factum meritò adscribendum, vt potè ab altiori intellectu profectum. Neque enim, quod Aniel Zachieli præfecturam cessit (his enim intelligentiis mundi commissi regimina ferunt) quorum causâ varios inferioribus influxus contingere secretiores asserunt sapientes, cùm

Oracula ex quercu reddita.

Imitatio Psalmorum Dauidis.

Responsa Dæmonum

cùm quæ in voluntate, vt ipsa quidem responsa consistunt, longè antè quàm eueniant, vnico intuitu in suæ essentiæ speculo prospiciat.

## CAP. XIV.

*De aduentu Christi: an ei silentium responsorum Dæmonum tribuendū sit: de illorum in operibus diuinis æmulatione: déque aduentus Christi testibus: de fuga denique Dæmonum & subuersione idolorum sole illo iustitiæ temporis exoriente.*

NEc inde etiam factum, quòd eorum sacerdotes, auaritiæ vitio laborantes, pecuniâ corrumperentur; cùm enthusiasmo extra se quodammodo rapti, vti his fieri consueuerat, inquirentibus ipsimet quidnam esset quod responderent, ignorarent: multò minùs ipsorum Dæmonum aliquo ætatis vitio morbóve factum existimandum, cùm ijs minimè sint obnoxij, more hominum non senescẽtes: hinc verò potiùs (*vt Comici verbis dicam*) illæ lachrymæ, & in hoc cardo totius huius rei vertitur, quòd tempus venerat, quo ipse Sol Iustitię splendore gloriæ paternæ totum mūdum illuminante iam iam exoriebatur ex alto, ad cuius lucis recens prodeuntis auroram conspectam, omnia illa diabolica tenebris mundum obducentia, oraculorum responsa victa ac fugata terga dedere, penitúsque conticuere: haud secùs quàm & nocturna eorum spectra, sub tempus Solis emergentis in fugam acta, hominibus molesta esse desinunt: cuius etiam gratiâ Græci, quos qui alios erudirent, sapientes habuerunt, & Romani rerum domini, qui ius ferrẽt, iureconsultos obtinuere. Dæmones prætereà ijdem videntes Hebræos in deserto, iussâ Dei vindictâ à serpentibus venenatis morsos, aspectu solo, eius iussu à Moyse erecti ænei serpẽtis incolumes euadere, simias & in hoc agere more suo non neglexere: hinc eiusdem imaginis dæmon à Nicagora Sicyonibus allatus est eundẽ in vsum, vt à Romanis ad sedandam pestem vectus est Aesculapius. Extructo porrò à Salomone summo verόque Deo Sabaoth, quasi in medio orbis terrarum, templo omnium pulcherrimo ac magnificentissimo, ipso etiam Dei Spiritu artificibus ad id opus vndique conquisitis coactísque, vt in eo omnes Hebræi Deum suum adorarent, nonne hi spiritus hinc inde æmula quasi fama sua ædificari sategere? quòd vel illo Delphico, in medio quasi habitati orbis vmbilico, Apollini erecto fano cernere est. Ægyptus quoque Alexandriæ Serapidi, totáque Asia, Ephesi Dianæ, & Schandia Thoroni Vpsaliæ, magnificis omninò sumptibus ædificauere templa. Denique iam à tot seculis promisso mundo exhibito in carne hoc sanctissimo germine, quidnā intentatum hi impuri spiritus reliquere, quo id mortalibus inuidentes, statim vicissim è medio tollerent? nil profectò. Nonne Herodem, vt ne suo sanguini parceret nefariis armis instruxere: vt & Augustus, se malle Herodis porcum quàm filium esse dixerit? cúmque tandem volens, licèt innocentissimus hic agnus [illegible] pro nobis exoluturus in manus peccatorum sese traderet, nullis non tormẽtorum generibus, vsi instrumento ad hoc Iudæi ipsi eum intentatum reliquêre? quódque tunc à capite exorsi erant posteris temporibus in membris etiam: sanctis nempè martyribus Christi, strenuè prosecuti sunt? quorum omnium memoriam recolẽdo, etsi quotidie quinque millium, immò

Silentiū oraculorum vnde.

Serpens æneus sanat morsum serpentis venenati.

Templū Salomonis vero Deo extructum.

Templa Dæmoni extructa.

immò complurium numerus coniungeretur, annus tamen integer minimè sufficeret: quorumque ossa tanta copia Romæ, ac si essent tædæ paleæque passim per compita viarum, ardere visa sunt. Annon omnibus omnium gentium scriptoribus hanc rem gestam literis posteritati consecrare, vtpote Senatui Imperatoribusque maximè infestam, interdictum est: quorum opera? dæmonum ipsorum: nixi tamen incassum; ipse enim Augustus, licèt nescius de ortu eius, (quem tanto ardore extirpatum vellent, eiúsque memoriam deletam funditùs) de vita Lentulus, de morte Tacitus, de eius in Iudæa aduentu Suetonius, de ipsius autem miraculis ac resurrectione Iosephus, ex solis prætereà præternaturali deliquio, Areopagita sit testis, Phlegræ stupendum ac priùs numquam auditum terræ motum refert Plinius. Cuius etiam, nisi ipsorum Dæmonum impulsu effectum, vt huius sanctissimæ doctrinæ sectatoribus à tyrannis interdicerentur literarum studia, quo tandem ignorantia irretiti cœlestis studij doctrinam abijcere ac deserere cogerentur? Verùm nec quod hac vià aggressi erant eis successit, cùm innumeri hinc ferè doctrinà insigni conspicui prodierint sapientes, diuersis linguis instructi, hoc semen sanctum laudibus celebrantes, suáque morte, veram fidem confirmantes. Ab iisdem itidem profectum, vt Origenes, in sanctitatis germen pictores effingerent, quo homines ab eius cultu alienarent. Et quid per Celsum, Porphyrium, Iulianum aliósque Sophistas, tantis fallaciis falsisq; tot hæreticorum doctrina, non inceptum est? itidem tamen sine successu; quos enim radicitùs extirpatos vellent, eos potiùs quotidie magis crescere, vitésque sumere contigit: hinc tanta martyrum corona, qui vel vltrò veritati huius sanctissimi seminis testimonium præbêtes, mortem subierint; nec proptereà quod literis interdicebatur, multi egregiè docti defuere, ad quorum exempla, & nos nostram vitam instituere, si ita visu veniret, æquum foret, protecti viuificà vmbrà sanctissimi huius seminis. Et vt ad ea de quibus superiùs digressi sumus, redeamus. In tantũ hi scelerati spiritus ad exortum huius lucis diuinæ, eiúsque verbi per Apostolos prædicationem, in fugam versi vbique locorum exterminati sunt, vt & ob solum nomen etiam à malo prolatum obmutescant penitùs, eorúmque idola subuertantur; cuius rei vnum ex aliis multis exemplum extare inquiunt, à Diuo Bartholomæo aduersus Astharothum, insignis magnitudinis Albaniæ Dæmonis simulachrum, ac Sancto Thoma coram Meideo designatum.

*Ad ortum Christi testes.*

*Literarũ studia interdicta.*

*Christus à Pictoribus fictus.*

*Fuga Dæmonum in aduentu Christi.*



## CAP. XV.

*De cæcitate Hebræorum, qui literarum punctis occupati, scripturis genuinum sensum distrahunt: Messiam adhuc venturum expectant: sine rege, sine sacerdotio viuunt errantes, secretáque Dei ignorantes: cuius nomen licèt apud diuersas nationes proferatur, tamen apud easdem quatuor tantùm literis enunciatur, non sine mysterio.*

QVid aliud porrò illius miseræ Hebræorum plebeculæ ac fæcis verius oculos & animos vsque adeò obcæcat & dementat, vt alium adhuc venturum Messiam expectent stolidi? Dæmonum certè opus quorum ope-rà tâ redditi omnium miserrimi, mendacia veritate neglecta amplectentes occupati in scripturarum punctis literisque sensum ipsum corrumpunt, quò vsque eis nihil veritatis reliquum maneat, vmbram relicto corpore sectantes. O ter quatérque infelices, tot sæculis iam à patria sua exclusi, exules facti, cuius recuperandi studio, ter quotidie Deum precibus compellant, cùm eâ tanto tempore non caruerint vnquam ob tot commissas idololatrias, neces Prophetarum omnisque generis alia flagitia, ita vt nunc carent, cùm & sine Rege, sacerdotio, absque ephod, prophetis, quibus tantopere gloriabantur, vbique gentium & locorum summè exosi, vagentur miseri odio (vt ferunt) Vatiniano, alioqui pietate digni, laborantes ipsi soli, hanc cæcitatem (qua talpis sunt cæciores) spontè accersentes, in summa luce non secùs ac vespertiliones ad Solis lumen cæcutiunt, præsertim cùm & Rabini eorum huius seminis miracula nequaquam silentio prætereant, propriam Israëlis ruinam & interitũ iniustæ huius germinis morti adscribentes, prout à Rabbi Mose Ægyptio, summæ apud eos authoritatis viro factum est. Cuius profectò seminis nomen, cùm sit nouum, ac suprà omnem modum & nomẽ inscrutabile non *Iesuah* ישוע Hebraicè, vt nunc iidem perperam ac de industria agunt, cùm hoc nomine plures nũcupatos fuisse, modóq; adhuc apud ipsos vocari reperiatur: at Iesu ישו proferri potiùs iustum esset prout & in antiquissimo quodam numismate Hebraicis literis scriptum reperi, sicut etiam pronunciatur Arabibus ac Chaldæis, vel exiguum in loquendo ab eorum idiomate dissentientibus, quod per artem Caba-

Hebræi literarũ punctis occupati.

Hebræi errantes.

Hebræorũ cæcitas.

Iesus quomodo ab Hebræis Arabibus, Chaldæis & Cabalistis dicatur.

listicam doctis ex his dictionibus satis patet, ל׳ ר של ו, *iamo*, *solo vnlo*. Cuius quidem nominis mysterium, verè ἄῤῥητον, lubens prætereo, quidnam de eo nonnulli Cabalistæ scripserint, cùm sub hoc nouo ac ineffabili Iudæis cunctisque aliis infidelibus miro arcano Diuinitatem ac humanitatem in vno supposito, vnde nostra dependet salus, oculi ac abscondi innuant, apertè nobis cœlitùs ostenditur, non modò ex eius anomala à reliquis omnibus propriis nominibus inflexione, vti Iupiter apud Latinos & Græcos; Ζεὺς; secretum certè animum aduertenti, adeò mirabile stupendúmque vt nullum aliud nomen nobis exhiberi posset, cuius virtute & auxilio, à potestate Satanæ, cui culpâ primorum parentum subiecti eramus, liberaremur, quàm hoc ipso omnis sanctitatis fonte, nostrarum miseriarum refugio, verùm etiam clariùs (vt ferunt) sole ex eius vocabuli scriptura; siquidem quatuor apud Hebræos literis scribitur, quo apud omnes nationes non sine maximo arcano, Dei nomen profertur, vti videre licet apud eosdem exaratum nomen magnum *Ieouah*, יהוה tetragrammaton: Quod quidem *Alexander* ille magnus in Lal summi Pontificis Cidari aureis notatum literis dum conspicaretur, suspiciens illud statim ex equo desiliens, pronus, percusso pectore manu adorauit: totidemque elementis profertur nomen Dei: Alla, apud Arabes: Teut, apud Ægyptios: apud Magos, Orsi, Græcos, θεὸς, Persas, Sire: Latinos, Deus: antiquos Thuscos, Esar: apud Germanos etiam Gott: Sarmatas Bouh: & Istu, apud Peones ac Tartaros, Itga: ex cuius admirabili secreto, quàm

Deus & homo in vno supposito quomodo significetur.

Alexander magnus nomen Dei adorauit.

quàm facilè Porphyrius, qui Deorum vanitati præ cæteris indulsit, nosse potuisset, ni ipsemet diuinum à se auertisset lumen, cuius splendore sic expulsæ Dæmonum fuerunt tenebræ, vt nihil quod petitum ab idolis esset, impetrari potuerit, postea quàm adorari hoc felicissimum nomen inciperet, tantopere lamentatur: cuius rei etiam causa, non sine magnis clamoribus Pana quendam ex eis, quos decepta gentilitas sibi Deos finxerat, extinctum fuisse, Plutarchus author est, non quidem vt nos, atque hoc magis, quòd omnis horum operatio ab intellectu quem nullo pacto corrumpi, vel nec nostrum etiam cùm deforis adueniat, neque vt intelligat, vllo aliquo indiget sensus instrumento. Immò, nec hinc, quasi dæmones gratiâ diuinâ priuati (quæ verissima mors est) fuerint, cum iam ante crimine priori ea longè satis exciderint. Verùm multò magis ob tyrannici sui imperij amissionem, tanto tempore diuino permissu in homines obtenti, donec tandem in hoc Dei germen, in quod nihil habebant iuris, cùm naturâ impeccabile foret, manus iniecerunt mortem inferendo, quâ quod per Adam amiseramus non iniuriâ maiori cum fœnore recuperatum est: vbi enim abundauit peccatum, superabundauit & gratia.

Gratiæ priuatio mors animæ.

## CAP. XVI.

*De insolenti Dæmonum cupiditate, sibi diuinos honores vindicare volentium, sibique vrbium salutem tribuentium.*

AD propositum ergo nostrum nunc redeundo, pleráque & alia præter hæc machinatos esse ipsos Dæmones videmus, quò omnino quantùm fieri poterat, diuinos honores suos facerent, nihil non imitari ausi; arbores enim quædam voces humanas edere auditæ sunt; cùm apud Dodoneam syluam post vbi Deum nũ ex Arca respondisse perceptum est; tum etiam apud Persidem, vbi ex arboribus reddebantur oracula; & ex earum, quæ Soli consecratæ erant crebriori fructuum vsu homines sibi vitam prætendere credebant, vt Artesius magus. Simile quid & prope lacum Nymphæum accidit, ibi etsi non voce, signis tamen certis responsa quasi sua prodebant, in hoc etiam Deum imitari studentes, per signa etiam sæpenumerò veritatem innuentem; perinde vt Moysi per rubum igne non consumptum, ita per humidum vellus in arida humo ac vice versa, Gedeoni Hebræorum iudici aliis signis quoque aliis in locis indicatis. Qui enim successum rerum suarum euentúmque oculis quasi inspicere desiderarent, ex thure igni iniecto præscire poterant. Si enim corpora sua ex sententia successura erant, nulla interiecta mora in terram proiectum flammis absumebatur; sin minùs, ignis quasi id refugere cõspectus est vt & sæpenumerò apud

Voces hominum ex arboribus auditæ.

Responsa non tantùm voce sed etiam signis prodita.

Gìcetiam contingit, vbi oblatum (ſiquidem placebat) ſacrificium flāmis cœlitùs demiſſis ſtatim corripiebatur, ad inſtar ſacerdotum Bahali, dæmonibus id procurantibus iuxta Hebræorum Thalmudiſtarum ſententiam, antequam cum Helia de vera religione contenderent ſuccumberéntque, à conſuctis ſignis defecerunt. Quæ porrò in Tyaneo ſonte, fluuióque Scamandro ab ipſis cœpta ſunt, (ad ſimilitudinem aquæ maledictionis, quæ adulteras prodebat) vbi virgines vno iurando, altero verò lauando, an Dianæ caſtum ſeruaſſent hymenæum, explorabantur.

*Aqua maledictionis adulteras prodens.*

Ad hæc, graſſantibus delictis aliquibus publicis, ad tempus interdum à reſponſis ſuis ceſſabant, imitaturi & in hoc verum Deum, qui vocē ſuam in arca cohibuit, peccantibus filiis Heli. Regna etiam vrbéſque vergentes ad interitum ſua opera conſeruari mentiti ſunt, vt in Ilij deſtructione ſub Iunonis & Veneris imaginibus depingitur: ſanctorum Angelorum, pro piis perpetuas excubias agentium, munus æmulantes. Multa præterea & alia huius generis ab iis factitata ſunt, ex quibus tamen vel hæc adduxiſſe, nobis ſatis ſufficiat.

*Graſſantibus delictis reſponſa ceſſabāt. Vrbium ſaluatores ſibi Dæmones nibuere.*

D'E

# DE NATVRA DÆMONVM IO. LAVRENTII Ananiæ Tabernatis Theologi LIBER TERTIVS.

## CAPVT PRIMVM.

*De responsis oraculorum; cur dubia & obscura reddantur: de prædictionibus vaticiniisque probentur necne: & qua ratione permittatur vsus.*

Responsa Dæmonum cur dubia aut obscura.

ERVM ad responsa dæmonum, quod attinet, semper hoc proprium habebant, quod aut dubia, aut per obscura erant quò homines inextricabiliter perplexitatibus inuoluerent; vt vel hinc patet: *Ibis, redibis, non morieris in bello, & non Apulus Carolus vincet.* Neque hoc naturæ oculorum, quasi aliter reddi non possent adscribendum (vt multi ex antiquis falsò sibi persuaserant) sed dæmonum partim fraudi, partim verò inscitiæ: etsi enim plurimarum rerum cognitione, ingeniique acumine præditi sunt, & ob proprias rerum ideas, quæ in ipsorum essentiæ fonte insunt, quisque eos nunquam in potestate esse Theologi asserunt: non tamen propterea, rerum contingentium determinatam certámque veritatem assequi possunt, aut quòd Angelis (vt Scotus inquit) prohibeantur: ait namque satis decere, cùm sensile nihil sit, quòd intellectu comprehdi nequeat quicquam reperiant: quod verè (vt Thòmas asserit) nequeant: nec ad rem facit, quòd sæpenumerò ipsorum prædictiones ab euentu præcisè comprobatæ sunt, vt videre est in Martio vate, qui multis annis ante Cannensem

Perplexitas oraculorum cui sit ascribenda.

Prædictiones interdū comprobatæ.

pugnam prædixerat, vt non tam futura, quàm iã facta referre videretur, sic & ab Hidaspe antiquissimo vate Lydiæ rege, qui simul cũ Romani Imperij excidio vniuersalẽ mundi etiam præcinuit ruinã iudiciũmque futurũ: nã cum hæc prædicerẽt, non quasi ea quæ à se scita forent, at quæ certa ab Angelorum (vt *vt inferiùs demonstrabitur*) audirent reuelatione vaticinabantur, etenim his formis tantùm id quod à naturæ principiis pẽdet, simplici nihilominus vt & Angeli intuitu percipiunt, quamuis ratiocinandi virtutem habere, si vellent, modò ipsorũ natura ex parte non repugnaret, vtique posse Scotus non denegat, non tamẽ vt rebus ordinãtur diuinis, cùm his quasi noctuæ cęcutiant. Qua quidem naturali scientia nequaquam ob commissũ crimen (*vt suprà dictũ est*) priuati fuere, licèt nõnihil obscurati, cùm ea (vt dixi) nõ ad Dei gloriã vel faciunt Angeli, sed ignominiã potiùs vtantur. Proinde hæc eorũ sciẽtia potiùs nocturna, quàm vespertina, quæ propria est Angelorũ, à propriis scilicet eorũ naturę emanãs principiis nũcupanda est: qua quidẽ omnium rerũ virtutes ita percipiũt, vt vnico tantùm actu ad cognoscendam quamlibet sui formã, cũ omnibus indiuiduis cõuertantur, etsi nõ ad diuersas rerũ species vti nec intelligentiæ, propria virtute cõuerti queunt, ex quarum quidẽ singularũ perfecta cognitione, si haberi vllo ab homine posset, multò certè maior, quàm ex totius mundi perspectione, orietur voluptas & delectatio, qua quidem Dæmones ob commissũ in Deum scelus destituti (etsi scientia non careant) nihilominùs hac quãtucunque eis reliqua sit, haud tamen assequuntur ea quæ à Dei tum etiam nostra dependent voluntate, vel iam existentia, tantùm abest futura.

Perfectã rerũ cognitionẽ nullus cõsequi potest.

## CAP. II.

*De futurorum prædictione: an sit & qua ratione concessa: de colloquio Dæmonum cum Angelis, & ad quẽ finem, Atque huius præscientia cupiditate: an certa haberi possit, & cui ascribenda: Sortilega demum artes vnde experint.*

Ex quo consequitur, si quando futurorum euentus aliqui prædixisse reperti sunt, id eos ex superiorum nutu ac reuelatione, miro Dei ordine ac prouidentia, primùm omnium accepisse, vt homines qui præ cæteris omnibus creaturis imaginem diuinã expressiùs referunt, sponte tamen spreto summo infinitóque bono, sceleribus sese contaminantes, magis præcipites in pœnas exitiũmque ruãt. Nec cuiquam mirum videri debet, Angelos interdum dæmonibus colloqui, cùm non sint animi ita dissimillimi, naturæque sic repugnantes, vt omnem amorem prorsus exuisse videantur, etsi Dei dilectionem abjecerunt, quã Angeli vel hac altiore minimè vacant: & propterea operã dantes, vt fides eò magis exerceatur, incrementũmque sumat: mutuum verò inter ipsos bellum, ratione diuersarum voluntatum excitatur, cùm hi Dei honorem omnibus modis auctũ, illi verò diminutum velint, procuréntque. Nec tamen dæmones ex hac cum Angelis conuersatione, quasi ad aliquem amorem erga Deum, commouentur, cùm summa obstinatione atque militiã opere (ob quod charitate destituuntur) ab Angelis discrepent futuri solummodò alicuius cognoscendi causa, hæc colloquia potissimùm expetentes in hunc etiã modum, Satanã cum ipso Deo collocutũ,

Futurorũ prædictio vt cõcessa.

apud

*apud Iob.* clarè patet, ex quo factum, vt gentes crebrò per oracula deluſæ ſint, adhuc quoque nonnullæ deludantur. Hac futurorum prædictione, humanis mentibus iam naturâ rerum eiuſmodi cognitionum plus ſatis cupidis ac curioſis per totum. ferè mūdum olim diabolus aſtutè inſinuauit vbique locorum, & quod mirū, idē cultus antiquitùs Druydum in Gallia, & gymnoſophiſtarum in India deprehenſus eſt: atque etiam per naturalia, quibus, cùm diuinum numen laudandum eſſet, ſiquidem cuncta in hominum gratiam vſúmque creata ſunt, propter eorum abuſum vituperari, ac blaſphemiis affici cœpit: cùm ipſorum dæmonum dolis fraudibúſque ſortilegæ ac ſuperſtitioſæ artes, quæ originem ex Elementis, cæteriſque creaturis traxère, hominum animis obtruſæ ſunt, erepto inde vero honore Deo debito, pietatéque ipſa, hinc infinitus ille gentilium deorum numerus excogitatus, vt tandem nec vnica res, vel naturâ vel arte producta ſuperfuerit, quam diuinis honoribus non affecerint.

Auſpicia omnia ſectabant.

Ignem adorārunt.

## CAP. III.

*De cultu variarum gentium diuerſo: multis idololatriæ generibus: reſponſis ex idolis petitis: exterminatione idolorum & ſyderum obſeruatione.*

HInc vt & præmiſſū anteà, Chaldæi igni, quo priùs Aretia Deū coluit, genua flexerunt cui & Achā, furore diabolico agitatus, proprios liberos initiare non addubitauit, cui & hodie nonnullæ veneficæ crebrò alienos vel etiam ſuos infantes conſecrant, multi prætereà in Scythiæ extremis penitioribúſque Æthiopiæ tractibus, cernui ſeſe inclinant, ab inſenſibili hoc Elemento auxilium, aquam è pumice nempe poſcentes. Perſæ quoque antiqui Lunam cùm in nouilunio Hebræos caput aperire cernerent, de noua rerum prole Deum laudantes adorauere, ipſámque Solem Mitrim ipſis dictum, diuinis honoribus proſecuti ſunt, ad cuius exortū, vel equorum hinnitu interdum futura præſcire ſibi polliciti fuere. Inde etiam à diuerſis idolis, vt & Ægyptij, Græcique & aliæ gentes ſua habuerant reſponſa, nec adhuc in hunc diem ſimilia idola prorſus penitúſque ex mundo extirpata ſunt, quamquam id ſibi perſuaſerit, hallucinatus tamen in hoc Bernardinus Mandelus, innixus textui Zachariæ ac Eſaiæ Prophetarum, minimè tamen ſatis ei intellecto, præcinenti ſub Meſſiæ aduentum, cuncta idola abolita iri, (vir hic alioqui acutiſſimus, vt qui ætatem ferè in philoſophia ac logices argutiis conſumpſit, cui equidem non pauca debeo) cùm tantùm exploſa ſint à Romano Imperio, cuius appellatione, cum toti tum cognito ſe è orbi imperare, totū regi mūdū dicebāt: quem dicendi morē etiam in nouo teſtamēto ſecuti ſūt ſpiritus Dei illuminati Euangeliſtæ, vt miſit Cæſar quo deſcriberetur totius orbis & hic tantummodo Romanū imperiū deſignetur. Quæ itaque idola adhuc ſuperſūt in mundo, ſenſim & paulatim quoq; expellentur, donec tandē ab omnibus hoc increato lumine clariùs perſpecto vnum fiat ouile & vnius paſtor: in Europa enim, apud Grunlandēſes; in Aſia, apud Oboloriamos: ac alios multo in Africa, nonnullos Nigritas, & in nouo Orbe penes diuerſos populos, etiamnum idola reſponſa dant ex certis ſimulachris. Verùm, ad inſtitutum redeundo, cæteríque quæ de hic

Lunæ Soliſque cultus.

Totus orbis quomodo deſignetur.

Cultus variarū gētium.

hic idololatrarum generibus, adduci huc possent prætereundo. Quoniam tot tamáque fuere apud Æthiopes, Arabes Mauros, Hispanos, Gallos & Germanos, Sarmatas denique, Scythas, Romanos, Pœnósque

*Idololatriæ genera.*

idololatriarum genera, vt ad trecenta eóque ampliùs excreuerint, *authore Themistio*, ex quibus Thusci, tonitrua, fulgura, fulmina, decidua sydera, cæterósque aëreos ignes & Cometas coluere: à quibus non rarò (cùm sæpenumerò sint signa, non ita fallacia, vt potè ab ipsa natura producuntur) edoceri possent futura, quæ contingunt, ignari rebus ascripsere, quorum diligentia eò processit, vt assiduè dierum numerum prædixerint, diuersósque deos his præesse statuerint,

*Thuscorum cultores qui.*

*Ars fulguritoria.*

artémque fulguritorum eorum astutiâ edocti, literis scripserit Hetruscis, Thages & Begoe Nympha. Hac dæmonum superstitiosa arte Pythonissáque, Porsena, Larthes industria Vulsenam vrbem diu frustra obsessã horrendo fulmine ictam succendit, funditúsq; igne vastauit: qua etiã Tullus Romanorum Rex nondum perfectè satis instructus, periculũ aliquod faciens, suæ ipsius mortis occasionem præbuit, fulmine ictus periens.

---

## CAP. IV.

*De auspicijs & augurijs: eorum obseruatione: an licitum sit antiquitus quid aggredi sine auspicijs: referuntur tam demum quædam animalia quæ nos futura videntur edocere.*

*Auspicijs omnia fiebant.*

TAceo nunc, auspicia & auguria, quæ ex vario præpetum volatu, oscinum cantu, aliarúmque auium, cibi ac potus obseruatione, captari solita sunt, quibus quidem artibus, primùm à dæmonibus illusum est Palæstinis, dehinc ad Pisidas, Græcos, Hetruscos, Romanos, cæterásque ferè omnes gentes propagatæ sunt. Hæc atq; apud antiquos tanti tandem ponderis esse cœpit, vt sine ea, haud quicquam, nec publicè, nec priuatim inciperent: neque mirum, cùm multa non absque diuino arcano, ijs scire datum sit: ipsorum etiam dæmonum excedentia potestatem, vt gentium historias consideranti occurrit ex Nauio, fama multorum celebrato augure, qui in alterius corde abstrusas, ac quasi sepultas cogitationes, cognitas, perspectásque habere potuit: hinc & quod naturâ videbatur impossibile, curiosiùs rem indaganti, possibile esse apparet, nouaculâ scilicet cotem scindi, hæc auguria non minùs ex aduentu exoticarum auium inconsueto obseruata sunt, quæ dæmonum aliunde adductæ astutiâ, sæpe suâ præsentiâ haud exiguam superstitionibus illorũ fidem fecere. Adde vt & per repétinũ incognitorum animalium accessum, qui paucis abhinc annis in Peruana Prouincia euenit, vbi murium nunquam anteà visorum, tam portentosa magnáque copia longè latéque agros eorum vastans, fructus absumendo, nõ exiguum leuéque fecit incolis indiciũ subsecutarum calamitatum, ob ciuilia bella inter Hispanos propria eorum auaritia exorta, attractáque. Horum animantium complura genera iam olim in vsu esse desiisse, à veteribus conquestum est, vt in Hetrusca videri potest disciplina, minimè tamen (vt aliquibus placuit) ex noua aliqua cœlesti superueniente configuratione factum: verùm ob diuini potiùs illius luminis exortum, has etiam dæmonum tenebras dissipantis.

*Mures Peruanæ calamitates præmonstrant.*

CAP.

## CAP. V.

*De prodigiosis ominibus, eorúmque diversis captandorum modis, hydromantia, geomantiaque generibus.*

Prodigiorum captandorum modi diversi.

PEr animalium porrò repentinas figuras, varias hominum voces, diuersósque mulierum partus, omnia sua etiam captabant, vt ex nonnullis, quæ in aëre fiebant prodigijs, in quo ab illis ipsis dæmonibus, ibi quasi regnū possidentibus, variæ flammarū igniūque figuræ, & splendores accensi sunt, ex quorum luce ac motu, nunc hoc, nunc illo, futuros euentus coniicere consueuere. Ad hæc, & per diuersa, quæ in ipsa terra apparebant, ostenta, quorum superioribus annis hoc maximè portentosum conspectum est in regione Popaiana, homo scilicet statura giganteâ scisso ventre, extísque exenteratis, binos infantes quasi filios brachiis amplectēs, horrida mala, postea subsecuta etiam minatus, nonnisi maximum ijs gentibus incussum timorem relinquens, tandem euanuit. Sic & per amnium inundationes, variósque aquarum fluxus & fragores assiduè contingentes, ventura prædicebant: vt olim apud Germanos, Velledam, primam nominis suæ ætatis, auguratricem factitasse legimus: ex diuersis itidem terræ hiatibus, stridoribúsque concitatis, ac reliquis eius generis similibus multis, omnia tamē nonnisi dæmonum operâ studióque sollicito cōfecta, sicut & hodie adhuc apud aliquos Barbaros, eidem operam dare minimè destitêre, tantopere diuino honori inhiantes, humanúmque exitium pro sua virili, procurantes.

Hydromantiæ genus.

## CAP. VI.

*Quînam pacto Dæmones sibi cultum diuinum vindicare appetant, vsurpatio verborum sacrorum in fascinationibus frequens: nomina item aliquot Dæmonum superstitiosa & supposititia quâ lingua enuncientur, & vnde depromantur, explicatur.*

VErùm, cùm hunc diuinum honorem, cultúmque duplici pacto quasi (nostris delictis id commerentibus) sibi vendicare satagant, clàm scilicet ac palàm; de vtroque etiam illo modo nobis hic, loco non ita alieno, quà tamen fieri poterit breuiter, lector admonendus non ab re videtur. Vnus est, cùm nos rebus nonnullis vanis futilibúsque quidem secundùm vim virtutémque nobis incognitam, vtimur tamen, quò rebus vehementer desideratis consecutis, animum expleamus. Cuilibet itaque cuitandum, vt mente præcognitum habeat, veluti cùm quibusdam vtimur contra fascinum variis crepundiis; vt nonnullis speculis, Meletæ coriis, plerísque hoc genus aliis rebus, aut cùm facta miscemus verba dictis rebus inanibus futilibúsque, quò optatis frui liceat; veluti, si rei alicuius desideratæ reperiendæ causâ, orationes Sanctorū, psalmos ac Euangelia recitauerimus; cùm hæc non ad res quasuis viles & abiectas, sed potiùs pretiosissimas omnium, æternas nempè nobis comparandas, cœlitùs concessa sint; iis autē rebus adeò vanis futilibúsq; haud vlla, siue à Deo, siue natura indita dicatur, virtus inesse potest: at dæmonē præstigiis poti* ipsis quasi suppositítia & emētita: hincq; fit, vt cūcta nomina incognita

Verba diuina contra & ad fascinū recitata.

incognita dæmonibus adscribantur, quibus vulgus furtim pro amuletis vtitur, atque etiam ante diluuium sibi somniant: quorum tamen nulla in sacra Scriptura nec mentio nec significatio reperitur, vt sunt Gob, Gibet, Gabir, Cadebru, ac sexcenta alia eóque magis, quòd hæc in manibus superstitionibus addictorum rarò non deprehendantur, quæ quidem eorundem dæmonum fraude dolóque iam tum inuenta aiunt, cùm primum in necessitatibus diuinum nomen inuocari cœptum est, שם scilicet, quo Enoch primus omnium in lege naturæ, cœleste implorans auxilium, vsus scribitur, cui vtpote tertio ab Adamo, plus etiam cæteris gratiæ concessum est: ac etiam *Iezuab* Moysi diuinitùs ostensum, quo cum Hebræi tot miraculis clarum celebrant, Deúmque factum Pharaonis indubitanter asseruerant. Multa ex iis à dæmonibus occultis, excogitatis hominibus, mihi videndi potestas aliquando facta est, in annulis quibusdam argenteis, Hispanorum velitum, quos ignari haud pauci, quò tamen tutiores ab aliquibus periculis redderentur, non fine deuotione gerebant, à me tandem rei ipsius tam impiæ edocti, animo promptissimo omnes perfregerunt. Neque existimandum hæc fortè nomina, ex illa, qua dæmones inter se propria vtuntur, lingua aliqua deprompta, cùm nullo, vbi spiritus sint, sensili inter ipsos indigent idiomate, quandoquidem cuncta intellectu, non sensu (crebrò vt repertum est) percipiunt, proprios scilicet vt Angeli sibi inuicem conceptus per propinquam vel longam distantiam manifestando: at magis censendum equidem existimarim, barbaram aliquam inter ipsos in vsu esse, cùm peritiores, quorum sententiæ & ego haud inuitus subscribo, antequam Ægyptiam suspicentur, vel ex eo quòd dæmones ea cōpellati, libentiùs pareant, præsertim cùm Ægyptij omnium primi, maximum cum illis habuere semper commercium, eorum cultum amplectentes.

Nomina falsi dæmonum.

Moyses miraculis clarus.

---

## CAP. VII.

*De superstitiosis quibusdam, superstitionúmque variis speciebus: scripturis item Dæmonum, an scriptio quid possint nobis denotare & relinquere.*

EA itaque nomina, dum peculiari quadam emphasi, ob id, quod incognita in his superstitionibus exprimerentur, in tantam admirationem animos iam ante in id pronos, continuò rapiebant, vt certam fidem barbara cæcáque gentilitas his adhiberc nō addubitarit, atque si diuinitùs verè prolata essent, quibus libentiùs nonnullos superstitiosos adirent, præsertim si certas quasdam barbaras antiquásque figuras immiscerent interlineatas, pentaculis, sigillisque, propriis eorum instrumentis, ad quæ alliciuntur, non perinde vt animalia ad cibos, sed vt spiritus ad occulta signa, neque ex sigillis istis satis conjicere possumus, dæmones aliquibus peculiaribus inter se vti literis, vt aliqui arbitrati sunt, cuius quidem opinionis fuisse quemdam Theseum Ambrosium, *ex libello eius de variis alphabetis edito* videre est; in quo Spiritum quemdam, aliam atque diuersam ab omnibus, quæ haberi possunt literarum, peculiarem quādam cōfigurationem scripsisse asserit; cùm tamen vsu literarum nullo indigeant, sicuti nec aliquo sensu, in propria eorum operatione: tum quod rerum

Superstitionum species.

Figuræ superstitiosæ.

rerum semel tantùm perceptarum nulla vnquam eos capiat obliuio. Cuius quidem rei non ita pridem factum fuisse periculum in Æmilia à mago quodam Felsinate, ac Mediolani ab altero tradunt, qui suauissimâ eorum musicâ delectatus: nonnullis enim, quæ præ manibus tum erant, instrumentis sonuerant, mutuò de anima ampliùs duabus horis peracutè disseruere, cùmque magû Auerrhois opinionibus addictum perciperent, sic & ipsi eidem inhærere cœperunt, vt non modò dicti authoris nondum nobis repertos libros citauerint, sed sæpenumerò vel ipsissima authoris verba, ne dicam sententias, protulerint. Hinc illi misero accidit vt & suæ ipsius firmiter insisteret sententiæ, & dæmones vel in rebus naturalibus opinione potiùs quàm re existere, in quo vtroque antea decipitans decipiebatur, ex eo sine hæsitatione crederet: quod tamen minimè mirum videri debet, dæmones altiori imperio raro, vel numquam falsa ob id, quo constricti sunt, respondere consuetos, tum coactos hoc finxisse: nobis namque obesse semper quoquo possint modo operam nauant. Cæterùm, vt ad id vnde digressa est nostra reuertatur oratio, Dæmones, certas etiam scripsisse notas comperti sunt, non quòd iis ipsimet opus habeant tantopere, sed eorû, quibuscû ipsis est commercium, potiùs causâ: solemnes enim certas quasdam literarum obligationes, seu dominus à vasallo suo fidelitatis, perfidiæ potiùs nefandæ, iuramenti præstiti, a suis illis omnium miserrimis mancipiis extorquere solent, ad quam rem conficiendam, literis vti interdum consueuere. Per varias quoque sortes, alio longè à malis, quàm bonis viris vsurpatas, diuinos honores sibi quærere studuere, dum scilicet in rebus nihili, aspectibus cœli in futuris denotâdis, plus iusto, maior virtus attribuitur: cùm eiusmodi superstitiosa Ægyptiaca dici horacùmque obseruatio vti impia prohibita sit. Eadem prorsus moliti, introducendo hydromantiam, quam Numam Pompilium Romanorum regem exercuisse perhibent, vbi, variis conspiciendas sese exhibentibus spectris, imaginibus quæ in pelui quadam ad id consecrata, sub aqua rapta, ac interdum instantia cognosceret. Qua certè superstitione, vt potè à Græcis, vnde omne eiusmodi genus ad Romanos promanauit, ex Dardani libris, Numa infectus, ex suo cum Ægeria Nympha colloquio, ea se hausisse simulauit. Sic & per ipsam Pyromantiam, cuius Amphiaraus inuentor celebratur, quâ variis flammarum motibus, fulgure, lumine, ac strepitu, extinctoque, futura inspicientibus, ostendebant. Hæc & paucis abhinc annis, diabolus superstitiosis, de futuris consulentibus Lithuanis, Samogetisque illusit; morbo enim aliquo laborantibus, si vmbra corporis igni opposito, adu[illegible]ria scilicet mortem procedere persuasit. Ad eundem in penè modum, & per Aëromantiam factum quâ etiamnum Mauri diuersa prognostica inde captantes, vtuntur: ex variis nempe ventorum flatibus, aëris cõstitutione, stellarumque scintillantium quasi forma. Sic & per Geomantiam, cui falsò vim ab anima adscribunt, quasi verò in hac superstitione in visum adhibitis figuris mens excitata, sensibus, quibus vtitur prorsus sopitis, nullo vnquam negotio, quæ vellet, contingentia; aut à se ipsa, quodam spirituali emisso lumine, aut in se, superno influxu, ita reciperet; vt solis radios perlucidus excipit aër, seu specula sensibilium obiectorum imagines; cùm tamen nemo vnquam alicuius rei cognitio-

Libri Auerrhois.

Scriptura Dæmonũ ad quid.

Sortes quæsitæ bonis & malis.

Hydromantiæ addictus Numa.

Geomantiæ superstitio.

nem assequi possit, nisi eius quod ipse adinuenit, aut ex aliorum doctrina percepit, neque à cœli motu id procedere existimandum, cùm sæpe quæ inquiruntur à superiorum voluntate dependeant, nec à Saturni intelligentia, astri vsa instrumentorum; siquidem intelligentiæ, vnde astra diuersa lumina, virtutem variam, cœlique motum ac vim recipiunt, haud vnquam cœlestes orbes deserunt, cùm propriæ essentiæ ac voluntatis, vt diuina ope, quò cœlos moueant, apprimè indigeant.

---

## CAP. VIII.

*Quòd superstitiones omnes sint à Dæmone, cui astribuntur geomantia, coscinomantia, capnomantia, cabala Arabica, Theophania, onomantia, chiromantia, physiognomia, Astrologia Ægypliaca.*

Superstitiones omnes à Dæmone.

NEc etiam aliqui inferiorum Angelorum suamet sponte ad eas res accedunt, vt putà superstitiosas, diuinæque prohibitioni repugnantes, nec à Deo id negotij ipsis datur, quorum operá ad res longè excellentiores, sui nempe ministerium, piorúmque hominum & animorum protectionem vtitur. Nihil itaque reliquum est, quàm omne id, nonnisi à Dæmone profectum esse. Ipsemet enim audisse me memini, quemdam insignem Geomantem frequentiùs fecisse periculum, qui prorsus solénique cum protestatione, omni, si quod esset Dæmonum occultum, abrenunciato instrumento, nihil quicquam ampliùs veri ex hac superstitione elicere potuit, cùm tamen anteà assiduè illam exercens, haud dubium rerum prosperauerit euentum.

Plumbi

Per plumbi porrò infusionem similes nugas superstitiosas mundo obtrusere runt, dum à Saturno, cui hoc metallum assignant, ad dubia quæsita responsa petunt superstitiosi, vbi plumbum feruendo, veneficia prodere sibi persuadent, pro eo, quod Saturnum, tum in metallum, cùm & in Dæmones habere dicunt, imperio, dominióque; quo etiam pacto, nonnullas fascino nexas venationes soluere pollicentur, à quibus quidem hoc edoceri maximè optarim, vndénam hæc tanta illorum proficiscatur debilitas, quominùs prohibeant, ne plumbum ab igne ferueat, cùm materia inquietum mobilis, ad nutum etiã obediat, nulla prorsus vi resistente. Vnde itaque hæc aliò, quàm Dæmonum arte prouenire dixeris? Idem fit quoque per Coscinomantiam ac capnomantiam, quarum illa cribri agitati gyrum, hæc fumi motum considerat: adde per cosmologiam, quamdámque aliam scientiam, quam Arabes falsò, cùm magica sit superstitio, *Cabalam* vocant, qua ex figuris nonnollis, ac Arabum literarũ ordine, multa ac varia se præscire iactitant: per Theophaniam etiam, necnon per onomantiam, qua per numeri paris, imparisve excessũ Achilles se Hectorem interempturum cognouit, & per alias quascumque quas Hebræi [illegible] nuncupant, vt per chiromantiam, sub qua mirà astutià hic noster anguis antiquus latet, ac per Physiognomiam. Denique & per Astrologiam harum omnium matrem, tum præsertim, cùm quæ contingunt, sedulò inquiruntur; hanc inquam, quæ dæmonum technis corrupta est, quæ Ægyptios, Indósque in idololatriã præcipites egit: nec ipsi Hebræi, verumquamuis Dei cultum edocti, ab hac alieni fuere, quá tamen superstitiosam artem Iosias rex pius ac iustus extirpauit inde, dum sacra Soli, Lunæ, omnique cœlesti militiæ.

In fusio superstitiosa.

Venationes ligatæ.

Cabala falsa quæ.

Theophania.

Onomantia.

Chiromantia.

Physiognomia.

Iosias sacra Soli ac Lunæ sustulit.

litiæ è medio abstulit; non tamen eâ hic intelligimus, quam Abraham Ægyptios docuit sacerdotes, quâ cœlos motu, iustáque tempora decernere, ac sidera in hæc inferiora agere ostendebatur; alio enim modo, quæ à voluntatis imperio fiunt, quàm quæ cœli influxu, astrorum figurâ, manuũ signis, facierúmque lineis, aliúmque tum cantu cùm volatu fiunt, rerum curiosâ obseruatione Deus disponit ac regit; proinde vbi ex dictis desumptam prædictionem aliquã euentus ita comprobauit, itidem nonnisi Dæmonum operâ factum existimandum.

## CAP. IX.

*De diuinatione ex somnijs capiata, eiúsque origine: quinam in ea excelluerint, tum demum de Notoria arte maximè omnium superstitiosâ.*

Hinc consequitur & illa per somnia diuinatio, hæc postquàm Dominus in somniis apparere cœpit, gentibus irrepsit, quæ quidem somnia, etsi sæpenumerò à naturalibus causis, cœlorum imaginibus, angelorúmque reuelatione causentur, Dæmones tamen nihilo seciùs, sese iis immiscere solent: quòd vel tum maximè dant operam, cùm quasi inuitantur ab his, qui hæc ieiuniis, precibus, thymiamatum suffitu, Sanctorum nonnullis operationibus, quibusdam herbis, frondibus, lapillis, aduolatúque crebris circulis vertigine procurant: hæc tempora, dies, horæque sedulò inspiciunt, quibus proprias & peculiares virtutes ac noxas veteres, cùm Chaldæi, tùm Ægyptij; adscribunt accensis certo numero candelis, quibus nostri religiosi benè precati sunt, aut quæ beatorum tetigere reliquiis. Huius generis multæ & aliæ superstitiones, & hodie à plerisque nomine Christianis, re autem ipsa Ethnicis longè deterioribus, etiã obseruantur, quod quidem relatu saltem (ne dicam factu) omnium est turpissimum. Quæ enim insania ac cæca dementia eos, qui nomen Christo dedere, tum primùm, cùm sacræ aquæ infusione Christiana religione consecrarentur; eos ipsos tandem turpissima defectione cum hoste Dei & hominum colludere? quæ enim Christo societas cũ Belial, sic & quæ Christianis, cuius nomine merito gaudere volumus? *Christiani superstitionibus dediti.* Porrò & superioribus diris superstitionibus à Diabolis & Notoria adiungitur, quã multa de scientiis dictu incredibilia à cœlo prodire ferunt, *Notoria superstitios.* cùm potiùs casu, Dæmonúmque, vt & cætera, illusionibus cõtingant, etsi ea antiquitas à Mopso, Hermete, Atlãte, ac Apollonio Thyaneo (cuius nomini magicã vim subesse credidit) sibi reuelari somniauit: quam vanitatem Zoroastri non ab re igne perempti acceptam referunt, cui vel ex minima saltem parte addicti, *Zoroaster igne periit.* indigni certè ab omnibus bonis reputantur qui solem, vt Thoes, oculis cõtemplentur, quos expergefactos nihil ex tantopere exoptatis vidisse contigit, præterquàm quòd ad priora peccata, maiorem inde cumulum accessisse, iràmque diuinam contra se magis concitasse (si non cæcutiant prorsus) videre possent: vtinam omnes tandem hoc veterno sepulti, dormientes aliquando expergiscantur, ne tandem æternùm ipsis pereundum sit.

## CAP. X.

*De quadam dira superstitiosáque Dæmonum inuocatione, déque Pythonica cadauerum erectione, animarúmque præstigiosa reuocatione, & Necromantia, Necyomantiaque ritu, illa possibilis sit necne: ac [illegible] Dæmonibus.*

Superstitiosa inuocatio Dæmonum.

CÆterùm aliud est genus harum superstitionum, vbi nimirum Dæmones quos climata aiunt, palam inuocantur, quod tum potissimum peragitur, cùm allecti variis superstitionibus ac suffimigiis, humanóque interdum sanguine accedunt, vt ab antiquis recentioribúsque nostris obseruatum est idololatris. Hac dirâ Necromantiâ (vti Græcis dicitur) cadauerum erectione olim fieri solitâ, Vlyssem intercepto Elpenore, ac Æneam Miseno, vtrumque classiû in mari errabundarum ducem visum fuisse, si hi digni scriptores testes sût: vt & Simonem Magum, hæretici Menandri magistrum, cùm Nicetam puerum suum suis ipse manibus hisce nefandis dirisque spiritibus, quorum

Dæmonû nomina.

nefanda nomina *Ecynpaymon, Aymon, ac Oriens* finguntur, Hecate immolaret. Hac eadem & animas mortuorum euocari, olim creditũ est; falsò tamen: cùm haud vlla, nisi quæ informant corpora propriâ virtute (vt suo *inferiùs* dicetur loco) mouere queant, vtpote in hac scelerata arte fiebat. Idem dabant & operam, per Necyomantiam, ita Græcis appellatâ, quam purpureis floribus, herbis odore fragrantibus, vario succorum suffitu, ac diuersis canticis, aliisque rebus, quibus homines aptiores ad Dæmonum excipiendas actiones reddi putarunt, frequenter exercuere, vt eius rei, ex aliis multis exemplum videre est de Zabacco apud Indos: eo enim nomine animas, cum corporum è quibus antea emigrarunt, similitudine apparentes, nuncuparunt antiquiores, quò Hebræi appellât, quod quidem reipsa contingere, antiquorũ plerique rati sunt, vt ex historiis Ethnicorum apparet, vbi Homerum

Homerus ab inferis excitatus.

ab inferis, ab Appione Grammatico, quo nonnulla quæ in suis scriptis reliquerat dubia explicaret, longo iam tempore, postquam erat vitâ functus, reuocatum legimus. Quid? quod & in sacro-sãcta nostra Scriptura eius rei exemplum reperire est de Pythonissa quadam, Saulis iussu belli exitum præuidere satagentis, Samuelis prophetæ animam in vitam reducente; quod quidem omnes ferè Hebræorũ Mechubales reipsa côtigisse asserunt, qui ante annum animas ob laborem matribus nouem per menses exhibitum, nullo nisi hoc poëtarum circulo completo loco, miseras reputari affirmant. Cuius sententiæ & hodie quidam videntur esse, qui ab amicis animam exhalantibus dexterã porrigi petunt, quò scilicet post discessum animarum eorum conspectum exposcere volunt, sub quarum tamen specie potiùs hi spiritus, homines deludentes sese conspiciendos exhibẽt. A quorum quidem animi sententia non pauci classici discrepant recentiores Theologi, asserentes animas nullo vnquam pacto educi posse; cùm quòd animæ his corporeis exutæ exuuiis, quæ in mundo accidunt, per se perspicere minimè queant, nisi in Dei, cùm fiunt, id videant essentia, aut antequam eiusdem certè reuelatione id habeant: tum etiam inquiunt Sancti Dei famuli, Samuelis, piè iam defuncti anima, nullo ne vel minimo

Samuelis anima in sinu Abrahæ.

quoque modo, Dæmonum potestati subjacebat, sed potiùs in sinu Abrahæ

exopta

*Samuelis resurrectio ex sacris Paginis.*

exoptatissimâ tum omnibus piis fruebatur quiete. Nec ad rem facere aiũt, quòd ipsa sacræ Paginæ litera Samuelem resuscitatum dicat: cùm nõ sit infrequens ipso signato pro signo Scripturam uti: quódque Dæmonum potiùs fuerit præstigiatrix illusio, vbi haud res ipsa vt apparet existit, ac aspicientium oculi ligantur, vt ex *ibi* subsequẽtibus colligere est, quòd animæ nullo, nisi quatenùs informant corpora, (supradicto etiam modo) motu moueant, nec semel à corpore dissolutæ, vt iterum illi coniungantur, vlla arte præstari queat. Adde nec vi aliqua, cùm hoc solius diuinæ sit potestatis, ergo nec reuocare illas possibile est, nec vt proprio cadaueri conglutinentur, nec etiam phantastico, verùm ementito, nec hoc ipsis Dæmonibus (cùm in eorum potestate non sint, nisi quatenùs duntaxat affliguntur) datur diuinæ iustitiæ, pœnis, non culpæ quidem commissæ, (misericordia mediante) condignis, sed potiùs congruis (vt Theologi dicere consueuerunt) castigantibus. Nec dæmones animas quasi secundùm quietem earum imagines repræsentare possunt, ne vel ex his, quæ propriis manibus expiantur, nulla nẽpe in eos facultate ipsis victricibus existentibus dæmonibus relicta; etsi non prorsus alienum videatur, eis in Purgatorio variis cachinnis ac sarcasmis illudi: cùm ab igne solùm, eò quòd cum charitate emigrando, vt diuinæ iustitiæ instrumento patiantur, hisce superstitibus adhuc (vt nonnullis antiquorum Theologorum placuit) corporeis affectibus, secùndùm quos pati possint, nec ex illis, quæ sensus nihil, sed damni tantùm pœnas dant: in quas haud quicquã ipsis iuris est, sicut nec in eas, quæ prorsus ob sua commissa delicta tartaris mancipatæ sunt, quarum tantù-modò tortores executorésque meri diuinæ iustitiæ existunt, quò ad finẽ mundi vsque.

*Reuocatio animarum an sit possibilis.*

Si enim vt illis placeret animas hinc inde & educere, & reducere integrum esset, minimè tum iustitiæ diuinæ satisfieret, locis destinatis cuilibet ad illorum libitum mutandis: etsi diuino permissu & dispensatione quasi, quò viuentes adhuc de earum immortalitate statuque edoceantur, inque fide confirmentur, nobis aliquando adesse posse, Iustinus Martyr Philosophus, ac Theologus haud postremæ notæ nihil cespitat, innixus forsan Ecclesiastis authoritati, vbi de Samuele legitur: *Obdormiuit in Domino, & notum fecit Regi finem vitæ suæ.* Quod etiam patet in vita S. Martini per latronis vmbram.

*Non licet Dæmonibus animas reuocare.*

---

## CAP. XI.

*De ministerio Dæmonum erga homines, vnde & in quem finem: præstigiosarúmque expiationum speciebus: Hecates religione Magica & oraculis: Mathematicis artibus, libris Magicis: extirpationéque tam nefariæ pestis.*

*Ministeria Dæmonum erga homines.*

ADsunt prætereà hi nefarij spiritus hominibus apertè, & palam ministerio quarumdam, non ex arte, sed veneficiis, afflictarum imaginum, in aliquorum exitium ac interitum adducti, ad explendum veneficorum desiderium. Quid his addant etiam insuper, hæ pestes hominum, alio loco innuimus. Per alia quoque veneficia atque philtra, vt *inferiùs* clariùs elucescet, attracti præstò sunt, mira Dei permissu efficientes: horum etiam fraude ac dolo plerique antiquorum Sacerdotes ac humanâ sapientiâ donati impulsi sunt, vt de

suarum

Theurgia magiæ species. suarum animarum salutem Theurgia indicare satagerent, (hoc nomine enim alia quædam ars præstigiatrix vocabatur) cuius ope falsam animis expiationem sacrificiis quibusdam, ac consecrationibus, quas Teletas nũcupabant, sibì pollicebantur, infelix certè inuentum, ac miseranda horum infelicissimorum conditio, vt ex quo fonte, Ilias malorum, mors denique temporalis & æterna, in mundum produxit, inde se suam salutem haurire crederent. Iidem dæmones authores quoque fuere, vt Hecate, vel oraculis (quibus vt plurimùm religionem simulabat) artem magicam doceret: non eam, quæ in naturæ arcanorum indagatione occupatur, quã actiua passiuis applicando mirum in modum secretiores sapientes mundum maritant, vt sæpenumerò, licèt stupenda, vera nihilominùs præstent: verùm mathematicam falsam, ita noxiam & periculosam, vt eius exercitium palam vbique locorum omnibus temporibus prohibitum fuerit tam apud veteres, quàm recentiores etiam: quo factum, vt à sua patria expulsæ sint Adelrunæ magæ, ad quas Hunni suam referunt originem, ac Dardani libri, atque etiam qui Numæ Pompilio adscribentur senatusconsulto, quippe qui hanc vanam superstitiosámque artem continerent, flammis meritò consumpti sint. Nero quoque initio in exquirendis magicis iis artibus paulò curiosior, quòd nullum posteà certum signum argumentúmque perspexisset, eas sustulit: Plinius enim authot est, ætate sua principem hunc vanas falsissimásque comperisse magicas artes. Hinc etiam fit, vt & Hebræi ac Mahumethę vltimo supplicio iis vtentes afficiant. Ægyptij autem, vt semper ab initio vsque omnibus cæteris gentibus his superstitionibus addicti, peculiares Angelos ad eorũ Theurgicas operationes accedere, sibi vt multa alia vanissima persuasere. Diabolos veriùs credere eos, par fuerat, cùm sancti Angeli, gratiâ iam confirmati, *cane peius & angue* (quod dicitur) odio prosequan ur, quæ diuinæ voluntati non dico, in his grauissimis, sed vel minimis etiam contraria videnr, immò potiùs rigidissimi, & ad vnguem, diu na præcepta vt obseruentur, sedulò dant operam.

Hecates ars magica & oracula.

Magæ expulsæ. Libri Magici igni damnati.

## CAP. XII.

*De illusoria Dæmonum effictione in Angelum lucis; déque fallaci illorũ ludificatione & veneficiis amatoriis, quibus maxima pars hominum nimia voluptatis capsandæ gratia irretiti reperiuntur.*

Quò autem arctiori vinculo his vanitatibus irretitos paulatim sibi obstrictos reddant, eorum conspectui prænitenti fulgore sese obiiciũt, mira sanè, minimè tamen fide carens illusio: ille enim artifex, quod hac nõ successit, alia aggreditur via, atque vbi lupina pellis (vt ille ait) non sufficit, assuit vulpinam, & sic clam perficit, quod palam non potuit, in Angelũ lucis etiam sese transformás. Hinc non sine causa, Cabalistæ eađẽ esse literas Dei, ac dæmonis nominis asserunt. His itaque artibus, gentium doctis, vti Abbari Hyperboreo, Empedocli Agrigentino, Pythagoræ Samio, qui ab aliis Thuscus habitus est, Apollonio, Thyaneo, & aliis plerisque Platonicis imposuere, Porphyrio Thyrio, & Iamblico Ægyptio, dum natura quadam, quod æthetei hanc eis inesse enitentem qualitatem imaginati sunt. Qui scilicet philosophi suæ sapientiæ confisi ac innixi,

Astutia Dæmonis in illusione.

Dæmon Angelũ lucis se effingit.

Dei & Dæmonis nominis eadem literæ sunt ex Cabalistis.

innixi, & sibi, & aliis, quominus ad veram sapientiam peruenirent, impedimento maximo fuere. Moliti sunt quæpiam alia, hi spiritus impuri per Goëtiam ac Pharmaciam artem non minùs corporibus, quàm animabus hominum noxiam & periculosam; hac enim, amatoriis quibusdam poculis ac veneficiis vsæ Lamiæ dici vix potest, quæ dira execrandáque mala perpetrent, extremam hominibus perniciem accersentes: dum iis, turpissimi amoris faces quasi accendunt, vti in Amone, & Antiocho, quorum alter sororis, alter verò nouercæ, nefanda libidine flagrauit, alij alio modo illicitæ Veneris authores fuere; inuiti ad hæc auxilia sua se conferre simulauerunt. Neque id mirum, cùm sæpiùs per insidias & clam, quàm aperto quasi Marte, & palàm homines aggredi consueuerint. Inuentum hoc falsò Salomoni adscribitur, cùm tamen multo tempore ante eum ab Ægyptiis, & Chaldæis repertum sit, quibusdā sacrificiis propriū genium à sua quisque genesi, quò malū euitarēt, felicitatémque consectarētur tētando.

Goëtiæ & Pharmaciæ vsus inter Lamias.

---

## CAP. XIII.

*De verbis & characteribus Magicis: an iis prolatis & mussitatis Dæmones volentésque Necromanticarum artium vsu ac beneficio constringi possint? Déque siderum obseruatione quibus vtuntur ad prætexendam suorum facinorum fidem. An etiam ea verba (barbara licèt) immutanda sint? An denique Dæmones adeo constringantur, vt non possint recedere.*

EO tandem miseri deuenere dementiæ, vt nonnullis barbaris linguæ verbis mussitatis, certísque characteribus effictis, hos nequam Spiritus constringi adigíque sibi persuaderent: atque vtinam in hac summa luce quidem profligatissimi hominum sua sponte hisce diabolicis tenebris vel hodie sese non inuoluerent: neque aliquem ex multis eiusmodi scelestissimis Necromanticis reperias, qui non crudeli violentaque morte, potiùs quàm placida rebus humanis eximeretur, in summam desperationem antea adactus. Ex quo liquet, dæmones iis rebus constringi inuitos minimè posse; eóque magis, cùm nec cœlitus vis aliqua (vt quibusdam videtur) contra eos vllam in pœnam cōcessa sit: id si aliter se haberet, illud inconueniens consequeretur, quòd has superstitiones exercentes nihil peccarunt, quod omnino falsum est, ac quò maiorem fidem facerent suis facinoribus, siderum obseruatione sibi ad hanc opus esse vulgò persuasere, maxima cum astutia (cum nihil cœlo eo quòd spiritus subsint,) ex eo fit, vt etsi vocati, non semper præstò sint, astris id minimè esse adscribendum: perinde nec si quandoque mœrore, quandoque verò afficiantur lætitiâ, vt nulli opinati sunt. Non tamen negauerim quosdam eosdem effectus sic planetarum radiis subiectos esse, vt nihil, nisi priùs propria sibi stellâ inspectâ perficere, aut consequi possint: alios verò sic subiici, vt non præmissâ aliquâ sideris inspectione sua exequantur, magis tamen ex voto succedit, sub astro peractū: aut fieri potest, quòd Angelorū excubiis sæpenumero, quominus sua perpetrēt facinora, arceātur aut certe ex cōposito quasi hoc simulāt, quò astris diuinū honorē apud homines concilient, aut rursus ipsis cœlestibus corporibus infamiæ quamdā notam inurant. Vt plurimùm enim maius malum & corū clandestinis, quàm manifestis operationibus, meruēdū. Verbis præterea hoc superstitionibus

Necromanticorum mors frequentissima.

Siderū obseruatio à Necromanticis quæsita.

Verba superstitiosorum vana.

stitionibus eiusmodi addictum genus hominũ vtitur prorsus ignotis & raris quæ tamen nullam nec ex se, nec ex ipso cœlo vim habere possunt, vt hi sibi somniant, dæmones constringendi, cùm haud coacti vllorum verborum virtute, at magis ex occulto cũ hominibus inito pacto fœdereque, vel etiam aperto, obediant: non tamen in dubium vocauerim, Hebraica quædam nomina non exiguam in his spiritibus cùm alliciendis, tùm profligandis vim habere, modò tamen rectè ac ritè prolata. Id olfaciens Orpheus, non sine causa nomina barbara non esse mutanda voluit, non quòd, quò & in quantum sunt vocabula, hanc virtutem (vt ipse arbitrabatur) à natura quasi infusam, adepta sint: cùm illa, neque sonum efficiendo, nec aërem etiam tangendo, nec in corpus quidem vllo modo, tantùm abest, vt in spiritus imperium aliquod habeant. Cæterùm si quid, hoc inde accepisse putandum, cùm ab Adamo in statu innocentiæ adhuc persistente, longè omnium tũ sapientissimo singulis rebus sua ex natura ipsa hausta, imposita fuere nomina: in cœlestia enim terrestriàque illi tum quodámodo erat imperiũ. Ex quo fit, vt etiam angeli sensibili vtentes voce loquantur Hebraïca, cuiuscunque gentis sunt, quibuscum sermones conferunt, modò eas percipiant, haud dubium quin peculiari diuino arcano factum sit; ideò quòd hac primæ integritatis status quasi adumbretur, ex eaque lingua eluceat, quódque primis parentibus ab initio statim (non vt reliquæ postmodum ex peccato consecutæ in pœnam culpæ) data est. Aut etiam quòd dæmones maiorem laudem ex his barbaris vocabulis, Deique conceptum summum quærant, cùm hanc linguam vt suam propriam & peculiarem suis cultibus cõsecrarit destinaueritque Omnipotens, cuius etiam vsum nouissimis diebus vbique locorum & gentium quasi postliminio reductũ, communem ferè omnibus, cùm erit vnus Pastor & vnum ouile, nõnulli perhibent, eámque in cœlesti patria omnibus vernaculam fore, aliis tamen non deficientibus non abs re haud pauci Hebræorum Thalmudistæ asseuerant, & quidem iure optimo eius considerata origine, quam non ex peccato instar reliquarum, sed ex ipsa integritatis conditione trahit, Chaldæis & Phrygiis falsò ipsã tanquam suã gloriantibus. Prætereà neque existimãdum (vti fert opinio Necromanticorum) ob characteres illos, quibus vtuntur, dæmones accedere, vt astutè se iis cogi simulant, excitando in accessu quasi constricti horribiles terrores tempestatésque maximas, cùm potius sua sponte deceptum veniant, immò per omnes decipiendi occasiones sollicito studio venentur, nihil magis in votis optatísque habentes: quid enim homines, vilissima sua mancipia, tantùm trepidarent, vti præ se ferunt? cùm horum potestas ipsorum diabolorum longè sit inferior, vt ne comparari illi possit, vel ipso Apostolo teste dicente: *Nobis non esse bellum aduersus carnem & sanguinem, sed aduersus principes & potestates, rectorésque tenebrarũ mundi huius.* Minimè itaque adeundo tam arctè constringuntur, aut loco alligantur, vt inde recedendi omnis facultas eis erepta simul videatur: sæpe enim recessisse inde cõspecti sunt, licèt ex pacto è vestigio reuertantur, neque à quibuslibet etiam vocati, vt versipellis sunt astutiæ, accedendo obediant, etsi superstitionis nihil omissum sit in obseruandis consectis horis, fortè quòd ab angelis impediãtur, aut suis tanquam principum fide

Orpheus verba immutari noluit

Hebraica lingua ex integritate orta

Dæmones accedũt suo horrores cõcitãt.

de dignorum promissis fidem certam minimè haberi intelligant.

## CAP. XIV.

*De diabolicis artibus, quòd multi huic superstitionum generi addicti hoc appetant, vt diuitiis & deliciis fruantur, artis Magicæ subdolà specie decepti: quæ credunt signis quibusdam Magicis herbis, gemmisque virtutem aliquam inesse, cùm falsa meréque suppositiua sit: nec hoc fieri posse sine aliquo Dæmonum commercio, nobis non abs re interdicto.*

Diabolicis artibus deditur vt diuitiis & deliciis fruantur.

DOlendum profectò lachrymisque deplorandum, non exiguam hominum partem huic diro diabolico iugo sponte sua colla subdere, quò solummodò nonnullis optatis potiantur, friuolis votis, nihil pensi habentes (id quod ab ipsa Veritate de huiusmodi permutatione dictum est,) cunctas nempe totius mundi & diuitias & delicias nihil prodesse, quæ vnius animæ iacturà vel permutantur vel comparantur. Nec tam Saturni vel alio infausto aliquo affecti ac irradiati sidere (vt nonnulli somniant) aut planeta cadente impulsi id agunt: quàm potiùs suà peruersà mente & iudicio, ipsis talpis cæciores, volentes sese in talia extricabilia diabolica retia præcipites dant. Falsò itaque à talibus creditur & hoc iis signis magicis, seu herbis, seu gemmis à cœlo, aut arte (vti Zoroastres ac Zabulus effinxere) aliquam vim peculiarem subesse, aut si qua inest, ex pactis diabolicà subdolà fraude suppositiia est, suo *inferiùs* dicẽda loco de imaginibus, hîc nobis sufficiat, hanc iis virtutem à natura datam minimè esse, quò corporea ipsa trahant incorporea, potestate longè latéque superiora, multò minùs ex aliqua obediendi facultate, quam Deus rebus insinuxit, ne amicitiæ alicuius ineundæ cum iis ansam præbuisse videatur, cùm è contrà nobis illius commercio seuerè interdictum sit ab Apostolo, dum vt nobis ab omni dæmoniorum societate caueamus præcipit. Quòd verò vocati, & quasi ad imperandum adsint, superiorum potestate & imperio, quorum nomina furtim sub illis characteribus, sigillisque continentur, euenit, non vti bruta cibos sequentia, sicut anteà etiam monuimus, verùm vti spiritus ad suas tesseras & occulta instrumenta veniunt.

## CAP. XV.

*De iam laudata constrictione Dæmonum: an possint etiam inuiti cogi & castigari cùm se nobis subiecerint; de illorum in nocendo impia concordia: de diuinarum appellationum, nominum Angelicorum, & Sanctorum orationum abusu in his constrictis aduocationibus. An Deus bonis & malis Angelis, vt nos puniat vtatur? Subduntur dehinc circulorum ceremoniæ Magicæ cum characteribus in arte frequentibus, non omissis quæ tractantur de Faerorum superstitioso inuento.*

HIs superioribus cæteri dæmones sese subiicere libenter, eorum vitiis adhærendo: ex quo & inuiti nunc cogi possunt, potestatéque castigantur: si quando in diuersas partes discedere tentant, omnibus tamen in nocendo par animus & mens concors, non tam ab essentiæ aliqua nobilitate, quàm peruersissima malitia profectum, quà deploratis suis mancipiis

Dæmonum in nocendo concordia.

 cipiis

cipiis conspiciendos sese exhibent, etiam pro suo libitu id facientes, in annulis, sigillis, ac tabellis seruire eis in hoc simulantes. Nec tamen cuiquam mirum videri debet, quòd in hac dæmones cogendi ratione assiduè Angelorum nomina proferantur, cùm & diuinis appellationibus, ac Sanctorum orationibus in iis turpiter abutantur, vti non ignotum est quibusdam Mechubalibus, asserentibus dæmones ab his tantùm Dei nominibus lõgiùs abesse, quibus Thronorum, Dominationum, ac Seraphim, adiecti conueniunt, quoniam ijs solummodò Dei charitas, misericordia, pietas, salus, libertas, ac inhabitatio innuitur: ab his autem, quibus Dei iustitia ac potestas exprimitur, haud semper abesse, inquiunt, cùm sæpenumero sub bonorum prætextu, praui ac maligni lateant angeli, vtrorumque enim Deus nos puniendo ministerio vtitur, cùm omnes sint administratorij spiritus. licèt sæpiùs suos fideles peccantes per bonos castiget angelos, vt Romanos punitos tradunt Diuo Gregorio Pontifice: irâ enim diuinâ admodum in almam vrbem tũc accensâ, angelus strictum manibus tenens gladium apparuit: ex quo moles Adriani commutato nomine, Castrũ Angeli appellari cœpit. Diuum quoque Hieronymum, quòd plus iusto Ciceroni deditus esset, ab Angelo correptum produnt: quod & Diuo Antonio contigisse volunt. In infideles autem suam exercens iustitiam, & obstinato animo delinquentes malis angelis executionem committit, vt in pœna pertinacissimi Pharaonis, impiique Herodis apparet. Cæterùm & in eo dæmones dirum suum virus euomuere, diuersis rebus, quò alliciãtur, veneficis ostensis, Deo illudentes, (quem per circulum Ægyptij significabant) hominibúsque persuasis, ingressos circulum, ac pentagona, furtim Dei nomina secundùm ipsos cõtinentia, tutos prorsus ab eorum violentia reddi. Nonnulli hãc ab Ægyptiis, ac Hebræis edocti blasphemiam, qui vel effœtis eorũ mulieribus, vt à לילית sic inquiũt, dæmonẽ partui noxam inferentẽ ita vocãtes, securiores essent suis infantibus timendo, ter circulum in eorum cubiculis rhamno, cum nonnullis Hebraicis characteribus signant, quibus diuina nomina significari volunt: diuersis enim Deus nuncupatur nominibus, vti varij sunt effectus, quos sibi succedere optãt. Est & aliud dæmonum superstitiosum inuentum, apud vulgi nostri fœmellas in vsu, quò Fatis, (sic enim hos spiritus vocant) mensas variis dapibus instruunt, vt infantes eorum felici donentur auspicio, domósque ab immũditiis verrunt, expurgántque. Verùm nunc & ad alia quædam digrediendo referre non alienum erit, plura etiam ab iis in hac superstitiosa arte, qua se cogi simulant, committi mala, apertò quidem hinc, non sine causa, Salmaticense antrum occlusum fuisse aiunt: Nursinum lacum custoditum: Visingianũ quoque specus, quò se hoc genus hominum clam recipere solebat, obstructum. Nec tamen hi nequã Spiritus in omne malum (vt quibusdam placuit) bonâ quà sunt naturâ, ac substantiâ intelligenti, feruntur, cùm ordinati fuerint saltem ad Vniuersi bonum, quò suæ voluntatis tanquam obiectum non possunt non velle. licèt nihil mali, neque hic, neque in cœlo cõmissum, cuius ipsi, aut causa, aut occasio non extiterint, cùm ipsis autoribus factum, vt lapsus Adæ totius generis humani ruinam secum traheret; minimè tamen consequitur nos nulla delicta, nisi ipsis instigantibus nostrâ sponte committere.

Abusus diuinarũ appellationum.

Boni Angeli bonos puniunt.

Angelus Romanis ensẽ castigãs apparuit.

Malis Angelis malorũ executio cõmissa.

In coactione Dæmonũ multa mala patrantur.

Necromanticis loca frequentia obstructa.

CAP.

## CAP. XVI.

*De visibili forma Diaboli, & cur sit à Deo permissa? An ea forma sit corpore tecta ex variis Platonicorum, Theologorum nostrorum, Rabinorúmque opinionibus: sacris testimoniis, obiectionibus & solutionibus in id productis.*

QVò autem acerbiùs contra hos concipiamus odium, eósque magis quam præsentissimum venenū fugere discamus, horrenda prorsus ac truculenta forma sese nobis ostendi, Deus singulari consilio permittit, vt vel ex isto horribili conspectu de altera vita, talique, qualis aspectus, animo contra nos edoceamur: quare variis abominabilibus laruis sæpenumerò se nobis obiiciunt, & varia in miracula rerum infernales Vertumni se vertunt, vel in momento, vbi visum fuerit, cùm propriis formis destituantur, cuius contrarium tamen Platonem sectantes asserunt, hos spiritus nempe corpori corruptionis tamen experti obnoxios, nec crasso veluti nos obductos, at incorruptibili maximéque tenui, quò & animas circumdatas perperam imaginati sunt, à quibus non immeritò, omnes ferè Latini Theologi, præsertim Scholastici discrepant, negantes hos Spiritus, cùm omni careant materia, corporibus naturâ vnitos. Si enim (inquiunt) vlli corpori iuncti forent, quónā pacto multis antè à sæculis, quàm corpora natura creati essent, præsertim si cum Græcis conueniunt: cùm corpora sine loco esse non possint. Ex quo eos nullo prorsus corpore tegi euincitur. Nec obstat quòd forsan obiici posset, post perpetratum primum ab ipsis tale facinus, & à mundo iam condito, corpore donatos fuisse, quò acerbiores cruciatus experirentur: hoc tamen ipso, euitare Scyllā studentes, in Charybdim incidunt. Si enim, vt motores tantùm corporibus inhærerēt, & propterea, vt & nos, cùm hæc pœnæ locu acceperint, qualia ab ergastulo pati dixerint: ipsa Euangelij veritas eos reprimet quæ septem Dæmones à Maria Magdalena electos fuisse clarè asserit, ac dæmonium ab obsesso expulsum, cui nomen erat Legio: quòd si alicui corpori indissolubili nexu adstricti essent, quo pacto vnus homo tantū eorum caperet numerū? Restat igitur, vt dæmones nullo prorsus neque splēdido, nec subtili corpore indutos dicamus, cui & D. Augustinus *in loco de Angelis*, consentire videtur, multò minùs obscuro aliquo aut crasso. Neque & id obiecisse refert; dæmonum corpora pro eorum libitu constringi ac dilatari: nam si id foret, locum aliquem ob quātitatem, quæ necessariò materiam veluti vmbra corpus comitatur, vt occuparēt oporteret: non enim possibile, quantumuis constricti corporis, vt ab vno humano corpore caperetur eorum legio: haud quoque & id in cōtrarium adduxisse releuat quod dicitur, dæmones nonnisi concauis annulis ob corpora sua vinciri posse: & quòd Thalmudistæ etiam eos esse corporeos affirmant, quódque quidā eorū Rabinus plures dæmones ab vno nodo cuiusdā restis appensos viderit, cùm id, quò ampliùs deciperent, fieri imaginatione tenus potuerit. Nec quod antiqui retulere Thusci, hos aliorum ardētes imperio cinerem reliquisse: illusio namque esse potuit mirum enim in modum in ostendendis variis imaginibus præualent, quos sæpenumerò secundùm quietem ostendant, vbi diuersis præstigiis, volubilitate formarum, actionúmque velocitate ludunt. Neque impedimento est, quod aliqui finxere,

Diaboli formæ horrēdæ. Platonicorum opinio.

Scolasticorum opinio.

Obiectio 1. de corpore post lap.

sum ad cruciatus.

Responsio.

Obiect. 2.

Respon.

Obiect. 3. de restrictione in annulis.

Corporei Dæmones ex Thalmudistis & Rabinis.

Obiect. 4. Dæmonum corpora, vt nec beatorum post vniuersalem resurrectionem, si ita velint, loca occupatura: hoc si sic esset, non ab aliquibus internis naturæ principiis prouenirent, at à statu gloriæ, in quo Dæmones nullo vnquam tempore fuere, nec erunt.

---

## CAP. XVII.

*Dæmones vndenam assumant corpora, & quomodo vniant assumpta? Cur integra hominum corpora non referant, cùm sint Angelorum lucis imitatores: brutorum potiùs animantium, aliúmque horribiliores formas sub diuersa ætate repræsentantes?*

Reliquum itaque est, vt dum hi perfidi spiritus oculorum conspectui sese obiiciunt, aliunde corpora sibi assumant, quibus tamen minimè, vt materiæ forma, vniuntur, nec vt motor tantùm mobili: verùm, vt repræsentent quibuscum per *imagines* assumptis, sæpius noctu, quàm interdiu, vt perterrefaciant videri solent; ex quibus corporibus nihil est, quod sensu percipi potest, vel lapidum, vel vegetabilium, brutorúmve, cuius imagines assumpsisse visum non sit; quamuis in nouo Testamento non reperiatur integra hominum, vel exteriùs simulachra accepisse. non quòd suis viribus hoc nequirent, sed quòd ab Angelis prohibeantur, quod verisimiliter ob incarnati Verbi reuerentiam, cuius intuitu & Angeli sese adorari non patiuntur, vt de illo *in Apocalypsi* factum legimus, licèt diuersum ab hoc *in Veteri* appareat, etiam in Abraham tres Angelos vidente, & miro personarum arcano, Triadem scilicet sub naturæ vnitate, diuini luminis radio agnoscente, Vnũ adorando, eique genua flectendo: aut certè, quod non permittitur, vt interna eorum fraus, ac cõditio brutorum, vel ex hac extrinseca, quã capessunt, forma turpiori apertiùs iam ostendatur. Quapropter, cùm sese sub specie humana ostentant, Angelorum id æmulatione faciunt, sic apparentium, quò Filium Dei incarnandum præ se ferrent, ac se nobiscum socios futuros ostenderent, frequentiùs caprinos, ac anserinos pedes affingunt, quos longiori habitu aëreo sibi assumpto celare consueuerant, veluti vadum in flumine disquirenti apparuisse cuidã ostendit suis in Genialibus Alexander monacho. Frequentiùs etiam, vt Centauri, Fauni, ac Satyri, in nemoribus, siluis, locisque desertis visi sunt: qua figurã Diuo Antonio in superiori Ægypto Paulum primum eremitam visenti, Dæmonem, viro sanctitate vitæ & doctrina apprimè claro, apparuisse ferũt (cuius literæ ab Ægyptiis, in eorum sacrificiis, vt à nobis Apostolorum epistolæ leguntur,) à quo instanter, quisnam esset abjuratus, (occurrentem enim dæmonem abjurari, at non rogari licet,) duntaxat, instar fallacis serpentis, locutus fertur: *Sum vnus ex iis, quos delusa gentilitas pro diis adorauit.* Ac sub Nympharum quoque Machabæo, Manchuco, atque Dunchano, viris in Scotia admodum illustribus, quibus salutatis ea, quæ posteà veritas euentus comprobauit, admodum iucunda vaticinatur, asserit Boëtius, haud vulgaris apud Scotos historicus. Brutorum quoque animantium similitudinem retulisse Dæmones inuentum est, vel iam inde ex vetustissimo tempore, sed non anteà, quàm Dominus his sese symbolicis & exterioribus signis ostendit; iam sub ariete Baccho, in arenosis Lybiæ eremis erranti, aquam sitibundo indicando; ac sub quarumdam

Corpora Dæmonum sub sensum non cadunt.

Trium Angelorum apparitio facta Abrahæ.

Dæmonum apparitiones humanæ.

quarundã auium Diomedeis in insulis omnibus qui illuc appellerẽt Græcis: sic & sub cornicum apparuere Alexandro volatu, Iouis Hammonis templum, ab ipso tantopere exoptatum ostendentes: sub nigris etiam alitibus, cuiusdam animam ad inferos ducentibus: vt & sub hominis nigerrimi forma cuidam Hispano, cum ob dentium, quo laborabat, dolorem frequẽter inuocanti: quasi ita alteri equiti (cuius nomini parco) dum nullum verbũ faceret, quo cum infelix haud nominatur, sic etiam ac vultu prorsus deturpatus, beato Radimundo, dum Aberdoniam pergeret; nec multis ab hinc annis hanc specie apud quosdã Caroluum, quos furtim ad adorandũ Sathanam sollicitabat. Multorum præterea & aliorum animalium ementiti sunt formas, sæpius tamen ferociũ, quod nonnisi Dei singulari, quo nos prosequitur amore fit, quò nos, per huiusmodi horribiliores visui nostro obiectas imagines, de eorum qualitate nos commonefaciat, licèt interiorem ipsorum maliciam, nocendique nobis studium, millemodis atrociorem (si oculis ita cerni posset) fore tam est certum, quàm quod certissimum. Non tamen semper ex æquo, quamuis humana specie apparentes perfectæq; ætatis videntur; sed nunc vt adolescentes, nunc vel senes, iã puerili aspectu vario planè ac dissimili, vti hac vel illa maiorem fallendi occasionem se captare posse intelligunt. Qua dissimilitudine etiam vtuntur vt plurimũ, non singuli, sed plures simul apparẽtes, dispares & vnam magis alterã inter ipsos nobiliorem conditionem esse innuentes. Præ se feruntque interdum sese mortem oppetere, quò saltem nos sperare ostendendo facilius nobis imponant vt nonnullis Philosophis hæreticis ac Mahumetis imposuêre.

Auium similitudinem induit Dæmõ

Dæmon sub hominis nigerrimi forma.

[illegible]

Horribiliores animalium formas ex[illegible] Dæmon.

## CAP. XVIII.

*Quomodo eiusmodi similitudines assumant Diaboli sub utraque hominis & fœminæ forma pro diuersis occasionibus & substantiæ gradibus. Vnde nam tanta ipsa Dæmonis maiestas, ut dedignans hominum societatem transformari cupiat in angelum lucis? Quas autem qualitates elementorum imagines assumpta contingant? sint mixta necne; cum tenuitatem in crassum [illegible] calorem.*

NEc eiusmodi imagines propriã, qua sunt, naturã assumunt, vt nunc fœminæ, nunc mares videantur; alioqui quæ his spiritibus communio cum belluis, auibus, piscibus, atque adeo plantis, lapisque, quorum specie sæpe apparuere? nulla profectò. Vnde ergo hoc? prout fert occasio: etsi non negauerim, frequẽter, pro earum substantiæ gradu, accidentibus distinctas variis sumpsisse; vt cùm terrestres subobscuram: aquei, perspicuam: clariorem verò, aërei assumunt; diuerso tamen modo omnes pro regionum quas inhabitant, diuersis interuallis: vt si ætherei sydereo amicti fulgore, magnáque cum majestate quasi & venerandã magis quàm cæteri facie apparent; quem quidem luminis fulgorem, non à stellis (vt quibusdã visum est) cùm cælum nihil habeat, quod abscindi possit, nec ab Igne, qui adureret, accipiunt, cùm nihil sit eis potestatis factum in elementorum proprietates, sed Deo soli reseruatum, perinde vt in ardenti camino, cui subiectos pueros ne comburerentur mandauit, videre est. At verò à propria ipsorum naturæ cum his Elementis analogia, &

Assumptio formarum in Dæmone & pro occasione & substantiæ gradu.

Majestas apparentis Dæmonis vnde petatur.

& conformitate, quà vel per ipsam imaginem, vti per oculos, anima ita obscuriùs clariúsve, horum relucet essentia. Cæterum, qui crebrò, vt angeli lucis, quò faciliùs imponant, vel extrinsecùs saltem, quod non sunt, videri cupiunt, haud ita diu, nec frequentiùs sic apparendo, copiam sui faciunt, quasi ob naturæ suæ præstantiam, mortalium dedignentur consuetudinem. Horum duos apparuisse cuidam, memoriæ produnt, Plinij liberto non illiterato, dum sibi abrasis (vti somniarat) capillis, vt duo iuvenes albis induti vestibus, e vestigiò per ostium exire visi sunt: sic & Rathbodo Frisiorum regi alium, auream domum variis gemmis ac vnionibus refertam, tabellisque & auro fulgentem ostendendo: ac nonnullis etiam Mahumethis, sub quorundam, quos sibi fingunt, sanctorum velamine, in necessitatibus invocati. Quas tamen subeunt imagines, nec ex humo, nec ex aqua esse Theologi omnes asserunt: non quòd à nostris oculis euanescendo has effigies relinquere pro arbitrio nequirent sine manifesto fuci facti indicio, quasi hi spiritus pro ea qua pollent facultate, illarum simulachra, ne ampliùs compareant, subitò non possint dissipare, cùm id vel cogitare, tantum abest dicere ac referre, more quorumdam, res sit friuola ac inanis, cùm materia hac in re, ipsorum imperium non detrectet, sed potiùs pareat: sed quòd per hæc duo, vel simplicia sunt elementa, vbi non coalescant, nec ipsi contra ipsorum proprietates præualeant, persistere nequeant. Quas corporum imagines eadem facilitate, qua coalita cõdensant, euanescendo rarificant ac dissipant; neque etiam omnia ipsamet elementa, vel quò mobilia; at partim, sæpiùs iam dicto modo, ne naturæ destruatur ordo, obtemperant.

*Imagines à Dæmonibus assumptæ non sunt terrestres, nec aqueæ.*

Ex quo fit, vt cuncti effectus profecti à magis vel veneficis, tantummodò per loca Angelorum, Deique permissu fiant. Verùm, vt in institu-to nostro pergamus: Dæmones hæc, cùm volunt, accipiunt corpora propria, ipsorum applicatione; minimè verò ex aëre hoc subtili ac tenui, qui colore ac figura pingi nullo pacto potest, nec ex crassiori tantùm (vt nonnullis persuasum est) verùm (vt volunt plures alij cum Scoto perspicuè illorum talem opinionem impugnantes) & mixtis, mixtione tamen imperfectâ, actiua scilicèt passiuis sub proprio cœli aspectu supponendo, vniendóque. Quod etiam certum verúmque esse, vel ipsi nequam spiritus demonstrant, ex sulphure ac tetro illo, quem euanescendo, post se relinquunt, odore, vti sæpenumerò à multis expertum est, mihique ipsi hæc scribenti in somno huius rei facere periculum datum est. Vera profectò, & experta profecto: dum enim nocte quadam ab Incubo magna difficultate ac grauedine opprimerer, manu quasi quiddam molle comprehendisse mihi visus sum, quo experrectus mirum in modum hunc tetrum odorem percepi, vt grauiorem vix tanquam vel Puteolis expertus sim, totúmque biduum post nares emungendo eiusmodi odoris grauedine me afflari contigit.

*Effectus Veneficarum omnes Dei permissu.*

*Euanescentes spiritus sulphureum relinquunt odorem.*

CAP.

## CAP. XIX

*Quomodo Dæmones assumant membra, & an eorum corpora sint vt nostra variis membris distincta, coloratáque figuris & pro libitu eorum nobis appareant visibilia, & qua ratione? An viribus corporeis polleant, organicè moueantur, ossibúsque carne, & neruis constent: an iis membris vtantur vt & nos? An loquantur & loquendo voces articulatas nobis dissimiles referant, moréque nostro audiant?*

Corpora Dæmonum vt nostra variis distincta mẽbris.

AT dum hæc corpora Dæmones assumunt, variis vti nostra distincta membris colorataque figuris, visu, quorum volunt, ac etiam ne videantur per *ἀορασίαν*, pro libitu citiùs, quàm nostra percipit imaginatio, sese objiciunt; vel impediendo mediũ, quominus horum species ad nostros deferantur oculos, vel ipsasmet similitudines prohibendo, vel astantes in profundam aliquam imaginationem, vbi cũctis sensibus tam exterioribus, quàm interioribus, superiores sint, rapiendo: per quæ quidem corpora apparentes, nihil prorsus vitium, quas anima circa negatiuam ac sensitiuam potestatem, vel in exterioribus, quæ accipiunt, membris, exercent; quo fit, vt nec organicè moueantur, neque hæc ossibus, carne aut neruis, ipsa Veritate attestante, cõstent, dum inquit: *Palpate, & videte; quoniam spiritus ossa, & carnem non habet.* Quo dicto demonstratur, nihil quod naturale non est, diutinum esse posse: quocirca, quas sibi assumunt aures, oculos ac nares, & si quæ alia membra habere videntur, non ita habent, vt iis vtantur eo, quo nos modo: at vel vt alij, quos mentiuntur, appareant homines, vel vt nos iis membris decipiant, frustrentúrque; etenim haud multò aliter eis insunt, nisi vt pictis in pariete imaginibus, aut excisis è marmore simulachris; non enim dæmones sensibilia his artibus, seu corpore toto, quasi aquam spongia, (vt rectius dicam) ipsa specula opposita, rerum imagines recipiant, (vt Psellus cum multis aliis somniauit:) cùm quæcumque per sensus operari videntur, tantùm ab eorum, (vt iã sæpe diximus) intellectu, ac voluntate procedant. Ex quo fit, vt per vniuersarum rerum cognitionẽ ad particularium notitiam contrario ac nos ordine perueniant, atque pauca in his, vti & nos peragant. Neque contra hæc quid facit, quòd crebrò loquentes visi sunt, cùm quæ proferunt verba, non vt in nobis nostrarum affectionum notæ existant, nec quo nos pacto compellãt destituti pulmonibus, quorum vsus in aëre tam expirando, quàm inspirando, ad vocem formandam necessarius, nec etiam horum mentis conceptus, instar, nostrum assequuntur. Nec refert etiam, quòd sonos articulatis vocibus nostris haud multum dissimiles edant, cùm & ex aëre circumfuso corpori quasi infracto & intruso, sic eũdem extrudendo nostri causa componunt, vt vel exterior tactus ac percussus ad audientium vsque aures, humanas voces resonando, multiplicetur, quódque frequentius est, intus in ipsa aure efficiunt. Quo profectò modo vocatus Simonides, vt egrediendo domum ruinæ mox subsecutæ sese subtraxerit, reliquis omnibus eâ oppressis. Mirum certè, magnúmque aliquid, ex tantâ hominum turbâ vnicum Simonidem ab hoc interitu liberatum eiusmodi medio, iudicium hoc fallax quàm magnæ Deo sapientiâ ac prudentiâ

Spiritus organicè non mouentur, ossa, carnémque & neruos non habent.

Voces Dæmonũ quæ.

Pulmonum nostrorum vsus quis.

Articulatæ voces Dæmonum.

Viri prudëtes Deo curæ sunt. Auditus Demonū quis.

dentia instructi viri curæ sint. Neque etiam dæmones voces nostras auribus vti nos hauriunt, verùm peculiaris virtutis cuiusdam, ab idearum, propriæque substantiæ applicatione, vt & reliqua hoc genus alia, modo tamen eorum naturæ idoneo, etsi nostrum imaginandi captum excedat. Hinc patet, dæmones in his sibi adscitis corporibus, nihil reipsa, nisi quæ ad motum spectant operari.

---

## CAP. XX.

*De habitu faciéque Damonis, & cur humanam assumat? De spiritibus subterraneis, & aëreis, cur lucem oderint: an propriè cibis vescantur, & sub qua forma? An cadaueribus gaudeant Damones, & quinam cadaueribus dominetur spiritus? De aqua lustrali in monumentis ex Patribus vsu: de velocitate Damonum, deque locis à Damone discurbatis; qua ratione expianda sint.*

Humanā speciem cur assumat Dæmon.

DVm verò, humana specie nobis, quòd Deus numquam nisi maximam ob nostram commoditatem permittit, sese conspiciendos asserũt, maximè cùm non tam terroris incutiendi, sed clàm nos circumueniendi gratiâ, nobis obrepunt, vt optatis suis minori negotio potiantur, peregrinorum, tum religiosorum, sanguine nobis coniunctorum, ac familiarium vitâ iam anteà functorum, vel absentium, faciem & habitum ostendunt.

Lucem cur oderint dæmones.

Aliqui porrò sic lucem hanc exosam habent, non quòd illorum naturam, cùm incorporei sint, tantopere oppugnet: at ob aliquod grauius commissum crimen, vt noctu, instar dirarum nocturnarum auium, terribiles sese offerant, candelas, accensásque faces aëris afflatu extinguentes: subterraneum hoc dæmonum est genus, degens in latebris, frigidísque obest passionibus, corporibus sæpius molestum: alij, non hoc sic lumen refugientes, interdiu ac noctu simul apparent, nō ita multùm formidabiles, hos ferunt aëreos, adeò familiares, ac quasi domesticos sese hominibus interdum reddẽtes, vti & cibo potúque nostro exemplo frui simulent, cùm solummodo frangant, comminuant, propriámque in materiam conuertãt.

Cibos non propriè vorant dæmones.

Quod quidem reipsa fieri existiment, toto errant coelo: alludunt enim, licèt falsò ad Thalmudistarum opinionem, idem de suo Hazazele, quem cadaueribus dominari Cabalistæ affirmant, sentientem: non enim famis explendæ gratiâ carnibus vescuntur, vt deuorasse *in Dæmonum Annalibus* videre est, mortuum quemdam, per Asuitum & Edimundum, quàm amicissimos dum viuerent, vt & simul viuere simúlque mori velle coniurarint: mortuo itaque vno viuus adhuc alter cum mortuo sepultus, partim laceratus repertus est.

Amici duo viuẽtes & mortui simul.

Idem non pauci Platonicorum affirmare videntur, asserentes hos Spiritus crebriùs formâ præcellentium juuenum puerorúmque carnes vorasse, at in desiderio immensáque rabie, vel in cadauera, diuinum, dum viuerent, opus sæuiendi, vel mortuas contra feras vertagi ac molossi: qua in re, hæc vera esse putantes, haud parum hallucinati sunt, dæmonibus existentibus, vt dictum est, incorporeis, cibum minimè appetentibus, vti fit in creaturis corporeis.

Cadaueribus gaudere dæmones.

Quòd autem cadaueribus gaudeant, minùs & hinc cuiquam mirum videri debet: maledictione enim diuina sub serpentis forma cunctis diebus vt terrâ vescerentur ipsis iniunctum est. Hinc & Angelum Michaelem cum dæmone altercatum ferunt de corpore Moysis, Angelo asserente, id ad cũ

minimè

minimè pertinere, ex quo faciem Dei videre, illúmque coram alloqui meruisset. Quò etiam magis dæmones à defunctorum corporibus abstineant ab antiquis Patribus introductum est, vt monumenta eorum subinde lustrali aqua aspergantur, quam tantopere, hunc corporum principem (sic enim Cabalistæ diabolum vocant) refugere asserunt. Quæcumque porrò alluVelocitas Dæmonum. munt corpora, peculiari sua virtute, vt Angeli id faciunt, cúmque alio, quàm quo assumpserunt loco, ad hæc ostēdēdū iis opus est, nil obstat, quominùs vel in momēto quò velint se

*Velocitas Dæmonum.*

transferant: materia enim suâ naturâ mobilis, absque mora, quod iubetur, facit. Induti itaque eiusmodi corporū larvis nonnunquā in desertis, aut aliquibus domibus, ob malum quoddam anteà in iis perpetratum, insignibus & famosis, vti & in locis strage nobilitatis, quæ est ipsorū nequitia, homines perterrefaciendi omnes occasiones captant. Hinc & non raro vlulatus horrēdæque voces ac gemitus, noctu potissimum statisque horis, non sine hominum maximo terrore audiuntur.

*Loca apparendi Dæmonum.*

Cuius generis quoddam visu horrendum spectrum apparuit Athenis Athenodoro Philosopho, quod stridore aspectúque truculento, dum peremti cuiusdam manes celebrant, morem superstitiosum gentium sedulò in posterùm obseruare iubēs, quod sacrum ac religiosum esset, post humata ossa euanuit. Quare non immeritò eiusmodi à dæmonibus diuexata loca, semper piis precibus aquáque consecratâ expiari par est, & à maioribus nobis quasi per manus traditos mos: quos quidem & nos tam in doctrina, quàm moribus sequi conuenit. Quò enim doctores sancti, temporibus Christi, tanquam veri fontis omnis boni fuere proximiores: tantò plus lucis sapientiæ diuinæ præ cæteris habuisse meritò reputati sunt.

*Loca à Dæmonibus vexata.*

---

## CAP. XXI.

*De potestate & malitia Dæmonum, an sit æqualis: quòd eorum aliqui non adeò nobis sint noxij, cachinnis potiùs nos excipientes. De Paganis sic dictis Dæmonibus & eorum pœna. An differant ab iis, qui nos dormientes infestant & mole quadam opprimunt, & quomodo nuncupentur? Medicorum in eam rem sententia.*

CÆterùm, cùm eiusmodi dæmones non omnes æqualis sint potestatis (vti & *suprà* mentionem eius rei fecimus) nec etiam vnius malitiæ, licèt omnes sine vllo discrimine nihil nisi exitium semper struāt: haud itaque & eos æqualiter malas operari operationes contingit. Nam quò ipsi sunt pejores commissis ab iis ipsis facinoribus, eò & nos infensiori prosequuntur odio, grauiora pro sua virili nobis inferentes mala.

*Malitia Dæmonū non æqualis.*

Qua de re fit, vt aliqui nonnisi illusionibus ac præstigiis non ita noxij inter homines vagentur, alij risu ac cachinnis nos excipiant: quorum non pauci in Noruegiæ nemoribus conspiciuntur, ac in sylvis Norlandiæ, cùm ibi montium plerique miris æstuent flammis: & sub ipsa glacie frequentiùs horrendi vlulatus ac fletus audiantur, descensum vel aditum ad inferos inde haud procul abesse posse multi conjiciunt, transeuntes, amicorum more, amicè nihilominus salutare consueuere, subitò tamen euanescendo frustrantur. *Paganos* nonnulli hos appellant: ac pœnarum, præterquàm damni, vel minimùm in posterum formidare aiunt; apparent etiam,

*Dæmones Pagani dicti qui sint.*

*Paganorum pœna.*

dum mortuorum animas simulant, ad ad montem Hechlam continuis flammis, vt Ætna, fumantem, euanescendo sese recipere aiunt. At qui eorũ quasi de industria, imbelles videntur, ac è minimis infimæque sortis angelis, quos Thalmudistæ ex hominum pollutione natos esse, vti & *Incubos* falsò sibi imaginantur, hi corpore perexiguo, vti pumiliones apparent, paruam lucem habentes propia ab eorum (vt relatum est,) existẽtia, quasi sibi data à propriis intelligentiis; tactu ob multam coacti aëris leuitatẽ, frigidissimi sunt, vt quotidie nõ paucis eius rei periculum facere in somnis contingit, mihique ipsi quatuor abhinc annis Neapoli agenti vsu venit, qui dum sub auroram mirum in modum ab hoc phantasmate comprimerer, manu extensa, qua tanto me pondere leuarem, spectrum tetigi, quo nihil algidius vnquam sensi. Hos Spiritus Græci [illegible], quasi equos suprà nuncupant: Latini verò, quòd dormiẽtes tanto premant pondere, vt ne moueri quidem, multò minùs in auxilium aliquem vocare possint, *Incubos*, ab incubando; nos autem Hetrusco sermone, ceu delirio obnoxios, aut quòd reliquas vanitates quòd decipiãt fingere assueti sũt, Folletos nũcupamus. Medici huius mali hãc reddũt causã ex arte sua: crassiorẽ nempe pituitam aut melancholiam, non in cerebro, sed circum præcordia inhærescentem, quà per crapulam aut cruditatem turgescente, diaphragma pulmone premitur, crasso autem vapore illinc in fauces & cerebrum aspirato, vox supprimitur, sensus atque mens obturbatur, visisque tristibus offunditur: ex quibus quidem causis, vt putã physicis, Incubum aliquando procedere inficiandum minimè, ita vt plurimùm dæmonum adscribendum illusionibus: quòd inde etiam patet, vbi in amplis ac spatiosis ædibus, multis simul dormientibus, eiusmodi spectra molesta sunt, quæ si loco (vt vulgò aiunt) addita sunt, locum potiùs, quàm certos homines infestare tùm dici possunt, malum aliquod iam patratum, aut iam certè adhuc patrandum, eo subindicant.

Incubi qui, & eorum apparitio.

## CAP. XXII.

*De speciosa Dæmonum sanctitate ac religione: qua ratione Lares dicantur, & quibusnam sacrificijs concilientur: quinam etiam spiritus mærorem induxant aduentu suo & recessu, & qua calliditate in eo vtantur? An species animarum defunctorum referant, an fugandi sint & quo pacto? Laruæ ac Lemures qui sint? Quòd homines sint Dæmonum imitatores, vt potè qui reliquiis Sanctorum, ipso etiam sanctissimo Sacramento abutantur.*

SVnt & alij, qui hoc habent peculiare, quòd in apparendo, magnam præ se ferant speciem velut sanctitatis ac religionis, omnisque boni potiùs, quàm alicuius mali, hac sua hypocrisi; cùm suâ naturâ tamen sint pessimi, fraudes dissimulantes hos, quòd sæpè in magnis atriis vagari solent, Lares delusa vocauit antiquitas, suffitibus ac sacrificiis insuper eos sibi Zoroastris arte delusa conciliare non addubitauit. Vtinam & hodie in hac summa Christiana luce incautum vulgus, quòd hi sese furtim insinuãt, familiaritate quadam defunctorum amicorum sese animas esse mentientes, non ita cæcos redderent, & ad id credendum non inducerent, cùm tamen rarò, nisi magno aliquo inflicto malo, ab iis discedant, vt inferiùs paulò aperietur. Neque id alienum.

Lares sic dicti Dæmones.

Mendacia Dæmonum.

num ab eorum natura videri potest, cùm semper plus damni dent in recessu, quàm prima fronte promittant. Quamuis mira calliditate consolandi tristitiâ affectos, causâ venire simulent, discedentes jam nihil nisi mœroris, tristitiæ, adde & extremæ desperationis vestigia post se relinquere consueuere. Contrarij in his ita omnibus angelis bonis, in fine cõsolantibus, etsi nõ negauerim quandoque & has animas esse posse, quæ vt corporum suorum vmbræ (seu vt Hebræi vocant נפש nephe) quorũcumque phantasiæ apparere diuino permissu possunt, nostráque ad hoc ope & auxilio indigent. Cuius exẽplum factum est apud Gallos, vbi anima cuiusdam VVilhelmi Corui, quæ dum flebili ac ejulanti voce ei, quæ fuerat viuenti coniux, frequenter appareret, adiurationibus denique constricta à quodam reuerendo fratre, Ioanne Gobo, vt quidnam rei esset, quidque requireret, ac cur in hunc modum affligeretur, referret, multa respondit, ex quibus nonnullis petitis, rebúsque obtentis, ampliùs non apparuit. Simile quiddam apud Apulos vsu venisse testatur Bartholomæus Sibylla, qui animam crebriùs ob sua ibi commissa crimina diutiùs passurã retulit. Verùm cùm vt plurimùm dæmones sub specie animarum apparere soleant, idcircò minor fides iis habẽda est quæ dicunt: at ante omnia cautè procedendum, cum protestationibus & abjurationibus, sintne bona numina, necne: quò veritas tandem elucescat. Hoc enim pacto quandã decepit Sathanas Cassini puellã, sub D. Francisci specie: qua tandem re cognitâ, nec ei ampliùs obtẽperãs, tot tantáque perpeti fertur, vt cũctos accolas in mirũ traxerit stuporẽ. Qui spiritus, quòd nõ absque magnis incussis terroribus viatores frequẽtiùs aggrediã-

Boni Angeli in recessu consolãtur.

Apparitio animarum defũctorum.

tur, ex eo Larue, ac Lemures antiquitùs dicti sũt. Horum quempiam noctu reperit in India Apollonius Thyanæus, ad Bracmanes cũ Damide discipulo suo pergẽdo, quẽ vbi stridẽtem vlulãtémque circa ingẽtes rupes, profundásque Caucasi valles, sẽtiret, (admonito antea Damide eius rei, quanã esset) hunc clamoribus, minis, ac insultibus, quasi arcea cẽdelodũs, expelli ac fugari cõmitẽ edocuit. Hoc ab ipso superiorũ dæmonũ nomine, quibus familiarissimus erat, factum putandũ, quorũ auxilio & plura alia humanas vires excedẽtia perfecit. Ex iis namque id spectrum erat, quæ minis ac clamoribus non timidã naturã (vt Platonici sibi imaginãtur) effugiunt: at quòd ob eorũ flagitia, hæc pœna eis inflicta sit; quorum idola Iaponij, ac Sinæ, qui quosdã dæmones, quòd eos à reliquorũ Spirituum turba custodiant, adorãtes, crebriùs clamoribus ac virgis etiam, ni probè suo munere in iis custodiẽdis fũcti sint, cùm precibus ac promissis, quod volebant, non potiuntur, & impetunt, & cædunt. Hoc diabolicum barbarorum factum execrãdo scelere nostris tẽporibus quidam imitari nõ erubuerunt, dum Sanctorũ reliquias, imò Sanctorum omnium Sanctissimi imaginẽ (horresco referẽs) in flumina, quò aquis potirentur, temerè projecerunt: eãdémque, quò pluuia cessaret, sub dio, vt madefieret, de industria, noctu reliquẽre, eámque Mandragonæ vt cõsequerẽtur vel sanctissimum Sacramẽtum asino manducandum porrexere. Quasi verò homines omnium profligatissimi, ipsa vel elemẽta hac blasphemia coacturi. Proh facinus indignum, ipsos etiã Christianos, pastorũ quorũdã ignorãtiæ causã, aut philosophiæ inani studẽtiũ, aut certè poetarum fabulis ac rhythmis vacantium, venationibus atque aucupationibus cõuiuiisque indulgẽ-

Lar**u**æ & Lemures.

Homines Dæmonum imitatores.

S. Sacramenti abusus.

tium, ac vtinam non ſummæ auaritiæ incumbentium, quorumdam etiã abſentia, vt oues ipſis paſtoribus vel ſtertentibus, vel aliud agentibus tantis dæmonum fraudibus exponi ac ſeduci! Quod enim piis precibus, jejuniis, eleemoſinis, ac ſeria pœnitentia pii ac religioſi à Deo exorare deberent, hæc tam nefando reliquiarū abuſu & ſuperſtitione, quã non alia horrenda magis, ethnico more, per vim extorquere tentantes. Nec exemplum Moyſis, qui amaras aquas projecto in eas ligno, in dulces vertit, ipſis patrocinari quicquam poteſt, cùm nullam ampliùs vmbram corpore ipſo & lumine præſente ſectari par ſit, nec etiam minis, ſed potiùs piis ad Deum effuſis precibus eum vſum fuiſſe conſtat, id, quod figura ſignificabat, animo reſpiciens. Viuum enim noſtrum ac verum Numen nonniſi precibus piorum flecti, minis verò obſtinatorum multò magis exacerbari ſolet.

Moyſis lignum in aquã proiectũ

## CAP. XXIII.

*De noua nocendi cupiditate Dæmonum, quæ in prætereuntes & hoſpites non ſine dolore impetum faciant; cur Deus eorum tantam malefaciendi poteſtatem augeri permittat?*

Dæmonum nocẽdi cupiditas.

SVnt prætereà & quidam alij dæmonum, inſigniori nequitia ac cupiditate quadam truculenta nocendi præditi, qui in prætereuntes eminùs impetum faciunt, horrendũ in modum affligentes ac cruciantes: huius generis fuiſſe illos conſtat, de quibus in Euangelio legitur, Geraſenis magna damna inferentes, quique Temeſanos celebres olim (vt Gentilium antiquiores perhibent hiſtoriæ,) populos in Brutiorum extremis multis magnis calamitatibus afficere, adeò vt quamplurimos eorum, vel ipſa nece, perinde ac violati hoſpitij iuris reos percuſſerint. Res profectò magna admiratione nõ indigne aliquibus in locis vſu venère, vbi enormia patrata ſunt flagitia, Dæmonum ibi malefaciendi poteſtatem augeri, & hanc Deus permittat, quò mortales hoc tanto terrore, tantique mali metu, & tartara reipſa, non vulgi opinione tantùm, alicubi exiſtere, vbi commiſſorum delictorum pœnæ commeritæ dandæ ſunt, & à tantis ſceleribus perpetrandis abſtinere addiſcant.

Deus cur Dæmonum malefacere permittat.

## CAP. XXIV.

*De Dæmonum mendaciis, quòd eorum aliqui ſint iis adeò infecti, vt in omnibus facilique negotio nil niſi ea effectent, quibus ita circumueniant homines inficiántque, vt melancholia obſideant, imaginationem perturbent, lymphatóſque prorſus ac furibundos reddant: non ſolùm id rigoris in homines, ſed & in bruta ad hominum ruinam exercentes, quid de ſuis pœnis remitti credentes.*

ALij ſunt & mendaciis adeò infecti, vt & aſtantes nihil niſi mendacia loqui nullo negotio procurent. Nec vel hoc tanta admiratione dignum, cùm hi dæmones ſuã præſentiã non modò ipſos flagitioſos, in quos tanquam mancipia exercent ſuam poteſtatem, vt in Veteri Teſtamento videre eſt, vbi hos erroris ſpiritus, quò Ægyptios fallerent, & de Achab rege Iſraëlis ſupplicium ſumerét, pſeudoprophetarum ore miſſos legimus, vti & odij ſpiritus, inter Abimelech, & Sichimitas: at vel loca ipſa, in quibus con-

[illegible]

versantur, contactu quasi Harpyæ infernales ita fœdant inficiúntque, vt ob pertranseuntes omnes lymphati ac furibundi reddantur: quemadmodum nó ita pridem Romæ in Orphanotrophio accidit, vbi vna nocte plus quàm quinquaginta puellæ factæ sunt dæmoniacæ. Sunt & alij quidam, non solùm ipsa bruta animalia, sed & homines inuadentes & occupantes, melancholico vt plurimùm affectos humore, quo tanquam instrumentum nacti idoneum, ad hoc turpe ac miserum admodum abuti cósueuere. Ex hoc enim secúdùm quietem horrendas ac tristes causantur imaginationes; vigilátibus verò cogitationes turpes, curæ sæuæ in obscœna prauáque tùm verba, cùm facta sæpius prorumpentes. Hinc ex eiusmodi corporibus, templis Dei destinatis, dæmonum fiunt latibula: neque tamé tantùm animalium sanguinem, sedem animarum, corporeósque inde factos spiritus, earum vehiculum subintrant, quòd refocillationis quicquam inde quasi corporei ob viuificú sentiant calorem (vt nonnullis Platonicis, ac Psello præ cæteris visú est) cùm omnino sint incorporei, nec his aliqua nostris cú corporibus cognatio: verùm potiùs quòd sic homines occupando, nescio quid ob Dei contemptum hac corporum obsessione sibi refrigerij ac refocillationis sentire videntur: quòd hinc maior noxa, nostrorúmque corporum atrocior pœna attrahitur, hanc potestatem in nos, quasi suo iure, nunc ob Adæ præuaricationem, nostris delictis quotidianis auctam, vendicant: cùm eo pacto miserandum in modum carnem contaminant, Dominum aspernátur, diuinámque execrantur maiestatem, cerebri corrumpunt spiritus, actiones viciant. Denique sic vibrant corpora immutántque, vt his obnoxia corpora, facilè ex visus oculorúmque distorsionibus rigoribúsque ab aliis discernantur, atque hoc modo homines occupando corpoream tantùm quantitatem, ac non per illapsum subintrant, quod vmbratili faciunt contactu: alioqui secùs agere nequeút, túmque numquam non peruersas actiones exercent, si non pro libito, at certè pro ipsorum posse.

Romæ vna nocte 50. puellæ dæmoniacæ factæ.

Dæmones nos hic inuadendo quid refrigerij sentire videntur.

---

## CAP. XXV.

*Quòd Dæmones inter tantos cruciatus aliquod hominum tormentis dent internallum: licèt vsitata fraude eos effictiones animarum exagitent, quas mulierculis se hominum interemptorum referre persuadent: vbi transcursim Pythagoricorum μετεμψύχωσις enucleatur ex contraria nostrorum Theologorum assertione.*

SIc enim obsessis, præter iam enumerata, insuper & alia inferunt damna: non tamen continuò ipsos exagitantes, sic namque prorsus perimerent, sed ex interuallis imaginationes corrumpunt & priuant, atque ob id benefaciendi statu, hinc & vsitata fraude sese quorundam ob facinus aliquod insigne interemptorú animas simulant, adeò vt Philosophi Pythagorici, Persarúmque magi, animarum transmigrationem crediderint, quod ipsémet Pythagoras, Italiæ Philosophorum suæ ætatis facilè princeps, de se blaterare nó erubuit, qui primus repudiato nomine Sophi, Philosophus dici maluit, ac per Tetractim iurare suos discipulos edocuit, silentiúmque in eis indixit: voce illa Dei nomen [illegible] intelligens, à quo tandem poëtæ, dæmonum itidé instinctu, quò verum Deum ex pectoribus hominum excuterent, suum

Pythagoricorum & Persarum magorum doctrina.

Iouem

Transmigrationis assertores animarum.

Iouem effingendi occasionem sumpsere. Hanc animarum transmigrationem, seu μετεμψύχωσιν amplexus est Apollonius Thyanæus, qui vt sapientiam sibi cōpararet, Gymnosophistas ac Brachmanes (ne dicam, vt Democritus ac Plato Ægyptios & Chaldæos) accessit, aliisque persuasit, dum quemdam leonem his Spiritibus obsessum Amasis animam habere circūstantibus cum ostendendo suasit, qua quidem opera vtinam & his nostris tēporibus, vti olim, incerti vulgi fœmellas nō deciperēt, quę quod aliquos iis oppressos spiritibus quo perēptorum spiritus manifestare, ac vbi homicidia patrata sunt, spiritibus corripi eosdem perēptorum arcana propalare videant, ac multa apparentia bona petere: vix ab hac animo concepta opinione, qua horum, quos referunt, animas firmiter credunt, amoueri queūt.

Imagines animarum falsæ.

Animas autē has verè esse nullo pacto fieri potest, tùm quòd animæ propriū minimè est, post discessum à corpore quēpiā opprimere, sed statim ac (vt Theologi asserunt) corpus relinquit, trutinæ examini subjicitur à Michaële: & à sinistris appensæ, cū dæmone, vt æternùm torqueatur: aut à dextris cum Angelo recedit, vt ad tēpus patiatur, vel sursum pro sua natura propria auolans in omne æuum Deū contemplando saluatur: tùm etiam quòd haud vllum, nisi quod informat corpus (vt & sæpiùs anteà me retulisse memini) in fortiori foras virtute corpus mouere potest, neque animæ, vt duæ formæ, vni corpori inesse queunt: quò vna vt motrix, altera vt forma existat: nec refert, quòd perēptorum plura manifestētur secreta, aliquáque bona quærāt; pateat namque sceleris natura nil est, quod dæmones ignorent ac aliud simulent.

## CAP. XXVI.

*Spiritibus erroris aliam demandatam esse de nouo prouinciam, ne videlicet otiosissimus, vbi ratio eius redditur: eosdem etiam bruta ingredi non sine aliis hominum damnis diuino permissu in contumeliam ignominiámque nostram ex vtriusque instrumēti testimoniis memoria dignis.*

Dæmonum quotumdam munus vt otiosi non sinnus.

PRoinde perspicuum est hoc horum fallacium spirituum opus esse, eorum maximè, qui hic apud nos Dei permissu relicti sunt, ne otiosi essemus, sed potiùs in continua decertatione cùm iis tandem lætā victoriā poriremur, maioréque merito æuo frueremur æterno: qui quidem spiritus vel bruta ingrediendo animalia, raro non grandia committunt mala, aut ea protinùs suffocando, vt de porcis in Euangelio patet, quos à Domino facta priùs eius rei potestate, ad vnum omnes in mare proximum præcipites egere, aut ipsis hominibus maxima inferendo damna, interdum mortem ipsam, vt in veteri Testamento vsu venisse claret, per eos Vrsos, qui tot pueros, vti Mallei Maleficarum Auctor satis denotat, prophetam Elisæum variis afficientes ignominiis, ac contumeliis, cunctos discerpserunt; ac etiam per Leones aduersus Samaritanos immissos, eò quòd alio modo, quàm loci pristinus mos erat, Deum cœli adorarent: vt & per alium quemdam Leonem, qui Semeiam videntem sanctum Dei verbum, minimè, vt ei præceptum fuerat, adimplentem dilaniauit, quem tamen deuorare, etsi famelicus abstinuit, neque vnquam nisi visus, dum eum aspiceret, recessit: necnon & per Lupos, Viennam adeuntes, (quod certè

Porci in mare præcipitati.

Leones contra Samaritanos.

Lupi Viennēses deuorātes.

semper

semper apud antiquos prodigiosum habitum est) quàm plurimos homines occidēdi, ac deuorandi occasio excitetant: vnde tum primum institutæ sunt à Mamerto Episcopo supplicationes, quò placatus Deus præsens ac futurum impendens malum auerteret: aliâq; penè innumera aliis in locis, per hos animantes mala patrasse visi sunt, qui tamen ob id, quòd instruméta dæmonū fuere, quibus ad profusioné sāguinis humani visus est, omnes similiter ac serpens antiquus ipsi, iusto Dei iudicio, pœnas dedêre.

---

## CAP. XXVII.

*Dæmones post tot atrocia facinora creaturam rationalem dedignantes, sic ea abutuntur, vt Energumenos variis modis penitúsque horrendis, non tamen ex æquo omnes, excrucient, cùm sint inæqualia obsessorum peccata, sic & eorum pœna diuersa: Confessionē tamen multùm valere, cæteráque Sacramenta contra eiusmodi incursus, quod Spiritus odij præuidentes, ne debitas laudes Deo nostro persoluamus, linguam vinciunt, oculos præstringunt, mutos denique reddunt.*

PRæterea, hi spiritus apostatæ, similia maioráque in dies & adhuc committere minimè cessant, longè etiam atrociora commissuri, ni diuina potestate, angelorúmque virtute cohiberentur, per quosdam Energumenos (sic quos obsidēt Græcis dictos) quorum membris omnibus, in aliorū hominum perniciem, scelesto ac turpi modo abutuntur. Nec tamen cuncti Spiritus ex æquo, vt dictum est, ac sine discrimine molesti sunt, atque infestant, cùm ob inæqualia obsessorū, quos in pœnā occupant, peccata; tùm etiam diuersam ipsorum dæmonum occupantium potestatem, malitiámq; quibus æqua Dei bilance vni magis quàm alteri, nocere concessum est, pro ratione cuiúsque flagitiorum: ex quo fit, vt nonnulli in hac vita non ita affligantur, sed potiùs quiete & gaudio infelici, minimèque solido frui videantur, in altera tamen [illegible] perpetuis ac æternis pœnis subijciantur. Eiusmodi autem dæmoniaci, vsque adeò nonnunquam his immundorum spirituum furiis agitati, exagitantur, vt vix vnus à tribus quatuórve, licèt robustissimis hominibus, ne damnum aliis dent, coërceri aut ligari queant, cùm alios interdum, vti & Cain, tremulos reddant, aliorum membra tumore inflent ad libitum, linguam ad omnia conuitia effundenda instruant, quemadmodum per quandam fieri Energumenam meis vidi oculis. Hæc tam petulans erat, vt neminem conspicere posset, cui non occultas tectásque quasdam ignominias non palàm exprobraret, vnde non contemnenda mala oriri poterant, suspicionésque haud exiguæ. Hinc factum, vt nemo nisi priùs confessus, ad eam ampliùs accedere vellet, religiosis tantùm Sacerdotibus, atque non ita pridem cōfessis, tutus patebat ad eam aditus. Ex quo cerni potest, peccata ob confessionem, quam tamen abs re, vt & alia Sacramenta hæretici allatrāt, verè dæmonibus tegi ac abscondi. Hoc videns regius Propheta, diuino afflatus spiritu, magno animi affectu exclamat: *Beati quorum remissæ sunt iniquitates, & quorum tecta sunt peccata.* Atque hoc pacto miserè occupatos continuò mutos reddunt, vt clarè patet ex Euangelio, vbi mutum dæmonem ejectum legimus: aut ita linguam vinciunt, oculósque præstringunt, ne Deo debitas laudes effundant, neque videant sacrificium, neque lustrali aqua se tingant, ipsas manus,

Energumeni à Dæmonibus obsessi dicti sūt

Energumenæ cuiusdā tormenta.

Confessio delet ac tegit peccata.

manus, cætera liberi detinent, vt ipsemet in muliere quadam Macheratensi conspicatus sum, anno reparatæ salutis humanæ, M. D. LXXIX. apud Confluentes, Calabriæ oppidū, quò animo lubenti me recepi, vt quæ de sacrata Virgine nulla vnquam B. Virg. Mariæ miracula. cincta macula prædicabantur miracula, certiùs cognoscerem. Quo quidem in loco commoratus totum triduum, quid miraculorum, quæso, non vidi? Herniâ enim laborantem, eâ liberari: multis etiam annis quendam morbo detentum; sic & podagrâ afflictum, pristinæ valetudini restitui vidi; muto cuidam vsum linguæ reddi; nonnullos erigi elisos; multos dirigi mancos. Atque de his hactenus præsertim, cùm alio loco magis opportuno plura de his prosequi animus sit. Nunc ad id, vnde digressus sum, reuertor.

---

## CAP. XXVIII.

*An plures numero Dæmones in eodem Energumeno dentur? An illusiones quasdam ex falsis suppositiisque imaginibus ingerat Dæmon: interim fidem non habendam Dæmoni: protestationémque & abiurationem contra Dæmonis illusiones, & arreptiones exponit: licèt Dei contemptu omnibus membris, vt phantasiam interuertat, abutatur.*

HOrum itaque Spirituum plures numero in vno eodémq; Energumeno pro variis commissis, ita cōmerentibus delictis, inesse possunt, Dæmon dictus Legio. vnde & dæmonium, *Legio*, dictū, pulsum est. Alij verò sic nonnullas deploratas vetulas, quosdámque fatuos deludunt pueros, vt certò sibi persuadeant, certis noctibus horisque statis, animas vocatas à suis discedere corporibus, ac mortuis sese cōiungere: quod non aliunde, quàm à dæmonibus, phantasiam eiusmodi eum in modū infidelitate corrumpentibus, proficiscitur, quæ cùm nonnullis stolidæ credulitatis vulgi mulieribus referunt, quosdam morituros prædicunt, cui si euentus correspondet nonnunquam, dici vix potest, quantam telam errorū inde texant, proprias eas animas esse; quod tamen factu impossibile est, vel iuramento affirmare audent: cùm nil nisi dæmonum præstigiæ, quibus eorum phantasiam peruertūt, reipsa sint: qui quidem error, & aliorum non ita vulgarium mentes inuasit: hos autem omnes in hoc labi ac decipi, vel hinc manifestum est. Multis enim abhinc annis cōtigit Fuscaldi, vbi & nonnullis iis passionibus dæmonumque illusionibus obnoxij reperiebantur, ex quibus, dum quidam Carolensis, nuncupatus M. Antonius, homo habitus ab omnibus veridicus probúsque, sic corriperetur, vt non raro vera magis, quàm falsa pronunciaret, præsertim de quibusdam, quos mors propinqua maneret. Hic vocatus à quodam reuerendo Sacerdote, viro bono ac studioso Ioanne Antonio Anania, (de quo, ni mihi frater esset, plura, quæ dicerem, non deessent) quem hæc res nō latebat, adfuit promptus, serióque interrogatus; an, quæ de eo dicta de re spargerentur, vera essent? respondens, non negauit. Qua re, vti certa, à Sacerdote illo percepta, miserum illum hominē, quò ab eiusmodi animo præconcepta erronea opinione discederet, hortari non destitit: addés, quod erat necessariū, has nō mortuorū animas, sed dæmones ipsos esse, quibus fallacibus spiritibus fidem habendo, grauiter in Deum peccaret. Quare per Deum ac animæ suæ salutem eum obtestabatur, vt præsentiens futuram eiusmodi dæmonum arreptionem (præsentiebat enim eam) vel vbi iam

arripi

arripi inciperet, ſe iis obſequi amplius nolle ſerio proteſtaretur: quódque Deus hac diabolica illuſione, mentiſque veſania eum liberare vellet, ardentibus votis precaretur. His miſer auditis obſtupeſcens credidit, ſeque pro viribus monitis obtemperaturum pollicitus eſt, acceptáque ab hoc venerando Clerico cereâ quadam, ac ſacratâ imagunculâ (*Agnus Dei* vocãt) hilari prorſus animo, domum ſuam rediit. Cúmque conſuetus dies, quo antea his illuſionibus obnoxius fiebat, adeſſet, nec eo ampliùs arriperetur, ſũmâ affect⁹ lætitiâ, Deo pro hoc beneficio gratias egit: Verùm altera ab hac imminente die ac horâ (non enim cunctis hebdomadæ diebus, at ob maiorem Dei contemptum ignominiámque, tertiâ ac quintâ feriâ, his præſtigiis dæmonum oppugnari contingebat) ſuam hanc ſolitam arreptionem inſtare, atque ab his immundis vocari ſpiritibus, quibus ſignis, non ſine ſumma animi triſtitia, ac mœrore agnoſcens, in clamorem vehementem prorupit, ſe nimirùm, cum his ſpiritibus rebellibus ac impiis poſthac abire, minimè decreuiſſe: quo clamore, domeſtici ferè omnes (quorum erant non pauci) experrecti ſunt. Iis manè accurrentibus, cùm rei non eſſent ignari, rẽ ordine narrauit, ſeque multis verberibus cæſum, ac crebris ſe ſcribilarum vicibus oſtendit, ac iam tum liberatus eſt omnino, pro quo Deo gratias egit maximas. Hæc cùm intellexiſſem, ipſemet talia coram inſpicere cupiens, crebriùs ad quendam ſtolidum ac fatuum, hanc dementationem (vt paſſim ferebatur) pati ſolitum me contuli, à quo cùm nonnulla intellexerim, quæ tamen poſteà, nõ eo quo ipſe dicebat, tempore euenêre, licèt alia plura vera protulerit; obtinuit mihi poſteà facto dixi. Heus tu, iocatuſne es nuper mecum, an diaboli te decepere? Certè non (inquit) cùm alia & diuerſa apud illos, quàm nos, ſit temporum ratio: crebrò enim longiora ſunt dierum, hebdomadum, menſium ac annorum, quàm nos numeramus interualla. Quid plura? multa intellexi de tempore Angelico ab hoc, quo quidem nihil ſtolidius vidi vnquam, quo non potui, vehementer obſtupeſcens, non mirari, cùm miſerum reuera, *quid diſtent æra lupinis* (vt aiunt) neſcire perſpicerem. Idem, vel ſimile penè fertur apud Lappios, quorum maior etiamnum pars ignem adorat, contingere, dum nonnulli eos, à quibus occulta ſcire cupiunt, cadere, magicis priùs muſſitatis carminibus, æneáque rana præſcriptis ictibus percuſſa, vel angue ſuis in piciendo oculis, credunt miſeri, cùm mortuis ſimiles iaceant, proprias vagarum animas inſtar corui Armocratis Clazomenij, emittere, atque hoc magis, eos à corpore egredi imaginantur, quod inde experrecti, multa narrant, ac certa ab ipſis exoptata ſigna afferunt. Quæ tamen omnia ex dæmonum fraudibus, phantaſiam horum interuertentium proueniunt. Simili modo, vt & apud Cumanenſes, noui orbis accolas, ab eorum Proture correptos (dæmonis id nomen eſt) occultæ eorum linguæ, quam *Piaces* (ſic horum ſacerdotes vocant,) Hiſpanis, eorúmque vulgo, manifeſtare magna piacula committere ſibi perſuadent.

Proteſtatio & abiuratio neceſſaria contra arreptionem & illuſioné

Confeſſi in proteſtatione ſua caſus & tandem liberatus.

Magica actio Lappij.

Commercium Dæmõ.

# DE NATVRA DÆMONVM

## IO. LAVRENTII Ananiæ Tabernatis Theologi

## LIBER QVARTVS.

### CAPVT PRIMVM.

*De deorum varia denominatione, habitu & cultu pro regionum varietate.*

ÆTERVM, hi maligni spiritus, etsi non cuncti (vt dictum est) ex æquo tentant: nihilominùs, cùm omnes incredibili, quæ eorum est malitia, nocendi desiderio flagrent, nusquàm non gentium est, quò vlla absque mora, quàm ocyssima haud percurrant, vt quosuis inuentos, non secus ac Leones deuorent: atque sic, non solùm (vti *suprà* meminimus) nostrorum opprimendorum causâ, nullum non mouent lapidem; sed & contra Dei æterni propositum, quæ possunt, tentare non intermittunt, etiam ipsis Elemẽtis, in quibus, quò nos crebriùs ignauiâ alioqui torquẽtes exercerent à Deo aliqua iis potestas, commorandique locus datus est, ad hoc abutentes; per quæ quidem Elementa diuinos honores & adorationem ab omnibus gentibus, sibi vt adscriberent, sedulò nec sine successu operam dedere. Nam cùm ex hoc, nunc ex illo Elemento, diuersa prodigia ostentarent, gentes à Dei veri cognitione alioquin toto cœlo aberrantes, ita attonitas iis reddidere, vt his delusæ varios quoq; diuersósque deos, pro regionum varietate, ex quibus prodibant illa prodigia, sibi effinxerint. Quare, ex his spiritibus nonnulli, dij cœlestes nũcupati sunt; aliqui ætherei: quidam heroes: aliqui marini; alij fontani, fluuiatiles: Dryades, Hamadryades, Napeæ, ac Nymphæ: Oreadésque, alij

*Elementis abutuntur Dæmones vt carcere.*

*Prodigia ex elemẽtis locum dedere diis effingẽdis.*

*Deorum denominatio.*

alij ſub puellarum habitu, quem nunquam in veteri Teſtamento, ob quamdam eorum imperfectionem, qua & à Sacerdotio arcentur, angeli repræſentauere; vti ſæpe in Nouo factitatum ob Mariæ ſummam creditur gratiam; qua nimirum, muliebri forma, non proprietate, hi qui ſũt aliis molliores, ſe ſuperinduunt; at vt maiori fallant decipiántque occaſione, qua dei deæque, ac in cœlo ſexcentæ fictæ ſunt nuptiæ, poëtarum fabulis. Hinc & adhuc hi fallaces ſpiritus furtim apud nonnullos, præſertim Biornius ac Finnos interdum, Nympharum apparent habitu, vbi familiarum more, hominibus inſeruire, eóſque à diuerſis fortunæ telis, quibus omnes expoſiti ſumus, defendere produnt, quemadmodum videre eſt apud Saxonem Grammaticum, qui horum Spirituum gratiâ, Frontonem quemdam nullo telo aut ferro vulnerari vnquam potuiſſe, ſcribit. Horum ſpirituum & alij vocati ſunt, Selecti, Penates, Lares, Indigetes, Semidei, Summani, Cabiri, Curetes, Corybantes, Telchines, Anidei, Patellarij, Medioxumi, Anculi, Dryopúmque lingua Pappi, quos omnes præuaricatores Angelorum ideò olim Romam conuocari datum eſt, vel propriis id dæmonibus per ſtatuas oſtendentibus, vti factum à Iunone Veiis ferunt, quò hoc comparente diuino lumine, ſimul ac Adam deliquit, ſignis ab angelis mundo oſtenſo, ac à Prophetis prædicto, omnes tenebræ expellerentur: atque vbi anteà errorum ingẽs chaos, inde vera lux, per totum emicaret terrarum orbem ob victoriam, qua Paulus ac Petrus, duo mũdi lumina, propria eorum morte potiti ſunt: omniáque illinc ſanctæ religionis dogmata diffunderentur, vbi fuerant denſiſſimæ tenebræ, cuius luminis radij vtique ſplenderent, neque ibidem nunquam palàm eſſe tyrannorum metu deſiſterent, donec iniquitatis filius in mundo reuelatus myſterium ſuæ iniquitatis operaretur. Ac, vt quæ de reliquis reſtant perſequamur: ſunt eorum præterea non pauci, qui ſub vmbra verſantur, habitantes in ſecreto talami, locíſque, vt inquit Iob, humentibus, quò factum aiunt, vt Ieſus noſter, Mundi Saluator ſibi porrectum acetum arundine bibere noluerit.

Angeli cur à ſacerdotio arceantur.

Præuaricatores Angelorum Romã conuocati.

Acetum cur Christus non bibit.

## CAP. II.

*Spiritus aliquos ſeſe turbinibus, procellis & fulminibus miſcere ſolitos: alios imminentes futuráſq; calamitates prodigiis prænunciantes: varios in aëre ſtrepitus armorum concitantes, tympanis ſonantes, tubis clangentes, tenebras importunas mercatoribus etiam per deſerta inducentes, prodigioſa portenta in aëre procurantes, cælo & ipſo ſidera Lunámque euocantes, pluráque nobis damna illaturos, niſi Angelorum miniſterio conſtringerentur.*

ATque alij perſæpiùs, ſeſe magno turbine, ingentibus procellis, horrendis fulminibus mali patraturi immiſcent: qui, vt feriant minimè obliquo, vtpotè quæ à naturali ſiderum motu proueniunt, ſed recto ictu feriunt; quò fit, vt profundis etiam in vallibus, nedum in ſummorum montium verticibus perimant, atq; ex his Phocarum pelle, aquilæ pennis, lauro ac hyacintho, ſuperſtites eſſe antiqui animaduerterent, quod vt mirabili Dei prouidentiâ, ita dæmonum, ſicut *inferiùs* oſtendetur, inſigni peractum eſt aſtutiâ. Præter hæc & hi

 ſpiritus,

Prodigijs impendentes calamitates spiritus praenunciant.

spiritus, immensis aliquibus impendētibus calamitatibus, varia prodigia, quasi exultantes hisce malis, ostendere consueuerunt, quemadmodum haud multis abhinc annis fecere apud Germanos, vbi eorum vestimenta varijs crucibus vt vestium illorum erat textura, colore, quasi sanguine singulo quoque mane, vel per mensem integrum, inficere soliti sunt: ac grandibus saxis apud Insubrios, antequàm Galli Italiâ pellerentur, pluisse; quod & triginta abhinc annis, propè Si[illegible]am in nouo orbe, factum esse, Hispani passim narrant, ac terribiles quosdam bellicorum tormentorum ictus excitasse, prout hoc anno, cum hæc exararem, per totam ferè hanc prouinciam, actum est: Vulcano, hos excitatos strepitus adscribunt vulgò, sed falsò, vti mihi videre videor, veluti ex horum æquali prorsus, ac in nullo differenti, siue eminùs, siue cominùs, frequentiori audita facilè deprehenditur. Quòd si à Vulcano profecti essent, haud tam assidui forent, neque vbique locorum eiusdem sonitus audirentur. Dæmonum itaque & illæ in aëre excitatæ illusiones fuere, vt *alibi* prolixiùs de eo dicemus. His etiam auctoribus, variæ militum instructæ quasi acies, in cœlo comparuēre, veluti Machabæorum tempore, Hierosolymis, & ante Titi obsidionem contigit; idémque quinquaginta abhinc annis superioribus, euenisse apud Cimbros Sleusuici, ac in Apulia ante Caroli VIII. aduentum, sic & apud Sarmatas, Cracouiæ: vbi quidam Monachus cum Rege diu certare visus est, Monacho tandem cedente. Nuper etiam Mexici, haud multo tempore antequàm expugnaretur, factum quoque id abhinc

Strepitus in aëre vnde fiant.

quinquennium, ferè per sex menses, ante Turcarum obsidionem Thamasi, sic enim olim Nicosiam, vrbem Cypri metropolim, nuncupabant, quod Poëtæ quoque innuisse videntur, dum variam in Ilij euersione deorum in cœlo pugnam visam canunt. Olim quoque Cimbricis bellis, & armorum crepitus, equarúmque hinnitus perceptos, antiqui retulerunt historici, & bouem loquelà ciuilia bella denunciasse memoriæ. Spiritus etiam tympanis sonare à mercatoribus ad Cataiam se conferentibus, crebrò audiuntur, ad Lopum asperrimum desertum (sic enim nunc quemdam Imai montis tractum appellant:) eosdem etiam tubis clãgere, in quibusdam Arabiæ eremis, frequenter audiri assueuerant: aëremque prope Carmaniæ deserta, ac Chesmuriam, extra Caucasum prouinciam, tanta tenebrarum caligine, vt noctem dixeris, mercatores offundere, Marcus Venetus scriptor fide dignus affirmat. Et reuerà non est res adeò mira, hos spiritus, vt plurimùm in aridis locisque desertis obseruari, cùm ex iis sint, qui Sanctorum pugnâ deuicti, ne per certa tempora noceant, Angelorum ligati sunt ministerio, quemadmodum qui Saram vexabat, in superiori Ægypto à Raphaële vinculis cōstrictus, vt sacra affirmat Scriptura. Quin & alia prodigia in aëre ostentare soliti sunt, vtpotè faces, lampades, trabes, bolides, & chasmata, qui etiam interdum effecēre, vt & stellæ, Lunáque ipsa, arte quadam præstigiatrice, cœlo quasi decidisse apparuerint, vti apud Poëtas factitatum per Thessalas Magas legitur, atque etiam per Mahumethum omnium magorum sceleratissimum, Arabes fabulantur. Hinc cuncti eius sectatores

Spiritus tympanis sonis.

Dæmones Angelorum ministerio ligati.

Luna in insignis Turcarũ. ctatores Lunã pro insigni vtuntur: qui nimirum omnes ita rerum simulachra ac phantasmata oculis obiecerunt, vt vulgus sic delusum, ea tamen veriora, quàm quæ apud Sacram, (vt prouerbio fertur) acciderint, sese vidisse crederet. Qua de re antiqui Poëtæ non veriti sunt scribere: *Carmina vel cœlo possunt deducere Lunam*: & illa, *Reluctantem versu deducere Lunam nititur*: ac, *Cantus è curru Lunam deducere tentant; Et facerent, si non æra repulsa sonent.* Quod certè, quàm à veritate alienum sit, vel ex hoc liquet: quòd dæmones naturæ ordinem nullo pacto, vel si rumperentur, peruertere queant: ne dicam nunc de Lunæ magnitudine, quæ decidendo (licèt minimè posset, cùm cœlum, cuius ipsa pars est, nec leue, nec graue sit) terram quasi operiret, & sic vniuersam mundi harmoniam pulcherrimam destruerent, quod nullius creaturæ opus est. Solius enim Dei totius naturæ auctoris & conditoris proprium, vt eam pro libitu etiam destruere possit. Atque ea de causa fit, quòd hi nequam spiritus, nec vt cœli pars aliqua scindatur, nec vt pendentium aquarum fluxus desistat, nec vt ignis frigescat, cùm hæc naturæ vim excedant, efficere queant. Hinc etiam factum, vt Sathanas tentauerit, dum dicere vellet, an Iesus verè Dei filius esset, quò lapides panes faceret. Lunæ magnitudo.

## CAP. III.

*De nefario turpissimóque concubitu: vtpote quomodo nuncupentur vmbratiles illi spiritus, secretis thalami locísque latebrosis gaudentes: vnde ortum duxerit concubitus: heroës quinam & vnde sint: an hæc spectra quid seminis & vnde, & ad quid in eiusmodi congressu emittant: Lamiæ quæ sint, & earum confessio de abusiuo dæmonum commercio: an possint generare, & quinam ex iis orti sint: omnia non paucis & luculentis historiis illustrata, & dogmatibus Christianis ornata.*

VErùm de his spiritibus adduntur qui in aqua obuersantur; non pauci sunt, quos Græci Panas, & Galli Dusios nuncupant: hos assiduè in Accubos, atque Succubos conuerti perhibent, quorum quidem nefario congressu, qui iam ex heroüm tempore initium sumpsit, quando & fabulæ primùm cœperunt, licèt nonnulli & ante Noë diluuium hunc tam nefandum ac abominandum concubitum cœpisse velint. Intelligunt enim per filios Dei in filias hominum irruentes, hos immundos spiritus mulieres admodum tùm lascivas, ac petulantes inuasisse, quod factum aiunt mirâ dæmonum versutiâ, ob frequentiorẽ eorum cum hominibus societatem. Vnde tot deûm filij falsò dicti sunt, cùm reipsa hos sic esse impossibile fuerit, qui postmodùm tamen prodigiis quibusdam clari, etsi à dæmonibus ipsis potiùs ostensis, sceleribus ac flagitiis quantumuis nobilitati, nihilominùs per apotheosim in numerum deorum relati fuêre, quorum auxilia postmodùm Cõcubitus quãdo cœperit. Filij Dei cum filiis hominum.

ab.

ab hominibus, vt pote diuorum in necessitatibus implorari solitum est, tandémque eò vesaniæ dæmonum operâ res deducta, vt eis non modò bruta, reptilia, secta, quadrupeda animantia immolarent, verùm & aues, pisces, animalia terrestria cuncta, ac amphibia, fructus, flores, herbas, gemmas, vniones, metalla, sua singulis; quin & carnes humanas. Proh scelus, creaturam ad imaginem Dei formatam, templúmque Deo consecratum, his spurcis, ac sceleratis idolis turpissimè destinari, eorúmque gratiâ destrui! Hinc videre est, res prorsus admiratione dignas, interdum, Deo permittente, euenisse: nam & per hæc spectra, (sic enim hos spiritus in phantasia, aut corporea apparentes similitudine nuncupauêre) mulieres eorum passim stupratæ sunt, ac etiam pueri: horrendum facinus! quod ne ipsorum quidem plerique ob naturæ præstantiam patrasse legũtur, interdum imminuti, atque adeò humanæ naturæ intellectus obscuratus, ac voluntas corrupta est, vt multa de his, licèt impossibilia, tamen crediderint, dum quasi duplicis naturæ insertos, semideos appellarent, ac scriberẽt; cùm dæmones minimè cum his ita coïre possint, vt ex eo nefando congressu Heroës quasi ex duabus diuersis speciebus, haud secùs ac muli nascerentur. Non enim hi spiritus aliquid seminis (vt falsò nonnulli Platonicorum imaginati sunt) emittere possunt; verùm sic congrediuntur, vt hoc nefario congressu deceptæ gentes ampliùs recto aberrent tramite, hunc tam nefarium ac turpissimũ coïtum, vel etiamnum dæmones exercere non desinant cum quibusdam certis feminellis, vt & hominibus nõnullis nequam. Deplorandum profectò, homines ratione præditos, &

Spectra quæ.

Heroës vnde.

Spiritus nihil seminis possunt emittere

per baptismum Christo vel iuramento obligatos, his diris infernalium furiarum illecebris adeò sese mãcipare, vt & animæ salutem in extremum discrimen æternúmque exitum eã causâ præcipitent. Quò autem dæmones versipelles pro solitâ astutiâ miseris feminellis magis fucum faciãt, aliqua semina de industria adhibent, quibus vehementiori libidine accensæ flagrant, atque has, quæ heroüm amore captæ sunt, Lamias docti vocant, vel ob similitudinem cuiusdam monstri, puellæ faciem referentis, cætera belluas: vel à Lemiis, dæmonum quodam genere, puerorum sanguinem exugentium. Quod & Poëtæ innuisse visi sunt. Hinc Horatius inquit: *Neu pransæ puerum Lamia viuum extrahat aluo.* Hæ longè ardentioribus libidinum flammis si iuueni robustissimo miscerentur, flagrant, licèt absque seminis resolutione, nonnullæ tamen huius nefarij congressus reæ deprehensæ illud arte quadam à viris extortum interdum sensisse confessæ sunt, vtroque enim vtuntur genere. Quod quidem semen etsi in neruos, venas, arterias, ac ossa, cùm sit naturâ opus, in quo Deus minimè eis vtitur, haud dirigere possunt, nihilominùs tamen ex eo, sub certa naturæ dispositione cœlestíque influxu directo, aliquot & oriri, & etiam heroüm maiorem partem esse, negari non potest: qui quamuis reipsa ex spiritibus non fuerint propagati, fraudes tamen ac dolos eorum plus satis sapuere. Sic natum perhibent Æneam ex Venere & Anchise: Bacchum ex Ioue & Semele: ex Marte Romulum, tótque alios antiquorum heroës sexcentos: in hunc quoque modum ortum Alexandrum tradunt Ammonii Iouis sacerdotes: ac Neronem Imperatorẽ, quem

Lamiæ quæ & vnde.

quem conceptum ex angue aliqui imaginati sunt; vt Merlinum quoque Britannorum Annales: & Iapponij suum Xacam, plurésque praetereà, qui idololatriae ac haereticorum auctores fuere, vt & Lutherum heresiarcam, ac Mahumetum. Quocircà admirando Dei iudicio ac prouidentiâ contingit, vt sub tempus exortûs horum non aliqua bona & laeta, vti circa Sanctorum Dei natales fieri consueuit: sed potiùs cuncta infausta ac horrenda mala portenta, prodigia conspiciantur, eóque magis dira metuendáque, quò cùm dicta, tùm facta eorum, pestilentiora futura sunt, vt vnusquisque sibi ab iis, tanquam veneno animarum praesentissimo, cauere possit.

Prodigia diráque omnia in ortu hominũ impiorũ

Hoc etiam nefario congressu daemones nonnunquàm vel inuitis miseris foemellis stuprum violentum inferre consueuere, proprio tamen crimine mulierculrum, in hoc victis, iis potissimùm, quae impuris cogitationibus in mente locum dant & indulgent, exterioribúsque gestibus tandem produnt, quemadmodùm varias in formas concinnandis & torquendis comis; quaeque omne studium ponunt in exornando corpore gemmis, vnionibus, faciémque cerussa aut stibio fucant, graphióque, & supercilia nunc hoc, nunc alio modo componunt. Qua de re non sine causa mulieres nonnisi velatas capite, ob Angelos, templa ingredi praecipit; cùm non rarò vsu veniat, vt quantò magis dicto modo comptae & fucatae in publicum prodeuntes alios ad sui amorem inuitare & allicere student, tantò potiùs haec turpia dira spectra daemonum eas in poenam sibi attrahant. Nec profectò mirum, diuinam sapientiam tantopere hoc crimine offendi, quo facies à Deo summa arte efficta ita foedè deturpantur. Hoc etiam nefãdo libidinis genere daemones & cum iuuenibus quibusdam, forma praecellentibus, virginibúsque, libidinibus tamen assiduè se polluentibus, vti solet, veluti in Marcea regione euenisse Scoticae testantur historiae, in qua haud multis abhinc annis puella quaedam formâ venusta & egregia, natalibúsque non minus clara, diu detrectans coniugium, ventrem ferre reperta est; parentibus ab eo, qui stuprum tale intulisset, sollicitè inquirentibus, sponte fatetur puella, se tam noctu, quàm interdiu Venerê exercuisse cum adolescente quodam; quis verò, aut vndénam veniret, aut esset, ignorare. Ad quae non potuere non parentes vehementer obstupescere, angi animo, ac affligi; à famula tandem hominem quẽdam in cubiculo cum filia rem habere edocti, haud morâ interpositâ vlla, facibus, taedisque accensis, quòd nox esset accurrentes, reclusis foribus, monstrum horrendum, ingens, ac omnem humanam fidem excedens, maximè terribile, à filiae complexibus pendere vidẽt. Sacerdotẽ euestigiò vitae moribusque probatis accersunt, qui cùm in recitatione Euangelij S. Ioannis verba illa exprimeret, *Verbum caro factum est*, daemon non sine maximo ac horrendo excitato strepitu, terroréque incusso, & post se relicto, (more nempe suo) disparuit, cubiculi tectum simul auferens. At foemina haec infelicissima triduò pòst monstrũ non minùs horrendum enixa est, quod, ne in familiae summam ignominiam aleretur ac educaretur, extructâ, pro more, pyrâ, flammis consumptum est. Simile huic quiddam in Garothia accidisse referunt, cum quudam Succubo formâ conspicua puella, venustum non minùs adolescentem, quo suis amplexibus potiretur, solicitante: huius rei factus certior Diœcesianus, iuuenem vt orationibus, ieiuniis, ac

Mulieres velato capite templa ingrediuntur.

Succuborum congressus cum iuuenibus

Incubus cum virgine.

Puella è Daemone suscepit puerum, & enixa est

pœnitentiâ haud fictâ, sed seriâ, Christianam vitam institueret, locúmque mutaret sedulò monuit. His piis iuuenis obtemperans monitis, à spectri illius scelestis solicitationibus liberatus est. Habet loci, vt & nominis mutatio, nescio quid occultæ proprietatis, ob Angelorum, quos proptereà mutari scribunt, efficaciorem virtutem, sicut ex Abraham & Sara videre est, atque Isaac: qui, (vt Cabalistis placet,) filium Isaac, quò magis in bonis proficeret, vtique in partem Australem, vbi loci, Angelũ sibi propitiorem esse non ignorabat, perrexit. Idem euenisse Corinthi cuidam Philosopho Apollonius Thyaneus asserit; quod etiam iam vix annis viginti elapsis alicubi (cuius nomini parcendum duxi, cùm præsentia exempla sint odiosa) accidisse cum Accubo minimè me latet: quibus nãque obscœnis congressibus dæmones vti consueuere, corporeo tamen velamine semper tecti ac induti. Huic etiam non absimile quiddam factum apud Forteam, Scotiæ æstuarium, vbi dum nauis quædam nauigandi esset in procinctu, adeo procellis, vndis, imbribúsque extemplò exagitari, cõquassari, ac penè obrui cœpit, vt velis ac malo fractis scissisque nulla spes salutis superesset ampliùs: intereà dum fortè nauta quidam, præ admiratione ac magno timore, clariori voce exclamaret, hoc esse opus à diabolo profectum, statim vox cuiusdam mulieris hac exclamatione perterrefactæ è sentina à cunctis naucleris exaudita est, quæ sese in causa huius extremi periculi esse prodiit, (non secùs ac in Sacris de Iona legitur,) propter nefandam cõsuetudinem, diu multúmque quamuis inuita, instar statuæ, immobilis ab ipso reddita, cũ eo habitam. Quapropter rogare cœpit, vt hoc infausto onere nauem leuarent, seséque in mare præcipitarent. Quod cùm non sine multis lacrymis consternata supplex peteret, & rem exponeret, continuò sacerdos qui in eadem naui erat, fœminam hanc, ne de infinita Dei in peccatores resipiscentes misericordia desperaret, hortabatur sedulò; addens multa de paterno & propitio Dei in nos animo, qui omne proptereà sibi peccatum concluserit, quo omnium etiam misereatur, quare, vt ipsa vera animi ad Deum conuersione, verísque ex animo & corde profectis suspiriis, doloribúsque ob commissa tanta peccata in viam rediret persuadet; cui obsequitur mulier, Deúmque quo in seipsam criminis ream, non etiam in nautas animaduertat, lacrymans precari non destitit. Hinc subitò è naui quædam nubecula exiliens flammâ ac sulphure dæmonem prodidit. Noui & ego aliam quamdam puellam, quæ toties ab Accubo clam opprimebatur, vt eam tandem huius miseriæ tæderet, rémque totam amicis aperiret, idque non sine lacrymis ac dolore, hæc tandem Dei auxilio, loci ac nominis mutatione etiam liberata est. Nec de fide iam dictorum, quòd res miræ videantur, aliquid dubitandum, cùm longè maiora ac plura de Accubis & Succubis, quotidiana experientia, proh dolor! edoceat.

Pars Australis propitior.

Dæmon mulieris voce in naui procellosa sibi causam periculi aperit.

Sacerdotis hortatio ad mulierculam diabolicam.

CAP.

## CAP. IV.

*De impiis superstitiosisque Strigimagarum conuenticulis. An, quando, & quânam pacto Lamiæ deferantur ad diabolica consortia; quomodo tam nefandus actus exerceatur & nuncupetur? Quis honor, quæque ceremoniæ satanæ exhibeantur: quæ etiam choreæ, quæ pariter symposia peragantur.*

AMaribus pariter ac fœminis nonnullis crebrò hunc nefandũ actum exerceri legimus, hunc *Dianæ* ac *Herodiadis* ludum vulgò appellant, ad quem nocte intempesta frequenter admodum mulieres illæ miseræ, anteà infantium quos eam ob causam non tinctorum atrociter iugulant pinguedine, pro vnguentis vsæ, sambuceæ quam liniunt virgâ hircóque vectæ (cuius diabolus formam simulat, aut certè quòd eorum corruptæ imaginationi talem figuram imprimat,) obequitare sibi somniãt. Hoc modo, non secus ac paleæ, turbine quodam per diuersa locorum interualla deferuntur, donec tandẽ perductæ ad Satanam, quem summam Maiestatem alto insidentem solio præ se ferentem ac mentientem, omnium miserorum miserrimæ cernunt, flexis poplitibus adorare non verentur; diuerso tamen quàm nobis consuetum est ritu, non faciem sed terga illi obuertentes, capútque non in pectus, sed in scapulas inclinantes; quod vel ex eis præscripta lege aliter non permittente, vt etiam ex hac eorum nobis contraria natura innotescat faciũt, quo ab aliis distincti domini videantur. Hinc plures variis rhythmis cãtilenas altiùs tùm instructi canunt, diuersorúmque generum pro libitu choreas à nostris penitùs absimiles ducunt: fœminæ nãmque post dorsum masculis inhærentes retrocedendo saliunt, terga dando inclinant, capútque non ante sed retrò, sic pedem tanta cum agilitate eleuant, vt altiore arte, quæ humanam transcendat, doctæ facilè videantur: atque sic saltantes, genióque indulgentes, multis lautis & opiparis epulis expleti, tam mares, quàm fœminæ (nec enim viri ab his nefandis spectaculis absunt) tandem vsque adeò & corporum scelestas libidines explent, vt sæpe nonnullæ, quibus auersa placuit Venus, vel bifurcato membro impeti eodem seruntur tempore. Hoc quidem omnium maximè execrandum ac detestandum scelus, etsi nullo non tempore, (vt plerique asseuerant) nullâque non ætate perpetratum fuerit, in hac tamen postrema mundi senectute tantùm inualuit, vt nisi armatæ leges ac iura igne vltore contrà insurgerent, nuspiam non hæc pestis serperet.

Ludus Dianæ & Herodiadis quis.

Ceremoniæ Maleficarum.

Epulæ Strigimagarũ & Dæmonum.

## CAP. V.

*An diabolicus ille ludus opinione potiùs quàm reipsa peragatur, vt à Dæmone Lamiæ sic deferantur? An ea traductio corporum Dæmonibus, vt & Angelis concessa sit? Quod exemplo multorum etiam sine crimine delatorum illustratur. Conuiuiorum deinde apparatus describitur, & ad ea quædam de sale, nomine Iesu, & Crucis signo non prætereunda silentio. Loca item in quibus hæc conuenticula celebrantur, cùm vera & ex eorum confessione transferantur, quænam sint.*

CÆterùm cùm non pauci eius sint sententiæ, hunc diabolicum ludũ non tam reipsa, quàm potiùs opinione ne ac stulta imaginationis dementatione fieri, penitùs asseuerando hæc in phantasia, ob dæmonum inductam infidelitatem accidere, vti ex aliquibus dementatis se vidisse affirmant: hoc sic opinantes equidem non valdè mirari, & ab eis, (cùm dæmonibus longè astutiores fraudes, ac ampliores vires non deesse haud inficientur) hoc edoceri percuperem, quidnam sit, quòd tantopere id denegent, quasi dæmones propriæ virtutis contactu corpora obstinatorum præsertim id optantium, haud transferre queant, cùm & Angeli sua ipsorum virtute, qua & in spiritus satis pollent, vt dictum est, alter prophetam Habacuc ad Danielem capillis per aërem à Iudæa in Chaldæam duxit; alter verò Ezechielem de Chaldæorum regione in terram promissionis transtulit; ac Philippum Azoto ad Candacis Reginæ Eunuchum Hierosolymam, vti Æthiopum moris erat, visentem trãsportatum, sacra Scriptura demonstrat. An, si Angeli id propriâ virtute potuere, & dæmones eadem opera nequeant? queunt profectò tantóque magis, quòd hi nefandis sceleribus, superstitiosisque maximè ritibus, quibus præcipuè gaudent, ad id inuitantur assiduè, ac vocantur. Quo etiam pacto Empedoclem Agrigento Crotonem ad Pythagoram ab iisdem spiritibus translatum, & Abarim quoque Hyperboreum ex Taurica Chersoneso eodem lectitauimus; ac Apolloniũ Thyaneum Romã Dicæarchiam octo horarum spatio ductum Philostratus affirmat, ac Simonem Magum in aërem sublatum, vt *in suo Itinerario* Clemens asserit coram Petro factum esse; quemdámque Zenobitam Norwegium tectà sub polum Arcticum à dæmone traductum, asseuerant nonnullæ historiæ Boreales; & denique, absque criminibus tamen,

*Translatio corporum possibilis est spiritibus bonis.*

*Delati ab Angelis.*

*Delati à Dæmone.*

Hillidium Disentinum Episcopum per aëra Romam transuectum; sicut & Albertum Magnum, tradunt. Sed quid opus est verbis, aliisque exemplis; cùm & ipsum nostræ salutis auctorem, Iesum Christum, postquàm carnem nostram sibi copulauit, dæmon tentator per diuersa loca transtulerit. Quod etiam verum esse per eorum probatur conuiuia, ad quæ annis abhinc haud ita multis, quidam in agro Sabino curiositate magis, quàm superstitione adductus accessit, vt num vera essent, quæ sua coniux, in eodem crimine deprehensa affirmarat; suis ipsius inspiceret propriis oculis. Hic dæmonum ministerio sub hirci forma vectus, anteà tamen vnctus pinguedine, hac de re ab vxore sua edoctus, ad locum tandẽ consuetum peruenit, tot conuiuiorũ, ferculorũmque apparatus magnopere miratus: cùmque miser vnà cum Satanæ iuramento obstrictis mancipiis assedisset mensæ, cibósque omnis generis, at nullo sale conditos degustasset, salem crebrò efflagitat, tandémque allatum, quasi admirans, dulce nomen IESV nuncupando, in causa fuit, vt cuncti conuiuæ, (mirabile dictu!) cum toto horum conuiuio vel in momento euanescerent: is verò, cuius ore hoc sanctissimum nomen prodiit, nocturno tempore in profundissimis tenebris, indumento quodam horribili, multis milliaribus à domo sua dissito, semiuiuum relictũ se tandem videt; diuina tamen virtute subleuatus, Angelorúmque adiutus ministerio, etsi non semper oculis cernantur, nunquam tamen nos ope sua destituunt, si tamen gratiã diuinã haud destituti sumus, id quod Elisæus suo manifestat discipulo: biduo pòst domum reuersus est, auctórque fuit, vt quàm plurimi homines, plures tamen mulieres, quasi

*Delati sine crimine.*

*Nominis Iesv efficacia.*

*Conuiuæ & cõuiuiũ dæmonũ euanescunt.*

quasi ex sinistro, (vt secretiores inquiunt Theologi) latere profectæ, aut vasa fragilia magis, vna cum sua coniuge omnes igne concremarentur. Idem fertur quoque de quadam Lamia, nomine Lucretia, à proprio dæmone, ob auditum sub auroram campanæ cuiusdam sonitum, deserta ad ripam fluminis, à iuuene quodam inuenta, qui re cognita, etsi miseræ silentium pollicitus, Iudici tamen indicium fecit, ex quo & ipsa ad supplicium rapta est. Præterea, nec deest eius rei exemplum de reuerendo quodam Sacerdote, qui domo exiens, rus more solito perrecturus, dæmone equo post terga ignarus, dicto citiùs eò vectus est. Cæterùm, cuncta ea loca quæ Lamiæ frequentant, (cùm minimè in omnibus ob benigniorem cœli influxum, regionisque Angeli custodiam, talia mala patrare possint) vt plurimùm & ferè semper, aliquo insigni facinore ac piaculo nobilitata anteà fuere, quibus, quòd Angelorum quodammodo destituantur tutelâ, magis præualent gaudéntque: horum famosa Nux apud Samnium Beneuentana collis, in Dania mons, ac Virgo in Gothia feruntur, quò omnes Strigimagas dæmonum operâ transuehi vulgò credunt; proinde hæc negantes satis errare perspicuè patet. Nec propterea inficias iuerim, ea in phantasia, (vt ipsi volunt) contingere non posse, cùm frequentiùs eo pacto eueniat: haud enim in potestate horum consistit spirituum, noctu Solem supra nostrum retrahere Horizontem, vt dementatæ eiusmodi sibi somniant mulierculæ, at quòd per aëra interdum non vehantur de vno in alterum locum, nil est quod impediat. Ex quo consequitur nonnulla re ipsa fieri, quædam verò in earum corrupta imaginatione ac phantasia tantùm per somnium, quasi in mentem venire, quæ tamen in rei veritate euenisse, sic miseræ delusæ, vel iuramento affirmare solent. De his, quæ in medium afferrem, plura mihi non deessent exempla. Verùm par est de immensa Dei in nos misericordia admodùm mirari, quòd vel Crucis signo, vel nomine IESV, etiam à malis prolato, extemplò hæc diabolica præstigiatricia Symposia conturbantur, & euanescunt, quò omnium infelicissimi, has sceleratas consuetudines frequentantes, diaboli impotentiam ac imbecillitatem vidēdo, eò promptiùs ad Deum omnipotentem, omnis boni auctorem & fontē conuertantur, ineque eum credant, ac gratiam, qua turpissimè sua sponte exciderunt, omni studio recuperent: non enim est Deus perditionis, sed omnis salutis & saluationis, ni ex nobis ipsis proficiscatur perditio. Vnde fit, vt ejusmodi miseris obiecti, dum diuina celebrantur Officia, nihil mali percipiat, cùm alioquin semper variis huc atque illuc impellantur imaginationibus, curisque conficiantur maximis, immò ad omnia perpetrāda nefaria scelera, ab his spiritibus armātur & in arenam procrudūtur, cætero qui ratò fit, ne hi haud euanescāt spiritus hanc diuinam virgam, sui exitij signum, olfaciendo, quod tantoperè metuunt ac reformidant. Magnum profectò mysterium antiquis Ægyptiis nō ita incognitum, qui hominum salutem hac Dei figurā, in qua plura continentur arcana in suis hieroglyphicis notabant, sic eâ vsi, postquàm huius characteris notâ, cuncti iussu diuino, ianuarum postibus sanguine signatis Hebræi, ab Ægyptiis incolumes, illorum primogenitis omnibus ab Angelo interemptis, euaserunt. Quin nec Arabibus abstrusum, qui hanc diuinam imaginem in brachiis, quò à nonnullis

Sacerdos quidam à Dæmone vectus.

Lamias transuehi non impugnat.

Crucis signo & nomine Iesu prolato diabolica symposia euanescunt.

Salutis hieroglyphica apud Ægyptios.

nonnullis calamitatibus tutiores forent, ſibi pingi volebant; quod & Platonem effeciſſe, per ſuam deceſſe, coniecturâ conſequi poſſumus. Verùm, vt vnde digreſſus ſum reuertar, non me pigebit de iiſdem ſpiritibus, quæ vir quidam, auctoritatis maximæ ſuis vidit oculis, & expertus eſt, breuiter annectere. Aberat is peregrè negotiorum quorundam familiarium conficiendorum causâ, vnde domum rediens, cinctus & ſeptus eſt horrendâ noctis caligine quodam in loco apud vulgus nece cuiuſdam Hebræi infauſto, ex quo pergens maximo correptus eſt horrore, ignotâ tamen vllâ quæ ſenſibus percipi poſſet causâ; quod hinc euenisse autumo ob amplam dæmonis tentando tum ſe accingentis poteſtatem, cùm in eiuſmodi locis, vt dictum eſt, plus quàm aliis poſſint, quare & iis magis gaudent: aut vt interemptorum violenta morte animas vel ſimulent, aut etiam quò malorum perpetratorum memoria refricetur, vel quòd eorum naturæ voluntatique perfidæ multùm ſint conſentanea, ac ab Angelis non adeò prohibentur, vt olim fuere campi Marathonij Perſarũ ſtrage inſignes; vbi diu multúmque hos ſpiritus oberraſſe, accolis infenſos armorum ſtrepitu, ac equorum hinnitu, haud pauci antiquorum teſtantur ſcriptores. Sic etiam nunc perhibent, Hanſem (ita enim ſpecioſam quamdam regionem in Hiberia vocant) perpetua caligine oppreſſam, ab hiſque apoſtatis continuò vexari ſpiritibus, vbi & equorum hinnitus, gallorum cantus, aliorum animalium voces audiri, apertè affirmat Aitonius apud Armenios hiſtoricus haud ignobilis. Sed, vt nunc cœptam hiſtoriam pertexam. Vix nempe decem paſſibus, quò in id vitæ diſcrimen inciderat vir ille, digreſſus aberat, cùm ſubitaneo hoc perculſus terrore circumſpiciens mulam inſignis magnitudinis in loco anguſtiori obuiam venire vidit, qua conſpecta vehementiùs perterrefactus, non tamen penitùs animum abiiciẽs, ac deſperans, nec ab itinere cœpto deſiſtens; quin potiùs vires & ſpiritus reſumendo, ter inter pergendum ſigno crucis ſe muniuit, crebrioribus votis dulciſſimum IESV nomen implorando his ex omnibus quaſi periculis emerſus, animo præſenti ac alacriter proſecutus eſt, vt opinione ſuâ dicto citiùs currendo pertexerit; nec tamen id ſpectrum prorſus diſparuit, quinimò nunc maioris, nunc verò minoris magnitudinis viſum eſt, variáſque in formas mutari. Tandem prægrandis cuiuſdam moloſſi ſimilitudinem referens, quam ad finem vſque retinens, nunquam, modò hâc, modò illâc, oculis ſeſe objiciendo, moleſtum eſſe deſtitit, qui propterea ſtrictum enſem concitato curſu ei obuertit. Plus itaque ſatis hic furiis exagitatus, tandem ad ingentem rupem peruenit, vbi B. Virginis ſacellum extructum conſpiciebatur, quà & ei per callem prætereundum erat, eò loci, cùm ſe huic Numini ex animo commendaſſet, confeſtim id horribile ſpectrum tanto cum ſtrepitu & fragore, vt nihil ſuprà, euanuit, quibus adeò redditus eſt attonitus, terroréque perculſus, vt ex eo in febrim, denique in trimeſtrem tertianam inciderit.

Deceſſis Platonica.

Locus infauſtus morte cuiuſdã Hebræi inſignitus.

Signo Crucis & nomine IESV fugatus Dæmon.

Moloſſi prægrandis ſpecie Dæmon apparet.

B. Virgini preces effuſæ quid reconciliationis præbeant cõtra eiuſmodi ſpectra.

CAP.

## CAP. VI.

*Quânam ratione Spectra dicantur arma, canes, equos, cæteráque id genus metuere, cùm sint corporis expertia: cuinam illud armorum dominium tribuendum sit. An per aliquos homines, & per quos Dæmones operationes suas peragant? Exorcismorum vsus in Ecclesia vnde, & ad quid institutus? Reliquia Sanctorum contra Energumenos, fugandósque Dæmones an aliquid valeant.*

Spectra vnde dicantur arma metuere. QVòd autem eiusmodi spectra, ensem, & cætera arma, equum etiam & canem metuere, dicuntur, non eò fit, quòd ictibus aliquibus vt corporea exposita sint, nec quòd Metallum hoc sit sub Martis dominio (quemadmodum nonnulli Platonici finxerunt) qui in rebus omnibus & sympathiam, & antipathiam quamdã esse volunt, atque etiam Psellus, qui stricto gladio per Anaphalangem dæmonem à quodam obsesso expulsum asserit. Spiritus enim sunt omnis corporis expertes, nec inde quòd ij, quas assumpserũt imaginibus quodam excellunt dominio, neque etiam ex superioris huius speciei intelligẽtiæ opposita virtute, cùm si hoc foret, haud plerique eiusmodi omnes occurrentes armis euanescerent, sed ij tantùm, (cùm diuersa sint dæmonum genera,) qui quodãmodo Marti subsunt: verùm id accidere, inquam, ob maiorem, quem propter hæc habent, animi vigorem, vnde haudquaquàm dæmones terrorem incussuri duobus apparent comitibus. Hoc enim vigore, quod cupiunt efficere prohibentur: præsertim cùm non semper quantò quidem optarent, nobis terrores incutere permittantur, diuina pietate repulsi. Præterea, ij malitiosi spiritus sæpe operationes suas perficiunt per eos, quos diuexãt, Energumenos; tùm maximè, cùm terrei sunt, aut supplicij afficiendi causa superne missi, aut Maleficorum operâ intrusi, hos ægerrimè deserunt, ac vix ab eis discedunt, vel etiam exorcismis, quibus sancta Ecclesia, iam ex Apostolorum tempore (vel à Salomonis ætate, Hebræorum Synagoga) vti solita est; neque Sanctorum quorumdam reliquiis, quas, quòd de iis triumphũ reportarunt maximè formidant adeò, vt has, quasi Dei opera, multis in locis fugere cogantur compulsi. Sic nec ob Eucharistiæ præsentiam, vbi tamẽ non sine maximo cruciatu persistunt, etsi primæ nascentis Ecclesiæ initio, vel à quibuslibet in nomine IESV aut Crucis signo, ab obsessis eiiciebantur, quod non sine causâ factum est: quò enim gentes idololatræ ac incredulæ, eò faciliùs ad fidem Christianam venirent miraculis crebrioribus opus [illegible] erat: cùm hoc non pertentandi causâ, curiositatéve quadam impulsi facerent, vt nuper perhibent Neapoli factum quadam in domo his vexata spiritibus nonnullis, in quo matulam ac scaphiũ proprios ob oculos insperserunt, ac effuderunt, atque olim Sceuæ filiis, circa quemdam dæmoniacum, qui nudi ac vulnerati non sine summa turpitudine ac dedecore vel propriis domibus exire coacti sunt, metu trepidantes: sed vt quod sancta Ecclesia Catholica ageret, potiùs animi pietate, quàm curiositate aliqua imitarentur.

Dæmones opera sua per energumenos perficientes.

Reliquiæ Sanctorum ad Dæmones fugandos.

CAP.

## CAP. VII.

*Cur non adeò frequenter ac in primitiua Ecclesia Dæmones de fidelium corporibus expellantur: ad quid & vnde sibi nouas maioresque exorcizando vires assumant. An ritus Magici locum habeant Energumenis cogendis, & Dæmon à Dæmone pelli possit, cùm ministerium & cōmercium nobis interdictum sit? An omnes ex æquo dæmones possessos deserere cogantur? an denique omnium exorcizantium sit par potestas.*

NOstra verò ætate, ex quo iam tot tantisque miraculis Ecclesia floruit ac confirmata est, non mirum cuiquam videri debet, si non ita crebrò vt olim dæmones eiiciuntur; præsertim cùm nunc sæpiùs, vt pios in fide exerceant, pœnisque castigēt propter admissa delicta quodammodò relinquantur. Hi præterea spiritus sæpenumerò hominum delinquentium exorcizando interuentu, sic vires acquirunt, vt Energumenos deserere minimè velint: proinde Exorcistis summopere cauendum, ne exorcizantibus temerè quilibet adsint, qui etiā pro ea, qua pleni sunt calliditate frequenter, & sanctæ Ecclesiæ exorcismis aggressi, adeò reluctantur, quò Exorcistas tædio affectos deterreant: cùm tamen magico ritu, quibusdam scilicet superstitionibus, figuris ac characteribus, atque (proh nefas!) nimia pastorum negligentia, à nonnullis Græcis præsertim, quos nostris in regionibus ac Hydrūti, (Caloieros vocant,) imperii quandoque parumper, ac nonnunquam multùm repugnare videantur, non sine maxima fraude; quo nempe pacto paulatim fidem è mundo auferre moliuntur: alioqui dæmonem, vbi maius malum non subest, ab alio dæmone, quantumuis superiori, ac interdum dispari, expelli non contingit: hoc enim modo quo Græcis exploduntur, à corporibus tantùm, maximis intereà animabus tenebris immersis, excedunt; cùm id, quod forsan anteà pœnæ tantummodò erat, procul dubio assentientibus in culpam cedit: qua de re nec iure aliquo cogi hoc pacto, quin grande eo commutatur peccatum, Energumenos vt relinquant, possunt, hocque magis, quò nobis omni commercio, omnique familiaritate dæmonum seuerè interdictum sit, nec eorum ministerio, ob quod nos polluimur peccatum, vti fas est; licèt id sanctis ac iustis quandoque concessum fuisse legitur, vti diuo Iacobo, qui vt Hermogenem ei afferrent, iis iniunxit; ac Simoni Iudæ, qui vt dæmones proprias statuas suas destruerent constringerentque eis præcepit. Sanctis etenim, vtpotè membris Deo ipsi insertis, obediunt, velint, nolint, propter eorum merita, etsi eis naturâ superiores sint; nihilominùs tamen diuino arbitrio & voluntate, iustis causis & rationibus hoc exigentibus, sæpè à pugna victores recessere. Idcircò diuersis angelis etiam, ne ampliùs, vel per tempora, de eo tamen quo tentādo vitio superati fuerunt per tentatū quempiam accedant, vinciri feruntur. Nec dum corpora occupant, eo ipso tentare dicuntur, cùm in hunc modū obsessi ratione impediantur, vnde nec in merendi, neque in peccandi statu esse possunt, cùm præsertim, cùm imaginandi potestatem conturbant: non enim hanc continuò vexant, sed interdum tres quatuórve dies, & ampliùs ab eorum desistunt vexatione: interdum sic animæ concentrant potentias, vt vel proprium motum impedire videantur, vti sacis ritè perspexit

*Cautela pro Exorcistis.*

*An Energumeni cogendi magico ritu.*

*Ministerio Dæmonum vsi sunt aliqui Sancti.*

*Obsessi in statu peccādi aut merēdi esse possunt.*

vit Ioannes Baptista Attendolus, vir pius, in linguarum cognitione versatissimus, omni scientiarum genere peritissimus, Dux Capuæ, cùm quemdam exorcizaret Energumenum. Præterea non omnes dæmones ex æquo sic possessos deserere coguntur, cùm ob varia occupatorum crimina, tùm etiam non minùs diuersa spirituum occupantium genera: adde quòd exorcizantium omnium non sit par virtus & valor, perinde, vt cùm circunstantium non sunt tantæ virtutes, quæ è diametro quasi, penitùsque dæmonum vitiis opponi possint: ex quo consequitur (vt & dictum anteà,) quòd non tantoperè exorcizantium præsentiam, vim, & authoritatem reformident; immò, quòd inter exorcizandum alij eis quasi auxilio veniũt, ac occurrunt spiritus, quorum aduentu majores vires recipiunt.

Exorcizantium non est par potestas.

---

## CAP. VIII.

*Quòd malignorum spirituum muti sint omnium nequissimi & difficilius abigi cogantur: an quid habeant dominij in voluntatem nostram, cùm nec peccati necessitatem nobis imponant? An teneantur ea, quæ nostri sunt cõmodi, salutisque manifestare, eorúmve monita spernenda sint, cùm vix vllum vnquam nec possint in bonum finem compellere? Ad quæ multa de somniis, eorum interpretatione, reuelatione dormientibus facta, superstitionibúsque & illusionibus, quibus sibi Dæmones fidem conciliant, passim tanguntur.*

Spiritus omnium pessimi, muti, & difficiliùs pulsi.

HOrum verò spirituum omnium pestilentissimi sunt muti, qui exorcizando haud exire adiguntur vnquam, nisi vt eo, quo cæteri loquantur modo, nisique loco mouentur. Qui quidem spiritus, etsi varia ac diuersa morborum genera nostris corporibus infligant: animabúsque miras imaginationes excitent, quibus sic noster afficitur intellectus, vt oculus non clausus rerum simulachris: in rectam tamen voluntatem non est his vllum imperium, cùm hoc Dei tantummodò sit. Ea itaque sola in homine verè immunis ac libera remansit, non tamen à miseria, postquam Adam præuaricando mundo tantùm attraxit malum, nec à peccato, nisi per Filij gratiam, sed à necessitate, à qua & antè, & post hæc animæ facultas semper fuit libera. Nec tamen proptereà dæmones, quòd nequeunt peccandi, sic etiam non possunt peccati necessitatem afferre, cùm in phreneticis imaginatricem virtutem impedire, ac in lethargicis memoriam conturbare, sæpe cernere liceat. Ad hæc, hi rebelles ac tenebrarum spiritus haud semper tantas nobis tenebras offundunt, quamuis ipsimet nil nisi tenebræ sint, nec tanta nos caligine inuoluunt, vt omnem lucis conspectum è medio tollant, cùm multa, quæ hominis commodum, non tamen æternum spectant, propitium dæmonem Socrati reuelasse compertum sit. Neque hoc mirum, cùm & hæc, & alia prætereà, quæ æternam cõcernunt salutẽ & veritatẽ, eáque quæ tacere, quàm propalare mallẽt, qua laborant insigni perfidiã, manifestare tamẽ compelluntur. Sic & cùm deceptũ veniunt, quò optatis faciliùs potiantur, res eiusmodi, quas tectas sepultásque vellẽt potiùs, ostẽdũt: alioquin intellectũ illuminarẽt, quod tamẽ minimẽ, cùm omninò charitate vacẽt, efficere queũt; imò enĩ quod natura posteri⁹, nisi quod prius est, obtineat, possidere valẽt. Quocirca omnia, quę secũdũ quietẽ in sõmniis,

Genius Socratis quid reuelatis.



infidelibus,

infidelibus, præſertim, & aliis peccato pollutis obuerſantur, & monſtrantur (publica ſi excipias, ad quæ mittuntur ipſi Angeli, vt cernere eſt apud Pharaonē) numquā nō per hos manifeſtatur Spiritus, vt etiam Socrati factum legimus, cùm, quod de cygno ſomniarat, eius in ſomnio quoque accepit interpretationem; ac etiam Galeno, qui, vt infirmo cuidam venam ſecaret, dormiendo edoctus eſt.

*Somniorum interpretatio dormientibus frequens.*

Quod etiam videre licet ex Æſculapij templo apud Pergamum, ac Podalirij æde, qua vtrobique dormientibus ægris morborum remedia oſtenſa ſunt. Sic & ex columnis Herculis, ad quas quæcumque antiqui ſcire deſiderabant, reuelabantur.

*Reuelatio ex templis & aliis locis petita.*

Ita etiam ex Amphiarai fano, Serapidis ad Canopum delubro, Heliopoli Solis templo, vbi ſacerdotes literarum obſignatarum ſenſum vel ad vnguem Adriano Imperatori retulerunt: atque Paſiphaes Ardalique ara apud Hircanos, & Iſidis quoque Bumaſte: quibus (inquam) interdum, cùm crebrò & ab Angelis altum altius ea nunciantur, quæ vulgò *Fortunæ munera* appellant, oſtendi contigit: quibuſdam præſertim inſipientibus, ceruicoſis, ac prauis, quibus fortuna Philoſophorum more amica eſſe ſolet, quò his acquiſitis ampliùs & alia ex dæmonum voto peruersè agere pergant.

*Dæmones non poſſunt ditare pro arbitrio.*

Quod tamen non ſic accipiendum, quaſi hi ſpiritus diuitiis aliquem pro arbitrio cumulare, & ſpoliare queant, etſi interdum nonnulli aliquid pecuniarum adjeciſſe reperti ſunt: ſed quòd iis, quò homines fallant ac tentent, oppugnatum veniant, cùm iis affluentes facili momento libidinis ac ſuperbiæ vitiis ſeſe dedant. Hinc non abſque cauſa, Saluator noſter toties in diuites inuehitur: his enim nil eſt, quod nos ſeguiores ad amplectendum veritatis ac iuſtitiæ viam (quibus ingreſſi dæmonum laqueos euitabimus) reddere queat. Inde etiam earum copiam nonnulli Theologi ſpernere conſulunt, vti ſalutis animæ maximè noxiam ac peſtiferam luem: cùm non infrequenter, vbi theſaurus, ibi & cor hominis eſſe ſoleat: vel ipſa teſte Veritate, atteſtante. Ab his porrò ſpiritibus admonitum & Alexandrum, vt ſuis à ſerpentibus morſis militibus hiperbaton ederetur, ac Lyſandrum quoque fuiſſe, narrant, vt Aphutim vrbem, obſidione, qua eam cingebat, ſolueret: licèt & à bonis Angelis, quoniam reges, id proficiſci potuit.

*Spirituū monita non ſpernenda.*

Nec tamen dæmones vnquam aliquos in bonum finem, ſiue bona naturalia, ſiue moralia ſpectes, peregêre, quantumuis ſæpenumero pluuias, imbréſque terræ ſiccitate maximè id expoſtulante, ſicut & ventos nonnullis ſecundos, concitaſſe viſi ſunt, atque etiam aſſiduè contemptores religionum, increpauerint, obiurgarint, caſtigauerintque, vti Dionyſium Syracuſanum, Phlegiam, tótque alios, quanquam prætereà haud pauca, quæ bona viderentur, in ſomniis prædixerint, vti & per ſtatuas contra aliquos, quos tandem pœnis multarunt, locuti ſunt: quarum rerum exempla gentilium ſuppeditant hiſtoriæ. Quæ omnia & ſingula, non quòd hominibus bene cupere, vel etiam facere velint, voluntate eorum huic maximè repugnante, ſed quòd ſuperſtitionibus ſuis illuſionibuſque maiorem fidem & authoritatem iis concilient. Hinc & propria eorum templa ob neglectam, vel parum cultam religionis ſuperſtitionem, iis ipſis authoribus igne periêre, vti Apollinis templum Delphicum ter, Dianæ Epheſi bis, Cereris quoque Mileti, Argis Iunonis, & Romæ Apollinis, vti nimirùm his rebus

ſuam

suam potentiam, vindictámque ostentarent, suósque cultores magis allicerent. Tota etiam Potitiorum familia, spretis Herculis sacrificiis, vel vnius mensis spatio extincta est.

Potitiorum familia.

## CAP. IX.

*Dæmones pro vitiis, quibus præualent homines oppugnare, classibus aliquot distinguuntur: iique pro assumpta sibi ab elementis, quæ inhabitant, virtute fiunt aliis nocentiores. Qui spiritus ætherei, aërei, aquei, terrestres, subterraneique nuncupantur ab operatione nocendi dominatrice: eos Gentiles pro libito, falsò tamen, cognouerant, etsi cœlestium nomen sibi tribuerent: cùm signa in cœlo nulla producere aut ostendere potuerint: hicque signa aliqua, quæ aliàs in cœlo apparuerunt, vt ad rem facientia non insulsè referantur.*

Dæmones classibus distincti.

AD hæc non cuncti æqualiter quibusuis malis infligendis gaudent, certis enim classibus quasi distincti, his, in quibus præualent vitiis, homines oppugnant, mira astutia acie hac instructa, de quibus ducē suum Luciferum certiorem faciunt, variis nēpe hominibus, quos hinc inde per orbē tentationibus aggressi sūt, hoc & frequenter corporis adscita similitudine fecisse nisi sunt. Horū quilibet ea, quæ inhabitat elementa, cōcutere vel conturbare magis potest alio: vnde fit vt æthera incolentes, quos Silurion nuncupant, etsi reliquis minùs noxij, varia emicantia signa prodant, hilares semper, mortalium damnis gaudentes, ruinis, calamitatibúsque omnis generis præ lætitiâ exultātes quasi, veluti qui aërem inhabitant, quos nonnulli, falsò tamē, errorum, vti nos, pœnitere imaginā-sunt; cùm ex quo semel se à Deo auerterunt, nunc minimè in viam redire nec velint, nec possint. Hos heroas dixit antiquitas: atque ex eo quòd quibusdam incantationibus aërem in nubem ac pluuiam cogerent, Neophidectas, Græci vocauere: hos nimbos, ventos, grandines, ac fulmina iaculari, ac etiam lana, cera, argilla, lapidibus, ferróque pluisse ferunt. Verùm ex his, qui in aquis degunt, marinos fluctus nauigantibus submergendis intenti concitant, qui etiam quoties res ex sententia in perdendis hominibus minimè successerat, quasi tempestates compescendi gratiâ adessent, nautis sese ostendere, vti Nymphæ ac Tritones, etsi frequentius sub quadam luce Castorem ac Pollucem antiqui dixere; hanc & Angelorum ministerio conspici non negamus, præsertim nauigantibus bonis ac fidelibus: qua quidem in re Philosophos huius lucis causam à natura aut casu petentes errare, alibi diximus. Terrestres verò, qui solùm variis malis terram diuexant, horrendis terræ motibus sæpè imminentium malorum signis adeò conquassantes, vt & flumina relictis alueis cursum aliò dirigere visa sint, montes quoque non minùs concussi apparuere. Ex his nonnulli cæteris nocentiores, subterranei sunt, in specubus latitantes, vel olim in antro Trophonio responsa dabant, ac in puteis absconsi, lucifugum genus, assiduè ad tartara tendentes, vnde Stygiam aquam haustam ad nos perferunt, quâ vsque adeò elementa ipsa inficere ac corrumpere solent, vt quasi ex Babylonica arca horrendam hanc nostri temporis luem excitent, suâ virulentiâ, ac contagio longè latéque omnia vastantem, ignotam Græcis, Latinis, ac Arabibus, quos nequam ac diros, feralésque spiritus, Alastores, ac Palamneos anti-

Spiritus aquis prædominantes.

qui dixere, hosque dumtaxat, aquam & aërem corrumpẽdo, corporibus, vt dictum est, frigidis passionibus officere, ac incommodare, sicut cæteros animis insidias parare, plerique ex Platonicis asserunt, horum quẽdam sub vetulæ forma ostendit Ephesi Apollonius Thyaneus, in quem grãdi lapidũ aceruo immisso, cessauit epidemia omnis horũ spirituũ, in nos potestas à nostris commissis delictis profecta, iusto Dei iudicio. Nec gentes aliquã ignorantiæ causã allegare possunt, lumine illo æterno cœlitùs demisso, in ipso medio orbis terræ satis diu iam fulgẽte, hos tenebrarũ spiritus, si voluissẽt, nullo negotio cognouissẽt: vel ex hac re sola, quòd etsi horum plerique sese cœlestes esse mirum in modum iactitarint, numquã tamẽ aliquid signi in cœlo producere, aut ostẽdere potuêre, sicut apud Hebræos Iosuë veri Dei cultor, cuius iussu Sol ipse immobilis cõstitit, & Ezechias, in cuius gratiam contra naturæ cursũ aliquot gradibus retrocessit: id quod & Iudæi, dũ signa, veritatẽ eminus subolfaciẽdo, à IESV, Saluatore nostro quæsiuere: quod tamẽ, ne hac etiã in parte eis deesse videretur, sed potiùs ad se cõuerteret, in ipsa cruce pendens in mortis articulo ostẽdit, quò horũ scribæ, hoc miraculo admoniti, certũ de eo, vt ab increata Veritate factum, arrhabonẽ nossent, haberẽntque Solis scilicet vniuersali Eclipsi per totũ mundũ, in ipso tamen pleniluniotã admirãda, ac præter omnẽ naturæ ordinẽ, vt vel ex hac verũ Deum de Deo vero, déque lumine lumen, modò ipsi tenebras non plus amassent, satis perspicuè oculis cernere potuissent, cùm Dionysius Areopagita, summus Philosophus, vel Heliopoli id conspicatus, dixisse feratur: *Aut Deus natura patitur, aut tota mundi machina dissoluitur.*

Dæmon sub vetulæ forma.

Signa in cœlo quorum gratiã apparuere.

Solis eclipsis vniuersalis in plenilunio.

---

## CAP. X.

*Dæmonum potestas licèt ampla sit, malisque quibusuis infligendis etsi gaudeant, non iis tamen ea omnia tanquam authoribus sunt referenda: mala autem hæc, quibus ob peccatum obnoxij sumus quatuor sunt: ex natura videlicet, ministerio, noxa, ac maleficio profecta: illa verò pœnarum genera quæ sint, eorum effecta & causæ latissimè demonstrantur.*

POrrò quantumuis dæmonum potestas sit satis ampla, nõ tamẽ omnia quæ eueniunt mala, ipsis authoribus referenda sunt. Nam, cùm quatuor sint pœnarum genera, quibus cuncti ob peccatum obnoxij sumus, naturæ, nẽpe ministerij, noxæ, ac maleficij. Ex natura tùm mala prouenire dicimus, cùm hæc à motu cœli, certóque siderum influxu promanant. A ministerio, quoties Deus per Angelos iustitiam suam exequitur, sicut Angelus pertransiens Ægyptiorum primogenita peremit: atque etiam cùm ex Sennacheribi Assyriorum regis exercitu centum & quinquaginta hominum millia trucidauit, ac Balthasarem Babylonis regem domi, vasis abutentem, occidit. Noxa verò tunc, cùm Deus pœnas exigens, aliquam plectẽdi, tamen ipsis nequam spiritibus facit potestatem: qua nullo nimirùm modo nisi diuino iussu vti possunt; nihilominùs, cùm noxæ adscribuntur, nõ tam Dei mandatum exequuntur, quàm suum explẽt desiderium, spontè suã malitiã adducti. Quapropter haud vnquam ab his aliquid effectum, siue sub boni, siue mali prætextu, vel quod naturæ referat, aut accidentis tantùm redoleat formam, quod tandem

1\. Naturæ malum.

2\. Ministerij malum.

3\. Noxæ malum.

dem malis cedendo in pœnam, bonis verò æternum cedat in bonum, eis malo non adscribatur. Hinc tot tantáque portenta, prodigia, ac mira cuncta noxæ effecta, his olim fieri gentibus, vt & impræsentiarum cũctis infidelibus, quibus magis eorum stabilirẽtur superstitiones, diuinæ iustitiæ nutu, permissa sunt. Quo factũ, dæmonibus procurantibus, vt Anthei cinctes eruti, imbres cierent, ac Mineruæ penes ædes, sacra non putrescerent, & Pethiliæ in Philoctetis sepulchro cinis vehementibus ventis expositus non dissiparetur, atque Paphi à Veneris tẽplo, cùm vbique circumcirca plueret, pluuia tamen arceretur, ac vt apud Peneleos idolum visum cunctis terrorem incuteret: qua etiam de causa & Troiæ quõdam Palladium, vt nunc aurea poma Mauritaniæ fatalia ex[illegible]ere, & quo protinus die, Miagro apud Eleos litaretur, muscæ omnes interirent, atque vt apud Ægyptios Ibes, confestim serpentes voratum, vocatæ aduolarent, ac nauim filo tantùm Vestales ab vndis educerent. In qua porrò pœna infligenda interdum maiora, quàm pro eorum natura par erat, quòd solummodò Dei ministri essent, miro diuinæ iustitiæ ordine ab his committi consueuit spiritibus, vti apertè manifestatur Augustini authoritate ex Lothi vxore, in salis statuam per eos transformata, ac ex temporaria animas puniendi potestate: vtrumque enim eis, vt à propria ipsorum natura fieri haud est integrum; verumtamen, tùm nuncupari à maleficio effectus contingunt, cùm à maleficis, omnium hominum profligatissimis, patrantur, quod vt succedat, variis efficiunt potionibus, herbis, lapillis, animalium sanguine, mortuorum ossibus, serpentum exuuiis, humanis vnguibus, suspensorum linguis, oculis eorum, funibus ac capillis, quibusdam verbis sacris, quæ tamen singula, in extremum Dei contemptum, vt sacrificia, vel ipsorum nutu (ne dicam verbo) eis in omnium hominúmque summam perniciem, inuenta offeruntur.

Noxæ effecta.

Ibes Ægyptiorum.

Lothi vxor in statuam trãsformata.

## CAP. XI.

*De imaginibus Magicis, utpotè Maleficorum effectis, quæ in duplici differentia reperiuntur, Astrologica enim sunt & Necromantica. Quanam sint, unde pendeant, ad quid & quomodo conficiantur & gestentur? An eas cõficientes & gestãtes omnes crimine careant: an dæmonum arte & ad quid ab illis inuenta imagines illa, characteres, sigilláque & alia eiusmodi, luculentis id exemplis confirmatur.*

QVi quidem effectus cùm frequentiùs quibusdam fiant imaginibus, quò veritas & de his pateat, pertractandum est. Sunt itaque omnes hæ imagines, quibus hoc superstitiosum genus hominum vtitur, duplicis differentiæ repertæ: quæ enim ex astrorum conficiuntur aspectu, astrologicæ appellantur; at quæ sine siderum aliqua obseruatione, necromanticæ: illas à cœlo pendere, nec ad rem aliquid cõferre, nisi sculpantur in materia pretiosa, vt auro, argento, ac gemmis, atque etiam aliis congruentibus metallis, corporique diu adhæreant, compertum est; has verò, neglecta stellarum obseruatione, cudi haud quicquam interesse aiunt, in nobiliori vel viliori subiecto incidantur, atque etiam sine corporeo contactu effectum consequi. Vtrasque dæmonum fraude, & confici

Imagines necromanticæ quo modo cudendæ.

conficí & gestari constat, diuerso tamen pacto; illas tacito, has verò aperto, harum rerum peritioribus veritati innixis validis respondendo argumentis nonnullis, horum opinionibus repugnantibus id asserentibus, neutrum etiam & qui eas conficit, iisque confectis vtitur, crimine carere dicunt.

*Imagines conficientes & iis vtentes an crimine careant.*

Quandoquidem de Astrologicis nunc loquendo, in quibus aliqua videtur difficultas, cæteræ vel ipso nomine exosæ sunt, cum (inquam) vel ad Solem Meridianum cæcutire necesse est, qui his nil virtutis, cùm nec à se, seu nec quibus nos signamus numeris, nec à cœlo, cùm figuræ cœlestis influxus sint incapaces, quò inter primas qualitates nequaquàm numerentur, esse apertè nõ videt: alioquin secùs si foret, ensis, qui ex se hominem perfoderet siderum aspectu cudi posset, & sic, quas narrant pueris, fabulæ essent historiæ, nec Græcia vllius mendacij author fuisset. Vndénam ergo hæc virtus, si his accidentibus hic non conuenit effectus, nec à se (vt dictum est) nec à cœlo? Restat igitur, vt horum nequam spirituum technis istæ imagines, characterésque reperti sint, hominibus persuadendo, vim ac virtutem aliquam à cœlestibus in has defluxam ac deriuatam imaginibus, quas dum interdum Indos ex altissimis montibus in nono cœlo conspexisse, nonnulli fabulantes fingunt, grauiter errant, ac delinquunt. Nec his obstat, quod de Moyse in medium afferunt, qui, quòd artis Ægyptiorum esset peritissimus, duobus ex auro sculptis annulis, recordationis scilicet & obliuionis, hanc suæ coniugi virtutem tradidit, vt cùm eum, absentem, vel memoriæ tenere, vel etiam obliuioni dare vellet alterum gerendo, efficeret. Sic nec quod Iosephus refert de Eleazari annulo, quo quondam dæmoniacum curauit; nullæ enim veteri in Testamento his animalium prohibitorum, quibus diabolus tunc subesset, imagines in vsu erant.

*Eleazari annulo curatus Energumenus.*

Nec etiam refert, quòd Antiochus, sub quadam imagine sibi ostensa, de hostibus victoriã potitus est: non enim ob eam, quam ex se, (vt gentes credebãt,) virtutem continebat, at vt altioris erat erga se, quia Regem, virtutis indicium, nec etiam quòd cum multis figuris à cœlo astrique rectore, ortos secretiores ferunt sapientes, eorum, quæ posteà operantur, vti iam haud multis ex hinc annis videre licuit quodam in lapide, serpentem affabre cœli motu sculptum, apud Germanos in Sueuia magna anguium inuolutum multitudine; ac Salomonis quoque in saxo excisum sigillum in agro Veronensi, quo forsan euenit modo cuidam, quẽ noui, homini probo, & in magna cõstituto dignitate, qui natus cum angue in humero, omnes à serpentibus demorsos, vel saliuã tantùm, sanitati restituit.

*Quidã natus cũ serpente in humero.*

Quandoquidem pleræque omnes, quotquot earum sunt, eiusmodi imagines, vt figuræ, nil virtutis, (vt *paulò antè* dictum est) habere queũt, vel sint à cœlo effictæ, vel furtim dæmonum fraude impressæ, vt dicitur de Seleuci anchora, quam eius mater, cubans cum Apolline accepisse in annulo Gentilium ferunt historiæ, vel etiã sub cœlesti sint influxu ab Astrologis conflatæ, vt quæ narrantur de nouem Musis, in quibusdam lapillis, quibus gestandis Pyrrhum admirabilem memoriam nactum aiunt: ac quæ sub septem Planetarum sculptæ annulis, Apollonio Thyaneo ab Iarcha Brachmanum Principe exhibitæ, quibus singulis pro dierum numero gerẽdis, tamdiu totum terrarum orbem peragrando

*Seleuci anchora.*

*Annuli septem Planetarũ Iarchæ &c.*

grando, vt iuuenis aliquis, semper fortis ac robustus vixit: ac quæ inuenta est, in Nilo, Thaulomane, apud Mahumetas, Pontifice, qua Crocodili, cicures redditi, morsu non nocebant: ac quibus serpentes fugati Byzantio leguntur: quibus etiam imaginibus olim Ægyptus, cui Græci cunctas scientias acceptas referunt, eius vteretur in necessitatibus, non quòd Ægyptij, cùm multò tamen peritiores essent, has vsurparent figuras, quòd ab his vllam virtutem sibi acquirere crederẽt: verùm, vt harum aspectu, quid earum materia, cui maior à cælo propter frequentiorem eius sub propria stella infusionem imprimitur, quàm herbis ac lapillis contineret, recordarentur, his, quæ gestarent, animo magis excitati, faciliùs cælestes influxus, quasi somnium dormitaturi, ob iacentis viridi in ripa, imaginem susciperent. Cætera omnia dæmonum fraudes doliqué sunt, quibus præter hæc aliqua affingendo, aut credendo, ingens committitur crimen, horribilius in moribus portentum, quàm in natura monstrum.

Ægyptij imaginibus vsi in necessitatibus

---

## CAP. XII.

*Imagines illas mirum in modum delusorias & fallaces esse, quarum Diabolus introductor: qui, vt fallacias suas prætexat, illas sibi pignoris instar vindicat, & maiorem facit fidem si Characteres sanguine maleficorum scribantur, si cum certis ceremoniis quid illis sacrosanctum, vt de Chrismate, Sacramentis & Cruce cum abnegatione tamen addatur: non omissis imaginum effectis variis.*

QVa de re & Theologi has, vtpote occultas dæmonum fraudes detestantur maximoperè ac execrantur: nec profectò temerè, cùm, si virtutis aliquid his imaginibus à cælo influeret, non temporum longitudine harum virtutem, cùm ipsæ remaneant, nec viuunt, (vt nonnulli imaginantur) certo aliquo tantùm tempore exolescere, experti forent, neque multa naturam rerum excedentia, facta fuissent: sicut patet de Gygis ac Paracelsi annulis, quibus alter inuisibilis pro arbitrio reddebatur, alter verò annulum digitis gestans hostibus magno terrori ac formidini fiebat, atque etiam de Theraphim, quibus inspiciendis Laban multa colligebat futura, nemóque eius potestatem, (vt Hebræi aiunt) euadere potuit: ac quibus Michas idolorum sacerdos vtebatur, quibúsq; Hebræos crebriùs in idololatriã cecidisse eorum affirmant Rabini, cùm multa ex his, eorum augerent diuitias. Cæterùm eæ, quibus sidus non inspicitur, industriâ ac arte quadam, quò malefici malè agendo strenuè

Annuli Gygis & Paracelsi inuisibilem & victoriã reddiderunt.

*Diabolus imaginum introductor.*

*Characteres & signa quibus Dæmonibus sua adscribuntur.*

strenuè pergant, à diabolo introductæ sunt, (vti meminimus) nullis nó execrandæ, eò quòd suis quibuslibet dæmonibus sua etiam signa, instrumenta, characterésque adscripti sunt, quos sibi magnorum principú instar de industria vendicauere, grauiorum longè malorum causa sunt, cùm aperta, quasi horum pignora sint, crebriùs à maleficis, vel proprio sanguine exarati; aliæ ad lasciuiam, discordiam, timorem, ac dementationem; aliæ ad ægritudines occultáque homicidia fiunt. Rursus aliquæ contra venena, morbos, fulgura, procellas, latrones, hostes, feras, odia, serpétúmque morsus, vsurpatæ. Iis itaque varia morborum inserunt genera, ergastula frangunt, elementa ligant, & nulla nó mala perpetrant: vt ex parte videre licet, vel ex Nectanebi quibusdam simulachris, ex quibus quot cereæ imagunculæ aqua propriis manibus submergebantur, tot hostium nauigia in mare perirent: déque Bathi Tartarorũ Principis vexillo, cui character, X Græcorum literæ haud absimilis pictus erat, terrâ percussâ exemplò, tali, tantáque caligine Polonorum acies, quæ penè Tartaros profligarant, obducta est, vt eius causà victi & in fugam versi sint. Atque de Duffi Scotorum regis ægritudine, qui dum eius imago à malefico igni admoueretur, in sudorem soluebatur, carminibúsque quibusdam mussitatis perpetuâ detinebatur vigiliâ, sicut etiam cera liquescente ad extremam reducebatur maciem. Quibus etiam horribilibus ac nefandis imaginibus ac characteribus sæpenumerò adiungunt hi sceleratissimi homines, in maiorem Dei contemptum dæmonum instinctu, vel Chrismatis oleum, & alia id genus pleraque Sacramenta, intérque has tetras diaboli imagines, ac diras lar-

*Nectanebi imagines cereæ submersæ ad quid.*

*Bathi vexillũ cũ charactere X profligat Polonos.*

uas, sanctissimam Crucem, anteà tamen suo ore abnegatam, ac ter quatérque (horresco dicens) pedibus conculcatam interponunt, cum quibusdam granis, ligulis, vestiúmque laciniis, at eorum, in quos veneficia eiusmodi struunt: quibus dæmones, quicquid ex eis remansit, sic operantur, vt virtutis contactu multa pro eorum, qui hæc parant, desiderio efficiant.

*S. Crucis abnegatio & conculcatio.*

---

## CAP. XIII.

*Malefici quædam excrementa vt vngues, capillos, ossáque suspensorum, serpentúmque exuuias nominibus Dæmonum vt quid immisceant, quomodo inuoluunt: cur in triuiis sepeliant, & in ianuarum liminibus abscondant? Lamiarum etiam superstitiosæ non omittuntur imprecationes, Pharmacorúmque maleficia, quibus mille incommoda hominibus adducunt: vbi notanda Dæmonum fallacia in promissis præstandis.*

PRætereà occultis cum dæmonum nominibus mortuorum vngues, capillos, ac ossa adduut, præsertim eorum, qui vt dæmonum propria mancipia, desperatione quadam laqueo sibi mortem consciuere, quibus diabolus, non ob materiam tantoperè delectatur, sed quòd quæ Deus ei pœnâ adscripsit, sibi honoris ergò, ab homine exhiberi videt. Quamobrem & serpentum exuuias addi vult, quæ tãdem omnia membranæ inuoluta in triuiis sepeliunt & abscondunt: aut quod frequenter ibi diuersi dæmones ex diuersis sibi obuiam fiunt locis, vbi & Satanas olim Mercurij nomine colebatur, aut furtim sub ianuarum liminibus occulunt, eorum scilicet, qui-

bus

Liminú superstitio.

Dagon Syrorú idolum.

bus hæc venena præparant: cùm quòd faciliùs, quos volunt, transeuntes inficiant: cùm quòd limina quondam sacra veteribus habebantur, proptereà quòd in iis Dagon, Syrorũ idolum ob Domini arcam cecidit. Mira profectò res Dæmonem clàm eò loci diuinos honores sibi vendicare, vbi olim aut palàm colebatur, aut certè ignominiâ aliquâ affectus fuerat.

Imprecationes ollæ iniectæ.

Quibus diris supradictis, & interdum in ollam iniectis nefanda mala iis perpetrasse reperti sunt, vt & oppida, sicut paucis abhinc annis Schilstadium apud Germanos combusserint: nonnulla autem ex his mala propria pharmacorum virtute fiunt, quædam verò eis addunt, non quòd sine his maleficorum voca non sortiantur effectum, cùm hoc ipsi dæmones præstare possint: vel scilicet particularem impediendo influxum.

Malefici à Dæmone decepti

Verùm id agũt vt malefici vel suis manibus hæc conficiendo criminis socij magis fiant, Deúmque contumeliâ simul cum ipsis afficiant atrociori, quò dehinc pœnas quoque grauiores sibi attrahant acceleréntque. Eius itaque generis malorum longè maximorum; vt diluuiorum, incendiorum authores sunt Dæmones per maleficos, sua instrumenta operantes, sic ex aqua interdũ, ingentem excitant imbrem; at non à contrariis, vt ab Helia factum legimus, qui ex aqua ipsa ignem suscitauit maximum: neque id mirum, cùm Dæmoni nècesse sit priùs naturam, dies ac tempora obseruare, vti nuper à quodam mago animaduersum est, qui sub Martis horam schedulâ, ranæ cuiusdam ori inditâ, ac in lacum, vnde erepta fuerat, immissâ, horrenda procurauit tonitrua, atque eiusmodi interdum mala hisce damnatorum figuris, vel etiam absque vllo contactu corporeo operari, vt dictum est, in quos structa sunt: cùm tamen per Astrologicas id nequaquam efficiant, nec sine fraude solita: ne scilicet detecta fraude Astrologi in posterum astra colere desisterent: quod & forsan magis in causa est, vt dæmon in leonis forma apparendo, coram gallo euanescat, quam quòd sit, (vt Platonici volunt) plus solaris, cum proptereà & astris numen quoddam adscribant, & his necessitatem addant: quibus omnibus hæc scelera committentibus, crebrò dæmon multa, quæ in hoc vitæ curriculo pollicetur, præstare posse nihil obsistit, nulla in altera potestate ei relicta: quandoquidem his cunctis, quas ij promittunt, rebus abuti possumus, ipsis nobis persuadere hoc satagentibus: hinc, quòd ob crimina damnamur, nostra voluntate accidit, diabolo nonnulla potestate iure diuino in nos facta, quò nos exerceat, vti milites Christianos, ne ignauiâ quadã salutis æternæ iacturam faciamus.

Aurum Diaboli instrumentũ.

Inde huius vniuersitatis auctor & Dominus auro & argẽto Mammona præesse innuit, cuius vsum verum amplectentes, honore & præmio: abusum verò sectantes, pœnâ & ignominiâ perpetuùm afficiẽdi sunt, vt qui summo & æterno Bono hæc creata & caduca prætulere; neque id iniuriâ, cùm si æternùm viuerent hic, vtique à peccando, & abusu rerum creatarum haud desisterent.

## CAP. XIV.

*Qua ratione conflet Maleficos ea qua per se nequeunt Damones, mala hominibus accersere: qua item alia bonis, vt & malis, & an pro arbitrio pœnas infligant: qua denique humores nostros corrumpant, morbósque nobis dæmoniacos ac naturales cóciteni: & quod id longo vt nos indigeant tempore.*

NEque cuiquam mirum videri debet, quòd malefici tot tantáque mala, etiam quæ dæmones per se nequeunt, procurent, hominibúsque accersant, cùm qui in via reperiuntur, (vt Theologi dicũt) ampliùs, quàm qui in termino existunt, delinquere, ne arbitrij libertate priuentur, optimo iure permittantur. Prætereà quòd dæmones & malos pœnâ multarint, vt Mariam, sororem Moysis, aduersus eum susurrantem; & bonos, multis supplicijs, vt Iob & Tobiam afflixerint, haud alienum censendum: cùm interdum & in Sanctis propter originis peccatum quoad pœnas has corporeas plectendis, iustitiam suam immutabilem ostendere consueuit, vtendo horum spirituum in iis operâ: quam prouinciam ideò eis demandat, vt bonis futuro bono ac præmio ampliori, ipsis verò diris ministris acerbiori malo ac cruciatui cedat. Quod dæmones etiam subolfaciendo, non ita frequenter tantóque furiarum ardoris impetu ipsos Sanctos ac prauos aggrediuntur, quos tædio vt vincant crebrò pertentant: mirum enim in modum, & suprà quàm credi potest, beatorum merita timent, hæcque tantopere exhorrescunt, vt maximâ afficiantur tristitiâ, cùm eorum nonnulla Ecclesiæ thesauris recondi non ignorent. Nec tamẽ quaslibet corporeas pœnas Sanctis, probísque hominibus æquè, ac prauis ac malis, inferre in eorum est arbitrio: quando quibus, ab horum potestate eos eripi aiunt, ne sibi præstringi sensus, nec exteriùs, nec interiùs, aliquo queant pacto: quod ideò fit, ne eis, ob hasce illusiones, merendi via intercludatur: eóque magis, quòd maiora hæc in aliis, quàm in seipsis pro Christi amore ferendo, præmia merent, vti per diuum patuit Macharium verissimè, cui quædam oblata puella, quam in mulam vulgus conuersam esse existimabat, haud alia ac mutata, quàm re ipsa erat, effigie apparuit. Verùm, vt quid intersit inter hunc vel illum morbum, qui ex alicuius vel excessu, vel defectu humoris peccantis qualitate proueniunt, ac quando à Dæmonibus proficiscuntur, clariùs innotescat, quod & doctorum plerique animaduertere potuere, hoc est, quod qui à natura, vel potiùs præter naturæ dispositionem, ob humorum intemperiem, vel continui solutionem, in hoc naturæ imperfectionis statu oriuntur, ij sensim vires acquirunt, donec ad statum perueniant, adeò vt incipientes, vix sensu percipiatur dolor aliquis: huius tamẽ contrarium, à dæmonibus accersitis morbis, vsu venit, vbi vel statim initio, nullis peccantibus humoribus in causa existentibus, eiusmodi morbi grauissimis symptomatibus ac doloribus sese produnt, omnia remediorum genera respuẽtes, ex quibus vix vnquam aliquis restituitur medicorum operâ confisus; vti nec Asa Rex, quantumuis eis fidẽ haberet, è pedum dolore conualuit, nec Cuthei peste afflicti, ob alieno deo à proprij loci consuetudine cultum exhibitum, liberari potuerunt, quod tùm vel maximè fit, cùm dæmonũ nocẽdi potestas ab Angelis nõ

inuiti

Merita Sanctorum exlus sine virtute.

B. Machario puella se se obtulit.

Morbus naturalis.

Dæmonum potestas ab Angelis imminuta.

imminuitur, peccatis nostris pœnas diuturniores commerentibus, vbi mala cũctas remediorum vires exuperantia, morbósque infligunt immedicabiles. Et hoc quidem vel interioribus nostris humoribus corrũpendo, vel exteriùs, occulto tamen & qui sensus effugiat, modo, pharmaca adhibendo, quorum vires vel singulorum singulas & minimas, applicandíque modum ac tempus, ad vnguem callent, ac perspectissimas habent, longè in his naturalibus cognoscendis, omnem humanum captum & intellectum excedentes, nec in iis etiam conquirendis, & singulis ex suis locis petendis, aliquo longo, vt nos, indigent tempore, cùm vel in momento ad manum sint omnia, non tamen hoc ita accipiendum, quasi per instans quod Dei solius est, operari possint, mira tamen celeritate cuncta eiusmodi conficiunt, operantúrque tempore solummodo continuo, à discreto, quo eorum mensuratur vti Angelorum natura, interneque actiones oppidò, quàm diuerso.

Operari per instans non potest Dæmon.

---

## CAP. XV.

*De loci præscriptione: an, cur & quomodo, cùm sint incorporei, Dæmones loco præscribantur.*

NEque & hæc res, tãta admiratione digna est, quòd dæmones, cùm sint incorporei, loco persistant vbi non mole, at virtutis quantitate, obuersantur; quò fit, vt loca haud secus ac voces emissæ audientium corda contingant, quibus dolorem tristitiámque afferunt, aut etiam veluti Lunæ vigor cerebrum, morbum comitialem patientis, afficit: hoc etenim modo ipsi locum continent, ac non à loco, vt cætera corpora quæ ob quantitatem circumscribi necesse est, continentur. Nec tamen hos Spiritus loco inesse, ob eorum operationem (vt aliqui volunt) dicimus; cùm loco vt insint, vel ob substantiam indigeăt, quamuis alicubi consistere, ex actione eorum externa, percipitur, nec eis quòd hoc motu opus habent, quicquam ex eo imperfectionis cõtingit, cùm non, vt propriam perficiant naturam, quam perfectissimam habent, loco moueantur: sed aut vt quod ipsos latet addiscant, (cùm facultate noua vtique discendi minimè careant) vel quodpiam, cui potissimùm rei intenti sunt, malum procurent, rémque ex sententia conficiant. Neque enim omnes, medium prætereundo, ex æquo, vt ad certum ac destinatum locum appellant, suam ipsorum virtutem applicare valent: nam vt quantitas corporea diuersum, pro eius magnitudinis diuersitate, locum occupat: ita spiritalis etiam, quæ nihil aliud est, quàm ipsa virtus ac perfectio, maius spatium, vbi nobilitate ac excellentia præstat, sua virtute continere potest. Hinc fit, vt horum spirituum superiores citiùs ad locum propositum, quàm inferiores, perueniant: neque ex eo, quòd corporibus carent, tres vel duo, vno in loco esse possunt, cùm omnes eumdem, quo accedunt, modum sibi præscriptum habeant. Nec obstat quòd crebriùs plures dæmones vno in homine inesse reperti sint, quoniam tunc neque, quem occupant, locus vnus est, nec, ob quod opus accedunt, vnum, ac varia, vt corporum fecerunt varia loca, eorúmque diuersa crimina, ob quæ septem eiectos à Magdalena dæmones, in Euangelica historia legimus.

Spiritus cur loco adsint.

Quantitas spiritualis quæ.

Præscriptio loci datur Dæmoni.

## CAP. XVI.

*Quibúsnam magis, & an ipsissima ratione, qua Strigimagæ, Dæmones efficiant, tantaque genera morborum accersant, interiores sensus opprimãt, ita dementent, vt homines inuersô naturæ ordine sese in animalia & alia eius generis transmutatos merè somnient.*

PRæterea hi spiritus non omnes per maleficos æqualia mala infligunt, cùm magis per hos, ac per alios noceant, damnúmque dent: quandoquidem his qui diutiùs ac cæteris arctiori ipsorum perfidiæ astricti sunt iuramento, maiora quoque damna nocúsque inferre datum est. Ex quo cõsequitur, quòd eorum aliqui vel solo oculorum obtutu (ne dicam) vt reliquæ sagæ, officiant carminibus, nudis verbis, sonis, suffitibus, ac odore, per quæ non tantùm varia morborum genera (vt dixi) hominibus accersunt, verùm ipsos spiritus in corpora immittunt, atque sic interiores sensus dementant, vt res alia ac diuersa, quàm reuerà sũt, figura, colore, ac quantitate, ipsis videantur, & ex eiusmodi stultis iam factis sic tandem insanos, quos opprimunt, efficiunt, vt sese metamorphosi quadam, quam tamen rerum naturæ ordo non admittit, vel in lupos transformatos esse somnient: antiquum profectò veneficiũ, in Arcadia primùm Ioui Lycæo sacrificio peracto, quodámque lacu transnatato factitatum, vbi quemdam Demarathum, degustatis immolati pueri extis, in lupum conuersum, veteres scribunt. Recentiores verò in Prussia, quod à testibus quasi oculatis etiam audiui, ex quibus vnus extitit Ioannes Faber Prutenus linguarum cognitione ac scientiarum varietate maximè perspicuus, vti & in Cypro Veneti olim dicatâ insulâ actitatum aiunt: nec ferè est mensis in anno aliquis, quo non eiusmodi ad ignis rapiantur supplicium in Liuonia, ac in Moscouia, vbi multos in animalia versos, propinatis poculis quibusdam, apud classicos authores legitur, & in Congo crebrò, quòd in lynces transformentur, quosdam castigari perhibent. Sic & olim Caietæ à Circe Vlyssis socios mutatos scribunt: idémque in aliquos miseros patratum, quibus tanquam iumentis vti, contigisse, meminit diuus Augustinus, quod Appuleius quoque se à quibusdam veneficis, passim affirmare non erubuit.

Demarathus in lupũ conuersus.

Malefici igne damnati.

Malefici in animalia versi.

Vlyssis sociorũ mutatio.

## CAP. XVII.

*An materia in eiusmodi hominum transformatione Dæmoni obediat: an vera sit, an verò præstigiosa: præstigiosæ artes vnde ad nos peruenerint, & quibus earum vsus frequẽs fuerit, cùm Venefica sic transformata corporibus nostris non minima mala & non sine dolore ingerant: iis malis an in omnes, & cur non in omnibus, ex cœli etiam facie praualeant nocere.*

QVæ quidem omnia, nihil nisi dæmonum illusiones ac præstigia esse, nemo est, vel leuiter saltẽ in Canonum ac Theologiæ studiis versatus, qui ignoret, aut de hac re ambigere queat. Quoniam quamuis materia (vt & dictum est) nullo pacto Satanæ, quoad rerum mutationẽ, nec quoad augmentum obediat, cùm formæ eius potestati haud subsint, at Dei tantùm Optimi Maximi, cuius quidẽ infinita virtus, tam ad materiã, quàm omnium rerum formas, sese dilatat ac extendit; tamen non est, quòd haud ci

Materia non obedit Dæmoni.

ei parcat, vt mobilia (quemadmodum diximus) quòd fieri potest, vt corpora aliter, quàm sint, præstigiis videantur iudicenturque, quod non subdola manuum agilitate perficiunt, qua multa multùm præualuere antiqui, & adhuc excellunt Hyberni, nouique orbis incolæ, vnde hanc artem denuò nobis aduectam tradunt, nec naturalium rerum quadam applicatione, etsi possint, ac interdum agant, vti olim agebant Æthiopes, apud quos hæ res in vsu sunt frequentissimo copiâque maxima; at multò magis propria, quã habent, phantasmata conuertendi potestate. Quo quidem modo hi perfidi spiritus, sub aurea massa, diuo Antonio apparuere; ac sub lactuca cuidã moniali, qua etiam præstigiatrice ac Pythonica arte, Gracìam Noruegicã magam in vaccam conuersam, Frontonem cornibus, cùm ferro occidi nequiret, peremisse septentrionales perhibent historiæ: in quam etiam vaccæ formam, similem in modum, transfiguratam quamdam Augustinã, Cordubensem lenam ac veneficam, non ita pridem multa mala patrasse, Guatimalæ, in quamdã Beatricẽ Cueuam, eius regionis præsidẽ, noui orbis Scriptores referunt. Et quamquam hæc & his similia possint hi profligatissimi hominum dæmonum nomine, nõ tamen omnibus, ea inferre queunt, cùm haud paucos mortalium reperias, in quos his spiritibus nullũ est imperiũ, eos nempè, qui in eiusmodi dæmonũ mancipia, Deum præ oculis habentes, publicâ animaduertunt pœnâ sacrosanctæ iustitiæ diuinæ. Quòd si potiùs curiositate aliquâ adducti faciant, crebrò à dæmonibus sic excipiuntur ac impetuntur, vt & mortem interdũ inferant, quemadmodum nonnullis accidisse aiunt. Quòd verò probis Iudicibus, & rectè munere suo vtentibus, nocere non ita possint, ea de causa fit; quòd si & in nos aliquid iuris haberẽt, in ipsum Deum, cuius officio funguntur, (quo nihil absurdius) id & habere viderẽtur, qui etiam manè lustrali se aquâ cum animi deuotione cõsperserint, quique ab angelis aliquid beneficij cõtecturi sint, & certi (vt nõnulli produnt) sub certa quadam cœli facie, sicuti qui Martẽ in propria domo, aut in nona habuerint, nec Iupiter in eorũ horoscopo fuerit, horũ enim aspectum Dæmones refugere volũt, vt serpentes, ob aliqua mussitata carmina incantantiũ, aut, vt rectiùs dicam, præstantissimi cuiusdam exorcistæ, efficacissima prolata verba. Quod equidẽ dicerem, cùm dæmones planetarum cõfigurationibus; vt potè incorporei, minimè subsint, summa id astutiâ effingere, quò cœli inspectores, astris numen adscribendo, vel ex hac re maioris erroris causa sint, aut quòd eorum, quod percupiunt, maleficio minimè hoc irradiati sidere subdantur, aut potiùs, inquam, quòd hi illum diuino numine sortiti sunt terrorem, quem Hebræi pahat [illegible] appellant, vt fortè, qui veram Cabalam cum Astrologia cõiungere sciuerint, benè norunt; de quo Iacob, ad Laban inquit: *Nisi terror Isaac patris mei mihi prestò affuisset, forsitan nudum me dimisisses.* Cæterùm, vt ad institutum nos reuocemus, hactenus itaque hac de re, atque præstigiosa rerum transformatione.

Gracìa maga in vaccam conuersa.

Malefici non possunt omnibus hæc mala inferre.

Nocere eur non omnibus possint.

Aspectus cœlestes eur aufugiant Dæmones.

## CAP. XVIII.

*De vera & existenti Dæmonum transformatione, an verè propriòque modo & in omnibus animantibus perfici possit.*

Träsmutatio Dæmonum.

REliquum nunc est, vt de existenti ac vera träsmutatione, quamuis cursim, moréque solito. In qua quidem etsi dæmones multùm ad cóstructionem materiæ possint, non tamen formas imprimere, sed occultis motibus occulta semina sub cœlo addendo, magis naturam adiuuare dicuntur, vt quæ volunt succedät, quàm quòd verè propriòque modo hanc rerum mutationem ipsimet peragant. Neque id in omnibus animantibus agere queunt; cùm horum potestas dũtaxat in his, quæ ex putri nascũtur materia, ac ex imperfecta quadam mistione proueniunt, sese extendit ac dilatat. Quò fit, vt quæcumque Pharaonis magi, Mambre ac Iambre fecerũt, nullo præstigio, nulláque delusione effecta, (vt aliqui asserunt) at vera fuerunt; neque hæc res adeò peregrina est, vt credi nó possit, his spiritibus tantam cœlitùs fieri potestatem, cùm Deus & maiora, qua est prouidentiã, magicis artibus perfici sinat, quò pericula fraudum amantes, in eis decipiantur, & nisi resipiscãt, prorsus pereãt: simplices verò ac fideles, cautiores fiant, taliáque venena fugiant, potiùs quàm admirentur, præsertim cùm magi eiusmodi prodigia, non omni tempore ex æquo producere queant, vbi sæpiùs, diuina pietate, angelorum ministerio impediantur: qua etiam de causa, nihil eiusmodi malorum in locis sacris operari possunt.

Deus cur multa Magicis artibus perfici sinat.

## CAP. XIX.

*Quòd mira sit velocitas Magorum in prodigiis producendis, in metallorũ conuersione inscrutabilis prorsùs Dæmonum notitia Alchimistica; in horrendis naturæ monstris & Chimæris præstigiosa verè scientia, quibus & auguriis, quòd mali quid omnis portendere videretur, votis publicis auertebatur.*

IN eiusmodi autem producendis mira velocitate vtuntur, mille artifices, materiam iam pro cœli influxu sic dispositam, non ignoräntes: adeò, vt non tantùm in procreandis muscis, ranis, ac cimicibus sint promptissimi ex tempore: verùm & quæ longiori tempore naturæ modo circa materiæ dispositioné requirunt, eadé facilitate peragãt, vt in anguibus, muribus, multísque aliis animãtibus quę producũt, videre est, tam terrestrium, quàm in aquis degentium, quorũ haud pauca fieri ad Nili ripas asserũt. Hoc genus à limo solis calore effingi, atque animari, vt etiã in Hebridibus insulis nónullas aues anseribus non dissimiles, in Oceano, ex ligno putri produci ferunt, quod cùm Philosophorũ optimi non inficias eãt, non dubitandũ, quin hæc & alia maiora dæmones possint, cùm rebus vires addere, eásque pro cuiusque naturæ indigétia fouere optimè calleant, tùm præsertim, cùm horum formæ è materiæ quasi gremio educendæ sunt: siquidem singulorum elementorum virium, quæque harum portio, ad compositioné reliquorum maximè faciat, cóstellationúmque süæ peritissimi, ac quasi, vt dicitur, articulos suos sciant. Proinde equidem crediderim, eos non modò metalla in aurum conuertere, Mercuriúmque fixũ reddere

Nili angues.

Naturæ vires percallet Dæmon.

reddere posse, in quo tantopere continuis æstibus desudant nostri Alchimistæ: sed & alia monstra horrenda Chimeræ similia, quæ cùm nullius propriæ speciei sint, Philosophi naturæ errore produci asseruerũt, nonnũquam his auctoribus fieri, velut non ita pridē in Brasilia factũ scribũt, vbi quoddam monstrum horrendum ac terribile visum est, altitudinis palmorũ septẽdecim, tectũ corio, lacertæ haud dissimile, mammis prætumidis, ac dependẽtibus, brancis leonum, oculis rigẽtibus, flãmisque scintillãtibus, sicut & lingua, p[r]ætẽptum maximo cum stridore Sathanæ dominium, à Iesuitis, per quos Deus hoc vltimo sæculo, ceu alteros Apostolos, sibi gẽtes colligit, inde expelli ostẽdit, ac alterum in Saxonia, ad nemus Hasbergense, antequàm Lutheri hæresis evulgaretur, admodùm prodigiosum ac horrẽdum non minùs conspectum, accolarumq; manibus elapsum, Catholicæ fidei præ se tulit mutationem. Proinde, non abs re, Philosophus monstra non putat alenda, cùm rarò apparere soleãt, quin ingentia mala non portendant: ideóque antiqui augures, ac Romanorum aruspices, eiusmodi visis supplicationes publicas decernebant, vt mala impendentia Imperio Romano Iupiter placatus auerteret; non ignari, etsi à natura prouenirẽt, nihilominùs tamẽ, altioris numinis signa esse, scilicet ab antiquis patribus, qui eiusmodi irã cõmotorum numinum indicia credebant, à summo Iano, sic *Noba*, qui religionis cultum iis præscripsit, præcepitque ob vineam quam plantauerat, Aramea lingua nuncupari cœptũ est: quem cultum posteà dæmonum cum hominibus societate (vnde & Ilias malorum reliquorum) corruptum, ac exinde diabolo, qui summo Deo ac vero Ioui dicatus erat, consecratum affirmant.

Iesuitarũ acta in Brasilia.

## CAP. XX.

*De gentilium prodigiis; an miracula dici possint, & quid ab iis differant: deque spiritu Dei prophetico, quod quidam infidelium eo praditi de nostra salute vaticinati sint: an Dæmones veram Messiæ certitudinem habuerint, qui nimirùm Deum verum & Christum Saluatorem confessi sunt, precibus etiam Sanctos, vt pro eis intercederent apud Deum, sollicitarunt.*

HÆc autem gentium portenta, non miracula, vt aliqui volunt, sed prodigia potiùs, ac etiam mira dicenda sunt, eò quòd miracula totius naturæ vires exuperent, Ecclesiæque propria ac peculiaria sint, quæ dæmonibus, vt quæ certis circumscripta sunt limitibus, sunt ἀδύνατα, καὶ ἀμίμητα, impossibilia, & inimitabilia (quãuis nónunquam diuino iussu pœnas sumpturi, insigni præsertim de facinore, maiora etiam his facere non negauerim, vt in Loth patet vxore, quam in statuam salis eorum præter naturam conuertẽdi, quòd in naturã, vt Glossa inquit, peccasset, datum sit) hinc haud prophetiæ dono dotati sunt, cùm ea rerum cognitionem complectatur, quæ ad Ecclesiæ ædificationem spectant: quæ prædicta quominùs sortiantur suum effectum, fieri nullo potest pacto: Dei enim spiritu hoc proficisci, cuius ipsi sũt prorsus incapaces, sole meridiano clarius est. Nec facit ad rẽ, quòd quidã infideles ac praui angelico ministerio de nostra salute vaticinati sunt, vt Sibyllæ, Balaam, Hydaspis, ac Caiphas: hoc enim eis contigit ob publicæ iustitiæ signa; quemadmodum neque hoc ab aliquibus oppositum valet,

Miracula differunt à prodigiis.

Vaticinia Sibyllarũ, &c.

Dæmones fidem habere. Christóque credidisse, dicentes: *Iesu, cur venisti ante tempus nos torquere?* Etsi enim Christum, dum prædicaret, verum Messiam in Lege promissum cognoscerent, minimè tamen de eius vera Diuinitate simul certi esse vnquam potuere; cùm in rebus supernaturalibus, non secùs ac noctuæ ad radios solis, in dies magis magisque cæcutire soleant, ob eorum obstinatam confirmatámque malitiam, quâ ceu callum ex tanti temporis diuturnitate obducere, ideò coniecturâ quadam, non sua sponte Christum propria virtute eiusmodi signorum auctorem Deum fatebâtur. Quocirca hæc earũ cõfessio, laudis attributio, nullo bono ipsis cedere potuit, sicut nec quòd in posterũ interdum IESVM, verũ, legitimúmq; eorum iudicem esse confessi sunt; immò sæpè Sanctos, vt apud Deum pro eis intercederent, precibus solicitasse scribunt, vt diuum Antonium Paulum primum eremitam visentem, diabolus ei apparẽs, quò Deum sibi conciliaret, rogauit, id Dæmones agentes vt salutem tantopere expetentes simulãdo fallerent, veluti & Origenẽ fefellerunt, qui Christum pro eis in aëre patiendum temerè effutiit? aut profectò seriò id & dixisse, & egisse credere par est, ob metum futurarum pœnarum longè atrociorum, aut etiã ironicè, vel vt naturæ principiũ, quod non tanto prosequuntur odio, exoratum voluerunt, etsi Christum, quem principio rejecere, nunquam rogasse legantur: nec mirum, cùm nunquam non omnis boni ac gratiæ auctorem, ipsi pessimi iámque deplorati spernant.

Messiã recte eius diuinitatẽ nõ habuerũt Dæmones.

Confessio Dæmonum.

Christũ nunquã rogasse Dæmones.

## CAP. XXI.

*De spiritibus domesticis, eorum familiaribus operibus, & familiari cum hominibus consuetudine, cuius beneficio commodis quibusdam externisque bonis affici videmur. Quòd ij nos imminentia pericula præmoneant, auxiliáque præstent multis modis, & instar famulorum operas suas locare & mercede quadam pacisci pecuniariâ soliti sint. Ad quid Dæmones pecunias cumulent. De aliis denique spiritibus, quos nuncupant Cobalos, quòd non minus quam familiares alij nos benignè excipiant.*

AD hæc, non pauci sunt ex his rebellibus spiritibus, forsan non adeò vt cæteri enormibus criminibus polluti, qui frequenter se domesticos quasi exhibent, vulgus propterea, *familiares spiritus* vocat, quorum aliqui nonnullibi locorum & gentium cum hominibus familiarem quandã consuetudinem contrahunt, ob quam sæpe eos externis bonis, commodisque afficere videntur. Quæ enim hinc inde variis ac dissitis longè locis fiunt, ac varia imminentia pericula prædicunt, & quasi præmonent, aliis insuper modis hominibus auxilia præstantes: hostium namque pro ea, qua pollent, facultate arma ita hebetant ac retundunt, vt ter aut pluries lethiferos ictus in irritum cadere faciant, vt nonnulli Septentrionalium historici insignes exempla referunt, Heterum quemdam nomine vestem ab his spiritibus dono accepisse, quæ omnes ictus siue punctim, seu cæsim illatos, sine omni noxa ac læsione exceperit, Zonámque auream victoriæ, quâ cinctus maximè concitatum in hostes

Heterus veste donatus à Dæmone.

Zona victoriæ à Dæmone d.

hostes impetum fecit, admiratione omnium, nunquam deuinci potuit. Ii etiam sæpe fœdus cum hominibus inire solent, ita tamẽ, vt in necessitatibus vrgentibus vocati, ipsis præstò sint, auxilióque veniãt, ventos scilicet nauigãtibus quibusdam magicis nodis vendẽtes, quorum opera nauigia, velis remisque agitata, sic remorãtur, vt nisi transtris virginum excrementis illitis minimè loco moueri queant: nec mirum, cùm hoc fœtore se ignominiã affici intelligant. Hi etiã, instar famulorum, operas suas pecuniã locare solent, in quadam Noruegiæ regione, vti passim fide digni scriptores asserunt, frequentiùs tamen apud Bircarelos, eiusdem prouinciæ populos, magis tamen Boreales: cùm enim eius loci incolæ rura sua fodere in animo habent, in quamdã profecti spatiosã vallem magno clamore sintne aliqui operas suas locaturi, quærũt, è vestigio plures reperiri voce quadã, quasi Echo, resonare audiunt, quibuscũ sic paciscuntur, vt relictam supra lapidem cõstitutam mercedem actutum nemine vidẽte surripiant. Quos in vsus eas conferant, mirum certè, cùm nulla indigeant pecuniã dæmones, nisi vt eam Antichristo, iniquitatis filio, eiúsque mẽbris, opportunã suggerãt, id quod cuidã ariolo thesauros abditos inquirenti à spiritu quodam respõsum est, sicuti pro certo scio, ac rem noui. In quorum præterea regione & alios reperiri spiritus dicuntur, quos *Cobales* nuncupant, qui nunquam apertè malefecisse, nisi priùs cachinnis, aliíque iniuriis lacessitis; iter facientibus occurrentes salutant, prætereunt hos, quandoque & gradum sistentes, colloquuntur, semper tamen quoadusque recedant incogniti.

Famulitiis operæ Dæmonum.

Pecuniã quare Dæmones conquirant.

## CAP. XXII.

*De Spiritibus aliis enormioribus pollutis criminibus, quos non sine vitæ discrimine videre datum est: illi Vmbræ, & mali Genij dicuntur, qui morituris inferioribus de plebe per signa aliqua, & sub specie infaustarum auium anteambulonúmque nocturnorum ignium; Principibus autem per maiora signa in modum fulguris, vt Augusto, ignisque cælitus demissi Iuliano apostatæ, & cæteris eiusmodi apparent.*

SVnt & alij, quos non sine discrimine periculóque vitæ cernere licet, hos vulgus nostrarum mulierculaturum *Vmbras* appellat, Latini verò scriptores, *Genios malos*, qui etiam morituris per aliqua signa apparent, vti magnis terroribus, horrendis strepitibus, ac vocibus nocturnis auium specie infaustarum, formarum terrorem incutientium; ac noctu anteambulonum ignium, vt & ego in mea patria cum aliis plurimis vidisse satis memini, inter quos extitit Rotilius Poherius, tam natalium, quàm doctoratùs insignibus clarissimus, vir prudentiæ ac iudicij eximij, vt qui non cuiuslibet instabili famæ vento, ni res subsit, rapitur. In eminentia verò summa constitutis principibus, etiam per maiora signa, sese dæmones ostentare solent, vti per fulgura Cæsari Augusto, à cuius statua flamma decidens, cùm primam abstulisset literam, hac voce, *æsar*, relicta, sic Deum antiqui Hetrusci nominabant, eius obitum intra centum dies subsecuturum, aruspices significarunt. Idémque Iuliano apostatæ accidit, demisso cælitùs igne, dum suis sacrificaret idolis; etsi interdum

Vmbræ dicti Dæmones.

Principibus Dæmones apparent.

Dæmones cogi se fingūt dum ingratis ac sæuis principibus sub humana specie visi sint, quibus vt in suos benefactore, ingratorum nota inuſtis, ceu ipsi in culpa aduersus suum creatorem, applaudentibus horrida locuti sunt. Ex his vnus repertus est Dion, in Dionysium adeundum ingrato animo, alter Sylla in Marium, tertius Brutus in C. Cæsarem, atque idem Iulianus in Constantinum, quinimò, vt alter Iudas, contra IESVM nostrum Saluatorem, cuius beneficio sacro baptismate ablutus erat, omnium longè ingratissimus, qui edicto publico in vniuersū cauit, vt omnes Christum verum lumen, in quo cuncti viuimus, mouemur, & sumus, horribiliter tamen contemnerent, contumeliâque afficerent: atque huic quem cernimus soli, quò nobis seruiret, effecto, hymnos, quos ipse impius condiderat, psallerent ac canerent. Iulianî apostatæ impium edictum contra Christū.

## CAP. XXIII.

*De Argenti fodinis Dæmonum, eorúmque in fodinis reperiri solitorum variis generibus & mineralibus: déque illorum vsitata fraude & malitia in diuexandis hominibus & mistrè tandem variis machinarum generibus opprimendis, & perimendis.*

CÆterùm, restant & alij dæmones, qui sæpenumerò in argenti fodinis conspiciuntur, quemadmodū paucis abhinc annis Annæbergæ in Germania factum, vbi horum quidam crebriùs opus ibi facientibus visus, tandem eorum duodecim venenato halitu interemit, perinde vt Eneborgij, in cuius fodinis, pluribus aliis occisis, habitu cuiusdam cucullati arreptum hominem in minetræ profundum præcipitauit. Neque silentio prætereundum duxi, diuersa dæmonum genera passim in his fodinis reperiri, quorum aliqui saxa confringunt, cauantque vrnis, ac titulis ingerunt, rotulas & cochleas, quibus tractoriæ machinæ sursum eleuantur, sæpè mouēt, ac ceu solares radij è moto reflectuntur speculo micantes quolibet fodinarum loco sese ostendunt. Suntq; & qui risu, cachinnisq; operas solùmodò insiliunt quidam horum præsentiâ solummodò perterrerent: alij autem tantùm videri cupiunt, cætera omninò exteriùs otiosi. Argenti fodinæ Dæmonum. Astutia Dæmonum in fodinis. Dæmones alij fodinas incolentes.

## CAP. XXIV.

*De insatiabili in diuitiis cumulandis hominum cupidine: cur Deus permittat Dæmones nobis auri & argenti specie tantas insidias struere: déque thesaurorum inuentione & custodia, quomodo custodes illi nuncupentur, & cuinam thesauri custodiantur, cùm Malefici ipse tantùm illorum inani nutriantur, vt autem ipsa, omnibus Sacramentis etiam ipsis abutentes, extremâ laborent egestate.*

VErùm enimuerò non possum satis non mirari, dæmones adeò frequenter in his fodinis versari, vbi hisce in rebus haud quasi Ophanim (vt Hebræi aiunt) consistere: possunt, cùm nullum bonum est, quòd hi malitiæ, quâ sunt, potissimùm studeant, nisi quod Deus Optimus Maximus, vbi dæmones plus mortales auro & argento fallere soleant, infinita prouidentia sua vult, vt vel hac in sensus incurrenti imagine frequentiùs in terræ abditis thesauris, quàm alibi compareant, etsi omnibus in rebus, quæ Dæmones cur auro & argento Deus permittat homines fallere.

quæ gratiam continent, tantùm exceptis, siue sint colores, siue soni, seu diuersa tam odorum quàm saporum genera, siue sermones, mirà eorum astutia, clam subesse consueuerunt, quò nos relicto & contempto rerum abusu, verum amplectamur vsum. Quocirca, res non suspicione caret, quòd omnes thesauri aut humo, aut aqua, temporum iniurià, obruti, Antichristo à dæmonibus custodiantur. Telchines, dæmones in thesauris custodiendis occupatos nominant, quos occisorum quorũdam animas incantationibus vinctas, vulgus esse, sibi somniat; cùm animæ, vti & dictum iam est, nullo pacto ligari queant, nisi à solo Deo creatore. Namque si animæ ibi vinculis constrictæ potiùs, quàm dæmones essent, quidam malefici haud tot visiones, quæ non nisi dæmonum esse possunt, apud thesauros experirentur, nonnullis hanc stultitiam sectantibus, quorum numerus est non exiguus, dæmonum dolis sic circumuenti, quibusdam vsi virgis magicis, nonnullis diabolo oblatis sacrificiis, terram tremere, montes ruinam minari, aliásque illusiones sentiunt, quique vt plurimùm spe lactati inani vitam in extrema paupertate degunt, feliciores tamen quàm si his infelicibus diuitiis potiti fuissent, cùm à malis spiritibus, nihil nisi malum, proficisci possit. Quæ verò execranda scelera hoc diabolicis cupiditatibus allectum genus hominum intentata relinquit, diuitiarum potiundarum ergò, cùm vel Sacramenta ipsa, occlusa in delubris, violare non dubitat? dæmonibus his, ad hanc rem opus esse, secundùm quietem, vel in vigilia ipsis persuadentibus, infelicissimi omnium animæ salutem tam turpiter, ob vanam spem exigui lucelli, prostituentes, vt haud ita pridem Sacerdoti cuidam Norimbergensi visu venit, qui sollicito studio huic rei incumbens à diabolo sub canis forma in arca interemptus est. Simile quiddam & nuper Neapoli audiuimus; nonnulli enim inhiantes eiusmodi falsis diuitiis, vt canis ille Æsopicus vmbræ, à necromante illecti, qui dæmonem mortui etiam, vt thesaurum demonstraret, se inuitaisse fabulatus est, vbi tandem ad locum destinatum ventum est, omnes, cùm quatuor essent numero, vitam cum morte commutare coacti sunt: ego eglam verò laudem, spoliáque ampla reportantes. Quod & alij cuidam, diuersis tamen de causis, accidit: hic enim cùm serpentes plerosque in quamdam foueam, edoctus à quodam Marso, quò ex [illegible]rum animalium pulmento, vt a[illegible] Melampus ac Apollonius Thyaneus, voces calleret, magico initiatus Carmine, pertrepare adigeret, à quodam omnium maximo, ingredi reluctante, angue cauda implicita ad foueam raptus, occisus est. Denique nullum non mouent lapidem peruersissimi dæmones, vt aliquà noceant: libera tamen voluntas, quò horum fraudibus non assentiri possint, hominibus haud ablata est.

Virgæ Magicæ comperiendis thesauris.

Sacramenta violantur specie diuitiarum potiandarum.

Diuitiarum cupidine quatuor Neapoli interempti à Diabolo.

Nocere diuersè potest Diabolus.

## CAP. XXV.

*E cuiuslibet nostrûm inspectione, nocendique auidissima occasione, vt Dæmones inclinationes nostras perspectas habuerunt pro peccatorum demerito diuinóque permissu mille morborum generibus percutiunt nos, quorum multi ægritudine tali affecti & exercitati clauos, acus, capillos, & cetera eius generis euomere leguntur.*

CVmque in omnes nocendi occasiones, vt & ante dictum est, sine

intentissimi, & inclinationes cuiusque habeant perspectissimas, Deo permittente, nostrisque peccatis id efflagitantibus, nunc hos mutos, eos surdos, cæcos illos, debiles ac membris mutilatis, mancos reddunt alios, nec aliquod ex omnibus ægritudinum generibus reperias, quod non confestim, ni ab angelis prohibeantur, inferre possint, vt patet ex Iobo, quem tot flagellis percusserunt. Ex quo fit, vt multi patiantur morbum Herculeum, capitum dolores, paralysin, tormina, podagram, ictetum, febrium, diuersa horum genera, lepram, animique (quod maximè exitiale) furorem, & quod nonnunquam varias res extrinsecùs corporibus immittunt, sæpe fit vt exorcizando iis affecti, acus, capillos, clauos, aliáque similia rejiciant, quæ non semper apparentia (vt aliqui voluere) existunt, vbi sæpenumerò vera fuisse repertum est; vti cernere licet in Piceno apud sanctum Brandanum, in beati Iacobi æde, in qua hæc atque maiora è laquearibus pendentia omnium conspectui sunt exposita. Nec mira res est, etsi hæc euomere, quæ anteà in puluerem contrita, iisdem ingesta sunt, intúsque vt rursus coalescant ob imperium, quod in materiam habent, vt dictum est, nullo negotio efficiunt.

Ægritudines omnes à Dæmone immissæ.

## CAP. XXVI

*De varietate linguarum, quas ignari aliquando ac frequentiùs Energumeni mussitant, quòd diuersissimis, semper nisi cogantur, à vernacula vtentes quid incertū potiùs blaterare, quàm eloqui videantur, concinnóque eloquij ornatu, & miris verborum ambagibus æmulari Spiritum Dei conentur: omnia non sine exemplis.*

NEc minorem mereretur admirationem, quòd ab iis occupati Energumeni diuersis linguis, nunquam anteà edocti, garriant, etsi quid dicant ipsi miseri haud intelligant, hinc à veritate alienum apparet, quod nonnulli commenti sunt, dæmones rarò alienâ ab obsessis linguâ verba facere, ob barbarismos ac solœcismos, quos loquendo incurrerent; quasi verò quas occupant linguas, non pro arbitrio mouere, vocésque reddere queant, cùm diuus etiam Hieronymus testetur, quemdam dæmoniacum locutum admodùm eleganter, lingua Græca, Arabica, Hebræa ac Chaldæa, omnibus iis à sua vernacula, diuersissimis: ac Hieronymus Cardanus, rerum naturalium haud indiligens indagator expressè affirmat se audiuisse, quemdam Phliarium, Vmbrum, Germanica, quam nunquam didicerat, locutum fuisse: & Psellus quampiam Græcam mulierem Armenicè respondisse inquit: Græcâ eadem & vsum fuisse alium quemdam Gallum morbo laborantem regio Fernelius asseuerat; quamuis me non latet, hoc, pro more vsitato dæmones semper fecisse, vt alienâ à vernaculâ obsessi linguâ vterentur, quo potiùs incertum aliquid

Lingua Græca, Arabica, Hebræa & Chaldaica loquitur Dæmoniacus.

aliquid blaterare quàm eloqui, apparerent: quemadmodum nõ ita pridem accidit Panormi, mihi ipsi Latinè ac Græcè loquenti: cum puella rustica, idque de industria, quam à dæmone obsessam parentes eius ad diuæ Christinæ templum vinctam, magno labore, nec minore vitæ discrimine, quò hoc malo liberaretur, adduxerunt, quæ etsi nonnullis de rebus interrogata, non vana responderet, non tamen id fecit, sine magna vocabulorum stribiligine, quod equidem factum crediderim, vt hi mendaces spiritus astantibus interfectorũ animæ esse videantur, sæpe alias has mentientes; aut quòd Dei spiritum, quòd vtique student, superbiâ quadam in hoc æmulentur, qui ita Prophetarum linguas in futuris populo prædicendis, vt præsens ferebat conditio, & flexit & rexit, vt videri potest in Amos, ac Esaiæ prophetiis, quorum ille simpliciter absque vllo ornatu, hic verò admodum concinnè diserteque locutus est: diuinum enim illud numen sensim ac paulatim naturam, quam inhabitat, perficit, nõ verò ita repentè immutat, vt destruere videatur, non quòd Energumenorum linguam ad libitum, quocunque modo flectere nequeat (vt nonnulli finxerunt) in hoc decepti, qui neque dæmones id posse sibi persuaserunt. Hæc autem, cuius modò facta est mentio, puella tandem huiusce Sanctæ intercessione, (quam vt & reliqua, in cassum tamen, hæretici allatrant) libera ac superstes reddita viribus, at sic eneruata, vt antea dicta omnia obliuioni tradiderit; misera tota attonita, nec pedibus consistere potens, vsque adeò, cùm à spiritu corriperetur exagitata, vt ægrè à duobus hominibus catenis constringeretur. Deplorandũ profectò malum, tantam his nequam spiritibus in hominibus miseris excarnificandis potestatẽ relictam ob nostra peccata! Ad hoc verò meum cũ Energumena hac habitum colloquiũ, qui merũ aderant, professione Peripatetici, ita quidem obstupuerunt, vt palã professi sint, se haud Aristotelem posthac, hos negantem spiritus, reipsa posse defendere in eo, cùm nullo pacto, quæ suis perceperãt auribus, humori alicui peccanti, sicut nec cuipiam extasi, cœlique influxui, cùm à particula procederet intellectili substantia, vt horum moris est, adscribere posse.

*Puella rustica Latinè & Græcè respondet.*

*Puella Panormitana S. Christinæ intercessione à Dæmone liberatur.*

*Aristotelis doctrinam puella Panormitana Dæmoniaca professa est.*

## CAP. XXVII.

*De modo fugandorum Dæmonum, exorcismorum Iesu ad eos fugandos: tormentis inter exorcizandum: incommodisque hominum in excessu: & an potionibus, herbis & aliis eius generis expelli possint: varia Theologorum opiniones & rationes.*

Omitto nunc, quòd interdum inter expellendum diuersa possessorum membra tumefacere expulsi faces extinguere ac regulas, fenestrásq; vitreas, vbi eorum vsus est, frangere visi sint, sicut de regulis videre est in Sicilia apud Sanctum Philippum, vbi & aliquæ visæ sunt arreptitiæ cum lyra excellenter sonuisse, dum rudes ac inexpertes essent, vt Sappho, ac Corinna harum quælibet videretur. Qui Dæmones, etsi maximæ sint potentiæ, haud tamen vno & eodem tempore vnus & idem diuersos obsidere potest, quamuis, quod & in sua Panoplia Vilelmus Lindanus asserit, vt vnum scilicet propria exerceat ac defatiget essentia, alterum verò quia sua spiritus vicerant malitia, affectu, de eo-

eodem tamen vitio dum tentant, quod vel magno diſtantes interuallo euenire poſſe nihil diſcrepant in hoc Theologi. Ad hæc, hic ſpiritus malignus vidẽs Salomonis arte quadã reperta thymiamata, vincula, aquámque adhibendo, ab Hebræis, in *Ieouah* nomine, vt quos obſiderent dæmones expellerentur, cogi; ipſe fraudis ſuæ non immemor, ſtatim, quò ſuperſtitiones magis cumularentur, id Ægyptiis vicinis, vt imitarentur, perſuaſit. Quo factum, vt non modò taurum oſtendendo, ac *Baris* (ſic enim nauiculam, in qua Oſiridis reliquias aſſeruabant, vocantes) fugere dæmones ſimulauere: verùm & nonnullis minis verborum, & inanitatibus, vt cœlum ſcindere, Serapis ſacra diuulgare, eiúſque occultum nomen, Θῶνι patefacere, quod ſibi, proh ſcelus ac nefas! arrogauit, execrando, omniúmque maximo piaculo: ex quo Deus, ſuum, quod idem ſonat *Ieouah* Moyſi oſtenderat. Quod etiam in aliis rebus naturalibus plurimis ab iis olim factitatum eſt, vt ſerico, ariſtologia, verbena, ſquilla, ruta, rhamno, ac ſulphure, quæ omnia Platonici in hos nequam ſpiritus, aut abſtruſa eorum virtute, quòd corpore tectos imaginati ſunt, à quorum tamẽ opinione quodammodò diſſentire videtur Raimundus Lullius, dum Dei, quem infinitum dæmones læſerunt, iuſtitiæ cõuenire ait, vt quoquo queat pacto pœnas ab his ſonticis ſpiritibus exigat; & propterea id diuinæ obedientiæ poteſtati apertè adſcribere videtur. Cæterùm non pauci ſecretiores ſapientes haud vllis hiſce virtutibus dæmones perpeti aiunt, ſed quadam, quâ hæc inferiora ſuperioribus aduerſantur, analogia, aut ex oppoſita intelligentiarum propria virtute, cunctis rerum generibus (vt ſecretiores volunt) præſidẽtium, quã tantùm referunt, vt non modò his in rebus, quæ ſenſu percipiuntur, ſatis magna videri ex muſtela, inquiũt, quæ viſæ rubetæ vel ſtridens hianti ori moribunda ſeſe ingerit: verùm etiam & in iis, quæ ſenſu carent, vt ex ouillis chordis, quæ ex lupi fidibus in lyra è regione, concinnè aliàs ſonoræ, quaſi obmuteſcunt; id quod ex his quoque maximè elucere volunt, quæ aliis in brutis, quàm eorum fert natura, fieri inſpiciunt: cùm hoc, ni foret, quónam pacto aiunt, canis quadam herba ſuis torminibus medetur? quo etiam cancer, morſus ab angue, ſtatim calaminto adhæret? Aut quis hirundini cæcos pullorum oculos ſanare oſtendit? quis coruo, vt quadã excocta oua lapillo prolifica reddat, refrigerare demonſtrauit? à quibus omnibus maior Theologorum pars diſſentit, qui clariùs referunt, dæmones verè his rebus expelli, non quòd ſenſu quique in ſe, aliáque virtute, ſeu obedientiæ poteſtate polleãt: ſed propter ea, quæ ex his animo percipiunt, vt egerunt olim ob circulum apud Ægyptios, atque ob aquam apud ferè omnes gentes. Horũ namq; alter, perfectiori ſua forma & nota Deum ſignificabat; & alter futurum, quo ab eorum poteſtate eripi debebamus, baptiſmum innuebat. Quamquam non negauerim hos interdum ſpiritus, cùm eos diuina ira plus affligere non ſinit, harum propria rerũ virtute, atro expulſo quo vexabant, humore ſponte, vbi non ſit quò perturbent, non tamen quòd ipſi afficiantur, cùm hoc nequeant, obſeſſos relinquere, vt ſacra Scriptura perhibet Sauli eueniſſe, his occupato ſpiritibus; Dauid lyra, à Dei edoctum ſpiritu, dulciſſimè canentem; ac Tobiam Saræ coniugi, iiſdem admodùm afflictæ, ab Angelo inſtructum, ex piſcis iecinoris ſuffitu, vt etiam oſtendit

Oſiridis reliquiæ

Pœnæ & tormẽta Dæmonum in exorciſmis, & fuga cui rei tribuantur.

Contrariorum naturalis oppoſitio.

Dæmones non ſemper occupatos deſerunt.

ostendit Iosephus, historicorum ob veritatem omnium laudatissimus, qui dæmonem expulsum à quodam Energumeno, Baaræ filo flammæ non absimili, narrat. Et Cardanus quoque qui Panacæum medicum efficaci medela Phliarium quemdam dæmoniacum sanasse testatur; idque equidem affirmare ausim. Cùm enim frequentiùs ab Ephialti noctu opprimi solitus essem, quadam vsus potione, quam mihi prompto animo communicauit Ioannes Baptista Carpanzanus, vir haud vnquam satis laudati ingenij, Iurisque doctor eximius, nunquam posteà ampliùs illam nocturnam oppressionem expertus sum: quibus certè rebus & nostri Sacerdotes frequenter exorcizando vti possunt, non tamen nisi ijs priùs benedictis: addi enim precibus non exiguam propriæ virtuti energiam, ob Christi Sanctorumque merita certum est: alioqui hi spiritus inter exeundum magis, quod sæpe faciunt, nocere possent.

---

## CAP. XXVIII.

*De hominis iniqui frequenti conspectu: locis quibusdam ab eo infestatis: mulierculis etiam occupatis & familiaritate Dæmonum corruptis, ruináque illarum congressum subsequuta, cum historica rerum narratione mirabili.*

*Mortem portendũt Dæmones frequẽti conspectu.*

Dæmones porrò, rarò in locis consuetis sese hominibus objiciunt, quin perniciem ac ruinam præ se ferant, quod vel hinc apertè demonstratur; Friburgi apud Carelos, vbi assiduus horum spectrorum conspectus repentinum præsidis obitum portendit; ac Parmæ apud Cisalpinos quadam in Torellorum turri, vbi rarò hæc phantasmata conspiciuntur, quin mors alicuius eiusdem familiæ intra paucos menses subsequatur. Paucis quoque annis abhinc, in nostra vsu venit patria, in qua is iniquus homo (sic enim Scriptura dæmonem, ob humanæ familiaritatis subreptionem appellat) specie perpulchræ cuiusdam puellæ apparuit, persuasitque vt suis parentibus denunciaret ingentem thesaurum à maioribus in domus eorum angulo reconditum, terráque sepultum latere; quocirca læto ac alacri animo effodiendo eruerent, facturum enim se se recepit, vt eo quàm primùm potirentur. Puella hæc pro sexus ratione plus satis credula, lætáque parentibus hæc gratulabunda refert, qui rei nouitate & admiratione ducti obstupescentes fidem adhibent, vel rei non dubiæ (natura enim sic comparatum est, vt quod impensè expetimus, faciliùs etiam credamus) præsertim cùm essent pauperculi, rumoréque quodam de thesauro illo anteà sparso confirmati: nulla itaque interposita mora, hilari animo summis laboribus terram vsque ad ima domûs fundamenta effodiunt, cúmque signa nonnulla primùm offenderent, iam multò certiùs & ipsum thesaurum sperant, qua de re in dies magis magisque terram effodiunt, sic Thelchinum versutia maiora indicia ostendentium deludebantur, vt tantùm non domus non corrueret, eósque ad vnum omnes opprimeret, vti Floron (Dæmonis nomẽ est) quẽdam aureo nummo cuiusdam parietis effossi fundamenti ruina oppressisse fertur. Verùm cùm primùm id spectrum, quod tentaret, hac via sibi non successisse vidit, aliâ aggressum est: tantis enim ac tam crebris horrendis strepitibus ac terroribus domũ illam infestare cœpit, vt miseri incolæ

*Paupertas auida thesauri reperiendi.*

*Domus inhabitata, & crebris*

terroribus infestata.

læ ea de causa emigrare, cúmque deserere coacti sint, iam adhuc in hunc vsque diem inhabitatoribus destituta, etiam transeuntibus formidabilẽ minatur ruinam. Solet autem, quod dictum est de hac puella, diabolus frequentiùs iuuenilem sexum adoriri, non quòd inter hunc & illum aliqua sit cognatio, aut naturæ aut voluntatum similitudo, sed vt imbecillioris iudicij promptiùs fallãt, ac Deum in veteri Testamẽto, formâ venustos juvenes sibi sortiri, mãdantem, & hoc, vti in aliis multis, æmuletur, contemnátq;. Aliud porrò, ab hoc nõ tamen multùm dissimile ibidẽ alteri cuidam mulieri paulò pòst sese objecit, cuius maritus ea de re multùm mecum, ac cum nonnullis Xenobitis, deuotísque Sacerdotibus contulit, ratus id spectrũ

Spectrũ sub forma matertere cuiusdã defunctæ.

animam esse cuiusdam suæ materteræ nuper vitâ functæ, cùm huius formã habitúmque simularet, cóque impensiùs hoc persuasus, quòd vxorem, quò pauperibus eleemosynas largiretur, preces assiduas funderet, Missásque celebrari curaret, ab hoc solicitè moneri audiret, addens spectrum, mulierem hæc procurando & sibi, suǽq; familiæ vniuersæ, rem maximè vtilem facturam. Fraus tamen hæc latens tandem prodita est, illud nempè familiarem consuetudinem cum hac muliere, amplexibus eius fruendo, contraxisse, ea etiam inuita & repugnante non abstinuisse, donec tandẽ pluribus religiosorum intercessionibus apud Deum, Missarúmque beneficiis, ab hoc turpissimo congressu liberata fuit; quam tamen magna calamitas, familiæque excidium statim subsecuta est. Annis non ita multis pòst, vel idem, vel æqualis spurcitiei impurísque spiritus, nocte intempesta, in quodam virginum Deo sacratarum monasterio apparuit, vnã tantùm, etsi plures ibi commorabantur, assectans, abscondito nobis forsan Dei iudicio, ob parentum aliquod crimen commissum, ad quod & liberi solent esse proni. Hinc maximi excitati sunt rumores per bimestre temporis spatium hac re perdurante, cúmque tandem misera, ac cæteris magis infelix, socias maximè fidas, hanc rem ampliùs non celaret, ego rogatus haud inuitus eò me contuli, obsessam vel ex primo aspectu statim agnoscens, subtristem enim attonitámque sub indicabat, commiseratione itaque motus animo forti ac præsenti esset hortabar subjiciens, vt omnino hoc spectrum, quod neminem nisi volentem trahere posset præ se contemneret. Ad quæ subitò & de improuiso nihil tale opinanti, in præsentia triũ virorum haud ita vulgarium, sanctimonialiúmque frequẽti numero, è quodam cœnaculi foramine, quo funis campanæ propendebat, hic impurus spiritus caput exerendo, truci aspectu mihi apparuit, capite nempe crispo, mento raso, vultúque tam fœdo ac horrendo, vt potiùs terribilem Cephum, quàm hominem referret; equidem sedẽs surrexi, quid agerẽ nesci', in maximos clamores mirãdoq; exẽplò erupi, astantésq; ac stupentes rei huius visæ certiores reddidi, non desistens à clamoribus, donec spectrum iis in fugam agerem: quod paulò pòst abiuratum signum aliquod, testimonij veritatis ergo, ostendere iussum est, sine mora miseram illam per scalas more consueto descendere postulat, quam ante imaginem sanctissimam Crucifixi miserũ ac horrendum in modum aggressum est, defatigauitque. Nec etiam me latet, præter hoc & aliud magis horrẽdum contigisse: spectrum enim quoddam, in domo apparens cuiusdam, tantas turbas, támque frequentes dedit vt cuncti inhabitantes, metu ac terrore

Abiuratio Dæmonis cuiusdã.

Domus quædam à Dæmone infesta.

tore perculsi, eàm relinquere adigerentur. Huius famâ attractus, comitatus nonnullis ætate me prouectioribus, locum adij; hinc vnus ceteris audacior, in exponendo se periculo, in aulæ medio in hæc verba clamore prorupit magno: Si verè (inquit) spiritus es, nec res, vti credo, aliqua inanis ac friuola, me lapide petas velim: cernuū intereà sese deflexit, ex ēplò quod iubetur facit, eumque duorum pondo humerum eius tetigit, at ictu tā leui tritóque vt nihil mali perciperet, etsi lapis tanto cū strepitu proiectus videbatur, vt à pauimento resiliens in vasa quædam proxima, magno fragore, nullū tamē horū læserit, aut confregerit, summa astātiū admiratione, variisque de huius lapidis ictu opinionibus, tametsi mea sententia iudicij, saxū illud per aerē, vt palea à vēto delatum fuisse, dixere: sonum verò illū auribus vehementer obstrepentē, aut in nostra tantùm phantasia resonuisse, aut ex aeris collisione, alio tamen modo, quàm ex saxi ictu, resiliētē. Nec minus dæmones in homines, peccatis præsertim præ ceteris magis pollutos, saxa iaculari posse, cùm & à Sanctis nō abstinuerint, vti Romæ ad sanctā Sabinā grande cylindro nō absimile saxū, quo diuū Dominicū orantem peteret, à Dæmone proiectū, magna videntium admiratione ostenditur, hoc & perfecisset, nisi manus angelica huius Sancti capiti imminēs auertisset malum. Præterea, idē spiritus cuiusdā, qui ioco exorcistam ageret, legebat enim abiurandi gratiā Ariostum poëtam Hetruscum, manus ac librum sibi fœdari quasi spermate quodam liquore sensit, in eius forsan quem patrarat errorē, tùm enim hirquitallere; qui denique vafer spiritus, quò recederet, cuidam seni domus hero apparuit in somno, atque vt hanc diceret superstitionē insinuauit, Agedum frater Niche fuge, sanctus adest Benedictus, manum si pollicem abstulit reliquit. Quo profectò dicto, erat enim ignarus, neque hac de re doctiores consuluit, statim euanuit: at non absque domus excidio.

Peccatores & aliquando Sanctos feriunt Dæmones. Saxum à Dæmone in D. Dominicum projectū.

## CAP. XXIX.

*De fascinationum causis, auctoribus & effectis: veneficiis omnium pestilentissimis nodis mathematicis, præstigiosisque & lethiferis interdum coniugum ligationibus: quòd Maleficorum cupiditatibus Dæmones verbis, signisque ex pacto respondeant: Maleficii præstigiis suis Dæmones ipsos vinciant, præstigiisque suis præstigiatores vinculis prastringant: concluditur denique specie cura morborum non adeundos villatenus Maleficos, qui ex Ecclesia decretis omnino fugiendi sunt.*

AD hæc, dæmones ipsos sæpenumerò fascinationum & causas & auctores esse in confesso est: etsi omnes Philosophi hæc vel quadam occulta fascinantis proprietate prouenire asserant, ob adiunctum cordis motum, quo corpus immutatur, oculíque inficiuntur, vel ex eorum vehementi, malitiosáque in fascinandos imaginatione, aut à quadam anuum natura suppressam ob menstruā purgationē corrupta, quæ trāsmissos ex taliū oculis tenues virosósque spiritus ita aerē inficere aiunt, vt per tenella puerorū lumina introëuntes, totum corpus tabe subitaneā, alióque morbo commaculent; ac interdùm ipsa specula frangunt ob oculos menstruis laborantiū: quin aliquē voce priuari, quòd prior à lupo visus sit, ac ab virulenti Basilisci oculis conspectos occidi ferunt. Quos enimverò omnes naturæ tantùm

Menstruæ purgationis suppressio.

Basilisci conspectus mortifer.

tùm hunc effectum adscribentes & errare & decipi vel hinc manifestum est;quod nemo quantumuis animi ac voluntatis malignæ reperiatur,vt suo solum modò aspectu, vel occulta vi, Camelum in foueam visu præcipitet; ac verbis machinam,qua sericum colligitur, de repentè frangat, in pelui aquam in sanguineum colorem permutet; bouémque robustissimum, quod in nostra accidit vrbe, occidat: arbores (vt scribit Plinius) euestigiò aridas reddat,sicuti olim fecerunt Triballi, & nunc fit à Biarmiis, qui quidem homines nonnullis iaculis, nodísque magicis ita ligare consueuere, vt neque sic vincti, corpore liberi, nec mentis compotes sint,at ad extremam maciem his fascini vinculis redacti,vitam tabescēdo miserè finiant. Neque hoc à superiori anima in inferiorem, vapore ab intellectu in sensum imprimi vllo potest modo, vt aliqui falsò imaginati sunt, quorum Auicenna caput,qui vel in absentem, ne dicam præsentem hominem, hoc malum ex forti imaginatione malitiosáque natura inferri posse affirmat: nec (vt aliis placet) ex quadam genij proprietate proficiscitur, vt hinc Augustum Marco Antonio formidabilem fuisse ferunt; nec à certa cæli influentia, neque ab vlla Intelligentiarum virtute;non ab aliqua animæ potestate;quoniam si Intelligentię cunctis animabus longè superiores, sine alterius agentis adminiculo,id præualent, quomodò animæ omnium spiritalium substantiarum natura infimæ id præualebunt absque medio, suis ipsarum tantùm prauis imaginationibus,occultisue,(vt volunt) proprietatibus?Haud verè præualebunt,præsertim, cùm nihil in natura,vel in accidentis formas transmutari, nisi per medium, contingat: neque à siderum vi,cùm hæc sensim operentur, euenire possibile est. Cæteroqui, naturæ ii, solummodò essent effectus, nec tam rarò acciderent:neque etiam ab angelis hæc mala patrari credibile est, cùm his nihil cum prauis ac peccatoribus commercij existat, vt est hoc fascinantium genus. Reliquum igitur est, vt hæc dæmonum versutiâ fiant, qui frequenter malorum cupiditatibus, diuino tamen permissu, respondent, cùm diabolus eiusmodi malis hominibus, vt seruis mancipiis potiùs ac instrumentis suis vtatur, eósque huc atque illuc impellat. Quod videre est in exemplo cuiusdam mulieris Vvestphalæ,quæ imprecationibus dirísque execrationibus effecit, ne filius ipsius loco moueri posset, eum immobilem instar statuæ reddens, quod & aliæ imprecatæ fecisse traduntur: ad hæc & alia facinora hi peruersi spiritus, per instrumenta non minùs peruersa, homines Suetulas patissimum nonnullas efficere consueuerunt;non per ea tantùm, quæ vim à natura herbarum, radicum succis, ac suffitu, gemmarúmque virtute habent, de quibus multa scripsit Zoroastres, Bactrorum rex, Hermes Ægyptius, Geroma Babylonicus, Orpheus Græcus, Euax Arabs, ac noster Albertus Magnus, licèt possint, ac interdum vtantur: verùm etiam per quæ nihil exteriori contactu efficiunt corporeo, atque hæc agendo haud quidquam per se ipsos malefici suis viribus innixi peragunt,etsi suis manibus varios infligant dolores ac infirmitates, quibus lactantes puerulos crebrò afficiunt, vt in Acheruntinos factum perhibent infantes, quibus vtique vagientibus ac lactantibus vix quatuor sufficerent mulieres:hos nostrates sic famelicos, in dies tamen marcentes puellos vagiones appellitant; vincula etiam rumpunt,pestem inferunt,

Ligatio malefica.

Nodi Magici.

Augustus Antonio formidabilis.

Cupiditatibus malorum fauent Dæmones.

Pueris lactantibus nocent Dæmones.

inferunt, auferúntque, vt Romæ egisse ferunt quemdam Græculum, Ioui bouem litantem. At dæmonibus tantùm, quod optant verbo aut aliquo signo, quibuscum pacti sunt, significant. Ex cunctis autem, quæ patrantur ab ipsis veneficis, hoc pestilentissimum est, etsi frequentiùs, nexûs illud genus, quo nonnullis nodis magicis, quos in ligulis, ter, in sanctissimæ Triadis contemptum nectunt, vel in certis sabis lineis, quibus lemures, si nigræ erant, domo expelli sibi persuadebant antiqui, etiā in ferro, signis, omnium maximè detestandum veneficium; quòd dæmones ex pacto tamdiu eorum prauo desiderio præstò sunt ac respondent, quamdiu ligna, vbi veneficia his nodis mathematicis persistunt, duréntque. Atque hæc, etsi non sine maximo hominum cruciatu, diuersa in membra, & nonnumquam totum in corpus, lethifero affligente dolore, inferantur: nihilominus frequenter eius, absque aliquo, quem maleficio afferetur, dolore, vel tantillo cruciatu, in naturæ membrum, quò hoc debilitato, propagatio hominum maximè impediatur, quod ij potissimum in votis optatísque habent, quò prædestinatorum numerus tardiùs expleatur, ob quem & Intelligentiæ cœlos potiùs mouent, quàm vt Deo (vti Philosophi inquiunt) assimilentur, quorum causa, cuncta alia facta apparent, cùm hoc creandi modo actum, qui ad summam Dei charitatem spectat, multùm interturbant ac impediunt: aut quòd, cùm hoc membrum nostri ortûs causa aliqua sit, qui in peccatis & nascimur & concipimur, Deus quoque ordine iustitiæ suæ id magis aliis affici à malis concedit. Vnde plures in cubili Asmodeum, luxuriæ principem, quàm in conuiuio Mammonam interfecisse ferunt. Maribus porrò & fœminis hæc veneficia struuntur, quorum illi dupliciter ligantur, ad erectionem eius impotentes redditi, abominatione coniugij; at etsi erigant aliquando, ad rē tamen Veneream, prolemque suscitandā inepti sunt. Vtroque modo nonnullos ligatos fuisse, non me latet: has verò diuersis impediri præstigiis, quas tamē omnes diabolicis illis telis, cùm philtra eiusmodi nō semper perpetua sint, constat solui, aut à Deo, aut angelo propria, quâ præualet, virtute, modo dæmone vincente superiore; si enim fuerit inferior, nihil contra eū, vt propria vi præualeat, quoniam & intelligendo, & mouendo haud pari naturæ excellentia nobilitasque præstat. Atque etiā ab homine, vel hac cœlitùs sibi facta potestate, vel precibus impetrata, aut & eorumdē dæmonum astutiā ac fraudibus, ab ipsis maleficis magico ritu ad hoc initiatorum, qui hoc genus nunc vincula, aliáque cetera, quæ ipsis infliguntur mala: quo quidem pacto febricitantes carmine conualescere Theophrastus memoriæ prodidit; ac etiam nonnullis verbis luxaris mēbris Cato auxiliari tradidit; & sanguinem sisti, Homerus inquit; quædā verba in schedula collo appēsa febrim fugare Serenus Sāmonicus ait; ac Fernelius chartula quadam vna nocte ictерū, à toto ictetici cuiusdā corpore abstersum, narrat; nósque quadam aquæ phialâ, solaribus radiis expositâ, in ægroti cuiuspiam capite submussitantis carmina nōnulla, à periculoso morbo ereptum, vidimus, vt & alios plerósque Crucis signo aliquibus verbis sæpiùs mussitaris sanari conspeximus; ac etiam tela lanáque quibusdam vulneribus vel periculosis nonnullas fœminas mederi perhibent: nec propterea hos maleficos, quò eiusmodi tollant mala, adire permissum vnquam fuit,

Pactorū Dæmonum signa.

Ligatio magna ligulatū.

Ligatio Venereæ potētiæ venefica & lethifera.

Præstigiis præstigiis impeditur.

fuit, quantumuis id interdum licitum esse nonnulli asserant. Quod vel ex hoc, quod sequitur, clarè patet, cùm nuspiam ab his magis seu maleficis huiusmodi quidquam pertutum ac securum sit, nec, quin eo ipso magno nos polluamus peccati errore, fieri possit: nec sunt facienda mala vt eueniant bona. Fernelius tamen auctor fide dignus asserit se vidisse eiusmodi modo dæmonum ope à morbis liberatos, paulò pòst in eosdem, ac etiam sæuiores multò recidisse. Nulla etenim nobis cum dæmonibus intercedere debet aut familiaritas aut consuetudo, cùm in sacro Baptismate Deo nomen dantes, & obstringentes fidē nostram, diabolo eiusque instrumentis apertè renunciauerimus: manifesta enim animæque corporique perniciosissima fraus est, quidquid dæmones agunt; quamuis prima fronte aliquid boni promittant, in ipso tamen recessu nihil nisi extremum hominum excidium, æternumque exitium & habent & quærunt; ipsa Veritate & attestante, quòd diabolus non sit, nisi mendax & homicida. Hæc eius nota propria. Hinc & Saul Pythonissam consulens, morte ob id mulctatus est à Deo. Quæ impia facinora, enormiáque scelera, haud cū pluribus vno actu fieri vlli succedit malefico, non quòd Diabolus id minimè efficere posset: verùm hoc accidit, aut quòd nisi in vnum innitantur, aut quòd Deus id plures, vt Dæmonum videatur impotentia, nequaquam sinit. Atque hæc dixisse de his spiritibus nequam ac immundis, eorúmque malitia quàm breuissimè potuimus, satis est: Deóque Opt. Max. si quid laude dignum videtur, laus & honor in sæcula, à quo & nostrum esse, & scire dependet: cùm nos nihil proprium à nobis præter peccatū.

Diabolus non nisi mendax & homicida.

Saul veneficam adiens morte damnatur.

FINIS.

R. P. F.

# R. P. F. BERNARDI COMENSIS ORDINIS PRÆDICATORVM

## TRACTATVS DE STRIGIBVS.

*Cum annotationibus* Francisci Peñæ *Sacræ Theologiæ & Iuris vtriusque Doctoris.*

---

### CAPVT PRIMVM.

*Striges vnde dictæ: quo tempore congregentur: quid diabolo promittant, cùm secta isti ascribuntur: quàm horrenda facinora committant.*

SECTA quædam abominabilis virorum videlicet, & præcipuè mulierum, à pluribus annis citra, in partibus Italiæ, fatore omnium malorum diabolo procurante, damnabiliter insurrexit, quas alij *Musias* appellant; nos autem in Lombardia *Strigias* nuncupamus, à *Styx* Stygis vocabulo Infernum seu paludem infernalem significante, quia tales personæ diabolicæ sunt & infernales, vel ἀπὸ τοῦ στρίγειν, quod est tristificare Latinè, eò quòd plurimos faciant tristes maleficiis suis. Muscæ quæ dictæ. Strigiæ quæ & vnde.

Illæ personæ congregantur in certis locis per oppida & villas certis temporibus, præcipuè de nocte diem Veneris præcedente, apparente eis dæmone in forma humana visibili: & quando huic sectæ initiari seu adscri- Striges vbi & quando congregentur.

fuit, quantumuis id interdum licitum eſſe nonnulli aſſerant. Quod vel ex hoc, quod ſequitur, clarè patet, cùm nuſpiam ab his magis ſeu maleficis huiuſmodi quidquam perturum ac ſecurum ſit, nec, quin eo ipſo magno nos polluamus peccati errore, fieri poſſit: nec ſunt facienda mala vt eueniant bona. Fernelius tamen auctor fidedignus aſſerit ſe vidiſſe eiuſmodi modo dæmonum ope à morbis liberatos, paulò pòſt in eoſdem, ac etiam ſæuiores multò recidiſſe. Nulla etenim nobis cum dæmonibus intercedere debet aut familiaritas aut conſuetudo, cùm in ſacro Baptiſmate Deo nomen dantes, & obſtringentes fidẽ noſtram, diabolo eiuſque inſtrumentis apertè renunciauerimus: manifeſta enim animæque corporique perniciosiſſima fraus eſt, quidquid dæmones agunt; quamuis prima fronte aliquid boni promittant, in ipſo tamen receſſu nihil niſi extremum hominum excidium, æternumque exitium & habent & quærunt; ipſa Veritate & atteſtante, quòd diabolus non ſit, niſi mendax & homicida. Hæc eius nota propria. Hinc & Saul Pythoniſſam conſulens, morte ob id mulctatus eſt à Deo. Quæ impia facinora, enormiáque ſcelera, haud cũ pluribus vno actu fieri vlli ſuccedit malefico, non quòd Diabolus id minimè efficere poſſet: verùm hoc accidit, aut quòd niſi in vnum innitantur, aut quòd Deus id plures, vt Dæmonum videatur impotentia, nequaquam ſinit. Atque hæc dixiſſe de his ſpiritibus nequam ac immundis, eorúmque malitia quàm breuiſſimè potuimus, ſatis eſt: Deóque Opt. Max. ſi quid laude dignum videtur, laus & honor in ſæcula, à quo & noſtrum eſſe, & ſcire dependet: cùm nos nihil proprium à nobis præter peccatũ.

Diabolus non niſi mendax & homicida.

Saul veneficam adiens morte damnatur.

# FINIS.

# R. P. F. BERNARDI COMENSIS ORDINIS PRÆDICATORVM

## TRACTATVS DE STRIGIBVS.

*Cum annotationibus* Francisci Peñæ *Sacræ Theologiæ & Iuris vtriusque Doctoris.*

---

### CAPVT PRIMVM.

*Striges vnde dictæ: quo tempore congregentur: quid diabolo promittant, cùm sectæ isti ascribuntur: quàm horrenda facinora committant.*

SECTA quædam abominabilis virorum videlicet, & præcipuè mulierum, à pluribus annis ciета, in partibus Italiæ, fatore omnium malorum diabolo procurante, damnabiliter insurrexit, quas alij *Muscas* appellant: nos *Muscæ quæ dictæ.* autem in Lombardia *Strigias* nuncupamus, à *Styx* Stygis vocabulo Infernum seu paludem infernalem significante, quia tales personæ diabolicæ sunt & infernales, vel λύπειν *Strigiæ quæ & vnde.* στύγειν, quod est tristificare Latinè, eò quò plurimos faciant tristes maleficiis suis.

Illæ personæ congregantur in certis locis per oppida & villas certis temporibus, præcipuè de nocte diem Veneris præcedente, apparente eis dæmone in forma humana visibili: & quando huic sectæ initiari seu adscri- *Striges vbi & quando congregentur.*

bi volũt, primò & ante omnia corã ipso diabolo & ad iussum eius abnegãt sanctam fidem & sanctum Baptisma, ac etiam Dominum Deum, & B. Virginem Mariam, & posteà conculcant Crucem aliquã ibi ab vna illarũ Strigum factam in terra: quibus omnibus

Striges quid diabolo promittant.

peractis fidelitatem spondent in manibus ipsius diaboli, acceptantes eum in dominum suum, & promittunt ei in omnibus se velle semper obedire: & in signum horum omnium tangunt ei manum cum ipsarum manu sinistra post earum tergum versa, offerentes eidem diabolo aliquid in signum subiectionis: & ita abundè citra semper reputant ipsum diabolum esse, rem etiam & Dominum & Deum suum. Deinde quotiescunque vadunt ad illam congregationem, quam *ludum bona societatis* appellant, semper capite inclinato profundè eũ adorãt, vt verũ Deũ suũ: quæ omnia clarissimè patét per earum confessiones in processibus contra eas per Inquisitores formatis.

# ANNOTATIONES Francisci Peñæ

## *In Bern. Comensis Tractatum de Strigibus.*

ILLÆ impuræ fœminæ multis nominibus à multis appellantur: quippe

1. Striges Græcè.

Φαρμακίδες φαρμακεύτριαι dicuntur à Græcis, idque ἀπὸ τῆς φαρμακείας, quo vocabulo ars earum exprimitur: à Latinis autem promiscuè & confusè vocantur *Lamiæ, Striges, Magæ, Veneficæ, Incantatrices, &* *Maleficæ*: vulgò item in Italia *Streghe* dicuntur & *Strigoni*: Hispania interdũ *Bruxos* & *Bruxas*: interdum verò *Hechizeros*, & *Hechizeras*: aliàs etiam *Xorguinos* & *Xorguinas* nominat: quarũ appellationũ ratio breuiter tradi non potest. Author in hoc tract. *Striges* nominat, vulgatá ferè Italiæ appellationem secutus. Idem autem in principio huius tractatus minùs verè loquitur, dũ de origine dictionis *Strigis*, differens airdictas fuisse Striges, vel à Styge Inferni palude, vel à voce Græca Στρίγγω, quæ tristificare significat, eò quòd multos mœstos & tristes efficiant. Id enim verũ est quod Alphonsus & Simancas tradiderunt, videlicet eas Striges esse appellatas ad similitudinem Strigis nocturnæ & importunæ auis: inde siquidem dicuntur Striges mulieres istæ, quia noctu præcipuè versantur in maleficiis & infantium sanguinem sugunt: in quam sententiam appositè recitantur carmina quædam Ouidiana à præcitatis relata, quæ gratiâ breuitatis consultò omittuntur à nobis.

## CAP. II.

*Striges corporaliter deferuntur; Diabolus incubum & succubum se exibet Strigibus.*

Striges quomodo adeât conuenticula. AD quam congregationem, seu ludum præfatæ pestiferæ personæ vadunt corporaliter & vigilantes, ac in propriis earũ sensibus: & quando vadunt ad loca propinqua, vadunt pedestres, mutuò se inuicem inuitantes. Si autẽ habent congregari in aliquo loco distanti, tunc deferuntur à diabolo, & quomodocumque vadant ad dictũ locum siue pedibus suis, siue deferantur à diabolo, verũ est, quòd realiter & veraciter, & nõ phãtasticè, neque illusoriè abnegant fidẽ Catholicam, adorant diabolum, conculcant Crucem, & plura nefandissima Opprobria Strigum. opprobria committunt contra sacratissimum corpus Christi, ac alia plura spurcissima perpetrant cum ipso diabolo, eis in specie humana apparente, & se viris succubum, mulieribus autem incubum exhibente. Ac, vt omnimodam delectationẽ veneream eis impendant, ad omnem prorsus earum appetitum se per omnia coaptante. Quæ quidem pestiferæ perso- Confessio Strigum. næ firmiter asseuerant se prædicta omnia & singula corporaliter & realiter ac veraciter perpetrare, narrantes quomodo aut occultè recedunt de domibus habitationis earum, aut fingunt se exire domo operis alicuius gratiâ faciendi, & ita vadunt ad dictam congregationem seu ludum absque eo, quòd sui de domo id sciant vel perpendant: quæ omnia & singula clarissimè patent per earum spontaneas confessiones factas & scripturas in processibus contra eas per omnes Inquisitores nostros per totam Italiam formatis.

## Franc. Peña.

INstitutum huius authoris, vt apparet ex serie disputationis, fuit docere Lamias, siue Striges ad nocturnos ludos, siue choreas corporaliter deferri: quæ sententia communis est omnium scribentium, eáque verissima, multis quidem rationibus, & euidentibus signis, atque experimentis comprobata.

Sed Francis. Ponzinibius nescio quo spiritu ductus hanc communem sententiam, solus (quod ego sciam) in dubium reuocans *tractatu de Lamiis*, conatus est defendere eas, non ferri corporaliter. Ponzinibius refellitur.

Cæterùm huic Ponzinibio vsque adeò egregiè respondit Bartholomæus Spinæus, Ordinis Prædicatorũ Theologus non vulgaris, vt ora ei obstruxisse videatur, ac docuisse ignorasse Ponzinibium, quæ scripserit.

CAP.

## CAP. III.

*Argumenta multa probant Striges corporaliter deferri: exempla de Strigibus refert author à se cognita, quibus idem probatur: Potestas cuiusdam oppidi à Strigibus baculo percutitur cum Notario & moritur.*

SVnt autem plura & magna argumenta firmam fidem facientia, quòd istæ Striges corporaliter & realiter, & non phantasticè, nec in somniis vadant ad ipsum suum ludũ, seu congregationem, & quòd realiter & non illusoriè prædicta omnia committant.

1. Argumentum ex confessione.

Vnum est, quod omnes huius pestiferæ sectæ, siue mares siue fœminæ, quasi vno ore & vna lingua fatentur, se eumdem modum per omnia & vniformiter obseruare vbique locorum, in abnegando fidem, ac baptisma, & Dominum Deum ac beatã Virginem Mariam, ac in conculcando Crucem, & adorando ipsum diabolũ, & faciendo fidelitatem eidem, tangendo ei manum cum manu earum sinistra post tergum versa, & in omnibus aliis & singulis, quæ in tali ludo, seu congregatione fieri contingunt, ita vt omnes in idem conueniant, & semper conuenerunt à principio illius sectæ neque in præsens tempus, vt ex earum omnium confessionibus vbique locorum per totam Italiam in manibus Inquisitorũ nostrorum factis, & scriptis in processibus contra eas formatis liquidè constat, quod esse non posset, & non ita in omnibus se conformarent, si phãtasticè & in sõniis eis illa contingerent, præcipuè cùm phantasmata & somnia secundùm varietatem causarum, & qualitatem personarum pro loco, & tempore varientur.

Confessio Strigum.

Delatio Strigum realis ex processibus.

Aliud argumentum est, quia tales personæ pluries pluribus in locis, eũdo vel redeundo de dicto suo ludo, per personas catholicas sunt realiter & veraciter visæ, cognitæ & deprehensæ: nam (vt de his, quorum ego certiorẽ habeo notitiam, loquar) cùm ego superioribus annis in valle Telina, in terra scilicet de Ponte, diœcesis nostræ Comensis, contra harum Strigum pestiferum genus inquirendo procederẽ, est mihi à fide dignis, quòd cum quadam vice paulisper ante lucem quidam fuisset à duabus personis catholicis visus, & cognitus in prædicto Strigum ludo, iuxta quasdam vineas prope dictam terram de Ponte, versus Abduam, relicto dicto ludo, veniens cum illis duabus personis domum, rogabat eos ne eum apud me accusarent, neque quòd in tali ludo vidissent eum propalarent, vt in processibus quos ibidem tunc feci, legitimè constat; quod quidem non phantasticè, neque in somniis, sed realiter & corporaliter fuisse euidenter apparet.

2. Argumentum.

Maleficus Comensis deprehensus in ludo Herodiadis.

Quamdam insuper puellam octo vel decem annorum Antoniam nomine pater & mater eius ad me conduxerunt in dictam terram de Ponte, quæ in præsentia eorum & plurium aliorum retulit mihi, qualiter quadam nocte vocata à quadam amita sua, nomine Magdalena, surrexit de lecto, & portata fuit cum ipsa amita sua ad certum locum à dicta terra de Ponte satis distantem, vbi vidit & cognouit plures personas in vno prato choreizantes cum prædicta amita sua, cum qua posteà iterum reportata fuit ad dictam terram de Põte in domum habitationis suæ: quæ omnia seriosè confessa fuit mihi posteà prædicta Magdalena, existens in manibus officij mei, & interrogata à

Bernard. Comensis inquisitio.

Puellæ confessio de delatione & congregatione Strigum.

à me, an personam aliquam ad ipsum ludum conduxisset, prout ex processu contra eam formato legitimè constat.

Plures etiam aliæ personæ, & in dicta terra de Ponte, & in terra Barbeni dictæ vallis, ac etiam in terra Clauenæ prædictæ nostræ diœcesis cognitæ & deprehensæ fuerunt à diuersis personis in præfato ludo cum diabolo existẽtes, prout hi qui viderunt, mihi iuridicè reuelerunt, & ipsemet visæ, & deprehensæ confessæ sunt in processibus contra eas formatis, vt in eis apparet. Quæ omnia si quis bene consideret, nequaquam videri, neque deprehendi ita clarè potuissent ab aliis, si in somniis, aut phantasticè ipsis Strigibus contigissent.

3. Argumentum. Aliud argumentum est, quòd interdum contigit, quasdam personas deferri per diabolum ad aliquem locum distantẽ, vbi talis ludus seu congregatio Strigum fiebat, & dum esset in via eundo vel redeundo, Deo volente, dimissæ sunt, & inuentæ extra patriam suam & extra terras suas, quod esse minimè potuisset, si prædicta eis phantasticè contigissent, aut se deferri somniassent.

4. Argumentum. Aliud admirandum valdè, & nullo modo postergandum argumentum adduco, quòd in Mendrisio oppido Comensi cõtigit iam ferè annis quinquaginta elapsis, quod quidem vulgatissimum est Comi, & in prædicto oppido Mendrisij, & adhuc supersunt plures in ipso oppido huius rei memores. Nam cùm ibi quidam Inquisitor nomine magister Bartholomæus de Homate, dominus Laurentius de Concoretio Potestas, & Ioannes de Fossato Notarius contra has Striges procederent, vna die ipse Potestas, quadam curiositate ductus, volens experiri an verè & corporaliter illæ Striges irent ad ludum,

*Mendrisianam Comense Striges habent.*

facta conuentione cum quadam Strige, vt eum ad videndum talem ludum conduceret, accessit quodam die Iouis in sero cum Notario suo & quodam alio extra oppidum ad quẽdam locum, sicut ei illa Strix prædixerat: & dum ibi iam prope essent omnes hi tres, viderunt plures personas congregatas coram quodam, qui erat diabolus in forma humana, ad modum cuiusdam magni domini sedente: & ecce subitò omnes illæ personæ ibi congregatæ, iussu diaboli adeò illum Officialem, & eius socios, Deo ob eorum curiositatem permittente, baculis percusserunt, quòd ex talibus percussionibus & ille Officialis, & Notarius, & illæ alius infra 15. dies mortui sunt. Quis ergo dicere velit hoc in phantasia aut in somniis contigisse?

*Die Iouis Striges conueniunt.*

5. Argumentum ex conuersione Strigũ, & abiuratione Strigiarum. Aliud magnum argumentum est, quòd istæ tales Striges sæpe, postquã crimen suum confessæ sunt coram Inquisitoribus reuertuntur ad gremium sanctæ matris Ecclesiæ, abiurata huiusmodi hæresi & apostasia sua, iuxta notata *in cap. ad abolendam, de hæret. in prin. in cap. vt officium,* §. *Si quis vero. eo. tit. 6.* & plures earum nõ reuertuntur ampliùs ad vomitum, & in bona fide Catholica perseuerant, nec ampliùs ad talem ludum vadunt; quæ tamen longo tempore illa perfidia irretitæ fuerant: quod nequaquam esse posset, si tantũmodò phantasticè & in somniis eis ista contingerent: nam manifestissimum est quòd somnia & tales phantasiæ non sunt in potestate hominis vt ei accidãt aut cessent quando voluerint.

Præterea plurimæ personæ huius perfidæ sectæ, transactis iam plurimis temporibus, per Inquisitores hæreticæ prauitatis fuerunt traditæ brachio sæculari, exigentibus id demeritis suis, & combustæ; quod mini-

*Cognitio & pœna Strigiarum.*

mè factum fuisset, neque summi Pontifices hoc tolerassent, si talia tantummodò phantasticè & in somniis contingerent, & tales personæ realiter & veraciter hæreticæ non essent, & in hæresi realiter & manifestè deprehensæ. nam Ecclesia non punit crimina nisi sint manifesta & verè deprehensa, 32. *dis. cap. erubescant* 32. *quæst.* 5. *Christiana* 2. *quæstion.* 5. *consuluisti*, *& 6. quæst.* 1. *non omnia.* Per hæc ergo omnia quæ dicta sunt, & per plura alia, quæ adduci possent, liquidò constat quòd tales Striges ad præfatum ludum non in somniis, neque phantasticè (vt quidam affirmant) sed realiter & corporaliter, ac vigilando vadant.

## Francis. Peña.

VErissimam ergo Bernardus, in hoc tractatu sententiam amplexus, docet Lamias corporaliter deferri, quamquam aliquando dormientes, multa earum mentibus phantasmata rerum occurrant, quas illæ potiùs vigilantes quàm dormientes propter vehementissimam impressionem cernere opinentur.

---

## CAP. IV.

*Argumenta dicentium Striges non deferri corporaliter Cap.* Episcopi 26. *qu.* 5. *qualiter intelligendum: secta Strigum an esset exorta tempore dicti cap.* Episcopi.

SEd ecce contra hæc, quæ iam dicta sunt, quidam insurgunt, & prædictam veritatem destruere satagentes dogmatizando affirmant, quòd huiusmodi Striges nullo modo vadant ad illum ludum corporaliter & realiter, sed quòd phantasticè, ac illusoriè, ac in somniis eis omnia prædicta contingant, & in huius opinionis suæ fomentum adducunt text. *cap. Episcopi* 26. *quæst.* 5. quod quidem cap. omnibus, contra nos Inquisitores occasione harum Strigum purgare cupientibus, communis est materia dirulcandi, cuius quidem Canonis verba, si quis omni passione semota diligenter & medullitùs ponderare voluerit, videbit, ac luce clara cognoscet, quòd illud cap. non militat contra prædicta. Neque obstat quin contra huiusmodi Striges, tamquam verè hæreticas, procedere valeamus: nam si quis bene consideret & benè aduertat, istud cap. *Episcopi* non loquitur de ista secta Strigum, quæ nondum insurrexerat tempore, quo celebratum fuit illud Ancyrense Cōcilium, ex quo sumpta sunt illius cap. verba, sed neque tempore quo compilatum fuit decretum per dominum Gratianum, quia decretum fuit compilatum anno Domini 1150. vt habetur *in glos.* 2. *q.* 6. *c. post appellationem*, §. *forma verò appellationis*, prædicta autem Strigum secta pullulare cœpit tantummodò à centum quinquaginta annis citrà, vt apparet ex processibus Inquisitorum antiquis, qui sunt in archiuis Inquisitionis nostræ Comensis. Hæc ergo secta Strigum non est illa, quæ profiteatur, & credat se cum Diana dea Paganorum, vel cum Herodiade equitare super quasdam bestias, prout loquitur illud cap. *Episcopi*. Origo Strigiarum Comensis ab annis 150.

Franc.

Francisc. Peña.

NVmero 4. siue cap. 4. Author multa commemorat ad intelligentiam *cap. Episcopi* 26. *q.* 5. quod ex Concilio Ancyrensi desumptum esse opinantur, secutus Gratiani inscriptionem, sed verè in gratiam Decreto nuper Romæ edito annotatum est, id cap. neque in Concilio Ancyrano Græco, neque Latino inueniri. Nihilominus tamen non est eius auctoritas contemnenda. Et quod ad eius intelligentiam attinet latè tradunt Alphonsus à Castro, Syluester, & Spinæus multis in locis; facilitatis tamen [illegible] hic ascribi visum est.

# CAPITVLVM

## EX CONCILIO ANCYRANO

Iuxta exemplar Libelli cuiusdam sexdecim librorum Partialium *lib.* 6. *cap.* 7. desumptum: quod etiam refertur in decreto Gratiani 26. *quæst.* 5.

*Vt Episcopi de Parochiis suis sortilegos & maleficos expellant.*

T Episcopi, eorúmque ministri omnibus viribus elaborare studeant, vt perniciosam & à diabolo inuentam sortilegam & maleficam artem penitùs ex parochiis suis eradicent. Et si aliquem virum aut fœminam huiusmodi sceleris sectatorem inuenerint, turpiter dehonestatum de parochiis suis eijciant. Ait enim Apostolus; *Hæreticum hominem post vnam & secundam correptionem deuita: sciens quia subuersus est, qui eiusmodi est.* Tit. 3. Subuersi sunt, & à diabolo capti tenentur, qui derelicto creatore suo à diabolo suffragia quærunt. Et ideò à tali peste mundari decet sanctam Ecclesiam. Illud etiam non est omittendum, quòd quædam sceleratæ mulieres, retrò post Satanam conuersæ, dæmonum illusionibus & phantasmatibus seductæ, credunt & profitentur se nocturnis horis cum Diana

*Lamiarũ ſecta. Dianæ & Herodiadis aliud.*

na Paganorum dea, vel cum Herodiade & innumera multitudine mulierũ, equitare ſuper quaſdã beſtias & multa terrarum ſpatia intempeſtæ noctis ſpacio pertranſire, eiúſque iuſſionibus velut dominæ obedire, & certis noctibus ad eius ſeruitiũ euocari. Sed vtinã hæ ſolæ in ſua perfidia periiſſẽt, & non multos ſecũ in infidelitatis interitum pertraxiſſent. Nam innumera multitudo hac falſa opinione decepta hæc vera eſſe credit, & cõ[…]o à recta fide deuiat, & in errore paganorũ reuoluitur, cùm aliquid diuinitatis aut numinis extra vnum Deũ arbitratur.

*Hæreſis Lamiarũ.*

Quapropter ſacerdotes, per Eccleſias ſibi cómiſſas, populo omni inſtantia prædicare debẽt, vt nouerint hæc omnimodè eſſe falſa, & non à diuino, ſed à maligno ſpiritu talia phantaſmata mentibus fidelium irrogari.

*2. Corinth. 11.*

Siquidem *ipſe Sathanas, qui transfigurat ſe in Angelum lucis*, cùm mentẽ cuiuſque mulierculæ ceperit, & hãc ſibi per infidelitatẽ ſubiugauerit, illicò transformat ſe in diuerſarũ perſonarũ ſpecies atque ſimilitudines, & mentẽ, quã captiuã tenet, in ſomnis deludẽs, modò læta, modò triſtia, modò cognitas, modò incognitas perſonas oſtendẽs, per deuia quæque deducit. Et cùm ſolus ſpiritus hoc patitur, infidelis mẽs hæc nõ in animo, ſed in corpore opinatur euenire. Quis enim non in ſõniis & nocturnis viſionibus extra ſe educitur, & multa videt dormiendo, quæ numquã viderat vigilando? Quis verò tã ſtultus & hebes eſt, qui hæc omnia quæ in ſolo ſpiritu fiunt, etiã in corpore accidere arbitretur, cùm Ezechiel propheta viſiones Domini in ſpiritu non in corpore vidit? Et Ioannes Apoſtolus Apocalypſis ſacramẽtũ in ſpiritu, nõ in corpore vidit & audiuit, ſicut ipſe dicit: *Statim*, inquit, *fui in ſpiritu*. Et Paulus non audet dicere ſe raptũ in corpore. Omnibus itaque annunciãdũ eſt publicè, quòd qui talia & his ſimilia credit, fidẽ perdit. Et qui fidẽ rectã in Domino non habet, hic non eſt eius, ſed illius, in quẽ credit, id eſt, diaboli. Nã de Domino noſtro ſcriptũ eſt: *Omnia per ipſum facta ſunt*. Quiſquis ergo credit poſſe fieri, aliquã creaturã aut in melius, aut in deterius immutari, aut trãsformari in aliam ſpeciẽ vel ſimilitudinem, niſi ab ipſo Creatore, qui omnia fecit, & per quẽ omnia facta ſunt, procul dubio infidelis eſt & Pagano deterior.

*Transformatio in aliam ſpeciem à ſolo Deo.*

---

## CAP. V.

*Intellectus dicti cap.* Epiſcopi 26. q. 5.

SI quis autem pertinaciter adhuc affirmare velit hãc ſectam ſtrigiacã, eſſe illã, de qua loquitur illud cap. *Epiſcopi*, dico quòd adhuc Canon ille contra nos non obſtat, neque militat contra prædicta; quia ſi quis bene cõſiderat ſenſum Canonis illius, videbit clarè quòd nõ negat, quin ſit poſſibile tales perſonas pedeſtrè & corporaliter ire ad prædictũ ſuum ludũ, ſed neque negat quin ſit poſſibile, eaſdẽ deferri verè, realiter, & corporaliter à diabolo de loco ad locũ: nã dæmones, permittẽte Deo, poſſunt virtute ſuã naturali mouere, & portare materiã corporalem de loco ad locum, vt innuit Aug. in 18. *lib. de Ciuitate Dei cap.* 18. Vnde legitur *in legenda beati Petri Apoſtoli* de Simone mago in aëra à dæmonibus portato, & *in legẽda beati Iacobi Apoſtoli*, de Hermogene ad ipſum Iacobũ portato, & de multis aliis legitur de loco ad locum realiter & corporaliter à diabolo delatis.

Si ergo poſſibile eſt tales perſonas ire vel deferri corporaliter & realiter à diabolo, & poſſibili poſito in eſſe, nullum ſequitur inconueniens ſecundùm

*Dæmones poſſunt naturaliter mouere.*

corpus aliquod de loco ad locū.

dùm regulam Logicalem: nullum ergo erit inconueniens, si dicatur, tales Striges pedestres corporaliter ire, vel deferri realiter & corporaliter ab ipso diabolo, & ita clarè patet, quòd prædictum Capitulum *Episcopi*, contra prædicta non obstat, prout aduersarij nostri probare conantur.

## Francisc. Peña.

IN summa eius Decreti vera intelligentia talis mihi esse videtur: ibi enim non agitur de Lamiis, sed de quibusdã hæreticis, qui credebant quòd Diana fuit in deam conuersa, & quòd creatura mutari, aut transformari potest ex vna substantia in aliam, vel ex vna specie in aliam speciem, ab alio, quàm à vero Deo: quòd bestiis vehebantur, vt Herodiadi seruirent. Quæ omnia falsa sunt, erronea, & hæretica, & à Lamiarum secta longè diuersa. Neque illi patres, quorum est Decretum illud; negant Lamias posse corporaliter à dæmonibus transferri per longa regionum spatia: neque illum hæreticum, aut stultum esse decernunt, qui credit ea fieri posse, quæ sæpe à dæmonibus cum Lamiis perpetrantur. Rectè ergo Bernardus hic ait *in dicto cap. Episcopi*, non haberi sermonem de secta Strigum, siue Lamiarum.

## CAP. VI.

*Multa eorum, quæ de Strigibus narrantur, illis in somniis contigere ea posse.*

NOs autem nõ negamus quin interdũ huiusmodi Strigibus, siue somniando, siue phantasiando, procurãte diabolo appareat, quòd ad prædictum ludum accedant, & præcipuè postquàm iam ad ipsum ludum corporaliter & realiter accesserunt, & verè & realiter ac corporaliter fidẽ abnegarunt, & Crucẽ conculcarunt, ac dæmonem in suum deũ acceperunt, & pro suo deo adorauerũt, possibile est quòd aliquando sensibus ipsarum Strigũ multò grauiùs ac vehementiùs, quàm somno, virtute dæmonis obseratis, dæmon talia somnia causando, vel phantasiam immutando, faciat quòd ipsæ Striges corpore quidem dormientes, seu eiũ nihil sentientes, & velut mortuæ aliis appareant, & ipsis Strigibus in spiritu, seu in phantasia videatur, quòd prædicto ludo intersint, & alia faciãt, quæ aliàs vigilantes corporaliter & veraciter facere consueuerant, & aliqui dæmones earum formas assumentes videantur ab aliis in ipso ludo corporaliter adesse, vt id alteri per phantasticam apparitionem exhibeatur vigilanti, quod alter vidit in somniis, vt dicit Augustinus *in dicto lib.* 18. *de Ciuitate Dei cap.* 18. per quem modum id dicimus contigisse quod *in legenda beati Germani* narratur de illis mulieribus, dæmonibus earum formas assumentibus, quæ cernebantur in hospitio cœnare, & tamen quæsitæ in domibus propriis verè sunt inuentæ.

Delectâtur aliquando Striges in somniis.

P 3 CAP.

## CAP. VII.

*Vna creatura in aliam verè non transmutatur.*

NVllo autem modo dicimus, neq; aliquãdo opinati sumus id quod mendaciter & falsò aduersarij nostri nobis imponunt: videlicet quòd aliqua creatura, aut in melius, aut in deterius possit immutari, aut in aliã speciem vel similitudinem realiter & verè transformari, nisi ab ipso Creatore, qui omnia fecit, & per quẽ omnia sũt facta: & propterea nullo modo dicimus, nec aliquo pacto aliquid numinis, aut diuinitatis extra vnum Deum arbitramur.

Nihil potest in aliam speciem transformari, nisi ab ipso Deo. Quæ in spiritu solo fiũt, ea vel in corpore existunt.

Sed neque ea, quæ in solo spiritu fiunt, arbitramur etiã in corpore accidere, sed dicimus & prędicamus, quòd quemadmodũ legitur de sociis Vlyssis, quos illa famosissima magica Circe in bestias arte sua vertit, vt dicit August. *in lib.* 18. *de Ciuitate Dei cap.* 17. & habetur 26. q. 5. *cap. nec mirũ*, & de sociis Diomedis in aues versis, & de quibusdam aliis, qui versi in iumenta videbantur onera portare, & de aliis similibus: quæ omnia illusoriè & phãtasticè, ac quadam præstigiosa apparitione arte dæmonum fiebant, vt Aug. declarat egregiè *in cap.* 18. *prædicti libri* 18. *de Ciuitate Dei.* Ita etiam nõ negamus quin interdũ arte dæmonis illudentis fieri possit, quòd aliqua Strix per aliquã phantasticam apparitionẽ videatur transmutata in felẽ, vel in aliã bestiã, seu speciẽ, quæ tamen nõ erit veraciter transmutata, sed hoc fieri quadã apparitione præstigiosa: & qui aliter credit infidelis est, & Pagano deterior, vt dicit dictum *cap. Episcopi.*

## CAP. VIII.

*Multa apparere possunt Strigibus arte Dæmonum, quæ vera non sunt.*

IMmò dicimus & confitemur plura alia ipsis Strigibus illusoriè & phãtasticè arte dæmonum posse contingere & apparere, quæ tamen minimè sunt vera, vt putà, quòd vitulos comedant, qui posteà dæmonum virtute resurgant: nam si verè illi vituli fuerunt cocti & comesti, nullo modo fieri potest, vt dæmon aliquis, immò omnes dæmones simul cum tota eorum potestate eos valeant suscitare: quia resuscitare mortuum est potentiæ infinitæ, quæ soli Deo conuenit, & diabolo nullo modo potest conuenire. Quare si illa comestio fuit vera & realis, necesse est dicere, quòd resuscitatio sequens, fuerit phantastica & illusoria: aut quòd & comestio fuerit apparens & phantastica, & etiam resuscitatio fuerit illusoria: & ita cùm diabolus semel ipsas Striges sibi per infidelitatem subiugauerit, illudens eis in somniis, seu cũ phantasticis apparitionibus, modò læta, modò tristia, modò cognitas, modò incognitas personas interdum ostendit, vt textus illius cap. *Episcopi* loquitur de secta illarum mulierum, quę cum Diana, vel cum Herodiade se equitare, eiúsque iussionibus obedire credebant.

Resuscitare mortuũ est potentiæ infinitæ.

Cap. *Episcopi* explicatio.

CAP.

## CAP. IX.

***Striges vt apostatæ correctè puniantur, etiamsi corporaliter non deferantur: ex quo habent rata, quæ sibi in somniis contigerunt.***

POstremò, vt aduersariorum ora ex toto concludam, posito sed nō concesso, quòd (vt aduersarij ipsi affirmant) istæ Striges nullo modo vadant corporaliter ad ludum, & quòd numquam realiter ac veraciter vigilantes abnegauerint fidem, & conculcauerint Crucem, & alia fecerint, quæ in tali ludo facere dicuntur, sed quòd in somniis tantummodò, seu phantasticè & illusoriè eis sæpe ista contingant, tamen ex quo posteà, quando sunt in vigilia & in propriis sensibus constitutæ, credunt & firmiter tenent se prædicta fecisse, & habent ea rata & firma, ac ea confirmant, & contentæ sunt quòd sibi talia acciderint, ac eis omnibus consentiant cum quadam animi complacentia, credentes firmiter se fidem Catholicam abnegasse, & dæmonem pro suo vero Deo habere, tenētes firmiter se non peccare, sed potiùs se bene facere talia perpetrando, & alia similia multa faciēdo, vt ex earum confessionibus corā Inquisitoribus factis euidenter apparet, liquidò & clariùs luce meridiana constat, quòd sunt verè & propriè apostatæ, idololatræ, & hæreticæ: nam sicut ille qui somniando se committere fornicationem cadit in pollutionem nocturnam, si posteà in vigilia constitutus est memoralis somnij, & consentit & placet sibi de illa fornicatione somniata propter delectationem habitam in ea, licèt talis non peccet ratione somnij in se, quia nullum ibi potest esse peccatum, eò quia ibi non fuit iudicium rationis, peccat tamen mortaliter ratione complacentiæ cum delectatione sequenti in vigilia cum deliberato consensu, vt dicit B. Thomas *in quarto sentent. dist. 9. art. 4.* & etiam habetur *6. dist. §. 1. in glos. circa fi. ibi: Si vero in nocturna pollutione, & cap. testamentum, ead. dist.* & Augustinus *in 18. lib. de Ciuitate Dei, cap. 18. in fine,* dicit, quòd delectari etiam falso crimine, crimen verum est: ita dicendum est de istis Strigibus, quòd sunt verè & propriè apostatæ, idololatræ, & hæreticæ, non quidem ea ratione, quia prædicta contingant eis in somniis, vel phantasticè, seu illusoriè, sed propter complacentiam quam habent de prædictis cum deliberato consensu posteà, quando sunt extra prædicta somnia, & extra prædictas phantasticas illusiones in vigilia, & in propriis sensibus constitutæ, & credunt ea esse vera, & ea habent rata, tenentes firmiter in mentibus suis se fidem & Dominum Deum abnegasse, & credunt Dæmonem esse suum verum Deum; & cum vt Deum suum adorant, vt dictum est *suprà*; & ideò textus dicti cap. *Episcopi* dicit tales personas sceleratas retrò post Satanam conuersas, & quòd dæmonum illusionibus & phantasmatibus seductæ credunt se & profitentur cum Diana nocturnis horis dea Paganorum, vel cum Herodiade, vel cum innumera multitudine mulierū equitare super quasdam bestias, & multarum terrarum spatia intempestæ noctis silentio pertransire, eiusque iussionibus obedire velut dominæ: & quia credunt & profitentur prædicta esse vera, quæ in somniis, seu phantasticis illusionibus eis contigerunt, ideò textus iterum appellat eas perfidas & infideles, dum sequitur *Sed vtinam hæ solæ in perfidia sua periissent,* &

Striges ex cohabitione phantasticæ apparitionis apostatæ & hæreticæ sūt.

Dianæ nocturni ludi.

Striges perfidæ & infideles.

*& non multos ferum ad infidelitatis interitum pertraxissent.* Quare sunt veraciter & propriè hæreticæ, & ideò sequitur in textu quòd *qui hæc vera esse credunt, credendo à recta fide deviant, & errore Paganorum involuuntur, cùm aliquid diuinitatis aut numinis extra vnum Deum arbitrantur:* quia quando solus spiritus ista patitur, infidelis est, qui hæc non in animo, sed in corpore euenire opinatur, vt textus subdit *ibidem*: & ideò in fine illius Canonis bene subditur: *Prædicandum esse, annunciandum populis hæc omnino falsa esse, & eum qui talia credit fidem perdere*, quod & nos Inquisitores dicimus, & constanter prædicare & annunciare populis non cessamus.

---

## CAP. X.

*Ex dicto cap.* Episcopi, *an probetur Striges non deferri corporaliter.*

ECce ergo quàm bene ex verbis huius cap. *Episcopi*, concluditur, & clarè probatur id quod *superiùs* dixi, videlicet, quòd dato, quòd in somniis, seu phantasticis illusionibus arte dæmonum procuratis videatur ipsis Strigibus quadam præstigiosa apparitione se ad ludum dictum accessisse, Dominum Deum & fidem Catholicam abnegasse, Dæmonem vt Deum adorasse, & alia *superiùs* enumerata perpetrasse, ex quo tamen transactis illis somniis & phantasticis illusionibus retinent ea in mente, ac firmiter credunt ea esse vera, & constanter in tali credulitate perseuerant; sequitur quòd sint veraciter & propriè apostatæ, quia verè secundùm suam opinionem recesserunt à Catholica fide: & etiam sequitur quòd veraciter sint idololatræ, firmiter tenentes se adorare dæmonem vt Deum, & creaturam pro Creatore se colere, ac de facto adorant & colunt: & credentes aliquid diuinitatis seu numinis extra vnum Deum esse, inuoluantur errore Paganorum idola adorantium: ac etiam sequitur quòd deuiant a fide & fidem perdunt, & ideò veraciter sunt hæreticæ, credendo quòd ea quæ fiunt in somniis & phantasticis illusionibus arte Dæmonum procuratis, sint vera, & quòd quæ in solo spiritu fiunt, etiam in corpore accidant, & insuper credendo se posse dæmonum virtute transmutari in feles vel alias species. Quæ omnia cùm sint contra determinationem Ecclesiæ, procul dubio sunt hæretica, & ideò textus hic appellat tales personas infideles, & Paganis deteriores; infidelitas autem in homine baptizato est hæresis; & ita clarissimè patet quomodo dictum cap. *Episcopi*, nullo modo contra prædicta militat, neque contra nos obstat.

Striges verè apostatæ & idololatræ quomodo sint.

Striges hæreticæ.

Epilogando itaque omnia prædicta, dico quòd illud cap. *Episcopi*, nō militat contra ea quæ dicta sunt, neque obstat quin prædictæ Striges vadant corporaliter ad illum ludum, & quin realiter & veraciter fidem abnegent & diabolū adorent & ex cōsequēti nō obstat quin veraciter sint hæreticæ, tum quia illud cap non loquitur de illa secta Strigum, de quibus nos loquimur, & hoc est quia tempore quo celebratum fuit illud Concilium Ancyrense, ex quo sunt sumpta verba illius cap. sed neque tempore quo fuit compilatum decretum, nondum insurrexerat ista Strigum secta: tum quia si quis bene consideret sensum illius cap. non negabit quin sit possibile, tales Striges ire corporaliter & pedibus suis in propriis sensibus & vigilantes ad ipsum ludum, sed neque negabis quin sit possibile, easdem

Concilium Ancyrense.

inter

interdum verè, corporaliter, & realiter de loco ad locum à diabolo deferri: tàm quia etiam nos nõ negamus, quin interdum possibile sit, quòd ipsis Strigibus appareat in somniis aut in phãtasticis illusionibus, procurante dæmone, causatis, quòd vadant ad ipsum ludum, ipsæ verò veluti dormientes, seu velut nihil sentientes, veraciter inueniantur in domibus suis: imò etiam dicimus plura alia posse Strigibus arte dæmonum illusoriè apparere: nullo modo autem dicimus, neque aliquando opinati sumus, aliquam creaturam virtute dæmonum in aliam speciẽ verè & realiter transformari: sed neque dicimus verũ esse, quòd ea quæ fiunt in solo spiritu, accidant realiter in corpore. Tùm postremò, quia dato, sed non concesso, quòd nullo modo vadant corperaliter ad ludum, sed quòd tantũmodo in somniis & phantasticis illusionibus virtute dæmonũ videatur eis quòd vadant ad ludũ, & Deum ac fidem abnegent, & dæmonẽ vt Deum adorent, & alia sic illusoriè ipsis Strigibus accidant, quæ in dicto ludo facere dicuntur: tamen ex quo posteà quando sunt in vigilia & in propriis sensibus constitutæ, credunt & firmiter tenent se ea fecisse, & habent ea rata, ac eis omnibus consentiunt cum animi cõplacentia, credentes firmiter se fidem catholicam abnegasse, ac dæmonem pro Deo adorasse, & eum tãquam Deum suum habere, & se nullo modo peccare, sed potiùs se bene facere talia perpetrando, & in hac credulitate firmiter perseuerant, adhuc clare constat quòd sint veraciter apostatæ, idololatræ, & hæreticæ, & ideò textus nominat eas sceleratas, perfidas & infideles: & dicit quòd credentes talia phantastica & illusoria esse vera, deuiant à recta fide, & fidẽ perdunt, ac inuoluũtur errore Paganorũ, & sunt ipsis Paganis deteriores: infidelitas autem in homine baptizato est hæresis. Et ita per hæc omnia clarissimè patet quomodo dictum cap. *Episcopi*, toties allegatum, nullo modo militet contra nos Inquisitores, neque obstat quin ita Striges veraciter dicantur apostatæ, idololatræ, & hæreticæ quomodocumque dicatur, siue quòd vadant corporaliter & realiter ad ludum, siue quòd tantummodò in somniis & phantasticis illusionibus arte Dæmonum causatis ea talia contingant.

Striges quomodo sint verè apostatæ, idololatræ, & hæreticæ.

## CAP. XI.

*Ad Inquisitores hæreticæ prauitatis an spectet Striges punire.*

CVm ergo prædictæ Striges veraciter sint hæreticæ & idololatræ ac apostatæ, quomodocũque dicatur, seu quòd realiter vadant ad ludum; seu quòd tantummodò in somniis aut phantasticis illusionibus, vt dictum est, sequitur quòd ad Inquisitores hæreticæ prauitatis pertinet contra eas procedere, & eas sicut alios hæreticos punire, quod quidem patet.

Et primò in quantum dicuntur hæreticæ, patet *per cap. vt officium, de hæreticis, lib. 6. in prin.* 1.

Quòd sint hæreticæ.

Patet hoc etiam in quantum dicuntur idololatræ, offerentes sacrificia Dæmonibus, & eis nefarias preces emittentes, vt *in glos. in verbo, sapientis, cap. accusatus, eisdem tit. & lib. §. Sanè*, ac etiam ipsos dæmones adorantes: nam si hæreticus punitur adorans hæreticum, *vt dicto cap. accusatus, §. ille quoque*, quantò magis Dæmonem adorans? Est enim contra illud Domini mandatum, *Dominum Deum tuum adorabis. Matthæi 4. cap.* 2.

Quòd idololatræ.

1. Quòd apostatæ.

Postremò hoc patet, in quantum dicuntur apostatæ: quia apostata à fide punitur vt hæreticus, cùm verè hæreticus sit, de quo habes *in verbo, Apostata, §. primo, secundo, & tertio.*

## Francis. Peña.

Vide Nostram Lucernam Inquisitorum.

---

## CAP. XII.

*Quomodo cognoscuntur Striges & sectatrices? per confessionem sociarum deteguntur Striges: sociarum depositio valet contra alias Striges: Inquisitor ne interroget de sociis, eas singulariter nominando: Inquisitor non facilè credat depositionibus Strigum contra alias.*

MAnifestantur autem seu deteguntur illi qui sunt de hac secta Strigiaca, & ad notitiam eorum peruenitur duobus modis, videlicet per confessiones sociarum, & per coniecturas & præsumptiones.

Primò ergo per confessiones & inculpationes sociarum: cùm enim mutuò se cognoscant in dicto ludo, ex consequenti possunt etiam mutuò se detegere & manifestare, & hoc præcipuè quando plures separatim, & vna seorsum ab altera, imo nesciente quid alia dixerit, conueniunt de eadē persona & de tempore quo eam viderint, & in quibus locis, & maximè quando tales inculpantes aliquam de earum societate dicunt idem & affirmant coram facie illius, quam inculparunt, & ita vna post aliam separatim, & altera nesciente, idem affirmat in facie eius.

Et quòd talis inculpatio seu manifestatio facta per socias faciat fidem contra illam quæ inculpatur, patet per ea quæ notantur *in cap. in fidei fauorem, de hæreticis, lib. 6.* Facit ad hoc *glos. fin. cap. quoniam aliqua, de testi.* Vide de hoc *in verbo, testes, §. 17. & in verbo, tortura, §. 29.*

1. Inquisitorum cautela in interrogationibus.

Aduertas tamen & sis bene cautus, tu Inquisitor, ne interrogando de complicibus & sociabus vnquam interroges an aliquando viderint talē, vel talem, specificando aliquam vel nominando, neque permittas ab aliqua specificari vel nominari, sed interroges in communi & generali quas socias habeat, vel quas viderit in tali ludo, & quid eas ibidem facere viderit; & ei dicas, quòd nullo modo aliquam nominet, nisi pro certo eam in ludo viderit & cognouerit, & nisi pro certo viderit vel sciuerit eam abnegasse fidem, & alia fecisse quæ ibi fieri consueuerunt.

2. Inquisitorum cautela de non detinenda innocente.

Aduertas insuper, & sis bene cautus, ne de facili facias aliquam detineri propter inculpationes talium Strigum tantùm, quia posset contingere quòd dæmon assumeret personā alicuius, & se sub forma illius præsentaret in ipso ludo, vt illam personam infamaret, & tamen illa persona erit innocens, & de tali crimine nullo modo culpabilis: quare cautiùs securiusque procedes, si ex solis inculpationibus seu manifestationibus sociarum non facies aliquam personā detineri, sed vltra illas inculpationes factas per socias, habeas aliqua alia indicia, seu coniecturas, vel præsumptiones, seu suspiciones contra eamdem quam volueris detinere.

## CAP. XIII.

*Qualiter ex hac Strigiatus secta esse detegantur aliqui per coniecturas & præsumptiones: indicium seu argumentum, à communiter accidentibus sumptum validum est: quales coniecturæ seu indicia prodant Striges.*

DEteguntur etiam, & ad notitiam eorum qui sunt de hac secta venitur alio modo, videlicet per coniecturas & præsumptiones: quia in his, quæ in secreto fieri consueuerunt, proceditur ex coniecturis & præsumptionibus, vt dicitur *in l. fin. C. de procur. tuto.* vbi glos. not. & Bal. *in l. quicumque. C. de ser. fugi. & in rubrica. C. de proba.* nam indicium sumptum ex experientiis & coniecturis quæ communiter accidere solent, est validum: vnde vt dicit Panor. *in c. Ossius. de elec. in fine.* argumentum à communiter accidentibus tenet, & quando tali coniecturæ frequenter contingit adesse veritatem, tunc est graue indicium, & æquiparatur præsumptioni iuris, vt notatur per Cynum *in l. metum, de dolo.* siue agatur de probando vero hominis actu, siue de probando animo, *ff. de sica. l. 1. §. sed si clam, & c. significasti de homic.* nam præsumptio non est aliud, quàm quædam suspicio, quæ causatur in animo iudicis, vel cuiuscumque ex variis coniecturis, vel argumentis seu indiciis, vt dicit Panor. *in cap. quanto de præsum. col. 1. in fine.* Ad omnia ista vide *in verbo, indicium. § 5. & §. fin. & in verbo, præsumptio. §. 3.*

Striges manifestantur per coniecturas & præsumptiones.

Cùm ergo abnegatio fidei, adoratio diaboli, côculcatio Crucis, & alia, quæ faciunt tales Striges in ipso ludo, & alibi cum ipso diabolo, omnia fiant in secreto, & seorsum à fidelibus Christianis, ideò necesse est, quòd contra eas procedamus ex coniecturis & præsumptionibus.

Et istæ coniecturæ seu præsumptiones sunt aut fascinationes puerorũ, vel maleficia causantia infirmitates, aut alia nocumenta circa homines vtriusque sexus, & etiam circa terræ fruges, vinearum vuas, arborum fructus, ac etiam circa iumenta & alia diuersorum generum animalia, vel etiam medicationes & curationes talium infirmitatum, & nocumentorum, quæ omnia fiunt virtute diaboli, aut ipso cooperante, vt per singula patebit.

Coniecturæ & præsumptiones contra Striges.

## CAP. XIV.

*Per fascinationes puerorum deteguntur Striges, & quid sit fascinatio. mulier menstruata inficit visum speculum, & Basiliscus interficit visum hominem.*

NAm fascinatio puerorum, vt ab ipsa incipiam, vt dicit B. Thomas *in prima parte, quæstione centesima decima septima, articulo tertio, in responsione ad secundum argumentum, & super epistolas Pauli ad Galatas, tertio capitulo, lectione prima,* est infectio procedens ab oculis infectis propter malitiam animæ, cooperante dæmone, & Deo permittente: & hoc præcipuè accidit in vetulabus, in quibus ex malignitate quadam, contracta ex familiaritate vel pacto dæmonum fit immutatio noxia & venenosa per venas ad oculos earum, & ab oculis ad rem inspectam per spatium determinatum; & ita aspectus earum venenosus & noxius inficit pueros, habentes corpus tenerum & de facili receptiuum talium impressionum, & sic infirmantur & cibum vomunt,

Fascinatio quid sit.

munt, vt dicit Beatus Thomas *vbi supra.*

Menstruata mulier inficit speculũ.

Per quem modum dicimus, quòd mulier actualiter menstruata, si aspiciat in speculum purum & mundum, subitò inficit & deturpat ipsum, & Basiliscus videns hominem interficit ipsum, vnde Glos. super illud Pauli *ad Galatas tertio: O insensati Galatæ, quis vos fascinauit?* dicit: quidam habent oculos vrentes, qui solo aspectu inficiunt alios, maximè pueros.

## CAP. XV.

*Striges inferunt multa nocumenta, & impediunt actus coniugales.*

Coniugales actus impediuntur à Strigibus & ligaminibus quinque modis.

QVòd autem per has Striges realiter & verè inferantur nocumẽta diuersis personis: & primò, impediendo actus coniugales seu matrimoniales, patet per hoc, quia realiter inueniuntur effectus reales impedientes istos actus, vt patet per totum titulum de maleficiatis, & per Panor. & alios doctores ibi scribentes, & *per c. si per sortiarias.* 33. *quæst.* 1. & qualiter fiant maleficia circa actus istos matrimoniales, declarat
1. Petrus de Palude *in quarto sent. dist.* 34. dicens: quòd, quia dæmon ex eo, quòd est spiritus, habet potestatem super creaturam corporalem ad motum localem prohibendum vel faciendum, ideò potest corpora impedire ne sibi appropinquent directè vel indirectè, interponendo se quandoque in corpore assumpto.

2. Alio modo, quia potest refrigidare hominem ab actu illo, adhibendo occultè virtutes rerum, quas optimè nouit ad hoc validas.

3. Tertio modo turbando æstimationem & imaginationem, quæ reddit mulierem exosam, quia potest in ipsa imaginatione imprimere.

Alio modo, quia potest reprimere 4.
rigorem membri, sicut etiam motum localem reprimere potest.

Quintò potest impedire illos actus 5.
matrimoniales, prohibendo missioné spirituum ad membra, in quibus est virtus motiua, quasi intercludendo vias seminis, ne ad vasa generationis descendat, vel ne ab eis recedat.

## CAP. XVI.

*Striges inferunt nocumenta causando infirmitates hominibus & iumentis: qualiter iudicetur morbus per maleficium illatus.*

INsuper istæ Striges nocumenta inferunt viris ac mulieribus & iumẽtis ac bestiis cum maleficiis suis, causando diuersas infirmitates, cooperante diabolo, in quantum istę Striges accipiunt ab ipso diabolo aliqua nociua, & ea præbent viris ac mulieribus vel iumẽtis, aut in cibo aut in potu, vel tangẽdo, aut ipsemet diabolus occultè applicat aliqua maleficia vel nociua in lectis vel vestib⁹, sicut sępenumerò inueniũtur in lectis vel vestibus aliqua, quæ arte humana minimè aut vix fieri vel componi possent; ex quibus sic applicatis aut in lectis, aut in vestibus aut tactu, aut in cibo & potu, sequuntur dolores capitis, torsiones viscerũ, exsiccationes membrorum, stomachi destructiones, & aliæ plures infirmitates ex quibus sæpe plures moriuntur.

Animalibus ingeruntur infirmitates à Maleficis.

Idem etiam de iumentis & aliis animalibus, quæ ex talibus nociuis, seu maleficiis sic in cibo aut potu, vel tactu eis applicatis sæpe infirmantur & moriuntur, aut lacte priuantur: & hoc est quia, vt tangit beatus Thomas *in secundo libro sent. distinctione*

*ctione septima*, tales infirmitates, quæ generari possunt virtute alicuius agentis naturalis, possunt etiam causari à dæmonibus applicantibus talia agentia naturalia ad causandas illas infirmitates: possunt autem discerni istæ infirmitates causatæ per Striges, cooperante diabolo, per maleficia, ab illis quæ causatæ sunt naturaliter iudicio medicorum. Nam sicut dicitur 16. *quæst. 1. cap. illud*, ad genus superstitionis pertinent omnes ligaturæ, & omnia remedia, quæ medicorum disciplina condemnat, in quibuscumque rebus suspendendis atque ligandis.

Ita dicimus, quòd vbi medici periti ex aliquibus coniecturis vel circumstantiis iudicant illam infirmitatem non ex defectu naturæ, neque ex aliqua causa naturali intrinseca, sed ab extrinseco accidisse, vbi nõ sit ex venenosa infectione, quia sic sanguis vel stomachus malis humoribus esset repletus, tunc ex sufficienti diuisione iudicant effectum esse maleficialem.

Cognoscitur etiam quando medici periti & bene practici vident infirmitatem esse incurabilem, ita vt nullis medicaminibus vel remediis naturalibus æger possit releuari, imò potiùs cernunt ipsum in dies aggrauari.

---

## CAP. XVII

*Striges nocumenta inferunt terræ fructibus: Malefica quædam maleficia curant ope Dæmonum.*

Striges maleficiis destruunt terræ fructus.

INferunt etiam plura nocumenta cum suis maleficiis procurando grandines, & alias aëris tempestates ad destruendum terræ fruges, vineatum vuas, & aliarum arborum fructus: & hæc omnia faciunt ac procurant cooperante ipso diabolo. Nam vt dicit beatus Thomas *super Iob. primo cap.* necesse est confiteri quòd, Deo permittente, dæmones possint perturbationem aëris inducere, ventos concitare, & facere vt ignis de cœlo cadat. Quare igitur cùm grandines & similes aëris intemperies procedant ex motu aliquorum naturalium, putà vaporum eleuatorum à terra, sequitur quòd etiam diabolus sua virtute, nisi impediatur à Deo, possit tales vapores mouere, & illas grandines seu ventos ac pluuias causare.

Maleficia maleficiis destructa.

Sunt insuper aliqui viri, & aliquæ mulieres, quæ ignorantes artem Medicinæ, talia *suprà* dicta maleficia destruunt, & infirmitates causatas à talibus maleficiis curant, & infirmos sanant, quæ quidem omnia, cooperante dæmone, faciunt, quod sic patet: tum quia talia curant priùs dæmones inuocando & consulendo, ac ab eis responsa expectando, vnde communiter taliter medicantes nolunt subitò remedium dare, sed aliquo tempore expectato, vt interim consilium diaboli requirant, posteà adhibent remedia; tum etiam quia destruunt talia maleficia in vna persona, sed illud maleficium alteri inferre coguntur: vel quia saltem illud tale maleficium non possunt remouere, nisi aliud maleficium vel aliquid illicitum aut superstitiosum perpetrando.

## CAP. XVIII.

*Aliud signum ad cognoscendas Striges, sumptum à minis factis, effectu subsecuto: aliud signum desumptum ab irreuerentia erga corpus Christi.*

Striges ex familiaritate Dæmonis & effectu cognoscuntur.

CVm ergo istæ Striges faciant talia maleficia & nocumenta, vel ea curent, nonnisi diabolo (vt prætactum est) cooperante; & ipse dæmon cooperetur eis in talibus propter abnegationem fidei Catholicæ, & etiã quia ipsi diabolo seipsas ex toto dedicarunt, vt communiter ipsæ Striges confitentur, cuius signum est, quia antequam abnegent fidem, & diabolum adorent, nunquam possunt talia perpetrare; sequitur ergo de necessitate quòd talia maleficia, seu eorum curationes factæ modis supradictis euidenter probent aliquam personam Strigem.

Quare quotiescumque aliqua persona, aut rixando, aut etiam non rixando, facit aliquas minas contra aliã personam, dicens: Quia tu mihi fecisti sic vel sic, ego faciã taliter quòd senties, si bene fecisti, vel non: vel: Faciam quòd eris malè contenta de me, vel quód nunquam de tali te lætitiam habebis, & alias similes minas; & postcà sequitur effectus: signum est, quòd talis effectus sit causatus operâ diaboli, præcipuè quando non potest sciri quomodo aliter talis effectus sit secutus, & ideò tales minæ cũ effectu sequente faciunt magnam præsumptionẽ & vrgentẽ coniecturam, quod talis minans Strix est, diabolo per abnegationem fidei dedicata, & erit indiciũ sufficiens ad torturam: sicut de eo qui minatus est alteri de percutiendo eum, & demum fuit percussus, & nescitur à quo, præsumẽdum est quòd fuerit ille, qui minas intulit, de quo habes diffusè *in verbo, tortura, §. 16.*

Ecce ergo quomodo per has coniecturas detegũtur illi qui sunt de hac secta, & hoc maximè quia talibus cõiecturis contingit fr. quẽter, imò quasi semper, veritatem adesse, prout continua & cotidiana experientia docet, ideò faciunt magnum & graue indiciũ, vt habes *in verbo, iudiciũ. §. 5.* Signa manifestationis Strigum

Detegũtur etiã per aliqua signa, putà si faciunt ficas quãdo eleuatur corpus Christi, vel auertunt faciẽ à Cruce, & similia quæ faciunt communiter illi qui sunt de hac secta: & sic finitur iste tractatus ad laudem Dei.

# PARALIPOMENA
## AD BERNARDVM Comensem addenda.

## QVÆSTIO VNICA

*An ad solos iudices Apostolicos, non autem sæculares cognitio Lamiarum spectet.*

*An etiam iudices fidei possint compellere iudices sæculares ad exhibendos processus Maleficarum, & vice versa possint sæculares compellere Apostolicos in sæcularibus delictis vt sibi reos exhibeant, & puniant.*

VLTIMO loco illud explicãdum occurrit, quod hic auctor videtur omisisse in hac disputatione, an videlicet Lamiæ ab Inquisitoribus Aposto

Apostolicis seu aliis Iudicibus Ecclesiasticis relinqui possint curiæ sæculari, si confessæ fuerint infanticidia, homicidia, aut alia grauissima crimina, aduersus quæ per leges ciuiles mortis pœna statuta est.

Malefici non carcerandi sed morte damnandi.

Et Iacobus Sprengerius *in Malleo Maleficarum parte* 1. *quæst.* 14. *circa finem*, ait, satis probabile videri, vt quantumcumque pœniteant, non debeant sicut alij hæretici carceribus perpetuis mancipari, sed vltimo supplicio puniri.

Arnardus tamen Albertinus *tract. de agnoscen. asser. q.* 25. *n.* 66. quem sequitur Simancas *de Cath. instit. tit.* 37. *de Lamiis. num.* 17. verè sentit non posse Inquisitores, de Iure, huiusmodi delinquentes curiæ sæculari tradere vltimo supplicio afficiendas, sed eas corde puro redire volentes recipiendas esse ad Ecclesiæ gremium: nihil enim habet commune causa hæresis cum infanticidiis, aut aliis criminibus à Lamiis perpetratis, quorum quidem criminum cognitio ad Inquisitores minimè pertinet; quare iniquè mihi agere viderentur iudices fidei, si Maleficis huiusmodi pœnitere volentibus beneficium misericordiæ & absolutionis denegarent.

Sed ab hac sententia sequentem casum excipimus: nam si maleficæ, à Iudicibus sæcularibus primùm captæ, Inquisitoribus fuerint consignatæ propter incidentem hæresim, cuius Iudices sæculares cognitionem non habent, *cap. vt inquisitionis.* §. *prohibemus. de hæret. lib.* 6 vt cùm verbi gratiâ, aliqua malefica capta fuit à sæculari magistratu pro infanticidio, aut alio delicto sæculari, & dum eam interrogaret, constitit sibi de hæresi, vel de alio delicto hæresim sapiente, tunc peracto Iudicio hæresis, eidem iudici sæculari restituenda malefica est, vt is aliorum criminum cœptum iudicium legibus ciuilibus peragat, tunc enim non dicitur propriè curiæ sæculari relinqui, sed potiùs priori iudici restitui, qui ratione criminis sæcularis super malefica illa legitimam habet iurisdictionem: atque hæc sententia verissima est, & in praxi penitùs obseruanda, sicut & obseruatur iuxta constitutionem sanctissimi domini nostri Pij V. Pontificis maximi, cuius verba ita habent:

Constitutio Pij V. de reis ad iudices sæculares remittendis

*Necnon carceratos quoscumque pro quibusuis delictis, & debitis etiam atrocibus apud dictum inquisitionis officium quomodolibet delatos, vel denunciatos, suspensa aliorum criminum inferiorum cognitione, ad eosdem Cardinales, & inquisitionis carceres, ibidémque ad criminis hæresis totaliter cognitionem, & expeditionem retinendos, & posteà ad eosdem Officiales pro aliorum criminum*

*criminum expeditione remittendos, sine mora transmittant.* Hactenùs ibi. Habetur autem hæc constitutio inter literas Apostolicas pro officio sanctissimæ inquisitionis *in fine Directorij Inquisitorum.*

Inquisitor potest cõpellere iudicem sæcularé ad exhibendam hæreticã

Scitu dignum est, an iudex fidei, ad cuius aures seu tribunal legitimè peruenit maleficam aliquam, quæ in carceribus iudicis sæcularis continetur, hæreticam esse, aut de hæresi suspectam, possit compellere magistratum sæcularem, vt eam sibi consignet pro causa hæresis iudicandam. Et certissimum ac verissimum est, id posse facere: nam ratione criminis Ecclesiastici eam ream vel reum iudices fidei petere possunt, & debent omnino sæculares magistratus eis obedire, nec vllo pacto de hoc crimine, cùm merè sit ecclesiasticum, directè vel indirectè cognoscere possunt, aut iudicare, *cap. vt inquisitionis, §. prohibemus, de hæret. lib. 6.*

Immò ampliùs possunt magistratus sæculares quicumque compelli per fidei iudices ad exhibendum eis processus, & quaslibet scripturas, vt possint intelligere, an in eis quidquam contineatur aduersus maleficam, aut maleficos cuiuscumque sexus, quod fidei causam tangat, & iudicium Inquisitorum iuuare possit, *argumen. textus in cap. vt commissi, de hæret. lib. 6.* ibi: *Necnon faciendi à quibuslibet assignari nobis libros seu quaternos, & alia scripta.* &c. conferunt tradita per Ioannem Rojam *in singularibus fidei, singul. 54. incipien. Edere instrumenta.*

Iudex sæcularis potest ab Inquisitore cõpelli per excommunicationem, &c.

Possunt autem isti magistratus sæculares compelli ad supradicta exhibenda & consignanda per censuram ecclesiasticam, excommunicationem videlicet, suspensionem aut interdictum: hæc enim nomine censuræ ecclesiasticæ continentur, *cap. quærenti, extra de verb. signif.*

Sed numquid poterit vice versa magistratus sæcularis compellere iudicem fidei, vt sibi exhibeat aliquas reas, reósve, qui sæcularia delicta commiserunt, vt eos possit iuxta legum ciuilium sanctiones punire? Equidem non potest, quia nulla ei in iudicem ecclesiasticum competit iurisdictio, cùm verò iudex ecclesiasticus in suo tribunali delinquentes punierit, tunc iudex sæcularis pro criminibus ad suum forum pertinentibus eosdem punire poterit; ad quod faciunt tradita per Antonium Gomezium *tom. 3. variar. resol. cap. 1. num. 40.*

Atque hæc quæ breuiter tradidimus sunt in hac causa Lamiarum triarum ad praxim iudicantium magis necessaria; quæ propterea addere huic Bernardi tractarui visum fuit opportunum.

Plura suggerit auctor Lucernæ Inquisitorum verbis: *Dæmones innocare. Diminatio. Implorare auxilium à Dæmonibus. Inuocare Dæmones. Secta Strigia, & Sortilegia.*

## Francis. Peña.

CVm verò idem hic auctor in hoc tract. num. siue §. 1. asserit ad Inquisitores hæreticæ prauitatis pertinere de Lamiarũ secta cognoscere, contra eas procedere, & sicut alios hæreticos punire, id quidem verissimũ est, & multis Romanorum Pontificum sanctionibus constitutũ, videlicet Innocentij VIII. cuius initium est: *Summis desiderantes affectibus.* quam refert Iacobus Sprengerius *in principio Mallei maleficarum*, & Bartholomæus Spinæus *in libro de Strigibus cap. 3.* Item Adriani VI. quæ incipit: *Dudum vt nobis.* quam refert idem Spinæus *præcitato loco.* Item Alexandri VI. cuius principium est: *Cùm acceperimus.* quæ referrur inter litteras Apostolicas pro officio sanctæ Inquisitionis *in fine Directorij Inquisitorum*, & hæc est communis nostrorum sententia, quam optimæ confirmant rationes hoc loco ab auctore allatæ.

Lamiæ vt hæreticæ ab Inquisitoribus puniendæ.

Quòd si quæras an soli Inquisitores in causis Lamiarum procedere possint secùs ac fiat in causis hæreticorum, *vt in cap per hoc. de hæret. libro 6. extrauag. ex eo de hæret. Clement. 1. de hæret.* respondebo, tutius quidem esse ac decentius, vt Inquisitores perinde in causis Lamiarum ac in causis hæreticorum procedant, & processus conficiant requisitis diœcesanis secundùm iuris dispositionem in locis proximè citatis: nihilominùs tamen si soli velint procedere, id quidem facere possunt, & quod soli procedentes fecerint ac decreuerint, siue condemnando siue absoluendo, id validum erit, sicut constat ex præcitata constitutione Alexandri VI. cuius verba hic inserere placuit, habent autem ita:

Quomodo solorum Inquisitorum sit cognoscere de Lamiis.

## ALEXANDER Papa.

DIlecto filio Angelo de Verona Ordinis Prædicatorum, sacræ Theologiæ professori, in prouincia Lombardiæ hæreticæ prauitatis Inquisitori, & successoribus suis Dilecte fili, salutem, & Apostolicam benedictionem.

Cùm acceperimus in prouincia Lombardiæ diuersas vtriusque sexus personas diuersis incantationibus, & diabolicis superstitionibus operam dare: suisque veneficiis & vanis obseruationibus mul-

Lombardia Lamiarum hæresi infecta.

ta nefanda scelera procurare: homines, & iumenta, ac campos destruere, & diuersos errores inducere, magnáque inde scandala exoriri: Decreuimus, pro pastoralis officij nobis ex Alto commissi ministerio, scelera huiusmodi compescere, ac scandalis & erroribus præmissis, quãtum cum Deo possumus, occurrere. Ea propter tam tibi, quàm etiam successoribus tuis per Lombardiam constitutis, de quibus in his & aliis plenam in Domino fiduciam obtinemus, committimus & mandamus, vt etiam soli, honesto tamen comitatu per vos eligendo associati, contra easdem vtriusque sexus personas diligenter inquiratis: easque iustitia mediante puniatis & compescatis. Et, vt meliùs commissionem huiusmodi exequi possitis, contra illas vobis plenam & omnimodam harum serie concedimus facultatem. Constitutionibus & ordinationibus Apostolicis, necnon indultis & concessionibus ordinariis forsan pro tempore factis, cæterísque contrariis quibuscumque non obstantibus. Datum Romæ apud sanctum Petrum sub annulo Piscatoris die, &c.

AMBRO

# AMBROSII DE VIGNATE LAVDENSIS I.V. DOCTORIS FAMOSISSIMI

Elegans ac vtilis quæſtio in duos articulos diuiſa.

## *QVÆSTIO VNICA.*

*De Lamiis ſeu Strigibus, & earum delictis, cum commentariis* Franciſci Peñæ *Sacræ Theologiæ & Iuris vtriuſque Doctoris.*

VID † ergo dicemus de mulieribus, quæ conſitentur nocturno tempore ambulare per longa locorum interualla in momento temporis, & intrare cameras alienas clauſas, coadiuuantibus earum magiſtris Dæmonibus, (vt dicunt) cum quibus loquũtur, † quibus præſtant cenſum, & cum quibus (vt dicunt) habent copulam carnalem, & quibus perſuadentibus (vt dicunt) abnegant Deum & Virginem Mariam, & cum pedibus conculcant ſanctam Crucem, & quæ Dæmonibus coadiuuantibus (vt dicunt) interficiunt pueros, & interficiunt homines †, & faciunt eos cadere in infirmitates diuerſas, & quæ dicunt ſe multa his ſimilia facere; & aliquando ſe transformare in formam muſcipulæ; & diabolum dicunt ſe aliquando transformare in formam canis, vel alte

*Lamiarũ nefaria ſcelera.*

*Transformatio.*

alterius animalis? An hæc & his similia sint possibilia, vel verisimilia, vel credenda?

Depositio inculpati de Lamiarum masculo. Hunc casum habui sæpiùs de facto, & inter cæteros occurrit mihi casus talis. Quidam inculpatus, quòd esset de secta Mascorum seu Maleficorum de se confessus, multos alios viros & mulieres inculpauit, quòd essent de eadem secta, de nocte ambulantes, & quòd in triuiis vel quadriuiis, vel confiniis viarum ibant discurrentes, & multa mala facientes: ad depositionem istius Inquisitor hæreticæ prauitatis aliquas mulieres cepit & incarcerauit: quarum aliquæ sponte confessæ sunt prædicta & similia huiusmodi; aliquæ verò negantes ad torturam positæ sunt, & in tormentis confessæ sunt.

Diuisio præsentis quæstionis. Circa casum istum putaui de duobus principaliter esse inquirendum, dum accideret de facto: primò inuestigandum, an prædicta confessata sint possibilia & verisimilia, & credenda, vel non.

Secundò, numquid depositio illius de se confessi, & etiam vnius, vel alterius, vel trium, vel quatuor mulierum similia deponentium, sit indicium sufficiens ad torturam.

## Francis. Peñæ

### *Nota in Ambrosij de Vignate quæstionem de Lamiis.*

† QVid ergo dicemus de mulieribus, &c.] Hic incipit tractare Ambrosius de Lamiis, seu Strigibus; quam tractationem diuidit in duos articulos, vt ipse mox ostendit, vers. *Circa casum istum*, & vers. *Secundò numquid*. In hac disputatione obscurus videtur Ambrosius, & sententia eius intricata; nihilominùs ex antecedentibus & consequentibus colligimus quid sibi velit.

De Lamiis & earum impietatibus multi & graues Doctores scripserunt: vt Iacobus Sprenger, Syluester de Pierio, & Spina, & Franciscus Ponzinibius integros tractatus: Alfonsus à Castro, *cap. 16. & aliis præcedentibus libro 1. de iusta hæreticorum punitione*, multa quoque de his disseruit, secutus magna ex parte Paulum Grillandum *tract. de sortilegiis, quæst. 7.* Albertinus *tract. de agnos. assertio. quæst. 14. & 15.* Bernardus Comensis *in disputatione de Strigibus*, & alij; & nouissimè prodiit in lucem *Repetitio disputationis de Lamiis seu de Strigibus*, authore Thoma Erasto.

Illud hic in primis præfabor, videlicet communem sententiam esse, Lamias corporaliter posse deferri per varia locorum interualla, quò Dæmones, permittente Deo, eas duxerint. Depositio Lamiarũ Solus Franciscus Ponzinibius Placentinus (quod ego sciam) hãc communem Doctorum sententiam reuocans in dubium, conatus est defendere, eas non ferri corporaliter: sed quæ dicuntur de illis, accidere eis in somniis, non autem re vera in corpore euenire. Eius tamen sententiam non modò commu communis opinio tot illustrium virorum, verùm etiam ipsa quotidiana experientia grauissimè refellit, de quo etiam suo loco dicetur.

Maleficarum varia appellatio.

Huiusmodi autem nefariæ fœminæ, de quibus nunc agimus, apud Græcos & Latinos variè nominari videntur: Quippe φαρμακίδες & φαρμακεύτριαι, dicuntur à Græcis: idque ἀπὸ τῆς φαρμακείας, quo vocabulo ars earum exprimitur; à Latinis autem promiscuè & confusè vocantur Lamiæ, Striges, Magæ, Veneficæ, Incantatrices, & Maleficæ. Vulgò item in Italia Strighæ dicuntur, & Strigoni: Hispania interdum Bruxios, aut Bruxias, aliàs Xorguinos, vel Xorguinas nominat. Harum appellationum ratio breuiter reddi non potest, & ob id omittetur à me consultò, *alibi* fortassis copiosè relaturo: tantillùm tamen *suprà* ad Bern. Comensis *cap.* 1. tetigimus.

Homagium & obedientia Dæmoni à Maleficis præstita.

† *Quibus præstant censum.* ] Id est, quibus faciunt homagium, seu exhibent obedientiam & reuerentiam, quoniam inter alia Lamiarum scelera, id est grauissimum & valdè horrendum, vt cùm primùm in hanc sectā coaptantur, coram Dæmone, ipsis visibiliter in assumpto corpore apparente, abnegent Deum, & fidē Christianam, & cultum omnem diuinum, & beatissimam Virginem Mariam, & Sacramenta Ecclesiæ Catholicæ, & ipsi Dæmoni promittant perpetuam reuerentiam, cultum, & obedientiā: qualiter verò soleat hoc nefarium scelus iniri, docent in primis Iacobus Sprenger *in Malleo Maleficarum par.* 2. *q.* 1. *c.* 2. Amardus Albertinus *tract. de agnos. assert. cathol. q.* 24. *num.* 9. & Alphonsus Castrus *lib.* 1. *cap.* 16. *de iusta hæret. punit.*

Infirmitates à maleficis illatæ.

† *Et faciunt eos cadere in infirmitates diuersas.* ] Quòd à maleficis, Deo permittente, inferri possint varia infirmitatum genera, longa posset à nobis oratione demonstrari: sed cum articulum latissimè disputat Iacobus Sprenger *in Malleo Maleficarum, par.* 2. *quæst.* 1. *cap.* 11. eum video,

---

ARTICVLVS PRIMVS.

*An præcedens Lamiarum depositio sit possibilis, verisimilis, & credenda?*

Colloquium cum dæmonibus possibile.

CIrca † primum articulum arguitur, † & videtur, quòd sint possibilia prædicta, scilicet, quòd cum Dæmonibus loquantur, cum illis ambulent, responsum præstent, & similia huiusmodi maleficia, illis cooperantibus, faciant. Nam primò *suprà* est visum per sanctum Thomam *in* 2. 2. *quæst.* 95. *art.* 4. quòd possibile est pacta inire cum Dæmonibus tacita, vel expressa.

Societas Dæmonum cũ Lamiis superstitiosa.

Secundò, dicit Augustinus *in* 2. *lib. de doctrina Christiana: Quidquid procedit ex societate dæmonum & hominum, superstitiosum est,* &c. ergo possunt huiusmodi fatuæ mulieres habere societatem & commercium cum Dæmonibus.

Dæmones inuocantur à Maleficis.

Item, quòd Dæmones inuocentur, habetur per sanctum Thomam *in dicta quæst.* 95. *art.* 2. *& per gloss. in dicto cap. accusatus, §. sanè. suprà eod. tit. & in iuribus in illa gloss. allegatis.*

Item, quòd sit possibile Dæmonem loqui mulieribus talibu, vel viris inuocantibus eum, † probatur, quia Dominus interrogauit Dæmonem, *Quod tibi nomen est?* qui respondit, *Legio mihi nomen est: quia multi sumus*, &c. vt habetur *Marci 5. cap.*

Inuocātibus Dæmon colloquitur.

Item, qòd Diabolus loquatur, habetur 3. *Regum, vltimo cap.* vbi dicitur: *Egrediar*, † *& ero spiritus mendax in ore omnium Prophetarum eius.*

Item, & *Ioan.* 8. *cap.* dicitur, Quòd cùm Diabolus loquitur mendacium, ex propriis loquitur, quia mendax est, & pater eius: ergo mulieres prædictæ non sunt confessæ impossibilia.

Diabolus loquitur mendacium.

Item, dicit Ioannes Chrysostomus *super Matthæum*, quòd interdum concessum est Diabolo verum dicere, vt mendacium suum rara veritate commendet, & habetur per beatum Thomam *in 2.2. q. 172. artic. 6.*

Cur dæmones interdū vera dicant.

Item, quòd Dæmon possit loqui talibus mulieribus, probatur, quia Angeli boni locuti sunt & conuersati sunt cum hominibus: nam vt scribit Augustinus *in lib. de Ciuitate Dei*, Angeli boni assumptis corporibus † apparuerunt Abrahæ, & visi sunt à tota familia. † Apparuerunt etiam Angeli Loth, & ciuibus Sodomorum: scilicet duo Angeli in specie duorum iuuenum, prout scribitur *in Genesi.* Similiter Angelus qui apparuit Tobiæ ab omnibus visus est, † prout scribitur *in Tobia.* Et de Angelis bonis, qui apparuerunt Abrahæ dicitur *Genes.* 18. *capit.* *Cùmque comedissent, dixerunt ad eum: Vbi est Sara vxor tua, &c.*

Apparitio bonorum Angelorum in assumptis corporibus.

Ex quo patet, quòd Angelus non solùm potest assumere corpus, sed etiam assumpto corpore exercere opera animæ vegetatiuæ, quæ sunt viuere, nutrire, generare, augmentare: hoc enim totum comprehenditur sub nutrire. Si igitur Angeli boni hæc possunt, sic & Dæmones.

Et si dicant & confiteantur tales mulieres prædictæ, aliquando coïre Diabolum cum eis, non videtur hoc omnino impossibile: † pro quo adduco, quod scribit sanctus Augustinus *in 15. de Ciuitate Dei*, dicens, se audiuisse à fide dignis, Syluanos & Faunos, quos Incubos & Succubos dicimus, mulieribus improbos extitisse: nam sicut Angeli lucis assumunt corpora ex aëre, ex superiori & puriori parte aëris; ita Angeli tenebrarum assumunt corpora de inferiori parte & de fœtida, vt dicit Ægidius *super octaua distinctione, 2. lib. sent.* & Isid. *in c. 1 lib. 7. de summo bono.* & plurimi Theologi consentiunt. Iacobus de Voragine etiam recitat, Dæmonem sub forma Angelica venisse ten-

Coïtus Dæmonum cū mulieribus.

ratum Sanctam Iulianam.

Dæmones varias induunt formas ad decipiendú.

Item, quòd Dæmones assumant corpora aëreæ substantiæ, & fallere possint istas mulieres, probatur in istis versibus Claudiani Poëtæ eximij, loquentis de Dæmonibus, sic dicentis:

*Hi velut aëreo vestiti corpore, nostram*
*Mentiti speciem, multos phantasmate ductos*
*Deludunt homines, falsi veriq; Prophetæ.*
*In tenebris lucem simulant, in lite quietem,*
*Abscondunt sub pace dolos, in felle figurant,*
*Sub dubia specie recti vitiata reponunt.*

Et Hieronymus *in vita & legenda beati Antonij* dicit: *Quandoque Dæmones terrent, nunc mulierum, nunc bestiarum, nunc serpentum formas sumentes,* &c.

Ergo possibile est Dæmonem apparere mulieribus prædictis,† aliquando in forma magni magistri, vel amasij sui, aliquando in forma canis, vel alterius animalis, vt dicunt: ergo non videntur confessæ impossibilia, si dicunt se conuersatas cum Dæmonibus, & eos vidisse in forma humana, & cum eis habuisse concubitum, & ab illis portatas esse de vno loco ad alium, puta à ciuitate Parisiorum vsque Romam, &c.

Accedit ad hoc quod scribit beatus Gregorius *in 8. lib. suorum moralium*, † Quòd quidam sacerdos reuersus domum mancipio suo negligentiùs venienti dixit: *Veni Diabole, discalcea me*; quòd mox ceperunt caligarum corigiæ in summa velocitate dissolui, vt apertè demonstraret, quòd ipse qui nominatus fuerat, scilicet Diabolus, ad extrahendum caligas obediret. Et dicit ipse sanctus Gregorius, quòd tunc presbyter pauescens, magnis vocibus exclamauit, dicens: *Recede miser, recede miser, non tibi, sed mancipio meo imperabam,* &c. ergo non videtur impossibile quòd Dæmon prædictis mulieribus, seu viris eum inuocantibus appareat.

Exemplum de Dæmone obtemperante inuocanti ipsum.

Item pro ista parte facit,† quia videmus quotidie maleficia fieri aduersus coniugatos & alios, vt habetur *in cap. fraternitatis, suprà de frigi. & maleficiat. & 33. q. 1. cap. si per sortiarias*, patet per illud Virgilij (si Poëtæ credimus) de sociis Vlyssis, quos mutauit Circe in formam animalium, vnde dicit ipse Virgilius:

Maleficia aduersus coniugatos & alios.

Eclog. 8.

*Carminibus Circe socios mutauit Vlyssei.*

Carminibus, id est, incantationibus.

Et† dicit Isidorus *in 8. Etymologia*

*mologiarum lib.* quòd illa transmutatio sociorum Vlyssis non fuit fabulosa.

Et † in Exodo legitur, quòd Magi Pharaonis coram Moyse & Aaron verterunt virgas in dracones, & aquam in sanguinem, &c.

De † Arcadibus legitur, quòd Arcades transeuntes stagnum quoddam in Arcadia vertebantur in lupos.

Apuleius in asinum. Et Apuleius sectæ Platonicæ philosophus scribit historicè, † seipsum in asinum fuisse conuersum, dum auis fieri conaretur per artem magicam; sed tractu temporis in hominem fuisse restitutum.

Et iterum, vt ad sensus historicos redeamus, Augustinus *in 18 de Ciuitate Dei*, scribit quẽdam Demenetum nomine fuisse versum in Lupum, sed post annum decimum in hominem restitutum: & subdit *ibidem* ipse lib. 18. cap. 18 de Ciuitate Dei. Augustinus: & cùm essemus in Italia, audiuimus quasdam mulieres imbutas his malis artibus, dato caseo statim homines vertere in iumenta, quæ necessaria quæque portabant: & finita opera, iterum fieri homines: mens tamen seruabatur humana. Et idem dicit Apuleius prædictus de seipso scribens: *Quamquam essem perfectus asinus, sensum tamen retinebam humanum.*

† In contrarium facit secundùm veritatem, quòd prædicta non sint possibilia, quia vt dicit Damascenus *in 3 cap. lib. 2.* † Angelus & Diabolus sunt substantia incorporea; ergo bestiale est dicere, quòd Dæmones habeant manus vel pedes.

Item, † quòd Dæmones coïre non possint, etiam si ex permissione diuina assumant corpora aërea, patet per physicam rationem: quia dicunt Physici semen esse superfluum vltimæ digestionis, & cætera: sed quibus non competit mutatio alimenti, non competit emissio seminis, ergo, &c.

Item, † quòd non possit Diabolus loqui, & sic non possit petere censum à mulieribus istis, nec præcipere ipsis, quòd abnegent Deum, probari videtur; quia etiamsi liberè assumerent corpora, in corporibus assumptis non sunt illa, quæ requiruntur ad formationem vocis: & ideò dicit Philosophus *in primo Politicorum*, quòd soli homini natura dedit sermonem: & Ægidius *super 8. dist. 2. lib. sentent.* vult Dæmonem non habere os, linguam, dentes, palatum, pulmonem, & sic mutum, & cætera: & ideò licèt aliquando Dæmones videantur loqui in assumptis corporibus, non est ille sonus propriæ vocis, nec propriè vox, sed voci similis.

Et licèt etiam dicamus, quòd aliquan

aliquando comedant, † illa non est vera comestio: quia & Angeli boni & lucis, si aliquando comedisse legantur, vt dicit Ægidius *super dicta octaua dist. 2. lib. sent.* non fuit vera comestio, quia in illis assumptis corporibus virtus digestiua aberat.

Angeli qualiter dicamur comedere.

Sed præterea licèt dicamus Angelos lucis & Angelos reprobos assumere quandoque corpora ex permissione diuina (quia illis non est potestas nisi à Deo, iuxta illud Euangelij Ioannis: *Non haberes potestatem aduersum me vllam, nisi tibi datum esset desuper.* & Paulus *ad Rom. 13. cap. Non est enim potestas nisi à Deo.*) † tamen regulariter in tenebroso aëris carcere detinentur Dæmones vsque ad diem Iudicij, scribente Augustino *in lib. 3. super Genesim ad litteram*, & Magistro sententiarum *in 2. lib. distinct. 6.* si ergo aliquando Dæmones corpora assumant ad nocendum, hoc ex speciali permissione procedit: cùm scribat Gregorius *in l. 2. suorum moralium*, quòd nec aërem, in quo habitant, nec alia possunt elementa concutere, nisi permittat Deus. De hoc etiam legitur *Matth. 8. Marci 5.* vnde satis patere videtur, quòd Diabolus non possit facere, mulierem, vel masculum abnegare Deum, committere homicidium, vel aliud malum facere, nisi ex speciali permissione diuina.

Ioan. 19.

Vbi detineantur Dæmones vsq; ad diem iudicij.

Probatur etiam hoc aliunde: quia, vt scribit idem Gregorius *in 18. suorum moralium*: *Omnis voluntas Diaboli iniusta est: tamen Deo permittent, omnis potestas iusta, &c.*

Et idem Gregorius *in 3. Dialogorum* inquit: *Malignus spiritus cogitationi, locutioni, atque operationi nostræ semper assistit, si fortasse quid inueniat, vnde apud examen æterni iudicis accusator existat: &c.* † Et sic spiritualiter, non corporaliter assistit nobis Dæmon.

Cur actibus nostris assistat Dæmon.

Sed præterea ratione probo, quòd non libero voluntatis arbitrio adest Dæmon aduocanti: quia si pro libera voluntate possent Dæmones nocere, & malè persuadere in corporibus assumptis, † non solùm mulieribus, sed etiam viris persuaderent hæreses, & sanctæ fidei nostræ abiurationem, & omnia mala: quòd tamen regulariter non contingit.

Dæmones non adsunt aduocanti pro arbitrio.

Item † viris bonis, & piis nocerent, quod tamen non faciunt: quia certum est bonos, pios, & iustos securos esse ab incursionibus Dæmonum: nam vt dicit Hieronymus *in vita beati Antonij*, Iustus non subiacet Dæmoni.

Et generaliter concludo, quòd licet de potestate Diaboli scribat Iob *in 41. cap. 3.* † *Non est super terrã potestas, quæ cõparetur ei*: tamen ista est frænata à potestate diuina & bonitate. Et dicit Augustinus *in* 11. *lib. super Genesim: Habet Diabolus magnam cupiditatem nocendi: facultatem autem nō, nisi quæ datur à Deo.* Et paulò pòst subiungit Augustinus: *Deus singulos malos supponit bonis, & malorum improbitas, non quantum nititur, sed quantum sinit, potest.*

Magna est Dæmonis potestas, & magna eius cupiditas ad nocendū.

Vnde non semper quando vult Dæmon, potest assumere corpus humanum, ad persuadendum ea, quæ fatuæ mulieres confitentur.

Et illud est certum: quòd etiamsi liberè & absolutè assumerent Dæmones corpora, & formam humanam (quod negatur) † tamen numquam apparerent, quin terrerent: & sic non libenter & faciliter inuocarentur: quia etiam Angeli boni siue Angeli lucis terrent. Patet in Angelo, qui apparuit Zachariæ patri Ioannis Baptistæ stante à dextris altaris incensi, quo viso turbatus est Zacharias: quem confortans Angelus dixit: *Ne timeas Zacharia.*

Et similiter mulieres euntes ad monumentum, prout scribitur Marci vltimo cap. *Cùm viderent iuuenem sedentem in dextris, coopertum stola candida, obstupuerunt valdè: qui dixit illis: Nolite expauescere.*

Similiter etiam Angelus, qui comitatus est filium Tobiæ, compulit Tobiam & filium eius admirari, & ab illis recedens dixit: (prout legitur Tobiæ 12.) *Pax vobis, nolite timere:* si sic est in Angelo lucis, multò magis, & multùm maiorem timorem incutit Angelus reprobus & tenebrarum: scribit tamen Iacobus de Voragine *in vita Ioannis Baptistæ*, quòd bonorum Angelorū est proprium ex sua visione territos verbis benignis consolari: mali autem Angeli illis, quos territos senserint maiorem timorem incutiunt; vnde non facile est, nec possibile etiam, nisi ex speciali permissione diuina, Dæmonem assumere corpus, & apparere inuocantibus illum.

† Ad illa autem quæ dixi suprà, per artem magicam socios Vlyssis versos à Circe in belluas: & per artem magicam homines verti in bruta, Domini mei: sciendum, quòd beatus Augustinus *in præællegato* 18. *lib. de Ciuitate Dei* multa & multa miranda dicit de his transmutationibus: tandem tenet ibi & concludit, quòd ista non fuerint facta realiter: & illæ transmutationes non fuerunt veræ essentialiter, quamquam illusione Dæmonum demonstrarentur esse.

Per artē magicā homines non possunt conuerti in bruta animalia.

Idem concluditur in vitis Patrum, vbi agendo † de miraculis sancti Macharij dicitur, quòd quædam puella fuit ducta ad

S. Macharius Dæmonis fallaetiam soluit. S. Macharium, quã parentes eius dicebant arte magica factam equam sic & taliter quòd omnes vidẽtes eã dicebãt esse equã: his respondit amicus Dei, quòd ipse nõ videbat equã, sed puellã: non enim poterat ipse à Dæmonibus illudi: post hoc introduxit vnà cũ parentibus puellam in cellam suam, orans deuotissimè Deum, vt ipse talem monstraret parentibus, qualis sibi videbatur, & repentè fugatã Dæmonum fallaciã, omnibus apparuit puella ipsa in forma sua propria hominis: ex hoc apertè demonstratur, quòd non realis mutatio illa fuerat, sed illusio oculorum per Dæmonum fallaciã causata.

Transmutationes, quas narrant historici & Poëtæ, qualiter factæ intelligi debeant. Quotiescumque igitur huiusmodi transformationes & mutationes leguntur apud historicos poëtas, semper intelligamus apparenter, non essentialiter factas: sicut videmus in furiosis & ebriis, qui sæpè & sæpissimè aliud pro alio existimant: non enim est difficile Dæmoni, vt Theologi volunt, ex speciali permissione diuina demonstrare, quòd homo sit bos, vel lupus: quia non sinit veram rem ad oculos peruenire.

Et † Cæcus Esculanus *super tractatu sphæra*, qui plenè incantationes Dæmonum dicitur nouisse, & potentias ipsorum, cùm fuerint ei valdè familiares, profitetur, quòd Dæmones nequeunt humanum corpus vertere in brutum. nec possunt facere quòd mortui resurgant: † sed miracula possunt facere Dæmones per virtutem rerum naturalium nobis occultam, ipsis verò notissimam.

Et † alia etiam, quæ miracula videantur, possunt facere Dæmones: & hoc potest contingere duobus modis; vno modo ab intra: † quia Dæmones possunt phantasiam hominũ, & etiam sensus corporeos alterare, vt aliquid appareat aliter quàm in veritate sit, & hoc etiã interdum fieri dicitur per virtutes aliquarum rerum corporalium.

† Alio modo possunt Dæmones hoc facere ab extra, quia Dæmon potest ab aëre corpus aëreum sumere, & formam alicuius mortui, & sub tali forma apparere viuis: & istis modis contingit fieri illusiones à Dæmonibus.

Respondendo igitur ad propositum, cùm dictum est, quòd Circe transmutauit socios Vlyssis in belluas, dicendum est, quòd hoc fuit apparenter, non realiter nec essentialiter. & ideò iure merito † ars magica gentiũ illusiua diu fuit à Romanis exclusa & prohibita: nam in lege duodecim tabularum fuit prohibita, prout etiam refert Plinius *in lib. naturalis historia*, & iure Magica ars Romanorũ lege prohibita.

merito: quia scribitur etiam 19. *cap. Leuitici*, vbi Dominus dixit: *Non declinetis ad Magos, nec ab ariolis aliquid sciscitemini, vt polluamini per eos.* Et sequitur *in* 20. *cap. Vir siue mulier, in quibus Pythonicus, vel diuinationis fuerit spiritus morte moriantur, lapidibus obruent eos; sanguis eorum sit super illos.*

Cur dicatur Circe socios Vlyssis in bestias conuertisse.

Et iterum redeundo ad trãsmutationem sociorum Vlyssis in belluas, dicitur secundùm sensum allegoricum, quòd Circe fuit formosa meretrix, quæ hominum mores sua pulchritudine variabat, adeò quòd etiam modesti viri capiebantur, & declinabant in bestiales mores propter quod dictum est id esse fictũ, quòd Circe homines transformabat in belluas; id est, in belluinos mores; ideò mutauit socios Vlyssis: quia in variis voluptatibus eos tenuit, quousque facundus Vlysses sua oratione eos reduxit ad notum iter virtutis: nam vt Aulus Gellius dicit *in primo lib. noctium Atticarum*: in pecudum ferarúmque numero habetur quisquis corporeis voluptatibus pressus est. Et Philosophus *in* 1. *Ethic.* inquit: omnino bestiales sunt, vitam pecudũ eligentes. & ita est: nam eos, qui dediti sunt passionibus corporeis & voluptatibus, dat Deus omnipotens in reprobum sensum 23. *quæst.* 4. *cap. Nabuchodonosor.* sed vt *suprà* dictum est,† in talibus tamen semper remanet mens humana, hoc est, synderesis, id est morsus conscientiæ semper repugnat quantùm in se est, contra bestiales sensus, seu contra bestialitates huiusmodi.

Synderesis quid sit.

† Et nota, quòd synderesis secundùm Augustinum est naturale iudicatorium in quo sunt vniuersalia iuris diuini: & est quædam vis animæ suprema secundùm Hieronymum, quæ sẽper remurmurat & & repugnat contra mala: vt etiam hoc habes per Archidiaconum 26. *quæst. cap. Episcopi*.

Concludo itaque quòd impossibile est per artem magicam mutari hominem in aliquam bestiam, seu in animal brutum. † Et qui credit aliquam creaturam posse transmutari in aliam creaturam, stultus est, & Pagano infidelior. *dicto cap. Episcopi*.

Transmutationes veræ per miracula.

Sed per miracula vera & sancta veræ fiunt transmutationes, 1. *quæst.* 1. *cap. teneamus.*† vt de virga coram Moyse transmutata in draconem, quod non fuit illusio, sed fuit mutata natura; vt *de conserr. dist.* II. re vera: nam miraculum dicitur, quia mirum: quia est supra vires naturæ, vel quoad factum, vel quoad modũ: quoad factũ, vt quod ad preces Gregorij Neocæsariensis legitur quidam mons retractus, & locum dedisse basilicæ ædificandæ: vt refert

Bifariã possunt fieri miracula.

refert Archidiaconus 26. *quæst.* 5. *cap. nec mirum.* quòd mortuos etiam legitur resuscitasse beatũ Petrum, vt habetur *in Actibus Apostolorum* 9. *cap. in fin.* & 1. *quæst.* 1. *cap. tentamus, præallegato,* & 23. *quæst.* 8. *cap Petrus,* & *Luca* 7. & 8. & *de pœnis. dist.* 1. §. *Ex his itaque, aliàs* §. *denique, vers. in Euangelio.*

Miracula vera sunt supra vires naturæ.

† Hæc sunt miracula, quia sunt super vires naturæ: quoniam de priuatione ad habitum non datur regressus via naturali.

Miracula quoad modum qualiter fiant.

Fiunt etiam miracula quoad modum, vt in infirmis, quos in instanti Deus sanauit, & habetur in Euangelio Ioannis, Matthæi, Marci, & Lucæ in multis locis, & Archidiaconus refert *in dicto capite, nec mirum.* Hæc sunt miracula bona.

Sed redeundo ad propositum, † & concludo, plurima ex his, quæ confitentur tales mulieres, de quibus *suprà*, sunt impossibilia, vt putà quòd conuertantur in muscipulas; plura alia sunt verisimilia.

## Francisc. Peña

### *In Ambrosij de Vignate articulum primum quæstionis de Strigibus.*

† *Circa primum, &c.*] Summa huius primi articuli hæc est. Tria hic potissimùm nititur concludere: primùm, non posse Dæmones liberè, & pro nutu, & arbitrio suo exercere cum Lamiis ea maleficia, quæ ab ipsis narrantur: secundum, ea tamen posse facere Dæmones permittente Deo: tertium, impossibile esse virtute Dæmonum vnam creaturam in aliam transmutari: sed eas transmutationes, quæ à plerisque factæ narrantur, apparentes fuisse, non veras. Quæ omnia ex disputationis serie suo loco manifesta fient.

† *Et videtur, quòd sint possibilia prædicta, &c.*) Ex his argumentis non colligas protinùs contrariam sententiam profiteri Ambrosium, quoniam vt *paulò antè* dicebam *commentario* 1. *seu num. ad q. Ambrosij nostri* sentẽtia eius est, Dæmones liberè, & pro nutu & arbitrio suo non posse hæc scelera exercere, nisi ex permissione diuina.

† *Probatur, quia Dominus interrogauit Dæmonem, &c.*] De intellectu seu expositione huius auctoritatis vide B. Thomam 1. 2. *quæst.* 93. *art.* 4. *ad primum argumentum*, quam etiam retulit Ambrosius *Tractatu de hæret. in responsione ad* 1. *argument. q.* 7. *n.* 84.

† *Et ero spiritus mendax in ore omnium Prophetarum eius.*] Hoc permittit Deus optimus, maximus, cùm placet suæ prouidẽtiæ, ob peccata hominum, qui veritatem intelligere non merentur.

† *Apparuerunt Abrahæ.*] Hoc habetur *Genesis c.* 18. Vbi apparuerunt Abrahæ tres Angeli in forma trium virorum.

† *Apparuerunt etiã Angeli Loth & ciuibus Sodomorum.*] Id habetur *Gen. c.* 19. Vbi duo Angeli à Loth hospitio suscipiuntur.

† *Prout scribitur in Tobia.*] Id habetur *Tobiæ c.* 5. Vbi Angelus Raphael Tobiam iuniorem ducit in Rages ciuitatem Medorum.

† *Pro quo addatur quod scribit sanctus Augustinus, &c.*] De hoc dubio breuiter

breuiter scribit B. Thomas 1. *part. quæst.* 51. *art.* 3. *ad sextum argumentum*; vbi ait, impudentiæ videri, negare huiusmodi experimenta: cùm multi hæc vera esse fateantur. Pleniùs hæc prosequitur Iacobus Sprenger *in Malleo Maleficarum*, *part.* 1. *quæst.* 3. *&* 4. & dicam *paulò pòst*, *vers. item quòd Dæmones coire non possint.*

† *Aliquando in forma magni Magistri.*) Id est in forma præsidis siue regis: nam quisquis hanc diabolicam sectam profitetur, adducitur ab eo, à quo instituitur ante tribunal Dæmonis, qui in solio quodam ad similitudinem regis sedet. Dæmon enim se illis in figura quadam visibili, & corporea ostendit, vt falsam majestatem suam, & imperium, ementito quodam signo illis persuadeat: ita Alfonsus Castrus *lib.* 1. *cap.* 16. *de iusta hæret. punit.*

† *Quod quidam sacerdos vnuersus dominum, &c.*) Pessima est eorum consuetudo, qui vel ob iram, vel ob quamlibet aliam causam facilè Dæmones vocant, exclamantes, vt sibi præstent vel auxilium, vel aliquod alicui nocumentum inferant: Dæmones enim cùm habeant obstinatam voluntatem in malo, vt grauiter & verè docet B. Thomas 1. *part. q.* 64. *art.* 2. paratissimi sunt ad nocendum: quare cauendum est ab hac incauta Dæmonum inuocatione, ne fortè permittat Deus ob peccata nostra, vt Dæmonis potestas soluatur, & grauiter inuocantibus noceat.

† *Quia videmus quotidie maleficia fieri aduersus coniugatos, & alios, &c.*) Hoc est verissimum, & quotidianâ experientiâ comprobatum, adeò vt maleficium inter impedimenta matrimonij numeretur à Theologis, *lib.* 4. *Sentent. dist.* 34. & à Canonistis *in tit. de frigidis & maleficiatis in Decretalibus, & in cap. si per sortiarias,* 33. *q.* 1. quibus in locis latè de hoc maleficij genere disputant Doctores: adde Iacobum Sprenger *in Malleo Maleficarum*, *part.* 2. *quæst.* 1. *cap.* 5. *& seq.* Paulum Grillandum *tract. de Sortilegiis quæst.* 6. & Alphonsum Castrum *lib.* 1 *cap.* 15. *de iusta hæret. punit.*

Maleficia contra coniugatos multis modis fiunt.

Hæc autem maleficia, quæ aduersus cõiugatos & alios fiunt, ne possint actum venereum exercere, multis modis permittente Deo, fieri possunt, tam ex parte Dæmonum, quàm ex parte Maleficorum, qui Dæmonum potestate funguntur. Ac Dæmones quidẽ variis hæc artibus perpetrare possunt: primò mouendo hominis phantasmata ad illusionem: vt si tale phantasma fœminæ objiceretur, quò sibi redderetur horrificum vel tactu vel visu membrum genitale viri. Secundò possunt per earundem specierum alterationem inuisam & exosam vxorẽ viro reddere, & virum fœminæ. Tertiò possunt per solum motum impedire virile ne erigatur, aut erectum relaxare, ne opus venereum possit vel inire, vel absoluere. Quartò possunt tẽpore breuissimo & actu citissimo applicando actiua passiuis, & instrumẽtum fœmineum indurare, & lumbos viri infrigidare, & spiritus illos, quibus instrumentum erigitur, exufflare & dissipare. Possunt item permittente Deo, per venena vel aliam herbarum applicationem, generatricem virtutem in viro exsiccare, & conceptricem in fœmina. Denique multis aliis incognitis modis hæc maleficia perpetrare possunt.

Ad hæc verò maleficia exercenda Malefici credunt se posse compellere Dæmones, cùm in eo valdè decipiantur: homines enim nisi diuina virtute muniri, nulla arte valent inuitos Dæmones trahere aut tenere, aut ad aliquod opus faciendum compellere.

Dæmones

Daemones autem, vt faciliùs homines ad se alliciant, fingunt se eorum obsequio esse addictos, & imperio eorum premi ac cogi. Sed de hoc vide omnino quod scripsi *lib. 2. commentariorum in Directorium super quaest. 42. §. Annulum, vel Speculum.*

Iam illud hoc loco breuiter inquirendum est, videlicet quo pacto haec maleficia dissolui possint. Et cùm maleficiati haec saepissimè, Deo permittente, patiantur ob peccata sua, ideò optimum remedium est, vt contrito corde sese ad Deum conuertant, precibúsque tam ipsi pro se, quàm alij pro ipsis diuinam misericordiam implorent, itemque exorcismorum beneficio vtantur: de quo *in dicto cap. si per sortiarias 33. q. 1.* ita scriptum est: Si per sortiarias atque maleficas artes, occulto, sed numquam iniusto Dei iudicio permittente, & Diabolo praeparante, concubitus non sequitur, hortandi sunt quibus ista eueniunt, vt corde contrito, & spiritu humiliato, Deo & sacerdoti de omnibus peccatis suis puram confessionem faciant, & profusis lacrymis, & largioribus eleemosynis, & orationibus atque ieiuniis Domino satisfaciant: & per exorcismos, ac caetera ecclesiastica medicinae munia ministri Ecclesiae, tales quantùm Dominus annuerit, qui
Genes. 20. Abimelech ac domum eius Abrahae orationibus sanauit, sanare procurent. Hactenùs *ibi.* Refertque hoc in Decreto *par. 8. cap. 194.* & de hoc articulo vide plenè per Iacobum Sprenger *in Malleo Maleficarum, part. 2. q. 2. cap. 1. & seq.*

Maleficium maleficio dissoluere non licet.

Postremò sciendum est in hac causa, nullo pacto licere vnum maleficiũ per aliud maleficium dissoluere. Haec est communis sententia Theologorũ *lib. 4. Sentent. dist. 34.* vbi B. Thomas *quaest. 1. art. 3.* & Ioannes Maior *qu. 2.* Syluester *in summa, verbo, Maleficiũ, quaest. 8.* Alfonsus Castrus *lib. 1. cap. 15. de iusta haeret. punit.* & alij quos gratiâ breuitatis omitto. Quamobrem nullo pacto licet Daemones inuocare, aut Magicos, seu Incantatores adire, vt illi illata iam maleficia per alia maleficia dissoluant. Primùm quoniam hoc suapte naturâ malum est, nullo ergo pacto id admittere licet. Rursus Daemones hostes nostri sunt, nullamque nobis fidem nisi in nostram perniciem seruant. Praetereà non sunt facienda mala, vt inde eueniant bona. Hoc spectat *cap. qui sine saluatore 26. q. 2.* haec verò propositio *Quòd maleficia licitum dissoluere per alia maleficia*, tanquam erronea fuit damnata per Facultatem Theologicã Parisiensem anno Domini 1398. in haec verba: *Sextò quòd licitum sit, aut etiam permittendum, maleficiis maleficiis repellere, error.* Haec *ibi.*

Tandem, vt nihil in hac causa parum explicatum relinquamus, hoc etiam omnino addere oportuit, non modò non licere vnum maleficium per aliud repellere (vt hactenùs ostẽsum est) sed nec licere vti operâ Malefici ad tollendum aliud maleficium, etiamsi paratus sit Maleficus ille ad exercendum maleficia. Haec est etiam communis, vera, & omninò tenenda sententia, quam profitentur Alfonsus Castrus *lib. 1. cap. 15. de iusta haeret. punit.* Dominicus Sotus *lib. 4. Sentent. dist. 34. quaest. 1. art. 3.* Iacobus Vngarellus apud Angelum Clauasium *in summa, verbo, Superstitio, §. 13.* & alij, quos studio breuitatis omitto; haec inquam est communis & vera sententia, quam praecitati sequuntur aduersùs Aureolum *lib. 4. Sentent. dist. 34. quaest. 1.* & Angelum Clauasium *in dicto §. 13.* Rationes validissimas, quibus haec sententia nititur, vide apud Doctores proximè citatos.

Ex his omnibus refellitur verissimè

mè decisio textus *in l. eorum. C. de malef. & mathemat.* Bartoli & aliorum interpretum iuris Ciuilis *ibidem*, Baldi *in l. 1. C. e. tit.* asserentium licere vti maleficiis ad alia maleficia auertenda. Immò verò *præicatam l. eorum C. de malef. & mathemat.* velut iniquam iam olim iusto iudicio condemnauit Leo Imperator cognomento Philosophus per constitutionem quamdam Græco sermone cõscriptam, quã nunc Latinam habemus; estque mihi inter constitutiones huius Imperatoris *nu. 65*. cuius initium est: *Qui propter veneficatorum*, &c.

† *Et dicit Isiderus in 8. Etymolog. lib. &c.* ] Id habet Isidorus *lib. 8. Etymolog. c. 9.* cuius verba ita habent: Fertur & quædam Maga famosissima Circe: quæ socios Vlyssis mutauit in bestias. Hactenùs Isidorus. Ambrosius verò *paulò pòst* copiosè demonstrabit has non fuisse veras transmutationes, sed tantùm apparentes, & illusionibus Dæmonum fabricatas.

† *Et in Exodo legitur quòd Magi Pharaonis, &c.* ] Hæc historia habetur *Exodi c. 7.* ea verò notissima est, & ob id à me omittetur, qualiter autem Magi Pharaonis illa per incantationes suas fecerint, quæ Scriptura commemorat præcitato loco, copiosè exponunt Theologi; ea speculatio non est præsentis loci, nec nostræ breuitatis. Vide B. Thomam *par. 1. q. 110. art. 4. & 2. 2. q. 178. art. 1. & lib. 3. aduersus Gentiles c. 104. & multis sequentibus.*

† *De Arcadibus legitur, quòd Arcades, &c.* ] Hoc scribit B. Augustinus *lib. 18 de Ciuitate Dei c. 17. & 18. c. eiusdem lib.* ait ita: *Mandatúmque est literis à diis vel potiùs Dæmonibus Arcades in lupos solere conuerti.* Hæc *ibi*. De Arcadibus hoc etiam reperio apud Isidorum *lib. 8. Etymolog. c. 9. Legitur*, inquit Isidorus de sacrificio, *quòd Arcades Deo suo Lycæo immolabant, ex quo quicumque sumerent in bestiarum formas conuertebantur* Hactenùs ille.

† *Scipsum in asinum fuisse conuersum, &c.* ] Iam monui *paulò antè* Ambrosium *paulò pòst* ostensurum has non fuisse veras transmutationes, interim videto quid de hac re scribat Alfonsus Castrus *lib. 1. c. 14. de iusta hæreticorum punit.* vbi & hæc refert, & qualiter sint intelligenda, declarat.

† *In contrarium facis secundùm veritatem, &c.* ] Reuocandum est in memoriam, quod dixi *suprà num. 1. sub initium quæstionis nostræ de Lamiis*, vt hæc quæ nunc subsequuntur intelligantur; nam hic iam nititur Ambrosius ostendere Dæmones re vera non posse pro nutu & arbitrio suo ea maleficia & opera cum Magis exercere, quæ ipsi commemorant: posse tamen ea perpetrare ex permissione diuina: eo excepto, quod paulò etiam pòst demonstrabit, videlicet eos non posse vnam creaturam in aliam transmutare. Hæc est sententia huius auctoris, vt apertissimè colligitur ex serie totius disputationis, quæ & communis est, & vera, & communi Theologorum consensu recepta: non ergo negat Lamias posse corporaliter deferri per longa locorum interualla, aut alia quæ cum ipsis geri dicuntur; sed cuncta hæc non posse liberè per Dæmones exerceri, nisi Deus optimus, maximus id permittat.

† *Angelus & Diabolus sunt substantia incorporea.* ] Vide B. Thomam 1. *par. quæst. 51. art. 1.* & *ibi* Caietanum, & Theologos scholasticos *lib. 1. sentent. dist. 8.* Burchardus *lib. 10. decretorum cap. 88.* ex dialogo Gregorij hoc affert decretum: *Dic*

*quæso*

*quæso te, apostatas spiritus à cælesti gloria deiectos, corporeos, an incorporeos esse suspicaris? Petrus. Quis sanè sapiens, esse spiritus corporeos dixerit?* Hactenùs *ibi*.

Dæmones incubi & succubi an coëant & quomodo.

† *Item, quòd Dæmones coïre non possint etiamsi ex permissione diuina, &c.*] Hoc quod Ambrosius refert *hîc* ad incubos & succubos Dæmones referendum est, de quo magna est controuersia inter graues auctores, videlicet an sit verum quòd Dæmones actus venereos exerceant in assumptis corporibus, nunc formam virorum, aliàs formam seu figuram fœminarum assumentes. Et Ambrosius *hîc* significare videtur omnino esse impossibile, vt Dæmones coëant, etiamsi ex permissione diuina corpora crassa assumant. Hoc ipsum sub dubio videtur relinquere beatus Augustinus *lib. 15. de Ciuitate Dei cap. 23.* & alij. Sed beatùs Thomas *par. 1. qu. 51. art. 3. ad sextum argumentum*, & Iacobus Sprenger *in Malleo Maleficarum part. 2. quæst. 1. cap. 4.* & Bartholomæus Sybilla *in speculo peregrinarum quæstionum, quæst. 2. secundi, tertia Decadis*, & Alfonsus Castrus *lib. 2. cap. 16 de iusta hæreticorum punitione*, & alij de hac re non censent dubitandum. Quoniam verò res hæc ad credendum videtur difficilis, propterea quid de hoc articulo sentiendum videatur libenter explicabo, iuxta mentem præcitatorum Doctorum.

Dæmō ergo qui harum rerum inferiorum proprietates bene notas habet, potest aërem condensare, & ex illo, aut ex aliqua alia materia corpus conficere, illudque in figurā hominis, aut alterius animalis disponere. Quo corpore confecto, licèt illi nullam animam dare possit, potest tamen circa motum localem omnia illa operari, quæ operaretur anima, si esset in illo: nam potest mouere manus, pedes, linguam ad locutionem, eriger membra genitalia, vt apta esse videantur ad coitum, & totum denique corpus mouere, sicut viri cum mulieribus coëuntes mouere solent. Tametsi verò hæc omnia fecerint, semen tamen ex corpore illo emittere non possunt: quia semen illud (vt physici & medici docent) est pars substantiæ, quæ ex cibo optimè digesto remanet, illa scilicet quæ proxima est, vt conuertatur in sanguinem: corpus autem illud phantasticum cùm sit prorsus inanimatum, non potest cibos concoquere, nec vllam illorum facere digestionem: vnde consequitur, vt nec semen vllum habeat, quod emittere possit, dum coïre nititur cum fœminis. Necessarium est igitur, vt cùm Dæmon coït cum fœmina mediante illo corpore phantastico à se, Deo permittente, fabricato, ex alio corpore humano semen illud extorqueat, vt illud in vas muliebre emittere possit. Fœmina verò præstigiis Dæmonis illusā putat semen illud à Dæmone incubo ex proprio corpore emitti. Dubium autem non est, quin fœmina possit ex illo semine concipere, vt præcitati vno ore admittunt. Si verò contingeret concipere, proles inde nata non esset dicenda filius illius Dæmonis concumbentis, sed potiùs filius illius hominis, à quo Dæmon extorsit semen quod in vterum fœminæ immisit, ex quo conceptus ille subsecutus est. Ita docent præ cæteris beatus Thomas & Alfonsus Castrus proximè citati. Ambrosius verò hîc non negat hanc communem sententiā, sed idem prorsus sentit, vt eius ratio demonstrat.

Dæmones coëuntes nō possunt ex corporibus assumptis semen emittere.

Semen ex alio corpore assumūt Dæmones ad coitum.

Incubum Dæmonem vocant Doctores eum, qui in figura viri cōcumbit cum fœmina; succubum verò appellant eum, qui in forma & figura fœminæ supponitur viro coëunti, à quo accipit semen, quod cùm sit incubus trans fundat in vterum fœminæ. Lamiæ autem sæpe experiuntur huiusmodi Dæmones incubos & succubos, vt constat ex earum confessionibus; & ex his remanet apertus hic Ambrosij locus.

Incubi & succubi dæmones qui.

† *Item, quòd non possit Diabolus loqui, &c.*] Hic locus eodem modo intelligendus est, ac proximè præcedens: nam cùm Dæmones sint spirituales substantiæ corporibus carentes, manifestum est, quòd ex proprietate suæ naturæ non possunt eos actus exercere, qui exercentur per instrumenta corporis organici, & propterea consequitur, vt si in assumptis corporibus loquantur, palpent, emittant semen, & similia faciant, tales actus naturaliter nec sunt Dæmonum, nec eorum corporum, à quibus medianti- bus Dæmonibus exercentur. Angelus ergo bonus, vel malus propriè non loquitur per corpora assumpta, sed est aliquid simile locutioni, in quantum format sonos in aëre similes vocibus humanis. Ita dicit B. Thomas *par. 1. quæst. 51. art. 3. ad quartum argumentum*, & iuxta hanc doctrinam accipienda sunt quæ hoc loco tradit Ambrosius; immò ipse etiam seipsum explicat *in fine huius num. ibi: Non est ille sonus propria vocis, &c.*

† *Illa non est vera comestio, &c.*] In sacra Scriptura Angeli aliquando comedisse leguntur, *vt Genesis cap. 18. ibi: Cùmque comedissent, &c. & Tobiæ c. 8. ibi: Et post hæc epulati sunt benedicentes Deum.* Qualiter autem intelligendi sint comedisse, dubium est: & Ambrosius illam non fuisse veram comestionem apertè declarat hoc loco; cui omnino consentit B. Thomas *in 1 par. quæst. 51. art. 3. ad quintum argumentum*, cuius hæc sunt verba: Ad quintum dicendum, quòd nec etiam comedere, propriè loquendo Angelis conuenit, quia comestio importat sumptionem cibi conuertibilis in substantiam comedentis. Et quamuis in corpus Christi post resurrectionem cibus non conuerteretur, sed resolueretur in præiacentem materiam: tamẽ Christus habebat corpus talis naturæ, in quod posset cibus conuerti: vnde fuit vera comestio. Sed cibus assumptus ab Angelis neque conuertebatur in corpus assumptum, neque corpus illud talis erat naturæ in quod posset alimentum conuerti: Vnde nõ fuit vera comestio, sed figuratiua spiritualis comestionis. Et hoc est quod Angelus dixit *Tobiæ 12.* Videbar quidem vobiscum manducare & bibere, sed ego cibo inuisibili, & potu, qui ab hominibus videri non potest, vtor. Abraham autem obtulit eis cibos, existimans eos homines esse, in quibus tamen Deum venerabatur, sicut solet Deus esse in Prophetis, vt Augustinus dicit *16. de Ciuitate Dei.* Hactenus ibi B. Thomas, ex quibus apparet veram esse Ambrosij sententiam hoc loco, quæ etiam lumen declarationis accipiet ex traditis per eundem B. Thomam *quodlibeto 3. q. 2. art. 3.*

Comedere nõ cõuenit Angelis.

Christus post resurrectionem quãdo comedit.

† *Tamen regulariter in tenebroso aëris carcere detinentur Dæmones vsque ad diem iudicij, &c.*] Adhuc persistit Ambrosius in suscepto instituto, vt videlicet probet Dæmones nõ pro libero voluntatis arbitrio perpetrare quæcumque maleficia quotiens & quando volunt; id autem probat hoc medio; quia Dæmones, inquit, tametsi corpora assumere possint ex permissione diuina, non propterea liberrimè quidquid cupiunt, eos facere concludendum est: quoniam regulariter in tenebroso aëris carcere detinentur vsque ad diem iudicij. In

Dæmones ad quem locum detrusi sint post lapsum.

his

his Ambrosij verbis hæc vertitur quæstio, An Dæmones omnes cùm primùm peccauerunt, detrusi fuerint ad infernum, an verò remanserint in superiori aëris regione, seu in aëre caliginoso: de hac quæstione agit Magister sentent. *lib. 2. dist. 6. §. non enim,* & ibi Doctores scholastici, & B. Thomas *in 1. par. quæst. 64. art. 4. & alibi.* horum conclusio est, Dæmones vsque ad diem iudicij remansisse prope nos in hoc aëre caliginoso ad nostrum exercitium; licèt eorum aliqui nunc in Inferno sint ad torquẽdum eos, quos ad malum induxerunt: post diem verò iudicij omnes mali tam homines, quàm dæmones in Inferno erunt. Hanc sententiam videtur comprobare illud Iudæ Apostoli *in Epistola sua Canonica cap. vnico,* vbi hæc sunt verba: *Angelos verò qui non seruauerunt suum principatum, sed dereliquerunt suum domicilium, in iudicium magni diei, vinculis æternis sub caligine reseruauit.* hactenùs ibi. Item illud Petri Apostoli *in Epistola canonica 2. cap. 2.* vbi ita scriptum est: *Si enim Deus Angelis peccantibus non pepercit, sed rudentibus inferni detractos in tartarum tradidit cruciandos in iudicium reseruari.* hæc ibi: Tametsi ergo in hoc aëre caliginoso remanserint ad exercitum nostrum, non tamen liberã habent nocẽdi potestatem: sunt enim quasi alligati vinculis & constricti, nec nisi ex permissione diuina dissoluentur: atque hoc nititur Ambrosius docere hoc loco.

Assistentia Dæmonum spiritualis & corporalis.

† *Et sic spiritualiter non corporaliter assistit nobis Dæmon.* ] Hoc dictum iuxta præcedentia, & consequentia intelligendum est: nam spiritualiter assistit nobis Dæmon ex propria natura, corporaliter autem ex permissione diuina, in assumptis corporibus, eo modo quo hactenus dictum est.

† *Non solùm mulieribus, sed etiam viris persuaderent, &c.* ] Et re vera certum est non modò fœminis, sed etiam viris persuadere Dæmones hæc scelera quæ numerat hîc Ambrosius, & quæ copiosius recenset *supra num. 1. & 2. sub initium quæst.* ingenuè tamen fatendum est, plures esse fœminas, quæ hanc diabolicam sectam profiteantur, quàm viros. Cuius rei multiplex causa assignari potest: prima est nimia & facilis mulierum credulitas, ob quam sexus muliebris non difficulter decipitur, quam cùm optimè intelligat Dæmon, frequentiùs fœminas per fraudes & fallacias aggreditur, quàm viros: nam Euam primã omnium matrem Dæmon seduxit; & ob hanc causam B. Paulus *1. ad Tim. 2.* non permittit mulierem docere, & *in Concilio Carthaginensi 4. cap. 99.* scriptum est ita: *Mulier, quamuis docta & sancta, viros in conuentu docere non præsumat.* hæc ibi. Refert Iuo *in Decret. part. 8. capitul. 134.* & Gratianus *in cap. mulier, dist. 23.*

Altera causa esse potest earundem mulierum fragilitas, & ad libidinem pronitas: sunt enim mulieres proniores ad libidinem quàm viri, præcipuus autem scopus Maleficarum dum eam damnatam artem profitentur, est carnis voluptas, quam dicunt se experiri maximam cum Dæmonibus incubis, dum in figura virorum seu amasiorũ suorum cum ipsis nefariè commiscentur. Ambrosius verò hîc non dicit nullos decipi viros, sed regulariter nõ tot viros decipi, quot fœminas; quod & verum est ob causas relatas.

Maleficarum scopus, carnis voluptas.

Vltima reddi potest hac de re causa illa, quam tradit Tiraquellus *in noua lege connubiali num. 50. 51.* videlicet, quòd fœminæ sint multùm superstitiosæ, & ad nouas sectas promptæ; id quod latè demonstrat *ibi* more suo Tiraquellus: eum videto.

† *Sic viris bonis, & illis nocerẽt, &c.*

Nituntur equidem Dæmones omnibus modis nocere viris piis, & iustis, vt eos à viâ rectâ deturbent, sicut historiæ de vitis sanctorum virorum plenissimè testantur; illi tamen, auxiliante Deo, immoti manentes perferunt Dæmonum tentationes, & eas superant. Quòd si Dæmonis potestas soluta esset & libera, non dubium quin grauissimè piis viris & sanctis nocerent Dæmones: exemplum extat in Iob, & aliis Sanctis.

† *Non est super terram potestas, quæ comparetur ei.* ] Integra periodus huius auctoritatis ita habet: *Non est super terram potestas, quæ comparetur ei, qui factus est, vt nullum timeret.* Hæc ibi. Huius loci variæ sunt versiones, variæ quoq; expositiones: sed de Dæmonis potestate comuniter solet accipi. B. Hieronymus, siue quisquis ille est, cuius sub B. Hieronymi nomine commentarij in Iob circumferuntur, in hunc locum pulchrè scribit in hæc verba: *Nulla creatura est tanta potentia, siue peccatrix creatura tanta malitia: & ideò in vtraque re nullus ei poterit comparari. Propria voluntate liberi arbitrij sui in superbiam elatus factus est: id est, ita sui malitiâ deprauatus est, vt nullum timeret, nec ipsum Dominum Deum creatorem suum. Timet quidè vt malus seruus & præuaricator, sed nō habet in se dilectionis Dei timorē.* Hactenùs ibi.

Potestas Dæmonis.

† *Tamen numquam apparerent, quin terrerent.* ] Hoc dictum verum videtur omnino; quoniam Dæmones aut numquam, aut perquàm rarò apparent inuocantibus, quin eos magnoperè & miris modis terrirent, vt confitentur Magi ipsi, & Maleficæ mulieres: verumtamen non propterea inuocare desistunt, quoniam desiderium intelligendi & consequendi à Dæmonibus ea, quæ cupiunt ipsi inuocantes, superat timorem, quamquam sæpe etiam contingit, vt cùm inuocantes Dæmones timorem & horrorem ferre non possint, infelices casus patiantur.

† *Ad illa autem quæ dixi suprà, per artem magicam socios Vlyssis versos à Circe, &c.* Vt ea quæ nunc sequuntur faciliùs intelligantur, reuocanda sunt in memoriam, quæ adnotauimus *suprà initio quæstionis numero* 1. nam ex tribus illis, quæ susceperat Ambrosius tractanda *in primo articulo huius disputationis de Lamiis*, nunc aggreditur postremum, videlicet impossibile esse virtute Dæmonum vnam creaturam in aliam transmutari: sed eas transmutationes, quæ à plerisque factæ narrantur, apparentes fuisse, non veras. De hoc ergo articulo plenè agit hoc loco Ambrosius secutus B. Augustinum *lib.* 18. *de Ciuitate Dei*. agit item Alfonsus Castrus *lib.* 1. *cap.* 14. *de iusta hæreticorum punitione*, Iacobus Sprenger *in Malleo Maleficarum part.* 2. *quæstione prima capit.* 8. & alij: sed ab his intelliges copiosè quid tenendum sit in hac materia.

Iam ex tota hac disputationis serie hæc conclusio colligenda est: *Non potest Dæmon, nec Magicus vllus Dæmonis ope adiutus transmutare homines essentialiter in lupos, asinos, aut qualibet alia bruta animalia: quoniam ad hoc non potest vllo pacto extendere se potestas Dæmonis.* Ad hanc assertionem probandā, multa & verè & subtiliter cōmemorant præcitati Doctores, quæ nos gratiâ breuitatis libenter omittimus, cùm facilè inueniri possint suis locis.

Dæmon non potest, nec Magici omnes trāsmutare homines essentialiter in bruta.

† *Vbi agendo de miraculis sancti Macharij dicitur.* ] Narratur in vitis Patrum, quòd iuuenis quidam puellam quamdam ardenter amabat,

bat, eámque solicitè & frequenter ad libidinem prouocabat: eam puellam, quia numquam sibi voluit assentiri, Iudæus quidam Magus ad preces eiusdem iuuenis in equam conuertit, vt sibi aliisque eam aspicientibus videbatur. Ob eam causam ad B. Macharium virum singularis sanctitatis deducta est: qui cùm aspiceret, eamdem fœminam se videre, non equam asseruit: quoniam vt rectè dicit hoc loco Ambrosius, vir ille sanctus Dæmonis fallacia illudi non poterat. Macharius ergo sanctus fusis ad Deum precibus pro puella orauit, vt ea fallacia liberaretur, eámque liberatam parentibus reddidit.

† *Et Carus Estulanus, &c.* ] Hoc inducit Ambrosius ad probandam eamdem conclusionem ex confessione & auctoritate eorum, qui *Dæmones* habuerunt familiares: qui etiam fatentur has transmutationes realiter fieri non posse.

† *Sed miracula possunt facere Dæmones, &c.* ] Vt totus hic locus apertiùs intelligatur breuiter nobis *hic* agendum erit de proposita quæstione, An scilicet Dæmones possint facere miracula. Primò illud est præfandum, quòd miracula verè & propriè loquendo, ea dicuntur, quæ fiunt præter ordinem totius naturæ creatæ. Ita B. Thomas *par.* 1. *quæst.* 110. *art.* 4. *ad* 2. *argumentum, & quæst.* 114. *art.* 4. *eiusdem primæ partis.* & ex hoc infertur, quòd vera miracula non possunt fieri nisi virtute diuina: operatur enim ea Deus ad hominum vtilitatem. Ita tradit B. Thomas 2. 2. *quæst.* 178. *art.* 2. & tandem ex his concluditur, Dæmones non posse facere vera miracula. Hæc verò sententia intelligetur ampliùs vera esse, ex requisitis ad veram rationem seu essentiam verorum miraculorum, quæ enumerat

Miracula quæ dicantur

Gloss. *in cap. vnico de reliquiis & venerat. Sanctor. lib.* 6. *in verbo, Sedis Apostolicæ.* Ex his videtur refelli doctrina Ambrosij hoc loco dicentis, *Dæmones posse facere miracula.* Sed dicendum est, quòd miraculum quandoque capitur largè, pro eo quod excedit humanam facultatem & considerationem. Et sic Dæmones possunt facere miracula: quæ scilicet homines admirantur, in quantum eorum facultatem & cognitionem excedunt. Quamuis autem huiusmodi opera Dæmonum, quæ nobis miracula videntur, ad veram rationem miraculi non pertingant; sunt tamen quandoque veræ res; sicut Magi Pharaonis per virtutem Dæmonum veros serpentes & ranas fecerunt. Ita scribit & verè B. Thomas *in* 1. *par. q.* 114. *art.* 4. & hoc ipsum vult dicere *hic* Ambrosius sub his breuibus verbis.

Miraculū vox largè sumpta quid sit.

Sed quæret aliquis qualiter possint Dæmones res quandoque veras producere, & quas res producere possint, & quas verò non possint? Ad hoc respondet B. Thomas loco proximè citato in hunc modum: *Dicendum quòd materia corporalis non obedit Angelis bonis seu malis ad nutum, vt Dæmones suâ virtute possint transmutare materiam de forma in formam: sed possunt adhibere quædam semina, quæ in elementis mundi inueniuntur ad huiusmodi effectus complendos:* vt *Augustinus dicit* 3. de Trin. *& ideò dicendum est, quòd omnes transmutationes corporalium rerum, quæ possunt fieri per aliquas virtutes naturales, ad quas pertinent prædicta semina, possunt fieri per operationem Dæmonum, huiusmodi seminibus adhibitis: sicut cùm aliqua res transmutantur in serpentes, vel ranas, quæ per putrefactionem generari possunt. Illæ verò trāsmutationes corporaliū rerū, quæ non possunt virtute naturæ fieri,* *nullo modo operatione Dæmonum secundùm rei veritatem perfici possunt: sicut quòd corpus humanum mutetur in corpus bestiale, aut quòd corpus hominis mortuum reuiuiscat.* Hactenus B. Thomas.

† *Et alia etiam, quæ miracula videantur, possunt facere Dæmones, &c.*] Hic locus in exemplari Ambrosij manuscripto deprauatus erat, sed eũ emẽdauimus, vt est impressus, partim ex sententia, quam tractat, partim ex B. Thoma, quem *hic* sequitur Ambrosius tacito eius nomine *par. 1. quæst.* 114. *art. 4. ad 2. argum.* hoc ergo vult dicere: Quamuis Dæmones possint facere ea, quæ *in proximè superiori commentario num.* 10. retulimus; non tamen possunt corpus humanum mutare in corpus bestiale, aut vnum animal perfectum in aliud conuertere: ad hoc enim nõ se extendit potestas Dæmonis. Quòd si aliquando aliquid tale operatione Dæmonum fieri videatur, hoc non est secundùm rei veritatem, sed secundùm apparentiam tantùm. Et hoc potest contingere duobus modis, quos *hic* Ambrosius explicat. Hæc est eius sententia, vera quidem & tuta.

Miracula Dæmonum ab intra.

† *Quia Dæmones possunt, &c. sensus corporeos alterare, vt aliquid appareat aliter, &c.*] His modis relatis *hic* ab Ambrosio veteres illos Magos à Poëtis celebratos in varias sese figuras transmutasse arte Dæmonum credendum est: sicut de Protheo retulit Virgilius *lib. 4. Georgicorum* in hæc verba:

Prothei transmutatio.

*Verùm vbi correptum manibus vinclisque tenebis,*
*Tum variæ illudent species, atque ora ferarum:*
*Fiet enim subitò sus horridus, atráque tigris,*
*Squamosúsque draco, & fuluâ ceruice Leæna:*
*Aut acrem flammæ sonitum dabit: atque ita vinclis*
*Excidet, aut in aquas tenues dilapsus abibit.*

Hæc ille, cui consentiens Ouidius *lib. 8. Metamorph.* ait:

*Sunt quibus in plures ius est transire figuras,*
*Vt tibi complexi terras maris incola Protheu:*
*Nam modò te iuuenem, modò te videre Leonem:*
*Nunc violentus aper, nunc, quem tetigisse timerent*
*Anguis eras: modò te faciebant cornua taurum.*
*Sæpe lapis poteras, arbor quoque sæpe videri:*
*Interdum faciem liquidarum imitatus aquarum*
*Flumen eras, interdum vndis contrarius ignis.*

Præstigiosæ Magorũ transmutationes.

Hactenùs ille. Has verò transmutationes non fuisse veras, sed apparentes Magorum præstigiis factas, ex eisdemmet Gentilibus colligere licet.

† *Alio modo possunt Dæmones, &c.*] Et quemadmodum potest Dæmon ex permissione diuina assumere corpus ex aëre cuiuscumque formæ & figuræ, & in eo visibiliter apparere: eadem ratione potest circumponere cuicumque rei corporeæ quamcumque formam corpoream, vt in eius specie videatur. Ita B. Thomas *in 1. par. quæst. 114. art. 4. ad 2. argumentum.*

† *Ars magica Gentium illusiua diu fuit à Romanis exclusa, & prohibita.*] In legibus duodecim tabularum ita scriptum erat: *Qui malum carmen incantarit fruges ve excantarit, coërcetur.* Hæc *ibi* Plinius *lib. 30. naturalis historia*, dum loquitur de venefica Magia. Legis quoque duodecim tabularum

rum meminit; ait enim ita: *Extant apud Italas gentes vestigia eius in 12. tabulis.* Idem Plinius *l.28.cap.2.* cùm probare niteretur magicarum incantationum aliquam esse vim, dicit, legũ ipsarum in 12. tabulis verba hæc fuisse: *Qui fruges excantasset: &, Qui malum carmen incantasset.* Huius quoque legis testimonium extat apud Senecã *lib.4.natur.quæst.4.* Vlpianus *in l.item apud Labeonem, §.si quis Astrologus ff. de iniuriis.* diuinatores coërcẽdos docet idem *in l.1.§.Medicos ff. de variis, & extraord. cognit.* id genus medicinæ, quòd exercetur per exorcismos, id est, vt ego interpretor, per incantationes, siue per maleficia, omnino repudiat; ait enim ita: *Non tamen si incantauit (Medicus videlicet putandus est) si imprecatus est, & vt vulgari verbo impostorũ vtar si exorcizauit: non sunt ista medicinæ genera.* Hactenùs *ibi.* Iam Romani quoque Imperatores multis latis legibus Magicos coërcent, *vt in l.multi. l.nemo. l.nullus. C. de malef. & mathemat.* sed de his copiosè disseruit Ambrosius *suprà,* vbi & nos diximus, & quæ nunc repetit *hic* fusiùs sunt in superioribus declarata.

† *In talibus tamen semper remanet mens humana, &c.*] Ex tota disputatione satis constat verum esse quod hic tandem cõcludit Ambrosius: cùm enim Dæmones non possint mutare homines in animalia, licèt possint fraudulenter objicere videntium oculis talia phantasmata, quibus in animalia mutati esse videantur, relinquitur omnino, vt mens humana in eis semper remaneat. Idem docuit B. Augustinus *lib. 18. de Ciuitate Dei c. 18.* cuius hæc sunt verba: *Nam & nos cùm essemus in Italia, audiebamus talia de quadam regione illarum partium, vbi stabularias mulieres imbutas his malis artibus in caseo dare solere dicebant, quibus vellent seu possent viatoribus, vnde in iumenta illicò verterentur, & necessaria quæque portarent, póstque perfuncta opera iterum ad se redirent; nec tamen in eis mentem fieri bestialem, sed rationalem humanámque seruari.* Hactenus B. Augustinus.

† *Et notat, quod Synderesis, &c.*] Synderesis habitus quidem est naturalis, qui dicitur nos instigare ad bonum, & murmurare de malo, inquantum per prima principia procedimus ad inueniendum, & iudicamus inuenta. Ita scribit & verè B. Thomas *par. 1. quæst. 79. art. 12.* ad quem recurrere oportet, vt hic Ambrosij locus de synderesi apertiùs intelligatur. Vide B. Augustinum *lib. 2. cap. 10. de libero arbitrio,* & B. Hieronymum *in Ezechielem cap. 1.*

† *Et qui credit, &c. stultus est, & Pagano infidelior, dicto cap. Episcopi.*] Eandem illam conclusionem, videlicet *impossibile esse vt virtute Dæmonum homines in bruta animalia verè transformentur,* nunc probat Ambrosius *ex cap.* Episcopi 26. *quæst.5.* quo loco ita scriptum est: *Quisquis ergo credit posse fieri aliquam creaturam, aut in melius, aut in deterius immutari, aut transformari in aliam speciem, vel in aliam similitudinem, nisi ab ipso Creatore, qui omnia fecit, & per quem omnia facta sunt: procul dubio infidelis est, & Pagano deterior.* Hæc ibi. Hoc decretum in vulgaris Gratiani exemplaribus Concilio Anquirensi tribuitur. Alfonsus Castrus *lib. 1. de iusta hæret. punit. c. 14. circa finem* Concilio Ancyrano tribuendum censet; sed hæc aliàs. Burchardus *lib. 10. decretorum cap. 29.* & Iuo *par. 11. cap. 54.* decretum quoddam referunt huic valdè simile, quod tribuunt Concilio Agathensi *cap. 4.* tametsi in Concilio nondum inuenerim: id verò decretũ ex Burchardo ita habet: *Perquirendum* Strigimagarũ error de trãsmutatione in animalia.

*cum est si aliqua fœmina sit, quæ per quædam maleficia & incantationes mẽtes hominum se immutare posse dicat, id est, vt de odio in amorẽ, aut de amore in odium conuertat, aut bona hominum, aut damnet, aut surripiat. Et si aliqua est quæ se dicat cum Dæmonum turba, in similitudinem mulierum transformata, certis noctibus equitare super quasdam bestias, & in earum consortio adnumeratam esse: hæc talis omnimodis scopis correpta, ex parochia ejiciatur.* Hactenùs Burchardus, à quo in paucissimis discrepat Iuo. Inter hoc decretum & illud, quod ex Gratiano *paulò antè* retulimus, hæc est differentia, quòd in priori infidelis decernitur, qui credit posse fieri, vt aliqua creatura, aut in melius, aut in deterius immutetur, aut ex vna specie, vel similitudine in aliã transformetur: quod dogma verissimum esse præcedentia ostendunt: in posteriori verò decreto decernitur, nõ esse credendum, vt de odio in amorẽ, aut de amore in odium mentes hominum transformentur. Quæ res etiam est verissima: quoniam nec Dæmon, nec vlla sortilegia talem vim habent, vt compellant liberam hominis voluntatem ad amandum, vel odio habendum. Ita, & verè tradunt Paulus Grillandus *tract. de sortilegiis quæst.* 4. Alfonsus Castrus *lib.* 1 *cap.* 13. *de iusta hæret. punit.* hæc enim sortilegia apta sunt potiùs ad inducendum furorem, quàm amorem. Id quod etiam Gentiles, rationem naturalem secuti testantur: nam Ouidius *lib.* 2. *de arte amandi* ita cecinit:

Lamiarũ cœtus de equitatione & consortio Dæmonum damnatur.

*Nec data profuerint pallentia philtra puellis,*
*Philtra nocent animis, vimque furoris habent.*

Sed de his præter citatos, vide quæ fusiùs scripsimus *lib.* 2. *commentariorum in Directorium Inquisitorum super quæstionem* 43.

† *Vt de virga coram Moyse transmutata in draconem.* ] Vt apertiùs intelligantur, quæ hoc loco scribit Ambrosius: vide omnino B. Thomam *par.* 1. *q.* 114 *art.* 4. & 2. 2. *q.* 178 *art.* 1. & 2. inde enim patebit, verissimam esse hanc Ambrosij doctrinã: ea verò ideò hic non repetimus, quoniam etiam ex antè dictis satis patent. Iam distinctionem, quam *hic* ponit Ambrosius de miraculis quoad factum, & quoad modum pleniùs intelliges ex Archidiacono *in c. nec mirum* 26. *q.* 5. eum omnino videto.

† *Hæc sunt miracula, quia sunt super vires naturæ.* ] Rectiùs loquitur Ambrosius *hic* quàm loquatur Glossa *in cap.* 1. *de reliquiis & venerat. Sanctorum, lib.* 6. *verbo, Sedis Apostolicæ, circa finem*: vbi dicebat, quòd ad naturam miraculi requiritur, quòd sit contra naturam: sed exponendum est, vt *hic* loquitur Ambrosius: aut vt dixit B. Thomas *in* 1. *par. q.* 110. *art.* 4 *ad secundum argumentum*, vbi ait, quòd miracula, simpliciter loquendo, dicuntur, cùm aliqua fiunt præter ordinem totius naturæ creatæ.

† *Et concludendo, plurima ex his, quæ confitentur tales mulieres, de quibus suprà sunt impossibilia, vt patè, &c.* ] Hic locus est obseruandus ad tuendũ Ambrosium, ne quis credat eum sentire Lamias nullo pacto ferri corporaliter: nam ipsas posse virtute Dæmonum in animalia bruta conuerti verissimè diffitetur & negat, vt ex tota serie orationis patuit: corporaliter autem deferri posse de vno loco ad alium, & pleraque alia facere posse ex permissione diuina, non negat auctor, nec hactenùs negauit.

## ARTICVLVS II. QVÆSTIONIS de Strigibus.

***An depositio illius de se confessi, & etiam vnius, vel alterius, vel trium, vel quatuor mulierum, similia deponentium sit indicium sufficiens ad torturam.***

NVnc ergo iure merito transeo ad secundum articulum illius casus prædicti: & sæpe euenit de facto: quia aliqui, qui dicunt se socios & socias, accusant alios vel alias mulieres, quòd fuerunt participes in huiusmodi societate & cursu, vagando cum Dæmonibus & magistris eorum: † numquid huiusmodi testimonia sociorum vel sociarum, qui vel quæ dicunt huiusmodi fatuitates, sint saltem sufficientia indicia ad torturam.

An testimonium socij criminis sit sufficiens indicium ad torturam.

Arguitur ad partem affirmatiuam, primò *per cap. in fidei fauorem, suprà eod.* vbi in fauorem fidei admittuntur excommunicati, socij, & participes criminis ad testificandum.

Secundò arguitur *per l. 11. C. de haret.* vbi dicitur, quòd leue indicium sufficit in crimine hæresis, vt probet quem hæreticũ. Pro hoc allegatur Inno. *in cap. sicut. in. primo. extra de simo.* vbi dicit, quòd licet in criminibus aliis requirantur probationes luce meridiana clariores, † tamen fallit in crimine hæresis, & simoniæ, vt sufficiant minores probationes *per dictam l. 11. C. de haret.* ad idem allegatur Inno. *in cap. ad petitionem, in gloss. fin. de accusatio.*

Item pro hoc facit, quia videtur standum libris & quinternis Inquisitorum aliorum, *c. vt commiss. vers. necnon suprà eod.*

Et pro hoc quòd sufficiant coniecturæ, & præsumptiones in probatione hæresis, facit *cap. accusatus, in principio, & §. licèt, & in dicto cap. in fi. ei fauorem, suprà eo. l.* vbi loquitur de coniecturis.

Coniecturæ & præsumptiones valent ad manifestandũ

Et pro hoc, quòd plerumque iudicetur per coniecturas & præsumptiones, facit quod notatur *in cap litteras in cap. afferte, extra de præsumpt.*

Et pro ista parte allegatur Hostiensis *in summa huius tituli, §. qualiter deprehendatur hæreticus, vers. & quia inter solicitudines, & vers sequenti. qui incipit: Sed quòd tu vo. as leue.*

Item pro hac parte facit, † quia licèt regulariter socij criminis nõ sint interrogandi de sociis, *l. fin. de accusatio* tamen hoc fallere videtur propter grauitatem huius criminis, *vt in prααllegato cap.*

*cap. in fidei & dicto cap. accusatus, §. licet, & in principio*, & pro ista parte facit, quod notat gloss. *in dicta l. fin. C. de accusatio.* quæ vult, quòd licèt socij deponentes de sociis criminis non plenè probent, tamen faciunt præsumptionem, quæ sufficit ad torturam: licèt Cynus dicat præcedentem opinionem esse veriorem, & pro hac parte, quòd isti socij vel sociæ hæresis, faciant indicium ad torturam allegatur *l. qui vltimo. ff. de pœn. & gloss. in l. 1. C. de custodia & exhibit. reorum.* quæ dicit, quòd in omnibus exceptis, quod est istud, creditur sociis.

Vehementia præsumptio quæ item probationem faciat.

Item pro hoc facit, quia tales socij vel sociæ, qui vel quæ dicunt se fuisse simul in cursu (vt appellant.) videntur facere vehementem præsumptionem, *dicto cap. litteras. de præsumptio.* & vehemens præsumptio est plena probatio. 32. q. 1. *c. dixit dominus. & 54. dist. cap. fraternitatem. & de Iudæis c. fi. & de præsumpt. c. afferte.*

Etsi dicatur, quòd huiusmodi socij vel sociæ non faciant plenam probationem, nec sufficiens indicium ad torturam, aliquæ ex eis (vt *supra* dictum est in casu proposito) confessæ sunt ad torturam positæ de iure vel de facto, † & posteà in earum confessione perseuerarunt, & post dolorem, & extra locum torturæ: ergo ex confessione earundem mulierum modò videntur posse condemnari de hæresi, *l. 1. C. de confess. & l. proinde, ff. Aquil. & est gloss. in c. ad abolendam, suprà eodem in vers. deprehensi.*

In ratificatione confessionis factæ in tortura quid sit seruãdũ.

In contrarium, & pro parte negatiua in casu *suprà* scripto, quando confitentur prædicta, quòd prædicti socij vel sociæ, non sufficiant ad probationem, nec sunt sufficientia indicia ad torturam, probatur: primò quia hoc crimen hæresis est de maximis criminibus, ergo vbi de maiori crimine agitur, & de maiori præiudicio, multò maiores & clariores probationes requiruntur, 7. *quæst. vlt. cap. fin.* 42. *dist. cap. quiescamus, & argumento in l. fin. C. de probat.* & quia hic agitur de morte vel de vita hominum; *argumento in l. addictos, C. de appella.* vbi maius est periculum, ibi cautiùs est agendum, *cap. vbi periculum, suprà de electio. in hoc lib.* & ideò Archid. *in dicto c. accusatus suprà eod.* in propriis terminis dicit, quòd in hoc crimine hæresis probando non sufficiunt duo testes, & idem dicit *in cap. fin. in hoc eod. tit.* & de hoc faciam *infrà* specialem quæstionem. Ad id allegatur Host. *in summa huius tituli, § qualiter. versic. ij.*

In grauioribus criminibus maiores & clariores probationes exiguntur.

Nec obstat dictum Inno. *in dicto cap. ad petitionem.* quia ipse dicit tenuisse oppositum *in cap. tuam suprà de testib.* & istam opinionem

nionem secutus est Alber. *in l. 11. C. de haeret. ad idem allegatur Glos. in dicto cap. ad petitionem.* & pro hoc facit, quia si dicti socij vel sociae sunt confessi de seipsis, iam sunt criminosi, ideò non debet eis credi tamquam testibus criminosis, vt dicimus de seruis. *l. 1. §. idem Cornelio, ff. de quaestionibus.*

Sociis criminosis tanquã testibus criminosis non est credendum

Item isti socij vel sociae dicunt se criminis participes, ergo non videtur eis credendum. *dicta l. 1. §. si seruum ff. de quaestio.* & socius socium non accusat, *l. si filium, & ibi glos. C. de liber. caus. & l. quoniam liberi. C. de testib.*

Item quia videntur sibi vendicare locum suspiciones & rationes, de quibus *in l. fin. C. de accusat.* & ideò Salicetus *in dicta l. fin.* cuius sunt haec tria argumēta, dicit, quòd talis confessio socij de socio non facit sufficiens indicium ad torturam sola; sed iuncta cum praesumptione praecedente: & hoc etiam voluit Gloss. *in dicta l. fin.* quae vult talem confessionem sociorum, aliam debere praecedere praesumptionem: & sic praesumptionem cum aliis.

Sed quid est opus verbis, quia textus est *in dicto cap. in fidei fauorem suprà eod.* ibi: *Ex verisimilibus coniecturis*, & *ibi* dum subdit: *Ac aliis circumstantiis sic testificantes falsa non dicere praesumantur.* Sed sic est in casu *suprà* narrato, quòd licèt Diabolus tentet hominem, & maximè mulierē dicēte Domino ad serpentē: *Inimicitias ponam inter te & mulierē, & semen tuum & semen illius*, &c. *Genes. 3. cap. Iob 7.* scribitur: *Militia est vita hominis super terram*, & licèt scribat Augustinus in quodam eius sermone: *Praemonitos vos esse volo, neminem super terram absque tentatione victurum*, &c. licèt (inquam) assiduè tentet Diabolus hominem, tamen non sunt verisimilia ea, quae *suprà* dicunt dicti fatui & fatuae, † imò quaedam sunt impossibilia, ita quòd neque praesumptiones praecedunt: neque praesumptio, neque coniectura est in his, quae dicunt: Impossibile est enim id quod aliqui vel aliquae eorum confitentur, scilicet se verti in muscipulas, vel in alia bruta animalia: quia, vt praedictum est, impossibile est aliquam creaturam mutari in aliam creaturam, nisi à solo Creatore.

Diabolus assiduè tentat homines.

Post supradicta igitur hinc inde argumenta concludendo, † dico, quòd si praedicti socij confitentur, quae *suprà* dicta sunt, fore impossibilia, vt de transmutatione creaturae in aliam creaturam; talis confessio sociorum nihil facit probationis, vel indicij; imò nec praeiudicat ipsi confitenti, vt *ff. de interrogat. actio. l. confessionibus, & l. is cuius, & l. qui seruum, & ff. de confess. l. qui Stichū,*

*& notatur in cap. fin. in gloss. suprà de confess.* & habetur abundè in summa Hostiensi *in tittulum de confess.* §. *qualiter intelligatur hæc regula.*

Faciunt tradita per Bart. Paulum Castren. & alios in l. Maximum, ff. de legat. 2. ubi ponunt multa esse possibilia, quæ non sunt credibilia.

† Si autem confiteantur possibilia, sed non verisimilia: tunc si confitentur incerta, purà quia fuerunt socij in cursu, ad committendum maleficia, & non dicunt quæ, & qualia, adhuc ista confessio non nocet, *l. certum. ff. de confess. & l. prætor edixit, ff. de iniuriis.*

Socij in criminibus certis.

† Si verò dicunt crimina certa, ut purà se fuisse socios in criminibus homicidiorum, diuinationum & sortilegiorum; talia crimina non pertinent ad Inquisitorem, *vt dicto cap. accusatus.*, §. *licèt*, *& §. sanè, suprà eod.*

Sociorũ confessio de illusionibus.

† Idem videtur si deponant se fuisse socios in illusionibus, de quibus *in cap. Episcopi præallegato*, quia non sequitur, Diabolus illusit alicui homini, ergo ille illusus est hæreticus: sicut patet in historia suprà recitata de S. Machario: nec sequitur, nec verisimile est, quòd omnes illi, qui per illusionem Dæmonum putabant illam puellam conuersam in equã, essent hæretici, licèt essent illusi à Dæmone.

De confessione sociorũ in causa hæresis.

Si autem prædicti socij sunt confessi aliqua de sociis in causa hæresis propriæ, verbi gratia, quia dicunt se omnes socios malè sentire de articulis fidei, & de Sacramentis; tunc verum est, quòd in tali casu nunc excepto, admittuntur socij & participes, *dicto cap. in fidei fauorem* si modò ex verisimilibus coniecturis, & aliis circumstantiis, & ex manifestis indiciis appareat, eos vera dicere, & non aliter: ita dicit textus *in dicto cap. in fidei fauorem, & in dicto cap. accusatus.* sed quando deponunt non verisimilia, & non præcedunt præsumptiones & coniecturæ, non est dicendũ, quòd tales probent, & pro hoc optimè Gloss. *in cap. nemini* 15. *quæst.* 3. quæ vult, quòd talis nominatio per assertos hæreticos noceat, si nominatus de hoc erat Infamatus: & hoc *ibi* vult Barthol. Hispanus dicens, † quòd numquam valet confessio socij criminis contra socium, nisi præcedat aliqua præsumptio contra eum; & pro hoc 2. q. 7. *c. pagani*, vbi hæretici vel Infideles non possunt diffamare vel accusare fideles, & Christicolas: & hoc est quod dixit textus *in dicto cap. in fidei fauorem*, *& dicto cap. accusatus*, & maximè quòd non præcedente aliqua suspicione † mulier possit diffamare vel accusare alium vel aliam de hæresi, est valdè absurdum; quia licèt in fidei fauorem admittantur mulieres, tamen mulier est aliàs prohibita in criminalibus testificari, *l. qui testamento, §. mulier ff. de testam.*

Mulier an possit accusare.

&

Mulier à mollitie animi & leuitate.

& mulier dicta à mollitie animi & leuitate, *cap. forus. supra de verb. signifi.* & *l. filia in orbitate. C. de inoffic. testament.*

## Francisci Peñæ

### *Nota in Ambrosij de Vignate quæstionem de Lamiis.*

† NVmquid huiusmodi testimonia sociorum, & sociarū, &c. sint saltem sufficientia indicia ad torturam.] De proposita quæstione plenè agunt passim criminalistæ, sed videndi Doctores *in l. fin. C. de quæstion.* Canonistæ *in cap. veniens.* el primero, *de testibus,* & *in cap. 1. de confessis.* Boërius *decisione* 319. Grammaticus *decisione* 18. Iulius Clarus *in pract. crimin. §. fin. q. 21. vers. sed pone,* & Antonius Gomezius *tom. 3. variar. resol. cap. 13. num. 18.* & alij aliis locis, quos omitto consultò. Ambrosius hoc loco, vt in tota disputationis serie licet videre, multa distinguit capita, de quibus quid sentiendum videatur, suis locis dicetur à nobis: quantùm verò ad hunc locum attinet, communis sententia est, quòd testimonium vnius socij criminis solum non faciat indicium ad torturam contra socium, nisi alia concurrant indicia: vnius enim solius socij criminis dictum, licèt faciat aliqualem præsumptionem, non est illa præsumptio sufficiens ad torturam: ita Cynus & alij *in dicta l. fin. C. de quæst.* quod & præcitati testantur, ac præ aliis Boërius. Huius opinionis ea potissimùm est ratio: quia vnus testis de visu, & de actu propinquo, & sensu corporeo, ad hoc vt faciat indicium ad torturam, debet esse fide dignus, & omni exceptione major, vt plenè & verè tradit Antonius Gomezius *tom. 3. var. resol. c. 13.* & dixi copiosè in commentariis ad Directorium Inquisitorum *lib. 3. comment. 118.* §. & *hoc valet in ciuilibus.* Cum ergo socius criminis non sit omni exceptione major, inde fit, vt non faciat indicium sufficiens ad torturā, nisi alia indicia concurrant: & hanc sententiam optimè videtur tueri Ambrosius *in tota hac disputatione*: quam ego & veram puto, & securam: abest enim procul à periculo committendi aliquid iniquum & incautum contra vitam hominis: neque enim quis facilè rapi debet ad torturam, cùm inde multa incommoda consequi possint; nam si fortassis is qui torquetur, cùm tormentorum vim ferre non possit, confiteatur, & in confessione persistat, & inde condemnetur; non est dubium quin omnino debeat iudex cauere, ne facilè ad torturā deueniat. Est ergo superior sententia & secura, & æquitati consona. Antonius tamen Gomezius *præcitato loco*, videlicet *to. 3. variar. resol. c. 13. n. 18.* contrarium videtur profiteri, asserendo solum socium criminis facere indicium ad torturam: eam sententiam subtiliter magis, quàm verè probare nititur: eam in hac parte, ob rationem *paulò antè* allatam, non facilè censeo recipiendam: monuisse sit satis. Duo verò socij criminis, aut plures sufficiens indicium faciunt ad torturam, vt communiter tradunt præcitati: numquid verò ad plenam probationem sufficiant, ex qua sequatur condemnatio, suis locis dicetur.

Testimonium socij indiciū ad torturā quādo. nam debeat esse.

Illud *hic* adiungam, quod & diligentissimè obseruandum admonent Clarus & Gomezius *præcitatis locis*, quod ad hoc vt confessio socij probet contra socium, vt faciat indiciū, oportet quòd sit facta cū iuramento: aliàs enim simpliciter facta absque iuramento, nec probat, nec facit indiciū: quia non deponit tamquam testis

Confessio facta cum iuramento facit indicium contra socium.

& cum solemnitate requisita: licèt enim quantùm ad seipsum sit reus: nihilominus dum deponit contra alium, fungitur vice testis; & ob id non est ei adhibenda fides, nisi cum iuramento.

† *Tamen fallit in crimine hæresis & simonia, ut sufficiant minores probationes.* ] Tametsi Ambrosius non sequatur hanc opinionem, quòd scilicet in crimine hæresis sufficiant minores probationes, quàm in aliis, vt patet ex his quæ tradit *paulò post*: nihilominus, vt hunc locum illustremus, ne quis eius occasione fallatur, improbandam & refellendam *hic* omnino duximus illorum opinionem, qui putant in crimine hæresis sufficere leuiores probationes. Paris de Puteo *in tract. syndicatus*, vt refert Carrerius *tract. de hæreticis num.* 126. dixit crimen hæresis probari ex signis etiam leuibus. Iulius Clarus *in* §. *hæresis, vers. habet etiam hoc crimen*, dixit ita: *Et inter cætera in causa hæresis sufficiunt minores probationes, quàm in aliis: & hoc non modò ad inquirendum, sed etiam ad faciendum plenam probationem criminis.* Hæc ille. Paridem de Puteo excusat Carrerius *prox. loco* dicens, eius dictum intelligi posse ita: Quòd leuia signa sufficiunt in crimine hæresis, vt quis torqueatur, non vt condemnetur. Sed neque hæc excusatio videtur omnino vera, quoniam neque ob leuia indicia siue signa, est in hoc crimine quis torquendus: sed magna esse oportet, ob rationem, quam *superiori proxima adnotatione* dixi, de quo articulo plenissimè egimus cum Eymerico *in Directorio Inquisitorum par*. 3. *q*. 61. Iulij autem Clari sententia omnino est respuenda; quæ nec vllo iure nititur, nec vlla verisimili ratione roboratur: neque eam recepit vnquam vsus iudicantium in sacro tribunali Inquisitionis. Sit ergo in hac causa firma & certa conclusio: In crimine hæresis plenissimæ & clarissimæ probationes requiruntur: nam si in aliis delictis hoc requiritur, *vt l. sciant. C. de probatio. & l. qui sententiã, C. de procur.* multò magis in hoc crimine, in quo quis & criminaliter cõdẽnatur & ciuiliter punitur, & eius posteritas propterea notatur infamiâ: vt rectè admonet Ponzinibius *tract. de Lamiis, num.* 67. vbi alias adducit rationes in hanc sententiam, quas in re non admodum controuersa libenter omitto: iam verò quantùm ad materiam probationum attinet in causa hæresis plenæ extant disputationes, de quibus Gondissaluus *tract. de hæret. quæst.* 13. Contra ius Brunus *lib.* 4. *de hæret. cap.* 9. Simancas *in catholicis instit. tit.* 51. & alij quos illi referunt. In crimine hæresis maximæ probationes requiruntur.

Quoniam autem superiori opinationi causam præbuisse videtur *l.* 2. *C. de hæret.* quam etiam *hic* citat Ambrosius, ideò de vero eius intellectu *hic* breuiter agendum placet. *In dicta l.* 2. ita scriptum est: *Hæreticorum autem vocabulo continentur, & latis aduersus eos sanctionibus succumbere debent qui vel leui argumento à iudicio Catholicæ religionis & tramite detecti fuerint deuiare.* Hoc *ibi* obseruandum est, hanc legem non loqui de leui probatione: sed quasi respondens tacitæ obiectioni, qua quis posset inquirere, an qui paululum ab orthodoxa fide declinat, sit censendus hæreticus; ait, eos hæreticorum vocabulo contineri, qui vel leui argumento, id est, vel paululùm, vel minimùm, vel in vno tantùm articulo à fide Catholica deuiant. Hanc interpretationem colligo ex Photio Patriarcha in nomocanone, qui præfata verba ita vertit: *Hæreticus est, ac latis aduersus hæreticos legibus succumbit, qui vel paululum ab orthodoxa declinat fide: vel qui ab* Hæreticus quis sit censendus.

*orthodoxa*

orthodoxa fide vel minimùm declinat. Hæc Photij lectio eo potissimùm nomine magnopere probanda videtur, quia præfata lex 2. C. de haret. sita est in eo titulo, vbi nihil tractatur de probationum materia, sed de ipsis hæreticis tantùm agitur: qui si in aliquo, vel etiam minimo articulo à catholica religione discedant, planè hæretici sunt putandi. Hæc sunt accepta ferenda Petro Godofredo in dicta l. 2. C. de haret. & reuerendissimo Iacobo Simancæ cathol. instit. tit. 51 de probation. num. 11. quæ & latiùs probant, pleraque alia de intellectu præfatæ legis vide apud Brunũ lib. 4. de haret. cap. 9. ergo quamquam qui leui argumento à iudicio catholicæ religionis detectus fuerit deuiare, pro hæretico habendus sit: huiusmodi tamen leuis deuiatio plenissimè probari debet, vt placet Oldrado, quẽ refert Brunus loco proximè citato, & probat etiam paulò post noster Ambrosius: adde Palacium Rubium in allegatione de haresi §. 12. (vbi multa tradit huc spectantia, quæ sunt consideratione dignissima) & Hostien. ibi ab Ambrosio citatum.

† Quia licèt regulariter socij criminis non sint interrogandi de sociis.] Verum dicit Ambrosius, & in hoc articulo vide præ aliis Antonium Gomezium tom. 3 de delictis cap. 12. n. 12. & Iulium Clarum in pract. crim. q. 21. vers. dictum socij. & quidquid sit de aliis delictis in crimine hæresis explorati iuris est, & sanctissimæ Inquisitionis vsu receptum, vt reus de sociis interrogetur: imò necesse est ob tanti criminis immanitatem & periculum, vt diligentissimè reus de sociis interrogetur, verbi gratiâ: vnde hæresim habuerit, didicerit, vel à quo audiuerit: vel contrà, an aliquos eam docuerit, & cætera huc pertinentia: quæ tantò sunt diligentiùs inuestigãda ab Inquisitore, quantò grauius est crimen hæresis, & reipublicæ Christianæ periculosius. Vide Simancam in Enchiridio violata religionis tit. 27. & cath. instit. 30. num. 17.

In crimine hæresis de sociis reus est interrogandus.

† Et posteà in earum confessione perseuerauerunt, & post dolorem, & extra locum tortura.] Ad hoc vt confessio per torturam extorta valeat, tria potissimùm requiruntur: primum est, vt extra locum torturæ in confessione perseueret reus: alterum est, vt dolor præteritæ torturæ seu tormentorum cessauerit: tertium & vltimum, quod ex secundo consequitur, est, vt tantum tempus sit interpositum inter torturam & repetitionem confessionis, vt verisimile sit dolorem tormentorum iam cessauisse. Hæc tria colliguntur non obscurè ex doctrina Bartoli & aliorum Doctorum in l. 1. §. diuus Seuerus, ff. de quaest.

Confessio in tormentis emissa, modis extorquetur.

Primum ergo ad hoc vt confessio ratificata valeat, fieri debet extra locũ tormentorum: quoniam si in loco ipso tormentorum fieret, metu tormentorum præsumeretur facta, & proinde non valeret. Ita seruat practica iudicantium, & tradunt communiter Doctores cum Bartolo in dicta l. 1. §. diuus Seuerus, ff. de quaestio. Nicolaus Eymericus in Directorio Inquisitorum parte 3. in 3. modo processũ fidei terminandi num. 158. vers. Si autem in quaestionibus. & Antonius Gomezius tom. 3. variarum resolut. cap. 13. num. 24.

Confessionis ratificatio extra locum quæstionis valet.

Secundò, vt valeat confessio ratificata, cessare debet dolor tormentorum: quoniam si statim reduceretur reus ad locum instantibus doloribus, confessio sua seu ratificatio videretur facta formidine tormentorum; & ideò non valeret: eadem enim formidine dicere videretur, argumento l. quod ait. §. fin. ff. de adulteriis. ita Bartolus in dicta l. 1. diuus Seuerus, ff. de quaest. Baldus

Confessionis ratificatio cessante dolore tormentorũ valet.

dus & Angelus *in l. 1. de eo quod metus caus.* & Cynus *in l. 2. C. de quæstio.*

Ratihabitio confessionis infra instans tépus est satis dolori tormentorum.

De tertio, videlicet infrà quantum tempus debeat fieri ratificatio, dico quòd non reperitur à iure determinatum, sed relinquitur iudicis arbitrio, prout dicit Bartolus & alij *in dicto §. diuus Seuerus ff. de quæst.* iustum tamé & competens tempus videtur post vnum diem naturalem, id est, post 24. horas. Ita tenet Marsilius *in pract. crimin. §. Quoniam, num. 1.* & alij quos refert & sequitur Antonius Gomezius *tom. 3. variar. resol. c. 13. n. 24.* Sed hoc spatium vnius diei naturalis ad minus transire debet: quoniam benignius & tutius est, vt hæc ratihabitio fiat, post duos vel tres dies postquàm inflicta fuit tortura, ne adhuc fortassis duret & tormentorum dolor, & vehemens animi perturbatio, si post vnum tantùm diem ratificatio fieret. In causa hæresis in sacro Inquisitionis tribunali, quibus obseruatis fieri debeat hæc ratificatio confessionis luculenter tradit Eymericus *in Directl. Inquisitorum part. 3. in 9. modo processum fidei terminandi*, vbi etiam dixi copiosè: ea videto.

† *Imò quædam sunt impossibilia.* ] Notandus est hic locus, non enim absolutè dicit Ambrosius omnia esse impossibilia, quæ narrantur à Lamiis: sed quædam, verbi gratiâ, quòd conuertantur in muscipulas, vel in alia bruta animalia; quod etiam *paulò pòst* subiungit: quæ sententia verissima est, vt *ex supradictis* patet. Quòd verò corporaliter deferri possint non negauit, nec negat Ambrosius, vt constat ex serie totius disputationis.

† *Dico quòd si prædicti socij confiteantur, &c. talis confessio sociorum, &c. imò nec præiudicat ipsi confitenti.* ] Sententia Ambrosij hoc loco talis est: propterea confessio horum sociorum nec sibi ipsis, nec sociis nocet, quoniã ea confitentur, quæ sunt impossibilia. Glossa *in cap. vlt. extra de confessis*, dũ enumerat ea, quæ exiguntur ad hoc, vt confessio alicui præiudicet, inter alia ponit, vt confessio non sit contra naturam: vt si confiteor me interfecisse hominem, qui viuit; tunc hæc confessio mihi non præiudicabit. Similis est glossa *in cap. vlt. de confessis, lib. 6. in verbo, Absque rationabili causa*, & vtrobique communiter Doctores.

Confessio quæ præiudicare possit.

Cùm ergo Lamiæ confiteantur se, aut alios transmutari in muscipulas canes, lupos, aut alia bruta animalia, quod ostensum est *suprà* esse impossibile, talis confessio non nocebit ipsis. Hoc vult dicere hoc loco Ambrosius, de quo articulo plenè etiam agit Hostiensis *in summa tit. de confessis, §. qualiter intelligatur, in fine*, & Martinus *in summa, C. de confessis.*

Et quamquam hæc ita se habeant (neque enim decreui singula hæc dicta examinare) nihilominùs tamen in causa præsenti, licèt huiusmodi cõfessiones Lamiarum sint de rebus impossibilibus, videlicet quòd ipsæ, vel alij in animalia bruta conuertantur, Inquisitores hæreticæ prauitatis diligenter & accuratè interrogabunt Lamias seu Striges, seu magos de credulitate: possibile enim est eos habere hunc errorem in intellectu, vt credant virtute Dæmonum posse fieri, vt homo in animalia bruta possit transmutari: nam si ita sentirent, & in hoc errore pertinaciter perseuerarent, procul dubio velut hæretici essent puniendi, iuxta *cap. Episcopi, in fin. 26. quæst. 5.* cuius verba *paulò anteà* retulimus *num 17.* ita scribit, & verè Alfonsus Castrus *lib. 1. cap. 14. de iusta heret. punit.* Quòd si de tali errore intellectus constaret, non est dubium quin

quin tunc confeſſio præiudicaret, non ratione facti impoſſibilis, ſed ratione falſæ credulitatis & ignorantiæ craſſæ circa res fidei: quoniã ea Dæmoni tribuerent, quę ſuperant omnẽ humanæ creaturæ potentiã, & quę ſoli Deo conuenire poſſunt: ſed de hoc articulo *paulò antea* diximus abundè.

† *Si autem confiteantur poſſibilia, ſed non veriſimilia.*] Cùm dicit: *Sed non veriſimilia*: intellige vel incerta, vt mox ipſemet auctor ſubiungit; vel ea quæ ipſe putat rarò euenire, ſiue rarò contingere. Sed quantum ad rem attinet, de qua tractat Ambroſius, nõ videtur vera eius doctrina: quia tamet-ſi verum ſit, quòd cùm agitur contra delinquentem, de crimine verè conſtare debeat, vt eſt textus expreſſus *in l. 1. §. item illud ff. ad Senatuſcon. Syllanian.* & notant *ibidem* communiter Doctores, & tradit plenè Antonius Gomezius *tom. 3. de delictis cap. 9. n. 1.* & dixi ſuper directorio Inquiſitorum *lib. 3. comment. 18.* in hoc caſu de quo loquitur *hic* Ambroſius, quamuis non confiteantur certa delicta fuiſſe commiſſa, ſatis eſt Lamias ſeu Striges, ſeu Magos confeſſos eſſe ſe fuiſſe in curſu, & ſocietate cum Dæmonibus; hoc enim eſt grauiſſimum delictum, & ſecum habet annexam vel apoſtaſiam, vel hæreſim, vel ad minus hæreſis ſuſpicionẽ: quod ex pactis ſcũ dæmone initis, aut nondum initis, & aliis circumſtanciis & perſonarum qualitatibus erit penſandum. Quare hoc caſu procul dubio talis confeſſio illis præiudicabit: contra quàm hic ſcribat Ambroſius.

Lamiarũ ſocietas cũ Dæmone annexã habet apoſtaſiam vel hæreſim aut ſaltē hæreſis ſuſpicionem.

† *Si verò dicunt crimina certa, vt putà ſe fuiſſe ſocios in criminibus homicidiorum, &c.*] De diuinationibus & ſortilegiis non ſe intromittunt Inquiſitores niſi manifeſtè ſapiant hæreſim, vt eſt textus *in cap. accuſatus, §. ſanè de hæret. lib. 6.* vbi plenè Doctores, & Eymericus *in Directorio parte 2. quæſt. 42.* vbi etiam dixi plenè: ſed occaſione horum verborum illa occurrit hic dubitatio breuiter diluenda, An Lamiæ quæ coram Inquiſitore confeſſæ ſunt non modò obiecta crimina aduerſus fidem, verùm etiam cædes puerorum & aliorum hominum, in odium Chriſti & ex pacto inito cum Dæmone, quod plerumque ſolet contingere, licèt paratæ ſint abiurare & ad fidem redire, ratione homicidiorum tradi debeant curiæ ſæculari? Hic Ambroſius ſentire videtur hanc quæſtionem non pertinere ad Inquiſitorem: ſed non malè videretur locutus, ſi ſolas cædes hominum in his reis ſpectaſſet: cùm autem infanticidia & homicidia antecedere ſoleant abiurationes ſpontaneæ contra fidem noſtram, coram Dæmone, & à tota fide apoſtaſia; ſicut conſtat ex promiſſione, & obedientia, quam Dæmoni exhibẽt: quæſtio propterea redditur difficilior, de qua nihil mihi ampliùs occurrit ſcribendum, quàm quod perilluſtris Dominus Petrus Duſina, ſanctæ Romanæ & generalis Inquiſitionis integerrimus aſſeſſor, ac ſacræ Pœnitentiariæ Datarius, vir inſignis eruditionis & ſpectatæ probitatis mihi ſuperioribus menſibus de hac difficultate interroganti reſpondit in hæc verba: *Quamuis auctor Mallei Maleficarum & Syluester teneant Lamias ob infanticidia etiam in primò lapſu, tradi poſſe curiæ ſæculari, & ita aliquando obſeruatũ ſit in certis Inquiſitionibus particularibus, & præſertim Pedemontanis, vbi multũ inualuit hæc peſtis: non conſueuit tamen hoc S. Officium illas tradere, nec aliter punire quàm ſacri canones puniri mandãt apoſtatas à fide Chriſti. Si tamẽ iudex ſæcularis illas priùs officio Inquiſitionis cõſignaſſet, ſuſpẽſa aliorũ criminũ cognitione, expedita hæreſis cauſa S.*

*officium debet & solet eidem iudici illas restituere, de quo extat etiam particularis constitutio Pij V. Obseruatum est etiam aliquando, quòd propter frequẽtiam homicidiorum, & aliquas circumstantias aggrauantes, Lamia facta abiuratione consignantur de mandato Sãctissimi, illi iudici seculari, qui processu format de nouo super eisdem homicidiis, vt quas reperit culpabiles puniat secundùm leges.* Hactenùs vir ille.

† *Idem videtur si deponant se fuisse socios in illusionibus, &c.* ] Sed non videtur: nam vt intelligatur qualis fuerit natura eius illusionis, & quamtam fidem adhibeat illusus ei illusioni, & præsertim si alia indicia adsint, vt colligi possit talem illusum malè sentire de fide: tunc hæc res ad Inquisitorem pertinebit: verissimum tamen est quod mox subiungit auctor, videlicet non omnem illusum à Dæmone esse hæreticum.

† *Quòd numquam valet confessio socij criminis, &c.* ] De hoc articulo quid disseruerint, & quid tenendum sit, *paulò antea* diximus super *vers. numquid huiusmodi testimonio n. 1.* & iuxta *ibi* tradita intellige, quæ hoc loco docet Ambrosius.

† *Mulier possit diffamare, vel accusare alium, &c.* ] An mulier in causis criminalibus possit dicere testimoniũ, à multis quæritur, quos longa serie enumerat Iulius Clarus §. *fin. q.* 24. in summa distinguit, quia de iure ciuili mulier indistinctè admittitur ad testificandum in causis criminalibus; secùs autem de iure canonico: sed quid sit in aliis delictis omitto fusiùs disputare: in crimine hæresis mulier in testem admittitur; idque ob criminis immanitatem, & ne defectu probationum remaneret impunitum, quod facilè vergeret in magnum Reipublicæ detrimentum. Iam si in crimine simoniæ mulier etiam meretrix admittitur in testem, *cap. tanta, extra de simonia*, multò magis admitti debet in crimine hæresis, quod est grauius. Postremò tametsi mulier sit testis minùs idoneus ideò quia mulier, quia varium & mutabile semper fœmina, vt dicit textus *in c. forus, extra de verb. signif.* non propterea repelletur in hoc crimine, cùm testes minùs idonei fauore fidei possint testificari, *c. in fidei fauorem, de hæret. lib. 6.* qui textus indistinctè loquitur, nec fœminas excludit. Est ergò indistinctè intelligendus: atque hoc iure vtimur in hoc sacro tribunali. Mulier testis est minùs idoneus.

Numquid autem duarum mulierum testimoniũ plenè probet, an verò plures requirantur, dubiũ est. Et Ambrosius hic rectè mihi videtur asserere mulieres quidẽ fauore fidei admitti ad testificandum, sed cùm mulier sit aliàs prohibita in criminalibus testificari, earũ testimoniũ nõ videtur sufficiẽs, & hoc videtur magis tutũ. Interim vide Palacium Rubium *in allegatione de hæresi §. 13. & seq.* Adde Alexandrum *consil. 24. lib. 1.*

VENERABILIS MAGISTRI

# IOANNIS GERSONII

## DOCTORIS ET CANCELLARII PARISIENSIS

*Tractatus de erroribus circa artem Magicam, & articulis reprobatis.*

OLLAVDANTI mihi nuper, vt mos habet, venerabiles licẽtiatos in medicina, oblata est occasio, vt contra superstitiosas obseruationes, nostra pro nefanda tempestate, & minùs & nimis praeualescentes aliqua dissererem. Ea nunc seorsum ad vtilitatem aliquorum separare curauimus, ne permixta aliis minùs placerent, & minùs commodè prodirent in publicum. Sumpto itaque hoc prouerbio pro themate, *Medice cura teipsum.* Circa hanc inter reliquas medicum dicere retuli, vt esset ornatus ad Deum per filialem subiectionem, ne quidquam impium vel superstitiosum, aut diuinis legibus aduersum, sanitatis adipiscendae causa suis aegris suaderet; rememoretur quoque iugiter illius Decretalis: *Cum corporalis infirmitas &c.* Incidit vt conquirerer de superstitionibus pestiferis Magicorum, & stultitiis vetularum Sortilegarum, quae se per quosdam ritus maledictos mederi patientibus pollicentur. At ego data occasione, faciliùs in hoc diuerticulum lapsus sum, quò vtiliùs, & quò in patrocinium huius corruptelae quidam adducere nituntur in crimen medicinam. Nonne, inquiunt, apud solemnes quosdam medicorum tales superstitiosae obstructiones inducuntur, quas etiam scriptis suis inserere curauerunt. Et consistunt in ligaturis, in characteribus, in figuris: quandoque

Medici sortilegiis vtuntur in curationibus.

Magicae obseruationes in quibus consistunt.

X 2

doque in verbis peregrinis & incognitis.

Quamuis autem ab ipsis nulla pro talibus ratio adducatur naturalis, habent nihilominùs efficaciam in curando. Alioquin vanè, immò stultè locuti fuissent de eis Medicorum sapientes, & scriptis inseruissent. Vnde refert Isidorus 4. *Etymologiarum*, quòd Apollo, quem Deum fecit Antiquitas, per methodica quædam, id est, per carmina & incantationes, Æsculapius insuper, & filius eius, per empirica, id est, experimenta sanauerunt homines quingentis annis ante Hippocratem, qui ratiocinatiuam medicinam, qua vtimur, adinuenit. Deinde vox publica virtutibus huiusmodi carminationum & ligaturarum & empiricorum attestatur, quam ex toto falsam dicere videtur inciuile. Nec deessent argumenta ad hoc ex dictis Poëtarum, Virgilij, Ouidij, Lucani & aliorum celebribus historiis. Cur non licebit, inquiunt, istis vti, præsertim cùm Deus omnipotens virtutes suas indiderit (vt vulgus loquitur) herbis, gemmis & verbis? Hanc dubitationem ego nunc tribus dictis seu considerationibus breuiter absolui.

Magicæ artes an sint permissæ.

## Primum Dictum.

Dæmones an sint.

PRobabile in Philosophia naturali, & secundùm veritatem, fide certum est esse Dæmones Primam partem tenuerunt elegantissimi Philosophorum Hermes Trismegistus, Plato, & omnes doctrinæ suæ sectatores, Apuleïus, Porphyrius, & cæteri. Hoc libri ab eis editi, hoc libri de Ciuitate Dei ab Augustino palam docent. Hinc est illa famosa inter eos distinctio de Cacodæmonibus, & Calodæmonibus, malis scilicet, & bonis spiritibus. Hæc est positio de existentia Dæmonum, quæ apud philosophantes faciliori ratione quàm opposita defenditur, saluando effectus quosdam mirabiles, quales referunt historiæ fide dignæ in qualibet gente obtigisse, quas omnes negare pertinaciter, proteruiæ est, & ciuitatem humanam, societatémque politicam dissipare, quam mutua fides & credulitas vnius ad alterum consonat, coniungit, agglutinátque. Porrò negare Dæmones esse, negare eos plurimorum effectuum operatores existere, damnatur apud Christianos, vt erroneum & impium, & sacris Litteris aduersum.

Dæmones sunt & mirabilia operantur ex fide Christiana.

Qua in re deridendi sunt, immò durè corrigendi, qui Theologos derident mox vt sermonem de Dæmonibus faciunt, mox vt eis effectus quosdam attribuunt, quasi fabulosa sit eorū responsio. Prouenit error iste apud quosdā litteratos, tū ex defectu fidei, tū ex debilitate & infectione rationis. Gerunt propriè animam sic occupatam circa corpus, circa res sensibiles, ac earum sollicitas curas, vel ita in causarum particularium & visibilium perscrutatione consistunt, quòd de vniuersalibus & primis entibus ac spiritibus nihil credere vel sapere, nihil tenuiter & eleuatè cogitare possunt. Hoc Plato dixit maximum esse impedimentum veritatis, referre scilicet omnia ad sensus, & non auerti ab eis. Hoc idem Tullius, hoc Augustinus *lib. de vera religione*, hoc Albertus & Guillelmus Parisiensis, immò & experientia docuerunt. Tales erant apud Iudæos Sadducæi.

Spiritus qui negarunt.

Sadd-

Sadducæi, qui referente Iosepho & Hieronym. negabāt esse spiritus, tales inimici Philosophi quidam, vt Tullius loquitur, tales Epicurei, & alij vitam pecudum eligentes, qui nihil esse concipiunt aliud à corporibus & extensis.

In quorum persona Ecclesiastes & Sapiens *Sap.* 2. Ita quasi sint incantati & dementes, nullam sibi inesse rationem, nullos effectus spirituales atque inuisibiles indicare videtur: non minùs errantes à Nabuchodonosor, qui credebat se bouem esse, & ab aliis maniacis, quorum aliqui se gallos, aliqui murilegos opinati sunt. De grege talium erat insipiens ille qui dixit in corde suo, Non est Deus, quia si est Deus vtique est spiritus, & si nullus est spiritus, nullus est Deus. Neque enim ego negauero quosdam plerumque nimis leuiter ea Dæmonibus ascribere, quæ fieri à causis materialibus, naturalibus, rationabiliùs dicerentur; nam multas & miras in rebus sensibilibus efficacias, multas virtutes existere quis negauerit, ex quarum combinatione, alteratione & configuratione fiunt effectus mirabiles, sicut ex immutatione diuersa imaginatiuæ potentiæ in hominibus, sicut ex aliis quidam docuerunt, & operati sunt, quarum operationum notitia potest dici Magia naturalis, de qua inuestigare, quamuis sæpe curiosum esset, & maioris boni impeditiuum, immò & ad errores pronum, non tamen est fidei nostræ contrarium; dummodò Philosophia suis contenta limitibus nihil impium, nihil mendosum nefariumve misceat.

Nabuchodonosor & alij incantationes experti sunt. in se.

Dæmonibus quædam effecta naturalia ascribuntur.

## Secundum Dictum.

OBseruatio ad faciendum aliquem effectum, qui rationabiliter expectari nō potest, nec à Deo miraculosè operante, nec à causis naturalibus, debet apud Christianos haberi superstitiosa & suspecta de secreto pacto implicito vel explicito cum Dæmonibus. Ista est doctrina sanctorum Doctorum, nominatim Augustini, plurimis in locis, quibus has obseruationes valdè condēnauit 5 *de Ciuit. Dei*, 4. *Confessionū*, 2. *de doctrina Christiana*. Et recitantur multa in decreto 26. q. 5. & q. 7. pluribus capp. Hanc cōsiderationem notauit vtique facultas Theologię in multis articulis quos ad elucidationem huius materiæ censuit condēnandos. Articulus tertius est talis, *quòd inire pactū cū Dæmonibus tacitum vel expressum non sit idololatria, vel idololatriæ species & apostasia*, Error. *Et intendimus esse pactum implicitum in omni obseruatione superstitiosa, cuius effectus non debet à Deo vel à natura irrationabiliter expectari.*

Obseruantia effectuū non naturalium superstitiosa & suspecta est.

Pactum cū Dæmone in obseruatione superstitiosa dānatur.

Porrò ad sciendum quid vocamus pactum implicitum vel explicitum cum Dæmonibus, & cur istud vel nō fiat narrabimus veram fidei nostræ traditionem, & hoc quidem breuissimè, quoniam latior perscrutatio aliā facultatem exigit, alium locum & actum. Tradit vera fides, quòd Dæmones nequam sunt spiritus humanæ naturæ hostes acerrimi, sæuissimi, quorum violentiam improbissimamque tyrannidem si non compesceret & frænaret diuina bonitas, de hominibus actum esset, quòd ipsi funditùs deperirent. Iob 41. *Non est potestas super terram, quæ comparetur ei;*

Dæmones hostes naturæ humanæ.

attamen ſuus conatus omnino vanus eſt, niſi pro quanto permiſerit Deus. Sed cur permittat, obſtupeſcant inſipientes corde. Poteſt tamen hoc permitti ob alteram quatuor cauſarum: vel obſtinatorum damnationem, vel ad peccantium purgationem & punitionem, vel ad fidelium probationem & exercitationem, vel ad gloriæ Dei manifeſtationem. De obſtinatorum damnatione ſcriptum eſt Pſalm. 77. *Immiſit in eos indignationes ſuas, indignationem & iram per Angelos malos*, & hoc perpenditur in damnatis. De peccantium purgatione & punitione patuit in Magdalena, quæ ſubiecta erat ſeptem dæmoniis, quia carnalibus vacabat vitiis *ſecundùm Gloſſ.* Præterea dabantur excommunicati ab initio Eccleſiæ ipſi Sathanæ corporaliter vexandi, vt ſpiritus ſaluus fieret. Vnus ex ſanctis patribus magna prece obtinuit à Domino, vt torqueretur à Dæmone, quatenus careret elatione. Cæterùm de fidelium probatione & exercitatione, patuit in Iob & Antonio & Paulo ſecundùm quoſdam, cui datus eſt Angelus Sathanæ. Sicut enim neceſſe eſt, ſecundùm eundem Apoſtolum, hæreſes fieri, vt qui probati ſint, manifeſti fiant; ita fiunt ad hoc illuſiones ſimiles miraculis, quemadmodum perſpicuè poſitum eſt Deuter. 13. *Tentat*, inquit, *vos Dominus, ſi ex toto corde diligatis eum*, hæc cauſa noſtris temporibus magnum locum habet. Denique manifeſtatio gloriæ Dei poteſt eſſe cauſa talis vexationis, ſicut in cæco nato, de quo eſt hodiernum Euangelium, *patuit Ioan.* 9. & in legione Dæmonum, quæ porcos intrauit & ſubmerſit, non ad porcorum punitionem, ſed ad potentiæ Chriſti manifeſtationem. Ampliùs verò nequam ſpiritus, dum ſæuire permittitur, ſæuit non ſolùm apertis viribus, ſed frequenter aſtutis dolis & fraudibus, non tam ad perdendum corda, quàm ad ſeducendas animas, eas in idololatriæ & apoſtaſiæ & inferni foueam dando præcipites. Quam ob rem excogitauit vt ſuperbus, vt fallax & doloſus, quo pacto vſurparet ſibi ab hominibus honorē diuinum, & à vera religione abduceret, reperit quoſdam ex hominibus falſi magis idoneos, quales ſunt omnes qui Deo reiecto nihil curant ad nihil ſtudent, quàm per fas aut nefas ſua deſideria peſſima complere. Quorum alij ad diuitias inopes, alij ad honores vanos, alij ad infames concubitus, alij ad curioſitatem libidinoſam faciendi futuros rerum effectus, aut alia naturæ ſecreta damnabiliter aſpirant. Tales cùm aſpexerit Dæmon intendit nunc occultè, nunc apertè ad obſeruandum quædam inſtituta ſua, quibus mediantibus fidem habeant optata conſequi. Suadet itaque has obſeruationes fieri, non quòd à ſeipſis habeant efficaciam aliquam, aut quòd per eas ipſi neceſſitentur, iuxta determinationem facultatis Theologiæ nuper factam, ſed ob alterā quatuor cauſarum. Primò, vt Dei lex præuaricetur; ſecundò, vt ipſe Dæmon diuino cultu & ritu honoretur; tertiò, vt ſpes de Deo minorata nulla habeatur, quartò, vt fraus ſua minùs videatur. De lege Dei prohibente talia habetur expreſſè Textus *Leuit.* 19. & 22. *Deuter.* 18. & in ſanctorum opuſculis. In legibus quoque naturalibus multa per omnem modum, quas leges tranſgreditur, qui talibus operam præſtiterit. Vnde Exodi 22. *Maleficos nō patieris viuere.* Colitur præterea Dæmon per orationes, ſacrificia & thurificationes iuſſas fieri in artibus magicis. Manet ſiquidem ipſe nequam ſpiritus in priori phantaſia ſuperbiſſima, qua quæſiuit eſſe ſimilis altiſſimo, immò & extolli vult ſuper omne quod

Excommunicati cur Sathanæ vexandi dabantur.

Hæreſes ad quid.

Legio Dæmonum cur porcos [illegible].

Obſeruationes ſuperſtitioſæ quomodo ſuadeant Dæmones quatuor de cauſis.

quod dicitur Deus secundùm Apostolum. Et ita verum est quòd hi ritus tantò plus habent de sacrilega idololatria & minùs excusantur, quantò sanctiora sunt quæ in eis ad honorem dæmoniorum impenduntur.

Spes nulla de Deo à Dæmonibus inducta.

Rursus scit ipse serpens antiquus, quòd beatus vir cuius est nomen Domini spes eius, & non respexit in vanitates & insanias falsas; & è contrà maledicti sunt & odio habentur obseruantes vanitates superuacuè. Quid ergo mirandum si talibus quærit homines implicare suis adinuentionibus? Postremò, quia Dæmon semper dare quod promittit neque vult, neque permittit; adinuenit quomodo cultores sui deputarent illos defectus non Dæmoni, non suæ arti, sed propriæ vel negligentiæ vel imperitiæ, atque dicerent se non omnia atque taliter obseruasse qualia & qualiter iubeantur. Constat quoque falli citiùs homines sub quadam boni specie, & in hoc mira & prorsus miserabilis humanæ cæcitatis insania, quoniam in hac re decem aut crebra mendacia per vnam, casualiter si obtigerit, veritatem excusat, vbi mille in alia materia veritates pro vnico mendacio comperto despiceret. Denique tanta ad credendum prohibita noxia & vanam libidinem in tam modica fide credendorum, quis non mirabitur? Hæc est origo, hic finis artium Magicarum, damnabiliumque superstitionum, ac nefandorum rituum.

Fallax promissio Dæmonum.

Artium Magicarum finis.

---

## *Tertium Dictum.*

PHilosophica aut medicinalis consideratio nullatenùs admittere debet traditiones illas superstitiosas, quæ dicuntur methodicæ vel empiricæ, quarũ sc. nulla potest ratio naturalis assignari, itaque scribentes ea magis insecuti sunt errorem vulgi, aut Magorum ritus impios, quàm medicinæ rationes. Et mirandum quomodo dudum à libris medicinæ non iussa sunt abradi. Ex quo enim de ratione naturali nihil habent, illa vel innituntur operationi diuinæ & supernaturali, & hoc nihil ad medicum vt medicus est, sed est Theologicæ speculationi remittendum; aut innituntur operationi Dæmonis, & hoc similiter nihil ad medicum, sed ad idololatriæ cultum. Si verò dicantur fieri pro mutatione virtutis imaginatiuæ in ægroto, quatenùs fortificetur in eo spes sanationis, aut vt cogitatio sua aliorsum diuertatur, esset hic fateor aliqua ratio naturalis, quoniam vim imaginatiuam plurimùm tum conferre, tum obesse regimini sanitatis quis nesciat. Hinc est illud vulgatum, *Imaginatio facit casum.* Verùm caueat obsecro medicus, ne volendo sanare corpus alienum, seipsum decipiens inficiat. Quo pacto inficietur? Nimirum per mendacia, dum suis patientibus asserit tales obseruationes efficaces esse pro sanitatis obtentu, quas omninò impertinentes aut fabulosas, aut fortassis illicitas esse cognoscit, quantò rectiori fide spem in Deo figendã esse doceret, qui vitæ habet & mortis imperium. Nam inculpatur ipse rex Aza 2. *Paralip.* 16. quòd in infirmitate non quæsiuit Dominum, sed magis in Medicorum arte confisus est. Quis non videat maioris criminis esse, si quis in talibus superstitiosis spem apponat? Quòd si hæc empirica & methodica superstitiosa reperiantur esse virtutis alicuius, tantò perniciosiora sunt secundùm Augustinum, quantò ad seducendum sunt validiora. Ille siquidem effectus, cùm neque

Imaginatio facit casum.

Empirica & methodica superstitiosa carent virtutis.

que à miraculo vero, neque à causa naturali fieri cognoscatur, vt à seductoribus dæmoniis proueniat consequens est. A seductoribus autem fallacibus, à patre mendacij, ab hoste crudelissimo quid boni, quid veri, quid commodi speres, tu videris.

Dæmones vt sanent corpora.

Profectò Dęmones etsi sanarēt corpora, illa sanarent Deo irato. Quomodo Deo irato? quia certè necarēt animas, & deteriùs tādē variis incōmodis cultores suos & inuocatores afficerēt. Denique obediendum ei esset prorsus corporalis valetudo, quę animæ pretio & morte vēderetur. Hęc pauca si quis religiosa fide diligēter aduertit, nō eū turbabunt objectiones illæ (opinor) quibus imperiti à spiritu maligno turgidi obstrepere solent contra fidei pietatem, quæ has omnes superstitiones impias damnat execraturque.

Magica effecta vt damnentur.

Dicunt aliqui non vanam esse aut falsam talium notitiam, quoniam sua veritas probatur per effectum, quasi videlicet negare contendamus, nihil à Dæmonibus & suis cultoribus posse fieri Domino permittente. Absit. Nos itaque & Magos Pharaonis, & Pythonissam Saulis, & Simonem Magum, & Pythonissam in Actibus Apostolorum, & Exorcistas Iudæorum, & Idola Gentium, & futura Antichristi portenta, non solùm non negamus, sed ea negantes reprobamus. Sicut enim vera fides meretur dotari miraculis, dum opus est ad ædificationem; ita falsa fides portentis & figmentis in sui damnationem, vel aliorum probationem demeretur illudi. Dicunt alij multam in obseruationibus huiusmodi sanctitatem inesse, tum in orationibus ad Deum deuotissimis, tum in ieiuniis, in castitate & vigiliis, in thurificationibus, in Eucharistiæ etiam sumptione, in cæteris denique religiosis obsequiis. Sed planè hic mentitur iniquitas sibi, quasi videlicet rerum optimarum, sanctissimarumque non possit esse abusus, quarum nequior ille est, & flagitiosior quàm aliarum, quasi præterea de modo talis quæreret ad sanctificationē, qui spurcissimus est, & non potiùs ad sui adorationē, ad maliciæ suę regimē, & ad sacrificium sacrilegum, alioquin nunquā Deus, nunquā sancti viri, qui Deo inspirante locuti sunt, hæc fieri tanta seueritate vetuissent.

Abusus rerum sanctarum in artibus Magicis.

Nunquam insuper Theologia talibus esset aduersata, cui tamen in hac re & suis professionibus credi debet, non indoctis mulierculis, non impiis idololatris, non hominibus doctis in reprobum sensum, quilibet enim in sua arte sapiens est, & ei credi debet, iuxta Maximam topicam. Dicunt se rursum per hæc omnia intendere obsequium Dei, & non diaboli. Certè ita idololatræ, ita inde necatores Apostolorum arbitrabantur se obsequium præstare Deo, nec proinde saluantur. Quanta quæso est illa cæcitas, dicere se seruire Deo, suis maximè contrariando præceptis? Cæterùm quisquis relegerit has obseruationes nefandas, videbit eas æquè ad malos, sicut ad bonos effectus introductas, propter quod potissimè teste Augustino doc. circa medium, Magici in omni secta plectuntur.

Sacrilega sui præstant obsequium.

Illic videre est impietatem, illic virtutis impugnationem, in docendo stupra & furta fieri, in dolendo scire tempora & momenta, quæ Pater posuit in potestate sua. Denique præfigitur ibi terminus operandi ipsi diuinæ omnipotentiæ, præstituitur modus quo quasi compellatur operari ipsi diuinæ sapientiæ; statuitur finis ipsi diuinæ bonitati & clementiæ, nam quid aliud sonant istæ traditiones? Scribatur hoc in pergameno virgineo, ponatur in figura triangulari cum characteribus incognitis, thurificetur & suspendatur ad collum,

Obseruationes in artibus Magicis.

fiant

fiant ista certis horis tunc infra triduum aut quatriduum, proueniet absque vlla dubitatione effectus ille, quem quærimus, immò hoc sub periculo capitis asseritur, siquidem reuelauerit Deus eis, ipsi viderint, nos scimus, quoniam reuelationes diuinæ non tales sunt, nec prohibet Deus credere illud, quod dignatur reuelare.

Obseruationes quædam & ceremoniæ in Ecclesia.

Arguunt iterum, & nos in similem cautam trahere satagunt. Nónne, inquit, talia similiter fiunt, aut tolerantur ab Ecclesia in peregrinationibus certis, in cultu imaginum, in cereis aut ceris, aut aquis benedictis, & in exorcismis? Nónne dicitur quotidie, si nouem diebus perduret in hac Ecclesia, si ex aqua illa perfundatur, aut si tali se voueat imagini, aut si aliquid talium faciat, ipse mox sanabitur, vel optato potietur? Fateor, ac negare non possumus, multa inter Christianos simplices sub specie religionis introducta esse, quorum sanctior esset omissio. Tolerantur tamen, quia nequeunt funditùs erui, &

Fides & intentio in obseruationibus requiritur.

quia fides simplicium, quamquam minùs in aliquibus bene sapiat, regulatur tamen & quodammodo rectificatur, saluaturque in fide maiorum, quam fidem generali saltem intentione in omnibus suis obseruationibus præsupponunt, si piè & humiliter, hoc est, Christianè sapiunt; & si ad ostensam veritatis normam obedire parati sunt. Hæc autem intentio vt talia suscipiantur aut fiant non tamquam necessariò efficacia, aut tamquam spes principalis in talibus posita sit, Deo postposito, sed quòd pietas fidei per ista nutritur & augetur & exaudiri meretur. Secùs vbi fides læditur & diuina lex violatur. Vanè igitur & proteruè sumitur in hac re vel exemplum vel argumentum ex his, quæ vulgus indoctum non quæ cœtus Theologorū & Sapientū

Corruptores vt quid tolerati.

docet obseruatque. Quid mirum si Theologia & fides corruptores quosdā patiatur vt hæreticos & superstitiosos, vt temerarios assertores, quando & medicina, & philosophia, & astrologia vera, & omnis denique ars & scientia pati aliquid tale cognoscitur, sed fundamentū stabile stat. Tandem oppositionē suā conuertunt alij in querelā dicētes: Ecce talis infirmus est in grandē & lucisolam totius gētis vnius perditionem, ipse desperatur à Medicis. Cur non, inquiunt, per superstitiosa curabitur, præsertim si per superstitiosa præsumitur in ægritudine teneri, & per similia promittitur liberari? Nonne sanitas & auxiliū vndecūque quæri possunt, sicut ab herbis, ita à verbis & à virtute spirituū, sicut à virtute lapidū vel corporū? Cur postremò prohibebit aliquis cogere Dæmonē ad obsequēdū sibi in bonis, quando SS. plurimos, vt Antendium Archiepiscopum Bizātinū, & exorcistas alios ita fecisse commendant historiæ? Respondebimus ad hoc dicētes, primò ad vltimum, quòd Dæmones possunt & licitè possunt per Deū & Sanctos eius ad hoc inspiratos & electos cogi ad præstanda humana quædam obsequia. Ita enim recta fides tenet fecisse Christum, & Moysen, & Raphaëlem Angelum, & David respectu Saulis, & Sāctos quasi innumeros dæmoniacorum, immò & Salomonem & quosdā exorcistas Iudæorū sic egisse, videtur sensisse Iosephus: quāquam de Salomone, qui postmodum idololatra fuit, magis dubia sit sententia, an videlicet de peccato in peccatū, de errore idololatriæ in errorē Magicarū artium delapsus extiterit, an Deo tendēte, dū bonū erat talia cognouerit. At verò si coactio Dæmonis aliter expectetur quàm per miraculum Deo specialiter cooperante, istud falsè creditur & periculosè quæritur.

Salomō in dubio versatur.

Dæmones cogi finguntur.

Falsè quidem propter libertatem Dæmonibus insitam, quæ nec ab istis corporalibus, quibus perfectior est, nec à carminibus cogitur.

Dubia responsa Dæmonum.

Istud autem periculosè quæritur, quia hostis est dolosissimus, & nunc fingit se compelli per tales ritus impios, quibus honorari quærit, & animas perdere. Nunc perplexis responsis inuoluit sententias, vt Tullius loquitur, & historiæ testantur, nunc semitas tortuosas suæ fraudis mille modis tegit. Nobis propter hoc interdicta est societas sua, ne quæramus ab eo veritatem qui mendax est, sicut Christus & Apostolus eius Paulus, ipsum etiam vera loquentem obmutescere præceperunt. Non insuper prosperitatem ab eo qui hostis est, nec pactum ineamus cum eo qui infidus est, nec consortium cum excommunicato, nec fidem proditori perfido adhibeamus.

Fallere nos solet Dæmon.

Fefellit te vera & omnes fallet, quos sibi aut institutis suis deditos inuenerit. Historias hæc docentes, quia innumeræ sunt, non numeramus; de Iuliano Apostata, de Zoroastre primo inuentore Magicæ artis, de Nectanebo & ceteris absque numero. Affirmamus consequenter cum Apostolo, quòd non sunt facienda mala, vt bona eueniant. Non igitur sunt maleficia maleficiis repellenda; aliter sapere, est contra fidem desipere.

In necessitate consiliũ rerum agendarum.

Superest igitur in omni nostra necessitate sentire cum Iosaphat rege, & Deo dicere: *Cùm ignoramus quid agere debeamus, hoc solum habemus residui, vt oculos nostros dirigamus ad te. Tentetur via naturalis rationis & prudentiæ & artis, quam sciuerimus.* Hoc vocatur facere quod in se est, ne videatur tentari Deus, quia via naturali deficiente solum restat in Dei misericordia refugium.

Misericordia Dei quomodo comparetur.

Hæc autem misericordia non superstitiosis obseruationibus, sed piis obseruationibus, non Dæmonum inuocationibus, sed vitæ emendatione, non per homines reprobos, sed probatos comparatur. Si demum nolumus mutare sententiam suam, nostram in melius mutemus vitam. Cæterùm permittente iusto Dei iudicio, licèt occulto, fiunt in aliquo vexationes & immissiones per angelos malos mediantibus pactis quorumdam sacrilegiorum cum Dæmonibus, vel per inuultuationes, per fascinationes, aut carminationes, quamquam de se prorsus ad hæc inefficaces. Dicit vnus Doctor, talia, si reperiantur, posse destrui, quibus amotis & dissipatis neque spiritus dissipare poterit à vexatione ad hoc vt pactum suum seruare & artem suam confirmare videatur, aut quia bona fides destruentium opera hæc diaboli sic meretur exaudiri. Ita egit Philippus rex Francorum de imagine quadam cerea, quam dicebat baptisatam, & execratã taliter nomine suo, quòd ea destructa ipse rex moreretur. *Et videbimus* (inquit pius rex fide plenus) *si potentior erit Dæmon ad perdendum me, quàm Deus ad saluandum.* Et hæc dicens ceram proiecit in ignẽ. Ita concipere eos arbitror, qui dicunt vana vanis esse refellenda, & quòd maleficiis contra maleficia liceat abuti, sed humanam rursus impatientiam audire videor. Obsecrauimus (inquit) Deum, nec exaudit, ieiunauimus, peregrinationes multas fecimus & processiones, nec attẽdit.

Gentis impiæ impatientia, querimonia, & in Deum inuectio.

Sic murmur resonat, sic querimonia quasi gens quæ fecerit iustitiam, & quasi populus qui non auersus fuerit à Deo suo, sic erecta ceruice Deum suis petitionibus omnibus volunt esse obnoxium, cùm tamen verissimè fiat, populus qui labiis suis Deum honorat (vtinam & hoc inueniretur, nec verius diceretur hic blasphemat) cor autem eorum longe est à Deo. Conticescat hæc obstinatio diabolica frendens & tabescens

cens

cens contra diuinam prouidentiam, quin potiùs patienter expectemus, Misericordia diuinæ terminus non est præfigendus non præfigentes terminum diuinæ misericordiæ, iuxta consilium sanctæ Iudith. Nos in Deum toties deliquimus & in omnem iustitiam, immò in omnem creaturam suam, cur non tolerabimus flagella pii patris? Nos filij nequam, dum per filios clientes etiam reprobos placuerit nos punire, durum sanè est contra stimulum & talem stimulum Dei calcitrare per impatientiam, quia duplici cuspide mortis in animas & corpora recalcitrantes feriuntur. Hæc interim de tota collatione pro modicis antè dicta libuit excerpere. Placuit insuper determinationē sacræ facultatis Theologicæ, cuius mētio facta est, huic opusculo connectere, quia ad dictorum firmitatem etiam non mediocriter vtilem iudicaui. Datum per copiam sub signo & subscriptione mei Notarij publici subscripti.

# DECRETVM
## FACVLTATIS
## Theologiæ Parisiensis
### *Contra superstitiosos Errores Artis Magicæ.*

*NIVERSIS orthodoxæ fidei zelatoribus Cancellarius Ecclesiæ Parisiensis, facultas Theologiæ in alma Vniuersitate Parisiensi matre nostra cum integro diuini cultus honore fidem habere in Domino, ac in vanitates & insanias falsas non respicere.*

*Ex antiquis latebris emergens nouiter erroris fœda colluuio recogitare cōmonuit, quòd plerumque veritas catholica apud studiosos in sacris litteris apertissima est, quæ ceteros latet, nimirum cùm hoc proprium habet omnis ars manifestum esse exercitatis in ea, sic quod exinde consurget illa Maxima: Cuilibet in arte sua perito credendum est. Hinc est Horatianum illud, quod Hieronymus* ad Paulinum *scribens assumit.*

*—— Quod medicorum est*
*Promittunt medici, tractant fabrilia fabri.*

*Accedit in sacris Litteris aliud speciale, quod nec experientiâ nec sensu constat, vt aliæ artes nec possint oculis circumuolutis nube vitiorum facilè deprehendi, excæcauit enim eos malitia eorum. At siquidem Apostolus* Rom. 1. *quòd propter auaritiam multi errauerunt à fide, propterea non irrationabiliter idolorum seruitus ab eodem nominatur. Alij propter ingratitudinem, qui cùm cognouissent Deum, non sicut Deum glorificauerunt in omnem idololatriæ impietatem, sicut idem commemorat, corruerunt. Porrò Salomonem ad idola, & Didonem ad Magicas artes pertraxit effrænata voluptas. Alios ad hoc ipsum intorsit superba curiositas, inuestigandorúmque occultorum dira cupido. Alios postremò misera timiditas tota ex crastino pendens, in obseruationes superstitiosissimas impiásque depulit, quemadmodum* apud Lucanum *de filio Pompeij Magni, &* apud historicos *de pluribus notatum est, ita fit vt recedens peccator à Deo, declinet in vanitates & insanias falsas, & ad eum, qui pater est mendacij, tandem imprudenter palam apo-*

*stasiando se conuertat. Sic Saül à Domino derelictus Pythonissam, cui priùs aduersabatur, consuluit. Sic Ochozias Deo Israël spreto misit ad consulendum Deum Acharon; sic denique omnes, qui fide vel opere absque Deo vero sunt, vt à Deo falsò ludificentur necesse est. Hāc igitur nefariam, pestiferam, monstriferámque insaniarum falsarum cum suis hæresibus abominationem plus solito nostra ætate cernentes inualuisse, ne forsan Christianissimum regnū, quod olim caruit monstro, & Deo protegente carebit, inficere valeat tam horrenda impietatis & perniciosissima contagionis monstrum, cupientes totis conatibus obuiare. Memores insuper nostræ professionis, pióque legis zelo succensi paucos ad hanc rem articulos damnationis cauterio, ne deinceps fallant incogniti, notare decreuimus. Rememorantes inter cætera innumera, dictum illud sapientissimi Doctoris Augustini de superstitiosis obseruationibus, quòd qui talibus credunt, aut ad eorum domum eunt, aut suis domibus introducunt, aut interrogant, sciant se fidem Christianam & baptismum præuaricasse, & paganum & apostatam, id est, retrò abeuntem & Dei inimicum, & iram Dei grauiter in æternum incurrisse, nisi quis Ecclesiastica pœnitentia emendatus Deo reconcilietur. Hæc ille. Neque tamen intentio nostra est in aliquo derogare quibuscumque licitis & veris traditionibus, scientiis & artibus, sed insanos errores & sacrileges insipientium & ritus ferales, pro quanto fidem orthodoxam & religionem Christianam lædunt, contaminant, inficiunt, radicitus, quantum fas nobis est, extirpare satagimus, & honorem suum sinceræ relinquere veritati.*

---

## EST AVTEM

### *primus Articulus.*

QVòd per artes magicas & maleficia & inuocationes nefarias quærere familiaritates, & amicitias, & auxilia Dæmonum non sit idololatria. *Error.* Quoniam Dæmon aduersarius & pertinax, & implacabilis Dei & hominis iudicatur. Nec est honoris vel dominii cuiuscumque verè, seu participatiuè vel aptitudinaliter susceptiuus, vt aliæ creaturæ rationales nō dānatæ, nec in signo ad placitū instituto, vt sint imagines ac templa Dei, qui in ipsis honoratur.

### *Articulus* II.

QVòd dare, vel offerre, vel promittere Dæmonibus qualemcūque rem, vt adimpleant desiderium hominis, aut in honorem eorum aliquid osculari, vel portare, non sit idololatria. *Error.*

### *Articulus* III.

QVòd inire pactum cum Dæmonibus tacitum vel expressum nō sit idololatria, vel species idololatriæ & apostasiæ. *Error.* Et intendimus pactum esse implicitum in omni obseruatione superstitiosa, cuius effectus non debet à Deo vel natura rationabiliter expectari.

### *Articulus* IV.

QVòd per artes magicas Dæmones in lapidibus, annulis, speculis, aut imaginibus nomine eorum consecratis, vel potiùs execratis

tis includere, cogere vel arctare, vel eas velle viuificare, non sit idololatria. *Error.*

### *Articulus* V.

QVòd licitum sit magicis artibus vel aliis quibusdam superstitionibus à Deo, aut ab Ecclesia prohibitis aliqua facere pro quocumque bono fine. *Error.* quia secundùm Apostolum, *Non sunt facienda mala vt eueniant bona.*

### *Articulus* VI.

QVòd licitum sit, etiam permittendum, maleficia maleficiis repellere. *Error.*

### *Articulus* VII.

QVòd aliquis cum aliquo possit dispensare in quocumque casu, vt licitè talibus vtatur. *Error.*

### *Articulus* VIII.

QVòd artes magicæ & similes superstitiones & earum obseruationes sint ab Ecclesia irrationabiliter prohibitæ. *Error.*

### *Articulus* IX.

QVòd Deus per artes magicas & maleficia inducatur Dæmones compellere suis inuocantibus obedire. *Error.*

### *Articulus* X.

QVòd thurificationes & suffumigationes, quæ fiunt in talium artium & maleficiorum exercitio sint ad honorem Dei, & ei placeant. *Error & blasphemia*, quoniam Deus aliàs non prohiberet vel puniret.

### *Articulus* XI.

QVòd talibus & taliter vti non est sacrificium seu immolare Dæmonibus, & ex consequenti damnabiliter idololatrare. *Error.*

### *Articulus* XII.

QVòd verba sancta, & orationes quædam deuotæ, & ieiunia, & balneationes, & continentia corporalis in pueris & aliis, & Missarum celebratio & alia opera de genere bonorum quæ fiunt pro exercendo huiusmodi artes, excusent eos à malo & nō potiùs accusent. *Error* nam per talia sacræ res, immò ipse Deus in Eucharistia Dæmonibus tentatur immolari, & hoc procurat Dæmon, quia vult in hoc honorari similiter Altissimo, vel ad fraudes suas occultandas, vel vt simplices illaque & faciliùs & damnabiliùs perdat.

### *Articulus* XIII.

QVòd sancti, Prophetæ & alij per tales artes habuerint suas prophetias, & miracula fecerint, aut Dæmones expulerint. *Error & blasphemia.*

### *Articulus* XIV.

QVòd possibile est per tales artes cogere liberum hominis arbitrium ad voluntatem, siue desiderium alterius. *Error*, & contra fidem, est impium & nefarium.

## *Articulus* XV.

QVòd ideò artes præfatæ bonæ sunt & à Deo, quòd licet eas obseruare, quia per eas vel quandoque vel sæpè euenit, sicut vtentes eis quærunt vel prædicunt, vel quia bonum quandoque prouenit ex eis. *Error.*

## *Articulus* XVI.

QVòd per tales artes Dæmones veraciter coguntur & compelluntur, & non potiùs ita se cogi fingunt ad seducendos homines. *Error.*

## *Articulus* XVII.

QVòd per tales artes & ritus impios, per sortilegia, per carminationes, per inuocationes Dæmonum, per quasdam invultuationes, & alia maleficia nullus vnquam effectus ministerio Dæmonum subsequatur. *Error.* nam talia quandoque permittit Deus contingere, vt patuit in Magis Pharaonis & alibi pluriès, vel ad probationem fidelium, sicut habetur *Deuteron.* 13. vel in quorumdam hominum dignam flagellationem, vel quia abutentes, seu consulentes propter malam fidem aut alia peccata nefaria dati sunt in reprobum sensum, & demerentur sic eludi.

## *Articulus* XVIII.

QVòd boni Angeli includantur in lapidibus, & consecrent imagines vel vestimenta, aut alia faciant quæ in istis artibus continentur. *Error & blasphemia.*

## *Articulus* XIX.

QVòd sanguis vpupæ, vel hœdi, vel alterius animalis, vel pergamenum virgineum aut corium leonis & similia habeant efficaciam ad cogendos vel repellendos Dæmones ministerio huiusmodi artium. *Error.*

## *Articulus* XX.

QVòd imagines de ære, vel de plumbo, vel de auro, vel de cera alba vel rubea, vel de alia materia baptizatæ & exorcizatæ, consecratæ, sed potiùs execratæ secundum prædictas artes & sub diebus certis habeant virtutes mirabiles, quæ in libris talium artium recitantur. *Error in fide, in Philosophia naturali, & Astrologia vera.*

## *Articulus* XXI.

QVòd vti talibus & fidem dare non sit idololatria & infidelitas. *Error.*

## *Articulus* XXII.

QVòd Dæmones boni sunt, aliqui benigni, alij omnia scientes, alij nec saluati nec damnati. *Error.*

## *Articulus* XXIII.

QVòd fumigationes, quæ fiunt in huiusmodi operationibus, conuertuntur in spiritus, aut quòd sint debitæ eis. *Error.*

## *Articulus* XXIV.

QVòd vnus Dæmon sit rex Orientis, & præsertim suo merito,

rito, alius Occidentis, alius Septentrionis, alius Meridiei. *Error.*

### *Articulus* XXV.

QVòd Intelligentia motrix cœli influit in animam rationalem, sicut corpus cœli in corpus humanum. *Error.*

### *Articulus* XXVI.

QVòd cogitationes nostræ intellectuales & volitiones interiores immediatè causentur à cœlo, & quòd per aliquam traditionem Magicam tales possint sciri: & per illam de eis certitudinaliter iudicare, sit licitum. *Error.*

### *Articulus* XXVII.

QVòd per quascumque artes Magicas possumus deuenire ad visionem diuinæ essentiæ vel sanctorum spirituum. *Error.*

*Acta sunt hæc, & post mutuam, crebrámque inter nos & deputatos nostros examinationem conclusa in nostra Congregatione Generali, Parisiis apud sanctum Mathurinum, de mane super specialiter requisitos. Anno Domini millesimo quadringentesimo nonagesimo octauo, die decimanona mensis Septembris. In cuius rei testimonium sigillum dictæ Facultatis præsentibus litteris duximus apponendum.*

## VENERABILIS EIVSDEM CANCELLARII

## Opusculum aliud

*Aduersus doctrinam cuiusdam Medici delati in Montepessulano, sculpentis in numismate figuram leonis cum certis characteribus pro curatione renum.*

ONFORMITER ad casum propositum de leonis imagine pro curatione renum dicuntur duodecim propositiones cum additis quæ sequuntur.

### *Prima Propositio.*

IMaginum, quæ astrologicæ nominantur, fabricatio & vsus suspectus est plurimùm de superstitione & idololatria, seu Magica obseruatione: patebit ex sequentibus.

### *Secunda Propositio.*

IMaginum huiusmodi fabricatio & vsus rationabiliter prohibitus est per sacros Doctores & Ecclesiam.

*Tertia*

## Tertia Propositio.

IMaginum eiusmodi fabricatores possunt & debent per suos superiores prohiberi, inquiri, & culpari; & si parere noluerint condemnari, non obstantibus palliatis allegationibus suis sub titulo astrologiæ, maximè quando non sunt huius scientiæ multi periti secundùm terminos à veris astrologis non idololatris constitutos.

Ponuntur ad istarum propositionum declarationem quædam regulæ fundamentales.

## Quarta propositio in ordine.

OMnis obseruatio, cuius effectus expectatur aliter quàm per rationem naturalem, aut per diuinum miraculum, debet rationabiliter reprobari, & de pacto Dæmonum expresso vel occulto vehementer haberi suspecta. Sic determinauit tempore nostro sacræ Theologiæ facultas, Parisiensis Vniuersitas.

## Quinta propositio.

OMnis obseruatio, quantumcumque sancta & salubris videatur, in decem, aut viginti, aut centum particulis, si habeat vnicam particulam de idololatria, vel hæresi, vel apostasia suspectã, aut infectã, debet tota infecta & suspecta reputari, nisi manifestatio fiat pretiosi à vili.

## Sexta propositio.

OMnis obseruatio particularis super effectibus mirabilibus & extraneis, sub titulo verarum artium palliata, debet examinari ex circumstantiis librorum & auctorum, qui obseruationem huiusmodi particularem tradiderunt.

Ponuntur consequenter propositiones seu regulæ ad declarationem præmissorum, & ad particularum applicationem super imagine leonis, de qua fit inquisitio.

## Septima propositio in ordine.

CHaracteres, seu figuræ, vel litteræ non habent vel sortiuntur ex causa purè naturali & corporali efficaciam, sicut nec entia Mathematica, cuiusmodi sunt figuræ & characteres, sunt de potentiis actiuis, & in eis *secundùm Philosophum* non est bonum neque finis.

## Octaua propositio.

CHaracteres, seu figuræ, vel litteræ non habent de ratione sua quòd ordinentur ad aliquos effectus, nisi mediante rationali vel intellectuali substantia. Significare enim est rem in intellectu constituere.

## Nona propositio.

CHaracteres huiusmodi, si habeant, vel habere credantur efficaciam, oportet quòd hoc sit à causa spirituali, non à purè naturali & corporali, qualis causa est cœlum cum suis influentiis in corpora.

Accipiatur ex præcedentibus regulis consilium, quid agendum est in materia præsente de imagine leonis cum circumstantiis.

## Decima propositio in ordine.

COnstat in primis ex inspectione, quòd ibi sunt characteres, litteræ, figuræ & dictiones, quæ nullum effectum habent naturalem purè corporalem

poralem ad curationem morbi renum & similium *secundùm propositionem septimam præcedentem*: iuxta quod notetur in speciali S. Thom. qui tribuit astrologiæ quantum rationabiliter dari potest, ad exemplum Alberti Magni, magistri sui, consonè tamen ad fidem Catholicam, notetur inquã *in 2. & 3 contra Gentiles* in multis capitulis, *à 113. ad 117. & 118.*

## *Vndecima propositio.*

CONstat, quòd talis obseruatio non est posita ab Ecclesia & sanctis Doctoribus, tamquam eueniat effectus speratus per miraculum diuinum, immò nec per sanctos Angelos Dei, qui sunt administratorij spiritus propter electos Dei ad vitam æternam, magis quàm ad curam corporalem, & medicus & astrologus verus non habent se multum intromittere de actionibus sanctorum Angelorum circa homines. Patet ex immediatè præcedenti cum inspectionibus iurium, & ratio latis est manifesta.

## *Duodecima propositio.*

COnstat, quòd si talis obseruatio mitatur & expectet effectum à malis Angelis seu Dæmonibus, illa est manifestè penitùs reprobanda, etiamsi videatur finis bonus, vtilis, vel honestus, quantò magis si esset malus vel suspectus, sicut est inter alios finis quæstus per simulationem astrologiæ aut mirabilium effectuum, super quibus admirantur homines paucæ religionis aut fidei.

Verumtamen circumstantiæ prædictæ magis apparebunt iuxta practicam primarum propositionum, si reperiatur coniunctio istius obseruationis de imagine leonis cum aliis obseruationibus contentis in auctoribus vel libris tradentibus huiusmodi figurationem. Et hoc ideò dicitur, quoniam temporibus nostris inuentus est liber magnus continens tales obseruationes, quarum aliquæ videbantur piæ & vtiles, aliæ verò erant manifestissimè condemnandæ, & superstitiosæ, & idololatricæ, & de hæresi suspectæ vehementer, & vt tales fuerunt etiã igni traditæ pio zelo. Tales multæ sunt obseruationes apud Hispanos in libro Senafutas. Tales apud Iudæos innumeræ, tales apud Christianos superstitiosos, sicut de nescio quo Sydrach. Tales denique practicari quæruntur, nedum per vetulas sortiarias, sed per multos arma sequentes continuetur. Postremò toties occurrit ista materia, quòd si pro quolibet casu scribendum esset, scribendi nullus esset finis: poterit inter alia videri tractatulus noster de astrologia theologizata, *tom. 1. operum specialiter circa finem.*

Concluditur tandẽ ex omnibus practica super hoc casu particulari, postquàm facta fuerint quæ dicta sunt sũmariè, & quòd planè sine inuolutione processũ, maximè si delatus reddiderit se obedire paratũ sine proteruа defensione, prohibeatur ei de futuro, quòd non ampliùs vtatur, sed antidotis medicinæ, cuius dicitur professor. De præteritis autẽ sufficiat sine quauis infamia delati, quòd honor iudicij fidei cũ prælato & officiariis suis maneat stabilitus. Et ita in Catholica & fraterna charitate cõsulẽdũ quòd delatus taliter obediat sine strepitu & figura iudicij, & per iudicem ita fiat. Si autẽ inueniatur proterua defensio, nõ proteruię rigor sed iustitię vigor fiat. Particularis modus reparandi poterit esse talis, pòstque pleniùs & meliùs informatus sum de fabricatione & vsu talium imaginum, quòd non sunt secundùm Catholicam traditionem promitto bona fide, & deinceps nequaquam vtar illis. Aut si mitiùs iudex velit agere, dicat hoc per alium in tertia persona, postquam talis delatus, &c. Iudex finaliter poterit declarare sententias excommunicationis contra omnes tales, &c. Proinde non valet allegatio quorumdam ex historia scholastica, quòd Moyses fecit imagines, vnam pro obliuione, alteram pro memoria. Et Salomon exorcismos, quia viris sanctis concurrebat miraculum. Vel si Salomon iam erat peruersus ad idololatriam per vxores, potuit datus in reprobum sensum excogitare magicos ritus, sicut de Nectanebo legitur & Zoroastre, qui nascens risit, & posteà magicas artes exercuit. Denique Auicenna & similes de actiuitate animæ rationalis in materiam exteriorem, & fascinatione non sunt audiendi in modo ponendi.

*Finis Lugduni 8. Decembris 1428. per Ioannem Cancellarium Parisiensem. Latior est aliàs Cancellarius noster, maximè prima parte operum, vbi de Astrologia Theologizata & contra superstitiosam dierum obseruantiam, fusè satis hanc rem prosequitur: eum tamen consultò breuitati studentes vt omisimus, sic & curiosæ lectioni satisfacturus non inuisum relinquas exoratus sis.*

# IOANNIS FRANCISCI LEONIS IPPOREGIENSIS

Iuris vtriusque Doctoris,

EPISCOPI THELESINI

*Libellus de Sortilegiis.*

## CAPVT PRIMVM.

*Sortilegium quid sit?*

LVRA sunt genera criminum, de quibus *in Thesauro fori Ecclesiastici* aliàs egimus, & inter alia obiter de Sortilegio verba fecimus, quod cùm grauissimum sit crimen, ac pluribus variisque modis committatur, de eo iuxta illius grauitatem particulariter est agendum.

Sortilegium quid. Sortilegium est superstitio quædam illusoria & maxime noxia, qua regulariter vtitur homo Dæmonis ministerio, *cap. qui sine Saluatore* 26. *quæst.* 2. *cap.* 1. *eadem quæst.* 5. *cap.* 1. & 2. *de Sortilegiis.* & Grill. *tract. de Sortileg num.* 1. & *num.* 5

## CAP. II.

*Sortilegorum professio est duplex, tacita & expressa: professio tacita quæ?*

Professio Sortilegorũ duplex. PRofessionem etiam plures cum Dæmone faciunt. Professio autem Sortilegorum est duplex; tacita & expressa, intelligendo de professis cuiuscumque speciei.

Professio tacita sortileg. Tacita est promissio quædam, quã quis facit alicui Sortilego magistro, hanc professionem nomine Dæmonis recipienti de obseruando, quæ sibi mandauerit, sub promissione quòd grandia faciet & mirabilia, futura in vita sua cognoscet, dummodò fidem Catholicam abjiciat, & omnia Ecclesiastica sacramenta conculcet, quódq; totis viribus eius adhærebit cultui & obedientiæ sui magistri, ac illum tamquam verum Principem adorabit: cultum autem veræ adorationis sub idolorum forma sibi præstando, cunctáque opera per ipsum facienda sub illius nomine & deuotione conficiet, Grill. *infrà de sortileg. cap. 3. num. 2. & 3.* & facit text. *in cap. nec mirum, §. hydromantici, vers. ad hac omnia, 26. q. 5. & summ. confess. de sortileg. q. 5. & 6.*

## CAP. III.

*Professio expressa Sortilegorum quæ sit: duplex illa solemnis, publica & priuata: solemn s & publica quæ sit: expressam professionem Damonibus facientes: quem cultum illis exhibeãt: professio priuata quomodo Dæmoni fiat?*

Profes-sio ex-pressa quæ sit sortile-gorum Profes-sio solē-nis & publica sortileg. EXpressã professio illa est, quæ fit expresse cũ proprio Dæmone, aut solemniter & publicè, aut priuatè: solemnis & publica est illa, quæ fit cum Dæmone dum publicè residet in solio maiestatis more Principis, quando sunt vniuersales congregationes omnium Strigum, Maleficorum, Necromantum cuiuscumque generis professorum, certis nocturnis horis, locis, & temporibus Dæmonis arbitrio constitutis, vbi vniuersis astantibus fit ista professio.

Cultus profes-sorum sortile-gorum. Qui autem expressam professionẽ cum ipso Dæmone fecerunt, eidẽ etiã reddunt expressum adorationis cultũ per solemnia sacrificia, quæ ipsi faciũt diabolo, imitantes in omnibus diuinũ cultum, cum paramentis, luminaribus, thurificatione, ac precibus quibusdam & orationibus, quibus instructi sunt, assiduis illum non secùs ferè colunt & adorant, quàm nos verum Creatorem, *c. contra idolorum. 26. q. 5.* Gloss. *in cap. accusatus, §. sanè, in verbo, Sapevent, ℓi haret in 6.* Grilland. *eadem q. 3. n. 4. & 5* per quæ honor latriæ dæmonibus exhibetur. Direct. Inquisit. *qu. 43. n. 1.* Quæ latria est cultus & seruitus, quæ soli Deo debetur. Gloss. *in Clement. vnic. in verbo, Scipsum, de reliqu. & venerat. sanct.* Gloss. *in cap. venerabiles, de consecrat. di. 3. inst. 4.* S. Th. *2. 2. q. 84. art. 1. ad 1. argum.* & Graff. *decis. aur. part. 1. lib. 2 cap 2 num 1.* Latria quid.

Priuata autem professio est illa, quæ fit priuatè ipsi Dæmoni solùm, abs que vlla vniuersali sortilegorum congregatione & multitudine, vt per eumdem Grilland. *d. qu. 3. lib. 2.* & Farinacium *in prax. crimin. cap. 20. num. 77.* apud quem plura de Sortilegiis videri possunt. Profes-sio pri-uata quæ.

## CAP. IV.

*Latria honorem dæmonibus exhibentes quando vt heretici sint habendi. Sortilegia, qua manifestè hæresim sapiũt, quomodo cognoscantur. Idololatriam & hæresim manifestam qua sortilegia sapiunt, & qua non?*

DÆmonibus honorem latriæ exhibentes, seu eorum nomina inter nomina spirituum beatorum, vel sanctorum in suis nefariis orationibus miscendo, mediatores in illis orationibus à Deo exaudiendis ponendo, cereos accendendo, & Deum per eorum nomina, vel merita oblectando, non vt sortilegi, sed vt hæretici iudicio Ecclesiæ sunt habendi, *vt in eodem Direct. Inquisit. quæst. 43. numero 10. & 11.*

Et

Sortilegia hæresim manifestã quæ ſ. ſunt, quomodo cognoſcantur.

Et regulariter omnia illa Sortilegia ſapiunt hæreſim manifeſtam, quæ cum aliquo dicto, vel facto hæreticali exercentur, vt ſi quis in ſortilegio amatorio Deum, aut Eccleſiaſtica Sacramenta abnegat, aut in eodem Sortilegio Eccleſiæ Sacramenta admiſceret. Sapiunt etiam hæreſim manifeſtam illa Sortilegia, & Diuinationes, ſeu Maleficia, in quibus admiſcentur Sacramentalia, vt aqua vel cera benedicta & his ſimilia, ſiue verba, & Euangelium, Symbolum fidei, *Pater noſter*, *Aue Maria*, aut Pſalmus aliquis Dauidicus, ſeu verba ſacræ Scripturæ, aut aliæ ſanctæ orationes, quibus fit ſortilegium qualificatum. Et generaliter omnia crimina, quæ naturâ ſuâ præ ſe ferunt aliquid, quod eſt hæreſis manifeſta, vt baptiſare imagines, vel animalia irrationalia, puerum rebaptiſare, preces nefarias Dæmonibus fundere, aut illis ſacrificare, idolis genua flectere, & ſimilia, quæ præ ſe ferunt idololatriam, manifeſtam hæreſim ſapiunt, quamuis nullum factum per ſe ſit hæreſis. Syluester *in ſum. in verbo, Hæreſis* 2. *num.* 4. Alphonſus à Caſtro *lib.* 1. *de iuſta hæret. punit. cap.* 15. *circa fin. m.* Simanc. *de cath. inſtit. tit.* 30. *num.* 15. Direct. Inquiſit. *part.* 2. *c.* 41. *num.* 1. 3. 4. *&* 5. & ibi Peña *comment* 67. *verſ. primùm ergò, vſque ad verſ. quantum ad ſecundum.*

Idololatriam & hæreſim manifeſtam quæ ſortilegia ſapiunt.

Sortilegia quæ manifeſtã hæreſim non ſapiunt.

Illa enim ſortilegia non dicuntur hæreſim manifeſtè ſapere, in quibus Dæmon inuocatur, ad faciendum, ſeu cognoſcendum ea, quæ ipſe facere, & cognoſcere poteſt diuina virtute non reprimente, prout homines ad peccata & libidines tentare, naturalium & ſuperiorum virtutes cognoſcere, ex quibus medicamenta ad ſanandũ, & atrocia veneficia ad cauſandum diuerſas infirmitates confici poſſunt, vt probat D. Thom. 2. 2. *diſt.* 96. *quæſt.* 2. & *in tract.* 99. 1 *part. quæſt.* 5. *de malo.* & *eodem lib. quæſt.* 16. *art.* 7. *de Dæmonib.* Præſentiaque occulta & præterita ſcire, & ſic facta iam facta reuelare his caſibus & ſimilibus, ſi Dæmonis in ſortilegiis imploratur auxilium, Sortilegium non dicitur hæreticale, vt poſt D. Thomam Abb. & plures alios per ipſum citatos, tenet Farinac. *in pract. crimin. quæſt.* 20. *num.* 80. *&* *Clar. in* § *Hæreſis, num.* 13. Quæ procedunt niſi ratione commixtionis Sacramentorum, ſacramentalium, aut verborum, aliter ſit iudicandum ex ſuprà allegatis, aut quòd talia patrantes eſſent de expreſſa Dæmonis profeſſione, quo caſu omnia Sortilegia quæ ab illis fiunt, reſpectu operantis erunt hæreticalia, vt poſt plures alios per ipſum citatos Farinac. *eadem quæſt.* 20. *num.* 81. *&* 82.

Sortilegium hæreticale quand.

## CAP. V.

### *Striges à ſancta Eccleſia Dei ſunt expellenda.*

Striges profeſſæ quomodo ab Eccleſia expellẽdæ.

IDeò Striges, cùm præcipuè expreſſam profeſſionem & ſolemnem dæmoni in vniuerſalibus congregationibus faciant, expreſſum cultum adorationis dæmoni reddendo, preceſque fundendo, & in illis ſacrificando, in eorum ſortilegio ſunt violenter ſuſpectæ de hæreſi, & omnes extra gremium Eccleſiæ, & à communione fidelium penitùs alienæ. Subuerſæ enim ſunt, & à diabolo tenentur captiuæ perſonæ, quæ relicto ſuo Creatore diaboli ſuffragia quærunt, & ideò ſancta Eccleſia à tali peſte mundari debet, *cap. qui ſine Saluat.* 26. *quæſt.* 2. *c. Epiſcopi, in princip. eadem quæſt.* 5. & Grillandus *libro de ſortilegiis quæſt.* 7. *num.* 4.

## CAP. VI.

*Striges effectualiter de loco ad locum corporaliter deferri an possint?*

QVapropter à Dæmonibus effectualiter deferri possunt de loco ad locum motu locali verè & corporaliter, Deo tamen permittente, & nõ aliter & hæc est communis sententia Theologorum, de qua post S. Bonauenturam *in 3. sentent. distinct. 19. quæst. 3.* S. Augustinum *lib. 10. &* 21. *de Ciuit. Dei.* S. Thomam *in sum. 2.2. quæst. 95 art. 5. de superstit. & in dicto tract. 99. 1. part. quæst. 8. & in tit. de mira. & quæst. 16. art. 5. & 6. ib. tit. de Dæmonib.* & alios quos citat, testatur Grillan. *lib de Sortileg. d. quæst. 7. num. 3.* Alphons. à Castro *de iusta hæreticorum punit. lib. 1. cap. 16.* & Peñam *in Direct. Inquisit. part. 2. com. 68. vers. sed à maligno.* Et licèt huic communi opinioni videatur repugnare textus *in dict. cap. Episcopi, 26. q. 5.* vbi habetur, quòd quædam mulieres retrò post sathanam conuersæ Dæmonum illusionibus & phantasmatibus tam grauiter seductæ sunt vt credant & profiteantur se cum Diana dea paganorum nocturnis horis, vel cum Herodiade, vel cum innumera multitudine mulierum equitare super quasdam bestias, & multarum terrarum spatia intempestæ noctis silentio pertransire, eiusque iussionibus obedire, velut dominæ, & certis noctibus ad eius seruitium euocari, Et *in §. siquidem ipse sathanas*, habetur, quòd Dæmon vbi primùm mentem cuiuscumque mulieris reperit, & illam per infidelitatem subiugauerit, illicò transformat se in diuersarum species personarum, & mentem, quã captiuatam tenet, in somniis deludens per deuia quæque deducit, & cùm solus spiritus hæc patitur, infidelis hæc non in spiritu siue anima, sed in corpore euenire opinatur. Ac deinde, quis enim in somnis & nocturnis visionibus non extra seipsum deducitur, & multa videt dormiendo, quæ numquam vigilando viderat? Quis verò tam stultus & hebes sit, qui hæc omnia, quæ in solo spiritu fiunt, etiam in corpore fieri arbitretur?

*Striges effectualiter & localiter ad deferuntur.*

*Lamiarũ equitatio.*

Vnde hoc textu freti quàm plures Doctores tenuerunt, quòd non deferuntur in corpore, sed dumtaxat deluduntur in spiritu, vt refert Grilland. & tenet Franc. Ponzinibius *in tract. de Lamiis, num. 45. & pluribus sequentibus.*

Communem tamen opinionem pro vera tenent, quòd deferantur, & contrarium sentientibus pluribus rationibus respondet idem Grill. *eadem quæst. 7. num. 18.* quem post alios per ipsum citatos sequitur Peña *eodem com. 68. versiculo, Tertiò eadem.* Et quòd Dæmones Deo permittente possint hominem deferre verè & corporaliter de loco ad locum motu locali, plurimis exemplis relatis tam per eumdem Grillandum, quàm alios graues Doctores demonstrare conantur.

*Deferuntur verè Striges.*

## CAP. VII.

*Sortilegiorum causa ad forum Ecclesiasticum spectans, vt & Astrologorum. Sortilegorum non hæreticalium pœna est arbitraria.*

SOrtilegiorum causæ eo modo, quo hæreticorum, tam in procedendo, quàm diffiniendo spectant ad forum Episcoporum & Inquisitorum, quando sapiunt hæresim, & tunc eadem pœna,

*Sortilegia ad Episcopos & iudices Ecclesiasticos spectant*

pœna, qua cæteri de hæresi suspecti sunt condemnandi. Sed quando non sapiunt hæresim, & est dubium, an aliqua admixta hæresim sapiant; vt si qui ad orientem se conuertant, aliqua verba inusitata & non intelligibilia proferant, vel similia; tunc videtur quòd Inquisitores debeant tales ad suos iudices dimittere puniendos, *cap. accusatus*, §. *sanè*, & ibi Gloss. *in verbo, Manifestè*, Archid. Io. Andr. & Io. Monach. *de hæret. in 6.*

Pœna autem Sortilegorum non hæreticalium est tam de iure ciuili, quàm canonico arbitraria, Abb. *in c. 2. n. 4. de Sortileg.* & post Grilland. & alios Farinac. *in prax. crimin. q. 20. n. 84. 89. & 94.*

Sed quando constat hæresim sapere, si ampliùs dubitetur, an hæresim sapiat, tunc ipsi Episcopi & Inquisitores de hoc cognoscere possũt, & iudicare ac pronuntiare se iudices. Abb. *in cap. 1. num. 4. in fine de Sortileg.* Carrera *in tract. de hæret. num. 24.* Gloss. & DD. *in dicto cap. accusatus*, §. *sanè*, per Peñam allegati *in Directl. Inquisit. com. 67. in fine.*

Et hæc distinctio, quòd Inquisitores de Sortilegiis, non sapientibus hæresim, cognoscere nõ possunt, procedit, & habet locum de iure cõmuni, quod fuit per Sixtum V. qui sua perpetuò valitura constitutione Apostolica auctoritate statuit & mandauit, vt tam contra Astrologos, Mathematicos & alios quoscumque iudiciariæ Astrologiæ artem, præterquam circa agriculturam, nauigationem & rem medicam in posterum exercentes, aut facientes iudicia, & natiuitatis hominum, quibus de futuris cõtingentibus successibus, fortunisque, casibus aut rationibus, & ex humana voluntate pendentibus aliquid euenturum affirmare asserant, aut protestantur, quàm contra alios vtriusque

Astrologorũ causæ sunt iudicum Ecclesiasticorum.

sexus, qui supradictas damnatas, vanas, fallaces & perniciosas diuinandi artes, siue scientias exercent, profitentur, docent, aut discunt: quive huiusmodi diuinationes, sortilegia, superstitiones, veneficia, incantationes, ac præmissa detestanda scelera & delicta (vt præfertur) faciunt: aut in eis quomodolibet se intromittunt, cuiuscumque dignitatis, gradus & conditionis existant, tam Episcopi & Prælati superiores, ac alii ordinarii locorum, quàm Inquisitores hæreticæ prauitatis, vbique gentium deputati; etiamsi in plerisque ex his casibus antea non procedebant, cognoscere valeant.

## CAP. VIII.

*Quinam libri à Sixto V. prohibiti sint. Inquisitores & Episcopi liberè an possint de sortilegiis & superstitionibus cognoscere?*

PRohibuítque idem Pontifex omnes & singulos libros, opera, & tractatus iudiciariæ Astrologiæ, Geomantiæ, Hydromantiæ, Pyromantiæ, Onomantiæ, Chiromantiæ, Necromantiæ, artis magicæ, aut in quibus sortilegia, veneficia, auguria, auspicia, execrabiles incantationes, ac superstitiones continentur, quos Ordinariis locorum vel Inquisitoribus voluit consignari, & contra scienter legentes, aut retinentes libros, seu scripta huiusmodi, seu in quibus talia continentur, similiter per eosdem Inquisitores procedi posse decreuit, vt in dicta constitutione sub dat. Romæ anno 1585. vbi latiùs de sortilegiorum, incantationum & diuinationum prohibitionibus videre licet, *in pecul. suo Bullario, parte 2. fol. mihi 52.*

Libri magici & astrologici à Sixto V. prohibiti.

Dictæ

Inquisit. et cognosc. cen possunt de sortilegiis & superstitionibus

Dictæ constitutionis rigore possunt Inquisitores cognoscere de sortilegiis, non tamen priuatiuè quoad Episcopos, imò causas & superstitionum, incantationum, veneficiorum, & blasphemiarum, & contra eos, apud quos reperiuntur libri prohibiti, Episcopi cognoscere, & nisi sapiant manifestè hæresim, absque Inquisitorum interuentu illas possunt decidere, diffinire, & terminare; per text. *in d. cap. accusatus, de heret. in 6.* Abb. *in d. cap. 1 num. 4. vers. & aduerte, de sortilegiis.* Eymer. *in Direct. Inquisit. quæst. 42. num. 2.* & ita censuit sacra generalis Congregatio S. Rom. & vniuersalis Inquisitionis, sub die 21. Decembris anno 1602. Quamuis enim per dictam constitutionem Sixti Papæ V. fuerit Inquisitoribus attributa iurisdictio cognoscendi de causis sortilegiorum, superstitionum, veneficiorum & incantationum, etiam quòd aliàs de præmissis non cognoscerent, vt *suprà num. 20.* non tamen fuit Ordinariis restricta facultas, quin liberè in causis huiusmodi, vt priùs, dummodò non hæresim manifestè redolcant, procedere possint, cùm id ex iuris communis dispositione illis sit attributum, ex deductis per Abb. *eodem num. 4.* & Clar. *in pract. crimin. § hæresis, num. 23.*

## CAP. IX.

*Diuinatio est prima species sortilegij. Diuinationum species sunt quatuor.*

Diuinatio prima species sortilegij. Diuinationum sunt quatuor species.

DIuinatio prima species est sortilegij, quæ inter cæteras obtinet principatum, in quam plures homines incidunt, vt per Grill. *eodem tract. de sortilegiis cap. 2. num. 5.*

Et quatuor species sunt diuinationum, sicut quatuor sunt elementa, quæ consistunt in hydromantia, pyromantia, geomantia, aëromantia. Et aliqui ex Dæmonum professoribus vocantur incantatores, quidam arioli, alij aruspices, aliqui augures, quidam pythonici & mulieres pythonissæ, aliqui genethliaci, quidam salitores, & aliqui magi, de quibus *in c. igitur genus, 26. quæst. 4. cap. nec mirum, ead. quæst. 5.* & Grill. *in d. tract. de Sortileg. quæst. 2. num. 7.*

## CAP. X.

*Sortilegia per personas tacitæ Dæmonis professionis pluribus modis fiunt: ad amorem in corpore, & extra corpus: extra corpus quomodo fiant.*

Sortilegia variis modis perficiuntur à personis tacitæ professionis

IN sortilegiis, quæ fiunt per personas tacitæ Dæmonis professionis, diuersa interueniunt instrumenta, & fiunt quandoque in aqua per hydromantiã, quandoque in igne per pyromantiam; interdum in terra per geomantiam; aliquando vtuntur aëre, & ea faciunt per aerimantiam: quandoque illa faciunt ex inspectione intestinorum auium, animalium, aut per eorum voces, garritum, occursum & similia, vt habetur *in dicto cap. igitur genus, & cap. nec mirum.* Host. *in Summa de Sortileg. §. 1.* & Grilland. *quæst. 5. num. 2. eodem tit.* & aliqui respiciunt in astrolabio, *vt in cap. 2. ext. eodem tit.* Alia est species sortilegiorum, quæ fiunt ad amorem, aut in corpore, aut extra corpus: in corpore enim communiter fieri solent per cibum vel potum, vt *l. 3. §. hæc adiectio, §. ad legem Cornel. de sicariis, lege si quis aliquid, §. qui abortionis, ff. de pœnis, l. eorum in princip. & l. multi, C. de Malef. & mathemat.*

Sortilegia in corpore.

Sortilegia extra corpus.

Extra corpus autem, id est, extra intestina fiunt per aliquas mixturas compo compositas, ex herbarum foliis, vel radicibus, metallis, reptilibus terræ, auium plumis, vel membris, seu intestinis eorumdem animalium, vel piscium, aliarúmque similium rerum nostratium, illaque quandoque consuunt in chlamyde personæ ad amorem maleficandæ, vel sub capite lecti, super quo persona ipsa dormit, abscondunt, aut sub limine ostii cameræ, aut alterius, super quo ipse maleficiandus vir, aut mulier transituri sint. Apponuntur etiam imagines ceræ iuxta ignem ardentem completis dæmoniacis sacrificiis, de quibus *suprà*, adhibitis nefariis precibus, & turpibus verbis, vt quemadmodum imago illa igne consumitur, & liquescit, eodem modo cor mulieris amoris calore talis viri feruenter ardeat, & vt plurimum admixtis Ecclesiarum Sacramentis, sicut est hostia sacrata, vt *per gloss. in cap. accusatus, §. sane, de hæret. in 6.* & aliis modis, ac rebus admixtis, de quibus per Grilland. *eodem tract. de Sortilegiis quæst. 3. num. 11. & ferè per totum.*

fragio Dæmonis, tam rebus ipsis, quam verbis communiter inferi non solent in corporibus, pariter nec tolli: quoniam medicina naturalis, & omnium physicorum & chirurgicorum ars tota communiter non sufficeret ad sananda corpora ipsa, & remouenda Dæmonis opera, sed solùm per eosdem, qui sub eadem professione morantur, & qui maleficia ipsa facere solent arte & instructione Dæmonis destrui ac tolli possunt. S. Thom. *in 2. 2. quæst. 92. art. 6.* & tenet Grilland. *eod. tract. de Sortil. q. 2. num. 1. & 5.*

Maleficiati difficiliùs curantur, quàm Energumeni. — Maleficiati enim difficiliùs curantur, quàm Energumeni & à Dæmone obsessi. Mall. Malefic. Spreng. *parte 2. quæst. 2. cap. 6. vers. ex præmissis tollerem.* Omissis tamen diuersitatibus opinionum, an licitum sit, necne maleficia tollere per alia maleficia, & opera superstitiosa, quas recenset quam plura exempla deducendo, Mall. Malefic. *dicta parte 2. quæst. 2. secunda part. princip.* dicetur *cap. sequenti nostro.*

## CAP. XI.

*Maleficia à quibus destruantur, & tollantur: & an maleficiati facilius minime curentur quàm Energumeni.*

Malefica à quibus curentur. — MAleficæ artes, impedimenta & infirmitates (exceptis factis cum aliquibus nodis vel solutionibus, quæ reperta nodis confractis, aut combinatione materiæ soluta de facto destruuntur & soluuntur) scientia humana destrui non solent: nisi per eiusdem artis magistros, vel qui sint diabolicæ professionis bene instructi, aut aliquo modo participes: quia maleficia ipsa absque ministerio & suf-

## CAP. XII.

*Maleficia maleficiis curare non licet; mala enim non sunt facienda, vt eueniant bona: maleficiorum curatio à Deo est impetranda, qui omnia potest.*

Magicæ artes cuicumque bono etiã interdictæ. — NOn est licitum vti Magicis artibus, vel aliis quibuscumque superstitionibus à Deo & Ecclesia prohibitis pro quocumque bono fine, nec permittendum maleficia maleficiis repelli, nec dispensandum quocumque casu, vt talibus licitè quis vti possit. Peña *in Direct. Inquisit. com. 68. circa finem.* Nec sunt facienda mala, vt eueniant bona (vt inquit Apostolus)

stulus) & contra dictos articulos profitentes iudicio Inquisitorum hæreticæ prauitatis subjiciuntur, vt per eundem Peñam *ibi in fine.*

Sed ad Deum est recurrendum, qui omnia nouit, & cuius oculis omnia subjiciuntur, *cap. fundamenta*, §. *proinde de elect. in 6.* & Nauarr. *in relect. cap. nouit. de ind. not. 1. num. 1. tom. 1.* & omnia potest, in cuius nomine Dæmonia ejiciuntur. *Marci cap. vlt.* Nam licitis orationibus maleficia curantur, vt *dicto cap. 6. per totum*, & *Flagell. Dæmonum per totum*, vbi de modo Deo auctore effugandi Dæmones à corporibus obsessis, & quomodo exorcista se debeat præparare satis diffusè habetur, ad quæ remisisse sufficiat.

Maleficia Dei inuocatione & piis orationibus destruuntur.

# IACOBI SIMANCÆ PACENSIS EPISCOPI

## Titulus vnicus de Lamiis.

*Lamiæ quæ sint? contra illas an inquirendum sit, & quomodo: an ea quæ patiuntur & perpetrant illusoriè fiant an verè realiter illis contingant?*

Lamiæ quæ sint.

LAMIÆ siue Striges appellari solent mulieres quędā maleficæ, quæ multis nocere solent, de quibus dubitari potest, an ab Inquisitoribus puniri queāt, & cùm dæmones adorēt & fœdus cū eis faciant, quin etiā cùm fidem Catholicam abnegare soleant, dubitabile nō est, qu'n cōtra illas inquirere possint; & bene faciunt Inquisitores Hispaniæ contra eas procedendo, quia vel apostatæ sunt, vel ea perpetrant, quæ manifestè sapiunt hæresim, vt inquit Syluester *lib. 3. de Strigimagarum & Dæmonum admirandis, cap.* 10 à 1de Ioan. Franc. Picum &c. *lib. 3. dialog. Strix.*

Inquisitores Hispaniæ contra Lamias procedunt.

Itaque inquiretur in Lamias, vt contra hæreticos aut vehementer suspectas procedi solet: quòd si propriis confessionibus, aut iustis probationibus conuictæ fuerint, prout earum culpa expostulauerit, statuendum erit, *l. respiciendum ff. de pœnis.*

De Lamiis vt hæreticis cognoscitur.

Dixerit fortassis quispiam, illusiones Dæmonum esse, quas Maleficæ istæ patiuntur, ac proinde fidem illis non esse adhibendam: cui respondetur, primò, non semper esse in somnia & illusiones, sed interdum re vera ita euenire, vt ab eis narrari solet, quemadmodum à Turrecremata, Ioannes Major, à Castro, à Victoria, ac innumerabiles alii tradunt, quod quidem tot experimentis compertum est, vt id negare insaniæ sit, vt inquit Syluester *opere prænotato lib. 1 cap. 14.*

Malefica omnia non illusoriè sed aliqua verè experiuntur.

Deinde, pleraque istarum facinora perpetrantur à vigilantibus, vt pacta cum Dæmone, infanticidia, & alia damnatiu quibus eis debet fides adhiberi, sicut aliis reis confitentibus: quinimmò contra seipsas credendum eis esse videtur, quamuis de his testificentur, quæ somno sepultis euenire solent: nam & anteà præmeditantur & ab eis posteà ratificantur: in criminibus ratihabitio quoque locum habet, *capitul. cùm quis, de sentent. excommunicat. lib. 6 cap. testament. distinct. 6.*

Erat

Extat Epistola Decretalis Innocentij VIII. cujus hæc sunt verba:

*Non sine ingenti molestia ad nostram pervenit auditum, complures utriusque sexus personas, propria salutis immemores, & à fide Catholica deviantes, cum Dæmonibus incubis & succubis abuti: quapropter ne labes huius hæreticæ pravitatis in perniciem animarum sua venena diffundat, opportunis remediis, prout nostro incumbit officio, providere volentes, statuimus ut Inquisitores per nos deputati debitum Inquisitorum officium in huiusmodi personas exequantur.*

Mall. Malef. initio primæ partis.

* Retulit Sixtus Senensis *lib. 5 bibliothecæ sanctæ annotation. 71.* cuius & alterius constitutionis, huic similis, Iulij 2. meminit Ioan. Franc. Picus *lib. 3. Dialog. Strix.*

*FINIS.*

# ALPHONSI A CASTRO ZAMORENSIS

ORDINIS MINORVM regularis Obseruantiæ, Prouinciæ Sancti Iacobi,

*De impia Sortilegarum, Maleficarum, & Lamiarum hæresi, earúmque punitione*

## OPVSCVLVM.

### CAPVT PRIMVM.

*De sortilegiis & auguribus, aliisque diuinatoribus; an sint hæretici dicendi?*

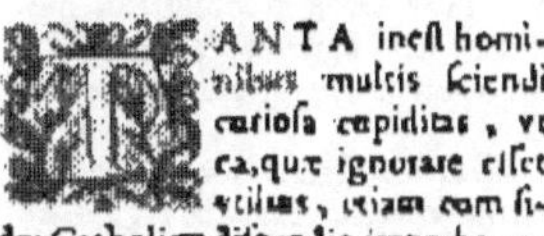

TANTA inest hominibus multis sciendi curiosa cupiditas, vt ea, quæ ignorare esset vtilius, etiam cum fidei Catholicæ dispendio improba curiositate discere conentur. Ob quam causam non immeritò à multis dubitari solet, de huiusmodi hominibus, qui diuinatores nuncupantur, an sint illi omnes hæretici censendi, & velut tales ab hæreticæ prauitatis Inquisitoribus puniendi. Ad cuius rei pleniorem intelligentiam, oportebit ante omnia inquirere quid sit, & quotuplex diuinatio: & inde colligere valebimus, an illi, qui illam exercent, sint hæretici dicendi, an non. Diuinatio est enunciatio eorum, quorum notitia per naturam haberi non potest,

Curiositas hominum quò feratur.

Diuinatio quid sit.

poteſt, niſi à Deo reuelata eſt. Res autem ſunt aut præſentes, aut præteritæ, aut futuræ. Præteritorum & præſentium ſcientia per naturam haberi poteſt: quoniam præſentia poſſunt videri, præterita quia aliquando fuerunt præſentia, aliquando viſa ſunt: & ex illorum intuitione remanet notitia, quam Philoſophi vocant abſtractiuam, per quam poteſt quis de præteritis certò aliquid ſcire & aliis enũtiare. Futura autẽ, quia nondũ habent eſſe, videri non poſſunt, & ideò nihil certum de illis haberi poteſt.

Propter quod diuinatio ſemper circa futurorum præcognitionem cõſiderari ſolet: quia illa ſunt quæ ex ſe per naturam cognoſci non poſſũt. Si quis autem præſentia aut præterita, quæ per naturam cognoſci non poſſent, enuntiaret, & certò aſſereret, ego illum etiam diuinatorem appellarem. Sicut qui à Roma per centum milliaria diſtans, diceret quid eo temporis articulo Romæ agatur; aut diceret homini, quem nunquam vidit ea, quæ toto vitæ ſuæ decurſu egit, is certè (meâ ſententiâ) etiam diceretur diuinator, ac ſi prædixiſſet futura.

Diuinator quis dicatur.

Nam ſicut Propheta dicitur etiam propriè ille, qui per reuelationem agnoſcit præterita, aut præſentia, quæ aliàs ſcire non poterat, quamuis frequentiùs dicatur Propheta, qui per reuelationem prænoſcit futura: ita etiam propriè dicitur diuinator ille, qui præterita aut præſentia, quæ naturaliter ſcire non poterat, abſque Dei reuelatione cum certitudine aſſerit. Illa ſiquidem mulier Samaritana, cui Chriſtus dixerat, quinque viros habuiſſe, & quem tunc habebat non eſſe ſuum, ſtatim hoc audito exclamauit dicens: *Domine, vt video, Propheta es tu.* Prophetam ſiquidem cenſebat dicendum eum, quia præterita, aut abſentia, quæ in ſecreto latebant, optimè noſcebat.

Propheta quis ſit.

Ioan. 4.

Quamuis tamen hæc ita ſe habeant, ſolet frequenter ille ſolus dici diuinator, qui futura cum certitudine, & abſque deceptionis metu aſſerit. Futura autem (vt egregiè B. Thomas *id* 2. 2. q. 95. docet) duobus modis cognoſci poſſunt. Aut enim cognoſcuntur per ſuarum cauſarum cognitionem, aut cognoſcuntur per ſeipſa.

Futura duobus modis cognoſcuntur.

Cauſæ autem futurorum tripliciter ſe habent ad effectus ſuos: nam aliquæ ſunt, quæ ex neceſſitate & ſemper ſuos producunt effectus. Huiuſmodi effectus futuri cum certitudine prænoſci & prænuntiari poſſunt, per cognitionem ſuarum cauſarum, quemadmodum aſtrologi præcognoſcere & prædicere ſolent æquinoctia, ſolſtitia, eclypſes Solis & Lunæ. Talis prænuntiatio, non dicitur diuinatio: quia non vſurpatur per eam, quod propriè diuinum eſt.

Aliæ ſunt cauſæ quæ producunt ſuos effectus, non ex neceſſitate & ſemper, ſed rarò contingit eas à ſuorum effectuum productione deficere. Ex harum etiam cauſarum cognitione poſſunt homines futuros effectus præcognoſcere: non quidem cum certitudine, ſed per quamdam coniecturam. Ad hunc modum multa prædicunt Aſtrologi de pluuiis, ſiccitatibus, terræ motibus, de fertilitate aut ſterilitate terræ: & Medici prænuntiant de morte aut conualeſcentia infirmorum, in quibus rebus aliquando prædicunt vera, aliquando falluntur. Hæc etiam prænuntiatio non poteſt dici diuinatio: quia limites naturalis cognitionis non excedit.

Non ex neceſſitate.

Aliæ ſunt cauſæ, quæ nullam prorſus neceſſitatem habent, vt ſuos effectus aut ſemper, aut pluries producant:

Nullo modo ex neceſſitate.

cant: sed dubiæ semper ex se sunt & ancipites, vt modò hos, modò oppositos effectus producere valeant. Tales causæ vocantur liberæ, vt sunt homines & Angeli. Effectus qui ab huiusmodi causis producendi sunt, non possunt cum certitudine aliqua, siue vt semper, siue vt in pluribus, per cognitionem causarum præcognosci: quia causæ huiusmodi nullam habent ad suos effectus coactionem.

Causarũ liberarũ effectus quomodo cognoscantur.

Quantumlibet quis cognoscat Petrum, non potest ex hac cognitione certò scire, an Petrus cras ieiunabit, an non: an loquetur, an tacebit: quia cũ ille liber sit ad hos effectus, potest & vnum, & alterum efficere. Tales ergo effectus, qui ab huiusmodi causis pendent, nullus agnoscere potest, nisi dum sunt præsentes, vt puta, cùm videt Petrum comedentem, aut ieiunantem, vel tacentem, aut loquentem. Cognoscere hæc cum certitudine, aut prædicere antequam fiant, soli Deo conuenit, qui (vt dicit Paulus) vocat ea, quæ non sunt tamquam ea, quæ sunt. De huiusmodi futuris intelligendum est id, quod Salomon ait: *Multa hominis afflictio, quia ignorat præterita, & futura nullo scire potest nuntio.*

Rom. 4. Eccl. 8.

Hieronymus.

Quæ verba in commentariis super Ecclesiastem interpretatus Hieronymus ait: *Licèt diuersa eueniant, & non possit iustus scire quid ei futurum sit, nec singularum rerum causas, rationésque cognoscere: (nemo enim est conscius futurorum) tamen scit à Deo cuncta in vtilitatem hominum fieri, & non absque eius voluntate disponi. Est enim magna afflictio generi humano: quia (vt Poëta ait) nescia mens hominum fati sortísque futuræ; aliud sperat aliúdque euenit, de altero loco expectat hostem, & alterius iaculo vulneratur.* Hæc Hieronymus. Quisquis ergo talia futura prædicere, aut prænoscere (nisi Deo reuelante) præsumpserit, vsurpare conuincitur, quod solius Dei est, & hic talis dicitur diuinator. Nam (vt dicitur *cap. Igitur 26. quæst. 4.*) diuini dicti sunt, quasi Deo pleni.

Diuini vnde.

Diuinitate enim se esse plenos simulant, & astutia quadam fraudulenta hominibus futura coniectant. Si quis verò huiusmodi futura contingentia, quæ à causis liberis dependent, Deo reuelante, præcognouerit, aut prædixerit, non dicetur diuinator: quia non ex se, & per se talem habet notitiam, sed à Deo, & ita ipse nõ vsurpat sibi diuinum aliquid: sed Deo tribuit, quod ab illo se recepisse fatetur. Alioqui omnes Dei Prophetæ dicerentur diuinatores, eò quòd tam multa de futuris prædixerint.

Diuinatores à Prophetis differunt.

Nullus tamen sanctorum illos diuinatores, sed Prophetas appellauit. Ille enim solus diuinator dicitur, qui sibi indebito modo vsurpat præcognitionem, aut prædictionem futurorum euentuum, quæ à liberis causis pendent. Et talis diuinatio semper est peccatum, & quidem graue: quia contra religionem & cultum Deo debitum: non tamen omnes diuinationes æquali culpæ sunt obnoxiæ: quia vna peior est alia, quò peiora media ad futurorum prænotionem assumit. Aliquæ enim sunt, quæ Dæmonum inuocatione vtuntur, vt futura præscire possint, velut sunt Necromantici, aut Arioli.

Alij verò sunt, qui sine expressa Dæmonum inuocatione futura prædicunt, vt sunt Augures, qui ex garritu auium, aut Auspices, qui ex auium aspectu; aut Chiromantici, qui per signa manus multa de futuris prædicere solent. Et Sortilegi aliqui sunt, qui sub nomine Christianæ religionis per sacrarum scripturarum inspectionem

ctionem, aut per quasdam, quas sanctorum seu Apostolorum (vt Isidorus 8. *lib. Etym.* ait) vocant sortes, diuinationis scientia profitentur. Et hi propriè sunt sortilegi, qui in iure canonico reprehenduntur atque damnantur. Sunt enim multi alii sortilegi minimè à iure reprehensi, sed ab illo tolerati, & sunt illi, qui quamuis faciant aliquid, vt ipsius euentu considerato, occultum aliquid, siue praesens, siue futurum agnoscant, non tamen illorum cognitionem à Daemone, sed à Deo spectant, vt contingit in sorte diuisoria.

Diuinatio cum Daemonum inuocatione.

Ea diuinatio, quae cum Daemonum inuocatione fit, multò peior est illa, quae absque illorum inuocatione exercetur. Est adhuc inter ipsas diuinationes aliud non paruum discrimen. Sunt enim aliquae quae quodammodo haeresi miscentur, & sine alicuius haeresis adminiculo exerceri non possunt. Vt si quis mortuum baptizaret, ea forma, & eo ritu, quo baptizatur viuus, vel puerum baptizaret, vt inde sortium emissarum responsum habeat, aut Eucharistiae Sacramento ad maleficia & incantationes exercendas abuteretur, aut coram idolis execrandas effunderet preces, ad incantationes suas peragendas. Talia enim sortilegia, aut auguria sine haeresis admixtione non fiunt.

Haeresis Marcionistarum.

Nam credere mortuos vtiliter baptizari posse; haeresis fuit Marcionistarum, prout nos in eo opere, quod aduersus omnes haereses edidimus, *tit. de baptis. haeres.* 3. docuimus. Rebaptizare pueros, haeresis Anabaptistarum est apertè damnata. Idola orare, est idololatria, & si quis in illa, deos adoratione dignos esse putat, apertissima est haeresis. Eucharistiae sacramento ad maleficia peragenda abuti, vehementissima est haeresis suspicio. Quoniam hoc faciens, praeter magnam irreuerentiam, quam sanctissimo exhibet Sacramento, meritò creditur illum opinari, sanctissimum Eucharistiae Sacramentum, aliquid ad maleficia exercenda valere, & vim aliquam, & virtutem ad illorum maleficiorum exercitium habere: quoniam si hoc non crederet, non vteretur illo ad talis maleficij perpetrationem.

Eucharistiae abusus ad malefica.

Daemonis inuocatio in sortibus extendis.

Hęc autē sentire, aperta est haeresis & blasphemia. Si quis autem Daemones inuocaret, vt sortibus emissis, aut figuris aliquibus factis, de futuris ab eis edoceretur, licèt grauiter peccaret, non adhuc diceretur haereticus, si res, quas à Daemonibus scire procurat, tales sunt, quae à daemonibus bene praenosci possunt. Nam Daemones, qui rerum naturas, & earum virtutes, & motus (vt habetur *in cap. Sciendū.* 26. *quaest.* 4. meliùs quàm homines noscunt, possunt ex cogitatione causarum praecognoscere effectus, quos illae ex necessitate semper producunt, prout *superiùs* de Astrologis diximus, circa praenotionem eclypsium solis & lunae.

Si quis huiusmodi eclypses, aut fertilitatem terrae, aut sterilitatem futuram, à Daemone praescire tentaret, quamuis grauissimè peccaret, non esset tamen censendus haereticus.

Praenotio cum Daemonis inuocatione est haeresis.

Si verò ea, per naturam scire non poterat, per Daemonum inuocationē scire niteretur, hic meâ sententiâ est praesumendus haereticus: quoniam Daemones ad illa praenoscenda non inuocaret, nisi crederet Daemones illa praescire.

Hoc autem de Daemonibus sentire, aperta est haeresis: quoniam qui Daemones credit posse cum certitudine praenoscere ea futura contingentia, quae ex hominis arbitrio pendent, credit illos esse deos: quoniam hoc soli Deo conuenire satis conuincitur

citur per id, quod apud Esaiam Prophetam legitur: *Annunciate quæ ventura sunt in futurum, & sciemus quia dii estis vos.* De talibus solùm, qui Dæmones inuocant, vt ea ab illis sciant, quæ nonnisi à Deo sciri possunt, ego censeo debere intelligi capitulum *Episcopi*, quod habetur *vigesima sexta quæst. 5. in quo capit.* Sortilegi & Magici vocantur hæretici.

Hoc ideò ibi dictum est, non quòd semper oporteat Sortilegos & Magicos viros esse hæreticos: sed quia aliquando tales diuinationes sine alicuius hæresis admixtione exerceri non possunt. Ad eundem modum etiam intelligendum est capitulum, *Non obseruatis, vigesima sexta quæst. 7.*

Diuinationes hæresim non inferentes.

Aliæ sunt diuinationes, quæ licèt sine peccato graui [illegible] nequeant, sine tamen alicuius hæresis adminiculo exerceantur. Veluti si quis per Sortilegia aut auguria à Dæmone inquirat de futuris ea, quæ ille per suam naturam præscire potest, aut ab illo petat, vt faciat, quæ certum est Dæmonem Deo permittente facere posse; & nõ credit Dæmonẽ plura scire, quàm scit: aut plura posse quàm potest, nec aliquid aliud suis sortilegiis aut maleficiis admiscet, quòd ex aperto fidei errore procedere constet. Si quis Dæmonis adiutorio velit, & instantissimè procuret scire quid Romæ aut in exercitu Imperatoris agatur, aut quis alicuius maleficii in secreto sine testibus commissi sit author, aut quo loco malefactor lateat, non propter hæc est censendus hæreticus: quia tales diuinationes, aut talia sortilegia, siue maleficia, quamuis grauissima sint peccata, non tamen habent vllam hæresis commixtionem.

Nam sicut alia peccata per maliciã purã & sine vllo errore, & ignorantia, sed ex industria committi possunt; ita etiam sortilegia, & auguria & aliæ diuinationes possunt ex pura malitia, & ex industria, sine vllo errore intellectus, & per consequens sine vlla hæresi exerceri. His igitur præmissis, tale pono documentum, ex quo totius huius rei summa pendet. Sortilegia, & auguria, & reliquæ diuinationes, quæ sine alicuius hæresis adminiculo exerceri non possunt, subduntur examini & censuræ Inquisitorum hæreticæ prauitatis, & ab illis puniri debent. Talia sunt opera Necromanticorum: quoniam illi (vt posteà dicemus) semper malè de fide sentiunt, credentes de Dæmonibus, quòd multa possint, quæ re vera non possunt. Sortilegia verò & auguria, & aliæ diuinationes, quæ ex sola malitia voluntatis, absque vllo errore intellectus exercentur, non subsunt ex iure ordinario censuræ Inquisitorum hæreticæ prauitatis: nisi aliunde ad hanc causam illis fuerit delegatum.

Sortilegia quæ non subsunt Inquisitoribus.

Hoc expresse definitum est ab Alexandro IV. *in cap. Accusatus, §. Sanè, de hæreticis, libro sexto.* Episcopi verò de huiusmodi Sortilegiis, quę hæresim non sapiunt, inquirere & iudicare possunt: quia illorum potestas latior est quàm potestas Inquisitorum. Vt autem Inquisitor hæreticorum sciat, an Sortilegus & augur aut alius quiuis diuinator, suæ subsit iurisdictioni, an non? hoc meâ sententiâ illum facere oportet. Interrogabit de Dæmonum potestate, de illorum scientia, vt purà, quid credit illos scire de futuris, quid illos posse agere circa hæc inferiora? Interrogabit etiam, an Dæmon possit hominis secreta, quæ in solo illius versantur corde, rimari & perfectè cognoscere.

Episcopi de Sortilegiis cognoscunt.

Nam quòd hæc solius Dei cognitioni subdantur: Scriptura sacra testatur,

Psal. 7. statur, dicens: *Scrutans corda & renes Deus.* Et Apostoli orantes Deum, dixerunt: *Tu Domine, qui corda nosti*
Actor. 1. *omnium, &c.* Ex quibus constat hæresim esse dicere quòd Dæmon secreta hominum nouerat. Huiusmodi autem erroribus solent sæpè Sortilegia misceri. Et si ille de omnibus his iuxta regulas fidei responderit, credendum est illum ex pura malitia, & non ex errore intellectus tale peccatum commisisse, nisi opus ipsum tale sit, quòd vehementem præbeat de hæresi suspicionem.

Qualia sunt ea, quæ *suprà* enarrauimus, videlicet baptismus mortui, rebaptizatio puerorum, abusus sacramenti ad maleficia exercenda. Hæc enim, & his similia, licèt hæreses non sint, cùm hæresis non sit in opere, sed in intellectu: vt *lib. 1. de iusta hæreticorum punitione, tom. 1. cap. primo* docuimus, vehementissimam tamen præbent hæresis suspicionem.

## CAP. II.

*De Magis, an sint hæretici censendi, & velut tales puniendi.*

MVlti sunt, proh dolor! homines, qui vero Deo illorum, & aliorum omnium creatore relicto, ad Dæmonem omnium hominum capitalem hostem confugere non verentur: & cùm à Deo, illi seruientes, omnia verè bona certò sperare possent, Dæmoni seruire, & illi per omnia obedire malunt, à quo nil nisi malum recipere valent. Nam Dæmon ipse quamuis à sublimi illo statu, in quo à Deo conditus erat, propter insanam illam, prodigiosámque superbiam, qua Deo se æquare tentauit, ad inferos vsque deiectus est; in ea tamen cæca ambitione obstinatus hucusque persistit, vt Deo se æquare contendat, & diuinos appetere honores non veretur.

Quos cùm in cœlis, ex quibus se deiectum conspicit, se iam assequi posse non speret, illos ab hominibus, quos certissimè scit faciliùs decipi posse, accipere quotidie procurat. Vt autem hos, quos tam auide concupiscit, diuinos assequatur honores, nihil intentatum relinquit.

Nam quosdam fraudibus decipit, transfigurans se (vt de illo refert Paulus Apostolus) in angelum lucis: alios variis, prout quemque concupiscere nouit, propositis donis & præmiis allicit. Dæmonis fraudes in decipiendis hominibus

Quibus fraudibus & technis multos hactenus vtriusque sexus homines seduxit: qui illum summè venerantur, & tamquam Deum adorant. Non tamen omnes, qui illi obediunt, eodem ritu & ordine illum venerantur, nec omnes eodem censentur nomine.

Nam quemadmodum Christiana religio varios continet intra se ritus, quibus verus colitur Deus: varias etiam hominum congregationes, qui licèt habitu & nomine, ceremoniisq; inter se diuersi sint, omnes tamen ad hunc tendunt scopum, vt Deum colant, & illi obediant: ita ille superbiæ parens Satanas, Deum in hoc imitari volens, plures sui diabolici cultus habet professores, qui licèt diuerso censeantur nomine, diuersósque habeant in Dæmonis cultura, ritus & mores, hoc tamen inter illos conuenit, quòd omnes laudant Dæmonem, & illum venerantur, illíque per omnia obedire procurant.

Diuersitas autem istorum variis modis considerari potest. Primò quidem considerari potest, ex diuersitate mediorum, quibus ad consequendum

quendum id, quod optant, vtuntur. Sunt enim, qui incantationibus mortuos suscitare se dicunt, vt ab illis edocti, de futuris aliquid prædicere, aut diuinare possint. Et hi (vt docet Augustinus *libro* 10. *de Ciuitate Dei*) dicuntur Necromantici, quia νεκρὸς Græcè, Latinè dicitur mortuus; μαντεία verò dicitur diuinatio. Necromantia igitur dicitur diuinatio ex mortuis habita vel recepta.

Hydromantici qui & vnde.

Alij dicuntur Hydromantici ab aqua, quæ Græcè dicitur ὕδωρ ex cuius inspectione vmbras Dæmonum euocare se putant, & imagines eorum videre, à quibus quod putant (vt ipsi aiunt) edocentur. Sunt alij similes diuersis nominibus appellati Diuinatores, quorum nomina recensentur in cap. *Episcopi* 26. *quæst.* 5. de quorum diuinatione, quoniam *in proximè præcedenti capite* disseruimus; ideò de illis nihil aliud dicere statui. Potest etiam inter eos, qui Dæmonem venerantur, altera considerari diuersitas, quæ sumenda est ex diuersitate earum rerum, quas Dæmonis adiutorio exercent, & quas à Dæmone impetrare cupiunt.

De his omnibus sigillatim hoc ordine disserere statui, vt primò ostendam, qui & quales illi sint: deinde inuestigem, an sint inter hæreticus censendi, & velut tales puniendi. Sunt igitur aliqui, qui magna aliqua mirabilia se facere posse vehementissimè cupiunt, vt per horum mirabilium operationem, ab aliis suspiciantur, & sint illis in miraculum & stuporem, & ob hanc causam Dæmoni se subdunt, vt illius auxilio & potentia mirabilia multa facere possint.

Magi qui. Exod. 7.

Hi (vt Augustinus docet) vocantur Magi, quales fuerunt illi, qui coram Pharaone (vt Exodi historia narrat) Moysi restiterunt, omnia illa mirabilia Dæmonũ auxilio facere conantes, quæ Moyses Dei virtute faciebat. Talis etiam fuit Simon ille, qui (vt Lucas *in Actibus Apostolicis* refert) existimauit Dei donum pecunia posse possideri.

Act. 8.

Simon Magus.

Hic enim tot tantáque mirabilia Dæmonis auxilio operatus est, vt à Samaritanis, vnde originem traxerat, pro Deo habitus sit, & Romani (vt Iustinus martyr *in suo apologetico* refert) publicam illi tanquam Deo statuam erexerint. Vt autem de istis certiùs & apertiùs definire valeamus, an hæretici sint dicendi, an non? hoc in primis animaduertere oportet, quòd nullus Magus aliquid horum mirabilium operatur, sine aliquo pacto inter illum & Dæmonem facto.

Magi mirabilia operantur ex pacto cũ Dæmonibus.

Non enim gratis hæc omnia Satanas docet, nec gratis suam Magis impertitur eam, quam habet potentiam, sed aliquid ab ipso Mago recipit, vt illum ad illa mirabilia perpetranda iuuare velit.

Consideranda igitur est ante omnia ipsius pacti qualitas & conditio: quoniam inde magna huius rei notitia pendet.

Pacta autem ista dupliciter fieri contingit, quoniam quædam apertè & expressè fiunt, alia verò nonnisi tacitè & latenter. Pactum apertum & expressum est, quod cum ipsomet Dæmone emittitur, & illi in propria persona datur.

Et hoc iterum duplex. Est enim aliquod publicè & solemniter factum, est etiam aliud priuatim, & sine vlla prorsus solemnitate factum.

Pactum publicè & solemne cum Dæmone.

Pactum publicum & solemne est quod fit cum Dæmone sedente in solio regali, & multitudine suorum stipato, in generali quadam congregatione

gatione veluti in quibusdam comitijs generalibus, quò omnes, qui sub Dæmone militãt, & illi nomina dederũt, cõueniunt. Ibi enim corã omnibus illis promittunt aliqui (vt lõgiùs *infrà* dicemus) Dæmoni obedientiã & illius mandata se per omnia seruaturos vouent, Deo & omnibus operibus eius renunciant, aliáque innumera scelera se patraturos iurant.

Promissio Dæmonis ex pacto.

Qua per illos emissã promissione, Dæmon illis statim promittit se illis daturum ea, quæ scit illos concupiscere. Non enim omnibus omnia promittit, sed quò quisque plus se Dæmoni tradit, & plura in illius honorem se facturum spondet, eò plura etiam Dæmon illi promittit, & plura condonat. Pactum priuatum & expressum est, quod cum ipso fit Dæmone promissionibus vltrò citróque datis, nulla tamen habita solennitate, nullísque etiam adhibitis testibus.

Quæ autem Dæmon promittit se illis daturum, pro viribus præstare laborat, ne si mendax in promissis inueniatur, hi qui illi se dederant, ab eo iterum recedant, & sic amittat, quos iam velut seruos habebat.

Promissa quæ non posse Dæmõ præstare.

Sunt tamen aliqua non pauca, quæ Dæmon minimè efficere valet: quia aut suas naturales vires excedunt, aut licèt eas non excedunt, Deus tamen, sine cuius nutu nihil agere potest Dæmon, illa agere non permittit.

Si quis igitur horum Dæmon illis promisit, illusionibus quibusdam & præstigiis sic illos sæpe fallit, vt illi putent id quod à Dæmone sperabant se assequutos fuisse. Pactum tacitum cum Dæmone est, quod quis facit nõ cum Dæmone, sed cum eo, qui est Dæmonis discipulus & seruus, promittens illi obedientiam integram & absolutam, & renunciat Deo, & fidei Catholicæ, & reliqua omnia spondet, quæ ipsi Dæmoni alij promittunt. Is autem, cui hæc promittuntur, vice versa, promittit illis, quòd propter hæc multa magna, & mirabilia assequentur.

Pacti taciti ratihabitio facta à Dæmone.

Hoc autem pactum, quamuis non cum ipso Dæmone factum, Dæmon ipse ratum habet, & omnia in illo contenta, perinde adimplere nititur, ac si fuissent ab eo promissa. Quo fit, vt non solùm illi, qui expressum, sed etiam qui tacitum cum Dæmone pactum fecerunt, multa insolita & stupenda, Dæmone illos adiuuante faciant, aut facere videantur. De his omnibus non incõgruè dici potest id, quod de alijs peccatoribus Dominus per Esaiam prophetam dixit: *Percussimus fœdus cum morte, & cum inferno fecimus pactum.* His igitur annotatis, vt sciamus de Mago aliquo, an hæreticus ille sit, an non, duo sunt consideranda. Primum est, ipsius pacti, quod cum Dæmone fecit, qualitas & conditio, siue tacitum illud sit, siue expressum nihil refert. Si per pactum illud promisit se adoraturum Dæmonem, & alios diuinos honores illi daturum, & hoc vel aliquod aliud simile promisit: quia ita esse faciendum credidit, meritò procul dubio ille censendus erit hæreticus: quia Dæmonem Deum esse credit, cùm illum tanquam Deum adorat, aut adorare promisit, & venerari. Nam verus Deus creator omnium, qui loquutus est per os Sanctorum, qui à sæculo sunt Prophetarum eius, per Esaiam prophetam loquens, ait: *Ego Dominus, & alius extra me non est Deus.* Et in eodem loco iterum: *Ego Dominus & non est alter.* Et rursum: *Numquid non ego Dominus, & non est vltrà Deus absque me?* Si nullum fecit pactum

Pacti qualitas & cõditio.

de re, fidei Catholicæ repugnante, quod rarissimè contingere potest, quoniam (vt diximus) nunquam solet Dæmon gratis, & sine aliqua certa lucri spe eam, quam habet potentiam, hominibus impertiri, & per illam hominibus ad corũ nutum inseruire, tunc Magus ille erit examinandus, quid de Dæmonis potestate credat. Si certò cognosci potest illum credere de Dæmone, quòd possit aliquid, quod Deo soli conuenire fides Catholica docet, erit sine vlla dubitatione hæreticus censendus. Vt exẽpli gratiâ, si credit Dæmonem posse aliquid creare, prout Manichæi & Priscillianistæ dixerunt, aut credit Dæmonem posse mortuos suscitare: quod re vera solius diuinæ potentiæ est proprium. Nam sicut fide credimus animam humanam à solo Deo creari posse, ita etiam fide tenendum est solum Deum posse eandem hominis animam corpori humano vnire. Hoc enim ratione naturali certò & euidentèr scimus, quòd nulla forma substantialis potest alicui materiæ velut illius forma vniri, nisi à solo illo agente, quod potest illam producere. Agens quod non potest formam substantialem producere, nec potest etiam illam materiæ vnire. Quoniam sic vniendo videretur ipsum compositum ex materia & forma producere. At ineptia est maxima dicere, quòd aliquod agens producat aliquod compositum, cuius nec materiam, nec formam producere potest. Deus igitur, qui solus animam hominis producere & creare potest, etiam solus potest illam, postquam à corpore suo separata fuerit, iterum eidem corpori vnire. Nam aliàs ille, qui animam corpori vniret, hominem illum fecisse diceretur, quod nefas est dicere Dæmonem hoc facere posse: quia dicente Deo, *Faciamus hominem ad imaginem & similitudinem nostram*, apertè nos docuit, ipsius hominis productionem tantam esse, vt propagatione seclusa, soli Deo conuenire possit.

Nihil gratis impertit Dæmon.

Forma substantialis ab agente quomodo materiæ vniatur.

Fortè quis hic mihi obiiciet Samuëlem, qui (vt Regum narrat historia) per Pythonissam suscitatus est, & interrogatus responsa dedit Regi Sauli. Huic obiectioni dupliciter respondere possumus, prout August. *in epist. ad Simplicianum* docet. Primò quidem dici potest iuxta illum, non fuisse Samuelis animam, quæ apparuit, & cum Saule loquebatur: sed quoddam phantasma, & illusio imaginaria diaboli machinationibus facta, quam Scriptura sacra *in lib. 1. Reg. & in Ecclesiast.* Samuëlem vocat, eo loquutionis tropo, quo imagines suarũ rerum nominibus solent appellari. Nã imagines illæ Cherubin, super arcam testamenti existentes, Cherubin appellantur in sacra Scriptura, cùm tamen re vera non essent Cherubin, sed illorum imagines. Et pincerna ille Pharaonis in carcere cum Ioseph existens vitem se in somnis vidisse dixit, in qua erant tres propagines, cùm tamen nec vitẽ, nec propagines vidit, sed solas illarũ rerũ imagines. Iuxta hũc modum etiam angeli, qui olim à Deo ad homines mittebantur, dicebantur in veteri Testamento dii, ob hoc solùm, quia Deũ, à quo mittebantur, repræsentabant. Nam de Angelo illo, cum quo luctatus fuerat Iacob loquens dixit: *Vidi Dominum facie ad faciem; & salua facta est anima mea.* Non enim Deum videbat Iacob (vt omnes sacri Doctores concorditer docent) sed Angelũ à Deo missũ, qui propterea quòd speciali quodã modo Deũ, à quo missus erat, repræsentabat, Deus, aut Dominus à Iacob dictus est. Sic etiã potuit illa Samuelis imago, quã dæmon ob oculos Saulis posuit, dici Samuel. Si verò scrupulus aliquem vrget, vt non

Samuëlis suscitatio an sit vera.

Reg. 1. Ecclesi. 46.

Gen. 40.

Gen. 32.

imagi

imaginem Samuëlis, ſed ipſum Samuelem ſuſcitatū eſſe credat, propterea quòd is, qui apparuit, vera Sauli prædixit, quæ à maligno ſpiritu dici non poterant, proptereà quòd nihil de futuris certum ille præcognoſcere poteſt: præſertim de illis, quæ non à ſolis neceſſariis cauſis eueniunt. Hunc ſcrupulum tollit Auguſt. *in illa præfata epiſtola*, ſic inquiens: *Poteſt & illud videri mirum, quòd Dæmones agnouerunt Chriſtum, quem Iudæi non agnoſcebant. Cùm enim vult Deus etiā infirmos & infernos ſpiritus aliqua vera cognoſcere, temporalia dumtaxat atque ad iſtam mortalitatem pertinentia, facile eſt nec incongruum, vt omnipotēs & iuſtus (ad eorum pœnam quibus iſta prædicuntur, vt malum quod eis imminet, antequam veniat prænoſcendo patiantur) occulto apparatu, videlicet myſteriorum ſuorum talibus ſpiritibus aliquid diuinationis impertiat, vt quod audiunt ab angelis, prænuntiēt hominibus. Tantum autē audiunt, quātum omnium moderator Dominus vel iubet, vel ſinit.* Hæc Auguſt. Secundò dici poteſt, iuxta Aug. ſententiam, quòd is, qui Sauli apparuit, fuit verus Samuelis ſpiritus a dæmone ductus, Deo id permittente propter aliquā rationē nobis occultam. Nam cùm Chriſtus permiſerit ſe à diabolo aſſumi, & ſuper pinnaculum templi portari, & ſuper montem excelſum collocari, non eſt mirum, quòd animam Samuelis ab inferis portare fuerit permiſſus: præſertim cùm ipſa Samuelis anima prope infinitum minoris ſit excellentiæ, quàm ipſe Chriſtus. Aut certè dato quòd fuerit verus Samuëlis ſpiritus is qui Sauli apparuit, dici meliùs poterit, illum non aliqua arte Magica, aut dæmonis poteſtate ad hoc permiſſa: ſed diuina potentia & diſpoſitione, quæ Pythoniſſam & Dæmonē latebat, fuiſſe illuc adductum, vt Sauli ſententiā diuinā, propter ſua demerita ſuper eum proxime venturā, prænuntiaret, quemadmodum ipſemet dū viueret eidē Sauli nuntiauit illum eſſe ex Dei decreto à regno deiectū. Si autē aliquis eā ſententiā magis probare voluerit, quæ ait animā Samuelis fuiſſe à Dæmone ex Dei permiſſione ab inferis ſuſcitatā, hoc ſummè cauere debet, ne credat, aut ſuſpicetur animā illā fuiſſe ſuo proprio corpori reſtitutā, aut alicui alteri corpori ſic infuſā, vt ex illa coniunctione corporis cū illa anima, verus & integer fuerit homo conflatus, qualis ante mortē ſuā fuerat. Talē enim coniunctionē corporis cum anima, neque etiā Deo permittente Dæmon ex ſuis viribus facere poteſt. Et certè Auguſtinus, qui admittit animā hominis potuiſſe à Dæmone ex Dei permiſſione ab in[illegible] ad ſuperos adduci, non admittit [illegible] monē potuiſſe illā corpori infundere. Ad ſolū enim motū localē dicit, animā Samuëlis potuiſſe Dæmonis poteſtati ſubeſſe, vt poſſet illā de loco ad locum illa inuita mutare. Nam ad hoc ſolùm valet exemplū, quod attuli de Chriſto, quē diabolus de deſerto ad ciuitatē Hieruſalē tranſtulit, & poſuit ſupra pinnaculū tēpli. Hoc tamen inter illa duo intereſt, quòd Chriſtus nō inuitus, ſed ſe permittente, ductus eſt à Dæmone. Anima verò etiā inuita poteſt à Dæmone, quò illi placuerit, duci, niſi Dæmon ſit à Deo ad hoc faciendum impeditus. Quiſquis igitur hanc probare voluerit ſententiam, vt dicat veram animam Samuëlis à Dæmone ex Dei permiſſione fuiſſe corā Saule adductam, horū alterum illū dicere oportebit, aut animam illam non fuiſſe vero corpori, ſed phantaſtico & apparēti tunc cōiunctā, cui, nō vt vera illius forma vniebatur, ſed ſolùm illi aſſiſtebat vt motrix illius: aut ſi in vero corpore, cui verè, vt forma illius

Aug. ad Simplic.

Samuëlis anima ab inferis ſuſcitata

Deportatio Chriſti & Samuëlis an fuerit ſimilis.

vniebatur illam apparuiſſe dicat, talem animæ cum corpore vnionem à ſolo Deo factam eſſe ille dicere cogetur, ne hominem (quod impium eſt) à Dæmone fieri poſſe dicat. Si quis verò contendit Dæmonem poſſe animam hominis corpori vnire, is certè teſtimonio beati Leonis huius nominis primi, damnatur, qui *in epiſtola ad Toribium Aſterigenſem Epiſcopum,* diſſerens de errore Priſcilliani dicentis animas, quæ humanis corporibus inſeruntur, fuiſſe in corpore & in cœleſti habitatione peccaſſe, atque ob hoc à ſublimibus ad inferiora dilapſas in diuerſæ qualitatis principes incidiſſe, & per aëreas ac ſydereas poteſtates alias duriores, alias mitiores, corporibus eſſe incluſas, ſic ait: *Quam impietatis fabulam ex multorum ſibi erroribus texuerunt: ſed omnes eos Catholica fides à corpore ſuæ vnitatis abſcidit, conſtanter prædicans atque veraciter, quòd animæ hominum priuſquam ſuis inſpirentur corporibus, non fuere, nec ab vllo incorporentur niſi ab opifice Deo, qui & ipſorum eſt creator, & corporum.* Hæc Leo Papa qui fide Catholica tenendum eſſe docet, animas à ſolo Deo corporibus humanis infundi.

Priſcilliani error de animarũ inſpiratione.

Magi illuſionibus decepti à Dæmone.

Cùm igitur Magus aliquis mortuum aliquem ſuſcitare ſe dixerit, nequaquam eſt illi credendum: quia nec Dæmon ipſe à quo iuuatur, hoc facere poteſt. Poterit quidem (Deo permittente, & Dæmone fauente) animam ſolam alicuius defuncti ab inferis ad ſuperos adducere, & corpori alicui phantaſtico, ad imaginem & ſimilitudinem corporis defuncti conflato illam infundere, non quidem vt formam illi coniunctam, ſed tamquam illius motricem. Et quia hoc Dæmon facere poteſt, hinc eſt, quòd ipſe Dæmon huiuſmodi illuſionibus & præſtigiis Magos ipſos, & alios inſipientes decipit, vt putent illum poſſe mortuos ſuſcitare.

Diuinitas Chriſti mortuorum ſuſcitatione probatur.

Quiſquis tamen hoc putat impius eſt & hæreticus: quia creaturæ, hoc eſt, Dæmoni tribuit id, quod ſoli D[eo] conuenit. Nam vnum ex præcipuis teſtimoniis, quo (vt concors omnium ſacrorum doctorum ſententia tenet) Chriſtus ſuam nobis manifeſtè declarauit diuinitatem, fuit mortuorum ſuſcitatio. At ſi hæc mortuorum ſuſcitatio Dæmonum poteſtate fieri poſſet, non ſatis bene ſuam diuinitatem illo argumento nobis probaſſet Chriſtus.

Magi an poſſint tranſmutare in bruta.

Eſt adhuc aliud conſiderandum circa Dæmonis poteſtatem, mutare videlicet homines in pecora, aut volucres, aut quæcumque alia bruta animalia, de quo Magum examinandum eſſe cenſeo, & diligentiſſimè interrogandum, an credat illud dæmonem facere poſſe. Nam & Magi ſæpiſſimè hoc ſe facere dicunt, & de his multa olim facta eſſe fabuloſa narrauit gentilitas. Quæ omnia apud multos fidem obtinuerunt propter vanam & leuem Græcorum credulitatem, quæ euſque proceſſit, vt nullum fuerit tam impudens mendaciũ, quod teſte, ac proinde fide apud illos caruerit. Lucianus ſcribit ſe, cùm in Theſſalia noſcendæ Magiæ cauſa verſaretur, mutatum in aſinum, dum aueam fieri optaret. Non quidem quòd hoc illi contigiſſet, ſed (vt opinor) ad artis Magicæ irriſionem & ſubſannationem, hoc confixit argumentum homo, qui neminem, nec deos ipſos non ſubſannauit. Idem argumentum poſteà Apuleius ſuſcipiens ſcripſit librum de aſino aureo, vt ſuam oſtenderet eloquentiam, quamquam multorum opinione id quod optauit, non eſt aſſequutus. Circem famoſiſſimam magam ſocios Vlyſſis mutaſſe in beſtias finxit potiùs, quàm narrauit

narrauit Homerus, Diomedis socios post Troianum excidium in volucres fuisse conuersos refert Ouid. *lib.* 4. *Metamorphos.* Et B. August. *lib.* 18. *de Ciuitate Dei cap.* 18. refert se, cùm in Italia esset, similia quædam audiuisse de quadam regione illarum partium, vbi stabularias mulieres imbutas his malis artibus, in caseo dare solere dicebant quibus vellent, seu possent viatoribus, vnde in iumenta illicò verterentur, & necessaria quæque portarent, póstque perfuncta opera iterùm ad se redirent: nec tamen in eis mentem fieri bestialem: sed rationalem humanámque seruari.

Casus præstigiosus mulierū.

Quæ vana & leuis credulitas à Gentilitate, præsertim ab antiqua illa Græcia ortum habens, ad nostra vsque tempora processit, in quibus non desunt homines, qui credant homines in lupos, aut canes, aut catos Magorum incantationibus, & Dæmonum potentia conuerti posse. Si Magus hæc aut his similia à Dæmone fieri posse credat, erit procul dubio hæreticus censendus, quia ea Dæmoni tribuit, quæ omnem superant naturalem creaturæ potentiam, & quæ soli Deo conuenire possunt. Nam (vt ex *proximè præcedentibus* constat) sicut solus Deus potest animam humanam producere, ita etiam ille solus potest illam corpori vnire: & inde sequitur, vt etiam ille solus possit illam de corpore in corpus transferre. Præterea anima humana talis est, & tantæ nobilitatis, vt nonnisi corpus humanum & organicum informare & animare possint. Nam sicut qualibet forma substantialis exigit certas aliquas dispositiones in materia, vt illam fouere & informare possit, veluti forma ignis requirit calorem in materia, forma arboris, aut herbæ requirit humiditatem, aut viriditatem; ita anima humana requirit in corpore figuram humanam, vt corpus illud animare & vegetare possit. Non tamen puto sic talem corporis figuram requiri, vt Deus non possit animam hominis, si vellet, corpori bruto vnire.

Forma substantialis quas requirit dispositiones vt informet.

Deus tamen hoc numquam facere decreuit, qui ab initio hominem creans, animam illius nonnisi corpori organico infudit, talémque illum in corporis figuras tunc fecit, qualis perpetuò postea faciendus erat. Et ob hanc causam dicimus animam hominis, si ad ordinem & potentiam naturæ referatur, non posse, nisi corpus humanum vegetare. Non est igitur credendum vlla Dæmonum potentia posse homines in iumenta, aut aues, aut alia bruta animalia mutari. Si quis verò obiiciat ea, quæ Circem illam Magam olim fecisse Poëtæ referunt, & quæ hodie à multis Magis fieri dicuntur, his omnibus eleganter & ingeniosè respondet August. *lib.* 18. *de Ciuitate Dei, cap.* 18. sic inquiens: *Nec sanè Dæmones naturas creant, si aliquid tale faciunt de qualibus factis ista vertitur quæstio: sed specie tenus quæ à vero Deo sunt creata commutant, vt videantur esse quod non sunt. Nō itaque solùm animum, sed nec corpus quidem vlla ratione crediderim Dæmonum arte vel potestate in membra vel lineamenta bestialia, veraciter posse conuerti, sed phantasticum hominis, quod etiam cogitando, siue somniando per rerum innumerabilia genera variatur; & cùm corpus non sit, corporum tamen similes mira celeritate formas capit, sopitis aut oppressis corporeis hominis sensibus ad aliorum sensum nescio quo ineffabili modo figura corporea posse perduci: ita vt corpora ipsa hominum alicubi iaceant viuentia quidem, sed multò grauiùs atque vehementiùs, quàm somno suis sensibus obseratis. Phantasticum autem illud, ve-*

Circes Magæ transformatio.

Transmutatio in bruta à Dæmonibus facta est phantastica & illusoria.

*luti*

*luti corpora ſunt in alicuius animalis effigie appareat ſenſibus alienis, taliſque etiam ſibi homo eſſe videatur, ſicut talis ſibi videri poſſit in ſomniis, & portare onera: quæ onera ſi vera ſunt, corpora portantur à Dæmonibus, vt illudatur hominibus: partim vera onerum corpora, partim iumentorum falſa cernentibus.* Hactenus Auguſtinus. Et ad probationem huius ſuæ ſententiæ qua dicit illa non vera eſſe, ſed Dæmonum illuſiones, adducit experientiam ipſam, quæ multa vera docere ſolet. Ad ipſam autem experientiam comprobandam, duo narrat facta, in quibus id, quod dixit verum eſſe, certiſſimè cognitum eſt.

Idem Auguſt. de Ciuit. Dei 18. Quibus narratis poſteà iterum ſententiam ſuam explicat, ſic inquiens: *Proinde quòd homines dicuntur, mandatúmque eſt literis à diis, vel potius dæmonibus Arcades in lupos ſolere cõuerti, & quòd carminibus Circe ſocios mutauit Vlyſſis, ſecundùm iſtum modum mihi videtur fieri potuiſſe, quem dixi: ſi tamen factum eſt. Diomedeas autem volucres, quandoquidem genus earum per ſucceſſionem propaginis durare perhibetur, non mutatis hominibus factas, ſed ſubtractis credo fuiſſe ſuppoſitas: ſicut cerua pro Iphigenia Regis Agamemnonis filia. Neque enim Dæmonibus iudicio Dei permiſſis huiuſmodi præſtigia difficiles eſſe potuerunt. Sed quia illa virgo poſteà viua reperta eſt, ſuppoſitam pro illa ceruam eſſe facilè cognitum eſt. Socii verò Diomedis, quia nuſquam ſubitò comparuerunt, & poſteà nullo loco apparuerunt, perdentibus eos vltoribus angelis malis, & pro eis aues occultè ex aliis locis, vbi eſt hoc genus auium, ad ea loca perducta ſunt, ac repentè ſuppoſita, ideò creduntur eſſe conuerſi.* Hucuſque Auguſtinus, qui rem totam luculenter & ingenioſè (vt ſolet) explicuit.

Iuxta hunc modum, quem Auguſtinus docet ſunt intelligenda multa alia, quæ Magos facere poſſe vana & leuis Gentilitas credidit. Nam (vt cætera ridicula pertranſeam) fuit Gentilitati perſuaſum, Magicis incantamentis detrahi cœlo lunam, aut ſolem obſcurari. Ideò Ouidius de Medea loquens, dixit: Luna carminibus cœlo detrahebatur.

*Illa reluctantem curſu deducere lunam*
*Nititur, & tenebras addere ſolis equis.*

——— Et Virgilius in *Pharmaceutria*:

*Carmina vel cælo poſſunt deducere lunam.*

Adiuuari putabant lunam ſic laborantem ſonitibus permagnis, ne voces incantantium eò poſſent peruenire, vt ab ea exaudirentur: idcircò tympana & cymbala pulſabantur. Nam hæc omnia plurimùm prodeſſe putabant: vnde Propertius ait: Ordo rerum à Dæmonibus immutari non poteſt.

*Cantus & è curru lunam deducere tentant:*
*Et facerent, ſi non æra repulſa ſonent.*

Et Iuvenalis de fœmina loquaciſſima loquens, *Satyra ſexta* dixit:

*Vna laboranti poterit ſuccurrere Luna.*

Hæc omnia virtute Dæmonum fieri nequeunt, qui naturæ ordinem à Deo inſtitutum permutare non poſſunt. Sed (vt Auguſtinus de aliis rebus dixit) diabolica illuſione ſimilitudines & phantaſmata illarum rerum Dæmon ob oculos hominum ſic ſubtiliter & artificioſè ponebat, vt homines crederent ſe non ſimilitudines & phantaſmata, ſed veras res vidiſſe.

Ad cuius ſententiæ confirmationem præter exempla, quæ ille adduxit, alia multa poſſunt afferri, è quibus vnum ſolum referam, quod narratur in vitis Patrum.

Iuuenis quidam iuuenculam ardēter amabat, eámque ad actus venereos, vt sibi consentiret, quotidie solicitabat. Quam, quia numquam consentire voluit, quidam Iudæus Magus ad iuuenis petitionem in equam conuertit, vt sibi & aliis aspicientibus videbatur.

Ob hanc causam illa ad beatum Macharium ducta est, qui illam aspiciens dixit, sibi mulierem, & non equam videri. Non enim potuit Dæmon sancti viri sensus illudere, quēadmodum aliorum sensus illuserat. Hic igitur Deum pro illa orans, suis precibus à tali illusione eam liberauit.

Denique hæc sententia confirmatur auctoritate Concilii Anquirensis, quod de hac re apertissimē dedit definitionem, sic inquiens: *Quisquis credit posse fieri aliquam creaturam, aut in melius, aut in deterius immutari, aut transformari in aliam speciē, vel in aliā similitudinem, nisi ab ipso Creatore, qui omnia fecit, & per quem omnia facta sunt, procul dubio infidelis est & pagano deterior.* Hæc Concilium Anquirense, vt citantur à Gratiano *in capit. Episcopi* 26. q. 5. Nam huius Concilii decreta nō reperiuntur inter illa, quæ duobus voluminibus magnis conclusa, anno abhinc octauo impressa sunt Coloniæ.

Sunt enim illic decreta Concilii Ancyrani, & suspicatus Gratiani literam mendosam (prout aliàs sæpe in illo Gratiani volumine contingit) ita vt pro Ancyrano positū esse Ancyrense, omnia Concilii Ancyrani decreta perlegi, sperans præfatum decretū illic inuenire: sed nihil tale in Concilio Ancyrano reperi. Collector tamen illorum Conciliorū, post Ancyrani Concilii decreta hoc addidit, dicens se in quodam codice manu scripto illud inuenisse.



## CAP. III.

*De Maleficiis, an sint haretici dicendi, & velut tales puniendi.*

INter multos, quos sub suo imperio Dæmon continet homines, qui illū inuocant, & pactum cum illo feriunt, vt illius adiutorio ea quæ optant efficere valeant, quidam recensentur qui ab operibus suis Malefici appellantur, proptereà quòd tam malignantis & pestiferi sunt ingenii, vt nulli bene: sed Dæmonem ipsum imitantes, malè multis facere optent, & ob hoc solùm Dæmonis imperio se subdunt: vt ab illo doceantur, quo pacto aliis obesse possint. Malefici qui sint.

Nam licèt Magi & incantatores, de quibus *in præcedenti c.* disseruimus, possint etiam hæc maleficia Dæmonis auxilio operari, non tamen ob hanc maleficiorum peritiam Magi, sed Malefici vocantur proprio vocabulo, prout ex ipsa vocis etymologia facilè constare potest. Nam *in l. Nemo, C. de Maleficis & Mathematicis*, dicitur huiusmodi homines ob facinorum magnitudinem Maleficos à vulgo appellari.

Huiusmodi autē Maleficorum multa sunt genera, quæ nō secundùm varietatem mediorum & instrumentorum quibus Malefici in sua arte vtuntur, sed iuxta diuersitatem malorum, quæ in aliis efficiunt, distinguuntur. Est enim aliquod maleficiū, quod dicitur amatorium, est etiam aliud, quod dicitur veneficum, & hoc etiam multiplex iuxta multiplicitatem nocumentorum, quæ per illa hominibus inferuntur. Malefi. corum multa genera.

Maleficium amatorium est, quod fit ad flectendos animos virorū aut mu- Maleficium amatoriū quod fit.

lierum, aut libidinosum & turpem amorem. Et qui hoc exercent, quocumque modo id faciãt, grauiter peccant: quoniam (vt apertè constat) ad rem malam, & expresse à Deo prohibitam solicitant. Rem autem malam, quæ sine peccato exerceri non potest, nullus sine peccato consulere alicui potest, neque ad illam solicitare. Nam (vt ait Paulus) non solùm qui talia agunt, sed qui agentibus cõsentiunt, digni sunt morte. *Rom. 1.*

Maleficium veneficum est, quod fit ad nocumentum aliquod alicui inferendum. Solent enim multifariam huiusmodi Malefici homines nocere. Aliquando enim illis in propriis illorum personis nocent: aliquando in possessionibus eorum, aut in rebus illis coniunctis. Nam hi Malefici sæpe Dæmonis operatione secretà homines citò interimunt, sine aliqua propinatione veneni. Aliquando verò non tam celeriter eos è vita tollunt: sed mortem in longum temporis spacium producunt, vt post longas luctuosásque querelas & miserabiles fletus, corpus personæ, quæ est maleficio infecta, paulatim contereatur & debilitetur, quousque tandem pereat. Propter hæc & alia nocumenta, quæ corporibus inferre solent humanis, *in l. final. C. de Malefic. & Math.* vocantur hostes communis salutis.

*Malefic. venefic. in personas.*

Hi oues & boues, & reliqua bruta animalia, quæ fortè pinguissima erãt, breuissimo temporis spatio, macilenta aliquando efficiunt: aliquando prorsus interficiunt. Hi homines matrimonio coniunctos sic sæpe ligant, vt ad opus generationis minimè commisceri possint. Hi sunt, qui (vt dicitur *in l. Multi. C. de Malefic. & Math.*) elementa turbant, aërem immutant, ventos & tempestates suscitant, grandines & lapides terrificos, qui frumenta & fruges omnes deuastent, ex alto descendere faciunt.

Vt autem hæc omnia facere possint, variis vtuntur hi homines instrumentis & mediis. Aliquando manifesta venena in cibo, aut poculo, aut veste, aut alia re, quæ personam illam contingat, propinant. Aliquando nihil tale illi præbent, sed imagines quasdam, certis temporibus obseruatis & determinatis carminibus, & ritibus quibusdam & signis conficiũt, quas in nomine Beelzebub principe Dæmoniorum baptizant, adhibitis & expressis quibusdam aliis verbis, quæ vel referre non licet, nec si liceret, sine magno horrore & tremore animi id facere possem.

*Veneficium multifariam fit.*

His sic peractis prædictas imagines ad ignem applicant, & ibi petunt infirmitates aut alia mala, quæ in persona illa, cuius imaginem confecerunt, euenire optant. Quandoque etiam acubus, aut aliis acutis ferris perforant illius imaginis caput, aut pectus, aut ventrem, aut femora aut aliam corporis partem, in qua cupiunt malum aliquod oriri in persona, cui nocere cupiunt.

Quibus omnibus perfectis sæpe contingit, vt persona illa, cui nocere maleficus procurauit, grauiter torqueatur & doleat in capite, aut stomacho, aut ventre, aut repentinam quamdam toleret infirmitatem, quam nullus medicorum cognoscere valet. Aliquando solis verbis ex ore suo prolatis nocent, de quibus Lucanus dixit:

*Mens hausti nullâ sanie polluta veneni,*
*Incantata perit.*

Quæ omnia Dæmonum operatione fieri duplici potest ratione probari. Prima sumitur ex eo, quòd in his omnibus necesse est scribi quasdam

*Imagines malefic. operatione*

figuras,

Dæmonum efficiũtur 1. ratio. figuras, quæ naturaliter intelligi non possunt, & quædam Dæmonum nomina prorsus ignota & penitùs horrenda, quamuis aliis sanctis nominibus mixta illic scribuntur, quæ non nisi ad pactum cum Dæmone initum implendum posita esse credendum est.

2. ratio. Secunda ratio per hoc euidentissimè conuincit, quòd illæ imaginum compositiones & tactus, aut illi characteres, aut verba prolata, non possunt ex sua natura mortem, aut morbos aliquos, aut nocumentum aliquod in corporibus humanis efficere.

Quoniam si hæc operandi vis esset huiusmodi rebus concessa, omni tempore & omni loco, & omni subiecto eiusdem qualitatis & dispositionis illa operaretur, quisquis similes imagines, aut characteres efficeret, aut similia verba proferret.

Constat autem quòd si alius nullum cum Dæmone pactum habens, tales characteres faciat, aut talia verba proferat, nihil efficiet. Ex quo euidẽtissimè colligitur, tales morbos, aut alia quæuis nocumenta, nullo pacto virtute imaginum, aut verborum fieri. Et inde conuincitur, vt hæc ab ipsis Dæmonibus, cum quibus Malefici pactum siue publicum, siue priuatum inierunt, fiant.

Nam ipsi Dæmones, qui acutissimi sunt, lapidum atque herbarum, cæterarúmque rerum naturas & proprietates optimè norunt, meliùs quàm omnes medici & physici, qui in orbe fuerunt. Dæmon enim peccans (vt beatus Dionysius *libro de diuinis nominibus cap.* 4. docet) substantiam & proprietatem suæ naturæ angelicæ nõ amisit: sed omnia naturalia integra & splendidissima retinuit. Hic igitur Dæmonũ notitia. cùm perspicacissimum habeat intellectum, facillimè nouit ea, quæ mortem, aut morbos, aut cruciatus, aut alia quæuis nocumenta homini inferre possunt. Scit miscere simplicia, ex quibus venena confici possunt, quæ tale valeant homini nocumentum inferre, quale optatur.

Cùm igitur Dæmon magnam huiusmodi rerum peritiam habeat, quãdo tales imagines (vt diximus) acubus punguntur, aut characteres fiũt, aut verba proferuntur (Deo permittente) ille venena, quæ homini, cuius imago perforatur, nocere possint, secretò & inuisibiliter adhibet, & sic naturali potestate & virtute venenorum Dæmon facit ea, quæ Maleficus efficere optat.

Quæ venena, quia Maleficus sæpe ignorat, nec illa adhibere videt, putat ea omnia, quæ fiunt, virtute talium imaginum aut characterum, aut verborum fieri, quæ tamen neque ab imaginibus, neque à figuris, aut verbis vllis, neque à Dæmone ipso, sed ab aliis agentibus, ad hoc virtutem naturalem habentibus fiunt, quæ per Dæmones ipsos, qui illorum agentium virtutem agnoscunt, latenter applicãtur & admouẽtur: vt in ipsis corporibus humanis, ea quæ maleficiis cupit, efficiant. Et contingit sæpe, vt qui hæc maleficia operantur, remedia his malis, quæ intulerunt adhibere nesciant: quia non ampliùs Dæmon eorum magister eos docuit, vel (vt rectiùs loquar) non ampliùs Dæmon illis promisit. Sunt tamen alii qui optimè vtrumque nouerunt, videlicet nocere, & nocumentis à se, vel ab aliis illatis remedium adhibere. Maleficorum rusticitas & inscientia. Maleficorum scientia & potestas nocendi.

De qua re lectorem admonere decreui, vt intelligat huiusmodi Maleficos homines, non solùm grauiter peccare cùm nocent: sed etiam quando nocumento à se, aut ab alio illato remedium per huiusmodi diabolicam artem præſtant, vt maleficium operatum obeſſe non valeat.

Nam licèt ſic operantes proximo læſo proſint, tamen ( vt ait Paulus ) non ſunt facienda mala, vt inde veniant bona. Mala eſt autem Dæmonum inuocatio, malum eſt etiam & peſſimum cum Dæmone pactum aliquod ſiue tacitum facere: malum igitur & peſſimum eſt maleficium iam adhibitum ſoluere, ſi non aliter quàm per Dæmonis inuocationem & illius auxilium ſoluendum eſt. Id enim, quod ex ſe malum eſt, nulla adhibita bona intentione, nec quacumque alia bona circumſtantia adiuncta poterit bonum eſſe. Quo fit, vt licèt bonum ſit proximorum incommodis obuiare, non tamē bonū ſit maleficia facere ad proximorum nocumenta tollenda.

Rom. 3.

Iuſtè quod iuſtum eſt ( inquit Dominus ) exequeris. Si tamen maleficium adhibitum tale eſſe dignoſcitur vt naturali aliqua virtute, ſine vlla Dæmonis inuocatione, & ſine vllo pacto cum illo inito, impediri poſſit illius operatio, tunc bonū & meritoriū erit illud maleficium diſſoluere, tantùm abeſt, vt peccatum dici queat. Poteſt etiam per orationes ſanctorum virorum tolli maleficium, ne ſuum conſequatur effectum. Similiter etiā poteſt licitè Maleficium impediri, ſi imago illa, cui eſt acus infixa, aut aliud ſimile inſtrumentum per quod faciendum eſt maleficium inueniretur & confringeretur. Tunc enim Dæmon non ampliùs illum fatigaret, quia ex pacto, quod cum Malefico fecit, non aſſiſtit niſi quamdiu ſignum aliquod ab eo datum permanet.

Deut. 16

Maleficium quo modo diſſolui permittitur.

Sed quæſtio non parui momenti eſt, an liceat ab eo qui Maleficia exercet, & paratus eſt quotidie illa exercere, petere, vt Maleficiū alicui adhibitum diſſoluat, aut impediat, ne operationem ſuam exercere valeat, præſertim ſi credit illum nonniſi Dæmonis auxilio, & operatione Maleficorum illud poſſe, diſſoluere.

Angelus de Clauaſio *in ſua ſumma, in titulo ſuperſtitio*, § 13. citat Petri Aureoli de hac re ſententiam, & probat illam, qui *quarto ſententiarum, diſt. 34. quæſt.* 2. dicit licitè hoc poſſe peti à quocumque Malefico, quem ſcitur eſſe paratum ad huiuſmodi Maleficia exercenda. Hanc autem ſuam ſententiam per hoc perſuadere nititur, quòd cuicumque licet malo alterius vti ad commodum ſuum. Pro qua re affert teſtimonium Auguſtini dicentis, licitum mihi eſſe vti ad commodum meum iuramento hominis infidelis, quamuis ſciam illum iuraturum per deos ſuos falſos, quos colit. Poſſet etiam pro eadem re afferri ſimile de illo, qui mutuum petit ab eo, quem ſcit nonniſi ad vſurā daturum. Hæc autem petitio omnium Doctorum conſenſu licita eſt. Ex quo ſequi videtur, vt etiam liceat cuicumque petere ab eo, qui paratus eſt Maleficium facere, vt Maleficium inceptum impediat.

Sed his omnibus non obſtantibus, ego oppoſitam teneo ſententiam, & dico Petrum Aureolum, & Angelum de Clauaſio, qui illum ſequutus eſt, fuiſſe in hac parte deceptos, eò quòd non bene rem conſiderarunt, ac proinde non viderunt quàm lata ſit differentia inter propoſitum negotium, & alia exempla, quæ loco ſimilitudinis adducta ſunt.

Refutatio Aureoli & Clauaſii

Nam quòd ille, qui petit à Malefico, vt Maleficium Maleficio diſſoluat, peccet, vel ex hoc euidentiſſimè conuincitur, quòd ipſemet Maleficus ( vt *paulò antè* diximus ) grauiter peccat, quòm diabolica arte inceptum Maleficium tollit, ne ad operationem perueniat. Fieri igitur

igitur non potest, vt ille, qui à Malefico petit, vt arte diabolica Maleficium inceptum dissoluat, non peccet. Quisquis enim petit ab alio, vt faciat id, quod sine peccato facere nõ potest, peccat: quia sic petens consentit iniquitati alterius inducendo illum ad peccatum.

Certum est autem, quòd sicut par poena, ita etiam par reatus constrinxit agentem & consentientem. Nec petens excusari potest à peccato hac ratione, quòd Maleficus ille, à quo petit paratus erat ad cuiuscumque petitionem Maleficium operari. Nam etsi ille paratus esset, non tamen hoc particulare Maleficium fuisset operatus, nisi ille petiisset. Ex quo euidenter conuincitur, illius petitionem causam fuisse proximam, quòd Maleficus ille particulare illud Maleficium fuerit operatus. Causam enim dicimus illam, qua positâ ponitur effectus, & qua remotâ remouetur.

Causa posita qua sublata ponitur, aut remouetur effectus.

Si petens non fuisset, Maleficus nõ fuisset illud particulare Maleficium operatus, & illo petente fecit: ergo ille petens fuit causa, quòd alius Maleficium perpetraret, & inde conuincitur illum peccare: quia alium ad peccatum induxit, & proximam peccati causam dedit.

Et hoc confirmari potest per id, quod habetur *in cap. Nec mirum* 26. *quaest.* 5. vbi postquam de Necromanticis & Hydromanticis dictũ est, haec adduntur verba: *Ad haec omnia supradicta pertinent ligatura execrabilium remediorum, quae ars non commendat medicorum, seu in praecantationibus seu in characteribus suspendendis, atque ligandis, in quibus omnibus ars Daemonum est, ex quadam pestifera societate hominum & angelorum malorũ exorta. Vnde haec cuncta vitanda sunt Christiano, & omni penitùs execratione repudianda atque damnanda.* Haec ibi in

Ars Daemonum.

ille cap. quod inscribitur nomine Augustini, & re vera non est Augustini.

Exempla autem de infideli parato iurare per deos suos, & vsurario parato dare ad vsuram, quae loco similitudinis ad oppositae sententiae probationem adducta sunt, nihil penitùs efficiunt: quoniam illa nimia ad hoc negotium, de quo nunc disputamus, relata magnã habent similitudinem. Nam in illis exẽplis adductis, res, quae petuntur non sunt ex se malae: quia possunt bene fieri ab his, qui illas facturi sunt, si velint.

D. Augustinus explicatur.

Quòd autẽ male fiũt, nõ est ex malitia ipsius rei: sed ex malitia ipsius operantis, qui rẽ, quã poterat bene, noluit nisi malè facere: ille enim, qui petit iuramentũ ab infideli, non petit, vt per falsos deos iuret, alioqui sic petẽs peccaret: quia peteret id quod est apertũ: sed solùmodò petit, vt iuret, & si daretur optio petentis, eligeret illũ iurare per verum Deum trinum & vnum.

Res malae sunt ex malitia operantis.

Si autem infidelis per falsos deos iurat, culpa est ipsius iurantis, non autẽ iuramentum exigentis: quia is, qui exigit, id petit ab illo, quod ille si vellet, bene facere potuisset. Similiter is qui petit ab vsurario, non petit vt det ad vsuram: quia sic petens peccaret, cùm peteret ab illo id, quod sine peccato fieri non posset: sed petit dumtaxat, vt mutuum sibi detur, quod non solùm sine peccato, sed etiã cum merito fieri potest. Si vsurarius non vult dare mutuũ sine vsura, culpa est ipsius vsurarii, non autẽ petentis; quia petit id ab illo, quod ille, si vellet, sine peccato & cum merito facere posset. In his igitur omnibus exẽplis, & aliis similibus, ille qui petit, non inducit aliũ ad peccatum: quia petit id, quod sine peccato fieri potest, sed vtitur ad commodũ suũ iniquitate alterius, qui non vult nisi malè & iniustè facere id, quod si vellet poterat facere bene.

Longè aliter se habet is, qui petit à Malefico, vt maleficium diabolica arte dissoluat, ne nocere valeat. Is enim id à Malefico petit, quod ille sine peccato facere nequit: nam (vt *paulò antè* diximus) non solùm peccat, qui maleficium operatur, vt noceat: sed etiam qui arte diabolica maleficium tollit, ne noceat: quia artem diabolicam exercere, quacumque bona intentione id fiat, grauissimum est peccatum.

Maleficium petēs & operans peccat.

Is igitur qui à Malefico petit, vt maleficium diabolica arte dissoluat, non solùm vtitur ad commodum suū iniquitate Malefici; sed etiam inducit illum ad peccatum, & per consequens peccat: quia petit ab illo, quod ille, etiam si vellet, non posset facere sine peccato. Si autem maleficium tale esset, vt sine peccato posset à Malefico dissolui, vt putà, quia scit, vbi sit laqueus, aut imago, aut ligaturæ aliquæ, aut characteres, cum quibus est iam inceptum maleficium: tunc sicut ipse potest sine peccato dissoluere maleficium confringendo illa omnia: ita quilibet alius potest sine peccato petere ab ipso Malefico, vt illo modo dissoluat maleficium.

His omnibus prænotatis, superest vt inquiramus an huiusmodi Malefici sint hæretici censendi, & velut tales puniendi. De qua re, vt certa possit dari sententia, tria sunt priùs ab his hominibus inquirenda.

In Maleficis an sint hæretici, tria cō siderantur.

Primum est, an aliquod pactum, siue expressum, siue tacitum cum Dæmone fecerint, per quod promiserint se aliquid, quod fidei Catholicæ deroget, facturos. Numquam enim aut rarissimè (vt *præcedenti cap* diximus) Dæmon suum adiutorium hominibus sine aliqua spe lucri impendit. Si in pacto inter illos & Dæmonem inito interuenit aliqua promissio de rebus fidei repugnantibus, vt putà de adoratione & reuerentia ipsi Dæmoni præstanda, aut de eadem reuerentia Christo saluatori nostro deneganda, aut de confractione & conculcatione imaginis Christi, aut crucis, in qua moriens ille salutem nostram operatus est, quæ Dæmon summè expetere solet ab his, quibus se exorabilem exhibet: non est dubium, quin tunc tales Malefici sint hæretici censendi, & velut tales puniendi: quoniam nihil horum, quæ diximus potest liberè & ex animo sine manifesta hæresi exerceri. Nam licèt sint multa, quæ voluntas contra iudicium rationis operatur: quia ad illa voluntas est ex se prona, & illa ex se habent voluptatem quamdam, per quam possunt voluntatem ipsam ad sui amorem allicere: sunt tamen alia, quæ (vt *primo huius operis capite* diximus) nunquam voluntas appetit: nisi quia intellectus iudicat esse bona: quia nihil habent illa in se, per quæ possint allicere voluntatem. Et inde sequitur, vt si voluntas aliquod illorum appetat, nonnisi ab intellectu indicante illud esse bonum moueatur ad illud appetendum. In his ergo omnibus operatio exterior apertè indicat errorem intellectus.

Pactum cū Dæmone de fidei Catholicæ aliqua repugnantia.

Ex quibus omnibus euidenter concluditur Maleficos omnes, qui aliquid eorum, quæ nunc proximè diximus, ex pacto efficiunt, esse hæreticos censendos, & velut tales puniendos. Secundum, & de quo examinare oportet Maleficos, est maleficium ipsum, quod exercent, de qua re varia est facienda inquisitio, sicut varia diximus esse maleficia. Nam illorum alterum diximus appellari amatorium, alterum veneficum. Ab illis, qui amatoria veneficia exercent, diligenter inquirendum est, an credant maleficia, aut Dæmonem posse cogere alicuius viri, aut fœminæ voluntatem

Malefici in ea hæresi puniēdi.

Maleficii exercitium.

Maleficii amatorii veneficii inquisitio.

luntatem ad amorem aliquem libidinosum, aut quomodolibet inhonestum habendum. Et quòd illi hoc fieri posse credant, violenta est suspicio: quoniam nisi Maleficorum arte, aut Dæmonis potestate id fieri posse existimarent, numquam talia maleficia pro re illa efficienda exercerent. Si illos ita credere compertum fuerit, & de hoc errore admoniti ab illo discedere noluerint, sed in illo pertinaces fuerint: meritò censebuntur hæretici, & velut tales punientur: quoniam apertam hæresim pertinaciter tuentur. Nam credere hominis voluntatem posse à Dæmone cogi ad aliquid amandum, hæresis est apertissima: quoniam illa coactio repugnat libertati, quam Deus nostræ indidit voluntati. *Deus enim* (vt ait Sapiens) *ab initio constituit hominem, & reliquit illum in manu consilii sui. Adiecit mandata & præcepta sua: si volueris mandata seruare, conseruabunt te, & in perpetuum fidem placitam*

Eccl. 15

*facere. Apposuit tibi aquam & ignem, ad quod volueris, porrige manum tuam.* Ex quibus Ecclesiastici verbis apertissimè constat liberam factam esse à Deo hominis voluntatem, & inde sequitur illam à Dæmone cogi non posse: quoniam alioqui libera non esset. Si à Dæmone cogi posset homo ad aliquid amandum, nunc iam non esset homo in manu sui consilii (vt

Salom. 6.

dixit Ecclesiasticus) constitutus: sed in manu consilii Dæmonis. Qui ergo pertinaciter asseruerit hominis voluntatem posse quibuscumque maleficiis, aut quacumque Dæmonis potestate ad aliquid amandum cogi, est hæreticus censendus, & velut talis puniendus.

Possunt quidem Dæmones voluntatem persuasionibus allicere ad amandum, repræsentando aliquam, quamuis falsam, apparentem tamen boni rationem in amore illo. Possunt etiā carnis appetitum, qui liber non est, excitare, vt appetat illud, & ardenter illud perquirat, etiamsi alias ad illud frigeret. Nam (vt est apud Iob) *Halitus eius prunas ardere facit.* Ap-

Iob. 41.

petitus autem carnis, postquam fuerit vehementer accensus, voluntatem ipsam etiam vehementer sollicitabit, & illam validissimè impellet, vt in suam trahat sententiam. Ex hac tam vehementi tentatione euenit, vt homines idiotæ dicant se cogi ad amorem inuitos teneri, velle se discedere, & non posse. Sed re vera falluntur: quia si vellent resistere, possent facilè id efficere cum Dei adiutorio, qui omnem ad se confugientem paratus est adiuuare. *Fidelis est Deus* (inquit Paulus) *qui non patietur vos tentari*

1. Cor. 10.

*supra id, quod potestis.* Deinde examinandi sunt, qui hæc maleficia exercent, an in illorum exercitio aliquid misceant, quod meritò possit vehementem hæresis præstare suspicionē. Quoniam si hæc non adsint, Inquisitores hæreticorum, nisi illis sit specialiter hæc prouincia delegata, non poterunt iure quidquam circa illas disponere: quoniam hoc est illis specialiter interdictum *in cap. Accusatus, §. Sanè, de hæreticis lib. 6.* Si verò talia in suis maleficiis misceant, vt de illis possit non leuis suspicio hæresis sumi, meritò de illis maleficiis Inquisitor Maleficos ipsos diligenter & curiosè examinari potest & debet: nam cùm Papa in illo *cap. Accusatus, §. sanè,* inhibet Inquisitoribus, ne de diuinationibus aut sortilegiis inquirant, statim excipit ea sortilegia, quæ hæresim sapiunt. Quo loco sortilegii nomen capiendum est iuxta latam illius significationem, vt comprehendit omnia maleficiorum genera. Nam iuxta propriam illius vocis significationem, solùm ad diuinationes pertinet,

net, vt patet per Iſidorum *in cap. ſortilegi 16. quaſt.* 1. Sed quia *in dicto cap. Accuſatus*, §. *Sanè*, poſtquam Papa expreſſit diuinationes, ſtatim addidit Sortilegia, conſtat illum nomine Sortilegiorum non ſolùm diuinationes, ſed etiam Maleficia intellexiſſe: quorum aliqua dicit eſſe, quæ hæreſim ſapiunt.

Maleficia cum inuocatione Dæmonis. Videndum eſt igitur & diligenter inquirendum, quæ ſunt illa Maleficia, quæ hæreſim ſapiunt. Paulus Grillandus *in tractatu de Sortilegiis, quaſt.* 10. pro huius rei cognitione quaſdam aſſignat regulas, quas ex Oldrado *in conſilio* 210. ſe accepiſſe refert. Primùm quidem dicit, quòd ſi Sortilegia, aut Maleficia taliter fiūt, vt in illis adſit inuocatio Dæmonis per modum adorationis, tunc apertè ſapiunt hæreſim. Deinde addit, quòd licèt non fiat per modum adorationis, ſi tamen per illa Maleficia petatur, aut expectetur à Dæmone, quod ſoli Deo facere conuenit, vt putà mortuos ſuſcitare, ſecreta cordium reuelare, futura, quæ ex cauſis naturalibus non pendent, prædicere, tunc talis petitio ſapit hæreſim. Tertiò dicit, quòd ſi eſt inuocatio Dæmonis non per modum orationis, & petitur à Dæmone id ſolùm, quod virtute naturali ille efficere valet: quamuis alia quælibet in Maleficiorum exercitio adhibeantur, dicit illa non ſapere hæreſim. Dicit itaque quòd celebrare Miſſam de defunctis pro aliquo viuo, vt citò moriatur, vel hoſtiam conſecratam mulieri cum characteribus ſcriptam turpibus dare ad amorem prouocandum libidinoſum, non ſapit hæreſim. Idem dicit de reliquiis ſanctorum, de ſacramentalibus, vt ſunt, calix, altare portabile, oleum ſacrum, aqua benedicta, aqua fontis baptiſmalis, quæ omnia licèt miſceantur in Maleficiis, dicit non ſapere hæreſim.

Petitio quæ ſoli Deo cōpetit.

Petitio ex virtute naturali Dæmonis.

Et hanc ſuam ſententiam nititur probare per hoc, quòd alia iſtis imponitur à iure pœna, quàm hæreticis.

Et pro hoc adducit *cap. Quicumque 16. quaſt.* 5. & *cap. De homin. de celebr. Miſſa.* Addit inſuper aliud, in quo non poſſum non mirari, tantam fuiſſe illius ignorantiam. Dicit enim quòd ſi aliquis crucem, aut imaginem Deiparæ Virginis Mariæ, aut alterius Sancti irreuerenter proieciſſet in terra & pedibus conculcaret, non ſaperet hæreſim. Pro qua re adducit cap. *Si canonici*, §. *fin. de offic. iudic. ordin. lib.* 6. Ex his omnibus Pauli Grillandi dictis non inuenio quod probare aut tolerare poſſim: niſi illa duo prima, quorum alterum de petitione, quā à Dæmone petitur id, quod ſolus Deus præſtare poteſt. Quæ duo dicit ſapere hæreſim. Et hoc ipſum nos etiam docemus.

Grillandus reſellitur.

Reliqua verò omnia quæ in tertio dicto continentur, ſunt manifeſtè falſa, & acerbâ reprehenſione digna. Vt autem hoc apertius efficiamus, id primò annotandum eſt, quòd Sortilegium aut Maleficium aliquod ſapere hæreſim, idem eſt, ac illud præbere vehementem hæreſis ſuſpicionem. Nam aliàs non videtur quomodò Sortilegium aut Maleficium, quod in exteriore operatione conſiſtit, poſſit ſapere hæreſim: cum hæreſis (vt *in primo de iuſta hæret. punit.* 1. *tom. cap.* diximus) non in operatione exteriore, ſed in errore intellectus conſiſtat. Res autem ſacras, præſertim Sacramentum, aut ſacramentalia ad Maleficia exercenda adhibere, apertam & violentam præbet hæreſis ſuſpicionē: quoniam nullus illa ad Maleficia exercenda adhiberet: niſi crederet illa ad maleficia exercenda aliquam habere poteſtatem. Talis autem credulitas aperta eſt hæreſis. Quia Deus, qui Sacramentis non naturalem, ſed aduen

Sacramentalium abuſus ad Maleficia exercenda hæreſim ſapit.

aduenticiam virtutem dedit, non ad destructionem & perditionem corporum & animarum, sed ad salutẽ animarum illã dedit. Dæmon tamen videns se minùs potentem ad Maleficium amatorium exercendum, cùm (vt diximus) non possit aliquem ad amandum inuitum cogere, ideò res quaslibet sacratiores miscere in huiusmodi Maleficiis procurat, quas rarò in aliis Maleficiis veneficis adhibet: quia Maleficia venefica potest Dæmon, si à Deo permittatur, in homine inuito exercere. Sub hac igitur specie Dæmon multos fallit persuadendo illis, quòd istorum Sacramentorum abusus, mirabiles effectus quoad amorem producat, quos ipse optimè scit ab illis Sacramentis, aut sacramentalibus effici non posse. Hoc tamen ille mendacii pater hominibus persuadere nititur, in vilipendium Christianæ religionis, & vt homines grauiùs Deum offendant. Nec ista à solis profanis hominibus: sed etiam ab his, qui altari seruiunt, fieri procurat. Legi enim de quodam sacrilego sacerdote, quòd cùm mulierem quamdam impotenti & impudico affectu adamaret, vt illam in sui amorem traheret, medietatem sanctissimæ hostiæ, quam in Missa consecrauerat, sumpsit, dicens turpia, quæ hîc prodere non expedit: reliquam verò partem hostiæ misit ad prædictã mulierẽ, non in forma hostiæ: sed contritã, & in puluerem redactam, vt pote aptam ad sumendum in potu.

Sacerdotis sacrilegi impudicus amor.

Hostiæ consecratæ abusus ad amorem illicitum.

Quæ autem à mulieribus hac in parte fiunt, tot sunt ac tam turpia & abominabilia, vt satius sit illa silentio præterire, quàm aliquid illorum proferre. Vt igitur rem hanc totam breui compendio concludamus, talem de illa statuo certissimam regulam. Omne Maleficium, quod exercetur per commixtionem alicuius Sacramẽti, aut rei sacramentalis, reddit ipsum operatorẽ de hæresi suspectum. Quoniam nisi ille crederet talia Sacramẽta, aut sacramentalia habere virtutem ad Maleficiorum operationem, non adhibuisset illa. Inquisitor igitur quàm talem aliquẽ Maleficum agnouerit, capere potest illum non quidẽ propter Maleficium: sed propter Sacramentorum commixtionem, per quam se suspectum de hæresi reddidit: captum illum diligenter & curiosè examinabit de illius credulitate. Si ille dixerit se non credere, quòd Sacramenta aliquam habeant ad Maleficia virtutem & potestatem: sed ideò appofuisse, vt Dæmonis voluntati, qui hoc imperauit, obediret: tunc Inquisitor non poterit illum quamuis grauissimè peccantem punire: quia illi prohibitum est *in capite Accusatus, §. Sanè, de hæreticis libro 6.* Sed illius punitio ad solum defertur Ordinarium. Si verò Maleficus dixerit, se ideò Sacramenta, aut sacramentalia in suo Maleficio miscuisse: quia credit illa virtutem aliquam & potentiam ad huiusmodi Maleficia habere, tunc meritò Inquisitor iuxta prædictum cap. *Accusatus*, poterit illum punire, non propter errorem fidei, à quo si legitimè admonitus discedere noluerit, erit per omnia tamquam hæreticus ab eo tractandus.

Examen Malefici sacrilegi in quæstionibus.

Et idem prorsus dicendum esse censeo de illo, qui Crucem Domini, aut imaginem Deiparæ Virginis, aut alterius cuiusque Sancti irreuerenter projicit in terram, & pedibus conculcat. Nam hæc sine vehementi hæresis suspicione fieri non possunt, præsertim cùm sit hæresis in septima synodo damnata, dicens imagines non esse veneratione dignas: sed prorsus contemnendas.

Crucis sanctæ & reliquiarũ conculcatio sub hæresim cadit.

Quod autem Paulus Grillandus

citat, ex cap. *Si canonici*, §. *fin. de offic. iudic. ordin. libr. 6.* nihil certè probat: quoniam res illa cum præsenti negotio nullam prorsus habet similitudinem. Nam canonici illi, de quibus textus ille loquitur, nec pedibus imagines conculcabant, neque ob aliquam irreuerentiam aut illarum contemptum illas ad terram deiiciebant: sed per cæremoniam quamdam illud efficiebant, ad horrorem quemdam & abominationem & odium in populo excitandum contra illū, propter cuius crimen imponebatur cessatio à diuinis. Quæ res licèt fuisset reprehensione digna, non debuit tamen hæreseos nomine notari. Si tamen illi ob irreuerentiam & contēptum imaginum eas ad terram proiecissent, fuissent procul dubio hæretici censendi: quoniam eos, qui ita faciendum esse olim docuerunt, septima synodus (vt *proximè* diximus) hæreticos esse declarauit.

---

## CAP. IV.

### *De Lamiis & Strigibus, an sint hæretici censendi.*

PRæter illos perditissimos homines Dæmonem colentes, de quibus *supra duobus proximis capp.* disseruimus, sunt adhuc alii etiam Dæmoni inseruientes, tantò illis omnibus peiores, quantò horribiliora flagitia committunt, per quæ Deo maiorem inferunt iniuriam, & fidem Catholicam apertiùs deserunt. Sunt enim adeò mali & impii, vt quidquid maliciæ, aut sceleris, aut infidelitatis apud alios homines, qui Dæmoni quomodolibet inseruiunt, excogitari potest, id totum isti exerceant, & perficiant. Hi apud Hispanos lingua eorum vulgari appellantur *Bruxos.* Itali autem vocant illos *Streghe & Strigem*. Latinè verò dicuntur *Lamiæ & Striges* propter similitudinem (vt existimo) quam habent cum animalibus, quæ huiusmodi nominibus vocantur. Sic illas sæpe vocat Apuleïus *in suo illo opere* quod inscripsit *de asino aureo*, præsertim *libro* 1. vbi de huiusmodi mulieribus loquens, hæc ait: *At illa calore spurcissimi humoris percussam, quo me lamiæ illæ infecerant, aspernantur.* Et Philostratus in vita Apollonii Pythagorici dicit, Lamias à quibusdam *Larvas* appellari, & *Lemures*, easque ad amorem, & Venerem propensas & carnes humanas, præsertim formosorum esurienter appetere, quæ libidinis cupiditate alliciant eos, quos posteà cupiant deuorare. Horum sectam apertè explicare oportet, vt inde meliùs respondere valeamus ad id, quod de illis inuestigamus, an videlicet tales sint hæretici censendi, an non? De hac re, quia varia apud diuersos auctores leguntur, qui fortè rem non benè (vt oportebat) examinarunt, ideò illis omnibus prætermissis dicam ea, quæ certissimâ experientiâ cognita sunt, & quæ ipsimet huius pestiferæ sectæ professores tam viri, quàm fœminæ sponte coram iudicibus, à quibus hoc didici, confessi sunt. Quisquis hanc diabolicam sectam profiteri vult, adducitur primò ab eo, à quo docetur ante tribunal Dæmonis, in solio quodam ad regis instar sedentis. Dæmon enim se illis in figura quadā visibili & corporea ostendit, vt falsam maiestatem suam & imperium ementito quodam signo illis persuadeat. Coram illo itaque adductus, is qui hanc sectam profiteri paratur statim debet abnegare baptismum, & omnia Christianæ fidei documenta relinquere. Deinde oportet, vt omnia Ecclesiastica Sacramenta reiiciat, Crucē, interme

Homines perditissimi omnium & Dæmoni famuli.

Cur quomodo dicantur.

Lamiæ & Lemures.

Lamiarū professio quomodo fiat.

Dæmon maiestatē ementitur.

intemeratæ Virginis, & aliorũ quorũcũq; Sanctorũ imagines prosternere debet, pedibusque propriis conculcare. Hanc tamen conculcationem imaginum non est opus coram ipso Dæmone statim efficere: sed satis est, vt posteà se facturum promittat, cùm primùm sese obtulerit occasio. His peractis Dæmoni, velut principi aut regi sese perpetuò obligatũ ac deuinctum reddit, vouens in manibus eius, & promittens, prout religiosi in manibus prælati suæ professionis votum

Votum obediẽtiæ in manu Dæmonis.

emittere solent, se perpetuò futurum illi fidelem, & omnibus illius mandatis pariturum. Post hæc tactis scripturis super quodam libro, obscuras quasdam & ignotas paginas continẽte, iureiurando promittit se nunquã ad fidem Christi rediturum, nec diuina præcepta seruaturum, sed solùm ea, quæ per ipsum principem, Dæmonem videlicet mandabuntur. Promittit insuper se venturum quoties vocatus fuerit ad congregationes nocturnas, & sacrificia se facturum, quæ horis illis nocturnis fieri viderit, preces emissurum, adorationis cultum se illi exhibiturum, omnia denique alia, quæ ab aliis ibidem fieri viderit se facturum. Quo voto & iuramento per illum emisso, statim Dæmon, qui in solio sedens velut Regem se illi ostenderat, hilarem frontẽ prætendens promittit illi sic stanti se daturum, quam in se non habet perpetuam felicitatem & gaudia immensa, ac quascumque quas in hoc mundo cupit habere voluptates, & tandem post hanc vitam multò maiora se daturum promittit. Deinde vnum Dæmonem constituit ad illius custodiam & doctrinam, qui illum perpetuò comitetur, & illi per omnia seruiat, & omnia tribuat, quæ ille cupiet.

Officiũ Dæmonis cu-

Huic Dæmoni ad custodiam destinato inter alia hoc peculiare officiũ commissum est, vt quotiescumque

stodis Lamiarum.

oportuerit ad ludos accedere nocturnos, ille hoc denunciet suo clientulo, & illum deferat ad locum congregationis. Hunc Dæmonem, qui velut patronus ad custodiam datus est, ipsi homines huius diabolicæ artis professores vocant (vt audio) *Martinetum*, aut *Martinellum*.

Hic quotiescumque nocte aliqua facienda est ad ludos & voluptates exercendas generalis eorum congregatio, ante duos dies eam congregationem faciendam esse suo clientulo annuntiat, horàmque & locum illi declarat, vt cùm tempus aduenerit, sit ad veniendum paratus. Hora verò eundi iam appropinquante, statim Dæmon ille, quem *Martinetum* aut *Martinellum* ab illis vocari diximus, ipsum hominem voce quadam ad similitudinem humanæ vocis formata vocat. Qua voce audita mox ille, qui iturus est, sumit pyxidem vnctionis, & quædam sui corporis membra vnctione ex pyxide sumpta linit. Quo facto domum exit, & illicò inuenit prope domus ostium Martinetum illũ in forma hirci expectantem, super quo (vt ipsi homines referunt) equitat, qui ad ludos deferendus est, manibus suis crines hirci fortiter apprehendens, ne propter velocissimum hirci motum, ille fortè ad terram deiiciatur.

Martinetus vocat ad congregationẽ.

Martinetus pro foribus in forma hirci.

Dæmon igitur sic illum in forma hirci suscipiens, celerrimè illum per aera transuehit, & ad locum vsque congregationis defert: vbi frequens virorum, mulierúmque multitudo coram Dæmone ad instar Regis sedente, concurrit. Quò postquàm quisque illorum peruenit, in primis Dæmoni reuerentiam facit, alio tamẽ modo quàm nos facere solemus. Non enim faciem, sed terga Dæmoni vertunt & caput non versùs pectus, sed lietum, aut libidinosum & turpem amorem. Et qui hoc exercent, quocumque modo id faciãt, grauiter peccant: quoniam (vt apertè constat) ad rem malam, & expressè à Deo prohibitam solicitant. Rem autem malam, quæ sine peccato exerceri non potest, nullus sine peccato consulere alicui potest, neque ad illam solicita-

Rom. 1.

re. Nam (vt ait Paulus) non solùm qui talia agunt, sed qui agentibus cõsentiunt, digni sunt morte.

Maleficium veneficum est, quod fit ad nocumentum aliquod alicui inferendum. Solent enim multifariam huiusmodi Malefici homines nocere. Aliquando enim illis in propriis illorum personis nocent: aliquando in possessionibus eorum, aut in rebus

Malefic. venefic. in personas.

illis coniunctis. Nam hi Malefici sæpe Dæmonis operatione secretâ homines citò interimunt, sine aliqua propinatione veneni. Aliquando verò non tam celeriter eos è vita tollunt: sed mortem in longum temporis spatium producunt, vt post longas luctuosasque querelas & miserabiles fletus, corpus personæ, quæ est maleficio infecta, paulatim conteratur & debilitetur, quousque tandem pereat. Propter hæc & alia nocumenta, quæ corporibus inferre solent humanis, *in l. final. C. de Malefic. & Math.* vocantur hostes communis salutis.

Hi oues & boues, & reliqua bruta animalia, quæ fortè pinguissima erãt, breuissimo temporis spatio, macilenta aliquando efficiunt: aliquando prorsus interficiunt. Hi homines matrimonio coniunctos sic sæpe ligant, vt ad opus generationis minimè commisceri possint. Hi sunt, qui (vt dicitur *in l. Multi. C. de Malefic. & Math.*) elementa turbant, aërem immutant, ventos & tempestates suscitant, grandines & lapides terrificos, qui frumenta & fruges omnes deuastent, ex alto descendere faciunt.

Vt autem hæc omnia facere possint, variis vtuntur hi homines instrumentis & mediis. Aliquando manifesta venena in cibo, aut poculo, aut veste, aut alia re, quæ personam illam contingat, propinant. Aliquando nihil tale illi præbent, sed imagi-

Veneficium multifariam fit.

nes quasdam, certis temporibus obseruatis & determinatis carminibus, & ritibus quibusdam & signis conficiũt, quas in nomine Beelzebub principe Dæmoniorum baptizant, adhibitis & expressis quibusdam aliis verbis, quæ vel referre non licet, nec si liceret, sine magno horrore & tremore animi id facere possem.

His sic peractis prædictas imagines ad ignem applicant, & ibi petunt infirmitates aut alia mala, quæ in persona illa, cuius imaginem confecerunt, euenire optant. Quandoque etiam acubus, aut aliis acutis ferris perforant illius imaginis caput, aut pectus, aut ventrem, aut femora aut aliam corporis partem, in qua cupiunt malum aliquod oriri in persona, cui nocere cupiunt.

Quibus omnibus perfectis sæpe contingit, vt persona illa, cui nocere maleficus procurauit, grauiter torqueatur & doleat in capite, aut stomacho, aut ventre, aut repentinam quamdam toleret infirmitatem, quam nullus medicorum cognoscere valet. Aliquando solis verbis ex ore suo prolatis nocent, de quibus Lucanus dixit:

*Mens hausti nulla sanie polluta*
*veneni,*
*Incantata perit.*

Quæ omnia Dæmonum operatione fieri duplici potest ratione probari. Prima sumitur ex eo, quòd in his omnibus necesse est scribi quasdam figuras,

Imagines malefic. operatione

**Dæmonum efficientiæ 1. ratio.** figuras, quæ naturaliter intelligi non possunt, & quædam Dæmonum nomina prorsus ignota & penitùs horrenda, quamuis aliis sanctis nominibus mixta illic scribuntur, quæ non nisi ad pactum cum Dæmone initum implendum posita esse credendum est.

**2 ratio.** Secunda ratio per hoc euidentissimè conuincit, quòd illæ imaginum compositiones & tactus, aut illi characteres, aut verba prolata, non possunt ex sua natura mortem, aut morbos aliquos, aut nocumentum aliquod in corporibus humanis efficere.

Quoniam si hæc operandi vis esset huiusmodi rebus concessa, omni tempore & omni loco, & omni subiecto eiusdem qualitatis & dispositionis illa operaretur, quisquis similes imagines, aut characteres efficeret, aut similia verba proferret.

Constat autem quòd si alius nullum cum Dæmone pactum habens, tales characteres faciat, aut talia verba proferat, nihil efficiet. Ex quo euidentissimè colligitur, tales morbos, aut alia quæuis nocumenta, nullo pacto virtute imaginum, aut verborum fieri. Et inde conuincitur, vt hæc ab ipsis Dæmonibus, cum quibus Malefici pactum siue publicum, siue priuatum inierunt, fiant.

Nam ipsi Dæmones, qui acutissimi sunt, lapidum atque herbarum, cæterarúmque rerum naturas & proprietates optimè norunt, meliùs quàm omnes medici & physici, qui in orbe fuerunt. Dæmon enim peccans (vt beatus Dionysius *libro de diuinis nominibus cap.* 4. docet) substantiam & proprietatem suæ naturæ angelicæ nõ amisit: sed omnia naturalia integra & splendidissima retinuit. **Dæmonũ notitia.** Hic igitur cùm perspicacissimum habeat intellectum, facillimè noscit ea, quæ mortem, aut morbos, aut cruciatus, aut alia quæuis nocumenta homini inferre possunt. Scit miscere simplicia, ex quibus venena confici possunt, quæ tale valeant homini nocumentum inferre, quale optatur.

Cùm igitur Dæmon magnam huiusmodi rerum peritiam habeat, quãdo tales imagines (vt diximus) acubus punguntur, aut characteres fiũt, aut verba proferuntur (Deo permittente) ille venena, quæ homini, cuius imago perforatur, nocere possunt, secretò & inuisibiliter adhibet, & sic naturali potestate & virtute venenorum Dæmon facit ea, quæ Maleficus efficere optat.

Quæ venena, quia Maleficus sæpe ignorat, nec illa adhibere valet, putat ea omnia, quæ fiunt, virtute talium imaginum aut characterum, aut verborum fieri, quæ tamen neque ab imaginibus, neque à figuris, aut verbis vllis, neque à Dæmone ipso, sed ab aliis agentibus, ad hoc virtutem naturalem habentibus fiunt, quæ per Dæmones ipsos, qui illorum agentium virtutem agnoscunt, latenter applicãtur & admouẽtur: vt in ipsis corporibus humanis, ea quæ maleficiis cupit, efficiant. **Maleficorum inscitia & inscientia.** Et contingit sæpe, vt qui hæc maleficia operantur, remedia his malis, quæ intulerunt adhibere nesciant: quia non ampliùs Dæmon eorum magister eos docuit, vel (vt rectiùs loquar) non ampliùs Dæmon illis promisit. Sunt tamen alii qui optimè vtrumque nouerunt, videlicet nocere, & nocumentis à se, vel ab aliis illatis remedium adhibere. **Maleficorum scientia & potestas nocendi.**

De qua re lectorem admonere decreui, vt intelligat huiusmodi Maleficos homines, non solùm grauiter peccare cùm nocent: sed etiam quando nocumento à se, aut ab alio illato remedium per huiusmodi diabolicam artem præſtant, vt maleficium operatum obeſſe non valeat.

Nam licèt ſic operantes proximo læſo proſint, tamen (vt ait Paulus) non ſunt facienda mala, vt inde veniant bona. Mala eſt autem Dæmonum inuocatio, malum eſt etiam & peſſimum cum Dæmone pactum aliquod ſiue tacitum facere: malum igitur & peſſimum eſt maleficium iam adhibitum ſoluere, ſi non aliter quàm per Dæmonis inuocationem & illius auxilium ſoluendum eſt. Id enim, quod ex ſe malum eſt, nulla adhibita bona intentione, nec quacumque alia bona circumſtantia adiuncta poterit bonum eſſe. Quo fit, vt licèt bonum ſit proximorum incommodis obuiare, non tamē bonū ſit maleficia facere ad proximorum nocumenta tollenda.

Rom. 3.

Iuſtè quod iuſtum eſt (inquit Dominus) exequeris. Si tamen maleficium adhibitum tale eſſe dignoſcitur vt naturali aliqua virtute, ſine vlla Dæmonis inuocatione, & ſine vllo pacto cum illo inito, impediri poſſit illius operatio, tunc bonū & meritoriū erit illud maleficium diſſoluere, tantùm abeſt, vt peccatum dici queat. Poteſt etiam per orationes ſanctorum virorum tolli maleficium, ne ſuum conſequatur effectum. Similiter etiā poteſt licitè Maleficium impediri, ſi imago illa, cui eſt acus infixa, aut aliud ſimile inſtrumentum per quod faciendum eſt maleficium inueniretur & confringeretur. Tunc enim Dæmon non ampliùs illum fatigaret, quia ex pacto, quod cum Malefico fecit, non aſſiſtit niſi quamdiu ſignum aliquod ab eo datum permanet.

Deut. 16.

Maleficium quomodo diſſolui permittatur.

Sed quæſtio non parui momenti eſt, an liceat ab eo qui Maleficia exercet, & paratus eſt quotidie illa exercere, petere, vt Maleficiū alicui adhibitum diſſoluat, aut impediat, ne operationem ſuam exercere valeat, præſertim ſi credit illum nonniſi Dæmonis auxilio, & operatione Maleficorum illud poſſe diſſoluere.

Angelus de Clauaſio *in ſua ſumma*, *in titulo ſuperſtitio*, § 15. citat Petri Aureoli de hac re ſententiam, & probat illam, qui *quarto ſententiarum*, *diſt.* 34. *quæſt.* 2. dicit licitè hoc poſſe peti à quocumque Malefico, quem ſcitur eſſe paratum ad huiuſmodi Maleficia exercenda. Hanc autem ſuam ſententiam per hoc perſuadere nititur, quòd cuicumque licet malo alterius vti ad commodum ſuum. Pro qua re affert teſtimonium Auguſtini dicentis, licitum mihi eſſe vti ad commodum meum iuramento hominis infidelis, quamuis ſciam illum iuraturum per deos ſuos falſos, quos colit. Poſſet etiam pro eadem re aſſerri ſimile de illo, qui mutuum petit ab eo, quem ſcit nonniſi ad vſurā daturum. Hæc autem petitio omnium Doctorum conſenſu licita eſt. Ex quo ſequi videtur, vt etiam liceat cuicumque petere ab eo, qui paratus eſt Maleficium facere, vt Maleficium inceptum impediat.

Sed his omnibus non obſtantibus, ego oppoſitam teneo ſententiam, & dico Petrum Aureolum, & Angelum de Clauaſio, qui illum ſequutus eſt, fuiſſe in hac parte deceptos, eò quòd non bene rem conſiderarunt, ac proinde non viderunt quàm lata ſit differentia inter propoſitum negotium, & alia exempla, quæ loco ſimilitudinis adducta ſunt.

Refutatio Aureoli & Clauaſii

Nam quòd ille, qui petit à Malefico, vt Maleficium Maleficio diſſoluat, peccet, vel ex hoc euidentiſſimè conuincitur, quòd ipſemet Maleficus (vt *paulò antè* diximus) grauiter peccat, quùm diabolica arte inceptum Maleficium tollit, ne ad operationem perueniat. Fieri igitur

igitur non potest, vt ille, qui à Malefico petit, vt arte diabolica Maleficium inceptum dissoluat, non peccet. Quisquis enim petit ab alio, vt faciat id, quod sine peccato facere nõ potest, peccat: quia sic petens consentit iniquitati alterius inducendo illum ad peccatum.

Certum est autem, quòd sicut par poena, ita etiam par reatus constringit agentem & consentientem. Nec petens excusari potest à peccato hac ratione, quòd Maleficus ille, à quo petit paratus erat ad cuiuscumque petitionem Maleficium operari. Nam etsi ille paratus esset, non tamen hoc particulare Maleficium fuisset operatus, nisi ille petiisset. Ex quo euidenter conuincitur, illius petitionem causam fuisse proximam, quòd Maleficus ille particulare illud Maleficium fuerit operatus. Causam enim dicimus illam, qua positâ ponitur effectus, & qua remotâ remouetur.

Causa posita aut sublata ponitur, aut remouetur effectus.

Si petens non fuisset, Maleficus nõ fuisset illud particulare Maleficium operatus, & illo petente fecit: ergo ille petens fuit causa, quòd alius Maleficium perpetraret, & inde conuincitur illum peccare: quia alium ad peccatum induxit, & proximam peccati causam dedit.

Et hoc confirmari potest per id, quod habetur *in cap. Nec mirum 26. quaest. 5.* vbi postquam de Necromanticis & Hydromanticis dictũ est, haec adduntur verba: *Ad haec omnia supradicta pertinent ligaturae execrabilium remediorum, quae ars non commendat medicorum, seu in praecantationibus, seu in characteribus suspendendis, atque ligandis, in quibus omnibus ars Daemonum est, ex quadam pestifera societate hominum & angelorum malorũ exorta. Vnde haec cuncta vitanda sunt Christiano, & omni penitùs execratione repudianda atque damnanda.* Haec ibi in illo cap. quod inscribitur nomine Augustini, & re vera non est Augustini.

Ars Daemonum.

Exempla autem de infideli parato iurare per deos suos, & vsurario parato dare ad vsuram, quae loco similitudinis ad oppositae sententiae probationem adducta sunt, nihil penitùs efficiunt: quoniam illa omnia ad hoc negotium, de quo nunc disputamus, relata magnã habent similitudinem. Nam in illis exẽplis adductis, res, quae petuntur non sunt ex se malae: quia possunt bene fieri ab his, qui illas facturi sunt, si velint.

D. Augustinus explicatur.

Quòd autẽ male fiat, nõ est ex malitia ipsius rei: sed ex malitia ipsius operantis, qui rẽ, quã poterat bene, noluit nisi malè facere: ille enim, qui petit iuramentũ ab infideli, non petit, vt per falsos deos iuret, alioqui sic petẽs peccaret: quia peteret id quod est apertũ: sed solùmodò petit, vt iuret, & si daretur optio petentis, eligeret illũ iurare per verum Deum trinum & vnum.

Res malae sunt ex malitia operantis.

Si autem infidelis per falsos deos iurat, culpa est ipsius iurantis, non autẽ iuramentum exigentis: quia is, qui exigit, id petit ab illo, quod ille si vellet, bene facere potuisset. Similiter is qui petit ab vsurario, non petit vt det ad vsuram: quia sic petens peccaret, cùm peteret ab illo id, quod sine peccato fieri non posset: sed petit dumtaxat, vt mutuum sibi detur, quod non solùm sine peccato, sed etiã cum merito fieri potest. Si vsurarius non vult dare mutuũ sine vsura, culpa est ipsius vsurarii, non autẽ petentis; quia petit id ab illo, quod ille, si vellet, sine peccato & cum merito facere posset. In his igitur omnibus exẽplis, & aliis similibus, ille qui petit, non inducit aliũ ad peccatum: quia petit id, quod sine peccato fieri potest, sed vtitur ad commodũ suũ iniquitate alterius, qui non vult nisi malè & iniustè facere id, quod si vellet poterat facere bene.

Longè aliter se habet is, qui petit à Malefico, vt maleficium diabolica arte dissoluat, ne nocere valeat. Is enim id à Malefico petit, quod ille sine peccato facere nequit: nam (vt *paulo antè* diximus) non solùm peccat, qui maleficium operatur, vt noceat: sed etiam qui arte diabolica maleficium tollit, ne noceat: quia artem diabolicam exercere, quacúmque bona intentione id fiat, grauissimum est peccatum.

Maleficium petēs & operans peccat.

Is igitur qui à Malefico petit, vt maleficium diabolica arte dissoluat, non solùm vtitur ad commodum suũ iniquitate Malefici; sed etiam inducit illum ad peccatum, & per consequens peccat: quia petit ab illo, quod ille, etiam si vellet, non posset facere sine peccato. Si autem maleficium tale esset, vt sine peccato posset à Malefico dissolui, vt putà, quia scit, vbi sit laqueus, aut imago, aut ligaturæ aliquæ, aut characteres, cum quibus est iam inceptum maleficium: tunc sicut ipse potest sine peccato dissoluere maleficium confringendo illa omnia: ita quilibet alius potest sine peccato petere ab ipso Malefico, vt illo modo dissoluat maleficium.

In Maleficis an sint hæretici, tria cõsiderantur.

His omnibus prænotatis, superest vt inquiramus an huiusmodi Malefici sint hæretici censendi, & velut tales puniendi. De qua re, vt certa possit dari sententia, tria sunt priùs ab his hominibus inquirenda.

Pactum cũ Dæmone de fidei Catholicæ aliqua repugnantia.

Primum est, an aliquod pactum, siue expressum, siue tacitum cum Dæmone fecerint, per quod promiserint se aliquid, quod fidei Catholicæ deroget, facturos. Nunquam enim aut rarissimè (vt *præcedenti cap.* diximus) Dæmon suum adiutorium hominibus sine aliqua spe lucri impendit. Si in pacto inter illos & Dæmonem inito interuenit aliqua promissio de rebus fidei repugnantibus, vt putà de adoratione & reuerentia ipsi Dæmoni præstanda, aut de eadem reuerentia Christo saluatori nostro deneganda, aut de confractione & conculcatione imaginis Christi, aut crucis, in qua moriens ille salutem nostram operatus est, quæ Dæmon summè expetere solet ab iis, quibus se exorabilem exhibet: non est dubium, quin tunc tales Malefici sint hæretici censendi, & velut tales puniendi: quoniam nihil horum, quæ diximus potest liberè & ex animo sine manifesta hæresi exerceri. Nam licèt sint multa, quæ voluntas contra iudicium rationis operatur: quia ad illa voluntas est ex se prona, & illa ex se habent voluptatem quamdam, per quam possunt voluntatem ipsam ad sui amorem allicere: sunt tamen alia, quæ (vt *primo huius operis capite* diximus) nunquam voluntas appetit: nisi quia intellectus iudicat esse bona: quia nihil habent illa in se, per quæ possint allicere voluntatem. Et inde sequitur, vt si voluntas aliquod illorum appetat, nonnisi ab intellectu iudicante illud esse bonum moueatur ad illud appetendum. In his ergo omnibus operatio exterior apertè indicat errorem intellectus.

Malefici in ea hæresi puniẽdi.

Ex quibus omnibus euidenter concluditur Maleficos omnes, qui aliquid eorum, quæ nunc proximè diximus, ex pacto efficiunt, esse hæreticos censendos, & velut tales puniendos. Secundum, & de quo examinare oportet Maleficos, est maleficium ipsum, quod exercent, de quo re varia est facienda inquisitio, sicut varia diximus esse maleficia. Nam illorum alterum diximus appellari amatorium, alterum veneficum. Ab illis, qui amatoria veneficia exercent, diligenter inquirendum est, an credant maleficia, aut Dæmonem posse cogere alicuius viri, aut fœminæ voluntatem

Malefici exercitium.

Malefici amatorii venefici inquisitio.

luntatem

luntatem ad amorem aliquem libidinoſum, aut quomodolibet inhoneſtum habendum. Et quòd illi hoc fieri poſſe credant, violenta eſt ſuſpicio: quoniam niſi Maleficorum arte, aut Dæmonis poteſtate id fieri poſſe exiſtimarent, nunquam talia maleficia pro re illa efficienda exercerent. Si illos ita credere compertum fuerit, & de hoc errore admoniti ab illo diſcedere noluerint, ſed in illo pertinaces fuerint: meritò cenſebuntur hæretici, & velut tales punientur: quoniam apertam hæreſim pertinaciter tuentur. Nam credere hominis voluntatem poſſe à Dæmone cogi ad aliquid amandum, hæreſis eſt apertiſſima: quoniam illa coactio repugnat libertati, quam Deus noſtræ indidit voluntati. *Deus enim* (vt ait Sapiens) *ab initio conſtituit hominem, & reliquit illum in manu conſilii ſui. Adiecit mandata & præcepta ſua: ſi volueris mandata ſeruare, conſeruabunt te, & in perpetuum fidem placitam*
Eccl. 15 *facere. Appoſuit tibi aquam & ignem, ad quod volueris, porrige manum tuam.* Ex quibus Eccleſiaſtici verbis apertiſſimè conſtat liberam factam eſſe à Deo hominis voluntatem, & inde ſequitur illam à Dæmone cogi non poſſe: quoniam alioqui libera non eſſet. Si à Dæmone cogi poſſet homo ad aliquid amandum, tunc iam non eſſet homo in manu ſui conſilii (vt
Salom 6. dixit Eccleſiaſticus) conſtitutus: ſed in manu conſilii Dæmonis. Qui ergo pertinaciter aſſeruerit hominis voluntatem poſſe quibuſcumque maleficiis, aut quacumque Dæmonis poteſtate ad aliquid amandum cogi, eſt hæreticus cenſendus, & velut talis puniendus.

Poſſunt quidem Dæmones voluntatem perſuaſionibus allicere ad amandum, repræſentando aliquam, quamuis falſam, apparentem tamen boni rationem in amore illo. Poſſunt etiã carnis appetitum, qui liber non eſt, excitare, vt appetat illud, & ardenter illud perquirat, etiamſi aliàs ad illud frigeret. Nam (vt eſt apud Iob)
*Spiritus eius prunas ardere facit.* Ap- Iob. 41.
petitus autem carnis, poſtquam fuerit vehementer accenſus, voluntatem ipſam etiam vehementer ſolicitabit, & illam validiſſimè impellet, vt in ſuam trahat ſententiam. Ex hac tam vehementi tentatione euenit, vt homines idiotæ dicant ſe cogi ad amorẽ inuitos teneri, velle ſe diſcedere, & non poſſe. Sed re vera falluntur: quia ſi vellent reſiſtere, poſſent facilè id efficere cum Dei adiutorio, qui omnem ad ſe confugientem paratus eſt adiuuare. *Fidelis eſt Deus* (inquit
Paulus) *qui non patietur vos tentari* 1. Cor. 10.
*ſupra id, quod poteſtis.* Deinde examinandi ſunt, qui hæc maleficia exercẽt, an in illorum exercitio aliquid miſceant, quod meritò poſſit vehementem hæreſis præſtare ſuſpicionẽ. Quoniam ſi hæc non adſint, Inquiſitores hæreticorum, niſi illis ſit ſpecialiter hæc prouincia delegata, non poterunt iure quidquam circa illas diſponere: quoniam hoc eſt illis ſpecialiter interdictum *in cap. Accuſatus, §. Sanè, de hæreticis lib. 6.* Si verò talia in ſuis maleficiis miſcent, vt de illis poſſit non leuis ſuſpicio hæreſis ſumi, meritò de illis maleficiis Inquiſitor Maleficos ipſos diligenter & curioſè examinari poteſt & debet: nam cùm Papa in illo *cap. Accuſatus. §. ſanè.* inhibet Inquiſitoribus, ne de diuinationibus aut ſortilegiis inquirant, ſtatim excipit ea ſortilegia, quæ hæreſim ſapiunt. Quo loco ſortilegii nomen capiendum eſt iuxta latam illius ſignificationem, vt comprehendit omnia maleficiorum genera. Nam iuxta propriam illius vocis ſignificationem ſolùm ad diuinationes pertinet.

net, vt patet per Isidorum *in cap. sortilegi 26. quæst. 1.* Sed quia *in dicto cap. Accusatus, §. Sanè*, postquam Papa expressit diuinationes, statim addidit Sortilegia, constat illum nomine Sortilegiorum non solùm diuinationes, sed etiam Maleficia intellexisse: quorum aliqua dicit esse, quæ hæresim sapiunt.

Malefica cum inuocatione Dæmonis.

Videndum est igitur & diligenter inquirendum, quæ sunt illa Maleficia, quæ hæresim sapiunt. Paulus Grillandus *in tractatu de Sortilegiis, quæst. 10.* pro huius rei cognitione quasdam assignat regulas, quas ex Oldrado *in consilio 210.* se accepisse refert. Primùm quidem dicit, quòd si Sortilegia, aut Maleficia taliter fiũt, vt in illis adsit inuocatio Dæmonis per modum adorationis, tunc apertè sapiunt hæresim. Deinde addit, quòd licèt non fiat per modum adorationis, si tamen per illa Maleficia petatur, aut expectetur à Dæmone, quod soli Deo facere conuenit, vt putà mortuos suscitare, secreta cordium reuelare, futura, quæ ex causis naturalibus non pendent, prædicere, tunc talis petitio sapit hæresim. Tertiò dicit, quòd si est inuocatio Dæmonis non per modum orationis, & petitur à Dæmone id solùm, quod virtute naturali ille efficere valet: quamuis alia quælibet in Maleficiorum exercitio adhibeantur, dicit illa non sapere hæresim. Dicit itaque quòd celebrare Missam de defunctis pro aliquo viuo, vt citò moriatur, vel hostiam consecratam mulieri cum characteribus scriptam turpibus dare ad amorem prouocandum libidinosum, non sapit hæresim. Idem dicit de reliquiis sanctorum, de sacramentalibus, vt sunt, calix, altare portabile, oleum sacrum, aqua benedicta, aqua fontis baptismalis, quæ omnia licèt misceantur in Maleficiis, dicit non sapere hæresim.

Petitio quæ soli Deo competit.

Petitio ex virtute naturali Dæmonis.

Et hanc suam sententiam nititur probare per hoc, quòd alia istis imponitur à iure pœna, quàm hæreticis.

Et pro hoc adducit *cap. Quicumque 26. quæst. 5. & cap. De homine, de celebr. Missa.* Addit insuper aliud, in quo non possum non mirari, tantam fuisse illius ignorantiam. Dicit enim quòd si aliquis crucem, aut imaginem Deiparæ Virginis Mariæ, aut alterius Sancti irreuerenter proiecisset in terra & pedibus conculcaret, non saperet hæresim. Pro qua re adducit *cap. Si canonici, §. fin. de offic. iudic. ordin. lib. 6.* Ex his omnibus Pauli Grillandi dictis non inuenio quod probare aut tolerare possim: nisi illa duo prima, quorum alterum de petitione, quâ à Dæmone petitur id, quod solus Deus præstare potest. Quæ duo dicit sapere hæresim. Et hoc ipsum nos etiam docemus.

Grillandus refellitur.

Reliqua verò omnia quæ in tertio dicto continentur, sunt manifestè falsa, & acerbâ reprehensione digna. Vt autem hoc apertius efficiamus, id primò annotandum est, quòd Sortilegium aut Maleficium aliquod sapere hæresim, idem est, ac illud præbere vehementem hæresis suspicionem. Nam aliàs non videtur quomodò Sortilegium aut Maleficium, quod in exteriore operatione consistit, possit sapere hæresim: cum hæresis (vt *in primo de iusta hæret. punit. 1. tom. cap.* diximus) non in operatione exteriore, sed in errore intellectus consistat. Res autem sacras, præsertim Sacramentum, aut sacramentalia ad Maleficia exercenda adhibere, apertam & violentam præbet hæresis suspicionẽ: quoniam nullus illa ad Maleficia exercenda adhiberet: nisi crederet illa ad maleficia exercenda aliquam habere potestatem. Talis autem credulitas aperta est hæresis. Quia Deus, qui Sacramentis non naturalem, sed

Sacramentalium abusus ad Maleficia exercenda hæresim sapit.

aduert

aduentitiam virtutem dedit, non ad destructionem & perditionem corporum & animarum, sed ad salutẽ animarum illã dedit. Dæmon tamen videns se minùs potentem ad Maleficium amatorium exercendum, cùm (vt diximus) non possit aliquem ad amandum inuitum cogere, ideò res quaslibet sacratiores miscere in huiusmodi Maleficiis procurat, quas rarò in aliis Maleficiis veneficis adhibet: quia Maleficia venefica potest Dæmon, si à Deo permittatur, in homine inuito exercere. Sub hac igitur specie Dæmon multos fallit persuadendo illis, quòd istorum Sacramentorum abusus, mirabiles effectus quoad amorem producat, quos ipse optimè scit ab illis Sacramentis, aut sacramentalibus effici non posse. Hoc tamen ille mendacii pater hominibus persuadere nititur, in vilipendium Christianæ religionis, & vt homines grauiùs Deum offendant. Nec ista à solis profanis hominibus: sed etiam ab his, qui altari seruiunt, fieri procurat. Legi enim de quodam sacrilego sacerdote, quòd cùm mulierem quamdam impotenti & impudico affectu adamaret, vt illam in sui amorem traheret, medietatem sanctissimæ hostiæ, quam in Missa consecrauerat, sumpsit, dicens turpia, quæ hîc prodere non expedit: reliquam verò partem hostiæ misit ad prædictã mulierẽ, non in forma hostiæ: sed contritã, & in puluerem redactam, vt potui aptam ad sumendum in potu.

Sacerdotis sacrilegi impudicus amor.

Hostiæ consecratæ abusus ad amorem illicitum.

Quæ autem à mulieribus hac in parte fiunt, tot sunt ac tam turpia & abominabilia, vt satius sit illa silentio præterire, quàm aliquid illorum proferre. Vt igitur rem hanc totam breui compendio concludamus, talem de illa statuo certissimam regulam. Omne Maleficium, quod exercetur per commixtionem alicuius Sacramẽti, aut rei sacramentalis, reddit ipsum operatorẽ de hæresi suspectum. Quoniam nisi ille crederet talia Sacramẽta, aut sacramentalia habere virtutem ad Maleficiorum operationem, non adhibuisset illa. Inquisitor igitur quàm talem aliquẽ Maleficum agnouerit, capere potest illum non quidẽ propter Maleficium: sed propter Sacramentorum commixtionem, per quam se suspectum de hæresi reddidit: captum illum diligenter & curiosè examinabit de illius credulitate. Si ille dixerit se non credere, quòd Sacramenta aliquam habeant ad Maleficia virtutem & potestatem: sed ideò apposuisse, vt Dæmonis voluntati, qui hoc impetrauit, obediret: tunc Inquisitor non poterit illum quamuis grauissimè peccantem punire: quia illi prohibitum est *in capite Accusatus, §. Sanè. de hæreticis libro 6.* Sed illius punitio ad solum defertur Ordinarium. Si verò Maleficus dixerit, se ideò Sacramenta, aut sacramentalia in suo Maleficio miscuisse: quia credit illa virtutem aliquam & potentiam ad huiusmodi Maleficia habere, tunc meritò Inquisitor iuxta prædictum cap. *Accusatus*, poterit illum punire, non propter errorem fidei, à quo si legitimè admonitus discedere noluerit, erit per omnia tamquam hæreticus ab eo tractandus.

Erunt Malefi- [illegible] eisdem ab Inquisitoribus.

Et idem prorsus dicendum esse censeo de illo, qui Crucem Domini, aut imaginem Deiparæ Virginis, aut alterius cuiusque Sancti irreuerenter projicit in terram, & pedibus conculcat. Nam hæc sine vehementi hæresis suspicione fieri non possunt, præsertim cùm sit hæresis in septima synodo damnata, dicens imagines non esse veneratione dignas: sed prorsus contemnendas.

Crucis sanctæ & reliquiarũ conculcatio sub hæresim cadit.

Quod autem Paulus Grillandus

citat, ex cap. *Si canonici*, §. *fin. de offic. iudic. ordin. libr. 6.* nihil certè probat: quoniam res illa cum præſenti negotio nullam prorſus habet ſimilitudinem. Nam canonici illi, de quibus textus ille loquitur, nec pedibus imagines conculcabant, neque ob aliquam irreuerentiam aut illarum contemptum illas ad terram deiiciebant: ſed per cæremoniam quamdam illud efficiebant, ad horrorem quemdam & abominationem & odium in populo excitandum contra illũ, propter cuius crimen imponebatur ceſſatio à diuinis. Quæ res licèt fuiſſet reprehenſione digna, non debuit tamen hæreſeos nomine notari. Si tamen illi ob irreuerentiam & contẽptum imaginum eas ad terram proieciſſent, fuiſſent procul dubio hæretici cenſendi: quoniam eos, qui ita faciendum eſſe olim docuerunt, ſeptima ſynodus (vt *proximè* diximus) hæreticos eſſe declarauit.

---

## CAP. IV.

### *De Lamiis & Strigibus, an ſint hæretici cenſendi.*

PRæter illos perditiſſimos homines Dæmonem colentes, de quibus *ſupra duobus proximis capp.* diſſeruimus, ſunt adhuc alii etiam Dæmoni inſeruientes, tantò illis omnibus peiores, quantò horribiliora flagitia committunt, per quæ Deo maiorem inferunt iniuriam, & fidem Catholicam apertiùs deſerunt. Sunt enim adeò mali & impii, vt quidquid malitiæ, aut ſceleris, aut infidelitatis apud alios homines, qui Dæmoni quomodolibet inſeruiunt, excogitari poteſt, id totum iſti exerceant, & perficiant. Hi apud Hiſpanos lingua eorum vulgari appellantur *Bruxos*.

Homines perditiſſimi & Dæmoni ſeruientes.

Itali autem vocant illos *Stregh*e & *Strigem*. Latinè verò dicuntur *Lamiæ & Striges* propter ſimilitudinem (vt exiſtimo) quam habent cum animalibus, quæ huiuſmodi nominibus vocantur. Sic illas ſæpe vocat Apuleïus *in ſuo illo opere* quod inſcripſit *de aſino aureo*, præſertim *libro* 1. vbi de huiuſmodi mulieribus loquens, hæc ait: *At illa colore ſpurciſſimi humoris percuſſum, quo me lamia illa infecerant, aſpernantur.* Et Philoſtratus in vita Apollonii Pythagorici dicit, Lamias à quibuſdam *Laruas* appellari, & *Lemures*, eſſeque ad amorem, & Venerem propenſas & carnes humanas, præſertim formoſorum eſurienter appetere, quæ libidinis cupiditate alliciant eos, quos poſteà cupiant deuorare. Horum ſectam apertè explicare oportet, vt inde meliùs reſpondere valeamus ad id, quod de illis inueſtigamus, an videlicet tales ſint hæretici cenſendi, an non? De hac re, quia varia apud diuerſos auctores leguntur, qui fortè rem non benè (vt oportebat) examinarunt, ideò illis omnibus prætermiſſis dicam ea, quæ certiſſimâ experientiâ cognita ſunt, & quæ ipſimet huius peſtiferæ ſectæ profeſſores tam viri, quàm fœminæ ſponte coram iudicibus, à quibus hoc didici, confeſſi ſunt. Quiſquis hanc diabolicam ſectam profiteri vult, adducitur primò ab eo, à quo docetur ante tribunal Dæmonis, in ſolio quodam ad regis inſtar ſedentis. Dæmon enim ſe illis in figura quadã viſibili & corporea oſtendit, vt falſam maieſtatem ſuam & imperium ementito quodam ſigno illis perſuadeat. Coram illo itaque adductus, is qui hanc ſectam profiteri paratur ſtatim debet abnegare baptiſmum, & omnia Chriſtianæ fidei documenta relinquere. Deinde oportet, vt omnia Eccleſiaſtica Sacramenta reiiciat, Crucẽ,

*interne*

Striges quomodo dicantur

Laruæ & Lemures.

Lamiarũ profeſſio quomodo fiat.

Dæmon maieſtatẽ emẽtitur.

intemeratę Virginis,& aliorū quorūcúq; Sanctorū imagines prosternere debet, pedibusque propriis conculcare. Hanc tamen conculcationem imaginum non est opus coram ipso Dæmone statim efficere: sed satis est, vt posteà se facturum promittat, cùm primùm sese obtulerit occasio. His peractis Dæmoni, velut principi aut regi sese perpetuò obligatū ac deuinctum reddit, vouens in manibus eius, & promittens, prout religiosi in manibus prælati suæ professionis votum emittere solent, se perpetuò futurum illi fidelem, & omnibus illius mandatis pariturum. Post hæc tactis scripturis super quodam libro, obscuras quasdam & ignotas paginas continēte, iurejurando promittit se nunquā ad fidem Christi rediturum, nec diuina præcepta seruaturum, sed solùm ea, quæ per ipsum principem, Dæmonem videlicet mandabuntur. Promittit insuper se venturum quoties vocatus fuerit ad congregationes nocturnas,& sacrificia se facturum, quæ horis illis nocturnis fieri viderit, preces emissurum, adorationis cultum se illi exhibiturum, omnia denique alia, quæ ab aliis ibidem fieri viderit se facturum. Quo voto & iuramento per illum emisso, statim Dæmon, qui in solio sedens velut Regem se illi ostenderat, hilarem frontē prætendens promittit illi sic stanti se daturum, quam in se non habet perpetuam felicitatem & gaudia immensa, ac quascumque quas in hoc mundo cupit habere voluptates, & tandem post hanc vitam multò maiora se daturum promittit. Deinde vnum Dæmonem constituit ad illius custodiam & doctrinam, qui illum perpetuò comitetur, & illi per omnia seruiat, & omnia tribuat, quæ ille cupiet.

Votum obediētiæ in manu Dæmonis.

Huic Dæmoni ad custodiam destinato inter alia hoc peculiare officiū commissum est, vt quotiescumque oportuerit ad ludos accedere nocturnos, ille hoc denunciet suo clientulo, & illum deferat ad locum congregationis. Hunc Dæmonem, qui velut patronus ad custodiam datus est, ipsi homines huius diabolicæ artis professores vocant (vt audio) *Martinetum*, aut *Martinellum*.

Officiū Dæmonis cu-

Ludi Lamiarum.

Hic quotiescumque nocte aliqua facienda est ad ludos & voluptates exercendas generalis eorum congregatio, ante duos dies eam congregationem faciendam esse suo clientulo annuntiat, horámque & locum illi declarat, vt cùm tempus aduenerit, sit ad veniendum paratus. Hora verò eundi iam appropinquante, statim Dæmon ille, quem *Martinetum* aut *Martinellum* ab illis vocari diximus, ipsum hominem voce quadam ad similitudinem humanæ vocis formata vocat. Qua voce audita mox ille, qui iturus est, sumit pyxidem vnctionis, & quædam sui corporis membra vnctione ex pyxide sumpta linit. Quo facto domum exit, & illicò inuenit prope domus ostium Martinetum illū in forma hirci expectantem, super quo (vt ipsi homines referunt) equitat, qui ad ludos deferendus est, manibus suis crines hirci fortiter apprehendens, ne propter velocissimum hirci motum, ille fortè ad terram deijciatur.

Martinetus vocat ad congregationē.

Martinetus pro foribus in forma hirci.

Dæmon igitur sic illum in forma hirci suscipiens, celerrimè illum per aera transuehit, & ad locum vsque congregationis defert: vbi frequens virorum, mulierúmque multitudo coram Dæmone ad instar Regis sedente, concurrit. Quò postquàm quisque illorum peruenit, in primis Dæmoni reuerentiam facit, alio tamē modo quàm nos facere solemus. Non enim faciem, sed terga Dæmoni vertunt & caput non versùs pectus, sed versùs scapulas flectunt: ita vt mento ad cœlum eleuato caput ad terga deflectant. Crura verò (non vt nos facere solemus) flectunt à tergo illa curuantes: sed à parte anteriori illa sursum à terra eleuant.

Sacrificia Lamiarum.

Quâ præstitâ reuerentiâ aliquando illi offerunt sacrificia, non tamen semper. His omnibus consummatis Dæmon ille, qui in solio majestatis sedet, præcipit omnibus vt tripudient, & psallant cum gaudio & lætitia sumentes voluptates suas. Et vnusquisque Dæmon manu apprehendit mulierem suam, ad cuius custodiam deputatus erat, & cum illa saltat, & choreas facit: choreis & saltationibus finitis inde ad mensas veniunt, quæ lautissimis ferculis ornatæ & præparatæ inueniuntur, vt quisquis ad libitum illis vescatur.

Conuiuia Lamiarum.

Conuiuiis expleris luminaria extinguuntur omnia, & quisque Dæmon in forma incubi suâ capit mulierem. Si qui verò adsunt viri, hi habent Dæmonem vnusquisque suum in forma succubi, hoc est in forma mulieris, & sic inuicem miscentur, & carnis libidines vsque ad satietatem suscipiunt, cum maxima (vt dicunt) voluptate.

Quibus omnibus completis, reuertuntur omnes ad domos suas equitantes in hircis, à quibus diximus eos primò ad congregationem deportatos esse. Et in his omnibus exercendis hoc summo opere ab illis omnibus cauetur, ne aut euntes, aut in congregatione stantes, aut ab illa redeuntes, Deus inuocetur, aut quomodolibet nominetur, aut crucis signum fiat. Quoniam si illorum aliquod fiat, Dæmones illud non ferentes statim fugiunt, & omnes illæ illusiones Dæmonis arte factæ euanescunt.

Dei inuocatio & crucis signum prohibetur.

Sunt præter hæc omnia multa alia flagitia, & scelera, quæ istæ pessimæ Lamiæ committunt. Non enim satis illis videtur, quòd propter libidines explendas se Dæmoni tradant, & illi per omnia seruiant: sed alios insuper quotquot possunt ad Dæmonis obsequium adducere, & à Dei seruitio auertere conantur, vt Dæmonis imperium suo ministerio augeatur. Nam præter hoc, quòd multos ad huiusmodi diabolicam artem profitendam solicitant, pueros multos ante baptismum susceptum, interficere nituntur, ne baptismo suscepto ad gloriam possint peruenire sempiternam. Noctu domos alienas ingrediuntur, cameras quantumlibet obseratas, Dæmone illis viam parante, intrant, puerorum sanguinem sugunt, aliquando illos suffocant, & multa alia circa illos mala committunt.

Lamiarũ multa facinora

Et ob hanc causam (vt existimo) vocatæ sunt Lamiæ, & Striges. Nam Lamia animal quoddam est nimiùm crudele, faciem prætendens muliebrem, equinos pedes habens. De huiusmodi Lamiis loquitur Hieremias *in Trenis* dicens: *Lamiæ nudauerunt mammas, lactauerunt catulos suos.* Strix autẽ auis quædam est nocturna, & importuna, sic dicta à stridore, quẽ facit. De hac sic dicit Lucanus *lib. 6.*

Cur dictæ Lamiæ, & Striges.

*Quòd trepidus bubo, quòd strix nocturna queruntur.*

Hæc auis pueros aggreditur nutricibus egentes, & ex illorum corpusculis vitalem sanguinem absorbet. Et ab huius auis nocumento Striges appellantur mulieres istæ, de quibus hactenus locuti sumus: propterea quòd puerorũ sanguinẽ, sicut auis illa, sugunt. Hæc sunt, quæ de ista pestifera hominum secta hactenùs certiora esse intellexi, quarum partem ex lectione aliquorum Auctorum, qui de hac re scripserunt, partem ex relatione aliquorum probatorum virorum,

rorum, qui iudices existentes huiusmodi homines captos diligenter examinarunt, & ferè omnia ista ex illorum confessione acceperunt.

Fœminarum quàm virorum plures arti diabolicæ addicti.

Et inter cætera, quæ de istis pessimis hominibus, certâ experientiâ docente sciuntur, est multò plures esse fœminas, quæ hanc diabolicam artē profitentur, quàm viros. Cuius rei duplex (meâ quidem sententiâ) potest esse causa.

1. Ex mulierum credulitate nimia.

Prima est, nimia mulierum credulitas, ob quam sexus iste facilis est ad deceptionem. Quarum defectum Dæmon optimè agnoscens, illas frequentiùs per fallacias & mendacia aggreditur, quàm viros. Nam Heuam primam omnium matrem Dæmon seduxit, vir autem illius Adam (vt Paulus testatur) nō est seductus.

1. Tim 2.

Ob hanc causam ipse Paulus non permittit mulierem docere, ne ipsa decepta alios sua doctrina decipiat. Quē Pauli locum interpretans Theophylactus ait: *Quia semel mulier virum edocuit, & cuncta peruertit, idcircò nequaquam hanc habeat velim docendi de cætero potestatem. Est namque mulier naturâ leuior, & facilè fallitur. Aduerte autem quemadmodum non Heuam dixerit deceptam esse, sed mulierem: tanquam de ipso muliebri sexu differuisset. Nam quemadmodum natura omnis humana perdita est, sic & per Heuam in omne fœmineum genus delapsa est leuitas, quæ & præuaricatio ipsa primùm Heuam inuasit.* Hæc Theophylactus.

Mulier cur potiùs dicatur quàm Heua.

2. Ex mulierum fragilitate & libidine. 1. Pet. 3.

Secunda causa est, earumdem mulierum fragilitas, & ad libidinem pronitas. Sunt enim mulieres naturâ proniores ad libidinem, quàm viri. Et ob hanc præcipuè causam (vt existimo) sexus muliebris vocatur à beato Petro fragilius vasculum. Primus autem & præcipuus finis, ad quem homines huius diabolicæ artis professores tendunt, est carnis voluptas, propter quam ad libitum & satietatē assequendam, se totos Dæmoni dedunt, & alia omnia, quæ diximus faciunt. Ob hanc igitur causam plures fœminæ, quàm viri hanc diabolicam artem profitentur: quia fœminæ vehementiùs carnis voluptates appetunt, & faciliùs huiusmodi appetitui succumbunt.

Lamiarū transportatio & coitus cū Dæmone an reuerà fiat.

Sed inter tam multa, quæ de istarum Lamiarum secta diximus, aliqua sunt, quæ quibusdam falsa esse videntur, & prorsus incredibilia. Sunt enim aliqui firmissimè tenentes & docentes falsum esse, quòd huiusmodi Lamiæ deferantur ad ludos illos, & voluptates illas capiendas, & quòd Dæmones cum illis ad carnis voluptatem coëant: sed omnia illa esse mera somnia, ex quibus illæ decipiuntur, etiam in vigilia, putantes se verè vidisse ea, quæ in sola imaginatione contigerunt. Et pro hoc adducunt Concilium Anquirense, vel Ancyranum, cuius verba habentur in cap. *Episcopi* 26. *quæst.* 5. Quo loco inter alia hæc dicuntur: *Siquidē ipse Satanas, qui transfigurat se in Angelum lucis, cùm mentem cuiuscunque mulieris ceperit, & hanc per infidelitatem sibi subiugauerit, illicò transformat se in diuersarum species personarum, atque similitudines; & mentem, quam captiuam tenet in somniis deludens, modò læta modò tristia, modò incognitas modò cognitas personas ostendens, per quæque deuia deducit, & cùm solus spiritus hoc patiatur, infidelis hoc non in animo, sed in corpore euenire opinatur. Quis enim somniis & nocturnis visionibus non extra seipsū educitur, & multa videt dormiendo, quæ nunquam vigilando viderat.*

Hæc ibi in cap. *Episcopi*. Afferunt etiam pro eiusdem sententiæ cōfirmatione aliqua exempla, quibus

Lamiarũ aliquæ soporatæ & illusæ. experientiâ certâ se comprobasse dicunt, mulieres aliquas, quæ se transferri ad alia loca putabant, ipsis videntibus toto illo tempore in terra iacuisse soporatas, quò illæ se translatas esse ad alia loca dicebant.

Sed re vera, qui Lamias de loco ad locum à Dæmone transferri posse non credunt, non intelligunt Dæmonis naturalem potentiam, quam sacræ literæ, & sacri illarum interpretes tam apertè expresserunt. Nam corpora hæc inferiora cuiuscumque conditionis existant, subduntur imperio Angelorum, siue bonorum, siue malorum, quoad motum localem, ita vt Angeli siue boni, siue mali possint illa de loco ad locum pro libito mouere: si enim Angeli (vt communior Theologorum & Philosophorum tenet sententia) mouent illos orbes cœlestes, qui tam immensæ sunt magnitudinis, multò faciliùs poterunt humana corpora, quæ multò minoris sunt magnitudinis, de loco ad locum mouere. Præterea Angelus tulit Habacuc prophetam capillo capitis illius de Iudæa in Babylonem, vt panes, quos messoribus suis portabat, præberet Danieli prophetæ in lacu leonum incluso. Qui postquàm panes Danieli præbuit, statim ab eodem Angelo reductus est à Babylone in Iudæam. Si Angelus bonus illud facere potuit, consequens est, vt Dæmon etiam idem facere possit, quia (vt Dionysius Areopagita docet) naturalia in Dæmonibus manserunt integra. Rursum Dæmon ille, à quo Christus Saluator noster tentatus est in deserto, assumpsit ipsum Christum (vt Mattheus refert) & ex deserto transtulit in sanctam ciuitatẽ, & statuit illum super pinnaculum templi. Et iterum assumpsit eum inde, & transtulit in montem excelsum valdè, vbi ostendit illi omnia regna.

Habacuc trãslatus ab Angelo.

Daniel. 13.

Matth. 4.

Si sanctum Christi corpus Dæmõ, Deo permittente, tam facilè per tam longa spatia mouere potuit, consequens est, vt quodlibet aliud corpus humanum possit ad quamlibet magnã distantiam mouere. Et inde apertè sequitur vt Lamias non solùm spiritu, sed etiam corpore possit Deo permittente, quò voluerit transferre. Accedit ad hæc omnia experiẽtia manifesta, qua certissimè cognitũ est ipsas Lamias à Dæmone transferri. Pro cuius rei comprobatione, multa possẽ referre exempla, quæ ab his, qui viderunt, audiui. His tamen omissis duo solùm referam, quæ recitat Paulus Grillandus *in suo tractatu de Sortilegiis, quæst.* 7. Hic enim refert quòd anno Domini 1524. ipsemet rogatus ab Abbate Monasterii sancti Pauli de vrbe accessit ad castrum Nazanum, quod subest ditioni eiusdem Monasterii. Quò cùm peruenit, oblatæ sunt ei duæ mulieres, vt eas examinaret, quæ accusatæ quòd Lamiæ essent, in carcere tenebantur inclusæ. Et ab vna illarũ, quæ minoris & facilioris erat ingenij, se didicisse ferè totam illã ceremoniarum multitudinem, quam suprà retulimus obseruare homines huius sectæ professores.

Christi translatio facta à Diabolo.

Lamiæ in castro Nazano.

Campanæ sonũ Dæmon recessit.

De altera, quam dicit vocatam esse Lucretiam, refert quòd dum illa ex congregatione ludorum deportaretur à Dæmone ad domum suam, prope auroram sonuit campana, quæ in Italia pulsari solet illo tempore, vt moneatur populus per illam, ad orationẽ. Quo sono audito Dæmon recessit, & dimisit illam in quodam agro spinetis pleno prope ripam fluminis. Quidam autem iuuenis, quem illa optimè agnoscebat, casu illac transiit per viã illi proximam, quem illa videns vocauit ad se. At iuuenis videns illam nudam totam, præter verenda, quæ erãt fœmoralibus tecta, & capillos sparsos

ſos habentem, obſtupuit, & formidabat ad illam accedere: ſed tandẽ blanditiis mulieris victus acceſſit, & quæſiuit ab illa, quid ſibi accidiſſet, & ob quam cauſam illic nuda periiſſeret. Illa verò rei veritatem voluit confictis mendaciis tegere & ſimulare: quæ omnia cùm minimè crederet iuuenis, dixit ſe nihil pro illa facturum, niſi veritatem apertè reuelaret. Illa igitur videns ſe mendaciis nihil proficere, promiſit ſe vera dicturam iuueni, ſi ille promitteret ſe ea omnia perpetuo ſecreto ſeruaturum. Quod cùm iuuenis iureiurando promitteret, ſtatim illa plena fide veritatem aperuit, dicens ſe à Dæmone ad ludos nocturnos fuiſſe portatam, à quibus cùm ab eodem Dæmone ad domum reduceretur, audito campanæ ſono Dæmonem receſſiſſe, & illic illam reliquiſſe.

Lamia deportata & reportata à Dæmone.

Hæc iuuenis audiens credidit illi, & illam ſecretò ad domum ſuam duxit, ob quam cauſam multis ab illa fuit muneribus donatus. Sed tandem iuuenis promiſſi oblitus, retulit hæc omnia vni & alteri, & ſic paulatim res diuulgata eſt, ob quam cauſam illa capta & carceri mancipata eſt. Iuuenis autem in teſtem vocatus coram præfato Paulo Grillando, cui huius mulieris examinatio commiſſa erat, hæc omnia, quæ nunc retulimus narrauit, & tandem ipſamet mulier hæc omnia vera eſſe confeſſa eſt. Ex qua hiſtoria, quæ aperta experientia comprobata eſt, manifeſtè conuincitur verum eſſe huiuſmodi Lamias aliquando à Dæmonibus de loco ad locum valdè diſtantem transferri. Aliud refert idem Paulus Grillandus exemplum, quod hic etiam addere placuit, ne vno ſolo teſtimonio contenti eſſe videamur. Mulier quædam Sabinenſis diœceſis hanc profitebatur diabolicam artem, de qua cùm maritus ſuſpicionem haberet, interrogauit illam pluries an peſtiferam illam artem ſciret & exerceret: quæ ſemper ſe ſcire negauit. Maritus verò in ſuſpicione ſua perſiſtẽs anxiè veritatem perquirebat, qui adeò aſtutè ſe geſſit, quòd vidit illam quadam nocte ſe vnguento quodam vngentem, qua vnctione peracta vidit mulierem celerrimè quaſi auem recedentem, & ex ſuperiori domus ſolario ad inferiora deſcendentem, illam maritus ſequens, vt videret, quò tenderet, ampliùs eam non vidit, & accedens ad portam domus inuenit eam clauſam. Quæ res magnam præbuit illi admirationem. Die verò ſequenti iterum maritus vxorem interrogat, quod anxiè ſcire cupiebat, & illa conſtanter, vt antè, ſe neſcire dixit. Maritus verò vt mulier iam negare non poſſit, apertè dicit illi quidquid nocte præterita illam feciſſe viderat, deinde fuſtibus illam percutit grauiter, & duriora minatur verbera, niſi veritatem dixerit, quam ſi apertè expoſuerit, veniam ſe illi daturum promiſit. Mulier igitur ſe iam celare nõ poſſe intelligens, veritatem aperuit, & veniam à marito petiit, quã illi maritus hac conditione indulſit, vt illum ad tales congregationes adduceret: illa verò vt veniam impetraret, facilè petita promiſit, & promiſſum ex licentia Satanæ impleuit. Adductus igitur ille ad locum vbi ludi fiebant, ludos & choreas & cetera omnia contemplatus eſt, & tandem ad menſam cum reliquis vt veſceretur ſedens, cùm cibos inſipidos iudicaret, petiit ſibi dari ſal, quod in menſa deerat, & quamuis iterum atque iterum petiiſſet, nunquam illi dabatur. Tandem cùm poſt importunam petitionem, prolixámque expectationẽ ſal illi daretur, dixit: Nunc laudetur Deus, quoniam iam venit ſal. Quibus verbis prolatis, Dæmones, quoniam

Mulieris Sabinenſis in Lamiatu deprehẽſæ hiſtoria.

Sabinenſis Lamia à marito virgis cæditur.

Vir Sabinenſis cũ vxore ad congregationem Lamiarũ transfertur.

Sal in epulis diabolicis deficcatur.

laudes

laudes Dei audire refugiunt, statim recesserunt, & reliqui omnes disparuerunt, luminaribúsque extinctis mansit ille solus nudus, quousque mane facto vidit quosdam pastores, quos interrogauit, quænam esset illa patria in qua erat: illi verò responderunt esse agrum Beneuentanum in regno Neapolitano. Qui locus distabat à patria illius viri per centum milliaria, ob quam causam licèt diues erat, coactus fuit per viam mendicare, vt ad domum suam redire posset. Ad quam postquam peruenit statim vxorē suā ob Lamiæ crimen accusauit, & totam rem gestam (vt narrata est) coram iudicibus exposuit. Qui rem totam plenè (vt oportebat) examinantes, vera esse omnia quæ diximus inuenerunt, quæ etiam eiusdem mulieris confessione confirmata sunt. Multa alia possem referre testimonia ex his, quæ per fidelissimos testes in Hispania contigisse cognoui: sed ea, quæ proximè narrauimus satis mihi esse videntur, ad probandum Lamias illas aliquando à Dæmonibus de loco ad locum non solùm spiritu, sed etiam corpore deferri. Quòd autem alii objiciunt, se expertos esse Lamias istas non corpore, sed spiritu à Dæmonibus deferri: quia dum illæ sic se delatas esse putabant, aliis videntibus, qui de hac re testimonium præbuerunt, veluti dormientes iacebant in terra: nihil hoc contra ea, quæ diximus agit. Non enim dicimus semper illas corpore deferri: sed hoc fieri posse, & aliquando factum esse cōtendimus, concedentes insuper aliquando etiam fieri oppositum, ita vt non corpore, sed solo spiritu per illius phantasticam imaginationem à Dæmonibus de loco ad locum deferantur. Veram igitur esse illorum experientiam concedimus: sed oportet, vt etiam illi nostram veram esse credant,

Sabinensis Lamia defertur à marito.

quia altera alteri non repugnat: sed vtraque alternis vicibus contingere potuit. Sed restat, vt respondeamus ad cap. *Episcopi 26. quæst. 5.* quod in specie contra nos pugnare videtur: si tamen omnia in illo contenta bene circumspiciantur, apertè constat nihil contra nos agere. Nam secta illa, de qua *in illo cap.* agitur, longè distat ab hac Lamiarum secta, de qua nos impræsentiarum disputauimus. Primò quidem illius sectæ professores credunt mulierem quamdam nomine Dianam, aut Herodianam conuersam in deam, habere aliquid veri numinis. Lamiæ autem hoc non credunt: sed bene agnoscunt spiritum illis apparētem esse Diabolum, & Dei inimicum, & quamuis hoc agnoscunt, tamen propter voluptates, quas in illo recipiunt, libenter se illi subiiciunt. Secundò illius sectæ professores credūt (prout *ex textu illius capitis* constat) creaturam aliquā posse ab alio, quàm à Deo in aliam speciem mutari, vt putà hominem in asinum, aut equum. An autem Lamiæ omnes hoc credāt, mihi hucusque non constat: quoniam (vt ex his, quæ de illis legi & audiui conjicere possum) impertinens est hoc ad sectam illarum: quamquam fortè illarum aliquæ hoc credunt, propterea quòd non solùm Lamiarū, sed etiam Maleficarum sectam profitentur. Tertiò differunt, quia secta illa non dicitur abnegare fidem Christi absolutè, & illius Sacramenta contemnere, Crucem confringere; quæ omnia diximus à Lamiis fieri. De hoc tamen inter vtramque sectam conuenit, quòd vtriusque illarū professores cum diabolo in deliciis versantur: vtrique etiam credunt aliquando fieri in corpore, quod in sola contingit illorum imaginatione.

Cap. Episcopi explicatio.

Lamiarū duo genera.

Lamiarū vtraque secta nocte obibula, &c.

Deinde dico, quòd licèt ista secta

Lamia

Lamiarum esset illa eadem, de qua loquitur illud cap. *Episcopi*, nihil tamen contra nos ageret textus ille. Non enim negat textus ille, mulieres posse à Dæmone corporaliter de loco ad locum transferri, neque dicit illũ motum semper in spiritu & in imaginatione fieri, & nunquam in corpore: sed solùm dicit mulieres illas decipi, putantes in corporibus earũ fieri ea, quæ in sola contingunt imaginatione. Et certè sæpe ita euenit, quanquam aliquando (vt diximus) eas nõ decipi contingat. Et si vniuersaliter textus ille loqueretur, vt nunquam illas corpore deferri contingat, argumenta, quibus hoc probare nititur, nihil prorsus efficiunt. Nam ad suæ sententiæ confirmationem producit in testem Ezechielem prophetam, qui visiones Dei non in corpore, sed in spiritu se vidisse testatur, & Paulũ, qui nesciebat, an in corpore, an extra corpus esset, cùm vidit arcana Dei. Fateor quidem hæc exempla satis esse ad probandum visiones illas aliquando non in corpore, sed in spiritu fieri, quod nos etiam fatemur. Si tamen ex illis colligere velit nunquam talia in corpore, sed semper in spiritu fieri: quis non videt, quàm inualidum sit argumentum? Ex vna quidem aut altera singulari, cùm liceat inferre particularem propositionem, nunquam tamen licet inferre vniuersalem. Dico insuper aliqua esse in illo cap. *Episcopi*, relata circa illarum mulierum deportationem, quæ nunquam in corpore, sed in spiritu semper contingere constat. Deinde enim ibi de mulieribus illis, quòd credant se super quasdam bestias nocturnis horis equitare, & multarum terrarum spatia intempestæ noctis silentio pertransire; & de Lamiis nos etiam *suprà* retulimus illas hoc idem credere. Quòd enim non solùm spiritu & imaginatione, sed etiam corpore aliquando deferantur, nos cõcedimus, & ratione firmã, & experientiã hoc fieri posse probauimus.

Cap. Episcopi de Lamiis explicatur.

Visiones quandoque in corpore & in spiritu fiunt.

Lamiarum equitatio super bestias.

Quòd autem super bestias equitẽt, & multa terrarum spatia breuissimo tempore super illas equitantes pertrãseant, hoc non corporaliter & verè: sed in solo spiritu fieri concedam. Nã bestiæ illæ, à quibus se deportari dicunt, non sunt veræ bestiæ, sed corpora quædam phantastica ex aëre, vel ex alia quauis materia à Dæmonibus ad similitudinem bestiarum confecta. Aut fortè nulla sunt corpora, sed Dæmon tam vehementem illis imprimit bestiarum imaginationem, vt mulieribus illis etiam vigilantibus præsertim noctu, quando corporei oculi nihil, aut parum videre possunt, contingat id, quod contingere solet dormientibus; qui ea, quæ in somniis accidunt, sæpè postea vigilantes se verè vidisse contendunt.

Et certè idem huiusmodi mulieribus contingere potest, dum credunt se à bestiis per longa terrarum spatia breuissimo tempore deferri. Nũ enim tanta est alicuius bestiæ, imò nec alicuius auis agilitas, vt vnius horæ spatio possit trecenta, aut quadringenta milliaria percurrere. Nec tanta est etiam alicuius bestiæ leuitas, vt possit per tantum spatium in aëre se suspendere, vt sua grauitas illam ad terram non deprimat, atque deiiciat. Et de his, atque aliis eiusmodi quæ de motu illarum mulierum dicuntur, credo illud cap. *Episcopi*, esse intelligendum, quùm dicit, illa non in corpore, sed in solo spiritu & in phantasia fieri.

Cæterùm quod de incubis Dæmonibus dicitur, nisi sanè intelligatur, meritò incredibile iudicabitur. Nam supposito quòd Dæmones (vt communior tenet sententia) sunt spirituales substantiæ corporibus carentes, necessarium est, vt sint indiuisibiles &

Dæmones incapaces sunt coitus.

impartibiles. Quo fit, vt nihil de sua substātia velut semē emittere possint, & inde consequens est, vt cum fœminis coïre non valeant, quemadmodum viri cum illis coïre solent. Et iuxta hunc sensum credo intelligendos esse aliquos Doctores sacros, qui negant Dæmones cum fœminis coïre posse. Chrysostomus *homilia* 22. *super Genesim*, hoc apertè negat. Philaster Brixiensis Episcopus, quem beatus Augustinus se Mediolani vidisse refert *in quodam opusculo, in quo de omnibus hæresibus disseruit*, inter alias hæreses connumerat eam sententiam, quæ dicit Dæmones posse coire cum fœminis. Beatus Augustinus *lib.* 15. *de Ciuitate Dei, cap.* 23. dubius est in hac re, quæ dubitatio inde (vt suspicor) est illi orta, quòd ipse putauit Dæmones habere corpora, quamuis non eiusdem fortè conditionis cum nostris. Hæc autem Augustini sententia ab omni Theologorum schola rejecta est, neque est, præter vnum, Theologus aliquis, qui Augustini sententiam in hac parte tueatur.

Hæresis de coitu Dæmonum cū fœminis

S. Augustini dubium de cōpressu mulierū & Dæmonum.

Sed quia (vt idem Augustinus *loco nunc proximè citato* ait) certissimā experientiā sæpè cognitum est, fœminas etiam inuitas à Dæmonibus fuisse compressas: ideò modum inquirere oportet, quo id fieri posse fideliter & catholicè dicamus. De qua re dicam quod sentio, paratus meliora docentem audire.

Dæmon quomodo corpus conficere possit.

Dæmon, qui naturæ cuiuslibet inferioris conditiones & proprietates meliùs quàm omnes mundi sapientes nouit, potest aërem condensare, & ex illo, aut ex aliqua alia materia corpus aliquod conficere, & illud iuxta figuram hominis, aut asini, aut equi disponere. Quo corpore confecto, licèt animam vllam illi dare non possit, potest tamen circa motum localem omnia illa operari, quæ operaretur anima, si esset in illo. Nam potest mouere manus, pedes, linguam ad loquutionem, erigere membra genitalia, vt apta esse videantur ad coïtum, & totum denique corpus mouere, sicut viri cum mulieribus coëuntes mouere solent. Quæ omnia cùm fecerint, semen tamen, quod Græci σπέρμα vocāt, ex corpore illo emittere non possunt. Quia semen illud (vt Physici & Medici docent) est pars substantiæ, quæ ex cibo optimè digesto remanet, illa scilicet, quæ proxima est vt conuertatur in sanguinem. Quod vel ex eo conjiciunt Medici, quòd hi, qui nimiùm indulgent veneri, postquam totum, quod habebant, hauserunt semen, tandem emittunt sanguinem. Corpus autem phantasticum, cùm sit prorsus inanimatum, non potest cibos concoquere, nec vllam illorum facere digestionem. Quo fit, vt nec semen vllum habeat, quod cum fœmina coïens, emittere possit. Necessarium est igitur vt Dæmon, cùm in corpore phantastico cum fœmina coït, ex alio corpore humano semen illud extorqueat, vt illud in vas mulicbre emittere possit. Fœmina autem præstigiis Dæmonis illusa putat semen illud à Dæmone incubo ex proprio corpore emitti. Nec dubito quin fœmina ex tali semine concipere possit. Quod si contingeret, proles inde nata non esset filius Dæmonis dicenda: sed filius illius à quo Dæmon extorsit semen, quod in vuluam mulieris fuerit decisum, & ex quo sequutus est talis conceptus. His igitur omnibus prælibatis, superest vt ad id, quod primò quæsitum est, respondeamus, an scilicet huiusmodi Lamiæ & Striges, de quibus hactenùs disseruimus, sint censendæ hæreticæ, & velut tales puniendæ. Cui quæstioni facilè ex his, quæ de illis *suprà* relata sunt, responderi potest. Multa enim ab illius secte

Semen caret Dæmon.

Proles Dæmonum non verè.

pro

professoribus fiunt, propter quæ omnes illi non solùm hæretici, sed etiam apostatæ meritò censendi sunt. Nam honores diuinos Dæmoni, tanquam Deo impendunt, illum adorantes, & illi sacrificia offerentes. Quæ sine violenta hæreseos suspicione nequaquã effici possunt. Nunquam enim talia Dæmoni præstarent: nisi illum aliquid numinis habere putarent. Hoc autem credentes blasphemi sunt, & in apertam incidunt hæresim, contra id quod regius Propheta ait: *Quis Deus præter Dominum, aut quis Deus præter Deum nostrum?* Et in alio Psalmo: *Quoniam magnus es tu & faciens mirabilia, tu es Deus solus.* Et ipsemet Deus per Esaiam prophetam ait: *Ego Dominus, & non est amplius: extra me non est Deus.* Et eandem sententiam *in illo eodem cap.* sæpissimè repetit. Deinde homines huius pestiferæ sectæ professores Sacramẽta contẽnunt, per quorum contemptum in aliam apertam & condemnatam incidunt hæresim, putantes Sacramenta nullius esse valoris, quæ ex Ecclesiæ Catholicæ sententia, gratiam dignè illa recipientibus conferunt. Præter hæc omnia, crucem, & aliorum quorumcunque Sanctorum imagines confringunt. Quæ res non paruam præbet hæreseos suspicionem: nam dicere imagines non esse tolerandas, sed potiùs esse confringendas, hæresis est in septima synodo damnata. Nec solùm hæretici sunt huius diabolicæ artis professores: sed, vt nihil illorum malitiæ desit, etiam sunt apertissimi apostatæ. Quoniam fidem Christi expressè abnegant, & quod omnium pessimum est, iureiurando promittunt se nunquam ad fidem Catholicam redituros. Meritò igitur hi pestiferi homines, siue viri, siue fœminæ, qui hanc diabolicam profitentur artem, hæretici sunt censendi, & velut tales puniendi. Sed præter hæc, quæ ad fidem spectant, quædam alia flagitia committunt, propter quæ absque iudicis Ecclesiastici sententia, qui illos de hæresi damnaret, sola sæcularis potestas potest illos capere, & vltimo supplicio punire. Nam (vt *suprà* retulimus) pueros noctu occidunt, aut ægros & valetudinarios efficiunt, & alia similia committunt, propter quæ digni sunt morte: etiam si de illorum infidelitate, aut apostasia non constaret.

[Margin: ... Lamitorum. Psal. 85. — Esaiæ 45 — Christi abnegatio ... apostatæ fiunt.]

*FINIS.*

CLAR. IVR. VTR. DOCT.

# D. PAVLI GRILLANDI CASTILLIONÆI FLORENTINI,

Dioec. Aretin. criminalium causarum Auditoris, R.P.D. Andreæ Iacobatij, S. D. N. PP. Almæque Vrbis Vicarij Generalis

*Vtilissimus Tractatus de Sortilegiis, eorúmque pœnis.*

## *LIBER SECVNDVS de Sortilegiis.*

AEQVVM est vt post hæresis tractatum subijciamus titulum & materiam Sortilegiorum, quæ sæpiùs ex illa descendunt, vel cum ea habent participationem talem, quòd sapiunt hæresim manifestè: & propterea rei ipsius criminis examini Inquisitoris hæreticæ prauitatis quandoque subijciuntur: & eisdem hæreticorum pœnis cruciantur, vt *in capite accusatus, §. sanè. de hæreticis libro sexto.* Deuenio nunc ad materiam.

## CAPVT PRIMVM.

### *SVMMARIVM.*

1 *Sortilegium generaliter ſumptum quid ſit?*
2 *Sortilegi ſunt humani generis inimici, & humanæ ſalutis hoſtes.*
3 *Sortilegi propriè ſumpti qui dicantur.*
4 *Sortilegiorum ſpecies continentur ſub verbo* Noxia.
5 *Sortilegiorum profeſſio dupliciter conſideratur.*
6 *Sortilegium vnde dicatur.*
7 *Sors multis modis intelligi poteſt.*
8 *Sortilegium à quibus ſit inuentum.*

PRIMO enim quæro † 1 quòd ſit Sortilegium generaliter ſumpto vocabulo pro omni ſpecie ſuperſtitionis.

Sortilegium quid.

¶ Reſpon: Sortilegium eſt ſuperſtitio quædam illuſoria & ſummè noxia, qua vtitur homo Dæmonis miniſterio: vt habetur 26. *quæſt.* 5. *in ſum.* & 26. *quæſt.* 2. *quæ ſine ſaluatore*, vbi de hoc, *l. nemo. & l. multi. C. de Maleſic. & Mathe.* & S. Thomas *in ſecunda ſecundæ, quæſtione* 95. *art.* 3. *in tit. de ſuperſtit.* & not. 1. *cap.* 1. & 2. *de Sortileg.*

Sortilegi hoſtes humani generis.

¶ Et ideò Sortilegi, diuinatores, & malefici, huius diabolicæ religionis profeſſi, dicuntur hoſtes humanæ ſalutis & humani generis inimici; *l. & ſi excepta*, & *l. fin. C. eod. tit.* Quæro nunc quis dicitur propriè Sortilegus: text. enim 26. *quæſt.* 1. *cap. Sortilegi*, dicit quòd:

Sortilegi propriè qui dicantur.

¶ † 3 Sortilegi propriè hi ſunt qui ſub nomine fictæ religionis per quoſdam, quas Sanctorum ſeu Apoſtolorum vocant ſortes, diuinationis ſcientiam profitentur: aut quarumdam ſcripturarum inſpectione futura promittunt, ex quo text. not. quòd iſti Sortilegi & incantatores ſub falſo quodam ac ficto religionis nomine Sanctorum, vel Apoſtolorum ſua conficiunt ſortilegia: & hinc eſt quòd iſti incantatores, & maximè mulieres in ſuis ſortilegiis & incantationibus, vt vulgariter dicitur, ſæpiùs dicere iubent per maleficiatum aut infirmum, *Aue Maria*, vel *Pater noſter*: aut alias ſimiles orationes ad deuotionem alicuius ſancti Apoſtoli, vel Martyris: vt ſub illorum ſanctorum Apoſtolorum, vel Martyrum deuotione, ac præſidio opus, quod conficiunt, videatur miniſtrari: nihilominùs omnia illa ſunt falſa & ficta, & non ad veram deuotionem, ſeu interceſſionem illius ſancti Apoſtoli, vel Martyris dicuntur, ſeu vouentur: ſed ſub illa falſa religionis demonſtratione omnia opera prædicta arte & præſidio Dæmonis conficiunt, & ſub illius deuotione vouent, de quibus tum latiùs *infrà* dicemus, *quæſt.* 5. & 6.

Sortilegiorum orationes mixtæ.

Orationes falſa Sortilegorum.

text tamen *in dicto cap. Sortilegi* videtur ponere ſolùm diffinitione iſtius verbi *Sortilegi*, ſtrictè ſumpto vocabulo, quod denotat dumtaxat ſpeciem diuinandi: & ſic Sortilegia diuinatoria. Ego autem largè ſumo hoc verbum *Sortilegium*, ſiue *Sortilegum*, pro omni ſpecie ſuperſtitioſa, ſiue malefica, ſiue amatoria, ſiue diuinatoria ſit: vt dixi *in prin. quæſt.* quoniam ſunt tot diuerſa nomina, ritus & ſpecies iſtius diabolicæ religionis, quòd nimis longum eſſet, velle cuiuſque ſuam ponere diffinitionem: & ideò ſub hoc nomine *Sortilegij*, ſiue *Sortilegi* omnium maleficorum & diuinatorum ſectas comprehenſas habere volo, tamquam ſub vno genere comprehendens ſub ſe omnes & ſingulas ſpecies ipſorum maleficiorum in ſubſtantia differentes, prout requiritur de essentia veræ diffinitionis secundùm Bartol. *in l. 1. ff. de testamen.* illa enim diffinitio est bona respectu illius Sortilegii spiritualis, de quo *ibi*, scilicet diuinatiui: sed volendo ponere diffinitionem Sortilegii, quæ comprehendat omnes professos cuiuscumque sint speciei sub eadem generali diabolica religione, dicendum est sic:

¶ Sortilegus propriè is est, qui diabolicam religionem professus est, & noxia quæque superstitiosa aut elusoria Dæmonis instructione componit: & secundùm hanc diffinitionem omnes species Sortilegorum continentur, sub verbo *Noxia* continetur species amatoria & venefica, vt *infrà* latiùs dicitur; sub verb. *elusoria* cōtinetur diuinatoria species, sub verbo *superstitiosa*, Sortilegia quæ fiunt ad sanandum maleficiatos: vt *l. nemo, & l. multi, & l. eorum. C. de mal. & math. cap. 2. de Sortileg. 26. quæst. 5. sortes & cap. seq.*

Sortilegorum professio duplex. ¶ Istorum autem professio duplex est, vna tacita, altera verò expressa: de quibus ad plenū dicetur *infrà eodē. in 3. quæst.* & vide *in sum. confess. in tit. de Sortileg. quæst. 2. & per totum.*

¶ Sortilegiū autem dicitur à sorte, quæ in hac materia accipitur pro arte diuinandi, *26. quæst. 5 sortes. & eadem causa. quæst. 4 cap. fin.*

Sortis nomen quomodo sumatur. ¶ *Sors* igitur hoc nomen accipitur quandoque pro fortuna: vt *in Auth. vt omnes obed. iud. prouin. § arripiant. circa fin.* Sumitur etiam pro conditione humana, & pluribus aliis modis, de quibus per Gloss. *in proem. Clem. in versic. sortis. & l. milites. in vers. sortē, Cod. de testamen. mili.* sed habetur *in l. 2. Cod. Communia de leg. & in l. sed cum ambo ff. de iudi. vide.* d. Fede. *de Sen. in consil.* 284. quod incipit: *Domine reuerende*, vbi plenè examinauit quid sit sors.

¶ Quæri posset etiam à quibus fuerunt inuenta hæc Sortilegia: & qui fuerunt primi, qui illa introduxerunt inter homines: dic quòd populi Persæ cæteris curiosiores nescere ea, quæ natura humana per seipsā facere, nec docere potest, *16. q. 4. c.* igitur genus, & quid sit Sortilegium, & quid sint sortilegi vide Archid. *in cap. accusatus, §. sanè. de hære. lib. 6. & in summa conf. in tit. de Sortileg. q. 2. & 3* Host. & Rayn. *in sum. eod. tit.* & S. Thom *in summ. secunda secundæ q. 25. tit. de superstis. ver. ad quartum dicendum.*

---

## CAP. II.

### SVMMARIVM.

1 *Sortilegiorum tres sunt species principales.*

2 *Sortilegus seu maleficiatus non curatur, nisi ab eiusdem artis perito & professo.*

3 *Ars medicinæ non operatur in Sortilegia: quia diabolus illorum auctor est.*

4 *Remedia arte diabolica, malefica & damnabili disciplina adhibita, nō sunt à iure ciuili reprobata.*

5 *Diuinatio est principalis species Sortilegij.*

6 *Diuinationum genera sunt quatuor.*

7 *Diuinatores multipliciter nuncupantur.*

8 *Necromantia vnde dicatur.*

9 *Dæmones dicuntur sanguinem amare.*

10 *Sortilegia amatoria & venefica æquè puniuntur.*

Sortilegiorum species tres. SECVNDÒ quæro ¶ quot sūt sortilegiorū species. Respondeo quòd multæ sūt ac diuersæ secundùm diuersas hominū professiones

siones & formas, quibus illæ cõficiũtur: principaliores verò & magistrales sunt tres, scilicet diuinatiua, amatoria, & venefica.

1. Sortilegiũ diuinatorium.

¶ Prima itaque dicitur diuinatiua, per quam isti sortilegi vsurparunt sibi nomen diuinatoris, per quam futura quædam præsentia, vel præterita, nobis ignota vaticinari conantur, 26. *quæst. 5 non oportet*, & *l nemo. C. eod. tit. de malef. &c.* ibi *Diuinandi curiositas* &c. & secundùm hanc speciem sortilegium propriè & strictissimè sumitur, quia dicitur à sorte, quæ in hac materia sumitur pro arte diuinandi: vt *suprà* dictum est, & hoc modo sumpsit text. hoc verbum in *cap. sortilegij* 26. *q.* 1. At Ioan. *loc. in sum. conf. in tit. de sortil. & diuin. quæst. 2. in fin.*

Diuinationis tria genera.

dicit quòd triplex est genus diuinationis: quorum primum est quod fit per manifestam Dæmonum inuocationem, quod pertinet ad Necromanticos. Secundum autem est, quod fit per solam considerationem dispositionis, vel motus alterius rei; quod pertinet ad augures. Tertium est dum facimus aliquid, vt nobis manifestetur aliquod occultum; quod pertinet ad sortes: & ista duo vltima fiunt per tacitam Dæmonum inuocationem: vt *ibi* dicitur: sub quolibet verò istorum generum diuersæ sunt species, vt *ibi* notatur & dicetur *infra hac quæst. 2. ver. redeo nunc &c.*

Diuinationum aliquæ ex tacito pacto Dæmonum.

2. Sortilegium amatorium

¶ Secunda verò species sortilegiorum ea est, quæ dicitur amatoria, quia fit propter amorem libidinosum; & vt plurimùm ad flectendum pudicos animos ad libidinem tam mulierum quàm virorum, sed frequentiùs mulierum, vt *l. eorum in princ. C. eo. tit.* & *l. 3. §. hac adiectio ff. ad leg. Cor. de sica. l. si quis aliquid, §. qui abortionis, ff. de pæn.* vbi fit mentio de poculo amatorio, de quo latiùs dicemus *infrà eod. tit.* 12. *quæst.* & quòd si ex poculo huiusmodi forsan malè cõposito, vel indispositè sumpto fuerit secuta mors absorbentis, quã pœnã ministrator ille, qui exhibuit potandum, puniatur, de hoc latiùs dicetur *ibi*, & etiam videbimus quã pœnã puniantur, quãdo non fuit subsecuta mors: sed alius turpis effectus, de quo *infrà quæst.* 11.

Poculũ amatorium.

3. Sortilegia, venefica & malefica

¶ Tertia Sortilegiorum species est illa, quæ dicitur venefica, siue malefica: & ista est cæteris perniciosior & magis odiosa, per quam multa mala proueniunt, & diuersæ fabricantur infirmitates, morbi & calamitates in humanis & brutorum corporibus; ex quibus mors sæpiùs causatur: quidam enim hac specie malefica polluti, citò pereunt; & hoc euenit quotiescumque compositio illa malefica est valdè atrox, & plurimùm veneni habet in se, quod qualiter fiat *infrà* dicetur: quandoque verò non tam citò mors prouenit: sed post longas, luctuosas querelas, & lacrymabiles fletus personæ maleficiatæ corpus paulatim contèritur, virtus debilitatur, ita quod demum perit: & propterea species ista solet dici malefica, quia semper tendit ad malum, *l. eorum in princ.* & *l. multi, C. eod. tit.* & ideò non immeritò lex vocat istos humani generis inimicos; quia semper quasi tendunt ad hominum necem & destructionẽ, & quandoque solà carminis potentià interimunt absque vllo veneni haustu, vt dicit S. Aug. *in lib. 10. de Ciuit. Dei*, cuius dictũ insertũ est 26. *q. 5. c. nec mirum, §. magi, l. & si excepta in princ. C. eo. tit.* & alibi appellãtur hostes cõmunis salutis, *l. fin. in princ. C. eo. tit.*

Malefici curantes maleficiatos infirmitates.

¶ Quidam verò reperiuntur, qui eadem professione muniti & malefica arte eruditi suprà dictas infirmitates & maleficas pollutiones ex languentibus corporibus auferunt, & corpora ita grauiter turbata breui tempore sanant: quibus verò medelis &

teme

remediis ipsorum curas conficiunt, & maleficas illas pollutiones remouent, referre nefas est. Nec putes quòd curæ homini fieri soleant absque scientia maleficæ artis & Dæmonis instructione; quia maleficæ illæ pollutiones destrui non solent nisi per eiusdé artis magistros, vel qui sint diabolicæ professionis bene instructi, aut quoquomodo participes: quia maleficia ipsa absque Dæmonis ministerio & suffragio tam rebus ipsis, quàm verbis communiter inseri non solent in corporibus pariter nec tolli: & hoc est quod dixit S. August. *in lib de Ciuit. Dei*, prout refertur 16. *quæst.* 5. *nec mirum in fin.* quod huiusmodi remedia & medelas ars non commendat Medicorum, quippe quia illa nouit.

Medicina non valet contra Sortilegia.

¶ Medicina enim naturalis & omnium Physicorum & Chirurgicorum ars tota communiter non sufficeret ad sanandum corpora ipsa, & remouendum dictas pollutiones, quæ Dæmonis opera & ingenio in dicto corpore fuerunt insertæ. Eadem igitur artis peritiâ & suffragio æquum est vt tollantur: quia cuius est condere, eiusdem est soluere: cuius est condemnandi facultas, eiusdem est & absoluendi libertas, *l. condemnat. ff. de re iudic.* & *l. nemo qui condemnare, de reg. iur.* Et nihil tam naturale est, quàm eodem genere, quod quàm dissolui quo colligatum esse reperitur: *l. nihil tam naturale. ff. de regul. iur.* Non nego tamen, quòd si ægritudines ipsæ ex rebus dumtaxat naturalibus causantur, putà veneni, quò ex rebus etiam naturalibus contrariis tolli non possint, absque Dæmonis operationé si homines per se, aut naturali scientiâ hæc scire possent, & naturalium virtutes & potentias ita subtiliter cognoscerent, sicut Dæmon, quia ea, quæ mediantibus naturalibus proueniunt, mediantibus etiam contrariis naturalibus tolli necesse est, per ea, quæ proximè diximus: sed quia istarũ naturalium virtutes & potentiæ homini vt plurimùm sunt ignotæ tam in specie quàm in genere in arte medicinæ: & Dæmon qui subtilissimus est & perfectissimus naturalium virtutũ cognitor, meliùs cæteris omnia ista nouit, nec vult illa posse cognosci nisi per illos, qui sub sua fide diabolicam religionem profitentur: & propterea vulgariter dicimus, quòd maleficia & ægritudines huiusmodi non possunt communiter tolli per Medicos naturalis medicinæ peritos: sed solùm per istos magos & incantatores, qui sub eadem professione morantur, & qui maleficia ipsa facere solent, & possũt, illimet eadẽ destruere & tollere possunt arte & instructione Dæmonis, vt *suprà*: & habetur per S. Th. *in* 1. 2. *q.* 16. *art.* 6. & *l. eorum*, §. *fin. C. eod. tit.*

Contraria contrariis curantur.

¶ Sed nota, quòd de iure ciuili remedia ista non sunt damnanda: & hi, qui dicta remedia faciunt, & sanant languores prædictos nulla pœna puniuntur de iure ciuili, licèt id agant arte malefica & damnabili disciplina: vt est tex. *d. l. eor.* § *fin. C. eod. tit.* tamen de iure canonico non licet aliquo modo hominem maleficiatum contrariis maleficiis liberare, 26. *qu. vlt. admoneant*, de quo tamen latiùs dicemus *infrà quæst.* 15.

¶ Sequitur modò, vt videamus de aliis speciebus Sortilegiorum, quæ sũt quodammodo species subalternæ ad illas, de quibus *suprà*, quæ in veritate potiùs videntur respicere finem & effectum ipsorum Sortilegiorum, quàm principiũ: infrascriptæ verò respiciũt finẽ, principiũ & mediũ: & istæ diuersis nominibus nuncupantur secundùm diuersos modos & formas, quibus conficiuntur, & eisdẽ nominibus appellantur eorum magistri ab ipsa eorum arte cognominati.

Sortilegiorum species subalternæ ad alias.

¶ Redeo

Diuinatio est præcipua species sortilegij.

¶ Redeo nunc ad primam speciem, quæ est diuinatiua; quæ inter cæteras obtinet principatum, in qua plures homines communiter decipiuntur atque incidunt, quàm in aliis: quia natura humana, & illorum maximè, qui sunt curiosi, naturaliter appetit scire, quæ maiora sunt naturali scientia, & humano intellectui occulta nimis.

¶ Et ideò videmus, quòd communiter isti Sortilegi, Necromantici, magi, & similes quotiescumque volunt operibus & superstitionibus suis fidē adhiberi, licèt extranei sint & penitùs ignoti, aliqua quæ ex præterito alicui acciderant, eidem ad vnguem, prout euenerant, referre solent, quorum relationes, quia sapiunt veritatem, alliciunt hominum mentes ad credendum sibi etiam ea quæ falsa sunt omninò. Illa fuit sententia S. August. in [illegible]. 1. *de Ciuit. Dei* relata per sacros Canones *in cap. nec mirum, §. nullum suffragium 26. quæst. 5.* sub hac enim specie plures militant magistri, & omnes ferè malefici profitentur artem prædictam.

Diuinationum quatuor sunt genera.

¶ Pro cuius euidentia sciendum est quòd diuinationum quatuor sunt genera siue species, sicut quatuor sunt elementa. Primū videlicet geomantia, quæ fit in elemento terræ, ἀπὸ τῆς γῆς quod est terra: & μαντεία, id est diuinatio. Hydromantia, quæ fit in aqua, ab ὕδωρ, quod est aqua. Pyromantia quæ fit in igne, à πῦρ, quod est ignis, & aërimantia, quæ fit in aëre.

¶ Hinc dicti sunt Geomanti, Hydromanti, Pyromanti, & Aerimanti: qui artes ipsas profitētur, vt exponit tex. 26. q. 4. *c. igitur genus in prin.* quæ verba fuerunt assūpta ex dictis S. Aug. *libro primo de natura Dæmonum*, & Hostiensis *in sum. eodem titulo in principio.* Quorum quidam ex ipsis professoribus appellantur Diuini, sic dicti, quasi Deo pleni. Isti enim diuinitate se esse plenos simulant, & astutia quadam fraudulenta hominibus futura coniectant.

Incantatores.

¶ Alij dicuntur incantatores, & hi sunt, qui artem verbis tantùm peragunt: & est quandoque tanta illorū potentia carminis, vt verbis suis absque aliquo veneni haustu occidant: vt habetur 26. *q. 5. d. c. nec mirum, in principio.*

Arioli.

¶ Quidam alij sunt Arioli, sic dicti: quia circa aras Idolorum nefarias preces emittunt, & funesta sacrificia offerunt: quibus celebritatibus Dæmonum responsa suscipiunt.

Aruspices.

Alij dicuntur Aruspices, quasi horarum inspectatores: hi enim obseruant tempora, dies, horas, & momenta, ex quorum obseruantia bona vel mala futura prædicunt: hi etiam intestina pecudum inspiciunt, & ex his futura prægnosticant.

¶ Alij sunt Augures, qui volatus auium & voces intendunt: inde dicitur augurium, quasi auium Garrium.

¶ Alij dicuntur Pythonici, qui quadam religione diabolica professione sectantur, à Pythone, id est, Apolline dicti, qui auctor fuit artis diuinandi.

Alij sunt Astrologi, qui in astris vaticinantur: an verò sit hodie permissa vaticinatio per Astrologiam dicetur *infrà quæst. seq.*

¶ Alij dicuntur Genethliaci, sic vocati propter nataliciorum considerationes. Isti enim capiunt diem natalis & horam alicuius, & per duodecim cæli signa, siderúmque cursus calculantur, & prædicunt felices & infelices futuros euentus, & mortem quandoque.

Salitores

¶ Alij demum sunt salitores, sic dicti: quia dum cuiquam membri aliqua pars salierit, aliquid exinde sibi prosperum, aut infelix significari prædicunt. Hæc omnia declarantur per textum *in dicto cap. igitur genus.* quæ tamen non pro doctis viris, sed pro iunioribus & rudibus referre placuit.

Necromantici. Quibus superaddo Necromanticos qui per Necromantiam vaticinantur, quia videntur eorum incantationibus & coniurationibus resuscitari mortui, quibus per dictos Necromanticos fiunt interrogationes: & illi ad eorũ interrogata respondere: sic dicti à *νεκρὸς* Græcè, quod latinè dicitur mortuus, & *μαντεία*, id est, diuinatio: & vt plurimùm quando hæc fiunt, ipsi magistri adiiciunt sanguinem cadaueri, quia Dæmones dicuntur amare sanguinem, & propterea quotiescumque fit Necromantia, cruor aqua miscetur, vt Dæmones colore sanguinis faciliùs prouocentur. Hæc habentur *in c. nec mirum, 26. quæst. 6. in §. Necromantici.* quæ pro tyronibus similiter adiuncta fuere.

¶ Videndum est modò qui sunt professores, siue magistri qui in secunda & tertia specie sortilegiorum militare solent: & breuiter dicas, quòd hi qui sunt professores artis amatoriæ, & in illa sortilegiorum specie militant, iidem in venefica specie profitentur & isti appellantur

Magi. magi, scilicet qui artem magicam profitentur, vt dicit textus *in l. eorum, in princip. C. eod. tit. & dicto c. nec mirum, §. magi.* & isti sunt qui vocantur

Malefici. etiam malefici ob facinorum magnitudinem; vt dicit tex. *in d. §. magi.*

Sortilegia amatoria & venefica æquè puniuntur. Ius enim ciuile istos vtriusque artis magistros æquiparauit tam in facturа, quàm in pœnis, scilicet illum qui conficit sortilegia amatoria, & sortilegia venefica: & vtrumque pariter eadem pœna puniri iubet: vt *dict. leg. eorum in princip. & leg. si quis aliquid, §. qui abortionis, ff. de pœn.* an idem sit de iure canonico, quòd eadem sit in vtroque pœna statuta, aut diuersa, dicemus *infra co. 10. q.*

¶ Sunt quidam, qui dicuntur incantatores, qui solâ potentiâ carminis perstringunt hominum vitas: isti solent vt plurimùm in tertia militare: & quidam alij, qui suprà in prima specie expressi sunt, in hac tertia sæpiùs se exercent: vt sunt Arioli, qui in eorum sacrificiis & immolationibus adiungunt quandoque imagines ceræ, vel cretæ recentis, & illas iuxta feruentissimum ignem apponunt, vel acubus earum capita, vel latera perforant, baptizant, & quamplura alia turpia faciunt: quæ conueniunt tertiæ speciei, vt latiùs *infrà* dicetur *in sequent. quæst.* & Necromantici similiter sæpiùs solent in tertia specie laborare, de quibus similiter dicetur infrà *in d. quæst. seq.*

---

## CAP. III.

### SVMMARIVM.

1 *Sortilegia multis fiunt modis.*

2 *Sortilegiorum professio duplex.*

3 *Sortilegij professio tacita qualiter fiat.*

4 *Sortilegij professio expressa dupliciter consideratur.*

5 *Sortilegij professionis expressæ modus & solemnitas.*

6 *Satanas summoperè cupit adorari.*

7 *Sortilegi vtuntur vanorum nominum compositione.*

8 *Deus nullam recipit temporis distinctionem.*

9 *Thesauri an arte diabolica possint inueniri.*

10 *Astrologi, Chiromantici & similes, qui futura prædicunt, an pœna Sortilegij puniantur.*

11 *Sorti*

11 *Sortilegia tam amatoria, quàm venefica dupliciter, fieri dicuntur.*

12 *Sortilegia quo mediante, vel qua vi operentur.*

13 *Sortilegium amatorium non cadit in inuitum.*

14 *Sortilegium amatorium requirit puram & liberam voluntatem.*

15 *Amor non potest in inuitum cadere.*

16 *Sacramenta Ecclesiastica an effectiuè possint in sacrilegiis concurrere.*

17 *Sacramenta Ecclesiastica cuius sint efficacia.*

18 *Dæmones magicis artibus aduocati signis, ritibus, & carminibus ipsorum magorum etiam inuiti comparere coguntur.*

19 *Acharon nomen est Diaboli.*

20 *Sortilegium maleficum quid sit, & cuius sit efficacia.*

21 *Venena quare, & quando dicantur bona, vel non mala.*

22 *Venena mala quæ dicantur.*

Sortilegium multis modis fit.

TERTIO quæro † quot modis fiunt Sortilegia loquendo de omni specie: vt *supra*. Respond. multis ac variis modis fieri posse.

¶ Pro cuius intelligentia sciendum est quòd duplex est sortilegiorum professio, tacita scilicet, & expressa, intelligendo de professis cuiuscumque speciei.

¶ Tacita enim professio est promissio quædam, quam quis facit alteri professo de obseruando quæ sibi mandauerit, sub promissione, quòd grandia faciet, & mirabilia in vita sua, cognoscet futura, & multa alia his similia dummodò fidem Catholicam abjiciat, & omnia ecclesiastica Sacramenta pessumdet: & totis eius viribus adhærebit cultui & obedientiæ sui magistri, & illum tamquam verum principem adorabit, cultum veræ adorationis sub idolorum forma sibi præstando, & alia huiusmodi turpiora pacta: & cuncta opera per ipsum facienda sub illius nomine & deuotione conficiet: & ista dicitur tacita professio: quia non fit propriè cum Dæmone, sed cum ministro Dæmonis, & in qua nullæ interueniunt solemnitates extrinsecæ, quæ interuenire solent in expressa professione, sicut est solemnis stipulatio, fides præstita per iuramentum de obseruantia promissorum: item homagium & fidelitatis promissio erga Dæmonẽ vnà cũ postergatione & omnimoda diuisione fidei Christianæ, & aliis quæ in ea requiruntur, vt *in c. qui sine Saluatore, 16. quæst. 2.* & vide sum. confess. *eod. tit. quæst. 5. & 6.* vbi fit mentio de vtraque professione & pacto habito cum Dæmone, scilicet tacito & expresso: & *eod. tit. quæst. 10. in fin.* quam submissionem ipse Dæmon postea ratam habet, & reddit se facilẽ in obsequendo voluntati & appetitui illius sicut aliorum: quo facto omnia sortilegia, sicut expresse professi: fabricare incipiunt, vt *ibi* notatur; & notatur etiam per quemdam modernum Theologum *in quodam suo tract. de strigimag. Dæmon. mirand. lib. 1. c. 4.* & *l. nemo,* & *l. eorum in princ. C. eod. tit.* & *in c. 2. de sortileg.* vbi dicitur de illo, qui aspiciebat in astrolabio pro inueniendis furtis, & de hac tacita professione videtur etiam meminisse textus, si bene considerentur verba sua *in dict. c. nec mirum, §. Necromantici, verb. ad hæc omnia.* vbi post narrationem certorum remediorum, quæ fiunt erga maleficiatum pro salute corporis, subiungit textus hæc omnia fieri arte Dæmonum ex quadam pestifera societate hominum & angelorum malorum exorta.

Professio tacita cur dicatur.

Ratihabitio professionis Sortilegij.

Professio expressa duplex.

§ Alterum verò dicitur professio expressa: & est illa, quæ fit expresse cum proprio Dæmone: & ista est duplex. Vna, quæ dicitur solemnis siue publica; altera quæ dicitur priuata. Solemnis enim & publica est illa, quæ fit cum Dæmone, dum publicè residet in solio majestatis, more Principis, quando fiunt vniuersales congregationes omnium strigum, maleficorum Necromantum, cuiuscumque generis professorum certis nocturnis horis, locis & temporibus Dæmonis arbitrio constitutis, vbi vniuersis astantibus fit ista professio.

Professio priuata aliquando fit iisdem solemnitatibus ac religiosorũ.

§ Priuata verò est illa, quæ fit cum ipso Dæmone, pacto expresso cum iuramento (vt *infrà*;) citra tamen solemnitates & hominũ multitudinem: vnde contra istos dicitur Esa. 28. c. *Dixistis percussimus fœdus, & cum inferno fecimus pactum.* Et de hac fit mentio *in sum confess. eod. tit. quæst. 4. in princ. & quæst. 6. & 11.* fiunt quandoque eisdem solẽnitatibus, quibus fieri solent veræ & solemnes professiones monachorum in Christi religione, dũ profitentur regulam monasticam relinquentes mundũ, illi verò faciunt contrarium: quia relinquunt primò Deũ Saluatorem, abnegantes illius nomen & baptismum, & postea reliqua Sacramenta Ecclesiæ: deinde adhærent Dæmoni, eidemque perpetuam obedientiam spontanea voluntate promittunt, superaddentes etiam sacramentum, & homagium indubitatum, adeò quòd penitùs efficiantur Dæmoni subiecti, & plusquam vassali: & ex tunc contrahitur inter hominem & Dæmonem amicitia quædam & pestifera societas, ex qua multa mala & turpissima opera conficiũt; & quædam alia turpiora faciunt, quæ referre non audeo. Vide illum modernum Theologum *in d. tract. de strig. Dæmonum. miran. l. l. 4. cap.* vbi latiùs omnia ista ponit, & *in sum. conf. eo tit. c. 3. & 4. in prin.*

Societas initur inter hominem & Dæmonem.

Isti verò qui expressã professioné fecerũt, reddunt etiam expressũ cultũ adorationis Dæmoni per solemnia sacrificia, quæ ipsi faciunt diabolo, imitantes in omnibus diuinũ cultũ, cũ paramentis, luminaribus, & aliis huiusmodi, ac precibus quibusdã & orationibus, quibus instructi sunt, adeò ipsũ adorãt, & collaudãt continuè, sicut nos verũ Creatoré adoramus, 16. q. 5. *contra idolorum*, & est glo. *in c. accensatus, §. sanè de hæres. lib. 6.* & *in sũ. cõfess. eo. tit. q. 2. & 3. & 26. q. 6. nõ obseruetis, & eadem causa, q. 11. qui sine Saluatore*, vbi est bonus textus. Quibus autẽ locis & quibus tẽporibus hæc faciunt, dicetur *infrà q. seq.* Et hoc procedit quia Diabolus sũmoperè desiderat ab homine adorari, & Deũ ipsũ Creatoré in hac adoratione imitari: quod prouenit ex illo peccato superbię, quo ipse Satanas voluit se facere æqualem Deo, & pariter sicut ipse adorari; quod peccatũ adhuc in se retinet, vt dicit S. Thom. *in 2. 2. q. 95. art. 3.* & S. Aug. *in lib. 10. de Ciuit. Dei.* cuius dicta tradita sunt, 26. *nec mirũ, § augurια, verb. sed hoc quosdam fallit*, & *verb. ad hoc.* vbi dicitur, quòd Satanas ad hoc valdè nititur, vt adoretur quasi Deus, & proptereà illi, qui interueniunt in dictis sacrificiis, & expresse ipsũ Satanã adorant, ipsi sunt sibi cæteris prædilectiores, & nihil petunt, quin exaudiatur ab eo, ex his, quæ ipse facere potest: & si petũtur ea, quæ ipse facere non potest, fingit illa facere posse, & per multas illusiones decipit suos professos: & proptereà dicunt quidã, quòd sortilegia & maleficia quæ fiũt per istos, sunt cęteris atrociora & grauiora, quippe quia diabolus summoperè cupit istis complacere, à quibus maius præmium recipit; & isti sunt, qui solent quandoque struere imagines

Cultus Dæmoni vt Creatori exhibetur.

Dæmonem adorantes cæteris sũt chariores.

gines

gines ceræ, vel cretæ, seu alicuius mixturæ gummarum & similium: & dicit sanctus Augustinus *in libr. 21. de Ciuitate Dei.* hæc verba nor. quòd Dæmones alliciuntur his rebus, characteribus, signis & carminibus magicorum, non tanquam animal cibis: sed quasi spiritus signis: quia enim homines in signum subiectionis eis offerunt solemnia sacrificia, & prostrationes faciunt, gaudent summoperè huiusmodi reuerentiæ signa sibi exhiberi.

Dæmones vt alliciantur.

Alliciuntur autem diuersi Dæmones diuersis signis, secundùm quod diuersis vitiis ipsorum magis conueniunt verba sancti Augustini relata per sanctum Thomam *in tract. qq. disputat. 1. partis in titulo de mira. q. 10. vers. respondeo in ff.* vbi dicit, quòd Dæmones certis temporibus obseruatis, & determinatis carminibus & signis, ritibus, & imaginibus consecratis, vel potiùs execratis conuocati adueniunt, quas imagines illi malefici portare solent ad loca sacrificiorum deputata: quibus completis composito ingenti igne dictas imagines primò baptizant in nomine Beelzebub principe dæmoniorum, seu Satanæ, & quibusdam aliis turpioribus verbis, quæ referre non audeo: quibus sic peractis imagines prædictas igni adhibent, & ibi petunt quæ mala & infirmitates volunt in vera naturali persona illius, quem, vel quam ipsa repræsentat imago inferri, & quibus doloribus & tormentis cruciari. Quandoque enim acubus vel aliis ferris acutis perforant sibi capita, costas, femora, pectus, ventrem, aut aliam corporis partem, in qua cupiūt exoriri infirmitatē in personā maleficiati, de quibus imaginibus fit mentio *in sum. confes. in tit. de sortileg. q. 1 1.* vbi dicitur, quòd hi, qui faciūt dictas imagines, dicūtur astronomi, & illas vocāt astronomatas: quæ omnia opere Dæmonū habent effectū, cuius signū euidens est, quia in eis necesse est scribi quosdā characteres, qui naturaliter intelligi non possūt, & ad nihilū operantur, nisi ad opera Dæmonū execranda: & illuc ad modicū tempus auditur persona illa, propter quam sortilegia & maleficia prædicta facta fuerūt, quòd grauiter dolet, & lamētatur de maximo cordis, viscerū, ventris, femoris, stomachi, aut capitis dolore, dicens graui quadā infirmitate repentina cruciari, quā nullus medicorū cognoscere, nec curare potest, & hæc est illa, quā Sortilegus Dæmonis arte malefica sibi imposuit, interueniēte posteà sortilegio formali, vt *infrà* dicā. Et ista est veritas, cui nec sacri Canones, nec sacrorū Theologorū schola repugnat, vt *in d. c. nec mirū § si autē quilibet opponit, circa fi-nē.* vbi ad hoc speciale quæsitū respōdet S. Aug. & fatetur quòd Dæmones possūt in sanis corporibus Christianorū immittere ægritudinē, mediante ministerio Sortilegi & malefici: sed reprehēdit illos qui credūt in eis, propter periculū animæ: quia, qui in illis credunt, recedunt à fide Christiana in totū, aut dubitant, siue vacillant in ea, *argum. cap. 1. extra de haret.* & diximus *suprà tit. 1. quæst. 2.*

Imaginū execratio.

Imaginis personæ cruciatur.

¶ Non tamen tibi persuadeas quòd ex sola illa imaginum obseruātia, tactu & ceremoniis absque alia factura & maleficio possint huiusmodi infirmitates in dictis humanis corporibus exoriri: quia hoc esset ridiculum credere: sed fiunt posteà venenorum compositiones, & conficiunt mixturas maleficii quod præstant maleficiando, aut in corpore, aut extra corpus: in corpore scilicet per pulueres venenorum commixtos in cibo, aut potu personæ maleficiādæ: aut per varias vnctiones factas in aliqua corporis parte, quæ ægritudinem cupiunt exoriri: extra corpus verò fiunt, quando ipsæ facturæ siue maleficia sic in vnum composita absconduntur in lecto personæ maleficiandæ, super quo iacitura sit, aut sub limine ostij cameræ, vel alterius ostij, super quo persona ipsa maleficianda transitura sit, illáque pedibus calcare continget, de quibus latiùs *infrà* dicetur *in 6. quæst.* Et istimet expressè professi peractis sacrificiis huiusmodi sæpiùs consueuerunt interrogare Satanam in forma idoli super altare existentem: vt futurorum, aut præteritorum, siue præsentium occultorum notitiam sibi demonstret: quæ Satanas sua idolorum forma illis responsa restituit de præsentibus, & præteritis valdè occultis & remotis, verum & certum consueuit præstare responsum, ex quo ipse, qui est spiritus liber, subtilis, & eleuatus, nullóque premitur pondere carnis, sicut homo videt & expressè cognoscit omnia, quæ fiunt & facta sunt in vniuerso orbe terrarũ: quæ omnia facilè homini indicare potest: sed quæ futura sunt minimè, quia illa solus Deus nouit esse vera, prout sunt, vel erunt in suo esse

Venena per pulueres & mistu-ras.

Satanæ promissio.

Responsa Satanæ.

¶ Quia apud ipsum, vt dicunt Theologi, nulla datur temporis determinatio præsentis, præteriti, vel futuri, quia omnia sunt illi præsentia in cœlesti speculo diuinæ Majestatis: eo igitur excepto nulla creaturarum habet certam notitiam futurorum, vt latiùs *infrà* dicemus *quæst.* 10. & habetur per Esai. 41. *cap. Annunciate nobis quæ ventura sunt in futurum, & dicemus quòd dii estis vos*: & ideò Dæmon, qui est Dei creatura, vt habetur *Genes.* 1. non potest cognoscere futura ex certa scientia: sed per quasdam coniecturas, vt latiùs *infrà* dicetur *in decima quæstione*: quotiescumque igitur fit interrogatio de præteritis, aut præsentibus occultis, vel de his, quæ fiunt in longinquis partibus redditur prompta responsio: sicut ab eo qui habet certam scientiam, vt not. *in d. cap. nec mirum, 26. quæst.* 5. & notant Canon. *in capit. 2. de sortileg.* & *l. multi. Cod. eod. tit.* quotiescumque verò quæritur notitia futurorum, tunc non venit tam prompta responsio, sed tardior, dubia, & implicita: quippe quia illorum in veritate ipse est ignarus, quorum certa notitia ad solum Deum spectat, & ad illum dumtaxat, cui Deus voluit reuelare: vt habetur *Esaiæ d. 41. cap.* & dixi *suprà proximè*, & habetur *Act. Apostolorum* 1. *cap.* vbi dicitur: *Non est vestrum noscere tempora, vel momenta, quæ Pater posuit in sua potestate.* & per S. Thom. *in secunda secundæ quæstion. 26. articulo 6.* dixi *infrà eodem, quæstione sexta.*

Futurorum notitiam nullus habet præter Deum.

¶ Hi verò qui tacitam habent professionem cum Dæmone, licèt ipsi quoque sua execrantur maleficia Dæmonis ministerio & suffragio, & corpora sancta ab huiusmodi languoribus sanant, nihilominùs non habent eamdem vim & potestatem: sicut hi qui sunt expressè professi, & sunt respectu illorum (vt ita dixerim) tanquam fratres nouitij, aut fratres tertij ordinis respectu professorum, cùm ipsi tam in eorum professionibus, quàm in cultu imitantur diuinum & mores nostræ religionis secundùm diuersitatem professionis & cæremoniarum: omnia tamen ad eumdem effectum tendentia, vt dixit textus, *c. sple. excommunicamus.* el secundo, *in princip. extra de hæret.* vbi dicitur: *Facies quidem habentes diuersas, caudas verò ad inuicem colligatas, &c.*

¶ Inter quos non omittam illos qui arte huiusmodi iactant se posse inuenire thesauros in locis valdè remotis & subterraneis absconditos, & quandoque

doque inducunt homines ad talem insaniam, vt foueas quàm ingentes conficiant pro inueniendis thesauris huiusmodi: & ista videtur mihi quòd sit vna ex turpioribus illusionibus, quas Dæmon homini faciat: quia in rei veritate nunquam legi, vidi, nec audiui, quemquam ex Necromanticis, Magicis, aut Sortilegis huiusmodi aliquos vnquam inuenisse thesauros: aut aliàs aurum vel argentum: sed quamplures vidi huic operi incumbentes, qui mirabiliter conati sunt velle experiri: post multos labores & diabolicas obseruantias demùm nihil viderunt, nec inuenerunt nisi terram. Et ratio est, quia Deus non permittit, nec vult Dæmonem posse thesaurizare: quia alias sequeretur, quòd isti Magici, Necromantici, ac cæteri diabolicæ fidei professores essent cæteris Christi fidelibus ditiores, ac præstantiores, & quamplures reperirentur ex ipsis Christi fidelibus, qui animo ditandi prosequerentur illos, nec curarent Christianam ipsam postergare fidem, vt magno thesauro abundarent & venerarentur ab omnibus.

Sortilegi & cæteri eiusmodi reliquis pauperiores.

¶ Quinimò videmus hodie totum oppositum, quòd isti Sortilegi, Magici, Necromantici & similes sunt cæteris Christi fidelibus pauperiores, sordidiores, viliores, & contemptibiliores in hoc mundo, Deo permittente, calamitosam vitam communiter peragunt, Deum vitam infelici morte amittunt, & æterni ignis incendio cruciantur: vt *in capit. firmissimè extra de hæret. & 26. quæst. 5. nec mirum*:

Argutia Dæmonum & Sortilegorum est eadé.

& ea qua Dæmon argutia illos decipit eadem & similibus promissionibus ipsi nos decipere student, sed non capiunt nisi aliquos, qui sunt simplicis cognitionis, & carent intellectu & ratione: vel qui sunt nimium creduli & curiosi, qui auiditate quadam impudenter appetunt scire ea, quæ nulla ratione, aut honestâ causâ competit sibi inuestigare, *d. cap. nec mirum*, §. *auguria, ver. porrentis*.

¶ Sed quæro nunc, an Astrologi, Chiromantici, & similes, qui ex signis cælestibus & astrorum cursibus futura prædicunt, incidant in peccatum: & videtur dicendum quòd sic, quia istorum notitia ad solum Deum Creatorem pertinet, vt *suprà proximè diximus*; & habetur *Esa. 41. cap. Annunciate nobis* &c. Tu dic, aut isti Astrologi, & alij prænominati volunt futura ipsa prædicere ex certa scientia, & non licet eis, quia signa illa cælestia sunt signa rerum, non causæ rerum, scilicet causæ finales: & licet inclinent naturam humanam ad aliquid faciendum, non coarctant, nec imponunt necessitatem, alias nulla esset in nobis liberi arbitrij potestas à Deo tributa, si cogeremur contra voluntatem nostram peccare: vt dicit S. Thomas *in secunda secundæ, quæst. 16. art. 6.* & not. per Abb. *in cap. 1. de sortileg.* aut prædicunt illa per modum demonstrationis seu inclinationis: & bene dicunt dummodò non demonstrent necessitatem præcisam, neque causatiuam in eo quod ratione liberi arbitrij prudenter homo euitare potest: vt dixi, & isto modo non peccant nunciando.

Prædictiones ex demonstratione.

¶ Iterum quæri potest quid de chiromantia, quæ est diuinatio quædam, quæ fit per lineamenta manus: an liceat fieri sine peccato vel sine pœna. Dic quòd eodem modo: aut quiuis narrat præterita, quæ euenerunt illi, cuius manus inspicitur, & nõ est peccatum nec prohibitum: aut quis prædicit futura: & isto casu fit eadem distinctio, de qua *suprà*: aut quis vult prædicere necessariuè & certo modo, aut inclinatiuè primo casu diuinatio ipsa sapit hæresim per ea, quæ *suprà proximè* diximus: secundo verò casu

Chiromantia in cum peccato exercetur.

casu non sapit hæresim, nec meretur pœnam, quæ illa prædicit: quia vaticinium illius chiromantiæ fit vt plurimùm per regulas astrologiæ, vt notant isti summistæ, maximè Ioan. *lec. in summa confess. eodem tit. quæst. 2. 3. & 5.* & S.Thom. *d. dist. 95. art. 5.* aut nos loquimur de secunda specie, quæ dicitur amatoria: & hæc Sortilegia fieri possunt per vtrumque professum, scilicet taciti & expressæ professionis sicut alia diuinatiua.

¶ Sed aduerte, quòd hæc Sortilegia, & ea quæ sequuntur tertia specie fieri possunt dupliciter, & in corpore, & extra corpus personæ maleficiandæ, vt *l. eorum in princip.* & *l. multi. C. eodem tit. & l. si quis aliquid, §. qui abortionis ff. de pœn.* & *l. 2. §. hac adiectio ff. ad leg. Cor. de sica.* & habetur *in d. c. nec mirum, §. nullum suffragium. in ver. sed hoc quosdam fallit*, &c. in corpore enim fieri dicuntur per cibū, vel potum regulariter, vt *d. §. qui abortionis*, & *§. hac adiectio*. extra corpus autem, hoc est extra intestina fiunt per aliquas mixturas compositas ex herbarum foliis, vel radicibus, metallis, reptilibus terræ, auium plumis, vel membris, seu intestinis earumdem auium, animalium, vel piscium, aliacúmque similium rerum naturalium: illáque quandoque consuunt in chlamyde personæ maleficiandæ ad amorem, vel sub capite lecti super quo persona ipsa dormit absco̅dūt, aut sub limine ostij cameræ, aut alterius, super quo ipse maleficiandus vir aut mulier transitura sit. Quidam solent apponere imaginem ceræ iuxta ignem ardentem completis sacrificiis, de quibus *suprà*, & adhibere quasdam preces nefarias, & turpia verba, vt quemadmodum imago illa igne consumitur & liquescit, eodem modo cor mulieris amoris calore talis viri feruenter ardeat &c. In istis etiam Sortilegiis ad

Imagines ceræ igni admotæ ad amorem.

amorem vt plurimùm admiscentur Sacramenta Ecclesiarum, sicut est hostia consecrata, vt notat gloss. *in c. accusatus, §. sanè de hæret. lib. 6.* vel nondum sacrata, sed circumscripta notis & literis sanguineis, super qua dici curant quandoque vnam, duas, tres, quinque pluresve Missas, quibus celebratis tradunt hostiam ipsam non integram prout est: sed in puluerem redactam valdè subtiliter personæ maleficiandæ, quam assumere faciunt in cibo: sicut in pulmento, vel in potu: eodem modo faciunt cum calamita immixta aliis speciebus, & tradita, vt *suprà*, in cibo vel potu personæ maleficiandæ, ex quo dicunt illam esse naturæ attractiuæ, & quòd poterit cor & voluntatem absorbentis attrahere ad amorem personæ tradentis: sed omnes sunt nugæ, & dæmonis fallaciæ, quæ rarò vel nunquam sortiuntur effectum, stante liberi arbitrii potestate, mirum quid esset, quòd mulier casta & honesta violenter traheretur ad peccandum & ad amandum illum, quem natura ipsa suæ conditionis non patitur: quia nemo, vt *suprà proximè* dixi, inuitus compellitur ad peccandum, nisi qui curiosè & sponte accedit ad peccatum, *d. c. nec mirum, §. augurüs, ver. his ergo portentis.* non negatur tamen quòd Dæmon astutia & solicitudine sua non possit tam grauiter & solicitè mulierem ipsam tentare & illi persuadere, adeò quòd incidat in peccatum, & incipiat amare virum illum, quem priùs nunquam nouerat.

Sortilegia amatoria quæ immiscentur.

Nemo inuitus peccat.

¶ Et ideò dixerunt quidam magni Theologi, quòd si aliquis maleficiatus, aut maleficiata reperitur, qui deuenerit ad effectus, ad quos tendunt maleficia prædicta, id profectò non prouenit virtute & potentia maleficij, vel sortilegij, rationibus prædictis, propter liberi arbitrij potestatem: sed

Effectus maleficiorum vnde virtuté habeant.

deuenit

deuenit virtute diabolicæ tentationis, qua Dæmon, vt credentium animas faciliùs decipiat, ita quòd firmiter credant quod illa ſortilegia faciunt miracula, & vera ſint eorum opera, ipſemet adeò vehementer ſolicitè infeſtat mulierem ipſam tentationibus & perſuaſionibus die noctéque adeò, quòd nunquam ſinit ipſum vel ipſam aliquo momento quieſcere, nec in ſomniis, nec in vigilia, ad quod multoties, accedente maximè opera & miniſterio extrinſeco ſortilegi, qui extrinſecùs cooperatur, & literis amatoriis, & precibus, pollicitationibúſque verbalibus: adeò quòd fragilis ſexus ſæpe illa ducatur, & cadit in peccatum; & hoc non prouenit virtute & potentia ſortilegij, ſed dæmonis tentationibus, & opera hominis extrinſecùs cooperantis, vt dixi, qui inſectantur mulierem ipſam tanquam venatores feram, aut aucupatores auem, & neceſſe eſt, quòd poſt aliquod bellum reddat ſe victam in manibus hoſtis, & cedat propter ſuam debilem naturam, & imbecilles vires quas habet ad reſiſtendum diabolo: imò per quàm facilis eſt, credula, & quæ noua ſunt, tam bona quàm mala libenter appetit: vt not. Gen. 3. & *cap. Forus. de verborum ſignif.* Nec dici poteſt hoc violenter fieri, ſed ſponte, quia mulier ipſa ſponte incipit incaleſcere in amorem illius viri, & voluntariè illum deſiderat: & hoc euenit ex natura ſua, & voluntate, violentiâ ſortilegiorum, & hæc eſt facilior via ad flectendum pudicos animos ad libidinem, quàm alia: & maximè ſi quando hæc tentatio fit, mittuntur nuncij, epiſtolę amatoriæ, & ſimilia ad mulieré; his vel ſimilibus modis videntur faciliùs flecti, quàm vi ipſius maleficij.

Mulier facilis eſt & credula.

¶ Et nota vnum valdè ſingulare, quod Satanas videns eminùs potenté in hac ſpecie ſortilegiorũ amatoria: in qua non poteſt hominẽ inuitum trahere ad amandum, ſicut in tertia ſpecie, in qua etiã viro vel muliere inuita in eius corpore ægritudines intromittit, vt *infra* latiùs dicemus de ſpecie illa, & habetur *in d.c. nec mirũ, circa ſinẽ in verſ. ſuper hoc quæſdã fallit, &c.*

¶ Effectus enim iſtius ſortilegij requirit puram & liberam voluntatem.

Effects ſortilegij.

¶ Quia nemo amat inuitus, & licèt iſti volgares fateri ſoleant ſe inuitos amare, & propter poculum aſſumptum compelli ad amandum: hoc eſt falſiſſimum, ſi volumus intelligere de neceſſitate præciſa, vt compellatur homo ratione & voluntate: quia hoc non permittit Deus, ne tollatur liberi arbitrij poteſtas, quam habet homo. Si tu diceres: Compellitur homo perſuaſionibus dæmonis: tunc dico quòd non compellitur in ratione, ſed in concupiſcentia carnis, quia debilis eſt, & admodum fragilis naturâ ſuâ: atque niſi fortiter & deliberatè reſiſtat vel fugiat, incidit in laqueum, vt latiùs *infra* dicam *in hac q.* & hactenùs nũquã vidi, nec legi poteſt, maleficiorũ ordinationibus, ſiue potiùs machinationibus ab iſtis maleficis ſacra miſceri, niſi in his quæ fiunt ad amorem & in hac ſpecie.

Sacra maleficiis tantùm miſcentur ad amorem.

In hoc bis aut ter habui in facto ſortilegos, qui huic ſortilegio ſiue maleficio incumbentes, hoſtiam commiſcuerant, vnum videlicet Clericum religioſum, qui hoſtiam ipſam ſacratiſſimam accipiebat, cuius partem ipſe ſceleratiſſimus, qui cupiebat amari, aſſumpſerat, dicendo quædam verba ſatis turpia atque nefanda, quæ *hic* referre non expedit: reliquam verò partem hoſtiæ miſerat ad ipſam mulierem, non in forma hoſtiæ, ſed minutatim contritam, aut in puluerem redactam ſumendam in cibo aut potu.

Hostiæ sacratæ abusus ad amores.

¶ Iterum habui alium, qui hostiam ipsam nondum sacratam acceperat: & super illa circumcirca cum sanguine annularis digiti nonnulla verba satis turpia descripserat: deinde ipsam hostiam super altari imposuerat, hoc est super nudo lapide sacrato, sub linteamine tamen altaris absconditam, & à quodam Sacerdote rotundæ conscientię super illa quinque Missas celebrari fecerat certis orationibus ad eius propositum superadditis: deinde hostiam ipsam sumpserat, quæ tamen non erat expressè consecrata, cuius partem pro se assumpserat: alteram verò partem personæ maleficiandæ tradiderat redactam in puluerem, vt proximè dixi, asserentes vterque ipsorum, qui hostiam ipsam assumpserat, indissolubili amoris vinculo ad inuicem colligari: nihilominùs nullum effectum apparentem vidi, nec percepi.

Hostia cõsecrata in puluerẽ redacta ad quid.

¶ Nec sunt adhuc anni duo elapsi quòd alium similem casum audiui Romæ accidisse de quadam impudica muliere, in cuius cophinis repertæ fuêre duę hostię, super quibus ambabus erant descripta verba quędã sanguinea &c. quas ipsa tenebat (vt asseruit) ad effectum tradendi cuidam alteri mulieri, ad instantiam viri qui eiusdem mulieris amorem concupiscebat.

¶ Alias quoque nondum est annus elapsus, quòd duæ impudicæ mulieres Romæ, quas vidi & audiui, ab excellentissimo viro Reuerendo Domino locumtenente Reuerend. D. Vicarij Papæ: qui illas captiuatas habuerat & examinauerat, quæ acceperant oleum baptismatis quo inunxerant sibi labia, dicentes hæc verba, *Fides abrenuncio tibi*. & cum labiis illis sic inunctis deosculatę fuerant viròs quosdam causa captandi amorem ab ipsis (vt ipsæ asserebant) nihilominùs demùm omne experimentum fallax & suorum excessuum condignas vidi luere pœnas.

¶ Aliud exemplum à triennio & citra in eadem vrbe contigerat, quòd quædam turpissima mulier acceperat particulam cutis illius, qua infans indutus egreditur de vtero matris, quàm primùm venit in lucẽ, illámq; similiter super nudo lapide sacrato occultauerat, & super illa plures Missas numero 5. celebrari fecerat, cutímque prædictam postmodùm assumpserat, & baptizauerat sub nomine personæ maleficiandæ cum aqua baptismatis & ceremoniis consuetis: deinde eamdem in puluerem redegit ad effectum tradendi personæ maleficiandæ: tamen interim capta fuit, nec perficere potuit sortilegium, sed congruas sceleris sui luit pœnas.

Cutis infantis ad sortilegia.

¶ Redeundo igitur ad propositum, dico, quòd isti sortilegi sæpiùs requirunt remedia Sacramentorum Ecclesiasticorum in istis sortilegiis amatoriis, videntes forsan quòd Diaboli auxilium non est sibi satis, putantes secũdùm Dæmonis persuasiones, quòd Sacramenta huiusmodi summoperè commoueant animos hominum ad amandum terrena & illorum concupiscentias naturales: sed in hoc iudicio meo summopere decipiuntur, putantes tantùm immensum Eucharistiæ Sacramentum mundanis lasciuiis & peccatis præstare suffragium.

Sortilegi amatorii adhibẽt Sacramenta.

¶ Quia in sacrificiis nullum aliud est maius, per quod omnia tolluntur peccata, & anima Christiani per ipsum vnitur Deo, *de conse. distin. 2. cum omne crimen.* & *cap. nihil in sacrificiis.* & *in Clem. 1. de reliq. & venerat. Sanctorum*, & *ibi* not. d. Cardin. & similiter cætera Sacramenta, quæ ad exclusionem spiritus maligni & purificandum animam à peccatis, & ad cõfirmandum vnionem fidei Christianæ: alimenta fuerunt, prout est oleum

sanctum

ractum baptismatis, chrismatis, & extremæ-vnctionis, 1. q. 1. *detrahe. & c. firmissimè de bap. & de consecra. dist. 4. in prin. & eadem dist. cap presbyteri. c. nullus ministrorum.* & tetigi *suprà tit. 1. in 2. q. in princip.* fatuum esset dicere quòd istos contrarios effectus operarentur. Sed ego credo quòd Satanas sub hac specie vehementer decipit istos Sortilegos, persuadendo illis, quòd istorum Sacramentorum abusus parit mirabiles effectus, quoad amorē: sed hoc ipse facit in vilipendium Christianæ fidei, & vt grauiùs offendat diuinam maiestatem: quinimò quandoque reperiuntur quidam Sacerdotes qui sunt adeò proterui & reprobæ conscientiæ: qui audent in ipso sacrificio Missæ scienter dicere nonnullas prauas orationes, & nefarias preces, & maleficiandam personam nominare: & apprehensis sortilegiis super altari manibus propriis illa immolari Deo non verentur, exorantes quòd suscipiantur exaudiendæ preces, vt illum ad quem destinata sunt sortiantur effectum. Ex quibus apparet quòd Satanas adeò subtiliter operatur, quòd ab hominibus & Sacerdotibus Dei ministris apud altare sacratum cultum adorationis extorquet in maximum dedecus Ecclesiæ & diuinæ maiestatis illos decipit, prout vidimus, proximè de thesauro.

Cutis virginea.

§ Quidam alij capiunt cutim virgineam aut infantis, de quo *suprà* diximus: aut alterius quadrupedis nondù nati, hoc est quādo nascitur abortiuum, quam redigunt in membranam, quam appellant chartam virgineam, & tenent quandoque in forma quadrata, quandoque verò in forma rotunda sicut hostia, vel parum minus, & super illis describunt aut scribere faciunt verba incantatiua & coniuratiua spirituū, quibus intermiscēt certos characteres & signa quædā extranea, quibus Dæmonum inuocatio continetur, vt latiùs *infrà* dicetur q. 8.

Membrana virginea forma.

§ Qui dæmones magicis artibus aduocati, mediantibus istis sortilegiis, characteribus & signis coacti adueniunt, certis temporibus obseruatis, & determinatis carminibus, ritibus, & imaginibus consecratis, vel potiùs execratis, vt dicit sanctus Thomas *in trac. qq. primæ partis. quæst. 10. ver. nonum. in tit. de miraculis.* vbi etiam dicit quòd per ista, vel similia nomina dæmones vocati coguntur venire, si magus illos aduocat: & licèt insint, & appareāt aliqua nomina Dei, nihilominus illorum finis & vltimus effectus semper tendit ad istud: sed ideò illa Dei nomina apponunt, vt faciliùs legentes decipiantur, & credant per illorum nominum expressionem esse ipsam sanctam atque deuotam esse. Et ex istis quàm plurimas vidi & abstuli de manibus maleficorum: & inter alia sæpiùs vidi ista verba inserta: *Agios otheos: Agios ischyros: Agios athanatos*: hoc est: *Deus sanctus: Deus fortis: Deus immortalis*, &c.

Dæmonum aduocatio quomodo fiat.

§ Clarum est, quòd hoc nomen *Acharon* est nomē Satanæ, siue Beelzebub vt not. *3. Regum*, dum Elias diuino numine inspiratus reprehendit Ochoziam Regem, qui derelicto diuino cultu deos extraneos adorabat, dicens: *Numquid non est vobis Deus vester Deus Israël, vt eatis ad consulendum Beelzebub, Deum Acharon? De lecto quem ascendisti non resurges*, &c. Quidam alij admiscent in ipsis sortilegiis amatoriis partem aliquam chlamydis, aut camisiæ filum, si habere possunt, personæ maleficiandæ & cum illis & aliis mixturis componunt facturas suas: quidam verò capiunt auium aut brutorum intestina vel membra, seu aliam corporis vel membri particulam, prout qui-

Ochozias, rex increpatur.

Sortilegiorum mixturæ.

dam cepere iecur vulpis, oculos lupi, aut illius caput: cor cerui, noctuæ intestina, aut bubonis: linguam milui, aut philomelæ, & similium.

§ Nec putes, quòd sola istarum rerum mixtura sufficiat ad causandum prædictos amoris effectus, nisi adessent verba diabolica exorcizantia, & Sortilegi mens & inuocatio, prædicta omnia Satanæ vouentis, & veluti sacrificia immolantis ad huiusmodi turpes effectus: quemadmodum enim per verum Sacerdotem immolatur hostia, quæ Deo Creatori cum deuotione offertur: ita per istos maleficos & Sortilegas, verum diuinum cultum imitantes violantésque, hæc eorum reproba sacrificia immolantur: quibus oblatis & emissis precibus statim efficiuntur à Dæmone consecrata seu potiùs execrata, per not. *in d. cap. nec mirum. §. sed hec questio, &c.* & sanctus Augustinus *in lib. 10. & 21. de Ciuitate Dei*, idem testatur: vide S. Thom. *in trac. qq. dis. q. 10. vers. no. prima partis in tit. de mira. & in vers. respondeo in fine.* alioquin sequeretur quòd quilibet alius Christianus extra illorum professionem, si haberet notitiam illorum verborum, posset eadē conficere sortilegia, & eosdem effectus concipere, quod non est dicēdū, per ea quæ *suprà* dicta sunt, & per ea quæ habentur *in d. c. nec mirum. §. necromantici, ver. ad hec omnia.*

Consecratio seu execratio facta à Dæmone.

Sortileg. species Malef.

§ Tertia succedit species Sortilegiorum, quæ malefica dicitur, & meritò: nam ex illa nullum bonum, sed omnia mala proueniunt, diuersæ ægritudines ex ipsis sortilegiis in humanis, aut brutorum corporibus exoriuntur: & mors quandoque succedit citiùs vel tardiùs, secundùm venenorum atrocitatem, aut leuitatem: & ista similiter dupliciter fiunt: aut in corpore, aut extra corpus, sicut amatoria: excepto quòd fiunt diuersæ compositiones, scilicet ex diuersis specicbus & mixturis: quia in specie illa præcedenti vt plurimùm interueniunt res dulces, calidæ & amœnæ, humanæ naturæ placabiles, coadiuuantes naturalem calorem & potentiam luxuriandi, & ideò lex appellat illa bona, vel non mala venena: quæ non sunt facta hominis necandi causa, vt *l. 3. §. hec adiectio. ff. ad leg. Cornel. de sicar.* In hac verò vltima specie, quæ dicitur malefica, & propter odium vel indignationem, vt plurimùm fit ad vindictam & vltionem alicuius iniuriæ: fiunt diuersa, immò contraria sortilegia & maleficia, in quibus mala venena, scilicet ea, quæ facta sunt hominis necandi causâ, vt plurimùm commiscentur, quandoque plus, quandoque minùs, secundùm quod isti malefici grauiorem vel leuiorem quærunt inferre iacturam: & ista pocula venefica sunt communiter frigida, amara & noxia, & naturæ humanæ, hominúmque saluti contraria, vt dicit tex. *in l. & § excepta, & l. fin. in prin. C. de his qui de malef.*

Et ideò lex appellat ista, mala venena: & non solùm punitur ille, qui ipsa potanda tradit: verùm etiam qui illa conficit, seu componit, tenet, & vēdit, *d. l. 3. §. hec adiectio.* ex his enim variæ ac diuersæ proueniunt in humanis, aut brutorum corporibus infirmitates & ægritudines insanabiles exoriuntur, scilicet febris, tussis, phthisis, phrenesis, dementia, dilucida interualla, intestinorum corrosio, cordis dolor intensus, vel capitis, ventris mugitus, morbus sonticus, membri debilitatio, nerui alicuius attractio, vel alia similis calamitas, ex qua corpus paulatim consumitur, & absque remedio medicorum tendit ad necem. Quandoque verò introducitur virilis membri languedo, & debilitas tenuum in viro: in muliere verò vuluæ arctatio, aut matricis frigiditas & indi-

Infirmitatum immissio.

gnatio

gnatio talis, ex qua vir redditur omnino impotens ad generandum: mulier verò incapax & vndique reproba ad recipiendum sperma in coitu, & ad concipiendum: ita quòd redditur inutilis pro matrimonio: & fit quandoque separatio, non dico thori, sed ipsius matrimonij: & datur facultas iterum nubendi illis qui petunt dissolutionem: & ego vidi semel in facto casum huiusmodi, vbi mulier conquerebatur de viri impotentia, quæ ex maleficio huiusmodi prouenerat, quæ durauerat per triennium, prout iura requirunt, adhibita posteà septima manu propinquorum, fuit facta dissolutio matrimonij, secundùm quod habetur *in c. & c. Litera de frig. & malef.* & not. doc. *in c. fraternitatis eod. tit.* quas compositiones & mixturas isti malefici ex pluribus speciebus venenorum componunt, quædam ex herbarum foliis, festucis, aut radicibus, piscibus, animalibus, aut reptilibus venenosis, lapidibus, atque metallis. Vide S. Thomam *in trac. qq. & 10. primæ partis in tit. de miraculis, vers. sextum.* quorum tamen quædam in liquoribus, quædam verò in pulueribus resoluta tenent: & cum ipsis sortilegia sua fabricare student. Quidam verò sunt, qui solâ verborum potentiâ hominem aut brutum interimunt, aut ægrotare permittunt, & alia quædam miranda faciunt: vt habetur *in cap. Igitur genus. 26. q. 4.* & diximus *suprà hac quæst. in prin.* & tetigi *infrà eod. q. seq.* quæ omnia dæmonis instructione & doctrinam ouerunt ei. Hæc sunt in veritate, quæ reddunt humana corpora languentia vel moribunda sæpe, licèt in ipsorum maleficiorum siue facturarum resolutionibus species & materiæ quædam multùm extraneæ appareant, prout aliàs vidi pluries, quòd prædicti maleficiati

Verborũ potentia malefica

Languores maleficiati.

postquã habuerunt remedium liberationis, sæpiùs ex pectore projiciunt, aut ex ore euomunt, vel interiùs per secessũ emittunt acus, capillos, ferramẽta, clauos, plumas, sulphur, lapides, & res demùm tales, quas impossibile erat dictum maleficiatum potuisse comedere; non solùm integras, sed nec fractas, vel minutim in frusta concisas: vnde videtur quid mirandum: sed dic (vt quidam dixerunt) quòd Satanas ad maiorem hominũ deceptionẽ facit apparere dictas extraneas species in resolutione facturæ, vt res magis miranda videatur: quandoquidem inspiciuntur, & considerantur esse talis naturæ, formæ & qualitatis, quòd impossibile erat illa potuisse ingredi in corpore maleficiati per aliquam partem naturaliter: sed in rei veritate non sunt veræ species naturales: & quòd fit verum, apparet: quia illa emittuntur per vomitum: vel stercus, & sic inter illas materias liquidas apparent à principio, cùm primùm exeunt de corpore: sed si seruares materias illas biduo, triduo, aut quinque dierum spatio, prout aliàs ego studiosè seruari feci, videres omnia ea liquefacta penitùs, & ipsarum formas periisse totas. Quòd si naturalia essent, profectò in sua priori siue primæua forma remanerent, nec possent per aliquos liquores aut humiditates corrumpi, maximè ferrum & lapides, propter eius naturalem duritiem, vt manifestum est omnibus.

Vomitus maleficiat

Claui, lapides, & c. vomiti, non sunt species naturales.

Quidam alij dixerunt, quòd Dæmones, vt res miranda videatur tunc temporis, quando maleficiatus prouocatur ad vomitum, vel ad opus ventris, velocissimè inuisibiliter afferunt ibi species illas, siue materias, de quibus *suprà*, veras & naturales, quas aliunde acceperant & attulerant ibi. Sed nota, quòd licèt Dæmon sua

 poten

potentia naturali hoc facere posset & tam dextro modo illas inserere in vomitum, vel stercore maleficiati quòd nullus hominum aduerteret: tamen prior opinio mihi magis placet, quòd sint apparentes species sub illis formis non naturales: quòd sit verum, apparet ratione prædicta: quia communiter non durant sub illa forma, sed breui tempore soluũtur in illis liquoribus, cum quibus mixta aduenerant: prout ego pluries vidi, & manibus propriis tetigi, quæ à principio, vt dixi, apparebant veræ & naturales, & retinebant in se nescio quid duri, tamen breui tempore (vt prædixi) resoluuntur & pereunt.

Malefici quomodo ingrediantur cubicula clausa.

Quandoque verò istæ mulieres maleficæ siue malefici media nocte ingrediuntur thalamum personæ maleficiandæ (in quibus quomodo & qualiter ingredi possunt, maximè quando ostia & fenestræ sunt omnia clausa & fortissimis ferris, & claui conclusa, dicetur *infrà ea q.* 8.) &

Vnctiones veneficæ dormientes in thalamo maleficiandi illatæ.

maleficiandum ipsum, siue masculus sit, siue femina dormientem suis liquoribus, aquis, oleis, aut pinguedine, siue aliis similibus vnctionibus plura & diuersa venena continentibus inungunt quandoque femora, quandoque autem ventrem aut caput, guttur, pectus, vel costas, seu aliam partem corporis personæ maleficiandæ, quæ sic dormiens nihil sentit: & est tanta vis & potentia illius vnctionis, quòd paulatim durante calore ipsius dormientis ingreditur intus carnes, & vadit ad penetralia cordis & viscerum maleficiati: vnde paulò post causantur ingentes dolores in corpore maleficiati, cùm primùm scilicet maleficiũ vel factura (vt dicũt) tangit intestina maleficiati, illuc succedũt maximi vlulatus & lamentationes quàm crebræ: & hoc vno modo Sortilegia venefica fiunt in corpore, quia maleficium, siue factura tangit intestina. Alio modo fiunt similiter in corpore per cibum, aut potum, quia illa eorum venena, & maleficas mixturas, in puluerem vt plurimùm redactas, in vino vel ferculis intromiscent, & isto modo tradunt mala fercula & pestiferos potus ignaris, & his qui bona fide cum eis comedunt vel bibunt: & ideò consulo omnibus, vt quàm maximè præcaueant ne comedant vel bibant cum his, qui dicuntur malefici, aut cum mulieribus maleficis, sed fugiant eorum, vel earum conuersationem: & meritò constituit Imperator, quòd istorum conuersationem & amicitiam, quamuis vetus sit, vnusquisque omnino fugiat, *l. nullus. C. de mal. & math.* quia sunt inimici humani generis & hostes communis salutis, vt dicit tex. *in l. & si excepta. in prin. & l. fi. C. eo. tit.* semperque student inferre aliqua mala in humanis corporibus, vel in bonis, & hoc faciunt Dæmone instigante, vt semper operentur malum contra aliquem ex Christi fidelibus: & necesse est quòd hoc faciant imperante Satana, postquam illius imperio se subiecerunt & promiserunt obedientiam, vt latiùs diximus *suprà. ea. q. in prin. in secunda specie.*

Conuersatio maleficorum fugienda.

Maleficia extra corpus

¶ Alio modo fiunt hæc maleficia scilicet extra corpus, quod est quando isti malefici abscondunt in capite lecti, vel in alia parte, super qua maleficiandus iacere debet ipsa venefica sortilegia, aut sub limine ostij cameræ abscondunt eadem, dummodo persona maleficianda super illis transitura sit, & illa pedibus calcare contingat: quia statim facta calcatione quando sunt in limine, vel facta iacentia corporis quando fiunt in lecto, factura ipsa sortitur effectum; & recipiunt quandoque certa venena adeò atrocia & furibunda, quibus

Maleficia in limine ostij vel

pedibus

pedibus calcatis statim perit qui illa calcauerit: quædam alia sunt quæ non statim occidunt, sed spatio duorum, trium, vel [illegible], aut decem dierũ plus vel minùs, secundùm quod voluerint ipsi malefici: quia sciunt illa temperare, prout ex pluribus confessionibus reorum istius criminis accepi, qui similiter fassi sunt ex quibus rebus conficiuntur & qualiter fiat illorum temperatio, & quem effectum operentur singula, quæ *hic* referre nõ licet: sufficiat tibi scire, quòd hæc fieri possunt arte & industria Dæmonis ex rebus naturalibus, ministerio & opera Sortilegi interuenienre, vt fatetur sanctus Augustinus *in lib. 10. de Ciuit. Dei* & habetur *xxvij. q. 5. c. nec mirum. circa finem.* & *l. multi, & l. eorum. in principio. cum pluribus aliis legibus. Cod. eodem titulo.*

Sub pulvino lecti aliquando reconduntur.

Et nota vnum, quòd in omnibus Sortilegiis cuiuscumque sint speciei, semper interueniunt verba quædam malefica, opus illud quodcumque sit Dæmoni consecrantia, & eius auxilium ad id faciendum, siue potiùs machinandum inuocantia.

§ Concludo igitur in hac materia, quòd in quolibet Sortilegio tria concurrere debent, persona malefica, scilicet professa, verba consecratiua, & materia consecrata, & ad illum effectum composita: excepto maleficio incantatoris, quod verbis tantùm perficitur, vt habetur *xxv. q. iv. igitur genus.* & *v. q. nec mirum,* & *suprà diximus hac* [illegible] *q. in princ.*

## CAP. IV.

### SVMMARIVM.

1 *Sortilegia quibus in locis vel temporibus fabricari soleant.*

2 *Lucem odit & fugit qui malè agere intendit.*

3 *Christus luci comparatur, quia veritas est.*

QVARTO quæro † quibus locis & temporibus hæc Sortilegia fabricantur: & vbi ipsi Sortilegi & alij similes conuenire solent.

Respond. quòd vt plurimùm in locis syluestribus, occultis, subterraneis, & ab hominum conuersatione remotis, & peregrinis, ruinosis, atque desertis, & semper de nocte fiunt, vt not. *in cap. Episcopi. 26. qu. 5.* Ratio potest esse duplex. Prima, quia Dæmon post casum ex Paradiso effectus fuit obscurus, & tenebrosus, vt concludunt communiter Theologi & maximè. S. Thom. *in Tract. qq. q. 16 art. 1. & 6. in iis de dæmonib.* consequens est, quòd omnia opera quæ ipse facit, fiant in obscuro & tenebroso loco, & tempore, eò maximè etiam, quia opera ipsa sunt peccata, quæ communiter dicuntur nigra, & opposita luci veritatis, virtutis, & iustitiæ, meritò conficienda sunt tempore nigro & obscuro: quia dici solet communiter, quòd † qui male agit odit lucem; *xviij. q. ij. perniciosam, & de pœnit. dist. 1. item. si autè.* † Lux enim veritatis illa, quæ illuminat omnem hominem venientem in hunc mundum, quòd est Christus, vt habetur *Io. 1. 3. 5. & 8. c.* & *l. inter claras, in prin. C. de sum. Trinit.* & est

Dæmonis opera cur obscura.

est lux interna quæ clarificat animam & intellectum hominis, *de consecrat. d.4. in principio.* Satanas enim virtutibus, bonis operibus, & veritati, quantum potest, aduersatur, ex quo ipse mendax est & tenebrosus, vt *suprà* diximus, nimirum si loca sordida, obscura & tenebrosa sibi elegit ad similitudinem sui; vt not. Io. 35. & 81 *A. valens interdum.* Secunda redditur ratio, quare potiùs de nocte, quàm de die hæc opera fiunt: quia si de die fierent possent videri ab aliquo, & faciliùs discooperirétur eorum maleficia, & deuenirent ad notitiam curiæ & iustitiæ; ac proinde caperentur, punirenturque. Ne igitur tam facilè detegantur, & impediantur eorum opera fieri, & sacrificia celebrari, faciunt de nocte in locis prædictis, vt à nemine habeant impedimétum, per ea quæ *suprà* dicta sunt, & no. *in d.c. Episcopi 26. quæst. 5 & cap. nec mirum. eadem quæst.*

## CAP. V.

### *SVMMARIVM.*

1 *Sortilegi quibus rebus, mixturis, & instrumentis communiter vtantur.*

2 *Sortilegiis, per tacita professionis homines exercendis, quæ soleant instrumenta concurrere.*

3 *Sortilegij amatorij instrumenta quæ esse soleant.*

4 *Tentationi diabolicæ nemo resistere potest absque gratia diuina.*

5 *Diabolus summoperè abhorret signum sanctæ crucis, & insignia Dominicæ passionis.*

6 *Diabolus duas manus habuisse dicitur, vnam attrahentem, alteram compellentem.*

7 *Memoria passionis Christi expellit Diabolum.*

8 *Muliebris sexus fragilis, & ad malum labilis est.*

9 *Sortilegium v[illegible] cum quibus instrumentis exerceatur.*

10 *Venena mala quæ dicantur.*

11 *Venena non mala quæ & quare dicantur.*

12 *Imagines an in sortilegiis aliquid operentur.*

QVINTO quæro, quibus rebus, mixturis & instrumentis vtuntur isti sortilegi ad hæc sua sortilegia fabricandum? Respondeo quòd variis atque diuersis, quorum pars major declarata fuit *supra eod. q. 1.* nihilominùs ad maiorem expressionem: quia materia ista non est minùs confusa, quàm diffusa, dicam aliqua vltra ea quæ *ibi* dixi.

¶ Aut loquimur de prima specie, quæ est diuinatiua, in qua quandoque versantur sortilegi, qui sunt professionis expressæ: aliquando hi, qui tacitæ sunt professionis.

¶ Primo casu, dic quòd quotiescumquè sunt in celebratione sacrificiorum omnibus ferè & eisdem instrumentis vtuntur ad sacrificandum quibus vtuntur nostri Sacerdotes Christianæ religionis, & cum illa reuerentia cultum Dæmonis sub idolorum forma celebrare solent, & offerre preces, quibus veri sacerdotes Christianæ religionis verum diuinum cultum venerantur, vt not. Io. *let. in sum. confess. in tit. de sortileg. c. 1. & 2* & not. *in c. Nec mirum 26. quæst. 5. & in cap. Contra idolorum 26. quæst. 4. ibid.* dict. Archid. Gemin. & alij, vbi expressa fit, & not. Glos. *in cap. accusatus, § sanè. de heret. lib. 6.* mentio de istis sacrificiis: in locis enim quæ *suprà* proximè diximus, quæ ipsi retinent loco templorum, solent sæpiùs construere, & super eisdem ponere idola & alias diuersas

* Idolorum sacrificia quibus locis fiant.

diuersas imagines, quibus in ipsis sacrificiis & precibus offerre solent thura, & alias diuersas fumigationes: deferunt etiam tunicas quasdam loco camisiæ cottæ, tunicellæ planetæ, vel pluuialis, & cum illis celebrant sacrificia, habéntque inter ipsos quosdam qui meliùs ceteris sunt dispositi ad illas ceremonias exercendum, quos illis præponunt & appellant Sacerdotes sicut apud veteres dicebãtur sacerdotes Cybelis, Sacerdotes Apollinis, & similes: & nunc idem obseruant Iudæi inter se: illi enim sunt, qui sacrificia ipsa manibus propriis celebrant & ministrant, & maximo reuerentiæ cultu diabolum venerantur, ac si verè esset illorum Deus: & hoc est in quo diabolus summoperè delectatur, vt adoretur, *d. cap. nec mirum*, & per S. Thomam *in sum. quæst. 95. art. 3. in fin. de superstit.* & habetur *Matth. 4. c.* quibus completis sacrificiis ipsi sortilegi suas proponunt interrogationes de his, quæ noscere cupiant & ab ipsis idolis voce diabolica responsa suscipiunt de futuris, ac de præsentibus occultis, secundùm quod ipsi magis scire cupiunt, licèt futurorum responsa sint vt plurimùm dubia: & ad plures sensus accommodanda, quoniam futurorum ipse Dæmon est ignarus, quatenus vellet illa prædicere ex certa scientia, prout sunt in suo esse, de quo latiùs dicam *infrà quæst. seq.*

Sortilegiorum interrogationes de præscientia futurorum.

¶ Secundo verò casu quando ipsa sortilegia fiunt per homines, quia sũt tacitæ professionis, & tunc diuersa interueniunt instrumenta, quandoque illa faciunt in aqua per hydromantiã: quãdoque in igne per pyromantiam: quandoque in terra per geomantiam: quandoque verò vtuntur aëre, quando faciunt per aërimantiam: vt latè ponit & declarat ista d. Hostien. *in sum. de sortilegiis*, § 1. quandoque faciunt illa ex inspectione intestinorum auium, animalium, aut per eorumdem voces, garritum, occursum & similia, vt latè diximus *suprà eodem, q. 2.* & habetur *in c. igitur genus. 26. q. 4. & q. 5 nec mirum.* & Io. *lec. in sum. confess. in tit. de sortilegiis, q. 2. ver. diuinatio*, alij respiciunt in astrolabio, vel in clauicula Salomonis, vt *in c. 2. extra eodem tit.*

Sortilegiis tacitis quæ instrumenta concurrunt.

¶ Si verò loquimur de secunda specie sortilegiorum amatoria, distingue: aut ipsa sortilegia fiunt in corpore, aut fiunt extra corpus: hæc enim distinctio non conuenit priori speciei: in corpore enim communiter fieri solent per cibum vel potum, vt *l. 3. § hæc adiectio. ff. ad leg. Corn. de sicar.* & *l. si quis aliquid, § qui abortionis. ff. de pœnis.* & *l. eorum in princip.* & *l. multi. C. de malef. & mathemat.* in quibus poculis & mixturis comestibilibus commiscentur multa, quæ latè diximus *suprà eo. q. 3.* non expedit iterùm repetere, vide *ibid.*

¶ Si verò fiunt extra corpus, & tunc interueniunt quædam ligaturæ, quas ipsi magistri consuunt in chlamyde maleficiãdi, aut in alia parte latenter abscondunt, sicut in lecto inter plumas vel matras, aut sub limine ostij vel alio loco, super quo persona maleficianda trãsitura, aut iactura sit: & vltra ea quæ diximus *ibi in 3. q.* adde quòd ipsi sortilegi admiscent sæpiùs in istis amatoriis aquam benedictam, scilicet fontis baptismatis, aut communis amphoræ existentis in Ecclesia: aut oleum sanctum baptismatis, chrismatis, aut extremæ-vnctionis: ramos oliuarũ benedictarum: frondes palmarum: candelas benedictas: sacros agnusdeos, thura benedicta cerei paschalis, & his similia. Quandoque autẽ capiunt aliqua ex reliquiis sanctorum martyrum, si habere possunt, scilicet particulas ossiũ, capillorũ, vel vestium: alij autem capiunt frustu-

Sortil. amat. extra corpus interuenientes ligaturæ

Particulæ indumentorum sacerdotalium sortileg. amat. miscentur.

la quædam indumentorum sacerdotalium, aliorúmque panniculorum benedictorum, quibus sacra ministeria venerantur celebrantúrque, sicut capsulæ, corporalis, purificatorij, tunicellæ, manipuli, amicti, stolæ candidæ, lapidis sacrati, mappæ altaris, planetæ, sudarij, calicis & similium: & ista omnia vel eorum partes admiscere solent in ipsis sortilegiis amatoriis, adhibitis eorum nefandissimis precibus & diabolicis verbis ad turpes libidinis actus, tot Sacramentorum & aliorum sacrorum perpetrantes abusum: nec omittam vnum, quòd quidam ex his, qui sunt expressæ professionis, deferunt quandoque imagines quasdam ad loca sacrificiorum, terræ vel ceræ aut gummarum; seu aliâ quauis mixturâ confectas, illásque baptizãt priùs nomine personæ maleficiandæ sub deuotione & inuocatione diaboli, cum eisdem ceremoniis, quibus vti solent nostri Sacerdotes in vero baptismate, & adjiciunt quædam verba valdè turpia & nefanda, quæ *hic* inserere non placet, ne quemquam fortasse nimis curiosũ ad illorũ experientiã concitarem: quamuis alius extra professionẽ effectus huiusmodi efficere non posset, vt latiùs diximus *suprà in fin. 4. quæst.* quibus imaginibus quandoque aperiunt pectora, & ipsarum corda ingenti calore ignita reddunt: aut tantùm terinent quòd liquefiunt, putantes quòd eodem modo cor hominis maleficiandi vel mulieris simili amoris ardore aduratur, seu mollificetur: & obediens reddatur ad votum sortilegi vel amantis; sed stulti non aduertunt quòd Dæmonis fallaciâ vehementer decipiuntur, vt aliàs diximus *suprà in dict. 3. quæst.* Si tamen posteà appareat quòd mulier flecti videatur & amare incipiat, id non prouenit virtute & potentiâ sortilegij, sed diabolicæ tentationis & operâ extrinsecâ

Imagines ad locum sacrificiorum à sortil. deferuntur.

alicuius hominis, qui ipsam solicitat & persuadet, vt diximus *suprà dicta 3. quæst.*

¶ Pro cuius corroboratione adde quod dixit sanctus Bonauentura *in secundo sententiar. distinct. 28. numero 19.* vbi dicit quòd tanta est vis diabolicæ tentationis, quòd homo isti absque diuina gratia resistere non potest: non quòd hominem præcisè compellat ad peccandum, propter liberi arbitrij potestatem & gratiam passionis Domini nostri Iesu Christi: sed tanta est quandoque ad malum hominis inclinatio & voluntatis pronitas, quòd nisi esset aliud sustentans, necesse haberet homo quandoque motu voluntatis in malum incidere.

Tentatio diabolica.

¶ Diabolus enim nihil est quod magis timeat & vehementer abhorreat quàm signum siue figuram Crucis, & memoriam Passionis Domini nostri Iesu Christi: & ratio est, quia ante aduentum Christi, & illius passionem, diabolus habebat mirabilem potestatem super omnes homines viuentes: habebat enim duplicem manum, vnam, quæ dicebatur manus attrahens: alterã, quæ dicebatur manus compellens.

¶ Manus enim attrahens erat illa potestas, qua ipse Satanas attrahebat ad limbum omnes iustos & sanctos viros. Manus verò compellens erat illa potestas præcipitandi hominem in malum, vel per fallaciam, vel per violentiam, quem tunc tentabat vt Draco, tentabat vt leo: omnes enim homines vel per fraudulentiam, vel per violentiam superabat. Quæ magna ipsius potestas debilitata fuit per passionem Domini nostri Iesu Christi, per quem apparuit lumen veritatis, & interiùs per diuinam inspirationem, & exteriùs per humanam instructionem, ita quòd nos omnes è manibus illius liberauerit, & propter

Manus attrahens diaboli.

ea

diabolus tam fortiter abhorret memoriam passionis prædictæ, per quam eius potentia debilitata fuit, & nobis liberi arbitrij vires, & potestas grandiùs restituta est: nihilominùs remansit sibi illa generalis tentandi facultas, quam potest contra omnes indifferenter exercere, Deo permittente, imò contra ipsummet Iesum illã experiri voluit: vt habetur *Matth. 4. cap.* non tamen habet nunc illa per modum violentiæ: sed persuasionis & fraudulentiæ, quorum tot & tantas ipse habet, vt vix homo illis resistere possit. Ista sunt verba not. sancti Bonauenturæ *in 3. sent. dist. 19. q. 3. n. 22. & 23.*

¶ Redeundo nunc ad propositum, dico non esse mirum, si mulier pudica ex se quandoque flectitur ad libidinem, & dirigit cor suũ ad amãdum illum quem priùs nullo modo cognouerat: quod solùm prouenit ex illa festina & insatiabili dæmonis tentatione, quæ intrinseca est, solicitans animam, accedente posteà Sortilegi extrinseca operatione sermonis, ambasiatæ, literarum amatoriarum, & aliis similibus extrinsecis solicitationibus, quæ propriè sunt causa immediata lapsus ipsius mulieris, vt incidat in laqueum: & quia muliebris sexus fragilis est, facilè decipitur, flectitur, & apprehenditur, vt habetur *in cap. Forus de verb. signif.* & not. glos. *in c. 1 de cland. despon. 23. q. 7. quod proposuisti*: & *q. 5. cap. Adã. & c. mulier*, & dixi *in ea. quæst. 6. in fin.* Sortilegia verò ipsa, qualiacumque & quotcumque sint, non sunt causa immediata flectendi pudicum animum, &c. sed dicuntur causa mediata & remota, propter quæ dæmon magis deliberatè studet illam tentare & capere in laqueum, postquàm per turpem abusum illum Sacramentorum in grauem offensam diuinæ maiestatis obtinuit

Mulier fragilis & flexibilis.

diuinum cultum prosterni, & ipse vt Deus adorari: & hoc est quod ipse magis desiderat, quàm aliud, vt aliàs diximus *suprà q. præcedenti*, & latiùs dicam *infrà in fine huius quæst.*

¶ Tertiæ speciei instrumenta similiter plurima sunt quorum partem vidistis *suprà in 4. quæst.* quibus aliqua superaddam: ideò dico, quòd aut fiunt in corpore per cibum vel potum, aut extra corpus aliquo ex modis prædictis. Primo casu nota vnum breuiter & generaliter, quòd omnia per sortilegia siue maleficia venefica, quæ fiunt in corpore, non fiunt absque veneno, scilicet omnes illæ mixturæ, compositiones & pocula sunt mixta veneno, aliqua miniori, vt minùs officiãt; aliqua verò atrociori, vt citiùs vulnerent & occidant; quæ (vt dixi) ex diuersis rebus conficiuntur: quædam ex herbarum foliis, festucis, aut radicibus: quædam ex venenis serpentum: quædam ex reptilibus terræ animalibus, vel piscibus venenosis, lapidibus, sulphure, gummis, ære, plumbo, argento viuo, quod ipsi Mercurium appellant, aliisque diuersis metallis in puluerem redactis, seu alio modo combustis: & sic ex rebus naturalibus illa componunt dæmonis instructione docente: & hæc in poculis amatoriis communiter commisceri solent: *d. l. 3. §. adiecto. & d. §. qui abortionis.* & *ibi* Bar.

¶ Aut illa fiunt extra corpus, scilicet extra cibum vel potum, & diuersas similiter vnctionum mixturas & venenorum compositiones accipiunt, quibus maleficiandorum corpora dormientium linire & perstringere solent, & quàm primùm ipsa vnctura ad præcordia penetrauerit, quæ facilè penetrat stante calore dormientis, statim audiuntur gemitus, & maximi vlulatus insurgunt, quos persona maleficiata dolore quàm graui sustinere non potest.

Sortilegia recondita. ¶ Quidam alij sortilegia huiusmodi sub alia forma composita consuunt latenter in chlamyde, aut abscondunt in lecto ipsius maleficiãdi, seu in aliquo loco subterraneo fouea factà, aut sub limine ostij, super quo destruendus transiturus sit: & pedibus illa calcare contingat.

Sortilegia in residuis hominũ. ¶ Quidam autem capiunt residua quædam ex corpore personæ maleficiãdę, scilicet capillos, dentes, vngues, pilos, siue setas corporis, sanguinem, si habere possunt, aut particulam pelliculæ manus vel pedum.

¶ Alij verò capiunt particulas vestium earundem personarum, caligarum, solearum, siue plantarum, calciamentorum, camisiæ, diploidis, hirculi, scuffiæ, aut veli muliebris, cinguli siue zonæ, stringarum & similiũ.

Sortilegia per particulas cadauerum suspensorum. ¶ Quidam etiam capiunt particulam alicuius cadaueris, eorum scilicet, qui iam sepulti fuerunt, & vt plurimùm quærunt illorum cadauera, qui furcà suspensi, aut alia turpi morte periere: & illorum vngues quandoque, aut dentes, capillos, aures, oculos, barbam, manum, pedem, vel digitum, aut aliquod ex eorum intestinis, scilicet cor, iecur, hepar, siue pulmonem, minimam rectò ventris partem, aut intestinorum pinguedinem, neruos, ossa, vel carnem, & cum istis aliis & similibus turpissima componunt sortilegia. Quidam alij capiunt particulas quasdam vestium ipsorum cadauerum, cum quibus humati fuerũt: quidam alij capiunt chordam siue capistrum viri laqueo suspensi, aut illius camisiam, & cum illis similiter quàm plura mala turpissima exercentur, nec verentur nocturnis temporibus cadauera ipsa exhumare, aut ipsimet in sepulchris ipsorum intrare, & hæc pluries habui in facto Romæ, & ab ipsis reis in eorũ examine per plures spontaneas confessiones accepi: quæ quidè omnia fuerunt per demonstrationẽ ad oculum verificata. Quidam verò ceperunt auium aut ferarum intestina, membra, ossa plumas, vel setas, quid. de oculis, aut capite, vel dentibus lupi: quid de iecore vulpis, pedibus vel cornibus cerui, capite vel lingua milui, pedibus vel vnguibus castoris: quid de ore vel rostro aquilæ: quid de galli crista & testiculis, & aliis quampluribus.

¶ Quidam sunt, qui imagines ceræ vel alterius mixturæ conficiunt, illásque portant ad loca sacrificiorum: quibus completis imagines ipsas sub nomine personæ maleficiandæ certis adhibitis ceremoniis baptizant omnia opera ipsorum cum deuotione, Satanæ offerentes; quibus sic oblatis & execratis imaginibus ignem ingentem apud ipsas confouent, illasque spinis, acubus, clauis, vel aliis rebus acutis, quandoque in vultu, in gutture, in renibus, pectore, femore, costis, aut ventre, vel similibus locis perforant & cruciant; deprecantes continuè vt verũ corpus maleficiandi easdẽ patiatur puncturas & pœnas: & eisdem doloribus crucietur: ac si eius corpus his instrumentis verè perforari contingeret: & licèt sæpiùs persona maleficiata in eadẽ corporis parte similes dolores intolerabiles patiatur; nihilominùs non proueniunt virtute vel potentia dictarum imaginũ, vel sacrificiorum: sed potiùs ex vnctionibus & aliis mixturis veneficiis, quas adhibent corpori ipsorum maleficiatorum, vt *suprà* dictum est *in 3. quæst.* Sed quæro nunc si dictæ imagines nihil prosunt, nec operantur effectum in sortilegio, quare fiunt? Imagines an prosint effectui sortileg. Respond. quòd licèt ex istarum imaginũ immolationibus non subsequantur immediatè effectus, de quibus *suprà*, tamen ex longinquo, & mediatè sequuntur,

ſequuntur, quia Dæmon inter alia deſideria ſua, hoc maius habet, vt adoretur ab homine ad ſimilitudinem Dei, vt *ſuprà proximè* dixi: ſed vt promptiùs & faciliùs adorationem ipsã conſequatur & augeat, docuit ſortilegos ſuos hæc ſortilegia per imagines ſabricare, illáſque primò, & ante omnia baptizare: cum illis preces more ſacerdotali offerre ad hoc, vt cultus ſuæ adorationis amplificetur & latiùs extendatur, & ſub iſto colore captandi amorem, inſerendi ægritudinem, inueniendi theſaurum, vel alia ſimilia decipit iſtos ignaros: nihilominùs opus maleficij perficitur venenis, quę ſunt propè cauſa immediata ægritudinum: iſtæ verò imagines dicuntur cauſa mediata, propter quam Dæmon diligentiùs ſatagit ad inſtructionem venenorum & illorum exhibitionem, ita quòd perſona maleficiata audiat quid habet in corpore: & imò iſta dicitur cauſa remota & mediata ad maleficium: mixtura autem poculi, aut vnctionis eſt cauſa immediata: vt not. *in c. nec mirum. 26. quaeſt. 5.*

Imagines cur Dæmon à sortilegis fabricari doceat.

¶ Ex quibus vides, quòd Satanas ſub diuerſis ſignis, inſtrumẽtis, mixturis, cõpoſitionibus, ligaturis, characteribus, atque figu[illegible] inſtruit ſortilegos ad conficiendũ diuerſa maleficia ſecũdùm diuerſas hominũ opiniones, quas proſequi irrendũ: & vt faciliùs Dæmon ſimplices credentiũ animos fallaciis ſuis apprehendat, ſæpiùs ſortilegia ipſa ſub aliquo tegmine ſanctitatis abſcondit, aut cultu veræ deuotionis obũbrat, vt res videatur honeſta, & ſãctitatis deuotione fouæri; & ideò iſtę mulierculæ vel ſimiles in diſſolutione dictorũ ſortilegiorũ ſemper quaſi iubent dicere Angelicã ſalutationem, ſiue Dominicam orationem, hoc eſt, *Aue Maria*, vel *Pater noſter*, ad deuotionem alicuius ſancti Apoſtoli, vel Martyris, ſeu ſanctarum Virginum: ad deuotionem verò Dei, & beatiſſimæ paſſionis, ſeu Virginis Mariæ nunquam, nec reperies etiam quòd faciant vnquam dicere Symbolũ fidei, ſcilicet *Credo in vnum Deum*, &c. & hoc eſt quod Diabolus vehementer abhorret, vt aliàs diximus *ſuprà ead. quaeſt.* quia per illud fidei Chriſtianæ obſeruantia, & Dæmonis excluſio demonſtratur: ipſæ verò mulieres aut viri remedia huiuſmodi vt plurimùm faciunt inſtructione, & ſuffragio Diaboli: & imò dicuntur ſuperſtitioſa & reproba, vt latiùs dicemus *infrà in ſeq. quaeſt.* vbi pleniùs examinabimus iſtum articulum, an & quando liceat maleficiatum contrario maleficio liberare: & quomodo & qualiter cognoſcatur, an remedia iſta ſint ſuperſtitioſa & reproba vel non, & caſu quo ſint damnata, qua pœna puniatur qui illa ſcienter exercet, *ibi* dicetur.

Dæmon cur Sortilegia aliquo velamine ſanctitatis palliat.

---

## CAP. VI.

### *SVMMARIVM.*

1 *Sortilegium an effectum à rebus vel ſimplicibus, vel mixtis ſortiri dicatur.*
2 *Intellectus angelicus an poſt lapſum fuerit obtenebratus, vel diminutus.*
3 *Natura angelica eſt præteritorum & præſentium occultorum optima interpres.*
4 *Diabolus cognoſcit omnia malefacta occultiſſima.*
5 *Futurorum duplex cognitio.*
6 *Diabolus futura prædicit, licèt fallè.*
7 *Exemplum mirabile ſortilegij.*
8 *Obliuio an cadat in Dæmonem.*
9 *Diabolus multa cognoſcit.*



10 *Diabo*

10 *Diabolus potest multa artificiosè sortilegia docere, etiam incommodissima, & humanæ naturæ contraria.*

11 *Matrimonium sortilegio contractum dissolui potest.*

12 *Ecclesia an sortilegiis fidem adhibere possit.*

13 *Exemplum sortilegij impedientis coitum, & virtutem generatiuam.*

14 *Sortilegi an eorum arte, & dæmonis suffragio possint aëris mutationem inducere.*

15 *Deus quare permittat diabolum suam diuinitatem deturpare & persequi.*

16 *Sortilegum consulere, aut ad executionem suæ artis prouocare an impunè liceat.*

17 *Infirmitates corporales an possint licitè sortilegiis amoueri.*

18 *Remedia qualiter sunt superstitiosa, vel naturalia indicanda.*

SEXTO quæro quomodo potest esse, quòd ex præmissis rebus simplicibus aut mixtis effectus sortilegiorum huiusmodi, & tot accidentia in humanis corporibus ita fortiter causentur, seu etiam tollantur; aut futurorum occultorúmve reuelationes tam clarè succedere possint: nam quibusdam ridiculum potiùs quàm credibile esse videbatur, quòd ex tactu vnius imaginis ceræ, cretæ, aut alterius mixturæ, si tangatur in aliqua parte sui corporis per maleficum, in eadem parte corporis personæ maleficiandæ statim exoriatur infirmitas, & causentur dolores intensi, aut amoris cupiditas & vehemens libido præparet incendia cordi, & sic de singulis aliis sortilegiorum speciebus: hæc enim videntur esse satis remota à credulitate recti iudicij; & tamen in rei veritate effectus & accidentia huiusmodi negari non potest, quòd veniunt, atque recedunt operâ & ministerio dictorum sortilegorum.

¶ Et immò pro faciliori solutione istius dubij, videndum est primò de virtute & potentia dæmonis, quæ & qualis sit, & quã proprietatẽ habeat super homine: qua cognitâ facilis reddetur solutio istius dubij.

¶ Sciendum est enim quòd archelus Satanæ, qui est propriè diabolus, mirabilem habet virtutem & proprietatem cognitiuã circa naturalia & secreta naturæ: plus enim de his ipse solus est instructus & bene informatus, quàm omnes homines de mundo simul. Ita dicunt Theologi & maximè S. Thom. *in tract. qq. q. 16. art. 6. in tit. de dæmon.* S. August. *lib. 10. de Ciuit. Dei, c. 9.* & habetur *in cap. nec mirum. 26. quæst. 5.* ex quo enim ipse Angelus est substantia spiritualis, & pura intelligentia, habet omnes virtutes intellectiuas & omnia secreta naturæ, quæ naturaliter spectant ad angelum siue bonum, siue malum, de quibus latiùs per eundem Thom. *in dicto libr. qq. quæst. 16. art. 1. 2. 6. & per totum de dæmon. & q. 6. art. 4. & 6. in tit. de mira.*

¶ Deus enim, dum à principio creauit naturam angelicam in paradiso, eamdem virtutem & potestatem dedit angelo Satanæ, quam dedit angelo lucis: quia à principio omnes lucidos & præclaros creauit: ita dicũt omnes Theologi, & habetur *Ezech. 28. c.* dũ loquitur diabolo figuratiuè in persona regis Tyri dicens: *Tu signaculum similitudinis, plenus sapientia, & perfectus decore, in deliciis paradisi Dei fuisti*, &c. Paulò verò inferiùs *ibidem* hæc sequuntur: *Tu cherub extentus, & protegens, & posui te in monte sancto Dei, in medio lapidum ignitorum ambulasti, perfectus in viis tuis à* die

Angelis omnibus cõmunis est eadẽ potestas.

*dic conditionis tua, donec inuenta est iniquitas in te. Peccasti & eieci te de monte sancto Dei, & perdidi te: ò cherub. Hæc dicit Dominus Deus.* Habetur etiam de hoc *de consecrat. dist. 6. hi duo.* & not. 26. *quæst. 1. nec mirum. §. sed hoc quosdam, &c.* vbi S. Aug. loquens de acutissima intelligentia diaboli, dicit: *Quantò magis potest diabolus cognoscere ægritudinem esse mortalem, vel non, si hæc eadem cognoscit homo per quasdam coniecturas & signa, multò magis illa cognoscit diabolus, quem angelica potestate sub imem per prophetica oracula fuisse testantur.* Idem dicit Thom. *d. qu. 16. de modo.* Quàm primùm igitur Satanas, qui tunc propter illius summam pulchritudinem & splendorem Lucifer vocabatur, incidit in peccatũ superbiæ, cùm in suum Creatorem, volens se facere æqualem Deo, credẽs posse exercere vires suas in cælo, & alij prænominatim præter & contra Dei voluntatem, statim ipse cum sequacibus suis de cælo expulsus fuit: & pro sua æterna habitatione statutus fuit infernus, locus teterrimus & tenebrosus: & proptereà perdidit omnem beatitudinem, sedem cælestem, diuinæque maiestatis speculationem: lux cælestis candoris conuersa fuit in tenebras. Hinc quæri posset an intellectus diaboli per peccatum fuerit in tenebris: ita quòd non habeat lucem illam intellectus cognitiuam ita subtilem & claram, sicut priùs habebat; de quo vide S. Thom. *in d. q. 16. art. 6. de dæmon.* vbi concludit in effectu quòd Diabolus peccando proprietatem naturæ suæ angelicæ non amisit, sed naturalia eis adhuc integra remanent & splendidissima. Idem sentit Dionys. *in lib. de diuin. nomin. c. 3.* & not. *in d. cap nec mirum 26. q. d. §. sed hoc quosdam fallit* &c.

Intelligentia diaboli acutissima.

¶ Quoad ea verò quæ sunt diuinæ cognitionis, prout est scientia futurorum ex certa ratione, secreta cordis hominum & similia; ista enim omnis intellectus angelicus etiam angeli boni est incapax ex se ad cognoscendum & comprehendendum: & proptereà indiget quodam superiori lumine illustrari ad ipsa cognoscenda, quod lumen est diuinæ gratiæ, & ad hoc non perueniunt nisi angeli boni per gratiam: angelus autem satanæ est indignus & incapax istius gratiæ propter peccatum, *de consi. dist. 1. hi duo*, & imò non potest veraciter futura prædicere.

Intellectus diaboli indiget superiori lumine ad diuinæ scientiæ cognitionẽ.

¶ In his verò, quæ naturalia sunt, vterque Angelus habet mirabilem virtutem & potestatem cognitiuam longè supra humanum intellectum, adeò quòd ea, quæ sunt hominis scientiæ quodammodo impossibilia, ipse diabolus videt omnia, & expressè cognoscit: quippe quia ipse est spiritus liber & eleuatus, & dicitur substantia spiritualis & incorporea; ita appellatur ab omnibus Theologis, nullóque premitur pondere carnis, seu alia corporea ponderositate, quibus possit eius velocitas intellectûs quoquomodo offuscari, aut impediri, quominùs videat & expressè cognoscat omnia quæ conueniunt naturæ angelicæ, vt *supra* dixi.

Angelus vterque naturalia nouit.

¶ Et ideò aut nos loquimur de scientia præteritorum, aut præsentium occultorum, quæ homini sunt ignota penitùs, & istorum ipse est optimus interpres & cognitor. Ita dicit S. Thom. *i d. 16. art. 6.* & S. Aug. *in lib. 10. de Ciuit. Dei.* & not. *in cap. nec mirum 26. q. 6.*

Angeli præsentia & præterita nouerunt.

¶ Hinc est, quòd Diabolus cognoscit atque videt omnia futura etiã latentissima, & eorum fures, & alia huiusmodi crimina, licèt occultissima sint: vt sunt coniurationes, tractatus, incendia, assassinia, homicidia occulta, falsitates, ſaltitares, ſacrilegia, ſtupra, adulteria, & his ſimilia: non ſolùm quæ fiunt inter præſentes, verùm etiam & inter abſentes & in partibus multùm longinquis atque remotis: ex quo ipſe omnibus his ictu oculi hominis præſentialiter adeſſe poteſt, & de illis notitiam haud dubiam nobis exhibere poteſt, vt patebit *infrà in eadem quæſt.* in quibuſdam exemplis: exceptis tamen hominum cogitationibus in mente retentis, quæ licèt ſint de præſenti: tamen Diabolus illas ignorat, maximè quando nondum fuerunt deductæ ad cognitionem alterius per aliquem actum extrinſecum aut ſignum: illorum enim ſolus Deus eſt cognitor & verus interpres, vt habetur *Matth. 22 cap. & Marc. 12.* & diximus *l. eo. q. 10.* futurorum quoque diabolus eſt incapax: ſed ſi deuenerit ad cognitionem quamdam coniecturalem & demonſtratiuam, ſiue inclinatiuam: quia hanc habet ex conſideratione corporum cæleſtium & motus aſtrorum, ſicut aſtrologus: ſed iſta dicitur dubia & incerta notitia: quia poteſt abeſſe à veritate, vt not. *in cap. Epiſcopi. 26. q. 5. & cap. ſortes. ſ. auguria eadem cauſa. q. 4.*

Futurorum incapax dæmon.

¶ Et ideò dicit S. Thom. *d. q. 16. art. 7.* quòd futurorum duplex eſt cognitio: vno modo cognoſcuntur futura quantum eſt in ſe ipſis & natura ſui: & hæc cognitio pertinet ad ſolum Deum: nulla enim creatura habet iſtam facultatem, niſi ex diuina gratia ſpecialiter fuerit ſibi reuelatũ, ſicut fuit ſanctis Prophetis: & ideò bene dixit Eſa. 41. *cap. Annunciate nobis quæ ventura ſunt, & dicemus quia dij eſtis vos.*

Futurorum duplex cognitio.

¶ Alio modo cognoſci poſſunt futura in ſuis cauſis, ſcilicet quantum ad cauſas ſuas actiuas, vel ſecundùm potentiam cauſarum, & hæc eſt illa cognitio coniecturalis & demonſtratiua, de qua *ſuprà proximè* dixi, & de hac diabolus participare poteſt; quippe quia ipſe cognoſcit principia rerum: & eſt illi magis nota virtus cauſarum naturalium, quàm hominibus: nam per ſcientiam aſtrologiæ, vel per alia ſigna, & coniecturas faciliùs & certiùs cognoſcit diabolus futura, quàm homo, quia ſubtiliùs cognoſcit cauſas ipſarum rerum naturales, & quæ antecedunt rem ipſam eſſentialiter, quæ nos vocamus indicia & ſigna rerum: quia ſunt principia quædam futurarum rerum quæ præcedũt operationes naturales poſtmodum ſucceſſuras, ſiue euentus rerum futurarũ: & per iſta fuit inuenta prognoſticatio per aſtrologiam, quæ fit iuxta demonſtrationes & indicia aſtrorum & corporum cæleſtium. Is igitur qui per ſcientiam & notitiam ipſam futura coniecturaliter & inclinatiuè prædicere quærit, non peccat, ſi dixerit quòd ſic aſtra minantur, ſiue demonſtrant: ſed dicendo affirmatiuè & certitudinaliter, prout res ſunt, vel erunt in eſſe ſuo, peccat grauiter: vide Abb. & alios Cano. *in cap. 2. extra eo. tit.* & ideò Diabolus vt videatur habere maiorem poteſtatem & ſe eſſe æqualem Deo, non veretur futurorum quorumcumque velle clarè certam notitiam neceſſariam demonſtrare: & rem futuram, quæ adhuc non eſt in rerum natura certo modo futuram, prout erit in ſuo eſſe, demonſtrare, quando venerit in lucem, & erit certa in rerum natura: ſed in hoc mendax eſt & decipit hominem: quia illius notitiæ ipſe diabolus eſt omnino incapax, vt concludit S. Thom. *in d. quæſt. 16. art. 7 de dæmon.* & hoc idem cæteri Theologi concludunt & tenent.

Futurorum cognitio in ſuis cauſis.

Prognoſticationis inuentio.

¶ Et propterea ipſe diabolus, vt faciliùs homines decipiat, quotieſcumque contingit de ipſis futuris interrogari

interrogari

terrogari ſemper reſpondere ſolet verbis implicitis, dubiis, & incertis, quæ ad vtrumque ſenſũ accommodari poſſunt, affirmatiuum ſcilicet & negatiuum: vt patet exemplo vaticinij ſtrenuiſſimi Ducis armorum dñi Brachij ſenioris Peruſini, qui paulò antequam cũ hoſtibus concurreret & bellũ iniret, conſuluit dæmonem quẽdam quem aſtrictũ tenebat, numquid futuri belli victoriam, vel ſuã aut ſuorũ ſtragem reportaret: & an ipſe incolumis euaderet vel periret: cui reſponsũ dedit per iſta verba, videlicet: *Ibis, redibis, non morieris in bello*: & aliud quod Græcis pronunciaſſe legitur, videlicet: *Aio te Æacidem Romanos vincere poſſe*: quæ verba media ſunt adeò compoſita, quæ adaptari poſſunt ad vtrumque ſenſũ affirmatiuũ ſcilicet, & negatiuũ, hoc eſt victoriæ & ſuccũbentiæ, ſiue mortis: & hoc modo decipere ſolet ſimplices credentiũ animos: & quoties rei euẽtus præter aut contra ſpem conſulentis ſuccedit, tũc diabolus ſe optimè ſaluat in contraria opinione redarguẽdo ipsũ conſulentẽ de ignorãtia ſua, aut mala intelligentia verborũ ſuorũ, aut contraria interpretatione. Et quia diximus *ſuprà*, quòd diabolus habet notitiã omniũ præſentiũ, quæ iam facta ſũt, vel fiũt tam inter præſentes quàm inter abſẽtes, licet nobis occultiſſima ſint. Subdã exemplũ clarũ diebus noſtris exortũ in ciuitate Peruſina, vt referri audiui à quodã religioſiſſimo viro, & honeſto Sacerdote maturæ ætatis, qui retulit mihi cognouiſſe quẽdã presbyterũ Iacobũ Peruſinũ, qui magicæ artis erat multùm eruditus, & ſæpiùs experiebatur artẽ prædictã: quadã die dũ ipſe presbyter Iacobus celebraret Miſsã in Eccleſia Cathedrali S. Laurentij illius ciuitatis, dũ eſſet circa mediũ Miſſæ, verteretque faciẽ ad populũ ad dicẽdũ verba illa, quæ dici ſolent parũ ante conſecrationẽ Eucharistiæ, videlicet, *Orate fratres*, &c. loco illorũ verborũ dixit: *Orate pro caſtris Eccleſiæ, quia laborant in extremis*, & illo tũc eodẽque momento Dux militiæ Eccleſiæ vnà cũ toto exercitu ab hoſtibus, quibus paulò antè cõcurrerãt, ſuccũbebãt. & exercitus ipſe turbabatur, & ſcindebatur in diuerſis partibus: & nihilominùs diſtabant exercitus huiuſmodi ab vrbe Peruſina ſpatio 50. milliarium vel circa, adeò quòd impoſſibile erat quòd per hominem etiã currendo ſtatim, ſiue per poſtas potuiſſet tã citò tale factum nunciari. Deinde interrogatus presbyter ille ab aliquibus ex circũſtantibus, qui præconiũ ipſum audierant, quidnã ſonarent verba illa, & ad quẽ eſſent dicta in illo myſterio Miſſæ, loco ſolitorũ verborũ *Orate*, &c. promulgata fuiſſent: qui presbyter reſpondit ex tẽpore, quòd ita dixerat, quia verũ eſt quòd illo tẽpore tunc milites & exercitus Eccleſiæ, qui cũ hoſtibus concurrerant ſuccũbebant atque peribant: & quia auxilio indigebant, ipſe ſacerdos orabat & intercedebat pro illis. Interrogatus quis dixerat, vel reuelauerat ſibi quòd milites & exercitus ipſi tunc ſuccumberẽt: qui reſpõdit, quòd Spiritus ſãcto ſibi tũc eadẽ reuelãte, populo manifeſtauerat, & cũ iſta reſpõſione illos quietos dimiſit: nihilominùs in rei veritate Diabolus fuit, qui illa dicto presbytero manifeſtauerat, de quibus ſæpiùs interrogabat eũ de ipſis militibus & exercitu, & de cõcurſu atq; victoria; & habita reuelatione à diabolo illã populo manifeſtauerat eo modo, quo *ſuprà*; & licèt ea, quæ caſtris ipſis tũc contigerant, propter loci diſtantiã impoſſibile eſſet, quòd tã citò hominibus ipſis innoteſceret: tamẽ diabolus, qui eſt ſpiritus liber & incorporeus potuit illa videre, & præſentialiter interuenire, & ictu oculi ſe transferre

Reſponſa Dæmonum dubia & incerta.

Diabolus quæ manifeſtaris presbytero Peruſino.

te Perusium, & ea omnia dicto presbytero, auido illa scire, manifestare & aperire totam seriem facti sub breui verborum compendio: & ipse populo, prout fecit, aperuit: ex quibus apparet quòd Dæmon habet notitiam omnium præsentium & præteritorum tam eorum quæ sunt inter præsentes, quàm eorum quæ fiunt inter absentes, quæcumque sint absentia longa vel breuia.

Dæmon habet notitiā rerum.

¶ Aut nos loquimur de notitia rerum naturalium creatarum ab ipso Deo, siue natura, aut hominum operatione: & circa ista similiter habet mirabilem virtutem cognitiuam, quia omnia, quæ à Deo creata sunt in mūdo ipse cognoscit vnà cum viribus & virtutibus suis: ipse enim notitiam habet omnium herbarum, nominā & vires suas, quas habent in foliis, festucis, atque radicibus: item omnia animalia terrestria, & eorum naturas & qualitates omnes: aues & volatilia cæli: item omnes pisces & animalia aquatilia, omnium metallorum sulphurisque vires, omnium lignorum, lapidūmque & eorum virtutes & potentias naturales habet in promptu.

Secreta naturæ nō ignorat nec obliuiscitur Dæmon

¶ Et breuiter dicas, quòd circa ista naturalia & secreta naturæ in ipso Dæmone nulla cadit obliuio nec ignorantia: quia cuncta notissima tenetat ante oculos. Ita dicit S. Thom. *in dicto tract. qq. quæst.* 11. *art. 6. in versic. respondeo & quia peccando &c.* & §. *ad primum, ver. ad 7. de Dæmon.* Item concludit ille Prienas *in dicto suo tract. &c. lib.* 1. *cap.* 13. *& lib.* 2. *cap.* 7. vbi recitat quòd Dæmon quicumque etiam minimus nouit omnia cum suis viribus & proprietatibus.

¶ Primò enim nouit omnia elementa.

¶ Secundò omnia metalla.

¶ Tertiò omnes lapides.

¶ Quartò omnes herbas.

¶ Quintò omnes plantas.

¶ Sextò omnia reptilia terræ.

¶ Septimò omnes aues.

¶ Octauò omnes pisces.

¶ Nonò omnes orbes & motus cælorum.

¶ Decimò omnes & singulas stellas, figuras & signa cælestia, ac eorum influxus & omnium prædictorū virtutes & potētias naturales, ex quibus infinita quodammodo sumuntur venena, quorum quædam sunt ad nocendum, occidendúmque, quædam verò orta sunt ad sanandum, quæ dicuntur bona venena, ex quo natura illa procreauit ad medelam: *l.* 3. §. *hæc adiectio. ff. ad legem Corneliam, de sicar.*

Dæmonis notitia quam habet de rebus naturalibus.

¶ Cùm itaque Diabolus habeat notas omnium supradictorum nomina, virtutes, atque potentias naturales sicut melior medicus quàm reperiri possit in vniuerso orbe terrarum, & propterea dicunt Theologi quòd iste Diabolus est optimus philosophus, theologus, arithmeticus, mathematicus, dialecticus, physicus, grammaticus, musicus & medicus excellentissimus: qui modica experientia quoscumque viros etiam excellentissimos & practicos dictarum artium & peritiæ mirabiliter superaret: & ideò ex eorum, siue earum mixturis ipse Diabolus facit vel facere instruit suos sortilegos, quomodo & qualiter agere debeant, vt componant venena illa ad formandum sortilegium siue facturam, & diuersas inducere ægritudines in humanis corporibus, quorum venenorum & maleficiorum quædam componūt ex herbarum foliis, festucis aut radicibus, quæ sunt mirabilis virtutis & potentiæ: & quædam sunt, quæ non oriuntur in partibus nostris, sed illas affert Dæmon ex Ægypto, aut ex partibus

tibus Orientalibus seu aliis: vbi nascuntur & habent meliores vires, vt aliàs à quibusdam magicis per me examinatis referri audiui. ¶ Quædam verò ex lignis. ¶ Quædam ex lapidibus. ¶ Quædam ex metallis, scilicet ex plumbo, ære, stanno, argento viuo, quod appellant Mercurium. ¶ Quædam ex reptilibus terræ venenosis.

¶ Quædam ex proprio serpentum veneno.

Veneficiorum puluis maleficialis.

¶ Quædam ex auium, aut animalium, siue piscium venenosorum membris vel intestinis, quæ habent diuersas proprietates à natura, in quibus insunt diuersa venena & virtutes, seu potentiæ naturales, quæ diuersas operationes inducunt. Vide S. Aug. *lib. 4. q. 14 de Ciuit. Dei*, & S. Thom. *in d. tract. qq. quæst. 6. art. 10. in tit. de miraculis*, & Prier. *in suo tractatu de strigimag. lib. 2 cap. 7.*

¶ Quædam enim redigunt in puluerem, & hæc vt plurimùm miscentur in ferculis vel potu, ex quibus fiunt diuersa pocula, de quibus dicemus *infrà eo. quæst. 11.* Quædam verò redigunt in pinguedinem, cum quibus faciunt diuersas vnctiones, nec verentur quandoque in ipsis pulueribus, siue mixturis commiscere pinguedinem siue angiam quam sumunt ex proprio corpore Christiani, aut infantis defuncti sine baptismo, & hanc ipsi appellant *pinguedinem pagani*, quam dicunt habere mirabilem virtutem, & cum ipsis & dictis pulueribus aliisque rebus adiunctis diuersas componunt vnctiones maleficas, ex quarum tactu, aut aliorum, cibo vel potu, in humanis aut brutorum corporibus infinitæ causantur ægritudines & morbi intrinseci: quandoque ex his prouenit lucis priuatio: quandoque verò membri debilitatio, neruorum attractio, dolor capitis, dentiû, pectoris, stomachi, ventris, cordis, & iste sæpiùs cæteris euenit: quandoque tenum dolor intensius, aut alterius membri & partis corporis.

Pinguedo pagani quæ, & cuius sit virtutis.

¶ Quandoque verò prouenit febris, tussis, dementia, phthisis, hydropisis, aut aliqua tumefactio carnis in corpore, siue apostema extrinsecus apparens: quandoque verò intrinsecè apud intestina aliquod apostema fit adeò terribile & incurabile, quòd nulla pars medicorum id sanare & remouere potest, nisi accedat alius maleficus siue sortilegus, qui contrariis medelis & remediis ægritudinem ipsam maleficam tollat, quam facilè & breui tempore remouere potest: cæteri verò medici, qui artem ipsius medicinæ profitentur, nihil valent & nesciunt afferre remedium: & hoc est quod dixit S. Aug. *in lib. 10. de Ciuitate Dei*, & not. *in cap. nec mirum, §. ad hæc. ant. 20. 6. quæst. 5.* vbi dicitur quòd ista remedia, quæ fiunt ad tollendum istas maleficas ægritudines nulla ars commendat medicorum, & imò sunt valdè prohibita de iure canonico, & Ecclesia multùm reprobat illa, *26. quæst. 7. admoneant.* & latiùs dicemus *infrà eadem quæst. loco suo.* Si igitur remedia huiusmodi non adsint, corpus ipsum maleficiatum paulatim consumitur, vsquequò deuenit ad extremum vitæ: quandoque verò velociùs occidunt. Quando volunt inferre mortem absque remedio adhibent venena atrociora, quæ vitam ipsam citiùs perimunt.

Quædam etiam faciunt vt inducant abortiuum prægnantis mulieris, & hæc dicuntur pocula abortionis, de quibus habetur *in l. si quis aliquid, §. qui abortionis ff. de pæn.* & *l. 3. §. hoc adiectio. ff. ad leg. Corn. de sicar.* & *l. diuus, ff. de extraord. crimin.* vbi est glos. not. *l. Cicero. & l. prægnantem ff. de pæ.* de quibus diffusiùs dic. mus *infrà eod. tit. quæst. 13.*

¶ Quandoque verò inducitur desiccatio lactis in nutrice.

¶ Quædam fiunt ad desiccandum totum lac vnius gregis, vel secundi armenti vaccarum, adeò quòd nihil casei penitùs reddant: quamuis anteà in maxima abundantia reddidissent, & similiter abortiones totius gregis vel armenti inducere possunt: prout aliàs vidi & habui in facto Romæ, quòd duæ maleficæ mulieres cum istis maleficiis perire fecerant abortando multos secundùm fœtus, & lac matrum desiccauerant penitùs.

Generationem impedientia veneficia.

¶ Quidam verò cum eisdem compositionibus & venenis impediunt in masculo vel fœmina virtutem generatiuam emittendi sperma.

Coëundi impotentia in maribus & fœminis.

¶ Quandoque verò in masculo mẽbri languedinem, & omnimodam impotentiam coëundi: in muliere verò vuluæ arctationẽ talem, siue matricis indignationem talem, quæ sũmoperè abhorret concubitũ & viri accessũ ad coëundum: & pati non potest aliquo modo copulam carnis: vnde euenit quandoque, quòd durante huiusmodi maleficio & impedimento Ecclesia mandat matrimonium ipsum separari & impertiri licentiam alteri coniugum, qui vel quæ non patitur impedimentum ad alias nuptias conuolare: sed hoc procedit quando impedimentum ipsum durauit triennio: deinde alter vel vterque coniugum fatetur impotentiam suam, tunc adhibita septima manu propinquorum aut vicinorum fit separatio ipsius matrimonij per Ecclesiam, vt habetur *in c. l. & c. fin. de frig. & malef.* & *ibi* Panor. & imò dixit Host. *in sum. eod. tit. de fertil.* §. *fin. in fin.* quòd isto casu Ecclesia credit sortilegiis & illorum effectibus, de quibus habetur 23. *quæst.* 1. *si per sortiarias*, & pro clariori huius rei intelligentia exemplum facti exhibeo.

Matrimonij dissolutio ex maleficio.

¶ In agro Sabinensi (in quo hæc maleficarum secta plurimùm inualuit & de præsenti quoque magna ipsarũ copia reperitur) quidam vir egregius, literatus, & illæsæ conditionis & famæ, qui in vno ex oppidis illis ortum habuit, licèt modò sit senex, quadã die à quinquennio circà mihi retulit, quòd ipse, dum erat in flore iuuentutis suæ, tempore quo sponsam duxit, ad matrimonium consummãdũ opera & ingenio cuiusdam maleficæ mulieris, quam mihi nomine proprio declarauit, maleficiatus fuit, & adeò fortiter apprehensus fuerat dicto maleficio, quòd cum vxore ea nocte & posteà per multos dies nullum penitùs debitum reddere potuit, ex quo habebat magnam verecundiam, & nunquam cessabat admirari, considerans, quòd priùs erat perquàm validus in simili actu carnalis copulæ, ex quo maximam solitus erat habere delectationem: tunc verò contrà, adeò quòd sua misera vxor, eiusque parẽtes reclamare cœperunt, primò priuatim, putantes postmodùm durante impedimento deuenire ad matrimonij separationem, adeò quòd iste sponsus, præ dolore & verecundia quasi demens & desperatus euaserat: & multos ac multos medicos conuocauit, vt liberaretur ab ipsa infirmitate & impedimento, & nihil proderat sibi: demùm quidam senex ipsi consuluit, vt mitteret in quibusdam montibus altis pro quodam magno & solemni magistro, qui vocabatur *Magister magnæ experientiæ*, qui in veritate erat solemnis magus & maleficus, qui quũ primùm vidit ipsum sponsũ cognouit illius infirmitatem, & breui tempore illũ liberare spopondit vna nocte tantùm, & iussit quòd dormisset illa nocte cũ vxore, & priùs exhibuit quoddam poculũ dũ volebat ire dormitũ, & præmonuit ipsum, eiusque vxorem

Magister magnæ experientiæ quis.

Magus quidam celebris.

ne-

ne illa nocte munirent se signo crucis, neque timerẽt aliquo pacto si aliquid ea nocte viderent, vel audirent: quia non poterãt sibi nocere: qui maleficiatus cupiens multùm ab ipso maleficio liberari, omnia ad vnguem seruauit: quinta autem noctis hora, vel circa cœpit audire maximos tonitrus, pluuias tempestuosas & fulgura quàm maxima; deinde terræ motus adeò terribiles, quòd tota domus quassabatur à ventis velut arbor ab iisdem agitata: deinde audiuit voce humana quosdam magnos vlulatus & clamores, & auertẽs oculos vidit in sua camera plusquàm mille vt apparebat, ad inuicẽ certãtes & vnguibus, pugnis, & calcibus crudeliter pugnantes, & lacerãtes alterius facies & vestimẽta tota: inter quos vidit mulierẽ quãdã, quæ erat alterius vicini, & dicebatur quòd erat malefica, de qua ipse spõsus multùm suspicabatur, ne ab ea pollutus fuisset: quæ vltra omnes maioribus gemitibus & vlulatibus cruciabatur, & crines, faciẽq; suã totã vnguib⁹ lacerauerat, propter quę ipse maleficiatus dixit quòd aliquãtulùm pertimuit à principio, dubitãs ne quid mali sibi accideret: deinde recordatus de monitionibus magistri reassũpsit vires, vxorẽ verò sẽper tenuit sub pannis abscõditã, ne ista videret: postquàm verò ita certauerãt per mediã horã vel circa, ingressus fuit magister in camerã prædictã, & erat tũc circa mediã noctẽ; ad cuius ingressũ omnes illi pugnantes vnà cũ muliere ipsa statĩ disparuerũt & abierũt penitùs: ipse autẽ magister accessit ad ipsũ maleficiatũ, & illius humeros tetigit manu perfricando aliquantulùm, dicendo quòd non dubitaret ampliùs, quia iã liberat⁹ erat: & illinc discessit: post cuius recessũ dictus maleficiatus sentit paulatim calorẽ quẽdã in renib⁹ & lũbis: ita quòd mẽbrũ virile cœpit erigere vultũ, & subitò saliit: & ipse apprehẽsa vxore reddidit debitũ satis pingue cũ maxima dulcedine & delectatione, & deinde prosecutus fuit vsque ad senectutẽ, & suscepit optimam prolẽ vtriusq; sexus: & ego quosdã ex suis filiis cognoui & locut⁹ fui cũ ei⁹ vxore tũc vetula: quę omnia prædicta ingenuè fassa est, dicẽs quòd nunquã diebus suis grauiori fuit pulsata timore quàm nocte illa, de qua *supra*. Alia etiã plura exẽpla de hoc referri possent, quæ causà breuitatis omitto. Vide illũ Prier. *ind. suo tract. de strigimag. de mo. do &c. lib. 2. c. 2.* vbi *in 3. puncto* refert exemplum cuiusdam ditissimi Comitis dicti Argentin. qui huiusmodi maleficio steterat biennio impeditus, quòd nunquã potuit vxoris Comitissæ virginitatem deflorare, quæ pulcherrima erat: vide ipsum.

Maleficæ de certãtes inuicem.

Potentia generatiua restituta.

Ligatura Comitis Argẽtin.

¶ Post hæc quæro, an isti malefici & magi possint eorum arte, & Dæmonis suffragio inducere pluuias, grandines & fulgura, aut magna tonitrua; & etiam an possint, quando illa venerint, remouere & facere vt cessent. Et videtur dicendum quòd non, quia ea, quæ de cælo veniunt & ad nos descendunt diuina dispositione, proueniãt à corporibus cælestibus, vel ab aere mediante ordine quodam naturali dictorum corporum & illorum coniunctionum, secundùm quod clarè demonstrant astrologi: dicas tamen, quòd isti possunt Dæmonis industria inducere imbres, grandines & fulgura, & alia, de quibus *supra*: & è conuerso ea sic inuentia remouere. Et ratio est: quia Dæmones possunt elementa concutere, & inducere ventos, pluuias, fulgura & grandines: & hoc est quod dicit text. *in l. multi. C. de malef. & math. l. eorũ, in fin. vel. vir. in d. l. multi.* dicitur quòd multi sunt, qui magicis artibus manibus acciti elementa concutiunt &c. per quæ omnia ſupradicta proueniunt; *in d. l. eorum.* dicitur quòd ipſi malefici poſſunt tempeſtates ipſas remouere, & id operari ne ſegetibus terræ naſcentibus officiant; & proptereà intra ciuilia nolunt quòd iſto caſu maleficus ſiue malefica puniatur, quando illorum effectus tendunt ad bonum & vtilitatem: illarum enim maleficarum vna componit maleficium, altera tollit: vna inſtruit, altera deſtruit: vna polluit, altera ſanat: vna impedit, altera ſoluit impedimentum: & ſic vna ludit alteram: Diabolus verò vtramque. Vt plurimùm ea quę deſtruit maleficium, indicat alteram maleficam ſiue maleficum, qui, vel quæ maleficium fecerat, non tamen verbis expreſſis, ſed quibuſdam ſignis & coniecturis, ex quibus facile comprehéditur, quis fuerit: & hoc prouenit aſtutia & fallacia Dæmonis, qui delectatur in fraudibus & ſcandalis hominum, vt dicunt Theologi *in locis ſuprà not.* & habetur *in cap. Epiſcopi & Nec mirum 27. queſt. 5.*

Malefici bonum operantes non puniuntur iure.

§ Cùm itaque ægritudines, mortes, & accidétia, de quibus *ſuprà*, proueniát ex prędictis mixturis & rebus naturalibus, non eſt dicendum, quòd procedant ex illis cæremoniis & imaginibus, ſeu illarum tactibus & ſacrificiis & aliis turpibus obſeruantiis, de quibus *ſuprà*: ſed ideò cæremonias illas obſeruant, & baptizant imagines, & alia huiuſmodi faciunt: quia diabolus, vt aliàs diximus *ſuprà*, ſummoperè delectatur in ſacrificiis illis, quia cupit adorari; & vt faciliùs ipſi ſortilegi & malefici ad illa deueniant, diabolus perſuadet illis, quòd ex huiuſmodi obſeruantiis & ſolemnitatibus effectus, de quibus *ſuprà*, proueniunt: ſed valde mentitur, quia proueniunt ex naturalibus rebus, vt *ſuprà* vidiſtis. Eodem modo dicendum eſt de ſortilegio ſiue maleficio amatorio, in quo ſæpiùs dæmon inſtruit & mandat commiſceri Sacramenta Eccleſiæ, vel ſanctorum Martyrum reliquias, hoſtiam ſacratam & ſimilia, de quibus *ſuprà* 3. q. in ſecúda ſpecie, tamen effectus amoris & flexibilitatis pudici animi ad libidiné non prouenit virtute illius ſortilegij ſiue maleficij, ſed virtute diabolicæ tentationis, & vtriuſque ſolicitationis & perſuaſionis intrinſecæ & extrinſecæ, vt *ibi* dixi. Sed hoc ideò facit diabolus vt faciliùs adoretur, & turpiùs diuinum cultum tractet & diſſipet, & illius destructionem quærat.

Cæremoniis magicis morbi non inferuntur.

§ Sed quæri poſſet, quare Deus permittit quòd Diabolus tam turpiter res diuinas & cultum ſuæ adorationis deturpet & deſtruat quodammodo, cùm facilè poſſet illi reſiſtendo omnia iſta prohibere ne fierent, ſicut aliàs non permittendo impedit Dæmonem ne poſſit quædam alia facere, quæ aliàs de ſui natura facere poſſet, vt dicemus *infrà quæſt. ſeq.* Reſpondeo, ſecundùm communem Theologorum cóclusionem, quòd ideò Deus non prohibet hominem hæc facere, ne videatur ſibi velle auferre liberi arbitrij poteſtatem, quam à principio ſibi dedit, vt poſſit operari bonum & malum ad libitum ſuum; & impediendo ne incidat in malum, videretur ſibi auferre illã libertatẽ, & velle per illam omninò fieri bonum. Ne igitur rũpat aut violet legem, quam à principio ipſe conſtituit, vt ſequatur ordo naturæ, ſicut à principio ordinatum fuit; ideò non impedit hominem, quòd non faciat iſta, & quæcumque alia mala, quando vult operari malũ: alioquin quis dubitat quòd Deo renitente hæc fieri minimè poſſint. Sed hanc poteſtatem liberi arbitrij homini dedit vt poſſet operari bonũ & malum quodcumque velit ad libitum ſuum: ſi bonum fecerit, conſequetur homin.

Liberi arbitrij poteſtas hominis à Deo non aufertur.

Liberũ arbitriũ cur dederit Deus homini.

quętur gloriam; si verò malum, perpetuam damnationem. Dedítque Diabolo facultatem tentandi, vt posset potestatem ipsam contra quoscũque indifferenter exercere, vt notatur *Gen.* 3. & *Matth.* 4. ipsemet Iesus Christus potestatem illam tentandi expertus fuit, vt habetur etiã *Marc.* 1. & *Luc.* 4 *in princip.*

§ Sed antequam ad vlteriora deueniam, quæro aliqua de remediis istis, quæ fiunt erga maleficiatum ad tollendum maleficium & liberandum maleficiatum. Et primò quæro an liceat impunè consulere sortilegium, siue maleficiũ, vt dissoluat facturas, & liberet ægrotum à maleficio, & similiter an liceat incantare & coniurare imbres, grandines & fulgura, ne noceant fructibus arboris, aut plantis. Et dic breuiter, aut nos loquimur de iure ciuili, aut de iure Canonico. Primo casu licet impunè consulere & adhibere sortilegium siue maleficium ad faciendum opera, quæ vertuntur in bonum & prosint; & non debet quis pro bono opere cruciari, *l. eorum.* §. *fin.* & *ibi* Bar. hoc notat expresse. *C. de Malef. & Mathemat.* & hoc est clarum de iure ciuili; sed de iure Canonico non licet aliquo modo, etiam pro recuperanda corporis sanitate quærere remedia diabolica & superstitiosa, licèt aliter sanitas ipsa recuperari non posset, nisi per remedia prædicta; ita dicit text. ad literam *in cap. admoneant.* 26. *quæst.* 7. & tangit verum Panor. *in cap.* 2. *consortij.* vbi potiùs sanctissimi Pontifices patiuntur bona Ecclesiarum furto subtracta penitùs perdi, quàm quòd quærantur per remedia & artem huiusmodi; & hinc est quòd Ecclesia potiùs tolerat dissolutionẽ matrimonij & tanti vinculi sacramẽtalis fracturã, quàm quòd velit permittere & concedere maleficiatum contrariis maleficiis liberari, text. 33. *quæst.* 6. *si per sortiarias.* & *de frig. & malef. cap. fin.* Et ratio huius est: quia magis expedit pati in corporis iactura, quàm animæ, *dict. cap. fin. de sortileg. argu. capit. solitæ de maior. & obedien.* & *ibi* Panor. & omnes scribentes, ad quod ius ciuile non considerauit, quod principaliter tendit ad conseruationem temporalium, *dicto cap. solitæ.* & not. Doc. *in dicto cap. admoneant.* & notatur etiam *in c. nec mirum.* §. *ad hæc.* 26. *quæst.* 5. *quod tene menti.*

Remedis contra maleficia à iure canonico interdicta.

§ Item dicendum est de remediis superstitiosis, ligaturis & appẽdiculis, quæ fiunt per ipsos sortilegos, siue maleficos ad sanandum alias ægritudines non maleficiales, vt est febris, dolor capitis, ventris, & similes, quas amouere non licet huiusmodi remediis: & hoc est quod vult dicere text. *in dicto cap. nec mirum.* §. *ad hæc omnia, &c.* vbi dicit quòd ad hæc pertinent ligaturæ execrabilium remediorum, quas ars non commendat medicorum: quibus autem pœnis puniantur, qui præmissa faciunt vel consulunt facientes, dicetur *infrà eod. tit. quæst.* 11.

Curatio superstitiosa.

§ Præterea non prætermittam hunc notabilem casum, qui sæpissimè occurrit in facto, maximè apud rusticos; reperitur quidam ægrotus aliquà ægritudine non maleficiali loco medicorum, quorum vt plurimùm habent penuriam, adducitur mulier, quæ quibusdam verbis & remediis asserit velle ægrotum breuissimo tempore liberare: ægrotus verò qui est puræ conscientiæ dicit, Caue, quia nolo curari per remedia superstitiosa, & ab Ecclesia reprobata: quia magis expedit, vt patiatur corpus quàm anima, vt *suprà proximè* diximus: & illa respondet, quòd nullatenùs dubitandum est de hoc, quia ipsa cum sanctissimis precibus & orationibus, ac remediis

Ligatura cum precibus ad remedia morborum.

remediis Ecclesiasticis vult ipsum liberare, & incipit facere ligaturam, & dicere ægroto, quòd dicat cum deuotione salutationem angelicam aut orationem Dominicam, scilicet *Aue Maria*, vel *Pater noster* : & ipsa quoque magistra aliquas preces alta voce promulgat, deinde duo vel tria verba dicit submissa voce, quæ nullum sapiunt diuini cultus odorem : & licèt per illa verba expressa non constet, quòd fiat Dæmonis inuocatio, tamen non possunt congiuè adaptari ad sensum præcedentium verborum: quippe, quia quoad illa longè extranea sunt, quæritur, an dicta remedia sint reproba & superstitiosa : & quilibet diceret quòd non : ex quo non constat aliquid expressè de malo, sed de bono patet expressè.

¶ Solut. tu dic videlicet quod scribit S. Thom. *in sum. quæst.* 26. *art.* 2. *in tit. de superstitio.* & D. Ioan. *lec. in sum. confes. eod. tit. de sortil. cap.* 11. quòd in istis remediis plura sunt consideranda. Et primò considerandum est vtrùm remedia illa naturaliter tales effectus sanitatis causare possint, quod facilè indicabitur consilio medicorum; quòd si tales effectus naturaliter concipere possunt, non erunt iudicanda superstitiosa, sed vera & naturalia, ex quo medicinæ professio approbat illa : si verò tales effectus naturaliter parere nõ possũt, sunt omninò illicita & damnata, quia necesse est, quòd pertineant ad quædã tacita pacta cum dæmonibus inita, vt not. S. Aug. *in lib.* 21 *de Ciuit. Dei*, & habetur *in d. c. nec mirũ.* §, *ad hæc omnia.* 26. *q.* 5. Hoc enim specialiter apparet & cognoscitur secundùm ipsos, quotiescũque adhibentur aliqui characteres, seu nomina ignota, aut aliæ quæcumque obseruationes, quia manifestũ est, quòd naturaliter efficaciã sanitatis & expulsionis ægritudinis illius habere non possunt: talia semper iudicanda sunt superstitiosa & illicita: & ista sit regula firma, per quam facilè iudicari poterit an remedia ipsa sint honesta, vel illicita & superstitiosa: & hæc nota, quia sunt valde vtilia in foro conscientiæ, & multùm conferunt sacerdotibus, his maxime qui laicorũ confessionibus incũbũt: quæ enim dicta sunt de verbis, eadem dicenda sũt de breuibus & schedulis, quas sæpiùs faciunt isti incantatores, vt suspensæ deferantur ad collũ, siue in sinu ipsius ægroti, vbi, si vltra nomina Dei, alias orationes & preces, reperiuntur aliqui characteres, aut nomina ignota, vel malè sonantia ad præcedentia, iudicanda sũt omnino superstitiosa, quia, sicut dicit S. Chrysostomus, multi confingunt aliqua nomina Hebraica Dei & angelorũ, & alligant, quæ non intelligentibus metuenda esse videntur. Cauendũ est etiam ne aliquid falsitatis contineant : quia impossibile esset, quòd effectus dictorum operum posset expectari à Deo, qui non est auctor, neque testis falsitatis, sed puræ veritatis, vt habetur *Ioan. primo* : *Plenũ gratia & veritatis.* Illa etiam breuia reprobata sunt in quibus apparent nomina quædam ignota, ineffabilia & inusitata : vel sub hac conditione traduntur, quòd, quicũque portauerit breuia huiusmodi apud se, nullos timeat hostium incursus, aut insultus : vel quòd sibi aliquid boni continget, inueniet, vel consequetur, aut aliquid aliud simile : omnia ista sunt ab Ecclesia reprobata, meritò damnabilia & punienda : vide D. Io. *lec. in sum. confes.* 13. c.

Nominũ barbarorũ confictio.

CAP.

## CAP. VII.

### *SVMMARIVM.*

1 *Sortilegi & Strigimagæ, siue Lamiæ an verè & corporaliter deferantur à diabolo quonis voluerint.*

2 *Diabolus potest somnia & imaginationes in humanis mentibus imprimere.*

3 *Febris est morbus naturaliter in humano corpore causatus.*

4 *Striga & malefica sunt extra protectionem Ecclesiæ.*

5 *Diabolus summoperè nititur Christianos à vero cultu auertere.*

6 *Angelus quid propriè dicatur.*

7 *Corpora à Dæmonibus assumpta an sint vera vel phantastica.*

8 *Corpora à Dæmonibus assumpta ex qua materia sint.*

9 *Corpora à dæmonibus assumpta an virtutem habeant generatiuam.*

10 *Sperma hominis oritur ex purissima substantia cibi iam digesti.*

11 *Sperma non generatur in corporibus à dæmonibus assumptis*

12 *Dæmon potest assumpto corpore coïre & generare. Filius ex dæmonis coïtu generatus cuius filius dici debeat.*

13 *Dæmones multa agere eorum natura possunt: sed à diuina maiestate impediuntur.*

14 *Dæmones non faciunt miracula, sed bene angeli boni & homines.*

15 *Miraculum est testimonium diuinæ virtutis.*

16 *Dæmonis virtus vehemens est & acuta.*

17 *Dæmones possunt in homines dupliciter operari.*

18 *Dæmones possunt Deo permittente in corporali specie hominem de loco ad locum deferre.*

19 *Diabolus an naturaliter Christum super pinnaculum templi detulerit.*

20 *Spiritus siue angelicus siue humanus multa est potentia.*

21 *Rei suæ quilibet dicitur moderator & arbiter.*

22 *Magi Pharaonis an arte sua virgas veraciter verterint in serpentes veros, non illusorios.*

23 *Animal brutum an arte diabolica & magica loquatur.*

24 *Asina Balaam qua virtute ipsum fuerit bis allocuta.*

25 *Simulachrum fortunæ quondam Romæ habitum locutum fuisse Valerius Maximus refert.*

26 *Sortilegium primò profitentes quam obseruent solemnitatem.*

27 *Sortilegium profitentes sub qua forma diabolum adorent.*

28 *Ratio legis principaliter est attendenda.*

29 *Striga & apostata differunt.*

30 *Apostatarum species sunt duæ.*

31 *Apostata quo casu sit deterioris conditionis hæretico.*

SEPTIMÒ quæro an isti Sortilegi & Strigimagæ siue Lamiæ verè & corporaliter deferantur à dæmone, vel solum in spiritu. Resp. Quæstio ista est multùm ardua & famosa. Doct. vtriusque facultatis tenent quòd deferuntur in corpore: sed duntaxat deluduntur in spiritu, per text *in capitulo Episc. vigesima sexta. quæst. 5.* ex quo textu videtur firmiter probari ista opinio: Theologi verò tenent contrarium, quòd dæmon potest deferre corporaliter hominem viuentem de loco ad locum vero motu locali: & per cõsequẽs quòd defert istas lamias siue striges corporaliter, vt *suprà*: quam opinionẽ rationibus, auctoritatibus, & exemplis præclarè demonstrant: ego verò vtramque referam, demum superaddam opinionem meam. Fundamentum, vt dixi, prioris opinionis est textus *in dict. c. Episcopi.* vbi dicitur, quòd *Quædam sceleratæ mulieres retrò post Satanam conuersæ dæmonum illusionibus & phantasmatibus tam grauiter seductæ sunt, quòd credunt se & profitentur cum Diana dea paganorum nocturnis horis, vel cum Herodiade, vel cum innumera multitudine mulierum equitare super quasdam bestias, & multarum terrarum spatia intempestæ noctis silentio pertransire, eiusque iussionibus obedire, velut dominæ & certis noctibus ad eius seruitium euocari.* Et *in fine* dicitur, quòd *Dæmon quam primùm mentem cuiuscumque mulieris reperit, & illam per infidelitatem subiugauerit, illicò transformat se in diuersas species personarum, & mentem, quam captiuatam tenet in somniis deludens, per quæque deuia deducit: & cùm solus spiritus hæc patitur, infidelis hæc non in spiritu siue anima: sed in corpore euenire opinatur.* Deinde subiungitur ratio: *Quis enim in somniis & nocturnis visionibus non extra seipsum deducitur, & multa videt dormiendo, quæ nunquam vigilando viderat? quis verò tam stultus & hebes sit, qui hæc omnia, quæ in solo spiritu fiunt, etiam in corpore accidere arbitretur?* Hæc sunt quæ in effectu dicuntur *in d. c. Episcopi.* per quem tex. dicunt manifestè probari, quòd istæ mulieres strigæ siue strigimagæ, & strigones (vt vulgariter loquar) & cæteri qui sunt maleficæ professionis, nō in corpore, sed in spiritu duntaxat deferuntur: hoc est, quia in somniis deluduntur à dæmone, & omnia quæ ipsi vel ipsę asserunt corporaliter vidisse, tetigisse, fecisse, & præsentialiter interfuisse, omnes sunt illusiones dæmonum præstigiosæ, & figuræ apparētes oculis intellectus & mentis iam captiuatæ ipsorum virorum siue mulierum: quas figuras & apparentia signa, ac operationes illas diabolus tam subtiliter & diligenter accommodat, quòd vnusquisque, qui illa videt in somniis, oculo mentis verè & corporaliter vidisse non dubitet, imò teneat & firmiter credat more somniantis: & tamen verè corpus non mutatur de loco.

Deportatio Sortilegarum non est vera.

Delatio Strigarum præstigiosa.

¶ Præterea dicunt ipsi, si esset verum, quòd Dæmon deferret hominem corporaliter de loco ad locum tam veloci motu ad remotissimas partes, sequerentur plura inconuenientia, & maximè hoc, quia posset ad libitum suum trahere quoscumque etiam inuitos, & illos deferre ad extranea & deserta loca, & compellere illos ad peccandum, aut malè tractaret eosdem: vel etiam quoscumque cupidos perficere longum iter breuissimo tempore posset illos apprehendere per aërem corporaliter ictu oculi, & deferre vsque ad locum ipsum, ad quem peruenire desiderant, & sæpius hoc faceret, quoniam ex his multi reperiuntur, qui vellent euolare, si possent, hi maximè qui magnorum principum secreta & ardua negotia tractant; imò posset etiam trahere hominem ad infernum: & sequeretur diuinæ legis destructio: quia data possibilitate in vno quoad materiam corporalis delationis, sequitur in omnibus aliis, quæ sunt eiusdem ponderis & qualitatis, vt dicit Sanctus Thom. *in tract. quæst. primæ partis quæst. 5. in tit. de mira.* & *q. 16. art. 9.* & *10. titulo de dæmon.* quam potestatem, licèt Satanas habebat tempore legis antiquæ ante Christi incarnationem & passionem: tamen per mysterium mirabilis passionis, illa potentia, quam habebat Satanas illius duplicis manus attrahen-

Rationes contra trāslationē diabolicam.

attrahentis & compellentis, partim fuit totaliter abscissa & remota: partim verò debilitata siue angustata, vt aliàs diximus *sup. q. præcedenti*, adeò quòd hodie non potest ista miracula facere, nec hominem deferre, aut compellere ad malum, secundùm quod concludit sanctus Bonauent. *in 3. senten. distinct.* 19. *q.* 3 *num.* 22. 23. Item sequeretur aliud: quòd quotiescumque isti Sortilegi & malefici vellent aliquem incarceratum crimine capitali à furca vel vltimo supplicio liberare, possent vtique ad ipsorum libitum hoc facere, si dæmones possent aliquem corporaliter deferre: quia isti magi mandarent dæmoni, vt dictum incarceratum apprehenderet, & extra carceres incolumem deferret: quod esset valde mirabile si esset verum, quia isti essent domini dominantium, quinimò ipsimet dum capiuntur pro ipsis criminibus sortilegiorum: si possent à Dæmone corporaliter deferri, semper facerent se deferre extra carceres, & euitarent pœnas corporales, adeò quòd rarissimi aut nulli ipsorum perirent: & tamen videmus contrarium, quòd ipsi malefici tota die capiuntur, cruciantur mille tormentis, suspenduntur laqueo, concremantur igne, & multis aliis suppliciis afficiuntur absque aliquo impedimento: vnde sequitur, quòd ipsorum corpora non sunt in Dæmonis potestate, sed animæ solùm.

¶ Nec est mirandum, si ea, quę istæ strigimagæ & alij similes vident oculo mentis, in apparentia, siue in imaginatiua intellectus dormiendo, asserunt verè & naturaliter vidisse, & corporaliter interfuisse: quia sæpe videmus quòd somniantes adeò verisimilia putant ea, quæ priùs viderant esse in somniis, vt pro veris quandoque illa promulgare nondubitent, adeò firmiter insistunt in illa opinione. Si enim vapores & fumositates ciborum ex stomacho insurgentes ad cerebrum similes eff. Quę & somnia causare possunt (vt medici testantur) quantò magis Dæmon potest apparentias ipsas humano intellectui repræsentare & demonstrare mille rerum species, quæ nullæ sunt: hoc enim negat nemo.

¶ Præterea si febris, quæ est morbus naturalis, & ex indispositione elementorum corporeorum vt plurimum causatur, & est calor mutatus in ignem, vt inquit Galen. *in priori parte aphoris.* 6. *c.* qui aggrediens quandoque partes illas cerebri intellectiuas, adeò illas vehementer apprehendit & præoccupat, quòd inducit phrenesim, ita quòd ægrotes vigilando & loquendo in meridie efficitur phreneticus, & ex sano intellectus efficitur insanus, demens, furiosus: & dum plures adsunt non veretur fatua quædam & extranea loqui & affirmare pro veris, item videre multa, quæ nulla sunt in veritate: si enim accidentia huiusmodi inanimata permutant hominis intellectum, ita tenaciter & verisimiliter, quanto magis Diabolus, qui est substantia spiritualis, & creatura Dei animata, sensibilis, & ingeniosa potest istas imaginationes & apparentias demonstrare humano intellectui: quia cum sit incorporea, potest partes illas imaginatiuas intellectus præoccupare, & demonstrare per apparentiam aliqua esse, quæ in veritate nulla sunt, naturaliter & adeò verisimiliter, quòd quis putet etiam medio iureiurando affirmare vera esse & interuenisse, quæ nulla sunt vera, neque naturalia, vt *d.* [illegible] *Episcopi.*

Febris quid sit.

¶ Sit ergo conclusio istius opinionis, quòd istæ mulieres strigæ nuncupatæ, aut viri eiusdem professionis

Striges non solum deferuntur in corpore.

non deferuntur à Dæmone in corpore, aliquo pacto, sed duntaxat deluduntur in spiritu. Quæ opinio exemplo etiam comprobatur. Quidam maritus ex oppido quodam agri Sabinensis habens vxorem maleficam siue strigem (vt vulgariter dicunt) de quo tamen crimine maritus non habebat certam notitiã: sed suspicabatur satis, de ipsa interrogata quandoq; ab ipso, nunquid esset verum, quòd ipsa esset talis professionis & sectę: semper mulier ipsa audacter negauit; deinde paulatim crescẽte fama contra ipsam de isto crimine, quam maritus ex plurium virorum fide dignorũ testimonio & relatione perceperat, quòd dicta vxor multùm strictè conuersabatur cum quibusdam aliis mulieribus: quæ erant strigæ & maleficæ publicę, & quod interueniebat cũ eis ad multa turpia maleficia: & ad congregationes etiam nocturnas: vnde maritus decreuit velle animum suum declarare & ipsam in flagranti apprehendere, & cœpit inuigilarę pluribus noctibus magna cum diligentia & attentione: & ita stetit vigil per duodecim noctes vel circa, vt videret si ipsa de nocte ibat ad ludũ Dæmonum, vel ad faciendum aliquod maleficium, & singulis noctibus obseruabat inquirendo lectum postquam vxor venerat dormitum, si reperiebat ipsam penes se: aut locum vacuum, & semper illam adinuenit, & manibus palpauit, quæ apud ipsum iacebat. Deinde mulier ipsa paucos dies vnà cum quibusdam aliis mulieribus strigibus & maleficis capta & incarcerata fuit: quæ vnà cum aliis examinata, demum confessa est venisse ad ludum vnà cum aliis mulieribus incarceratis eius sociis, tali die vndecima mensis, &c. & tali nocte, & hora &c. idem è conuerso fatebantur aliæ. Maritus verò volẽs vxorẽ defendere asserebat sub grauissimo iuramento, quòd illa

Confessio Maleficij

nocte, de qua dicebatur, & illa hora maximè vxor sua erat in lecto, apud ipsum iacens, & quod illam studiosè tetigit non semel tantùm: sed iterũ & pluries: & allocutus fuit cum ea, ergo sequitur quòd corpus nõ patitur neq; mouetur à Dęmone: sed solus spiritus hæc patitur per dictas illusiones.

Maritus vxorem Maleficam defendere conatur in iudicio.

¶ Contrariam tamen opinionem quã plures excellentissimi viri tenuerunt, quòd imò verè & naturaliter deferantur in corpore: & hanc opinionẽ omnes ferè Theologi sequuntur. S Bonau. *in 4. sent. dist.* 19. *q.* 3. S. Aug. *in lib.* 10. *&* 21. *de Ciuit. Dei.* S. Thom. *in sum. secunda secundæ. q.* 95. *art.* 5. *in tit. de superst.* & idem Thom. *in tract. qq. primæ partis. q.* 8. *in tit de mira. & q.* 16. *art.* 5. *&* 6. *in tit. de Dæm.* & quidam modernus Theol. magister Syluest. Prier. in quodã tractatu quem nuper edidit de strig. Dæmon. miran. *lib.* 1. *c. penult. & l.* 2. *c.* 1. vbi non tenet expressè, quòd possunt corporaliter deferri atque deferuntur à Dæmone ea maximè ratione, quia Dæmon natura sua, & secundùm eius vires & potentiam naturalem potest mouere & portare corpus longè etiam magis ponderosum, quàm corpus hominis de loco ad locum motu locali, Deo tamen permittente & non aliter: & satis isto casu Deus videtur permittere quando Dæmoni non resistit in istis operibus: Quòd non resistat, sed permittat, patet; quia & viri, & mulieres, qui fecerunt hanc professionem saltem expressam, vt faciunt communiter omnes istæ striges & maleficæ, quæ omnes sunt extra gremium Ecclesię, & à communione fideliũ penitus alienæ, de quibus Deus & Ecclesia nullam penitùs curam gerit, & habentur siue reputantur pro creaturis diaboli, vt notat 26. *quæst.* 2. *qui sine Saluatore.* & *q.* 5. *d. cap. Episcopi in prin.* & pluribus aliis rationibus & auctoritatibus, *de quibus latiùs per*

Ratione probat suam intentionem.

eos

*tus in loc. præd.* concludentes in effectu Dæmonem deferre posse hominẽ de loco ad locum motu locali verè & corporaliter, & respondent ad dictũ cap. *Episcopi,* quorum responsio hoc concludit in effectu, quòd ille text. loquitur de alia secta mulierum longè diuersa ab ista. Ego autem olim adhærebam priori opinioni per text. *in d. cap. Episcopi:* nihilominùs postcà ex longa rerum experientia, & causarum huiusmodi multitudine ne propter multas ac varias earum operationes & exempla, quorum aliqua vidi, aliqua verò à fide dignis accepi, sum modò

*Striges deferuntur in corpore ex quinque rationibus*

istius secundæ opinionis, quòd deferantur in corpore. Pro cuius declaratione præponam. Primò aliqua euidentia. Secundò fundamenta quædam declaratiua. Tertiò nonnulla exempla subiiciam pro corroboratione. Quartò respondebo ad ea quæ dicuntur *suprà* pro priori opinione & maximè ad dict. cap. *Episcopi.* Quintò & vltimò deducam inconuenientia quædam, quæ sequerentur tenendo priorem opinionem. Primò igitur pro euidentia præsuppono vnum, quod est tritum apud omnes Theologos & Canonistas, quòd Diabolus inter alia desideria quæ ipse habet, hoc vnum tenet, quòd summoperè desiderat ab homine adorari: & sicut Deus maxima cum veneratione cultum habere, & in hoc vehementer satagit vt Christianos à vero diuino cultu auertat, & illos obedientes atque deuotos suæ potestati subjiciat, vt ab eis cultum ipsum recipiat: ita dicit S. Aug. *lib.* 10. *de Ciuit. Dei.* relatus per sacros Canones *in cap. nec mirum. §. magi, & sequen.* 26. *quæst.* 5. & S. Bonauentura *in* 4. *sent. dist.* 19. *q.* 3. S. Thom. *in sum. secunda secunda. q.* 95. *art.* 5. *in tit. de superstit.* in quo quidem cultum eumdem ferè ritum & ordinẽ tenet, quẽ in vero cultu diuino obseruat Ecclesia, & nõ solùm circa res & mysteria: verùm etiã quoad personas: sicut enim Ecclesia & Christiana religio admittit plures viros diuersæ cõgregationis, habitus & nominis: sicut est congregatio & religio S. Benedicti, quæ est monachorũ: itẽ S. Augustini, Dominici atque Francisci, & aliorũ, qui licèt sint diuersi nominis & habitus, & circa modũ viuẽdi diuersas regulas obseruent: tamen quoad diuinũ officiũ scilicet horas ordinatas & Missarũ celebrationẽ, & alia pia opera omnes tendunt ad eũdẽ effectũ, scilicet laudandi Deũ & orandi pro animæ suæ salute & proximi: eodẽ modo Satanas sub sua diabolica religione recipit plures professos diuersæ professionis, habitus, & nominis, qui habẽt diuersos ritus & mores: tamẽ in effectu omnes tẽdũt ad idẽ, scilicet ad laudãdũ & venerãdũ diabolũ infernalẽ, & illi bonã fidelitatẽ & homagiũ continuãdũ, & hoc est quod dicit tex. *in c. excommunicamus, in princ.* Et primũ & secũdũ de hæret. [Facies quidẽ habentes diuersas, caudas autẽ adinuicẽ colligatas: quia de veritate omnes conueniunt in idipsũ, de quibus quidẽ diuersis nominibus, ac diuersorum ordinũ professoribus sub eadem religione constitutis, diximus *suprà* latiùs *eod. tit. q.* 2. Secundò euidẽtialiter præsuppono, quòd Angeli tùm boni, tùm mali secundùm Philosophum. & cõmuniter Theologos, sunt substantiæ quædã spirituales, intellectiuæ, mobiles arbitrio, & incorporeæ, quæ non dependent à corpore, nec quoad sui principium, nec quoad finem, & non habent corpora naturaliter sibi vnita. Ita dicit S. Thom. *in tr. & qq. disput. in prima parte, tit. de mira. q.* 6. & licèt nõ habeãt corpora naturaliter sibi vnita, possũt tamẽ quãdocũq; volũt assumere diuersas corporeas formas, & cũ illis diuersimodè hominibus apparere,

*Cultu Dæmonis obseruantur iidem ferè ritibus & ordinibus ac inter Christianos & Catholicos*

*Angelorum definitio.*

& multas naturales operationes in aſſumptis corporibus huiuſmodi efficere: vt idem Thom. teſtatur *ead. tit. q.* 7. & S. Aug. *in* 3. *de Trinit.* & idem Aug. 11. *cap. ſuper Geneſi.* Sed dubitatur, an corpora huiuſmodi ſic aſſūpta ſint vera & naturalia corpora, vel phantaſtica & apparentia. Solut. Dic quòd non ſunt vera & naturalia ex carne, oſſibus, & neruis formata: ſed sũt quaſi naturalia, & ſimilitudinaria: & licèt habeant in ſe aliquas operationes naturales, ſicut eſt motus localis, locutio, delatio, comeſtio, potus, quamuis iſta duo vltima ſint naturalia, quoad principium tantùm, non quoad finem: quia cibi & potus aſſumptio fit naturalis in eis, ſicut in homine: digeſtio verò nulla fit, quia ſubſtantia cibi & potus non conuertitur in nutrimentum talis aſſumpti corporis; & licèt plures habeant ex ipſis operationibus naturalibus, non tamen omnes habent, ſicut eſt creſcere, pingueſcere, nutriri, macrari, dormire, audire, generare, & ſimilia iſta non habent, nec alia, quæ mutant formam dicti aſſumpti corporis, ſicut eſſet etiam ægrotari, palleſcere, & ſimilia: quæ quidem corpora non dicuntur eſſe perpetuò & naturaliter vnita dictæ ſubſtantiæ ſpirituali, ſicut eſt vnio animæ ad corpus humanum: ſed eſt qualis qualis vnio, & adhærentia quædam ſicut moti ad mobile, vel figurati ad figuram.

Corpora à dæmonibus aſſumpta an ſint naturalia aut apparentia.

¶ Deinde videndum eſt ex qua materia corpora ipſa dicuntur eſſe compoſita ſeu fabricata, an ex aliqua materia elementari ſimplici vel compoſita, aut ex alia ſubſtantia ſeparata. Dic, quòd ex quolibet elemento confici poſſunt, nihilominùs magis communiter fiunt ex aëre, quem ipſi angeli poſſunt faciliùs inſpiſſare, & ingroſſare, & corpus ipſum formare: deinde in eorum reſolutione, dum à ſpiritu ſeparantur, ſimiliter fit facilior reſolutio: quia reſoluuntur in fumum & vapores: vt idem Thomas comprobat *ead. titulo quæſt.* 6. *in fine.*

¶ Et quod dixi, corpora huiuſmodi non habere virtutem generatiuam, eſt verum in angelo bono vtroque modo, ex quo nullam habet operationem generandi: nec quoad potentiam, neque quoad actum: quia hoc non conuenit naturæ angelicæ, quæ coïtum ipſum & omne aliud peccatum penitùs abhorret, cuius eſt quodammodo incapax.

¶ Dæmones verò benè poſſunt in aſſumptis corporibus generare, quippe quia in coïtu carnali, ſicut in aliis peccatis, ſummoperè delectantur: ſi qua tamen generatio ex illorum coïtu ſuccederet, illa non prouenit ex ſemine illius aſſumpti corporis, quod nullum habet in ſe: quia ex quo non habet virtutem digeſtiuam, non habet etiam virtutem generatiuam, quia caret ſanguine: nam ſperma oritur ex puriſſima ſubſtantia cibi iam benè digeſti, vt inquit Auic. *fen.* 20. *in tract. pr. cap.* 2. vbi dicit, quòd ſperma eſt ſuperfluitas digeſtionis quartæ, quæ fit cùm cibus diſpargitur in mēbris reſudando à venis, tertia digeſtione iam completa, & eſt de ſumma humiditatis proxima coagulationi, ex qua nutriuntur membra dura & venæ arteriæ. Iſtæ enim operationes naturales non conueniunt corporibus aſſumptis per Dæmonem, quia non ſunt naturalia, ideò non faciunt ſperma, nec poſſunt per ſe ipſa virtute propria generare. Diabolus igitur in coïtu generat ex ſpermate alieno, ſcilicet alicuius viri in ſomniis polluti, aut etiam in vigilia quotieſcumque Dæmon in forma ſuccubi ſe transformat, id eſt, in forma mulieris, & habet coïtum cum viro: tunc recipit formam

Spermatis ortus.

Sperma non generatur in corporibus aſſumptis.

formam viri : & quantò citiùs velocissimè accedit ad mulierem in forma scilicet viri, & assumens coïtum cum ea intromittit dictum sperma in natura & matrice mulieris, & inde sequitur prægnantia mulieris infantis, & generatio, ac si mulier cum naturali viro coïtum habuisset : tamen infans

Filius ex coïtu Dæmonis natus quomodo dicatur.

ipse, si oriatur, non dicetur esse filius Dæmonis, sed illius cuius erat sperma. Ita firmant communiter Theologi, S. Aug. *in 3. de Trinit.* & 21. *de Ciuit. Dei.* & S. Thom. *in dicto tract. qq. in prima parte tit. de mira. quæst.* 8. *art. ad primum.*

Angeli operationes in assumptis corporibus.

§ Conclusiuè igitur dico in hoc secundo euidentiali, quòd Angelus tùm bonus cùm malus in assumpto corpore regulariter retinet & operatur omnes illas operationes naturales, per quas nō alteratur forma assūpti corporis: sed remanet in esse suo & in eadē proportione figuræ & formę: omnes verò operationes per quas alteratur forma siue figura corporis prædicti, de quibus *suprà* diximus, sunt illis prohibitæ, ratione prædicta. Ita firmant ipsi Theologi *in locis prædictis* : sed deferre corpus aut aliud pondus de loco ad locum, motu locali, non immutat formam dicti assumpti corporis : ergo sunt capaces istius operationis.

§ Tertiò præsuppono quòd angeli, id est, Dæmones multa facere possent secundùm eorum naturalem virtutem & potestatem, quæ tamen facere non possunt, diuina prouidentia ipsos reprimente, eorum operibus resistente : & sic maiora possunt in habitu & potentia, quàm in actu. Ita idem Thom. *in tract. qq. q.* 5. *tit. de miracul.* & Aug. *in* 3 *de Trinit.* vbi dicit, quòd angeli mali quædam facere possunt eorum virtute & potentia naturali, si permitterentur à Deo, quæ ideò facere non possunt: quia non permittuntur. Impediuntur itaque quandoque ab illis agendis, ad quæ eorum naturalis virtus se extendere potest. Idem etiam comprobat S. Bonauentura *in 2 senten. lib. 2. dist. 7.* vbi latè disputat de virtute & potentia Dæmonum, quam habent respectu creaturarum, quid possint, qualiter, & quantum possunt & quantum eis permittitur à Deo, vbi enumerat plures operationes naturales, quas Dæmon facere potest tam in assumpto corpore, quàm sine eo.

§ Quartò & vltimò præsuppono, quòd licet angeli boni, & homines quandoque per fidem & diuinam gratiam operentur miracula & faciant aliqua, quæ sunt vltra eorum naturalem virtutem & potestatem, dicit S. Augustinus *in 3. de Trinitate,* Dæmones tamen miracula aliqua operari non possunt, vt sint vera miracula : quoniam miracula ipsa fiunt per gratiam & donum Dei : quia est diuina virtus in effectu, quæ miracula facit, mediante persona & instrumento angelico, siue humano, sicut gratia prophetandi tradita fuit sanctis Prophetis simplicibus & ignaris, vt refert S. Gregor. *in 2. dialogo* : & idem Gregor. *in prima homel. super Ezech.* Miraculum enim, siue operatio miraculosa, est quoddam diuinum testimonium indicatiuū diuinæ virtutis & veritatis, vt dicit S. Thom.

Miraculi definitio.

*in d. tract. prima parte quæst. 5. de mira. art. Respōdeo quòd si dæmonibus,* quorum est tota voluntas ad malum, potestas hæc daretur à Deo faciendi miracula, Deus ipse falsitatis eorum testis existeret, quod diuinæ bonitati penitùs incongruit.

Concludendum est igitur, quòd Dæmones non faciunt nisi ea, ad quæ eorum naturalis virtus se extendit & diuina voluntas non refragatur, sed permittit, vt idem Thom. hæc eadem

testatur

Dæmonis virtus acutiſſima.

teſtatur *ibi*. Virtus enim Dæmonis eſt adeò vehemens & acuta, quòd multa opera quæ ipſe facit, eius virtute & induſtria, & ex rebus naturalibus adeò bene componit & velociter exequitur, quod homines, qui illa vident, dicunt eſſe miracula, licèt in veritate nõ ſint. Poſſunt ergo Dæmones mirabiliter in nobis dupliciter operari, non modò per veram corporis tranſmutationem, quando fit vera mutatio corporis. Alio modo per quamdam illuſionem ſenſuum ex aliqua immutatione imaginationis: neutra tamen operatio eſt miraculoſa, ſed per modum artis & naturæ compoſita, vt *ibi*: vide *in d. q.* 5. Quibus ſic præſuppoſitis dico, quòd Dæmones, Deo permittente, poſſunt in aſſumpta corporali forma hominem deferre verè & naturaliter de loco ad locum motu locali, & per conſequens illas ſtrigimagas, & ſortilegos profeſſos deferant ad nutum in naturali forma, ad quæcumque loca: quod dictum probatur primò ratione per ea, quæ notat S. Thom. *in tract. qq. in prima parte, quæſt.* 16. *art.* 10. vbi dicit, quòd in actionibus virtutum actiuarum conſiderandus eſt ordo rerum, qui non ſolùm attenditur ſecundùm naturas ipſarum rerum: ſed etiam ſecundùm earum motus. Habent enim & ipſi motus quemdam ordinem ad inuicem, qui dupliciter conſideratur: vno modo ſecundùm propriam rationem; & ſecundùm hoc motus localis ad alios motus duplicem habet comparationem. Prima eſt, quia ipſe motus eſt primus motuum: ſecundo, quia per motum localem minima variatio fit circa mobile. Nam cùm per alios motus varietur aliquid, quod eſt intrinſecum rei, puta qualitas, quantitas, accidens, aut forma ſubſtantialis, per motum iſtum localem variatur ſolum corpus ſecundùm aliquid

Motus localis ad alios duplex eſt conſideratio.

extrinſecum, quod eſt ipſe locus, per cuius mutationem non mutatur nec alteratur res in ſubſtantia, vel in accidenti, aut alia qualibet eius qualitate intrinſeca: & quantum ad hæc ſecundùm prædicta competit quòd corpora moueantur à ſubſtantiis ſpiritualibus motu locali faciliùs & immediatiùs quàm aliis motibus. Alio modo conſideratur ordo motuum ſecundùm ordinem mobilium: ſicut enim motus cæli eſt prior motu corporis elementaris, ita motus corporum cæleſtium eſt prior motu corporum inferiorum reſpectu ordinis, & ſecundùm hoc competit ſuperioribus ſubſtantiis ſpiritualibus mouere ſuperiora corpora cæleſtia: ita etiam inferiores ſubſtantiæ ſpirituales, quæ ſunt Dæmones reſpectu peccati & priuationis gratiæ conuenit quòd mouere poſſint, & moueant corpora inferiora, ſiue humana ſint, ſiue alia; quia data poſſibilitate in vno, per conſequens datur omnibus aliis: his maximè, quæ ſunt eiuſdem ponderis vel magnitudinis, vt dicit idem Thom. *in d. tit. de Damon. quæſt.* 16. *art.* 10. *in fine*, & habetur per S. Aug. *in* 3. *de Trinit.* vbi dicit quòd Dæmones colligunt quædam ſemina, ex quibus formant ſpecies quaſdam, ſiue animalia viuentia, quæ fieri non poſſunt abſque corpore mobili: ergo mouere poſſunt corpora inferiora de loco ad locum motu locali.

¶ Secundò probatur hæc opinio auctoritate ſacri Euangelij *Matth.* 4. vbi Diabolus in aſſumpta humana forma tentando Ieſum in deſerto adduxit illum in ſanctam ciuitatem: & ſtatuit ipſum ſupra pinnaculum templi, quod eſt locus quidam excelſus & eleuatus, ſuper quo Doctores antiquæ legis prædicabant, & doctrinã legis prædictæ publicè populoſque docebant, vt dicit S. Thom. *in Gloſ. ſup.*

Dæm[illegible] Chriſt.

*sup. d. c. 4. in vers. Diabolus autem, &c.* vbi dicit: Nota quòd omnia opera illius tentationis corporeis sensibus completa fuerunt, quia Diabolus tunc apparuit Christo in forma humana: & licèt duæ sint opiniones Theologorum super illo puncto, qualiter Christus statutus fuerit super illo pinnaculo, an per delationem Dæmonis, vel quòd ipsemet pedibus propriis ascenderit mediantibus diabolicis persuasionibus: verior tamen opinio est illa, quòd fuerit portatus à Dæmone, scilicet eleuatus de terra, & vnico ictu siue momento fuerit positus in loco prædicto: & hæc intelligentia magis conuenit litteræ Euangelij, dum dicit, *statuit*, quod idem est sicut posuit, siue constituit: si enim pedibus propriis Christus ascendisset ad Dæmonis persuasiones, tex. dixisset, *Adduxit*, sicut dixerat *suprà*, quando illum adduxit in sanctam Ciuitatem. Vide S. Thom. *in d. Glos.* Albertum magnum *super d. 4.* & S. Bonauenturam *in 2. sent. lib. 2. dist. 7. per totum.* quod manifestiùs demonstratur: quòd Christus delatus fuit à Dæmone ex eo, quod omnes Theologi firmiter ibi concludunt, quòd Christus, dum statueretur super dicto pinnaculo, reddidit se inuisibilem circumstantibus qui ibi aderant, ne insurgerent clamores in populo, putantes miraculosè Christũ ascendisse locum: qui si propriis pedibus naturaliter ascendisset, non erat opus quòd se inuisibilem redderet, ex quo nihil mirandum fecisset. Fatendum est igitur quòd Diabolus ipsũ assumpsit de terra & raptim vnico ictu statuit illũ super dicto pinnaculo. Cùm itaq; Dæmõ portauerit Christum in vero corpore, qui erat Deus & homo: & verũ corpus humanũ habebat, ipsũq; mouerit de loco ad locũ, etiã sursũ, quod difficilius est motu locali, Deo permittẽte, nulla ratio diuersitatis redditur, quare nõ possit etiã Deo permittente portare homines istos, ipsosq; mouere motu locali ad nutũ de loco ad locũ, eo maximè accedẽte hominis volũtate, secũdùm ea quæ diximus *suprà in 3. euidẽt.* Tertiò probatur sic: Si humanus spiritus, qui est anima, quæ est inclusa in isto carcere terreno corporis humani, habet vires mouẽdi corpus ipsũ de loco ad locũ, ascẽdẽdi, descẽdẽdi, currẽdi, saltãdi, sistẽdi, & aliud quoque corpus supra suũ portandi ad omne eius libitũ, quæ est minùs potẽs natura angelica vt dicit S. Aug. *in 3. de Trinit.* & S. Thom. *d. q. 16 art. 10.* quantò magis Dæmon, qui est substãtia spiritualis libera & soluta, nullóq; premitur pondere carnis, quis neget quòd similes operationes naturales & lõgè maiores in assũpta corporali forma diuina potẽtia nõ reprimẽte operari nõ possit? Certè nemo. Et quòd ipse Dæmon sit lõgè maioris roboris quàm homo, imò pluribus hominibus simul, habetur per S. Aug. *in lib. 10. de Ciuit. Dei* relatũ *26. q. 5. c. nec mirũ. §. super hoc.* Nõ est igitur mirãdũ, si dæmon corpus humanum per æthera portare possit, & quàm velocissimè, dummodò diuina voluntas sibi non repugnet: ad quæ faciunt ea, quæ diximus *suprà in 4. euidentiali*, & quæ dicemus *infrà in sequenti membro.*

Christus à diabolo de terra eleuatus est.

Spiritus omnes multæ sunt potentiæ.

¶. Quartò dico, quòd vnusquisque eorum, quæ sua sunt, est bonus moderator & arbiter, *l. in re mãdata. C. manda.* & de rebus propriis quisque potest ad libitum suum disponere, imò ab ipso Domino auferri non potest absque eius libito voluntatis, *l. id quod nostrum est. ff. de reg. iur. l. fin. ff. de pact.* & per Bart. *in l. iuris gentium. ff. eod. tit.* Istæ enim strigimagæ, magi & sortilegi per illam professionem effecti sunt Dæmonis creaturæ, eo quòd sponte

Quisque rerum suarum moderator & arbiter est.

ſua ſub illius imperio & poteſtate ſe ſubiecerunt, vt latiùs *ſuprà* diximus *in 2. & 3. quaſt.* ergo ſequitur quòd Dæmon de ipſis, ſiue in anima, ſiue in corpore, ad eius libitum quidquid vult diſponere poteſt Deo permittente, qui in hoc Dæmoni nullum præſtat impedimentum: ſed relaxat ſibi arbitrium & libertatem virium ſuarum: in iſtos dico profeſſos, nó autem in alios ſecundùm quod dicit S. Aug. *in libro 10. de Ciuit. Dei.* & *in 4. de Trinit.* & S. Thom. *d. quaſt. 16. art. 9. & 10.* & habetur *in cap. Epiſcopi.* ibi: *Mentem quam Diabolus captiuatam tenet per quaque deuia ad eius libitum deducit, &c.* Ex quo enim ipſi ſemel Deũ reliquerunt abnegantes fidem Catholicam & totum Chriſtianæ religionis cultum, non eſt dicendum quòd Deus ampliùs ipſos protegat, vel de his curam aliquam habere velit: ſed illos dimittit penitùs ſub poteſtate & arbitrio Satanæ, poſtquam illi ſponte & ſub eius imperio ſe ſubiecerunt: & eum principem habere voluerunt: cùm ſint igitur extra communionem fidelium, non ſunt ampliùs oues Chriſti, quæ fuerunt traditæ in cuſtodiam Petro: ſed ſunt oues externæ, ſcilicet Diaboli; vt habetur *in cap. firmiſſimè.* & *in cap. excommunicamus, in princ. extra de hæret.* & *d. c. nec mirum. 26. quaſt. 5.* & *eadem cauſa. quaſt. 1. qui ſine Saluatore mirantur:* ergo ſic Dæmones illos deferũt etiam in corpore, primò quia reſpectu ſubſtantiæ ſpiritualis adeſt potentia naturalis: ſecundò quia reſpectu diuinæ majeſtatis nullum præſtatur impedimentum, vt concludunt Theologi *in locis ſuprà notatis.*

Qui sũt extra communionem fidelium non ſunt ampliùs oues Chriſti.

§ Quintò probatur hæc concluſio ex maiori, per ea quæ habentur *Exod. 7. cap.* vbi dicitur quòd magi Pharaonis arte Dæmonum conuerterunt virgas in Dracones, & fuerunt veri Dracones, non autem ſuperſtitioſi, nec illuſorij, vt dicit S. Aug. *ſuper Gloſ.* ibi, dicens quòd Dæmones hoc facere potuerunt eorum virtute naturali, per aliquas potentias naturales ſeu per quædam ſemina collecta, quæ habent vim putrefaciendi ligneas virgas & conuertendi in lubricam draconis ſpeciem, ſecundùm quod dicit S. Aug. *in 3. de Trinit.* quem refert & ſequitur S. Thom. *in dict. tract. qq. quaſt. 10. ver. ad octauum in tit. de miraculis.* vbi dicit quòd licèt iſta apud nos videantur eſſe miracula: quia humana virtus iſta non capit, nec ſe extendit ad illa: tamen quoad ſecreta naturæ, & Dæmonis intelligentiam non ſunt miracula, imò opera ipſius naturæ Dæmonis induſtria fabricata. Item not. aliud mirabile Dæmonis arte factum: legitur in ſacris Literis, quòd Simon Magus arte Dæmonum canes loqui faciebat, nec dum eſt annus elapſus, quo caſus iſte euenit in facto Romæ, vbi mulier quædã magica vetula quæ Frãciſca Senenſis dicebatur, artis diabolicæ plurimùm perita, canem quemdam magnæ ſtaturæ nigrum totum, ſecum ducebat, quẽ poſt nonnullas preces reuerenter emiſſas loqui admodum faciebat, & voce quadam velut humana articulata proferebat, quæ audita fuerunt à pluribus: & maximè à quodam Sacerdote presbytero, qui rem ipſam propalauit domino almæ Vrbis Senatori, qui de mandato S. D. PP. adiuncto ſibi Reuerend. D. locum tenente Vicarij ſui, vnà cum quibuſdã aliis viris maximæ doctrinæ & experientiæ, mulierem ipſam ſolemniter examinarunt: & comperto facinore flammis publicè conſumpſerunt ipſam: quæ canis loquela duplici modo fieri potuit ſecundùm Thom. *dict. q. 5. de miraculis.* aut quòd Dæmon aſſumpſerit corpus in forma canis, omnium

Magi Pharaonis an conuerterint virgas ſuas in veras Dracones.

Canis loquela.

nium partibus ſuis bene proportionatum, & locutus fuerit: aut quòd eſſet canis verus & naturalis: & Dæmon per impulſum aëris motu locali ſonum quendam formauerit ſimilitudinem litteratæ & articulatæ vocis habentem: & hoc modo etiam dicitur quòd Aſina Balaam allocuta fuit ad ipſum duabus vicibus, habetur *Num* 22. *cap.* vbi Aſina ipſa, quæ portabat Balaam, ibat ad regem Balaac qui miſerat pro eo, videns aſina Angelum reſiſtentem in via, & ſe opponentem Balaam, Aſina declinauit à recto tramite & iuit per agros: Balaam percutiebat illam, volens quòd iret per viam, illa recuſabat; & adeò vehementer percuſſit illam, quòd cecidit: & tunc Dominus aperuit os Aſinæ, & locuta eſt ad Balaam, dicendo: Quid feci tibi? cur percutis me? At Balaam dixit, Quia commeruiſti & illuſiſti mihi; vtinam haberem gladium vt te percuterem. Cui Aſina iterum reſpondit: Nonne animal tuũ ſum? cui ſemper inſidere conſueuiſti vſque in præſentem diem: dic quid ſimile vnquam fecerim tibi? At ille ait, Nunquam. Quæ verba adeò bene & articulatè ab ipſa aſina prolata fuerunt, quòd ab homine dicta viderentur: ſed hoc factum fuit ab angelo ex diuina voluntate, vt ibi dicitur: & dicit S. Thom. *in dict. quæſt.* 5. *ad tertium*, quòd Angelus mouẽs linguam Aſinæ prædictæ per crebram aëris repercuſſionem protulit articulata verba, de quibus *ibi*, naturalium verborum ſimilitudinem habentia: text. autem ibi dicit quòd Dominus aperuit os Aſinæ, non Angelus. Vide Thom. *in dict. quæſt.* 5. *& 6. in tit. de miraculis.* Vltimò non omittam illud, quod dixit Valer. Max. quòd olim Romæ fortunæ ſimulachrum quoddam marmoreum, quod poſitum erat in via Latina, dicitur locutum fuiſſe infrà ſcripta verba ad Matronas illas Romanas. *Vos ritè me matronæ vidiſtis, ritèque dedicaſtis.* Ne putes iſta fuiſſe Poëtarum figmenta: quia ſi talia eſſent, profectò ſacri Theologi in ſuis diuinis literis non insererent approbando, prout fit per S. Thom. *in d. quæſt.* 5. 1. *art.* 4. *not.* & eſt Gloſ. not. *in cap. Moyſes in ver. habitare.* 22. *quæſt.* 2. quod Angeli tam boni quàm mali habitant in ſiccis corporibus, ſcilicet in ſtatuis lapideis, æneis & marmoreis, & in cadaueribus defunctorum inanibus, in quibus ipſi Dæmones dant reſponſum: & refert exemplum Saulis, qui adorauit Diabolum: & aliàs dixi *ſuprà* quòd Dæmon ſub idolorum forma peractis ſacrificiis & precibus ſortilegorum ſiue magorũ, ipſis interrogantibus & ſcire quærentibus, quæ occulta ſunt, reſpondet ad propoſitum voce quadam ſonanti articulata verba, ac ſi ore hominis procederent: nihilominùs neque vox neque verba naturalia ſunt, ſicut humana: ſed ex crebra aëris repercuſſione per Dæmonem concitata verba illa prolata fuerunt, vt *ſuprà* dictum eſt. Si igitur hæc fieri poſſunt arte & virtute Dæmonis, quæ longè maiora ſunt, & intellectus humani minùs capacia & difficiliora, quòd canis aut aliud animal brutum, ſeu ſtatua marmorea verba articulata protulerint, quantò magis credendum eſt, quòd Dæmon poſſit hominem corporaliter deferre motu locali aut brutũ, quod minus eſt, quàm animal de nouo creare, vel vnam ſpeciem in alteram transformare, prout diximus *ſuprà* de virga conuerſa in draconem.

Aſina Balaam qua ratione ipſum allocuta ſit.

Angeli habitãt in ſiccis corporibus.

Dæmonis vox vt proferatur.

¶ Demùm, vt res ipſa cunctis clariùs innoteſcat, ſubdam exemplũ. Annis citra viginti in agro Sabinenſi vicino vrbi Romæ, in quodam oppido erat quidam ruſticus habens vxorem, quæ erat de expreſſa Dæmonis professione, & pluries ab eo interrogata, an esset de dicta professione, semper audacissimè negauerat: qui maritus ex quibusdam signis quæ viderat in maiorem suspicionem incidit: vnde decreuit velle videre si verum erat, quòd de nocte ipsa exiret extra domum, & quorsum tenderet, & pluribus noctibus summopere inuigilauit, vt videret quid ipsa faceret, quæ semper volebat post maritum ire dormitum, & diu postquàm ipse intrauerat in lecto multoties vigilabat: demùm nocte quadam hora quinta vel circa, qua ipsa citata ire tenebatur ad ludum, ipse maritus iacebat quasi dormiens, & ipsa venit ad illum ad perscrutandum verùm dormiret; quod videns maritus statim finxit altiùs dormire, & grauiori somno teneri: ipsa viso dormiente retrocessit statim: & pedetentim ibat lento gradu: tunc maritus magis argutè inuigilat, atque obseruat cum diligentia cuncta quæ vxor ipsa faciebat: demùm vidit quòd accessit ad quendam angulum domus, & eleuata quadam cista assumpsit pyxidem seu ollulam quamdam quæ suberat: deinde exutis vestibus cœpit inungi cum certo vnguento ex dicta ollula existente in igne calefacto; postea pyxidem seu ollulam prædictam ad pristinum eius locũ reposuit: deinde vidit illam velociter exeuntem de domo ac si pedibus nõ tangeret terram, post cuius discessum maritus assurgẽs accessit ad ostium, quod clausum optimè vidit etiam cum pessulo siue stanga interiùs: de quo magis obstupuit: posteà accessit ad angulum, ex quo illa vnguentum assumpserat, & repertã ollulã accepit, & alibi abscondit & reuersus fuit in lectũ, perfecitq; somnũ vsq; ad mane. Die verò sequẽti reuersa vxore maritus illam interrogauit quónã proficisceretur nocte illa quãdo ex domo recessit media nocte sola: quæ à principio fortiter negabat salua fronte: tũc maritus sũpto ligno cœpit illã fortiter verberare, vt haberet veritatẽ: ipsa adhuc indurato corde insistebat: demùm maritus sumpta pyxide siue ollula: Ecce (dixit) mulier maledicta, vide, si credis quòd nouerim scelera tua, & grauiter sibi comminatur, aut quòd mortẽ subiret, aut illum doceret quomodo facit illas vnctiones & discessus: quia volebat omninò accedere ad congregationes illas, quas intẽdebat omninò videre, & quæ fierent in eis: tunc mulier ipsa cõfusa, dũ vidit pyxidem vnctionis, fassa est ingenuè errorẽ suũ, implorãdo suppliciter veniã ab ipso viro: qui libenti animo sub fide promisit ei indulgeri, dũmodò ipsũ adduceret secũ vna nocte ad cõgregationes prędictas: ipsa tunc aperiens os suum cœpit vera loqui & cuncta dictæ professionis capitula recensuit: & ostendit voluptates, illecebras, gaudia immensa, quæ inde assumebant, & de amœnitate & delectatione ludorũ, magnificentia choreatũ, opulentia conuiuiorũ, Principis illius liberalitate, & de vltimi effectus dulcedine cuncta narrauit: ex quo indulgentiam admissorũ à marito ipso impetrauerat, qui maritus curiosus ista videre & interesse, præcepit vxori, vt quàm primùm ad dictam congregationem accessura erat ipsum euocaret: quæ mulier promisit illum adducere, & impetrata priùs licentia à domino Satana de adducendo maritũ ad ipsam congregationem: adueniente hora, adhibitis vnctionibus, vnusquisque ipsorũ super suo hirco equitando quàm velocissimè peruenerunt ad locum ipsius congregationis, & antequàm discederent de domo vir ipse diligenter præmonitus fuit ab vxore, vt summoperè præcaueret ne in itinere eundo vel redeundo, aut in loco congregationis signo Crucis se muniret,

Obseruatio rerum maleficarũ vxoris Sabinensis à marito.

Interrogat etcetera vir Sabinensis de facto.

Sabinensis vir equitat in hirco ad ludos

muniret, aut illius nomen, nec Dei, vel Iesu Christi quouis modo cõmemoraret, maximè in laudãdo vel adorando, qui sic facere promisit. In quo loco sistentes vxor dimisit maritum in certa parte, monendo ipsũ vt illã expectaret donec reuerteretur à præstãdo obedientiã earum Principi Satanæ (quemadmodũ vnusquisque aliorum tenebatur) qui maritus videns tã innumerã virorum ac mulierum multitudinẽ illic adesse vehementer obstupuit: finita obedientia fiunt tripudia & choreæ quàm celeberrimæ cũ maxima cymbalorum, tympanorum, aliorùmque instrumentorum dulcedine: & tripudiãtium numerositate, ordine quodam retrogrado contra morẽ, naturam & ordinẽ chorearum, quibus nos vtimur: quibus peractis præparantur mensæ quàm amplissimæ cum maxima epularũ & conuiuantium copia, & optimis ferculis, vxor illa ex indulgentia Principis introducit maritũ ad mensam, comedere incipiunt: maritus degustans epulas insipidas, petiit salem, qui nullus aderat in omnibus mensis: nec dum veniens quisquam cum sale iterùm petiit atque rogauit: procedente mora iterùm atque iterùm, térque quatérque salem ipsum supplicando petiit: & toties replicauit, quòd Dæmon quidam salem ipsum attulit: vnde maritus videns salem summopèrè gauisus est: & præ gaudio magno dixit hæc verba: *Hor laudato sia Dio: pure vche questo sale.* Quo verbo prolato, postquàm auditum fuit nomẽ Dei laudatum, vnico momento cuncta periere: & omnes vndique statim discesserũt, mensæ, epulæque omnes consumptæ sunt, luminaria cuncta, quæ multa erant, illicò extincta sunt: adeò quòd maritus ipse reperitur solus, & nudus in loco ipso in medio tenebrarũ, stetitq; sub illa frigidissima nocte Beneuentana per totã noctẽ vsque ad mane, cũ maximo frigore & periculo: die verò sequenti vidẽs pastores qui pascebant greges circa loca vicina, ab ipsis petiit vbinam esset ipse, quæ regio illa diceretur: cui responsũ fuit, quòd erat Beneuentana: quæ distabat à patria ipsius viri centum milliaribus vel circa: ipse verò erat nudus sicut alij, qui vadũt ad choreas Dæmonũ, multùm malè se habuit in partibus illis, adeò quòd sustulit periculũ mortis: & quia valdè ignotus erat in ea regione & sine pecuniis, coactus fuit mendicare ostiatim amore Dei: adeò quòd inuenit tunicellã quamdam satis contritã, vt posset se tueri à frigore, quod tunc vigebat: & sic paulatim quærendo victum in itinere amore Dei, tantùm ambulauit, quòd peruenit ad patriam spatio octo dierum, vel circa: & erat adeò deformatus & macilentus, quòd à paucis recognoscebatur: & accedens ad curiam Principis illius castri detulit querelam contra vxorem suam, & quasdam alias mulieres eiusdem professionis eius socias, quæ omnes fuerunt incarceratæ, & dum à principio negarent, instante viro prædicto & testimonium verum de visu ferente, tandem omnes fassæ sunt, & ardentissimis flammis combustæ.

*Nomen Dei non inuocatur à strigib.*

*In laude Dei diabolica pompa euanescit.*

¶ Nec dum decem lapsi sunt vel circiter anni, quòd mulier quædam iuuencula intra 16. annum ætatis existens adhuc virgo, eiusdẽ Sabinensis diœcesis, ex altero tamẽ oppido oriũda, à quadã alia malefica strige seducta, vt religionem diabolicam profiteretur, ad ludũ adducta fuit, & præmonita ne signo crucis se muniret, aut Deum, Iesumve Christũ collaudando memineret; postquàm locum congregationis accesserunt, iunior ipsa videns tam maximam mulierũ virorúmque multitudinem, & principem

*Puellæ Sabinensis historia.*

 ipsum

ipsum Satinam in solio maiestatis tam superbè sedentem, & tot auratis ornamentis & purpureis vestibus decoratum vehementer obstupuit: & quæ simplex erat virgo incauta, primæ monitionis oblita ob rerum magnificentiam & maximum stuporem, quo apprehensa erat, se signo crucis muniuit dicendo: *Iesu benedetto che cosa e questa?* Nec dum verba prædicta perfecerat, cùm statim cuncta euanuere: & omnibus luminaribus penitùs extinctis sola hæc misera inter maximas tenebras valdè mœsta reperitur, & quàm maximus pauor vehementer illam apprehendit, ex quo penè mortua est: sed recordata de nomine Iesu & Beatæ Virginis Mariæ deuotissimis precibus se illis commendauit, vouitque castitatem perpetuam, si incolumis inde euaderet, & diuino auxilio adjuta, tantæ solitudinis periculum mox euasit: quia quidam senex rusticus vnà cum filio & asello transibat prope locum prædictum, vbi erat ista puella, quæ plurimùm lamentabatur de sorte sua: qui senex audito gemitu accessit ad illam dicens: Filia mea quid facis istic sola isto tẽpore nocturno: quam cùm nudã videret, magis obstupuit, quę simplex virgo maximâ erubescentiâ ducta, quæ nihil habebat, vnde pudibunda protegeret, post multas lacrymas, gemitus & suspiria huic viro quàm plurimùm se commendauit vt illam secum adduceret ad domum suam, qui senex accepit pallium suum & posuit super humeris puellæ, & illam secum ad domum suam, quæ non multùm distabat, adduxit: & in itinere totam seriem facti sibi narrauit: qui senex stupore & pietate plurimùm afficiebatur: audiuitque ex qua patria, quibusue parentibus orta esset, & decreuit senex omninò hæc eius parentibus enunciare, & puellam ipsam eisdẽ restituere: ingressi sunt domum: vxor senis, quæ erat multùm pia, perquàm blandè virginem recepit, & apud se in lectum retinuit: ac deinde per duos vel tres dies maxima charitate & materna pietate tractauit, eamdem vestibus suis induit: & post triduum maritus accepit asellum, & comite filio puellam ipsam equitantem ad patriam suam illæsam reduxit, propriisque parentibus eamdem restituit, qui dudùm fleuerant perditionem filiæ, putantes ne aliquis miles, aut alius nequam vir nocturno tempore rapuisset eamdem: senex maxima veneratione & amoris dulcedine à parentibus puellæ amplexus est, receptisque muneribus pro se & filio, dimissa puella, ad domum suã reuersus fuit: quæ quidem puella postquam dono Dei & gratia Beatæ Mariæ Virginis tam graue periculum euaserat, decreuit omninò votum iam factum adimplere, & ingressa fuit monasterium sancti Francisci, assumptoque habitu solemniter professa fuit & castissimè vixit, cuius parentes liberum præstitere consensum; illam verò maledictam strigem, quæ filiam suam adduxerat ad illum locum denunciauerunt curiæ, & re comperta publicè fuit igne combusta. Hæc enim quæ audiui retuli: modò referam quæ ipse vidi & in facto habui, quæ plura sunt, tamen duo tantùm quæ recentiora sunt referam. Anno Domini 1524. mense Septembri, dũ essem in quodam Castro Monasterij S. Pauli de vrbe, apud regionem Sabinensem, vt mea quædam illic expedirem, & mox ad vrbem reuerterer, summis precibus rogatus à Reueren. P. Domino Abbate illius monasterij, qui est Dominus in temporalibus dictorum Castrorum, vt accederem ad aliud Castrum eiusdem monasterij ibi vicinum, quod Nazanum appellant, ad examinandum tres mulieres male-

ficas

Striges Nazanæ Sabinensis territorij. ficas siue striges (vt dicebant) quæ in arce ipsius Castri aliquandiu inclusæ remanserant, & quæ ex earum dictis acciperem, sibi referrem, atque consulerem quid mihi in re illa agendum esse videretur. Ego enim qui meis præpeditus eram, licet non potuerim absque magno meo incommodo illuc accedere, & huic rei vacare: nihilominùs vt morem gererem tanto viro, quem aliàs in meis valdè gratum & benignum reperi, non potui euitare quin ad eius preces mihi mandata seruarem. Accessique ad illas, quarum vnam, quæ mihi facilior videbatur, examinare cœpi, & pluribus exhortationibus, vt veritatem aperiret, persuadere: quæ demùm post aliqualẽ hæsitationem cœpit vera loqui, & sẽ ipsam totam fateri: qualiter ipsa erat de secta illa strigimagarum expressè professa, in qua professione institerat per annos quatuordecim continuos, quibus continuum commercium habuerat cum dæmone, & nominauit alteram mulierem maleficam quæ fuerat eius magistra, & ad ipsam professionem adduxerat: & quòd isto tempore plurima maleficia fecerat & contra hominum personas, & contra iumenta; ex quibus homines tres perierant, iumenta autem quatuor: & quòd agrorum plurium segetes immaturas ventis, grandinibus, & tempestatibus strauerat, & penitùs deuastauerat: & multa alia his similia obscœna machinata fuerat arte illa malefica ad vlciscendum iniurias suas.

¶ Quam ego subtiliùs interrogans, vt clariùs haberem quæ sunt istius diabolicæ religionis, seu professionis secreta. Primò enim perscrutatus fui quidem illam professionem, quam mulieres ipsæ faciunt cum dæmone, & quibus modo & ordine ad illam accedunt, & quibus cæremoniis & solemnitatibus vtuntur in ea. Ad quid se obligant Dæmoni. Sub qua forma verborum fit obligatio ipsa inté postea quæ sunt ab eis seruanda, & ad quæ tenentur. Similiter quæ præmia habent, & quæ habere sperant ab earum Principe Dæmone; & ex quibus rebus simplicibus vel mixtis componunt vnguenta, quibus liniunt corpora sua dum vadunt ad ludos, & cum quibus etiam rebus faciunt alia venefica maleficia. Item quem ordinem tenent quando accessuræ sunt ad ludos prædictos: & si est verum quòd vadunt corporaliter, vel illa fit illusio, siue visio quædam in apparentia in mente & intellectu: & casu quo accedant corporaliter an ambulent pedibus propriis, vel aliter deferantur, & quomodo, & per quem. Item quomodo & qualiter celebrant sacrificia, quæ offerunt, preces, & munera dæmoni. Item quæ sunt illis præcipua in obseruantia in dicta professione, & alia quædam, quæ nunc non recordor: quæ quidem mulier sub spe veniæ cuncta à principio vsque ad finem recensuit quæ professio ipsa requirit exprimendo omnia & singula illius capitula. Primum enim dixit, quòd quando adducta fuit per illam eius magistram ante tribunal Principis earum, qui est diabolus in forma Regis, præsidens in solio maiestatis, instructa priùs à magistra quid factura erat, venit, & oportuit primò abnegare baptismum & omnia Christianæ fidei documenta relinquere: deinde Ecclesiastica Sacramenta cuncta projicere, pedibúsque propriis conculcare crucem & imagines Beatæ Mariæ Virginis & aliorum Sanctorum: quãuis hæc vltima non fiunt coram eo: sed alibi: posteà satis est quòd ista promittant se facturas quàm primùm se det occasio: deinde fecit obligationem per solemnem stipulationem in manibus ipsius Principis, qua vo-

Sortilegiis initiatarũ solemnitates.

uit

uit & promisit quòd perpetuò erit illi fidelis & obediens . & omnibus eius mandatis parebit. Deinde medio iureiurando tactis scripturis super quodam magno libro obscuras paginas continente præstitit homagium siue perpetuum vassalagium: & quòd nũquam redibit ad fidem Christi, nec diuina præcepta seruabit, sed solùm ea quæ per ipsum principem erãt decernenda: & quòd perpetuis futuris tẽporibus erit obediensilli , & veniet continuò, cùm vocata fuerit, ad ludos & congregationes nocturnas: & quæ in eis per alias mulieres fiunt ipsa faciet: & quòd etiam aderit sacrificiis illorum nocturnis, & solitas preces & cultum adorationis præstabit: & vota quæcumque quæ ipsa præstare contigerit pro viribus adimplebit: & quoscumque poterit alios ad eamdem professionem adducet. E conuerso autem ipse Princeps egregia fronte promisit eidem mulieri sic præsenti præstare perpetuam felicitatem, gaudia immensa & voluptates quascumque in hoc mundo habere desiderauit, & demùm post hanc vitam longè maiora munera consequetur. Quo facto statim vnum dæmonem constituit ad custodiam ipsius mulieris , quam nunquam relinquere debeat , sed illi inseruire in omnibus , quæ ipsa cupiet , & quotiescumque contigerit ad ludos accedere, hoc ipse intimabit mulieri , & illam deferet & instruet, vt *suprà*: qui quidem dæmon associatur ei tanquam maritus vxori: insuper dixit quòd sæpiùs accedunt ad congregationes illas, vbi maxima mulierum numerositas congregatur , & non vident illa in mente & intellectu in apparentia , sed in vera & naturali forma accedunt ad loca prædicta hoc modo & ordine: videlicèt quia primò per vnum vel duos dies antequàm fiat congregatio intimatur sibi per dæmonem illum , qui est ad ipsarum custodiam constitutus: qualiter nocte tali & tali hora se præparet ad veniendum ad ludum: quæ mulier, si haberet iustam causam impedimenti, deducitur & auditur dummodo sit causa vera & excusabilis , quæ legitimè excusare posset, alioquin si fingeret habere causam, quæ nulla esset, vt non accederet, non deferebatur inuita, sed remanebat in domo sua , nihilominùs pro pœna sui mendacij adeò fortiter cruciabatur à dæmone , vt in mente & in corpore maximis & continuis doloribus & ægritudine intrinseca vel extrinseca tam fortiter vexabatur, quòd die noctéque nihil penitùs quietis haberet: sed semper tribularetur, & omnia , quæ ipsa ageret euanescerent & perirent in fieri, adeò quòd necesse fuit vt tot mala cessarent quòd peccatum suum fateretur & promitteret etiam medio iureiurando, quòd ampliùs non recusabit accedere : & hoc modo euasit ab illis malis. Cùm verò promitteret accessuram statim adueniente nocte & hora, euocabatur voce quadam velut humana ab ipso dæmone, quem non vocant dæmonem, sed magisterulum, aliàs magistrum , *Martinettum* siue *Martinellum* hoc nomine diminutiuo, quæ sic euocata mox sumebat pyxidem vnctionis, & linibat corpusculũ in quibusdam partibus & membris: quo linito exibat ex domo & inueniebat semper magisterulum suum in forma hirci illam expectantem apud ostium suum, in quo mulier ipsa dixit quòd equitabat , & applicare solebat fortiter manus ad crines , & statim hircus ille ascendebat per aërẽ, & breuissimo tẽpore deferebat mulierẽ ipsã vsq; ad nucẽ Beneuẽtanã, & ibi illam suauiter deponebat, vbi innumera mulierũ virorũq; multitudo corã Principe illo vndique confluebat.

Magisterulus Martinettus. Equitatio in hirco.

§ Primum

¶ Primùm autem quod faciendum erat per ipsas mulieres erat signum obedientiæ & reuerentiæ, quæ fiebat coram principe ordine quodam retrogrado in oppositum directo illi reuerentiæ quam nos præstare solemus: nos enim inclinamus caput, humeros flectimus genu crure retrò curuato, voluentes vultum ad Principem siue ad alium quem veneramur: ipsi verò faciunt contra, quia terga voluunt versus principem, & caput curuant versus humeros, adeò vt mentum cælum respiciat, crura verò non curuant retrò vt nos facimus, sed eleuant sursum à terra à parte anteriori: & ita seruatur ibi. Peracta igitur reuerentia princeps mandat quòd omnes tripudient, salténtque cum lætitia & gaudio, sumentes vnaquæque voluptates suas, & vnu quisque dæmonum accipit mulierem suam ad cuius custodiam deputatus est: & cum ea gerit saltationes illas magna lętitia atque dulcedine: & interim præparantur mensæ cũ lautissimis ferculis abundantissimè ornatæ, & celebratis choreis veniunt ad conuiuia: quibus completis & cibatis omnibus extinguuntur luminaria omnia: & quisque dæmon in forma incubi, scilicet viri, suam capit mulierem: si qui verò sunt viri habẽt dæmonem suum in forma succubi, scilicet mulieris, & sic adinuicem adimplent coïtum carnis cum maxima voluptate, quo officio completo reuertuntur ad domũ omnes equitantes super illis hircis: sacrificia verò, cùm fiunt, fieri solent statim post peractum reuerentiæ signum, fit adóratio, qua expleta deueniunt ad tripudia & alia, de quibus *suprà*, quamuis sacrificia ipsa celebrare solent etiam in aliis locis extra locum congregationis, putà in domo priuata vt in quibusdam locis occultis: vt latè diximùs *suprà eodem q. 3. & 5.* Sed aduerte ad duo, quòd ipsa dixit, vnum est, quia dæmones festinent reportare illas ad domum antequam labatur nox, & antequam pulsetur campana pro *Aue Maria*, demanè, quæ pulsari solet in aurora, vel parum antè: quoniam si fortè pulsaretur campana tempore quo deferuntur ad domum, necesse habet illarum magister in eodem loco, vbi audit sonum prædictum, deponere mulierem aut virum, nec potest ampliùs ipsum vel ipsam tangere: sed necesse est quòd residuum iter pedibus propriis ambulet, quod perrarò quidem euenire solet; quia ita velociter ipsas reportant, quòd non impediuntur à sono. Secundum est quod retulit, quòd quotiescumque interfuerat ludis, ita fessa reuertebatur ad domum propter illas choreas & crebras saltationes, quia erat debilis complexionis (vt apparebat) quòd per tres vel quatuor dies malè se habebat in corpore propter magnos labores quos sustinuerat, quam similiter cum Dæmone suo, dum esset in forma incubi, sæpissime fuisse carnaliter cognitam maxima cum delectatione testata fuit. Hæc illa ibi. Aliud breuius exemplum superaddam: alia quoque mulier eiusdem professionis, quæ vnà cum præcedenti erat incarcerata: dum deferretur à Dæmone suo reuertendo à ludis prædictis in itinere antequam peruenirent ad domum, dum esset vicina oppido patriæ suæ audiuit pulsare campanam de mane pro *Aue Maria*: vnde Dæmon necesse habuit illam deponere & discedere, quam deposuit statim & dimisit in quodam agro iuxta quamdam ripam, vbi erant spineta quædam, & in dicto loco ipsa misera mulier necesse habuit expectare vsque ad manè: quò lux

Coïtus Dæmonũ cum Strigibus.

Lassæ & fatigatæ à choreis domum redeunt Sortilegæ.

lux clara appareret: ſed fortuna profuit ſibi: quia illa die in aurora, & in diluculo quidam iuuenis illius oppidi ibat ad alium locũ ibi vicinum, quem ipſa vidẽs tranſeuntẽ cognouit atque vocauit nomine proprio, quod audiẽs iuuenis prima facie timuit aliquantulũ: ſed videns poſteà mulierem ipſam, quæ ſeminuda erat à femoribus ſuprà & crinibus ſparſis capillata tota, magis obſtupuit, nec audebat ad ipſam accedere: nihilominus illa adeò benignè & humiliter ipſum rogauit vt accederet ad illam, quòd venit & interrogauit eandem poſtquam illam recognouit, cur illic ita ſola moraretur in ea forma: cui illa dixit quòd tota nocte aſellum ſuum, quẽ perdiderat, perquiſierat & numquam potuit illũ inuenire: cui iuuenis ſubridẽs minúſq; credẽs dixit: Hoc enim aliud ſibi quęrit quàm aſelli inquiſitio. Qui quærit aſellum vadit cum ſocio, & nõ ſola, ſic ſeminuda & capillata: aliud eſt quod quęrebas dixit ipſe, dicas mihi veritatẽ ſi vis quòd adiuuẽ te: vnde venis, vbi fuiſti, quid facis hîc ſola? quis te adduxit, dicas mihi omnia, ſi vis habere ſuffragiũ & ero tibi ſecretus & fidus?

¶ Tunc mulier ipſa, Lucretia nuncupata, quæ erat ſatis pinguis & pulchra, licèt ſatis timeret ſæuitiam viri & ſuorũ conſanguineorum, confiſa eſt de iuuene illo rogãdo ipsũ priùs ſummis precibus ne cuique reuelaret factum illud, ſed taceret: quia ipſa volebat pinguiora munera ſibi elargiri: cui iuuenis ſub fide promiſit quòd abſque dubio nulli referret, & ille futurus erit ſibi ſecretiſſimus: tunc ipſa faſſa eſt, quòd reuertebatur ea nocte à ludis Beneuẽtanis: & dum eſſet in itinere, & deferretur per aërẽ à magiſtello ſuo, audito ſono cãpanę, quę pulſatur de mane pro *Aue Maria*, fuit ſibi neceſſe, quòd illam deponeret in terrã eodẽ loco in quo reperiebatur quãdo audiuit ſonum prædictum, & hoc modo ipſa ſic ſola reperiebatur ibi: qui iuuenis acceſſit ad illam & præſtitit ſibi opem in reueſtiendo & recaptãdo ſe. Deinde comitatus illam vſque ad domum abſque eo, quòd aliquis factũ illud aduerteret: pro cuius laboribus & fide mulier ipſa donauit dicto iuueni vnum par calligarum, vnum biretrum, & camiſiam vnam, & certas petias caſei rogãdo eum iterum iterúmque vt taceret: & ita promiſit & tacuit rem ipſam per plures menſes: deinde neſcitur quo ſpiritu aut indignatione vel lapſu iuuentutis ductus rem ipſam ſecreto modo cum vno, deinde cum altero propalauit: adeò quòd paulatim res deuenit ad notitiam curiæ: vnde mulier ipſa capta, & cum aliis incarcerata fuit, & iuuenis ille vt teſtis omnia hæc medio iuramento depoſuit: adeò quòd ipſa quoque poſt multa facinus ſuũ diutiùs tergiuerſare non potuit: ego tamen illarum ſententiis intereſſe nõ potui: quia neceſſe mihi fuit ad vrbẽ reuerti, illáſque dimiſi earum iudici ordinario, vt iuſtitiã faceret: ſed cuncta præfato dño Abbati retuli, prout inueneram, qui mandauit ſuo Locum tenenti, vt de ipſis iuſtitiam faceret: & iidem ad paucos dies retulerunt mihi, quod vitam ſuam finierũt flammis: iſtarum vnguenta vidi atque tetigi, & quaſdam alias maleficas mixturas: quibus grauiſſimas ægritudines in humanis corporibus inferebant: & illud etiam vidi, quo hominem ad earum libitum in furorem & inſaniam inducebant: quæ omnia mãdaui igne comburi. Ex quibus omnibus manifeſtè deprehendi poteſt, quòd verẽ & corporaliter deferũtur, non autem in ſpiritu illuduntur: ad quid enim opus erat quòd illa prior conquereretur de laſſitudine corporis & membrorum, poſtquam reueſſa erat à ludis: vbi di-

xit

xit quòd per tres vel quattuor dies se malè habebat in corpore propter magnos labores dictarũ choreãrum, si in spiritu dumtaxat fuisset apprehensa illusione illa, nõ erat opus quòd conquereretur de corpore & nimio labore, quia corpus non laborat in somniis, sed animus dumtaxat, vt *d. c. Episc.* Altera etiam mulier, de qua in vltimo exemplo, non fuisset comperta sola in illo loco, nisi fuisset in corpore: vt ex prædictis patet.

Sed quæro nunc, quare est quòd in ista secta vt plurimùm sunt mulieres, viri autem rarò sunt?

Resp. plures redduntur rationes per Doctores. Prima est, quòd mulier tanquã debilior & fragilior faciliùs decipitur à Diabolo, & credit omnia, quæ ipsi persuadẽtur: *c. Forus de verbo. sign. c. 1 de cland. desp.* & habetur. *Gen. 3. c.* vbi Diabolus serpens priùs decepit mulierẽ, quàm virum, eo quia magis credula fuit. Alia potest esse ratio, quòd hoc faciunt propter explendam libidinem carnis, quam alio modo non possent absque ignominia satiare: isto enim modo capiunt delectationem cum Dæmone, & complent desiderium suum absque eo quòd contra ipsas insurgat infamia, vt ex plurium ipsarum mulierum confessionibus accepi, dum ista subtiliter indagarem. Quidam alij dixerunt, quòd mulier est magis vana & curiosa, & magis familiaris Diabolo, quàm sit vir, & quæ minùs timet transgressionem præcepti superioris quàm vir, quasi quòd magis regitur voluntate, appetitu & sensualitate quàm ratione, vt habetur *xxiij. q. vij. quod proposuisti 2. q. v. Adam* & *c. mulier*, & not. Gl. *in d. c. 1 de cland. desp.* & *d. c. iij. super Gen.* & *ibi* per sacros DD. Ex prædictis itaque concludo, conclusionem ipsam esse sufficienter probatam, cui non habent obstare quædam, quæ *superiùs* in contrarium adducebantur. Et primò non obstat tex. *in d. c. Episc.* super quo tenentes contrarium se omnes fundãt, cui licèt per alios DD. antiquos & modernos fuerint datæ plures responsiones, ad vnum tamen tendentes scilicet, quòd ille tex. non loquitur de secta ista strigum, sed de alia longè diuersa ab ista. Ego tamen idem comprobando alio modo respondebo ad illum tex. declarando literam & mentem illius Concilij: & antequam ad vlteriora procedam præmitto, quòd omnis lex recipit interpretationem à ratione sua, maximè quando ratio in lege reperitur expressa, quæ magis attendenda est, quàm dictum legis, *l. adigere. §. quamuis ff. de iur. patron. l. cum pater § dulcissimis. ff. de leg. ij. l. milites prohibentur.* & *l. milites agrum, in prin. ff. de re milit. l. nomen. l. fin. ff. de leg. iij.* & Bar. *in l. ij. §. videndum. ff. ad Tertul.* idem Bar. *in l. omnes populi, in vij. q. principali ff. de iusti. & iur.* Barb. *in l. si constante, in v. col. in vij. & ix. q. ff. solut. mat. & in l. si verò. §. de viro, eo. tit.* & *in l. 1. C. quæ sit lon. con. & infr. distin. c. consuetudo per Gemi. in s. vbi periculum in ij. not. de elec. lib. vi.* & est glo. not. *in Clem. 1 de elec. in vers. eligatur.* & Gl. *in d. c. consuetudo. inf dist.* Ideo dicunt DD. quòd cui non conuenit ratio legis, minùs conuenit ipsa lex. *d. l. cum pater. §. dulcissimis. & d. l. nomen in fi.* & *d. l. milites. in prima, & in ij ff. de re milit.* Quibus præmissis, dico, quòd ratio principalis illius cap. & intentio Cõcilij Ancyrani nõ fuit velle impugnare & habere pro impossibili, quòd dæmon Deo permittente non possit hominem corporaliter deferre de loco ad locum motu locali: quia si fuisset istius intentionis, dixisset contra communem omnium Theologorũ & Canonistarum sententiam, imò contra tex. propriũ sancti Euangelij

*Matth.3. Luc.4. Marc.1.* *in princ.* vbi apparet quòd Diabolus temtando Christum, qui erat Deus & homo naturalis, detulit ipsum corporaliter super pinnaculum templi,& in montem excelsum, vt latiùs *infrà* dicemus. Intentio igitur finalis illius Concilij *in illo ver. Illud etiam non est omittendum &c.* fuit velle improbare & damnare errorem illum, in quo erant mulieres illæ scelератæ, de quibus *ibi*, quę erãt hereticæ & in sua obstinata opinione damnatæ:& quæ fuit ratio principalis atque finalis, quare Concilium illud declarauit mulieres illas esse hæreticas & damnatas. Cùm dico principalis, fuit illa, quam ponit ibi tex videlicet, Cùm aliquid diuinitatis aut numinis esse extra vnum Deum arbitrantur. Hæc est ratio principalis, quæ facit illas esse damnatas; quod meliùs declaro sic. Concilium illud *in princ. text.* ponit generale edictum, quo mandat omnibus Episcopis & Clericis, vt summo studio elaborent perniciosam sortilegam & magicam artem ex parochiis suis penitus eradicare, & sic primò improbat artem: deinde deuenit ad speciem, scilicet ad homines illius artis peritos, dum dicit: Quòd si aliquem virum aut mulierem huiusmodi sceleris sectatorem inuenianr turpiter dehonestatum ex parochiis suis dejiciant, quia subuersus est, & is etiam qui similis est sibi, subuersi sunt omnes, & à Diabolo captiui tenentur, qui relicto Creatore suo, Diaboli suffragia quærunt: & ideo à tali peste debent mundari sanctæ Ecclesiæ. Hic enim remanet completa oratio primę partis capituli, vbi Concilium mandat extirpari hanc reprobam artem magicam & sortilegam, & illius professos turpiter dehonestatos; & externos à fide catholica ex omnibus parochiis suis expelli, ad hoc vt sancta Ecclesia à tali peste liberetur. Deinde incipit secunda pars ibi: *Illud etiam non est omittendum, quòd quædam scelerata mulieres retrò post Satanam conuersæ &c.* vbi Concilium prædictum mutauit sermonem, & posuit alium casum diuersum à præcedenti: quod patet *ibi* dum dicit, *Illud non est omittendum quòd quædam scelerata mulieres &c.* tex. *ibi in princ.* locutus fuit de mulieribus, quæ artem magicam & sortilegam profitentur *ibi* dum dicit: *Si aliquem virum, aut mulierem huiuscemodi sceleris &c.* si enim Concilium prædictum in illa secunda parte voluisset intelligere de eisdem mulieribus, de quibus fuerat facta mentio in principio, tex. non dixisset per illa videlicet, *quædam scelerata mulieres &c.* sed dixisset per aliqua verba repetitiua earundem personarum & qualitatum, videlicet, *eadem ipsa dicta*: vel *predicta*: vel alia similia verba: ex quo enim text. in dicta secunda parte non fuit locutus per verba repetitiua: sed per diuersa, & diuersum sensum, & casum demonstrantia, fatendum est de necessitate quòd ille sit diuersus casus à præcedenti,& sic diuersa species personarum; & quòd sit verum clariùs demonstrabitur *infrà*. Concilium igitur deueniendo ad secundam partem exponit illarum mulierum professionem, & qualiter sub falsis illusionibus & phantasmatibus illuduntur à Dæmone: deinde enumerat quasdam operationes, quas mulieres illæ profitentur facere cum Diana vel Herodiade deabus suis, quarum iussionibus ad illarum seruitium euocantur: & nocturnis horis accedere profitentur: sed vtinam hæ solæ in sua perfidia periissent, & non multas alias ad illarum interitum pertraxissent: deinde ponit modum infidelitatis,

tatis, & errorem exprimit, quòd principaliter deducuntur in hæresim, dum dicit: *Nam innumera multitudo hac falsa opinione decepta hæc vera esse credunt*, scilicet quia putant Dianam & Herodiadem esse veras deas: & posse illa opera, de quibus ibi, perficere & credendo à recta fide deuiant, & errore paganorum inuoluuntur. Ratio finalis & principalis omnium supradictorum operum, & damnatæ credulitates, ex qua dicuntur hæreticæ nunc ponitur, dum dicitur, *Cùm aliquid diuinitatis aut numinis esse extra vnū Deū arbitramur.* Et hucvsq; perficitur secunda oratio & dictum illius secundæ partis: deinde sequitur improbatio illarum falsæ opinionis & erroris prædicti. Ratio igitur finalis est illa, quam proximè dixi, ex qua omnes alij errores & illusiones successiuè dependent, cùm credunt illas Dianam & Herodiadem esse veras deas, & in eis multùm diuinitatis & numinis esse: & iste est verus intellectus illius capituli, si bенè consideretur in verbis & in mente. Stante igitur ratione prædicta expressâ, secundùm illam, verba ipsius legis sunt interpretanda: & vbi ratio ipsa non conuenit, lex quoq; omninò cessat, *d. l. cùm pater. §. dulcissimi, ff. de leg. 2. l. hæc actio.* & *ibi* Bart. *ff. de calum. l. is qui animo. ff. de acquiren. possess.* Ratio autem prædicta non condicta non conuenit, neque verificari potest in hac secta strigum & maleficorum, quippe, quia ipsi vel ipsæ non decipiuntur ista falsa opinione, putantes inseruire deabus istis, & extra vnum Deum aliquid numinis esse: sed ipsæ vident, cognoscunt & apprehendunt expressè quòd istarum Princeps cui inseruiunt, & obediunt & quē adorant, est Diabolus inferni, inferior Deo, & inimicus Dei: sed illi inseruiunt relicto Creatore propter mundi vanitates ad explendas illarum libidines, *d. c. Episcopi. in princ. & cap. si quis Episcopus, eadem quæst. 5.* si enim ratio ipsa, de qua *suprà*, istis strigimagis non conuenit: verba legis & illius dispositio minùs conuenire debet, per ea quæ proximè dicta sunt, eo maximè: quia ratio legis determinata restringit dictum legis: vt illa duntaxat lex ipsa comprehendat, ad quæ ratio illa naturaliter adaptari potest, & non vltrà, *d. l. cum pater. §. dulcissimi. & l. hæc actio.* & *ibi* Bart. *ff. de calumnia.* & *l. is qui animo ff. de acquiren. possess.* & *prima distin. consuetudo.* & not. Glos. *in Clemen. pri. de elec.* & per Geminia. *in cap. vbi periculum. in prin. eod. tit. lib. 6.* Cùm autem istæ sint exclusæ à ratione, dicuntur esse exclusæ à legis dispositione, per ea, quæ *suprà* diximus: nec obstant exempla & auctoritates, quas textus *inferius* deducit de Paulo & Ezechiele: quia illa omnia referuntur ad sectam illam: de qua *ibi*, non autem ad strigas siue maleficas, de quibus *hic*: fateor tamen, quòd strigæ istæ & maleficæ in quibusdam conueniunt cum mulieribus illis, de quibus *in dict. cap. Episcopi, in secunda parte.* in hoc scilicet conueniunt, quia vtraque secta inseruit Diabolo, etiam illius imperio gubernatur: sed vna scienter, altera ignoranter: vna decipitur, altera decipit. Conueniunt & in alio: quia quoad effectum æternæ damnationis ita sunt damnatæ illæ, sicut istæ: ita Dæmones habent imperium super illis sicut super istis, & eodem modo illæ sunt eliminandæ & deiiciendæ extra Parochias, sicut istæ strigimagæ: quia omnes sunt damnatæ: non tamen sequitur si in aliquibus conueniunt & æquiparantur: ergo in omnibus debent esse equiparatæ: quia data diuersitate rationis, datur etiam diuersitas iuris: vt *suprà* diximus & dicemus

Ratio legis principalis est attendenda.

etiam *infrà eo tit. q. 12.* dum declarabitur materia poculorum, ſiue venenorum: & vt dixi extra communionem fidelium poſitæ ſunt illæ, ſicut iſtæ & omnes tanquam oues morboſæ ſũt penitùs à Chriſti fidelibus euitandæ, ne ſanas oues morbo illo inficiant, *l. 2. C. de ſum. Trinit. & l. hi qui ſancta. C. de apoſta.* quia omnes ſunt eiuſdẽ diabolicæ religionis, ſed diuerſæ profeſſionis & habitus: dico animi, non corporis, & ordinis profeſſæ, ſicut monachi & moniales Chriſtianæ religionis diuerſos ordines profeſſionis accipiunt: ad vnum tamen diuinũ cultũ omnes tendentes: ita iſti dãnati diuerſos ordines & ritus accipiũt, & ſub diuerſis ordinibus & moribus diabolo inſeruiunt, & diuerſis quoque nominibus nuncupantur: quidam ſunt hæretici; quidã Manichæi: alij verò apoſtatæ: alij ſchiſmatici, Donatiſtæ, & ſimiles, de quibus *in l. Manichaeos. C. de haeret. & l. 1. & l. hi qui ſanct. C. de apoſta.* & habetur per gloſ. Abb. & alios Doct. *in rub. & in c. 1. de apoſta. & de ſchiſmat.* & hoc eſt quod in effectu voluit dicere tex. *in c. excommunicamus, lo primo, & lo 2. in prin. extra de haeret.* vbi dixit: *Facies quidẽ habẽtes diuerſas, caudas autẽ adinuicẽ colligatas*, quia de vnitate cõueniunt in id ipſũ, per facies verò diuerſas intellexit de diuerſis ordinibus ſortilegorũ, per caudas colligatas intellexit de vnico cultu eiuſdẽ diabolicæ religionis: quia omnia eorũ opera tendunt ad cultũ Satanæ, ſiue in mente & intellectu, ſiue in corpore fiant. Ad hoc vide quæ dixi *ſuprà in pri. euidentiali huius q.* Illæ igitur mu-

Striges & apoſtatæ differentia.

lieres, de quibus *in c. Epiſc.* dicuntur propriè hæreticæ ex quo perſiſtunt in illo errore, putantes aliquid Numinis eſſe in illis deabus, & illas eſſe veras deas relicto Deo Saluatore noſtro, vt *in c. 1. de ſũ. Trin. & 21. q. 2. qui ſine Saluatore. & firmiſſimè, de haeret.* iſtæ verò ſtrigimagæ, magi, & ſortilegæ, quæ ſciẽter ex propria malitia peccant, relinquẽtes diuinũ cultũ & Chriſti fidẽ & ſcienter adhærentes Diabolo, quẽ ſciunt & cognoſcũt Diabolũ infernalẽ & inimicũ Dei, nõ dicuntur propriè & ſtrictè hæreticæ, quia nullo dicuntur errore ſeductæ: ſed potiùs apoſtatæ & perfidæ: quia ſcienter propria temeritate receſſerũt à fide Chriſti, quãuis iſta earũ apoſtaſia lõgo tẽpore indurata & pertinaciter defenſata trãſit in hæreſim: vt diximus *ſuprà tit. q. 2.* & dicunt gloſ. & Doct. *in rub. extra de apoſta.* & habetur per Imperatorẽ *in l. 1. & hi qui ſancta. C. eo. tit.* vbi apoſtatæ propriè dicũtur, qui ſciẽter & propria auctoritate, ſiue potiùs temeritate retrocedũt à fide Chriſtiana, vt habetur *in d. l. 1.* & in gloſ. *rub. & in c. 1. extra eo. tit.* & per S. Thom. *in ſecunda ſecunda q. 95. art. 5. & 6. in tit. de ſuperſt.* ad quæ faciunt quæ diximus *ſuprà in primo euident.* & *ſuprà* etiã *q. 2.*

¶ Et nota vnũ valdè ſingulare, quòd iſtorũ apoſtatarũ duę ſunt ſpecies: vna eſt quæ ſimpliciter retrocedit à fide, & ſequitur cultum & obedientiam Dæmonis: altera eſt, quę poſtquàm Chriſti fidẽ abnegando poſtergauit, & deiecit ex corde ſuo, iterùm ſe baptizat expreſsè in nomine Diaboli: & aliud nomen ſibi ſuperimponit: licèt vtraq; ſpecies ſit dãnata, prior tamen, ſi peccatum ſuũ reuocat, admittitur ad pœnitentiã & euitat pœnas corporales, ſicut hæretici: vt *l. Manichaeos. Cod. de haeret.* ſecunda verò ſpecies nunquam admittitur ad pœnitentiã in foro iudiciali, ex qua poſſit pœnas corporales, etiam ſi millies abiuraret profeſſionem illam, & vellet ad Chriſti fidem reuerti, non auditur quoad iſtũ effectum: & iſte eſt tex. valdè not. ad hoc *in d. leg. hi qui ſancta. & ibi* gl. *Cod. de apoſta.* eodem modo irremiſſibiliter puniuntur, qui abnegato bap-

tiſmate

Apostata quo casu haeretico sit deterioris conditionis.

tismate Christiano Iudæi effecti sunt, & inter Iudæos commorantur, vt *in l.1.C. de aposta.*] Quoad animam verò in foro conscientiæ admittitur pœnitentia istorum ab Ecclesia & aliorū quorumcumque, vt not. *in d.l. Manichaos.* per Doct. & habetur *in c. Ad abolēdā. & c. firmissimè de haret.* per gl. *in c. Excommunicamus, el 1 eo. tit.* & *c. super eo tit. lib. 6.* & diximus *suprà tit. 1. q. 5 circa finem.* & Ista sit prima differentia, quæ reperitur inter istas, quoad nomen & ordinem professionis.

¶ Secundò differunt in modo profitendi: quia illæ de quibus *in d.c. Episcopi.* non faciunt professionem expressam cum Dæmone sicut istæ, nec credunt inseruire Dæmoni: sed deluduntur sub specie boni, & proptereà dicit text. *ibi*, quòd Diabolus postquam illarum mentem captiuatā tenet, transformat se in diuersas species personarum. Tertiò differūt: quia illæ nulla conficiunt sortilegia, nec maleficia in humanis aut brutorum corporibus, & nemini nocent, nisi sibi ipsis, & proptereà non dicuntur maleficæ, sed hæreticæ: istę verò sunt deterioris conditionis: quia nocent multis per diuersa maleficia, vt latiùs *suprà* vidistis in 2. *&* 3. *quæst.*

¶ Quartò disconueniunt in hoc, quia non reperitur quòd illæ aliquem maleficiatum curauerint, & ipsa maleficia contrariis maleficiis abstulerint: istæ verò publicè incumbunt curæ & medelis maleficiatorum; & postquàm aliquem dicto morbo curauerint sæpiùs indicant maleficiatum saltem aliquibus medicis, vt habetur per S. August. *in lib. 10 de Ciuit. Dei.* & *in 3. de Trin.* & S. Thom. *in d. q. 5 prima partis tract. qq. in tit de mira.* & habetur *26. quæst. 5 nec mirum. §. necromantici. ver. ad hac omnia.*

¶ Quintò quia illæ licèt inseruiāt Dæmoni, virtualiter tamen inseruiunt sub forma dearum & bonorum numinum: istæ verò proprio Dæmoni sedenti in solio maiestatis, cui vt vero & vnico Principi reddunt obediētiam, vt *suprà* latiùs diximus *in 2. & 3. quæst.* Sextò quia non apparet quòd illæ, de quibus *in d.c. Episcopi* accedāt ad ludos, & exerceant ibi choreas & saltationes, & demùm coitū carnalem habeant cum Dæmone, sicut istæ, per ea quæ *suprà* latiùs *in hac quæst.* conclusimus, & per S. Thom. *d. quæst. 5.* Septimò discordant in hoc, quia illæ nulla celebrant sacrificia, nullāque imagines efferunt neque baptizant, aut responsa petunt: istæ verò cuncta opera huiusmodi faciunt, vt *suprà* latè vidistis *in 2. & 3. q. & in hac etiā in primo & 2. fundamento.*

¶ Et quòd sint diuersi ordinis speciē differentes, apparet ex diuersitate tractatuū & capitulorū, & etiā auctorū: ea enim, quæ disponūtur *in d.c. Episc.* decreta fuerunt in Concilio Aquiren. Dispositio autem cap. *Nec mirū* sūpta fuit ex doctrina textualiū S. Aug *in lib. 10. de Ciuit. Dei.* Cùm igitur ex diuersis auctoribus tēporibus & causis decreta ipsa statuta fuerint, superflua fuisset alterius decisio, si vtrūq; eūdē casum comprehenderet vel decideret contra not. *in §. quibus, in prima cōstit. c.* & *in c. si Papa, de priuileg lib. 6.* Ne igitur istud inconueniens superfluitatis succedat, dicamus quòd cap. *Episcopi* loquatur de diuersa specie mulierum ab ista & ab illa, de qua *in dict. cap. Nec mirum.* maximè cùm in veritate plures reperiuntur, species & diuersæ professorum sub hac diabolica religione, vt *suprà* dictum est *in primo euidentiali.* Sed contra prædicta oppono, & dico quòd imò dict. cap. *Episcopi* loquitur de istis strigimagis masculis & fœminis, & de omnibus sortilegiis, vt apparet *in prin. ipsius c.*

dum

dum dicitur, quòd Episcopi & eorum ministri curam habeant, sortilegam & magicam artem à zabulo inuentam extirpare, & si aliquem virum aut mulierem huiusmodi sceleris sectatorem inuenerint, ex parochiis suis omni studio eliminare & deiicere curent. verum est quòd omnes illi qui sunt diabolicæ religionis & sub illius obedientia, debent à limine Ecclesiarum & à Christi fidelium communione repelli, siue sunt hæretici, siue schismatici, siue apostatæ, magi, necromantici, sortilegi cuiuscumque sint ordinis & gradus, aut quocumque nomine nuncupentur, quoad hoc vt à fidelium Christi consortio separentur, omnes æquiparantur ex quo omnes damnati sunt, vt dicuntur veluti oues morbosæ & ab ouili Christi fidelium penitùs externæ, & meritò: sunt igitur ab ipsorum consortio separandæ, vt *l. 2. C. de sum. Trinit.* & *l. hi qui sanctam, C. de apostat. cap. firmissimè. & cap. ad abolendam, extra de hæret.* & *in Clem. 1. eod. tit.* & *dict. cap. Episcop. prin.* licèt enim quoad hoc sint æquiparati, non sequitur ergo quòd quoad omnia censeantur esse æquiparati, vt not. *in cap. Excommunicamus in princ. el primo, & l. 2. de hæret.* licèt enim iurisstator *in princ. d. cap.* fecerit mentionem de hac secta, nihilominùs posteà dum loquitur de illis mulieribus in specie, mutauit casum in facto *in ver. ibi. Illud etiam non est omittendum, quòd quædam sceleratæ mulieres retrò post Satanam conuersæ, &c.* qui est diuersus à præcedenti, vt patet ex his quæ tradit S. Thom. *in dict. quæst. 5. primæ partis tract. 99. tit. de miraculis.* vbi dicit quòd Dæmones possunt mirabiliter in nobis operari dupliciter: vno modo per veram corporis transmutationem, & per veros effectus corporeos. Alio modo per apparentiam & illusionem

Diaboli. cæ sectæ professo. res exterminandi.

Dæmones possunt in nobis duobus modis mirabiliter operari.

sensuum ex aliqua immutatione imaginationis, per quæ verba voluit intelligere de vtraque mulierum secta, subiungens etiam quòd neutra tamen ipsarum operatio est miraculosa, sed ex rebus naturalibus & per modum artis Dæmonis subtilitate inuenta: & hæc sufficiant quoad solutionem oppositionis factæ de dict. cap. *Episcopi.* Ad illud secundum dico, dum adducitur illud inconueniens, quòd Dæmon portare possit &c. solum colligitur ex his quæ dicit S. Thom. *in d. quæst. 5. ver. respondeo in tit. de miraculis.* vbi dicit quòd Dæmones multa possent facere quæ nobis viderentur esse miracula, tamen ea facerent naturali sua virtute & ex rebus naturalibus, si à Deo facere permitterentur: sed quia non permittuntur, imò ea facere non possunt, quæ quidem facultas fuit illis adempta per passionẽ Domini nostri Iesu Christi. Vide ibi, vt singulariter dixit S. Bonauentura *in 3. sent. dist. 19. quæst. 1.* & diximus *suprà quæst. præcedenti.* nec est mirandũ, si Dæmõ strigimagas & alios suos professos defert corporaliter: quia id facere potest Deo permittente, ex quo sunt omnes gregis diabolici: vt latiùs diximus *suprà ead. quæst. in 4. fundamento istius vltimæ opinionis,* & tetigi *suprà* in vltimo fundamento eiusdem post septimam differentiam, *in dict. cap. Episcopi.* & sectam strigum. Pro quo optimè facit dictum illud S. Bonauenturæ *in 3. sentent. dist. 19. q. 3. in 22. & 23.* de quo diximus *suprà quæst. proxim. a. contrario sensu.* si enim diaboli potentia fuit depressa & debilitata per passionem Domini nostri Iesu Christi, à quo fuit manus attrahens penitùs abscissa, manus verò compellens debilitata: & eius vires coangustatæ fuere: illud est verum respectu Christianorum pro quibus effusus fuit ille sanguis pretiosus: illi

verò

verò qui sunt extra baptismum, & abnegarunt fidem Christi sicut Pagani sunt reputandi, & sunt extra omnem gratiam & beneficium salutis, vt *d. c. firmissimè de haeret.* & *l. hi qui sanctã, C. de apost.* Ergo sequitur quòd diaboli potentia, quoad istos, remanet illaesa: per cõsequens deferre potest ad libitũ accedente maximè ipsarum mulierum voluntate & consensu.

3. Obiect. Solutio. ¶ Ad tertium dico quòd Daemones non possunt extendere eorum vires contra iustitiam humanam, & eripere captiuos de manibus publicae iustitiae: quia Deus non permittit, vt dicit S. Aug. *lib. 10. de Ciuit. Dei*, & S. Thom. *dict. quaest. in tit. de mirac.* aliàs sequeretur quòd Daemonis potentia esset supra diuinam, & quòd iustitia omninò periret, & iura omnia subuerterentur, quod Deus nullo modo patitur, vt dicit Thom. *ibi.* Vide quae dixi *suprà eo. quaest. 5.* Ad quar-

4 Obiect. Solutio. tum non negatur, imò conceditur, quòd Daemones possunt mirabilia operari in imaginatiua & humano intellectu, quae verisimillima sunt & vera vndique esse videntur: ex hoc tamen non sequitur quòd non possint aliquas operationes naturales efficere & mouere corpora inferiora; vt latè diximus *suprà in primo fundamẽto:* & etiam *in secundo huius conclusionis*, & S. Thom. *in d. quaest. 5. ver. respõdeo.* vbi dicit quòd Daemones possunt mirabiliter in nobis operari dupliciter, vno modo per verã corporis trãsmutationem: alio modo per praestigiosam mentis illusionem & formas apparentes, vt habetur *in dict. cap. Episcopi, in 2. parte.* Ad quintum, dum datur de illo exemplo, respondeo quando Daemones facilè possunt homines decipere, dum capiunt mulieres ad ludos praedictos, & illorum sacrificia celebranda, necesse est quòd habeãt mulierẽ in corpore & earũ naturali forma, si ea quae cupiũt, perfici volunt, & proptereà, ne sequatur scãdalũ aut periculũ contra ipsas, Satanas mittit aliũ daemonẽ in forma succubi, qui iacet ad latus mariti loco vxoris, quoties cõtingit omnia vxoris officia in thoro cõiugali etiã coïtus subire, non denegat, sed libẽter appetit; & adeò se bene accõmodat quòd quẽquẽ etiã sapientissimũ falleret. Vide S. Thom. *in d. q. 5.* & dixi *suprà* latè *in primo fundamẽto conclusionis, & in 2. euidentiali*, dũ dixi de operationibus Incuborum & Succuborum: nempe velle quòd hi qui tenent aliã opinionẽ, quòd deferuntur solùm in spiritu, reducerent nihil in intellectu illum ad practicam. Aut enim volunt quòd Daemon capiat partẽ spiritus, scilicet animae, quia spiritus hominis idem est quod anima, vt not. declar. Arc. *in c. Moyses. 5. 1. q. 2.* & hoc facere nõ possent, quia anima est vnica in substãtia, & indiuisibilis, & nullam recipit diuisionem in quantitate, nec in qualitate, vt dicit Philos. *in primo de anima*, & est glos. not. & *ibi* Abb. *in c. 1. de sum. Trinit. in ver. simplex.* & Var. *in l. stipulationes non diuiduntur. ff. de verb. oblig. in 5. opp.* vbi dicit quòd anima est indiuisibilis, & est tota in toto, & tota in qualibet parte corporis. Aut volũt, quòd daemon capiat totũ spiritũ siue totã animã, & necesse esset quòd remaneret hominis cadauer, & sic mortuũ absẽte anima, & sequeretur maius incõueniẽs, quia esset in potestate daemonis auferre vitã homini, & illi defũcto restituere, & sic mortuũ suscitare: quod est impossibile, quia solus Deus hoc facere potest: & nulla creatura, neq; angelica, neq; humana habet hãc facultatẽ suscitãdi mortuũ, vt dicã *infrà in 10. q.* Vnde nõ video quomodo illorum opinio possit saluari intelligẽdo de strigib. & magis Et si tu diceres, Nõ dico, quòd daemon auferat totã, nec partẽ animę sed delu-

Daemones in locum vxoris maleficae succubant viro.

Impossibilis operatio strigum in spiritu solo.

dit dormienté per illa signa præstigiosa, formata in intellectu præsẽtata per immutationẽ imaginationis, quod facere potest Dæmon. Tunc respondeo quòd est impossibile, vt tot naturales operationes, quæ fiunt per istã sectam strigimagarum, maleficorum & aliorum similium fieri possint in spiritu solo, quin interueniat corpus & membra naturalia: quomodo enim possent in congregationibus & ludis prædictis tot choreas, reuerentias, & retrogradas saltationes efficere, nisi corpus adesset? Quomodo posset coïtum carnis implere, quem faciunt in singulis congregationibus ludis completis, nisi corporaliter interesset? Nec dicendum est quòd sit pollutio somniantis, quia dæmones possunt verè & corporaliter cum mulieribus coïtum perficere & illas quandoque reddere prægnantes in assumptis corporibus, secundùm ea quæ *suprà* diximus *in* 2. *euidentiali istius quæst.* ergo sequitur necessariò, quòd corporaliter perficiunt coïtum: non nego tamen quòd etiam non possunt in somniis pollui diabolo operante. Quomodo etiam possent illorum sacrificia & cæremonias celebrare, & imagines illis imponere? si in solo spiritu hæc fierent, quarum imaginum olim vnam vidi Romæ & manibus palpaui: & erat vera species materialis habens materiam & formam: & formata erat ex quibusdam mixturis mihi ignotis. Quomodo etiam possent tot maleficia & sortilegia contra humana corpora fabricare, nisi corporaliter interessent? in spiritu enim vel in somniis nemini vnquam vidi iniuriam fieri, nec occidi quemquam. Cùm igitur operationes istæ & aliæ huiusmodi, quæ sunt naturales & corporeæ, non possunt fieri nisi per corpus & membra: ergo sequitur quòd strigimagæ & aliæ similes deferuntur & intersunt corporaliter & non in spiritu solo: & per ista sum expeditus de ista septima difficili quæstione.

---

## CAP. VIII.

### SVMMARIVM.

1 *Diabolus aut sortilegus an possit nocere corporibus Christianorum?*

2 *Maleficium potest solis verbis perfici.*

OCTAVO quæro, si Dæmon per se non potest nocere corporibus Christianorũ, qui non sunt de sua religione: quia Deus id non permittit, vnde fit quòd sæpiùs infantes ad latus parentum & in propriis gremiis matrum reperiuntur quandoque suppressi: & eorum corpuscula conscissa & mutilata, aut aliqua alia intrinseca ægritudine polluta, ex qua sæpiùs polluuntur? Solutio. Dic, quòd licèt Dæmon per seipsum corporibus Christianorum nocere non possit ad illos maleficiandum, vtitur instrumento maleficæ siue magi, qui vel quæ cum vnctionibus, pulueribus, cæterisque mixturis maleficis, & venenis prædictis infantibus & aliis in occultæ noctis silentio, dum dormiunt parentes, & omnes quiescunt, ipse Dæmon aperit ostia, etiam si fortissimis ferris clausa essent, & illas maleficas intromittit, per ostium dico, aut quandoque per fenestras in domo maleficiandi, quos sic intromissos instruit quomodo facere debeant: & ne lux candelę aut lucernę impediat maleficum, ne discooperiatur aut cognoscatur à maleficiando, ipse dæmon in assumpta

Diaboles aut sortilegus an nocere possit corporibus Christianorum.

ta forma felis siue catæ, lucernam, lampadem, siue candelam, quam lucentem reperit illicò extinguit, vt maleficus ipse commodiùs possit maleficia sua perficere, quibus peractis maleficus tutus abit: Dæmon verò vt faciliùs illinc recedere possit aperit ostia, deinde recludit, prout ante illa repererat. Nec putes (vt quidam ignari vulgares asserunt) quòd ipsæ striges seu malefici transforment seipsas in speciem catæ aut alterius animalis bruti: quia hoc est impossibile Dæmonj quòd possit hominem transformare in alteram speciem: vt diximus *suprà quæstione præcedenti*, & dicemus *infrà eod. quæst.* 10. bene verum est quòd ipsemet Dæmon assumit illas varias formas & facit operationes illas, de quibus *suprà*, secundùm quod declarat S. August. *in lib.* 10 *de Ciuit. Dei. & in* 3. *de Trinit.* & S. Thom. *dist. quæst.* 5. *primæ partis qq. disput. in tit. de miraculis.* & S. Bonauentura *sup.* 3. *sententiarum quæst.* 3. & *in capit. Episcopi* 26. *quæst.* 5. Et vt faciliùs, & sine periculo ipsi malefici possint perficere dicta eorum maleficia, Dæmon est illis præuius & tanquam dux in tenebris, quos ducit ad lectum maleficiandi, discooperit pannos & ostendit omnia, quæ facienda sunt dormientibus omnibus, quibus ipse Dæmon imponere potest iuxta caput semina quædam aut pulueres, ex quibus inducitur profundus somnus: quibus sic dormientibus introducit maleficum, & omnia perficit: & hoc ego aliàs referri audiui à duabus mulieribus maleficis, quas pro maleficiis huiusmodi pre manibus examinandas accepi: & est verisimile, quòd ita sit, quia nunquam reperi, nec audiui quòd aliquis maleficus siue malefica fuerit vnquam apprehensus in flagranti crimine, & videtur quodammodo impossibile, quòd euntes in domos alienas & per secreta domus nocturno tempore clausis ostiis atque fenestris possent ita tutè in obscuris tenebris ingredi & euadere absque aliquo rumore vel scandalo, nisi haberent ducem Dæmonem, qui illas in operibus ipsis saluas redderet.

¶ Quandoque nullo veneni haustu vel mixtura in corpore vel extra corpus adiecta: sed sola potentia carminis & verborum perficitur maleficium, vt habetur *in cap. nec mirum*, §. *magi* 16. *quæst.* 5. vbi text. refert dictum Lucani,

*Mens hausti nulla sanie polluta veneni, &c.*

¶ Et ego aliàs vidi Romæ quemdam magum excellentissimum Græcum tempore Adriani VI. antequam perueniret ad vrbem Ponti, ipse qui solis verbis compresserat vires cuiusdam ferocissimi tauri existentis in armento in loco syluestri, quem sic affixum (vt ita dixerim) & humiliatũ apprehendit per cornua, & cordulã quadam satis debili, arte tamen magica fabricatã taurum ipsum ligatum quò voluit, adduxit media nocte circiter quatuor aut quinque milliaribus: & hæc notoria sunt quæ visa fuerunt per ducentos & vltra viros; quem posteà habui in carceribus Capitolinis examinandum: & omnia ista & maiora quoque ingenuè fatebatur verborum potentia efficere posse, qui tamen posteà euasit imperfecto examine fauoribus populi Romani & quorundam Magnatum.

## CAP. IX.

### SVMMARIVM.

1 *Sortilegi quare incarcerati, & in publica custodia detenti non vtantur arte sua.*

2 *Sortilegi qualiter cognoscantur verè vel fictè poenitere.*

3 *Deus quandoque impedit diabolicā operationem ad conseruationem Christianæ religionis.*

ONO quæro quare est, quòd postquam isti malefici & strigimagæ sunt in manibus publicæ iustitiæ incarcerati non faciunt se corporaliter deferri à dæmonibus in quibus iacent, vt possint saluare vitam, & euadere pœnas corporales, quòd quidam iudices curiosi quandoque tentarunt experientiam rei videre, & tamen nihil fecerint: quia post multa viderunt ex eorum sortilegijs nullum penitùs effectum sortiri huiusmodi corporalis delationis: & propterea multi tenuerunt, quòd ipsi malefici & strigimagæ corporaliter deferri non possunt à Dæmone. Pro solutione istius quæst. duæ redduntur rationes per sacros Theologos & Canonistas *in cap. nec mirum. 26. quæst.* 5. Prima est quòd Dæmon qui nil auidius cupit quàm animas multas lucrari, & ad tenebras inferni multifariàm fraudibus homines protrahere, quàm primùm videt hominem ipsum apprehensum, & illius animam sub sua potestate subiectam, nil aliud quærit, nisi vt separetur à corpore, vt, quam adhuc sub conditione retinet, certam lucretur, quæ posset per pœnitentiam illius imperium subterfugere & se reunire cum Christi fidelibus. Ad hoc igitur vt certam eius prædam possideat, semper quærit illius mortem & dissolutioně animæ à corpore: quia nonnulli quandoque reperti sunt qui reuocauerunt errorě suū & grauě susceperunt ex cōmisso crimine pœnitentiā, & residuū vitæ suæ sanctissimè duxerūt: & proptereà dicunt, quòd tunc diabolus nil aliud satagit nec laborat in alio, nisi persuadendo malefico vt persistat in opinione, & professioně ipsā nullatenùs reuocet, sed in ea perseueret vsq; ad fině vitæ: quia licet adducatur ad furcas & superimponatur igni, ipse dæmō statim illū arripiet corporaliter & liberabit à laqueo & flammis, adeò quòd nullū penitùs dolorě patietur: & casu quo mori contingeret, trāsibit sine pœna supplicij, & liberabit se à tot periculis huius mundi, & longè maioribus gaudiis in alio sęculo fruetur cum eo. His igitur illusionibus & falsis persuasionibus ab eo præmunitus sæpiùs tenaciter perseuerat in eius opinione: nec curat quoquo modo errorem suum reuocare & pœnitentiam agere: sed obstinatus permittit potiùs vltimo supplicio perire.

¶ Quædam verò ex ipsis maleficis mulieribus reperiuntur, quæ erroris sui mirabiliter se pœnitere videntur, & maximis fletibus agere pœnitentiam: quæ omnia fictè peragunt, nullámque gerunt in corde mæstitiam, aut veræ pœnitentiæ amaritudinem.

¶ Ad cognoscendum autem an verè vel fictè pœniteant, maximè mulieres, quæ habent faciles lacrymas, aduertendum est ad oculos ipsarum, an in fletu & gemitu huiusmodi emittunt lacrymas, quas si non emittant, nulla adest cordis contritio, sed omnia simulatè fiunt: & aliàs audiui à quodam excellentissimo Canonista, qui erat etiam

optimus

optimus Theologus quòd regula ista est verissima, maximè in mulieribus, quæ non laborãt multùm in lacrymis, & dixit mihi quòd lacrymæ ipsæ sũt signa manifesta veræ & internæ pœnitentiæ: & adduxit mihi tex. *de pœnit. distinct. 1. c. Petrus. & 2. cap. lacrymæ.* vbi dicitur quòd lacrymæ lauant delictum, quòd pudor est magnus cõfiteri: & habetur *Luc. 3. cap.* & ego aliàs habui in facto nondum tertius est elapsus annus Romæ in Agro Sabinensi, dum quamdam vetulam maleficam examinarem, quæ iam viginti annos in ipsa professione compleuerat, & infinita quodammodo sortilegia venefica suis mixturis fabricauerat, & magnum Christianorum numerum diuersis ægritudinibus pollutum reddiderat: quosdam verò occiderat, raros vel nullos sanauerat: quæ postquàm confessa fuit crimen, dum ego prosequerer illius examinationem per horas duas & vltrà, quàm maximè videbatur condolere de suis commissis excessibus, & continuos fletus & suspiria conficiebat, asserens se velle professionem illam omninò relinquere, & ad veram orthodoxæ fidei religionem reuerti: verùmtamen in tanta fletus & suspiriorum copia nullam vnquàm etiam minimã lacrymam emittere potuit: ad quod ego aliàs instructus plurimùm aduerti: & visum fuit quid valdè mirabile, quòd mulier fleret sine lacrymis: & nisi vidissem, fortasse non credidissem: licèt in viro non sit mirandum, ex quo ipsi duriores sunt in lacrymis: non tamen nego, quin mulieres possint in multis confingere lacrymas, vt aliàs dixit Cato,

*Instruit insidias lacrymis, dum fœmina plorat.*

In actu tamẽ pœnitẽtiæ videtur quid mirãdũ: sed dici potest quòd diuina iustitia hoc agit fauore pœnitentiæ.

¶ Secunda ratio redditur, quare non possunt euadere quando sunt incarcerati: quia diuina iustitia tunc non permittit Dæmonem posse suam naturalem potentiam exercere erga illos: ne aliqui iudices & officiales curiosi, forsan videntes aliqua signa manifesta liberationis eorum inuitarentur ad prosequendum illorum professionem: & hoc est quod dixit sanctus Augustinus *in lib. 3. de Trinit. & in 10. de Ciuit. Dei* & S. Thom. *in tract. qq. primæ partis. quæst. 5. in tit. de mira.* & Canonistæ *in cap. nec mirum 26. quæst. 5.* quòd Deus impedit potentiam Dæmonis in quibusdam ad obseruationem Christianæ fidei: vt latè diximus *sup. eod. tit. 7. quæst.* quia aliàs fides ipsa Christiana paulatim tota subuerteretur, maioremque potestatem videretur habere Diabolus, quàm Deus, & iudex qui est minister Dei, *11. quæst. 3. nemo contemnat. & c. seq.* & imò tunc Deus resistit Dæmoni, & illius vires comprimit, per ea quæ not. S. Aug. *in lib. 10. de Ciuit. Dei*: & refert & sequitur S. Thom. *in d. tract. qq. d. q. 5.* & dixi *suprà 10. q. 7.*

---

## CAP. X.

### SVMMARIVM.

1 *Sortilegia an hæresim sapiant manifestam, vt à iudice Ecclesiastico debeant examinari.*

2 *Deo soli reseruata quæ sint.*

3 *Dæmoni naturaliter conuenientia, & à Deo sibi concessa quæ sint.*

4 *Sortilegium cum hostia consecrata factum an sapiat hæresim manifestam.*

5 *Sortilegia simpliciter non sapiunt hæresim.*

6 *Imagines facere ad amorem prouocandum superstitiosum dicitur potiùs quàm hæreticum.*

7 *Sortilegium duo præsupponit considerandа.*

8 *Tentatio est præcipua Diaboli conditio.*

9 *Adoratio Diaboli sapit hæresim manifestam.*

10 *Modus & forma quibus Diabolus inuocatur, est in materia sortilegij consideranda.*

11 *Sacerdotes diuina exercentes, vt contra naturam aliquid eueniat, an possint dici sortilegi.*

12 *Imagines indebitè & viliter tractantes an sint hæretici habendi.*

13 *Sortilegium cum hostia non consecrata an sit hæreticum.*

14 *Sortilegi in forma imaginis aliquem affligentes an sint manifesti hæretici.*

15 *Sortilegia in quibus reliquiæ Sanctorum admiscentur, an sapiant hæresim.*

16 *Sortilegia, in quibus admiscentur essentialia, vel substantialia Sacramentorum Ecclesiasticorum, an hæresim sapiant.*

17 *Secreta cordium sortilegio inquirens hæreticus dicitur.*

18 *Sacramenta Ecclesiastica non operantur in turpem vel indebitum finem.*

19 *Sortilegia, in quibus interueniunt res benedictæ, non sapiunt hæresim.*

20 *Sortilegium multis concurrentibus censetur hæreticum.*

1. DECIMO videndum est, an & quando huiusmodi sortilegia & opera maleficorum sapiant hæresim manifestè: ita quòd ipsorum rei & machinatores iudicis Ecclesiastici inquisitores hæreticæ prauitatis examini subiiciantur, & hæreticorum pœnis puniantur. Respond. in hoc deueniendum esse ad distinctiones. Sed antequàm ad vlteriora procedam pro euidentia. Præsuppono primò quòd quædam sunt quæ ad solum Deum Creatorem pertinent, ex quo illa reseruauit sibi in priuilegium, nullique creaturæ etiam Angelicæ illa concessit, prout est hominem verum naturalem creare, vt habetur *Gen. 2.* & S. Thom. *in 1. parte tract. 99. in tit. de poten. gener. & de creatio. q. 2. art. 6. q. 3 art. 1. & 2. & 4.*

Reseruata Deo soli.

Creatio hominis Dei est.

¶ Vel iam creatum in melius, aut deterius reformare: aut in alteram speciem commutare, vt *ibi* dicitur. Item mortuum suscitare, ita vt verè & naturaliter viuat, sicut resuscitatus fuit Lazarus, qui iam quatriduanus erat, vt habetur *Ioan. 11. cap.* & quando etiam filium illius viduæ dum deferretur ad sepulturam ex feretro suscitauit & surgere iussit, vt habetur *Matth. 18 cap.*

¶ Item futura scire ex vera & perfecta scientia ad solum Deum pertinet, vt dicitur *Esa. 41. c. Annunciate nobis quæ ventura sunt in futurum, & sciemus quia dij estis vos.*

¶ Item cæli motum sistere ab eius vnica voluntate dependet, vt inquit S. Thom. *in tract. 99. in prima parte q. 1. art. 3. & 6.*

¶ Item secreta cordis humani, quę in animo sunt occulta, nec dum ad aliquem actum extrinsecum deuenerunt, solus Deus est seruator & verus cognitor, vt habetur *Matth. 22 cap.* vbi Christus optimè cognouit secreta cordis Pharisæorum, qui cupiebant ipsum calumniari apud Cæsarem, ex eo quòd vocabat se Regem Iudæorum: & propterea interrogarunt ipsum, cuinam deberent offerre tributum, ipsi, vel Cæsari? Tunc Iesus petiit ab eis vt ostenderent sibi monetā aliquam, si habebant: & vnus ipsorū exhibuit numisma: quod Iesus videns, interrogauit cuiusnam esset illa imago

Pharisæorum calliditas contra Christū.

imago in numiſmate ſculpta? At illi reſponderunt, Eſt Cæſaris imago. Tunc Ieſus reſtituens illis numiſma dixit: *Reddite ergo quæ ſunt Cæſaris Cæſari, quæ ſunt Dei Deo*, demonſtrans quòd Deus non quærit theſaurum pecuniarum, ſed corda fidelium & opera charitatis, *de pœnitent. diſt.* 1. *ecce.* & *c. ſeq.* & *diſt.* ij. *c. radicata.* & *c. ſeq.* 2. not. in *c. à nobis, de ſent. excomm.* & *in c.* 1. *quia cle. vel votent.* Et iſta ac his ſimilia nullus Dæmonum nec Angelorum facere aut cognoſcere poteſt, ſed ſolus Deus, vt dixi, & habetur ij. 7. iv. *c. conſuluiſti.*

¶ Quædam verò ſunt ſub cognitione & naturali potentia Dæmonis, & quæ Dæmon ipſe permiſſu diuinæ clementiæ facere poteſt: quia ſibi non reprimit, & hæc multa ſunt, inter quæ eſt tentandi facultas, & flectendi pudicos animos ad libidinem, & ad alia peccata, vt habetur *in Apo.* ij *c. Nihil horum timeas quæ paſſurus es. Ecce miſſurus eſt Diabolus aliquos ex vobis in carcerem vt tentemini: & habebitis tribulationem diebus decem, &c.* S. Aug. *lib. x. de ciuit. Dei.* & S. Thom. *in ſecunda ſecundæ, diſt.* 95. *qu.* ij. *in tit. de ſuperſtit.* & habetur *Geneſ. iij.* & *Matth. iv. Marc.* 1. *Luc. iv.* vbi Diabolus auſus fuit tentare Chriſtum: & diximus *ſuprà eo. q. vi.*

¶ Item omnium naturalium & virtutum creatarum cognitio tam ſuperiorum, quàm inferiorum, ex quibus quidem rebus naturalibus inferioribus multa fiunt veneficia, & quibus diuerſæ, & quàm plurimæ cauſantur infirmitates in humanis corporibus ſciúntque dictas ægritudines ſic ex accidenti expoſitas contrariis remediis curare; quam quidem ſcientiam naturalium Dæmones poſſunt homines docere & inſtruere quomodo facere debeant ad ſauciandum vel ſanandum corpora hominis, vt *proximè diximus ſuprà eod. tit. in* 6. *quæſt.* & alia huiuſmodi quamplura facere poſſunt eorum natura & permiſſu Dei, vt dicit S. Thom. *in tract. qq. prima parte. q.* 5 *de miracul.* & *eod. lib. quæſt.* 16. *art.* 7. *de Dæmon.*

¶ Quibus ſic præſuppoſitis nunc diſtingue: aut Sortilegus Malefica ſiue Magus, ſunt de expreſſa profeſſione Diabolica, quod eſt quando expreſsè abnegarunt Chriſti fidem, & iterum ſe baptizarunt in nomine Beelzebub, vt plenè diximus *ſuprà eod. d. q. ſixta.* & *q. tertia*, vt habetur *in l. hi, qui ſanctam. C. d. apoſta.* aut malefici huiuſmodi ſunt tacitæ profeſſionis, quod eſt quando nondum receſſerunt penitùs à diuino cultu & à fidei Chriſtianæ religione, nec celebrant expreſſum Dæmonis cultum per ſacrificia diabolica, nihilominus habent quandam tacitam & occultam amicitiam ſeu familiaritatem cum Dæmone & aliis maleficis, propter quam quædam conficiunt ſortilegia & operationes ſuperſtitioſas, quæ non poſſunt abſque Dæmonis ſuffragio & inſtructione compleri ſeu effectum ſortiri: vt ſunt ligaturæ execrabilium remediorum, & incantationes, quas faciunt iſtæ mulierculæ vt plurimùm cum ſchedulis omnibus, aut aliis mixturis, ſiue ligaturis ſuſpendendis, aut ligandis ad collum, maximè quando ſtudent ſanare perſonam maleficiatam. Et hoc eſt quod dicit tex. 1. *c. nec mir. in princ. in ver. ad hæc omnia.* 26. *q.* 4. S. Auguſt. *lib.* 10. *de Ciuit. Dei.* vbi dicit quòd in iſtis omnibus ars Dæmonum eſt ex quadam peſtifera ſocietate hominum & angelorum malorum exorta. Primo caſu dic quali-

Sortilegi ſunt de expreſſa profeſſione diabolica.

tercumque

tercumque & quomodocumque fiunt ipsa sortilegia per illum, qui est expressæ professionis, semper dicuntur sapere hæresim manifestè, si non respectu operis, saltem respectu operantis, qui est verè & propriè hæreticus: ex quo relicto Deo proprio creatore adorat Dæmonem tanquam vnicum Deum, & proptereà dicitur hæreticus, quia contrauenit primo diuinorum præcepto, *Vnum cole Deum*, &c. Item primo ex articulis Christianæ fidei, *Credo in vnum Deum*, &c. Idem dicendum est de eo qui non est hæreticus, tamen in ipsis sortilegiis fabricandis associat sibi hæreticum, vel puerum rebaptizat, &c. vt dicit glo. *in d. c. accusatus.* §. *sanè de her. lib. 6.* Et licet quædam ex his quæ faciunt, sint de his quæ Dæmon facere potest naturaliter, quæ regulariter non deberent sapere hæresim manifestè, tamen isto casu dici possunt hæretica non respectu rei, sed respectu operantis: & hoc est quod voluit dicere glo. *i d. c. accusatus.* §. *sanè.* quæ exemplificat plures casus, in quibus ipsa sortilegia sapiunt hæresim manifestè, inter quos ponit istos, scilicet quando sortilegi ad ipsa sortilegia conficienda associant sibi hæreticum aut puerum rebaptizant &c. & quædam alia his similia faciunt. Secundo autem casu quando hæc fiunt ab his qui sunt tacitæ professionis: & tunc distingue secundùm quod fecit Oldra. *in consil.* 110. *quod incipit, Regularis habet traditio, &c.* vbi dicit quòd aut imploratur auxilium Dæmonis ad ea faciendum, aut cognoscendum, quæ ipse Dæmon sua naturali virtute & potestate facere potest, diuina virtute non reprimente, sicut est hominem tentare ad peccandum, aut flectere pudicos animos ad libidinem

Sortilegia professionis expressæ sapiunt manifestè hæresim.

Hæretica respectu operantis.

& similia facere, vt dictum est *suprà* latè in 3. *&* 6. *q.* & isto casu non sapiunt hæresim manifestè, vt dicit glo. & not. Arch. Gemin. & cæteri DD. *in d. c. accusatus.* §. *sanè.* Idem esset si eius virtus inuocetur ad reuelandum furta vel alia occulta præsentia vel præterita, vel ad præparandum docendúmque medelas ad sanandum maleficiatum: ista licet fieri omnino prohibeantur Dæmonis auxilio de iure canonico, vt habetur *in c. 1. de sorti.* vbi copiosè per Panor. *&* 26. *q. vltima. c. admoneant.* tamen non sapiunt hæresim manifestè: quod patet ex genere pœnæ, vt *in d. c. 1. de sortil.* & per Oldr. *in d. consil.* 110. Aut imploratur auxilium Dæmonis ad cognoscendum vel faciendum ea, quæ de sua natura scire aut facere non potest: quia sunt de his quæ pertinent ad ipsum Creatorem, vt *suprà* latè diximus: & tunc si quis putat Dæmonem posse facere per seipsum illa, quæ ad solum Deum pertinent, est hæreticus, & pagano deterior, *d. ca. Episcopi* §. *quisquis. in fine.* & *d. c. qui sine Saluatore.*

¶ Sed quæro quid si aliquis assumeret hostiam sacratam in sortilegiis ipsis, quæ fiunt, maximè ad amorem, quibus sæpius ista sacra miscentur, vt diximus *suprà in* 2. *&* 3. *q.* an ista sapiunt hæresim manifestè, quando in eis nullus hæreticus interuenit. Distingue: aut illa fiunt ad effectum cognoscendi animum mulieris vel viri, si amat illum vel illam, qui vel quæ sortilegia facit, vt sæpius faciunt isti amantes, qui sunt dementes: aut fiunt ad effectum introducendi amorem erga sortilegum aut sortilegam in corde illius amatæ personæ quæ nullum vel minimum habet amorem. Primo casu non videtur, quòd sapiant hæresim manifestè, ex quo in hoc sortilegio imploratur auxilium

Sortilegia cum hostia consecrata manifestè sapiunt hæresim.

Casus de sortilegiorũ hæresi ad sacra.

lium illius Sacramenti ad ea, quæ sunt propria diuinæ virtutis, scilicet ad reuelandum secreta cordis hominum, secundùm quod concludit Oldra. *in d. consil.* 110. de quo *suprà proximè* diximus, hæreticum potiùs esset, si pro notitia occultorum prædictorum quis inuocaret auxilium Dæmonis, putans Dæmonem posse ipsa reuelare ex certa scientia, secũdùm quod dicit idem Oldra. *in d. consil.* & diximus *suprà.* Et secundùm hoc nota, multi hodie incidunt in hanc speciem hæresis, quia plures sunt ex istis amantibus famis qui facere student hæc eorum sortilegia cum aliis diuersis rebus, vt sciant animum amasiæ siue amasij, an teneat dilectionem sui: & hi qui in hac opinione persistunt, firmiter id credentes sunt hæretici, aliàs non.

¶ Secundo verò casu, quando fiunt ad effectum calefaciendi cor frigidum: & ista similiter non videntur quòd sapiant hæresim manifestè, quoniam inuocatur suffragium illius Sacramenti ad diligendum, sed dilectio in se non est peccatum, immò videtur esse meritum apud Deum, vt habetur in diuinis præceptis: *Diliges proximum tuum sicut teipsum.* & no. *Matth.* 12.c. & dixit Paulus Apost. *Si omnes virtutes habuero, charitatem autem non habeam, nihil sum.* & not. *in c. Firmissimè de haret.* glos. tamen *in d. §. sanè. c. accusatus de haret. lib.* 6. videtur tenere contrarium, quòd sortilegia in quibus interuenit hostia consecrata sapiunt hæresim manifestè, dum ponit plura exempla, in quibus sortilegia ipsa sapiunt hæresim manifestè: ponit etiam istud de per se, quando interuenit hostia consecrata, nec specificè ponit ad quem effectum illa fierent: vnde intelligi potest ad omnem turpem effectum, maximè vbi vertitur materia peccati: & ab ista opinione, quia fauorabilis est pro fide, non discedere, vt dicit tex. *in d. c. accusatus.* maxima enim temeritas est illius Christiani, qui in rebus vanis & lasciuis tanti Sacramenti abusum audet ministrare. Et ad ea quæ *suprà* in contrarium adducebãt, respondeo, nec nego quòd diuina virtus precibus implorata ad reuelandum ea, quæ secretissima sunt in corde hominum hoc facere posset, quia hæc sunt sub eius arbitrio & potestate, non autem Dæmonis, qui est creatura: hoc est verum quotiescumque consultatio ipsa fieret debito modo, iuxta ritum veri diuini cultus, & Christianæ religionis, & per modum sacrificiorum quæ in Ecclesia celebrantur per bonos sacerdotes, non autem isto modo superstitioso & retrogrado, iuxta not. *in c. nihil in sacrificiis de consecrat. dist.* 1. & not. *in cap. cum marth. de celebrat. Miss.* Vide d. Io. *lec. in sum. conf. in tit. de sortil. q.* 19. *q. vlt.* per ista enim sortilegia non imploratur auxilium Sacramenti manti in factura, aut ipsa diuina virtus ad reuelandum ista, sed potiùs Dæmonis suffragium, vt illa reuelet per abusum istorum Sacramentorum, cui omnia huiusmodi sortilegia immolantur per illam amicitiam, quam ipsi malefici habent cum Dæmone, secundùm pacta inter eos inita, 26. q. 5. *cap. nec mirum. ver. ad hac omnia.* & Io. *lec. in sũ. conf. eo. tit. c.* 2. & hoc faciũt in opprobriũ diuinæ maiestatis: & si qua respõsa reuolutionis inde sequãtur, illa profectò sũt diabolica & non diuina: sed istũ tã turpẽ abusũ Sacramentorũ diabolus instruit hominẽ facere, vt sub eo ipse faciliùs adoretur ab homine in dedecus diuinæ bonitatis, & hoc modo hominẽ decipit: vt dicũt Canonistę & sacri Theologi in locis *suprà* not. *in* 6. & 7. *q.* & habetur *in d. c. Episcop.* Ad secundũ dũ dicebatur quòd diligere in se non est peccatum, est verũ, quando dilectio ipsa est in charitate funda-

Abusus sacrorũ ad facilitorem adorationem inferius Dæmon.

ta: tunc enim est opus meritorium Deo, quia charitas est recta voluntas ab omnibus terrenis, ac præsentibus penitùs aduersa, iuncta vero Deo inseparabiliter, vnita igne quodam spiritus, omnis extraneæ corruptionis nescia, nulli vitio mutabilitatis obnoxia, supra omnia quæ carnaliter diliguntur excelsa: & in effectu concludo, quòd illa est dilectio maxime circa diuina & Ecclesiam, vel erga proximum propter Deum qui respicit animæ beatitudinem, non hæc mundana fragilia; vide tex. præclarum *de pænit. dist. 2. cap. charitas est.* vbi plura singularia de charitate narrantur: hæc enim est illa charitas & dilectio quæ habet meritum regni cælestis: hæc est illa de qua locutus fuit Paulus Apostolus & Matth. 22. c. & de qua loquitur diuinum præceptum & tex. *in c. firmissimè.* & *ibi* glos. cæteræ verò dilectiones carnis, quæ terrenæ sunt, potiùs habent annexum peccatum, quàm meritum respectu vltimi effectus, qui est carnalis coïtus: & proptereà ille qui putat Sacramentum Eucharistiæ operari ea, quæ sunt mediatè vel immediatè peccatum, est in maximo errore: nec caret manifestè hæresis suspicione; nihilominùs in istis semper me refero ad communẽ Theologorum opinionem & rectum iudicium sanctæ Matris Ecclesiæ.

Dilectio terrena annexũ habet peccatũ.

Oldradus autem in hac materia *in consil. suo* 210. *quod incipit, Regularis habet traditio &c.* sic distinguit, dicens, quòd sortilegia simplicia, item pocula amatoria, vel assumere hostiã nõ consecratã, ista non inducunt hæresim, vt *in c. 1. de sortil. & in Rub. eod. tit. l. si quis aliquid. §. qui abortionis. ff. de pœnis. & c. de homi. de celebrat. Miss.*

¶ Imagines verò facere ad amorẽ mulieris prouocandum, dicit ipse, quòd magis videtur esse superstitiosum quàm hæreticum. Sed circa hæc duo sunt consideranda. Primum est modus inuocationis, quomodo inuocatur Dæmonis suffragium.

¶ Secundum est considerandum circa rem quæ experitur.

¶ Primo igitur casu aut inuocatur auxilium Dæmonis per modum imperij & suffragij, aut per modum adorationis & cultus latriæ: primo casu aut imploratur ad tentandum & flectendum pudicos animos mulierum ad libidinem vel his similia, quæ sunt de propria Dæmonis natura, & non sapiunt hæresim: vt habetur *in Apocalyps. 2. c. Ecce missurus est Diabolus aliquem ex vobis in carcerem vt tentemini, &c.* & habetur *Matth.* 4. *Marc.* 1. & *Luc.* 4. hoc enim est proprium Dæmonis tentare hominem ad peccandum: vt *ibi* dicitur, & diximus *suprà ead. quæst. in princ.*

Tentatio est principaliter diaboli officio.

¶ Aut imploratur eius auxilium ad sciendum futura, vel ad aliquid aliud faciendum quod soli Deo creatori competit & tunc sapiunt hæresim manifestè, quia vult attribuere creaturæ quod est propriũ Creatoris, vt *cap. accusatus. §. sanè de hæret. lib. 6. & ibi* not. Doct.

¶ Secundo verò casu principali, quando inuocatio illa fit per modum adorationis & cultus latriæ adorando Diabolum, absque dubio illud sapit hæresim, immò est propriè hæresis adorare diabolum: si enim adorare hæreticum, est hæresis, non propter personam, sed propter vitium, in quo est graue peccatum: vt dicit Oldrad. *ibi* & Gemin. *in d. c. accusatus. § sanè.* ita & multò fortiùs adorare diabolum est opus hæreticum: quod enim maius & detestabilius vitium est quàm adorare diabolum? & hic non ponderatur persona, sed vitium quod committit in alia adoratione.

¶ Sic ideò diligenter est aduertendum

uertendum ad modum & formam, quibus dæmonis suffragium inuocatur: quia si per modum imperij & gratificationis petuntur ea quæ diabolus facere potest, non sapiunt hæresim: si verò per modum certæ adorationis, tunc sapiunt hæresim expresse per ea, quæ proximè diximus, quæ fuit singularis doctrina Oldrad. *in dicto consilio. ccx.*

§ Ex qua nota singularem cautelam in praxi pro aduocatis, vt sint cauti informando positiones vel interrogationes, quod per modum imperij seu gratificationis quis inuocauit auxilium dæmonis: & isto modo euitabitur labes hæresis: si verò ponat, quòd per modum adorationis & veri cultus lætriæ, quis incidit propriè in hæresim, per ea quæ *supra* diximus.

§ Post hæc videndum est quid de sacerdotibus qui causa doloris spoliant altaria, & celebrant missas veste lugubri in liuorem & odium alicuius inimici, vel celebrant missas defunctorum pro ipsis viuentibus, & sumunt preces vt citiùs moriantur, vel incurrant mortis periculum, numquid ista sapiant hæresim manifestè? Dic quòd nõ, quod apparet respectu pœnæ quæ imponitur pro isto crimine, 26. *q.* 5. *quicumque.* & clarius dicetur infrà *eodem. q.* seq. vbi tradetur de pœnis istorum.

Imagines irreuerenter tractantes an hæretici sint habendi.

§ Deinde quæro, quid si clerici vel laici crucem aut imaginem Beatæ Mariæ Virginis, seu aliorum sanctorum irreuerenti ausu proiecerint in terram, & spinis vel vrticis suppo-suerint, aut pedibus forsan calcauerint, an ista sapiant hæresim manifestè, vel dicantur propriè opera hæretica: & similiter dicas quòd non, licèt grauissimum sit peccatum in se. *c. si Canonici.* §. *ff. de offic. Ordin. lib. vi.* Vlterius quæro, quid si Sacerdos celebrat vnam aut plures missas super hostia, quam numquam sacrauit, si postea communicat se cum illa, an incidat in hæresim, vel dicatur hæreticus ex consimili: et si aliquis acceperit hostiam super qua celebratæ fuissent vna aut plures missæ non tamen fuit sacrata, & illam immiscuerit in sortilegiis maximè his quæ fiunt ad amorem, an incidat in hæresim sacerdos, qui missas illas scienter celebrauit, & ille qui hostiam ipsam commiscuit in sortilegiis. Dic quod neuter committit hæresim: quamuis grauiter peccat vterque, *c. de homine de celebra. miss.* per Oldra. *in d. consil. iij. col.* & diximus verbum *suprà ead. q. in princ.* & habetur per d. Io. *loc. in summ. conf. ead. q. xiij. & xvi.* Hæc omittam, eos qui in sortilegiis suis apponunt imagines, illasque baptizant sub nomine personæ maleficiandæ, vt affigant in eo vel ea illud accidens, quod ipsi vel ipsæ desiderant, an ista sapiunt hæresim manifestè. Dic quòd considerandum est ad quem effectum imagines illæ fuerunt fabricatæ, & ad quem effectum tendunt sortilegia, & ad quid imploratur auxilium Dæmonis, aut ad ea quæ facere potest virtute sua naturali, aut ea quæ spectat ad Creatorem. Item sub quo modo & forma imploratur Dæmonis suffragium, aut per modum imperij & gratificationis, vel per modum adorationis & cultus latriæ, de quibus omnibus diximus *suprà eadem. q.* imò non insisto vlteriùs in declaratione: vide d. Io. *loc. in sum. conf. eo. tit. q. xij.* Quid de his, qui in ipsis sortilegiis immiscent reliquias sanctorum martyr. scilicet particulas ossium, carnis, aut neruorum capillorum, vnguium, & similium, vel particulas aliquas vestium eorundem, vel Domini nostri Iesu Christi, aut Beatæ Virginis Mariæ,

Sortilegia cum mixtura reliquiarum sanctorum an sapiãt hæresim.

ſeu aliorum ſanctorum aut ſanctarum, an ſortilegia ipſa dicantur eſſe hæretica, vel ſapere hæreſim manifeſtè, præſuppoſito quòd immixta fuerit in ſortilegio amatorio, vt ſæpiùs fieri ſolet. Dic quòd non ſunt hæretica nec ſapiunt hæreſim manifeſtè, quamuis negari non poteſt quòd ſunt valdè ſuperſtitioſa, damnanda; quod eſt verum quando fierent ipſa ſortilegia ad flectendum pudicos animos ad libidinem, vel ad alios effectus, qui fieri poſſunt per Dæmonem, & non interuenit cultus adorationis: ſi verò interueniret cultus adorationis, & fierent ad ſciendum illa quæ pertinent ad Deum, ſemper ſapiunt hæreſim manifeſtè, vt latè diximus *ſuprà proximè*. Vide S. Thom. *in ſum. ſecunda ſecunda diſt. 95. art. 3. ver. dicendum. in tit. de ſuperſti.* vbi hoc idem tenet. Idem ſentit Ioan. *lec. in ſum. conf. eo. tit. quæſt.* 16. Modò quæro quid de his, qui Sacramenta Eccleſiarum, vt eſt oleum ſanctum baptiſmatis, chriſmatis, vel extremæ vnctionis, aut aquam fontis baptiſmatis in dictis ſortilegiis commiſcuerint, an ſapiant hæreſim, vt *ſuprà*: & breuiter dicas, quòd non: quod patet ex diuerſitate pœnarum indictarum pro huiuſmodi maleficiis, quæ ſunt diuerſæ à pœnis hæreticorum, de quibus *in c. ad abolendam. & c. vergentis. extra de hæret.* & latè diximus *ſuprà tit. 1. quæſt. 6.* Quod tamen eſt verum, quando per ipſa ſortilegia non imploratur auxilium Dæmonis, niſi ad ea quæ de ſui natura facere poteſt, de quibus aliàs diximus *ſuprà ead. quæſt. & quæſt. 6. & 7.* ſi verò inuocaretur ad ea, quæ non ad ipſum, ſed ad Deũ Creatorem ſpectant, ſine dubio tunc ſaperent hæreſim manifeſtè, vel ſi per Dæmonis ſuffragium inuocantur per modũ adorationis & cultus latriæ: quia ipſi ſortilegi & eos conſulentes adorarent cũ deuotione Diabolũ, tunc illorũ opera eſſẽt hæretica: aliàs ſi per modũ imperij vel gratificationis, dicas quòd nõ, vt *ſuprà proximè* diximus, & per Oldra. *in d. conſil.* 210. Et imò dic, quòd ſi quis in ipſis ſortilegiis quæreret auxilio Dæmonis ſcire, an mulier in corde ſuo amat ipſũ amantẽ, vel è cõuerſo quãdo mulier ſortilegas erga virũ, iſto caſu ſortilegia ſapiũt hæreſim manifeſtè, quia ſecreta cordis hominũ nemo ſcit niſi ſolus Deus, & cui ipſe voluit reuelẽtur, vt habetur 2. *q. 4. conſuluiſti.* & latè diximus *ſuprà ead. quæſt. in prin.*

Secreta cordiũ perſcrutans ſortilegio hæretica dicitur.

§ Sed quæro, quando ipſa Sacramẽta poſita in amatoriis ſortilegiis ad flectẽdũ vt *ſuprà*, an operẽtur effectũ, vt ex potẽtia illius Sacramenti flectatur animus illius ad amandũ, &c. dic quòd nõ, quia illius nõ vtũtur debito modo, nec ad honeſtũ: ſed turpẽ effectũ, quod vt plurimùm tendit ad peccatũ; ad quæ opera diuina gratia, vel Sacramẽta Eccleſiarũ ſe non extẽdũt: vt aliàs diximus *ſuprà eo. q. 6.* & ideò cõmuniter appellari ſolet iſte abuſus quidã Sacramẽtorũ ſortilegiũ, 17. *q. 4. ſacrilegiũ. & c. ſi quis contumax.* §. 1.

§ Nec dum eſt annus elapſus, quòd vidi Romæ caſum iſtum euenire in facto, vbi duæ mulieres impudicæ cum oleo ſancto baptiſmatis & chriſmatis, quo inunxerunt ſibi labia, dicentes quædam turpia verba ad formandum ſortilegium: deinde deoſculabantur viros, à quibus amari cupiebant, aſſerentes quòd illud ſortilegium & obſeruantia operabatur maximum effectum quoad iniungendam dilectionem in corde vacuo: nihilominùs vidi ambas fuſtigari per vrbem & mitratas in loco quodam publico notiſſimo turpiter dehoneſtari, ſecundùm quod dicit Panor. *in d. c. 2. de ſortileg.*

Olei ſancti abuſus Romæ ſtatutus [illegible]

§ Idem dicendum eſt de his, qui in huiuſmodi ſortilegiis amatoriis immiſcent

miscent aquam benedictam sumptam ex amphora communi, quæ patet in Ecclesia, candelas benedictas, frondes palmarum, ramos oliuarum benedictarum, sacros agnusdei, & similia: iste dicitur potiùs abusus quidam Sacramentorum, vt *suprà proximè* diximus, quàm hæresis expressa. Idem dicendum est de his, qui aliquas reliquias vestiũ sanctorum Apostolorũ, martyrum, aut aliorum sanctorum, vel qui particulam lapidis sacrati, purificatorij, super quo immolatur hostia: itẽ calicis vel alterius rei benedictæ siue sacratæ commiscuerint in ipsis sortilegiis amatoriis, dicuntur abuti Sacramentis huiusmodi, & grauissimè peccant: citra tamẽ hæresis labem, vt notatur per d. Oldra. *in d. consil.* 210. & Panor. *in d. c. 2. de sortil.* vbi expressè dicit, quòd quotiescumque non interueniunt ea, de quibus per glos. *in d. c. accusatus.* §. *sanè.* quamuis inuocentur Dæmones, vt promoueant animum mulieris ad impudicitiam: licèt istud sit grauissimum peccatum, in se tamen non sapit hæresim: quia proprium est dæmonis tentare creaturam, vt habetur *Apocalyp. 2. c. & 16. q. 2. visis.* Vide S. Thom. *in sum. secunda secundæ dist. 95. art. 3. ver. dicendum in tit. de superstit.* & Io. *lec. in sum. in tit. de sortileg. q. 25. ad literam*, qui omnes tenent quòd per ista quis non incidit in hæresim, dum tamen fiant modo prædicto. Quæ omnia prædicta limitanda sunt pluribus modis: & primò vt non procedant, quotiescumque in ipsis sortilegiis celebrarentur solemnia sacrificia, interpositis aris, idolis, & aliis, de quibus *suprà in 3. & 6. qq.* & diabolus adoraretur: quia isto casu committitur hæresis: vt sæpiùs *suprà proximè* diximus. Ita tenet expressè Oldrad. *in d. consi.* & Gem. & alij DD. *in d.* § *sanè.* dicentes, quòd peius est adorare diabolum, quàm hæreticum.

¶ Secundò limitantur, vt non procedant in Sacramento Eucharistiæ corporis vel sanguinis Domini nostri Iesu Christi: quia tunc committitur hæresis. Ita dicit expressè glos. *in d.* §. *sanè.*

¶ Tertiò limitantur quando interueniret rebaptizatio pueri in ipsis sortilegiis, quia etiam saperent in isto casu hæresim manifestam, vt per dict. glos. *in d.* § *sanè.*

¶ Quartò limitantur, nisi in ipsis sortilegiis ministrandis hæreticus interuenerit, vt per d. gloss.

¶ Quintò & vltimò limitanda sunt, quotiescumque Dæmonis suffragium inuocatur ad habendum notitiam eorum, vel faciendum ea, quæ soli Deo Creatori competunt in priuilegium, de quibus pleniùs diximus *suprà eadem q. in prin.* & per ista sit expedita hæc decima vtilis quæstio, quæ omnia bene notat, quia istorum scientia est maximi momenti tam respectu examinis, quàm pœnarum, de quibus dicemus *infrà q. proxima.*

## CAP. XI.

### *SVMMARIVM.*

1 *Pœna sortilegijs imponenda diuersimodè consideratur.*
2 *Sortilegium qualiter sit in foro conscientiæ puniendum.*
3 *Sortilegi qualiter veniant in foro iudiciali canonico puniendi*
4 *Sortilegi diuinatores qua pœna de iure ciuili puniantur.*
5 *Sortilegia amatoria qualiter sint punienda.*
6 *Sortilegium amatorium qualiter sit de iure ciuili puniendum.*
7 *Pœna sortilegijs imponenda plura præsupponit consideranda.*
8 *Clericus potest pro sortilegiis Ecclesiasticis beneficiis priuari.*

9 *Sortilegus non excusatur simplicitate vel ignorantia.*

10 *Sortilegia venefica qualiter veniant in foro conscientiæ punienda.*

11 *Iura ciuilia abhorrent artem maleficam.*

12 *Pœna sortilegijs imponenda diuersimodè consideratur.*

13 *Conuersantes cum sortilegis sunt puniendi.*

14 *Tortura indistinctè contra crimen sacrilegij procedit.*

15 *Sortilegus testibus conuictus & pertinax potest bestiis tradi vorandus.*

16 *Docens sortilegium & addiscens æqualiter veniunt puniendi.*

17 *Membri languedinem & incurabilitatem inducentes possunt sortilegij pœnà condemnari.*

18 *Sortilegium in bonum finem factum, an sit puniendum.*

19 *Futura an possint impunè prognosticari.*

20 *Sacerdos, causa doloris Ecclesiastica immunitatis infamis est habendus.*

21 *Imaginem crucis vel alterius sancti, indignè tractans, qua pœna sit puniendus.*

22 *Sacerdos celebrans, & nihil consecrans, qua pœna sit puniendus.*

23 *Imagines baptizantes, vt sortilegium exerceant, qua pœna veniant puniendi.*

24 *Astrologi futura prædicentes diuersimodè veniunt in pœnis imponendis considerandi.*

25 *Sortem in Euangeliis quærentes & verba Euangelica in illis immiscentes qualiter sint puniendi.*

26 *Verba honesta an possint licitè verbis inhonestis commisceri.*

27 *Scriptura ligata an possint licitè in collo, vel alio loco corporis deportari vt ex hoc aliquid eueniat.*

28 *Diabolo sacrificantes, vt ad honores perueniant, qua pœna mulctentur.*

29 *Reliquias sacras, substantialia sacramentorum Ecclesiæ, catera res ab Ecclesia benedictas sortilegiis suis immiscentes hæretici habentur.*

30 *Sortilegia simatina, & nullum præiudicium inducentia, de ciuili non puniuntur.*

31 *Diuinatio per somnia an sit prohibita & punibilis.*

VNDECIMO post præmissa videndum est, quibus pœnis isti sortilegi puniantur, in qua similis distinctio, quæ *suprà*, repetenda est: aut sapiunt hæresim manifestè, aut non. Primo casu pœnæ ipsorum declaratæ fuerunt *suprà tit. 1. quæst. 4.* vbi copiosè diximus quibus pœnis puniantur hæretici. Secundo verò casu, quando non sapiunt hæresim expressam, distingue: aut sumus in prima specie sortilegiorum diuinatiua, aut in secunda, quæ est amatoria, aut in tertia, quæ dicitur malefica, de quibus aliàs diximus *suprà eod. tit. q. 2.*

¶ Primo casu, aut fiunt ad habendum notitiam futurorum, aut eorum, quæ in corde sunt hominis: & ista quia sapiunt hæresim manifestè, vt *suprà proximè* diximus, puniuntur pœnis hæreticorum, de quibus *suprà*. Idem est, si in illis commiscerent hostiam sacratam, aut alia, de quibus per glos. *in dict. cap. accusatus. §. sanè, de hæret. lib. 6.* quia tunc sortilegia ipsa saperent hæresim manifestè, & hæreticorum pœnis essent puniendi, quæ præmissa faciunt. Ita dicit Oldra. *in dict. consi. 110.* Panor. *in cap. 2 extra eod. tit.* & diximus *suprà proximè quæst. circa fin.*

¶ Aut

¶ Aut fiunt ad habendum notitiam præſentium occultorum, prout ſunt furta, rapinæ incendia, tractatus, adulteria, homicidia occulta, & his ſimilia facinora: aut eorum quæ iam facta ſunt de præterito, ſeu eorum, quæ in longinquis partibus fiunt, & ſimilium: quia tunc non ſapiunt hæreſim manifeſtè aliis pœnis puniuntur: nam ſi eſt clericus, de iure canonico ſiue diuino in foro conſcientiæ ſubjicitur pœnitentiæ quadraginta dierum extra collegium Eccleſiæ ſiue communionem fidelium, quæ imponitur per ſacerdotem, cui ſubiiciuntur etiam laici, vt eſt tex. *in c.* 1 *de ſortileg.* & *ibi* Panor. & alij, qui ita declarant tex. illum, licet gloſ. fin. videatur aliter ſentire: ſed ipſa loquitur de pœnis iudicialibus imponendis à iudice Eccleſiaſtico in foro contentioſo ſecundùm iura, quæ gloſſ. ipſa allegat, vt *infrà proximè* dicam. Aut ſumus in foro contentioſo iudiciali canonico, poſtquam delictum innotuit curiæ, & tunc pro eodem crimine imponantur grauiores pœnæ: quia clericus erit ſuſpenſus à diuinis & ab altaris miniſterio per annum & vltra, ad arbitriũ iudicis, ſecundùm facti qualitatem, aut turpitudinem, & perſonarum cõditionem, quo termino elapſo clericus ipſe ſtatim ipſo iure reuertitur ad priſtina ſua. Ita dicit tex. *in c.* 2. *eod. tit.* & *ibi* per Doct. Abb. quem vide, & Feli. & alios: laicus verò regulariter excommunicatur 26. *q.* 5 *non oportet*. Sed hoc eſt verum quotieſcumque ex ſimplicitate & bono zelo clericus peccaſſet, ſecundùm terminos *d. c.* 2. aliàs grauiùs punietur: quia deponitur ab omni ordine ſacro & priuatur omnibus beneficiis, & intruditur in monaſterium ad agendam perpetuam pœnitentiam, vt habetur 16. *q.* 5 *ſi quis Epiſc.* & *ibi* gloſ. idem tenet Panor. *in d. c.* 2. Et nota quòd vltra pœnas prædictas poterit iudex Eccleſiaſticus exercere etiam alias pœnas contra laicos huiuſmodi ſortilegia exercentes: quia ſi ſerui ſunt & viles perſonæ poterunt mitrari, fuſtigari & aliis ſimilibus modis dehoneſtari: digniores verò poterunt relegari, vel ad perpetuos carceres condemnari, *vt in c. contra idolorum* 26. *quæſt.* 5. quod eſt verum, & procedunt iſtæ vltimæ pœnæ, quotieſcumque aliàs moniti laici ab ipſis ſortilegiis noluerint ſe abſtinere, & ſic de his qui pluries inciderunt in crimen, vide Panor. *in d. c.* 1. *de ſortil. in gloſ. fin.* vbi ſubiungendo dicit, nota quòd licèt iſtud ſit crimen Eccleſiaſticum, tamen non eſt merè Eccleſiaſticum: quia iudex etiam ſæcularis poteſt de hoc crimine cognoſcere, pariterque punire, licèt reos ipſos pœnis grauioribus proſequatur. De iure autem ciuili punitur pœnâ capitis tam ille ſortilegus & magus, quàm ille qui conſulit ipſos & ſortilegia ipſa confici mandat; & iſte eſt tex. *in l. nemo. C. de malef. & mathemat.* Iſti enim diuinatores ſunt multùm Deo abominabiles & exoſi. Ratio eſt, quia volunt ſe facere æquales Deo, dum diuinam poteſtatem, quæ verſatur in cognitione futurorum, ſibi vſurpare contendunt, & eſſe ſimiles Deo; & dicit do. Ioan. *de tur. crem. in c. contra idolorum.* 26. *quæſt.* 5. quod quemadmodum Lucifer & primi noſtri parentes voluerunt eſſe ſimiles Deo in altitudine & pulchritudine: item in cognitione & ſcientia boni & mali: ideò omnes de cœlo deiecti fuerunt, quorum quidam in profundum inferni: quidam verò in hunc variarum calamitatum mundum peruenerunt: ita dicendum eſt de iſtis diuinatoribus qui in cognitione futurorum volunt eſſe æquales Deo, de Eccleſia Dei, quæ pro cœlo figuratur, omnino expellendi ſunt, & à Chri-

Sortilegij pœna in foro conſcientiæ.

Sortilegij pœna contra laicos.

ſti

sti fidelibus penitus repellendi.

Sortilegia amatoria vt puniantur.

¶ Aut sumus in secunda specie, quæ dicitur amatoria, & si in ea interueniunt ea, quæ narrantur per glo. *in d. c. accusatus, §. sanè.* dicendum est quòd sapiunt hæresim manifestè & puniuntur pœnis hæreticorum, vt *suprà proximè* diximus. Idem dicit Abb. *in d. c. 1. de sortil.* aut illa non interueniunt, & non sapiunt hæresim, & dic: aut sumus in foro conscientiæ & eadem xl. dierum pœnitentiæ subiiciuntur tam clerici quàm laïci, sicut alij, de quibus *suprà d. c. 1. de sortil.* qui tex. loquitur indistinctè & generaliter de quibuscumque personis, & de hac etiam specie sortilegiorum, in qua viget eadem ratio, intelligi potest argum. tex. *in c. si quis Episc. xxvi. q. 5.* vbi loquitur de omni specie: ex quo etiam non datur diuersa ratio inter casum & casum *arg. 1. illud ff. ad leg. Aquil. cum similibus*: & ita tenent DD. ibi.

¶ Si verò sumus in foro iudiciali, de iure canonico, & eisdem pœnis puniuntur clerici atque laici tam prima quàm secunda vice prout *suprà proximè* diximus *in præcedenti specie. xxvi. q. v. c. non op. c. si quis Episcopus. c. aliquant. c. contra idolorum. & c. auguriis.* Quæ omnia iura maximè *cap. non opus & c. aliquanti.* loquuntur de pluribus speciebus sortilegiorum & de ista quoque loquuntur.

Sortilegia amatoria vt reliqua damnantur.

¶ De iure ciuili similiter eadem pœnâ capitis puniuntur, *d. l. damon. C. eod. tit.* quæ omnes sortilegorum professiones, ac sortilegorum species complectitur. Vide tex. *ibi* & glo. *& l. eorum, in princ. eod. tit.* vbi tex. videtur æquiparare quoad pœnas illos maleficos, qui flectunt pudicos animos ad libidinem, & illos qui contra salutem hominum moliti sunt. Omnes enim seuerissimis pœnis sunt puniendi, quæ non denotant nisi vltimum supplicium, vt not. glo. *in d. l. eorum, in princ.* & *l. multi.* Et circa præmissa nota vnum singulare, quod dixit Abb. *in d. c. ij. de sortil.* quòd pœna imponenda istis sortilegis vel eos consulentibus, est arbitraria, potestque iudex illam aggrauare, seu grauiorem aut leuiorem imponere, secundùm qualitatem facti, conditionem personarum & animum delinquentis, & secundùm ipsas qualitates & accidentia pœnas ipsas moderari *arg. l. hodie & l. aut facta ff. de pœn. & l. quid ergo §. pœna grauior ff. de his, qui not. inf. xxiv. q. 1. non afferamus.* Hoc tamen procedit de iure canonico in foro Ecclesiastico; de iure tamen ciuili secùs est vt *suprà proximè* dixi. Et nota etiam aliud, quod dicit Abb. *ibi.* quòd clericus pro huiusmodi sortilegiis, de quibus *ibi*, potuisset officiis & beneficiis Ecclesiasticis priuari: *argum. text. xxvi. q. v. c. aliquanti.* sed ibi ideò clericus ille fuit dignus misericordia, vt illa minori suspensionis pœna puniretur: quia ex simplicitate peccauit, & bono zelo pro inueniendis bonis Ecclesiæ, quæ fuerant furto subtracta, vt dicitur *in d. c. 2.* aliàs grauiùs fuisset penitus, quæ nota pro limatione eorum, quæ *suprà* dixi.

¶ Et nota etiam hoc aliud, quod in istis criminibus non parcitur simplicitati, nec ignorantiæ: quia licèt sortilegia ipsa facta fuerint bono zelo & ad bonum effectum, scilicet reperiendi res Ecclesiæ furto subtractas, nihilominus puniuntur, qui illa conficiunt, aut consulunt facientes, *d. c. ij. de sortil.* & *ibi* Panor. vbi dicit, quòd isto casu mitiùs puniuntur. Ex quo text. iuncta hac doctrina apparet decisio illius casus, An liceat hæc sortilegia fieri ad sanandum corpora maleficiata, & si quis maleficis remediis & arte prædicta ali-

quos

quos sanauerit, an puniatur & qua pœna, de quibus habetur *xxvi. q. vii. admoneant*, & dicemus *ea. q. loco suo.*

¶ Aut sumus in tertia specie principali, quæ dicitur venefica, & si in ea interueniunt aliqua de his quæ narrantur per *glo. in d. c. accusatus §. sanè.* dicendum est quòd sapiunt hæresim manifestè & pœnis hereticorum sunt puniendi, vt alias diximus *suprà*: si vero ea non interueniunt vel alia his similia: & tunc aliter puniuntur: quia aut sumus in foro conscientiæ, & punitur fabricans, & ille qui consuluit, pœnitentia exilij xl. dierum extra gremium Ecclesiæ, & fidelium communioné, *d. c. 1. de sortil. innſte c. si quis Episc. xxvi. q. v.* & licet tex. *in d. c. 1.* loqui videatur de alia specie, scilicet diuinatoria, tamen *c. si quis Episcopus* loquitur generaliter de omnibus, & in fine vna & eadem pœna omnes punit, qua pœna tam clerici quàm laici subiiciuntur: quia text. *in d. c. 1.* loquitur generaliter & indistinctè *l. de pretio. ff. de public.* & *xxvi. q. v.* & cum hac solutione videntur trãsire DD. *in d. c. 1.* nullam facientes differentiam de aliqua specie sortilegiorum aut personis.

Sortilegia venefica vt sint punienda in foro cõscientiæ.

¶ Aut sumus in foro canonico contentioso, & sic in foro fori, si laicus hoc crimine peccauit, prima vice erit excommunicatus & ab Ecclesia remouendus erit, *xxvi. q. v. si quis Episcopus, & c. aliquanti.* si verò semel monitus adhuc in eodem proposito perseuerando iterum commisit idem delictum, & tunc, si est vilis persona, debet fustibus cædi, siue fustigari publicè per vrbem mitrari, & publicè, tanquam infamis dehonestari: digniores verò releganturin carceribus siue ad perpetuos carceres condemnantur, *xxvi. q. v. contra idolorum.*

¶ Clerici verò efficiuntur infames & omnibus officiis atque beneficiis Ecclesiasticis priuantur: & nihilominus ipsi quoque intruduntur in carcerem, aut in monasterium ad agendum perpetuam pœnitentiam, *xxvi. q. v. si quis Episcopus.* & *c. aliquanti. & sequens.* in hoc tamen non recederem ab opinione Abb. de qua *in d. c. ij. de sortil.* quòd sit consideranda conditio personæ, qualitas facti, & animus delinquentis: & secundùm qualitates illas, pœnas ipsorum quandoque augere, quandoque verò minuere, iuxta sanum iudicis arbitrium.

¶ De iure autem ciuili hæc sortilegia grauiùs puniuntur: quia iura ipsa multùm abhorrent artem maleficam: vt *in toto tit. C. de malef. & mathe.* & ideò omnes istis malefici puniuntur vltimo supplicio; *l. nemo. l. multi. l. & si excepta.* & *l. eorũ in princ. C. eod. tit.* & ideo lex vocat illos humani generis inimicos, ex quo vt plurimum quærunt innocentum corpora illis veneficiis labefactare, *d. l. multi. & natura humana peregrini. l. fi. eo. tit.*

Ars malefica ex odio est.

¶ Regulariter igitur puniũtur pœnã capitis tam ipsi magistri, quàm hi qui illos consulunt & hæc fieri mandant, *d. l. nemo in fin. & l. multi.* si quis verò magister ad alterius domum accesserit exercendi maleficij causa igne concrematur: is verò qui illum præmiis & suasionib⁹ euocauerit & associauerit, omnia eius bona publicantur & in insulam deportantur. Sed contra hoc est text. *in l. nemo C. eod. titul.* vbi dicit, quòd ille qui consulit & vocat istos magistros punitur pœnã capitis; solut. gl. *in d. l. nemo* refert vtramq; pœnam: sed non soluit contrarium, quidam dixerunt, quòd in *d. l. nullus.* licèt ille magister fuerit adductus ad domũ alteri⁹ causã faciẽdi sortilegia, ipsa tamẽ nõ fuerũt facta, *in d. l. nemo.* Solut. non placet, quia sapit diuinationem: quia si non apparet, quòd in *d. l.* nulla fuerint facta sortilegia minùs

Sortilegij pœna diuersa.

nùs etiã apparet *in d.l.nemo.* quòd facta vel non facta fuerint: nisi diceres quòd ille qui consulit, interuenit in eis & credit his, quæ fiunt, esse vera, propterea grauius punitur: vt *d. l.nemo.* is verò qui adducit maleficum siue sortilegum ad domum alterius, potest esse, quòd sit ignarus, putà famulus vel alius, qui non interuenit vel non credit in eis: ideò mitiùs punitur, tamen in hoc loco cogita.

Conuersantes cũ sortilegis vt sint puniendi.

¶ Et nota quòd istorum amicitiam & conuersationem, quamuis vetus beneuolentia fuerit, debemus relinquere, & eos omnino euitare: qui verò contra fecerint, omnibus eorum bonis publicatis in insulam deportandi sunt, *d.l.nullus.*

¶ Et nota quòd pro isto crimine omnes poterunt indistinctè torqueri non obstante quocunque priuilegio dignitatis: quod est speciale in isto crimine: & ex hoc nota limitationem *ad l.miles.C.de quæstio.l.decuriones. & l.Diuo Marco eod.tit.*

¶ Si quis autem de hoc crimine testibus conuictus fuerit, & nihilominùs obstinato corde institerit in negando etiam præsentibus testibus qui illius detexerunt facinus, traditur viuus bestiis vorandus, ac dentibus & vngulis lacerandus. Ita dicit tex. *in d. leg. & si excepto. in fine.*

Sortilegij doctor & discipulus cadẽ pœnas luũt.

¶ Et nota etiam quòd eadem pœna capitis punitur ille qui docet artem prædictam, & ille qui ipsam addiscit. *l.culpa.* & ibi glos. *C.eod.tit.* quod videtur esse speciale in isto crimine; in crimine hæresis est contra, *l. quicunque.§.eos verò.C.de hæret.* vbi minori pœna, scilicet pecuniaria puniuntur scholares: magistri verò pœna capitis.

¶ Eadem pœna vltimi supplicij puniuntur, qui eisdem maleficiis inducunt membri languedinem, & virtutem viri aut mulieris generatiuam impediunt, aut lac nutricis desiccant: vel quouis alio modo ipsa sortilegia & maleficia conficiunt, siue in corpore per cibum vel potum, siue extra corpus aliquo ex modis, de quibus diximus *suprà in 2. & 3. quæst.*

¶ Sed quæro nunc, quid si aliquis sortilegus sortilegia exercet ad bonum finem, scilicet ad sanandum ægrotos maleficiatos, & soluendum aliorum facturas: an hoc licet impunè fieri, & videtur dicendum quòd sic, ex quo facto nemini nocent, sed alicui prosunt: non sunt ergo digni punitione aliqua: & hoc est tex. *in l. eorum.§.1.C.eo.tit.* vbi ille, qui fecit sortilegia ad incantandum imbres ne noceant segetibus vel plantis, nullâ pœnâ punitur: & ideò Bart. *ibi* per illũ tex. decidit hanc quæstionem, dicens quòd non debet, qui curat istos infirmos maleficiatos aliquâ pœnâ puniri, hoc tamen est verum de iure ciuili, vt *ibi*: secùs autem est de iure canonico, quia Ecclesia summopere abhorret ista remedia sortilega, etiã si fiant ad effectum recuperandæ sanitatis, non vult fieri posse hac ratione, quia non licet inuocare auxilium Dæmonis etiam pro mille corporum sanitatibus recuperandis: quia minus malum est quòd pereat corpus quàm anima, cuius maius esset detrimentum. Vide text. *in c.admonerani 26.q. 7.* & si quis hoc facere ipsum præsumpserit, si clericus est, degradetur & omni officio ac beneficio ecclesiastico priuandus erit: laicus autem excommunicandus: pro quo facit etiam tex. *in cap. nec mirum. §. ad hæc autẽ 26.q.5.* vbi omnes istæ ligaturæ, & superstitiosa incantationum remedia sunt omnino damnata: quia hæc fieri non possunt absque Dæmonis opera & suffragio: & imò dicit S.Augustinus *lib.10.de Ciuit. Dei.* cuius verba relata sunt in d. c. *nec mirum.*

Sortilegia sanatiua prohibita.

*ann.* quòd hæc sunt talia remedia, quæ ars non commendat medicorum, ab Ecclesia omnino reprobata, meritò sunt à Christi fidelibus euitanda. Vide S.Thom. *in secunda secunda dist. 93. art. 4. in ver. dicendum. tit. de superstit.* & Io. *lec. in sum. conf. eod. tit. q. 2. & 13.*

¶ Vltra ea, quæ diximus *suprà* in prima specie diuinatiua, addenda sunt hæc, quid dicendum sit de astrologis & chiromanticis, qui secundùm cursum astrorum & signa cœlestia futura prognosticant, an liceat hoc facere, vel sint puniendi sicut augures & aruspices, aut alio modo?

Respondeo, aut hæc futura predicunt ex certa scientia imponentes futuris contingentibus rebus necessitatem quamdam, quam dicunt causari ex motu corporum cœlestium, & isto modo sunt hæretici, & puniuntur vt hæretici: vt latè diximus *suprà hac quæst. in princ. & quæst. preced.*

Ratio est, quia signa illa non sunt causæ rerum finales, imponentes necessitatem humanis rebus agendis, aut homini; sed sunt signa quædam inclinatiua, siue indicatiua rerum futurarum secundùm communiter accidentia per regulas quasdam, & naturas corporum cœlestium, quæ multoties fallunt, quibus non subiicitur necessariò natura humana, quin possit illa euitare & vti liberi arbitrij potestate: vide Abbatem *in dict. c. 2. extra eo. tit. q. 5.* aut illa prædicunt demonstratiuè, præsumptiuè, siue inclinatiuè, asserentes quòd ex motu corporum cœlestium tale quid inclinatiuè demonstratur, siue figuratur in actibus hominum inferioribus, & hoc modo non est peccatum ex quo nullam imponunt necessitatem, sed inclinationem quamdam, quam quis liberè euitare poterit, si velit vti prudentia & sui liberi arbitrij potestate, vt latiùs dicemus *infrà*, & habetur per Abbatem *in d. c. 2. eo. tit.*

¶ Pro faciliori intelligentia præmissorum subiiciã infrascriptas quæstiones speciales, declarando pœnas criminis cuiusque. Et primò quæro quid de sacerdotibus, qui causa doloris spoliant aras, aut extinguunt luminaria consueta, quã pœnã puniuntur? dic quòd clericus honore & dignitate priuatur, & sic efficitur infamis: vt *in c. quicumque. in primo respon. 16. q. 5.* & Io. *lec. in sum. conf. eo. tit. q. 18.* & hoc nisi sponte de premissis coram Episcopo vel Metropolitano se culpabiles detulerint, & de ipsis condignam peregerint pœnitentiam, *d. c. quicumque.* alij sacerdotes reperiuntur, qui sumpta veste lugubri Missas defunctorum celebrant pro viuentibus causa inimicitiæ, vt is, pro quo sacrificium ipsum offerunt, moriatur aut incurrat mortis periculum, quã pœnã sit puniendus: dic isto casu, quòd sacerdos vel clericus qui scienter ista fecerit, à proprij ordinis gradu priuatur & perpetui exilij ergastulo vnà cum eo qui ipsum sacerdotem consulit, aut præmissa fieri ordinauit siue mandauit relegatur: vt est tex. *in d. c. quicumque. in fin. 16. quæst. 5.* & Io. *lec. in sum. conf. eo. tit. quæst. 10.* Sacerdos immutans Ecclesiastica causa doloris infamis est.

¶ Deinde quæro quid de clericis & laicis qui imaginem Crucis, aut B. Mariæ Virginis, seu aliorum sanctorum proiecerunt in terram, illásque vrticis, spinis, vel pedibus conculcarunt, qua pœna puniendi sunt? Casus iste ponitur per tex. *in c. si canonici. §. fin. de off. ordi. lib. 6.* vbi dicit quòd vltrix sic procedat dura sententia contra eos, per quam alij id facinus patrare pertimescant: glos. verò declarando tex. primò dicit, quòd erit priuandi loci sui dignitate atque honore, nisi celeri satisfactione coram Imagines indignè tractans vt sit puniendus

Metropolitano se sufficienter purgauerint: demum deuenitur ad aliam pœnam dicens quòd statur arbitrio iudicis concludens in effectu quòd sit pœna arbitraria, pro prima allegat text. *in d.c. quicumque* 19.q.5. & *l.3.ff. de iur. delib.* cum qua gl. transit Gem. *ibi.* Arch. autem dicit quòd poterant temporaliter puniri, quòd in vinculis publicis conuinciantur, vt *l.3.C. de his qui ad statu. confug.* & *ff. de poen. l. capitalium. §. qui ad statuas*, vel quòd moriantur, vt not. *in l.1.C. ne lice. sing. salua. &c.* hæc vltima pœna infertur de rigore iuris ciuilis, vt *d.l.1.* aliæ verò superiores inferri possunt per iudicem Ecclesiasticum, vt dicunt DD. *in d.c. si Canonici. §. fin.*

¶ Videndum esset etiam, quid de Iudæo, qui super Crucem, dum deferretur publicè per vrbem, proiecit immunditias, quâ pœnâ puniatur? Istum casum decidit Pet. de Anch. *in consil.* 15. quod incipit: *Spiritualis iudex in prouincia Romandolæ.* vbi dicit quòd Iudæus ipse poterit per vtrumque iudicem castigari ecclesiasticum & laïcum: & seueris pœnis puniri.

Sacerdotis celebrantis & nihil consecrantis pœna.

¶ Quæro quid dicendum sit de his, qui in sortilegiis commiscuerunt hostiam non sacratam, super qua tamen celebrata fuit vna aut plures Missæ, quâ pœnâ puniatur sacerdos qui scienter super hostia illa celebrauit Missas, vel qui celebrando non consecrat aliquid: sed capit panem & vinum apud altare sine Sacramento, & omnes ac singulas ceremonias & solemnitates fecit apud altare excepta consecratione, qua pœna puniatur? Casus iste ponitur *in c. de hom. de celebrat. Miss.* vbi text. nullam ponit pœnam temporalem: sed credo, quòd sit pœna arbitraria in eo, qui celebrat Missam, & sine consecratione accipit hostiam & vinum, quam iudex Ecclesiasticus sibi iniunget loco pœnitentiæ: is verò qui scienter celebrat super hostia, aut alia re, cum qua fieri debent sortilegia, grauiùs puniendus est, sicut is qui sortilegia ipsa conficeret: quia paria sunt aliquid prohibitum facere, vel efficere aliquod necessarium antecedens, per quod peruenitur ad illud, vt *leg. oratio ff. de sponsa.* Vide text. *in dict. c. si quis Episcopus.* 26.q.5. qui loquitur generaliter de omnibus sortilegiis. Ille enim qui habuit animum delinquendi & deuenit ad actum proximum delicti, habetur ac si fecisset & consummasset delictum: non solùm de iure canonico, vt *in cap. sicut dignum, de homicid. cum multis similibus*: sed etiam de iure ciuili, vt *leg. is qui cum telo, C. ad leg. Corn. de sic.* & *leg. 1. §. diuus,* & *ibi Bart. ff. eod. titul.* & habetur per Panor. *in dict. c. 2. de sortil.* & Io. *fer. in sum. conf. eo titul. quæst.* 24. & Oldra. *d. consil.* 210. *in 3 col.* laicus verò excommunicatur & relegatur de iure canonico in foro iudiciali; *cap. aliquanti. xxvj.q.5.* sed si semel monitus, iterùm se immisceat in prædictis, si est nobilis intruditur in carcerem: ignobilis fustigatur, mitratur, & publicè dehonestatur, *d.c. si quis Episcopus. cap. aliquanti c. sortes, cum aliis sequen.*

¶ Quid dicendum de his, qui imagines conficiunt atque baptizant, & cum illis conficiunt sortilegia. Dic, aut sortilegia ipsa fiunt ad aliquem effectum, qui dæmoni non conuenit, sed soli Deo, & sapiunt hæresim manifestè, vt suprà diximus *quæst. præcedenti*: & immo puniendi sunt vt hæretici: vt *suprà* diximus *tit. 1. quæst. 3.* salua tamen doctrina glos. de qua *in d.c. accusatus. §. sanè, de hæret. lib. 6.* & saluis etiam limitationibus, de quibus *infrà in fine* dico illos esse puniendos eisdem pœnis quibus alij in superioribus casibus: vide Oldra. in *d. cons.* 210.

vbi

vbi de hoc facit mentio è xpressam & Ioan. *lec. in sum. conf. e. d. tit q.* ... 

¶ Idem dicendum est de his, qui in ipsis sortilegiis immiscent sacras reliquias sanctorum martyrum, scilicet ex membris vel ossibus aut de v. stibus eorumdem, *d. c. si quis Episcopus. & c. aliquanti.* & Panor. *in d. c. ij.* & Ioan. *lec. in d. tit. in sum. q. xvi.*

¶ Idem etiam iudicandũ est de his, qui Sacramenta Ecclesiarum, scilicet oleum sanctum baptismatis, chrismatis, aut extremę vnctionis, seu aquam fontis baptismatis & similia, *d. c. ij.* & *ibi* Abb. *& d. c. si quis Episcopus. cum aliis sequent.*

¶ Idem quoque censendum est de his, qui in eisdem sortilegiis admiscent aquam benedictam, candelas benedictas, sacros agnusdeos, ramos oliuarum aut frondes palmarum & similia, de quibus habetur per Ioan. *lec. in d. sum. eod. tit. q. vltim.*

Astrologorum futura prædicentium pœna est diuersa.

¶ Iuxta prædicta videndum est, quid de astrologis, qui futura prædicunt, an puniantur, & quâ pœnâ. Dic aut illa prædicunt ex certa scientia, quasi signa illa, per quæ futura coniecturantur, aut causæ rerum imponentes futuris rebus necessitatem in esse, quòd sic vel sic erunt, omnino & istud est hæreticum & puniri debent vt hæretici: quia futurorum notitia certa, prout est in esse rei, est solius Dei, vt habetur *Matth. 11. c. & 2. q. 4. consuluisti. & 17. q. 3. sciendũ.* & latè diximus *suprà q. praecedẽti*: aut illa prædicunt cõiecturaliter, demonstratiuè siue inclinatiuè: & isto modo nõ errant nec puniuntur aliquâ pœnâ: quia verũ est, quòd corpora cœlestia habent quædam motiua & inclinationes ad corpora inferiora, & operationes humanas, secundùm quas multoties sic fieri contingunt, quamuis euitari possunt, & propterea dicitur, quòd illa sunt signa rerum, non autem causæ rerum: de quibus vide Panor. *in dict. c. 1. extra eod. tit. 1. col.*

¶ Quid enim dicendum sit de his, qui sortes quærũt in Euangeliis, aperiendo librum, & sortificando in illis. Dic quòd prohibitum est, & puniuntur qui præmissa faciunt, modo quo *suprà 17. q. 2. hi qui.* Et quia diximus *suprà* quòd sunt prohibita remedia sortilegiorũ, quæ fiunt ad sanandum corpus maleficiatum, de iure canonico, licèt de iure ciuili permissa sunt, vt *suprà* diximus *eadem q.* quæro nũc quid si aliquis in opere sanatiuo dixit plura verba honesta, & sanctas ac deuotas orationes Dei, beatæque virginis Mariæ & aliorum sanctorum; & illa eadem fecerit dicere per ipsum maleficiatum ad deuotionem beatæ Virginis Mariæ, aut alicuius sancti Martyris, nihilominùs posteà Magister siue Magistra Sortilegiorum aliqua verba extranea dixerit publicè vel secretè, quæ non videntur congruere illi operi religioso, & sanitatis, an ista dicantur esse superstitiosa, & puniendа. Dic quòd sic, quia quotiescumque cum rebus, aut verbis religiosis, siue Ecclesiasticis miscentur aliqua verba extranea, & quæ naturaliter non tendunt ad opus illud sanitatis, nec possunt naturaliter talem effectum operari necessariò, tunc dicũtur esse superstitiosa, & faciunt totum opus superstitiosum & damnabile, quod est maximè quotiescumq; adiunguntur nomina quędam ignota aut characteres, seu aliæ diuersæ obseruationes, quas manifestum est naturaliter efficaciam ad sanitatem habere non posse, illa non fiunt sine superstitione & Dęmonis ministerio, vt dicit S. Th. *in sum. secunda secunda. q. xcvi. art. 2. ver. dicendũ, in tit. de superst.* & Ioan. *lec. in sum conf. eod. tit. q. 11.* Superstitiosa quæ dicantur.

Et propterea sunt punienda de iure canonico: quia si clericus est, qui talia ſecit deponitur: laicus verò excommunicatur pro prima vice; 26. q. 7. *admoneant*. ſed ſi monitus, ſpreta monitione iterùm ſe ingeſſerit in eiſdē, ſi eſt nobilis vir & honeſtæ familiæ, incarceratur aut relegatur: ignobilis verò cum vituperio fuſtibus cæditur, 26. q. 5. *c. ſi quis Epiſc. c. aliquanti. c. ſeruos, & c. ſeq.* & per Abb. *in d. c. 2. de ſortil.* vbi dicit, quòd pœna iſtorum eſt arbitraria; & hoc puto verius ſecundùm qualitatem facti, conditionē perſonarum, & animum delinquentis, *arg. l. aut facta.* & *l. reſpiciendum. §. delinquunt. ff. de pœn.* & *l. quid ergo. §. pœna grauior. ff. de his qui not. infam. c. ſicut dignum. in princ. de homic.* De iure autem ciuili remedia iſta non puniuntur, dummodò fiant ad bonum finem, *d. l. eorum. fi.* & *ibi* Bar. *C. de malef. & math.* & aliàs diximus *ſuprà eod. quæſt. 6.*

¶ Idem dicendum eſt de his, qui faciunt ſchedulas, aut breuia, & ligaturas ſuſpendendas & deferendas ad collum maleficiati, cùm continent aliquid extrinſecum, ſiue extraneum ſignum ſit, character aut nomen quod naturaliter non tendit ad concluſionem & intellectum aliorum verborum, vel ad opus ſanitatis, tunc iudicatur illud eſſe ſuperſtitioſum & punibile: quia fieri non poteſt abſque ſuffragio & inſtructione diaboli, vt dicunt ſupradicti Doctores *in locis prædictis*, & habetur *in c. nec mirum. §. ad hæc omnia, & c. 26. q. 5.* & per S. Auguſt. *lib. 21. de Ciuit. Dei.* & ideò puniuntur his pœnis, quas *ſuprà* diximus *hac eadem q. in membris proximè volutis.*

¶ Quid ſi inter alia verba vel nomina Dei, quæ iſtæ maleficæ ſæpiùs deſcribere faciunt in earum ſchedulis vel breuibus appoſuerint hoc verbū, *Deus Acharon*, an ſit verbum ſuperſtitioſum & diabolicum. Dic quòd

Deus Acharō quid ſignificet.

ſic: quia illud eſt nomen Beelzebub principis dæmoniorum: vt habetur 4. *Regum 1. c.* dum Elias monitus ab Angelo reprehendit Ochoſiam Regem ſub his verbis; *Numquid non eſt vobis Deus in Iſraël, vt eatis ad conſulendum Beelzebub, Deum Acharon, immò de lectulo ſuper quem aſcendiſti, non deſcēdes, ſed morte morieris.* Quod bene not. quia ſæpiùs in iſtis ſchedulis & breuibus hoc nomen, ſcilicet *Deus Acharon* reperies expreſſum. Vide d. Io. de Turrecr. *in c. contra idolorum 26. q. 5.* & d. Io. *lec. in ſum. conf. eod. tit. q. 11. & 13.*

¶ Quid dicendum de his, qui ſacrificāt Mammonæ deo nummorum, vt diuites efficiantur, qua pœna ſunt puniendi? Dic, quòd ſi eſt clericus, ſecundùm quorumdam opinionem indiſtinctè eſt priuatus ipſo iure omni officio, beneficio, honore & dignitate, ſiue occultum ſit crimen, ſiue publicum: & ideò neceſſariò indiget diſpenſatione, ſi vult ampliùs celebrare: quidam alij dixerunt, quòd quando crimen eſt occultum, poſſunt agere pœnitentiam, confitendo peccatum ſuum, & non incurrunt pœnam illam priuationis, & ideò non indigent neceſſariò diſpenſatione: ſi verò crimen eſſet publicum, aut notorium, tunc incurrit irregularitatem & priuationē ipſo iure, & indiget diſpenſatione: nihilominùs præcedens opinio videtur eſſe magis tuta in foro conſcientiæ, vt quis petat diſpenſationem etiā quando crimen eſſet occultum. Vide d. Io. *lec. in ſum. conf. eod. tit. quæſt. vlt.*

¶ Vbi iſtis æquiparat etiam ſacerdotes, qui in ſortilegiis immiſcent Sacramenta Eccleſiaſtica, ſcilicet oleum ſanctum chriſmatis, baptiſmi, vel extremæ vnctionis aut aquam fontis baptiſmatis, eiſdem pœnis puniuntur, de quibus aliàs diximus *ſuprà ea. quæſt.* laici verò de iure canonico pri-

ma

ma vice sunt excommunicati, & sunt à limine Ecclesiæ repellendi: sed si post primam monitionem iterum se ingesserint in eisdem, si nobilis est condemnatur ad perpetuos carceres: ignobilis verò fustigatur publicè cum maximo dedecore: deinde in exilium condemnatur, secundùm quod habetur *26.q.5.si quis Episc. c.aliquanti cũ aliis seqq.* Abbas tamen dixit *in d.c.2. de sorti.* quòd istorum pœnæ erunt arbitrariæ mitigandæ, alterandæ, neque leuandæ secundùm facti qualitatem aut turpitudinem seu scandalum, quod inde posset oriri, aut exortum iam esset. Item personarum conditionem & animum delinquentis; aut ex simplicitate dicitur lapsus in illud, & ad aliquem bonum effectum, vt habetur *in d.c.2 extra eod.tit.* vel si ex propria malitia, animo aliquem decipiendi, & similia, vt *ibi* per Abb. latiùs dicitur: & diximus *suprà proximè.* Vide tex. *in c. sicut dignum. in princ. de homic.*

¶ De iure verò ciuili pro omnibus sortilegiis huiusmodi est pœna vltimi supplicij, *l. nullus. l. eorum in princ. l. nemo. l. multi. & l. si excepta. C. eo. tit.*

¶ Exceptis sortilegiis, quæ fiunt ad sanandum maleficiatum, vel liberandum aliquem ab alia infirmitate, aut incantandum imbres, grandines & fulgura, ne noceant segetibus, arboribus & plantis, aut animalibus, vel fœtibus eorum: omnia ista, quæ prosunt & non nocent rebus temporalibus, aut personis permissa sunt de iure ciuili, & nullam pœnam merentur, vt *d.l.eorum.§ fin.* & *ibi* Bart. *C. eo. tit.* & aliàs diximus *suprà.*

¶ Videndum quoque esset quid de diuinationibus, quæ fiunt per somnia secundùm illorum interpretationem, prout habetur in somniis Danielis, & per dominum Albumasar *in lib. quem fecit de interpretat. somnio.* de quibus latè vide d. Ioan. *lect. in sum. conf. eo. tit. quæst. 6.* & quid dicendum sit de incantationibus serpentum, illis videlicet, quæ fiunt contra serpentes; vbi dicas, quòd aut in illis præcantationibus imploratur duntaxat auxilium Dei simpliciter cum deuotione, absque aliqua machinatione intrinseca, & non erunt reprobandæ, imò commendandæ; aut illis imploratur diaboli suffragium, vt sortiantur effectum siue tacitè, siue expressè; & erunt illicitæ penitùs & damnabiles: sed qualiter cognosci poterit an sint licitæ vel illicitæ, & an & quando in eis imploratur auxilium dæmonis tacitè vel expressè, vel illius Dei, dic quòd est diligenter aduertendum ad verba ipsa, item ad modum, atque & ordinem ipsius incantationis: quia si in eis insunt aliqua verba extranea, vel ignota nomina, aut characteres, siue verba quædam extranea, quæ nõ congruunt conclusioni, nec naturæ verborum supradictorum, nec possint secundùm eorum naturam aliquid operari circa effectum, de quo agitur: tunc opera ipsa dici non possunt nisi superstitiosa & diabolica, in quibus diabolus plurimùm operatur, & illius suffragium saltim tacitè inuocatur, secundùm quod concludit Ioan. *lec. in sum. conf. eo. tit. q. 15.* & diximus *suprà ea. quæst. in illo art. de remediis quæ fiunt contra maleficiatum:* & ideò isto casu puniendi erunt de iure canonico pœnis suprà proximè dictis. De iure verò ciuili nulla pœna erunt puniendi, ex quo dictæ incantationes fiunt vt prosint, scilicet ne hominibus noceant serpentes. Verùm, quia in istis sortilegiis, amatoriis maximè & veneficiis, quæ dicuntur fieri in corpore, sæpiùs interueniunt pocula quædam, quæ traduntur potanda personæ maleficiandæ, quæ communiter appellari solent *pocula amatoria aut venefica:*

Opera superstitiosa.

ex

ex quorum potu, quandoque præter spem & intentionem tradentis, mors absorbentis succedit: quandoque verò non: ideò aliqua de ipsis poculis specialiter videamus.

## CAP. XII.

### SVMMARIVM.

1 *Poculum amatorium porrigens & ministrans qua sit pæna mulctandus.*
2 *Poculum dans amatorium, si ex illo mors sequatur, qualiter punietur.*
3 *Homicidium sine dolo commissum, potest vltimo supplicio puniri.*
4 *Venenum diuersimodè considerari potest.*
5 *Verbum istud*, venenum, *medium est & promiscuum.*
6 *Venena sanitatis inducendæ causâ confecta, vel nullum incommodum generantia, non reprobantur à iure.*
7 *Pæna*, leg. Corneliæ de sicca. *qua hodie.*
8 *Improuidè accidentia fato, non culpa imputantur.*
9 *Pæna quibusdam circunstantiis cõcurrentibus sunt leuanda.*
10 *Poculum conceptorium ministrãs, si mors sequatur, qua pæna veniat puniendus.*
11 *Casuum conformitas iuris conformitatem exigit.*
12 *Determinabile relatum ad plura determinabilia dicit illa æqualiter determinare.*
13 *Poculum amatorium dupliciter potest considerari.*
14 *Interuale corrumpit actum, qui aliter excusari poterat.*
15 *Venena diuersimodè in iure considerantur.*
16 *Poculum sterilitatis tradens quam pœnam incurrat.*

Qvodecimò igitur nũc quæro, si quis ministrauerit vel dederit poculum amatorium mulieri ad flectendum eius pudicum animum ad libidinem, si calefaciendum eius cor ad amandum virum prædictum, vel è contra, quid si mulier dederit poculum viro, vt amet ipsam, licèt hoc rariùs contingat, quã pœnã puniatur qui poculum ipsum dederit? Respondeo, quòd de iure ciuili humiliores in metallum damnantur: honestiores verò in insulam dimidia parte bonorum suorum confiscata relegantur: ita dicit tex. *in l. si quis aliquid. §. qui abortionis. ff. de pœn.*

¶ Clerici verò de iure canonico sunt priuandi, 26 *quæst. 5. cap. si quis Episc.* & per Abbatem *in d. cap. 2. de sortileg.*

¶ Sed quid si ex poculi huiusmodi assumptione mors absorbentis succedat eo quòd forsan malè compositum fuerat, & non erat benè temperatum, vel in mala sorbentis dispositione sumptum fuerit, quã pœnã punietur qui dederit: & videtur dicendum, quòd aliquã pœnã punietur extraordinariã relegationis: vel simili, ex quo homicidium illud non fuit commissum dolo, nec cum proposito occidendi: ideò non debet puniri pœnã vltimi supplicij, *l. prima. §. diuus.* & *l. diuus. ff. ad leg. Cor. de sicar.* tamen contrarium dicit text. *in d. l. si quis aliquid dist. §. qui abortionis.* quòd si casu moriatur qui vel quæ poculum prædictum absorbuit qui tradidit vltimo supplicio puniendus est, licèt dolo non dederit, sed bono zelo: & hoc est quia res ipsa est mali exempli.

¶ Ex quo nota casum singularem, in quo quis punitur pœnã vltimi supplicij. Hoc i- cid em fine dolo commissum non capite punitur.

ſupplicij, pro homicidio commiſſo ſine dolo & intentione aliqua occidendi, cuius contrarium diſponit regula iuris communis, de qua *in d.l. 1. leg. Cornel. & l.diuus.* & *l.1.§.diuus.ff.ad leg.Corn.de ſic.* & *l. is qui cum telo. C. eo tit.* quæ habet quòd nunquam infertur pœna mortis pro homicidio commiſſo ſine dolo & propoſito occidendi, imò in caſu prædicto lata culpa non æquiparatur dolo, vt not. dicit. Bart. *in d.l. in lege Cornelia. ff. de ſica.* hîc enim nulla ratio, neque præſumptio viget contra ipſum, qui dedit poculum amatorium, ex qua coniecturari poſſit: quòd habuerit animum occidendi, imò in parte nulla offendendi: *d.l.in lege.* & *l.1.§.diuus.ff.eo.tit.* Contra prædicta oppono *d.l.3.§.hæc adiectio.ff.ad leg.Cor.de ſic.* vbi videtur eſſe tex. valdè contrarius *d.§. qui abortionis*: ibi enim dicitur quòd venenorum plura ſunt genera, ſiue plures ſpecies, quorum quædam dicuntur mala venena, ea ſcilicet quæ facta ſunt hominis necandi cauſâ: quædam alia ſunt, quæ dicuntur bona, ſiue non mala venena: & ea ſunt, quæ facta fuerunt ad ſanandum corpus ægrotum: item ea, quæ fiunt ad concipiendum, & illud quod amatorium appellatur vel aliud quodcumque factum ad alium effectum, dummodò non ad occidendum. Et proptereà ſubiungit tex. *in ver. adiectio*, quòd adiectio illa mali veneni opportunè poſita fuit *in illa lege*, quoniã ex illa qualitate mala adiuncta demõſtratur quædam eſſe venena non mala: ergo nomen hoc *venenum* medium eſt, ſiue promiſcuum; adaptatur ad vtramque partem: reſpectu verò adiunctæ qualitatis, tam illud quod ad ſanandũ, quàm illud quod ad occidendũ paratum eſt, continet: ſed & id, quod amatoriũ appellatur, vel quod ad conceptionẽ traditur, continet omnia illa, quæ cõprehendi poſſũt ſub nomine iſto veneni, ſolũ enim *in ea lege* notatur quòd hominis necandi cauſa ſit. Ergo cætera venena, quę non ſunt facta hominis necandi cauſa, prout ſunt venena ſanatiua, amatoria, & ea quæ fiunt ad cõcipiendũ, non continentur ſub lege illa, nec pœna illius legis pleсtuntur qui illa tradunt, & proptereà tex. *ibi in fin.* exẽplificat regulã illã ponendo casũ cũ ſua deciſione: vel quòd ex ſenatuſconſulto iuſſa eſt relegari mulier illa, quæ non malo quidẽ animo, ſed malo exẽplo medicamentũ ad conceptionẽ dedit: ex quo ea mulier, quæ illud acceperat, deceſſerit. Ex qua deciſione probatur, quòd omnia venena, quæ non ſunt facta hominis necãdi cauſa, dicũtur non mala venena: & ideò ſi ex illorũ potu quiſquã perierit, qui tradidit, nõ tenetur pœna illius legis Corneliæ de ſicariis, quæ hodie eſt pœna capitis, licèt olim eſſet perpetua deportatio, & omniũ bonorum publicatio *vt l.3.§.legis.ff.ad leg.Cor.de ſic.* & *in §.item lex Cornelia. inſt.de pub. iud.* licèt alia minori pœna puniretur, ſcilicet relegationis, *vt.l.3. in adiect. in fi.* ratione prædicta: quia defuit animus occidẽdi tã in cõpoſitione, quàm in traditione. Pro quo facit tex.not. *in l.1.§.C.eo.tit.de ſicar.* vbi dicitur, quòd ea, quæ ex improuiſo caſu potiùs, quàm fraude accidũt, fato plerumque non noxę ſiue culpę imputãtur; & per conſequens mitiùs puniuntur, vt *l.s.§.fi.* & *l.1.§.diuus.ff.eo.tit.* vbi, ſi quis in rixa alium cucuma, vel claua percuſſerit: ex quo non occidendi animo illum percuſſit, leuiandã eſſe pœnam huic percuſſori Iuriſconſultus conſtituit. Idem ſit in caſu noſtro; & licèt tex. *in d.l.3.§.in deciſione* loquatur de veneno conceptionis, nõ autem amatorio, ratio tamen præcedens, quã dedit Iuriſconſultus, eſt generalis cõprehẽdẽs omnia illa venena, quę facta nõ fuerunt

Verbum venenũ medium eſt & promiſcuum.

Improuiſa accidentia cui imputentur

fuerunt hominis necandi causâ, sed ad alium effectum, prout est iste xii. Quotiescumque autem ratio est generalis, & indeterminatè posita in lege comprehendit omnem determinationem, quæ ad illam potest adaptari, & vbicumque se extendit ratio, extenditur etiam ipsa lex, & illius dispositio: *l. mutum autem. §. animaduertendum ff. quòd met. cau.* & ibi Bar. *in prin. no. l. nomen. §. fin. ff. de leg. 3.* Illa igitur ratio, quæ multùm in ea lege notatur, scilicet quòd venena facta non sint hominis necandi &c. comprehendit generaliter omnia venena, quæ facta sunt absque illa qualitate: tria enim venena, de quibus Iurisconsultus fecit mentionem *in d. l. 3. illa.* expressit tâquam exempla regulæ, vt sit sensus. Quicumque venenum amatorium sanatiuum, vel conceptionis, seu quodcumque aliud venenum, non factum hominis necandi causa, cuiquam tradiderit, non animo occidendi, ex cuius potu ille, qui assumpsit, periit, qui dedit poculum puniri non debet pœna illius legis Corneliæ. Cuius decisionis rationem duplicem cõsideraui: prima est quia lex Cornelia de sicariis, vt proximè dixi *cap. 3.* rõ comprehendit ista venena, de quibus *supra in d. l. 3. in prin.* & ibi Bar. Secunda est, quia quotiescumque mors prouenit ex facto alicuius, absque animo & proposito occidendi, nunquam ille punitur pœna illius legis Corneliæ, & sic pœna mortis, sed alia mitiori pœna iuxta modum culpæ; *d. l. 1. §. fin. C. ad leg. Cor. de sicar.* vbi dicitur, quòd ea, quæ ex improuiso casu absque fraude accidunt, fato potiùs quàm noxæ imputantur: ideò excusantur à pœna ipsius legis. Idem disponitur *in d. l. 1. §. diuus. & l. diuus.* & *l. in lege Cornelia.* & ibi Barto. *ff. eo. tit.* Idem Bar. *in l. abstinentem.* & *in l. aut facta. ff. de pœn.* & *in c. sicut dignum. in prin.* & ibi per Canonistas *de homi.*

Venenorum tres species.

§ Cùm itaque in poculo, siue veneno conceptionis dolus & animus occidendi omnino defuerit, tam in compositione quàm in traditione, videbatur dicendum, quòd nulla pœna puniri deberet: tamen Iurisconsultor dicit, quòd propter malum exemplum iussã est relegari ea, quæ non quidem malo animo; sed malo exemplo medicamenta ad conceptionem dedit, ex quibus illa, quæ biberit, periit.

Poculi conceptionum traditrix quomodo puniatur.

§ Hæc autem tria venena sunt æquiparata primò quoad compositionem: quia sunt facta absque causa hominis necandi: secundò quoad traditionem: quia omnia traduntur absque animo & proposito occidendi: quare non est dicendum quòd etiam in decisione & pœnę impositione sint similiter æquiparata, cùm factum idem esse videtur, & eadem ratio in omnibus militat, vt suprà dixi: ergo deberet in omnibus esse eadem iuris dispositio; *l. i lud. ff. ad leg. Aqui. l. adigere. §. quamuis. ff. de iur. patro. l. cùm pater. §. dulcissimis ff. ad leg 2. l. Lex actio.* & ibi Bar. *ff. de calum.* & est gloss. *in Clẽ. auditor. in ver. Romana de rescri. & Clem. 2. in ver. eligatur. de elec.* maximè, quia alia ratio mali exempli; quæ est posita pro ratione decidendi *in d. §. adiectio.* & *d. §. qui abortionis*: ita militat in vno, sicut in alio casu: ergo deberet etiam esse eadem pœna in vtroque casu statuta, de qua *in d. § adiectio*, attenta casuum conformitate & æqualitate in facto deberet etiam esse conformitas iuris, per ea quæ no. voluit Bartol. *in leg. omnes populi. in 4. q. princip. ff. de iustit. & iure.* & diu. Alexand. *in leg. peregre. §. quibus in. 2. col ff. de acquir possess.*

§ Pro quo facit etiam regula illa, quòd vnum determinabile relatum ad plura determinabilia debet illa pariformiter determinare, *l. nam hoc.*

*hoc iure.ff.de vul.& pu.*& Bar.*in l.ext. in 18. columna in versi.pro alia,eo.tit.* sed ratio compositionis,traditionis,atque decisionis vnica videtur esse in omnibus, hoc est, quòd ea, quæ ponitur in vno casu, militat etiam in alio casu: ergo deberet esse vtriusque pariformis pœnæ decisio,*d. l.iam hoc iure.cum aliis prædictis.*

† Quid dicendum in hac ambiguitate? Contrarium profectò est valdè vrgens: ista enim opinio posset sustineri per regulas & rationes prædictas, & magis æqua videtur quàm illa, de qua *in d.§.qui abortionis*, quæ est nimis rigida & contra omnes regulas iuris communis: Bar. enim *in dicto §.qui abortionis*, nihil dicit, sed remittit se ad dictum §. *adiectio.* vbi monet istud contrarium de dicto §. *qui abortionis.* tamen soluit multùm simpliciter, nec tangit difficultatem poculi amatorij: dicit enim quòd *in dicto §.adiect.* tex.loquitur in poculo conceptionis: & sic in re licita, ibi verò *in §. qui abortionis*, tex.loquitur in poculo ipsius abortionis: & sic de eo, qui incumbebat rei illicitæ & prohibitæ: imò traditur diuersa pœna in vno, quàm in alio. De poculo autē amatorio, & de quo in vtraque lege mentio fit, nullum verbum fecit Bart.

Abortiuum tradens homicida corporalis.

§ Ego enim post aliquas meditationes consideraui contrarium istud ita solui posse, quòd *in dicto §. qui abortionis.* vterque habebat animum occidendi, vnus occidendi infantem in vtero matris, & sic est homicida corporalis, vt *l. prægnantem.* & *l. Cicero. de pœn.* Alter autem, qui dedit poculum amatorium, ex quo illud dedit causa fornicādi & peccandi cum ea, dicitur homicida spiritualis: quia illo peccato mortali occidit animam: *de conse.dist.4. quartò. de pœn. dist. 1. noli.& 11. q.3. illic.* & *c. si aliquis ex-*

Amatorium tradens homicida spiritualis.

*tra de homic.* Ex quo igitur vterque est homicida tam in ipsa traditione quàm proposito, ergo pari pœna puniendi sunt. Sed ista solutio parum valet, quia non reperio cautum de iure ciuili, quòd pro vno peccato mortali quis incurrat pœnam mortis, sicut pro homicidio dolosè commisso, nisi in casibus à iure expressis.

Ideò deueniendum est ad aliam solutionem, & antequàm ad vlteriora procedam, sciendum est, quòd in hac materia poculorum duo sunt principaliter consideranda, quæ præcedunt casum mortis. Primum est quòd considerari debet compositio: secundum verò traditio: item in compositione consideranda est causa, propter quam venenum ipsum componitur & fit: aut enim fit causa occidendi hominem, aut non. Primo casu fit locus pœnæ *d.l. legis Cornelia de sica.* secundo verò non, vt *d. l.3.in princ.& §.adiectio.* in traditione verò duo alia sunt consideranda in causa prima & immediata, quæ respicit principium, id est principalis intentio ipsius tradentis. Item causa mediata & finalis quæ respicit finem actus, ad quem tendit animus illius, qui tradidit: si enim proxima causa & principalis intentio tradentis tendebat ad occidendum, nulli dubium est, quòd tradens tenetur pœna illius legis Corneliæ de sicariis, vt *l.1.§.diuus.*& *l.3.in princ.* & *l.1.lege Cornelia.ff.eo tit. etiam quòd mors secuta non fuerit l.in princip.*& *l.is qui cum telo. C.eo.tit.*

Poculi compositio & eius causa.

Poculi traditio quæ duabus etiam de causis inducitur.

Si verò non habuit animum occidendi, tunc consideranda est illa causa remota & finalis intentio, siue vltimus effectus rei, ad quam traduntur ipsa pocula: aut enim traduntur ad bonum & honestum finem, scilicet conceptionis vel sanitatis, & iudicantur bona & honeſta : & tunc quis excuſatur à pœna capitali morte ſecuta : ſed alia miriori pœna punitur, vt *d. l. 4. §. adiectio in fine.* & *ſuprà* diximus.

§ Aut finalis intentio & vltimus eius effectus tendebat ad turpe & illicitum, ſicut eſt in poculo amatorio, cuius effectus eſt libidinis apprehenſio, & illicitus mulieris concubitus, vt aliàs diximus *ſuprà*, & habe[illegible] *eorum, in princ. C. de malef. & Math.* & illo caſu non excuſatur propter principalem eius intentionem, ſiue cauſam proximam, ſcilicet quòd non habuerit animum occidendi : ſed attenditur magis illa cauſa finalis & vltimus effectus, ad quem venena tendebant: & ideò indubitanter punitur pœnâ vltimi ſupplicij; *d. ſi quis aliquid. §. abortionis.* vbi eſt caſus. *ff. de pœn.* Et ratio deciſionis eſt, quia dabat operam rei illicitæ: imò non videtur excuſandus, quia dicitur eſſe in culpa, & ideò tenetur etiam de caſu fortuito, qui præter ſpem & intentionem inopinatè prouenit : vt eſt caſus *1. 2. ff. de homic. lib. 6.* & facit tex. *in arg. in c. ſicut dignum, eo. tit. in anti. l. 3. ſi mulier. ff. quod met. cau. l. qui occidit. §. in hac. ff. ad leg. Aquil.* Ex quibus patet quòd illorum trium venenorum, de quibus *in d. l. 3. §. adiectio.* non eſt omnimoda ſimilitudo quoad omnia, ſed ſolùm quoad primas cauſas reſpectu compoſitionis & traditionis in eo, quod in vtroque deficit animus occidendi, quoad iſta ſunt ſimilia & æquiparata : ſed quoad vltimum effectum & cauſam finalem ipſius traditionis ſunt diſſimilia, vt *ſuprà* diximus, quia ea quæ fiunt ad ſanandum & concipiendum habent honeſtum & laudabilem finem. *l. eorum. §. fin. de malef. & Math.* & *d. l. 3. in princ.* & habetur *Gen. 1. 2.* ea verò quæ fiunt ad amandum & flectendum, &c. habent turpem & illicitum finem, *d. l. eorum in princ.* & diximus *ſuprà*. In iſtis igitur diſconueniunt & ſunt diſſimilia, ideò faciunt diuerſificare pœnas: quia licèt à principio neuter haberet animum occidendi, tamen vnus dabat operam rei licitæ & honeſtæ, alter verò dabat operam rei illicitæ, turpi & reprobæ, vt proximè diximus. Poſt hæc alio modo conſideraui reſponderi poſſe ad iſtud contrarium, quòd *in d. §. qui abortionis*, ideò punitur pœna mortis ille qui dedit, quia venenum illud fuerat compoſitum arte malefica per ſortilegum ſiue maleficum, qui illud Dæmonis inſtructione & ſuffragio interueniente compoſuerat, ſecundùm ea quæ diximus *ſuprà in 3. & 6. quæſt. In §. autẽ adiectio.* compoſitum fuit arte & ſcientia naturali, ſcilicet medicorum peritia nulla interueniente ſuperſtitione. Ars enim ipſa malefica & mathematica eſt valdè reprobata, & vndique damnata, & per conſequens omnia opera, quæ ipſi malefici faciunt, ſiue ad amorem ſiue ad occiſionem, vel ægritudinem ſunt damnata, nec minori pœna puniuntur, quàm pœna mortis, *d. l. eorum. in princ.* vbi ponitur vterque caſus, & vnica eſt vtriuſque deciſio & pœna; ea enim quæ dicũtur *in d. §. qui abortionis*, debẽt intelligi & interpretari ſecundùm te[illegible]nos *d. l. eorum, in princ.* ideò atrociùs puniũtur ibi quàm in d. §. *adiectio.* propter ſuperſtitionem illius damnatiſſimæ artis, & ſecundùm iſtam declarationem ille tex. *in d. §. qui abortionis*, nõ videtur eſſe ita exorbitãs à iure cõmuni, imò ſecũdũ ius cõmune regulatur. Ad tex. autem *in d. §. adiect.* poteſt dupliciter reſponderi : primò, quia deciſio illius tex. & pœna, de qua *ibi*, nõ adiũgitur pro poculo amatorio ſed conceptionis, quæ ſunt diuerſa: quoad vltimum effectũ, vt *ſuprà* diximus: ergo debẽt diuerſo iure cẽſeri, *l.*

Intentio eorum pi[illegible] actũ, qui aliter excuſari non poteſt.

Venenorum æquiparatio ſola eſt in compoſitione & traditione.

Pocul[illegible] maleficii morte punitur quod per ſortilegia.

Opera maleficorum damnantur.

Amatorium & conceptionum poculi differentia.

*Papinianus*

*Papinianus exuli. ff. de mino.* si aliter enim euenit casus quàm ipse opinabatur, sibi imputetur qui dedit poculum amatorium per modum superstitiosum: quia ex quo à principio dabat operam rei illicitæ: ex hoc enim non caret culpa, ideo tenetur etiam de casu fortuito, vt *in d. c. si. de homic. lib. 6.* vbi si dominus mandauit seruo, quòd acciperet baculum & percuteret Titium, citra mortem tamen & quòd diligenter caueret, ne ipsum occideret, quia nolebat eum interficere: si tamen famulus tam grauiter Titium percusserit, quòd ipsum occiderit ille dñs mandans non excusatur propterea à pœna homicidij, licet numquã habuerit animum occidendi illum; & ratio est illa de qua *suprà proximè*, pro quo facit text. *in c. sicut dignum in princ. extra eo. tit. in antiq. l. si mulier. ff. quòd met. cau. & l. qui occidit. §. in hac ff. ad leg. Aquil.* Venena igitur, de quibus loquitur text. *in d. §. adiectio.* non fuerũt facta per sortilegum siue maleficum per modum superstitiosum, sed arte naturali hominis & peritia medicorum, sicut fiunt & componuntur venena sanatiua medicinarũ, quod patet: quia in vtroque titulo fit mentio de venenis, scilicet *in tit. leg. Corneliæ, de sicariis. ff. & C.* & *in tit. de malef. & Math.* sed *in tit. legis Corneliæ* fit mentio & tractatur de venenis naturalibus, quæ hominis ingenio, & & peritia medicorum fiunt absque aliqua superstitione, siue Dæmonis inuocatione tacita vel expressa, prout est venenum sanatiuum, quod miscetur in medelis ad sanandum corpora ægrotantium, *d. l. 1.* & *l. 3. in princip. ff. ad leg. Cor. de sica.* Venena verò, de quibus loquitur titulus & iura, *C. de malef. & Math.* sunt illa quæ fiũt per sortilegos, magos, maleficos, aut Necromanticos & similes, ope & suffragio Dæmonis, ad quæ illius inuocatio

*Veneni diuersa est ratio in iure.*

*Venena naturalia.*

*Venena Sortileg. & Malefic.*

diuersis precibus tacitè vel expressè semper interuenit & habetur, vt dicit *Io. lec. in sum. conf. eo. tit. q. 11. & 14.* & *l. multi. l. et si excepta. C. eo. tit.* Ex hac igitur declaratione colligitur ista distinctio, quòd aut venena, siue pocula amatoria fuerunt composita per sortilegum siue maleficum modo superstitioso, & per inuocationem Dæmonis tacitam vel expressam: & tunc si ex illorum potu causatur mors potantis, tradens ille punitur pœnã vltimi supplicij, de qua *in dict. §. qui abortionis*: aut non fuerunt facta per sortilegum nec eo modo superstitioso, sed humana industria aut medicorum peritia: & isto casu morte secuta non punietur pœnã mortis ille, qui tradidit, sed alia mitiori pœna, de qua *in d. c. 3. §. ad tert.* an, aut, & quando remedia & pocula ipsa dicantur esse superstitiosa, & qualiter cognoscatur, vide quæ diximus *suprà rod. quæst. praeced.* in materia remediorum quæ fiunt ad sanandum.

*Venena Malefica tradens ad mortem pœnã mortis tenetur.*

¶ Cogita tamen super præmissis: quia DD. non declarant, & ego hactenùs non reperi magis congruam responsionem. Et tenendo istam opinionem pro solutione dictæ oppositionis, non obstant ea, quæ superiùs in contrarium adducebãtur, & primò quòd illa vnica ratio, de qua *in l. 4. in princ. & §. 1.* viget pariter in omnibus venenis, quæ non sunt facta hominis necandi, &c. quia fateor quòd quoad compositionem respectu primæ causæ, & quoad traditionem, respectu vnius qualitatis, scilicet carentiæ animi occidendi æquiparantur omnia ista: non tamen sequitur, quòd quoad alia quæ sequuntur, & sic in omnibus dicantur esse æquiparata: quia quoad vltimum effectũ siue naturalem intentioné, sunt longè diuersa, vt latiùs *suprà* diximus: non mirum igitur si sit diuersa decisio in vno

*Venena administrantes morte sequente & medic industria quam incurrãt pœnam.*

Quàm in alio: & diuerſæ pœnæ ſtatutæ ſint, & ex hoc poteſt etiam ſolui aliud, quod vnum determinabile relatum, &c. quia illud eſt verum, & procedit quando illa determinabilia ſunt in omnibus æquiparata, & vnica ratio in omnibus viget æqualiter, ſed quando inter ipſa militat diuerſa ratio, tunc non poſſunt pariformiter determinari: ſed difformiter, ſecundū quod militat diuerſitas rationis, *l. Lucius.* & *ibi* Doct. *ff. de vulg. & pupil.* & Bart. *in l. Titia.* §. *Titia. ff. de lega.* 2. Sozi. *in l. cum auus. in* 27. *col. ff. de condi. & demon.*

Pocula conſideratione exempli & intentionis iudicãt in traditione.

* § Non obſtat etiam illud quod dicebatur de malo exemplo quod exprimitur in vtraque lege: quia tenendo ſecundam ſolutionem, dico quòd in caſu *d. l. in* §. *adiectio.* viget dumtaxat illud malū exemplum, de quo *ibi*: intentio tamen tradentis, & effectus, ad quem tendebant pocula, erat iuſtus & honeſtus: ſed in caſu *d.* §. *qui abortionis.* ne dum viget malum exemplum, verùm etiam mala intentio & turpis effectus, propter quem pocula prædicta facta & tradita fuerunt, ſcilicet explendæ libidinis per ſtuprū vel adulterium, vt aliàs *ſuprà* diximus. Cùm igitur tendant ad diuerſum effectum, meritò vt diuerſa inter ſe debent diuerſo iure cenſeri, *d. l. Papinianus exuli.* & quòd ſimiliter diximus *ſuprà.* Idem videtur ſentire Bart. *in d. l.* 1. §. *adiectio.* 1. *ſolutio. ne opponam quam fecit de d.* §. *qui abortionis*: ſed ſecundùm vltimam ſolutionem dico, quòd non ſolùm dicuntur eſſe diuerſa quoad illum vltimum effectum, de quo *ſuprà*: verùm etiam quoad primas cauſas: & ſic quoad ipſam compoſitionem, quia illa, de quibus *in d.* §. *adiectio.* fiunt induſtria hominis naturali, & ſecundùm naturalem peritiam medicorum, ſicut alia venena ſanatiua medelarum, vt aliàs diximus: illa verò, de quibus *in d.* §. *qui abortionis*, fiunt per modum ſuperſtitioſum arte diabolica, & per inuocationem Dæmonum tacitam vel expreſſam, vt aliàs diximus, & habetur *in ſum. conf.* per Ioan. *lect. ro. tit. q.* 2. 11. & 13. *per totum.* nec mirum igitur ſi grauiùs puniuntur: quia omnia opera, quæ fiunt arte malefica, ſunt pluriſsimùm deteſtanda, & grauiùs punienda, vt *d. l. nullus*, & *l. nemo. C. de malef. & Math.* Et licèt iſta vltima ſolutio prima facie videatur ſubtilis & concludenter ſoluere nodum inter ipſas duas leges: præcedens tamen ſolutio mihi magis placet, & eſt magis iuridica: & hãc videtur tenere Bar. *in d.* §. *adiect.* vt *ſuprà* dixi: hæc enim * vltima in veritate ſapit diuinationem: quia dicere quòd pocula illa, de quibus *d.* §. *qui abortionis*, fuerunt facta per ſortilegum ſiue maleficum, diaboli inſtructione, de hoc nullum verbum fit *in d. l.* nec ex aliquo indicio vel coniectura hoc deduci poteſt. Præterea video, quòd pocula, quæ fiunt arte magica & traduntur mulieri ad flectendum pudicum animum ad libidinem: licèt mulier ipſa non moriatur ex poculi ſumptione, tamen maleficus, & ille qui ipſum conſuluit, vel qui ſcienter dedit poculum, puniuntur omnes vltimo ſupplicio, vt *l. eorum, in princ. l. nemo.* & *l. multi C. de malef. & Math.* vbi hæc expreſſe probantur; & tamen *in d.* §. *qui abortionis*, ex traditione illius poculi amatorij, quando mulier, quæ aſſumpſit, non moritur, non infertur pœna vltimi ſupplicij, ſed humiliores in metallum damnantur, honeſtiores verò in inſulam relegantur, confiſcatá dimidiâ parte omnium bonorum ſuorum, vt *ibi* dicitur: ergo non eſt dicendum quòd illa ſint pocula facta arte magica, ſed naturali, prout ſunt ea, de quibus *in d.* §. *adiectio.* ſed ideo diuerſis

A mato- [illegible] dentes cui pœna [illegible] damna.

Veneni sanatiui traditio, morte secuta, in qua sit pœna

diuersis pœnis puniuntur: quia tendunt ad diuersum effectum, vt aliàs *supra* diximus: & hoc est de mente Bart. *in d. §. adiectio.* ponamus enim quòd quis dedit venenum sanatiuum ægroto, vt recuperet sanitatem & liberetur ab illa infirmitate, ex cuius tamen assumptione fuit liberatus à vita, quia mortuus est: ertne dicendum quòd talis medicus, vel alius qui dedit venenum in medela sit puniendus pœna mortis, vel relegationis, aut alia simili? Certè non: imò erit immunis ab omni pœna dummodo non interuenerit dolus aut lata culpa, vt *d. l. 3. §. alio senatusconsulto. ff. de sica.* quia in isto veneno defuit dolus & animus occidendi: deficit etiam malum exemplum & turpitudo finalis intentionis: quia omnia sunt bona & cum bona intentione facta, immò euadit impunis: ergo sunt omnino diuersa quoad effectum.

¶ Postremò, vt me expediam ab ista quæstione, sic distingue: Aut nos loquimur de poculo abortionis seu amatorio, tunc aut ex illius assumptione ille qui assumpsit, periit, aut non: priori casu ille qui dedit, etsi dolo non dederit, punitur vltimo supplicio, propter malum exemplum. Suppleas tu & turpitudinem finalis intentionis: & ita intelligitur tex. *in d. §. qui abortionis*, vbi est casus.

¶ Aut non fuit mors secuta, & isto casu humiliores in metallum perpetuò damnantur: honestiores verò propter malum exemplum confiscata dimidia parte bonorum suorum in insulam perpetuò relegantur, secundùm quod dicit tex. cum gloss. *in d. §. qui abortionis.*

¶ Aut nos loquimur in veneno conceptionis, & tunc aut ex illius sumptione quis periit, & ille qui tradidit punitur pœna relegationis, dūtaxat propter malum exemplum, ex quo si ipso tradente erat bona, & iusta intentio sua finalis, quæ tendebat ad suscipiendam prolem, quod est fauorabile, vt *supra* diximus. Si enim ista est causa fauorabilis, in quo igitur consistit illud malum exemplum, de quo loquitur tex. *in d. §. adiectio. in fin.* Respon. quia mulier illa videtur quodammodo voluisse violentare naturam & voluisse imponere fœcunditatem in vtero, in quo Deus & natura imposuerunt sterilitatem, propter hoc videtur esse malum exemplum, quia fuit nimiùm audax: nam prohibitum est velle subuertere ordinem naturæ, *cap. si aliquis. de homic. in antiquis.*

Mulier conceptoria sumens naturam violētat.

¶ Aut non fuit secuta mors illius absorbentis, & nullâ pœnâ punitur, ex quo caret dolo & culpa, dummodò aliquod scandalum subsecutum non fuerit; & ita videtur sentire Gl. *in dicto §. adiectio.* Aut nos loquimur de veneno sanatiuo, quod fit causâ sanitatis, & miscetur in medelis: & isto casu siue sequatur mors absorbentis, siue liberatio ab illa ægritudine, siue non: in omnem euentum qui tradidit vel composuit, erit immunis ab omni pœna, dummodò non abfit dolus vel culpa, *d. l. 3. §. alio contrario sensu*, & *suprà proximè* diximus: & per hæc sum expeditus de ista ardua & nobili quæstione. Sed antequam ad vlteriora procedam, quæro in hac materia, quid si aliquis causâ libidinis aut odij aliquid potandum dederit mulieri, vt parere vel concipere non possit, (quod dicitur venenum, siue poculum sterilitatis, quod est contrarium veneno conceptionis (de quo *suprà proximè* dixi) qua pœna ille, qui tradidit puniatur? Respondeo quòd de iure canonico quasi homicida puniendus erit: ita dicit text. vbi est casus iste *in cap. si aliquis. de homic.* sed gloss. *ibi* dicit quòd

Pocula citra mortem & scandalum absorpta non puniuntur.

Veneni sanatiui pœnæ immunitatem inducit.

Poculū sterilitatis dantis & porrigētis quæ pœna imponatur.

Sterilitatis pocula tradens qua pœna plectatur.

quòd debet intelligi de pœna spirituali, scilicet excommunicationis, quæ infertur tam in clericum, quàm in laicum: non tamen clericus propter hoc efficitur irregularis, ac si verum hominem viuentem occidisset, nisi probaretur infantem animatum & viuentem occidisse: vide glos *in dict. cap. si aliquis.* & *ibi* Abb. Si verò loquimur de iure ciuili, fit eadem distinctio: aut infans in vtero matris adhuc nullus erat homo: quia adhuc formatus non fuerat nec animatus, & tradens poculum punitur pœnâ extraordinariâ siue relegationis, *d. §. qui abortionis. l. diuus. ff. de extraordi. crim. & l. Cicero. §. fin. ff. de pœn.* aut erat iam animatus & viuens, & punitur de homicidio: quia hominem dicitur occidisse, vt *l. 1. ff. ad leg. Põp. de parricid.* & meliùs *in l. pen. C. ad leg. Cor. de sica.* & *l. 1. in prin. ff. eo. tit.* & per Glos. *in d. l. diuus. ff. de extraord. crim.* & *infrà* latiùs dicam *in sequenti quæstione.*

---

## CAP. XIII.

### *SVMMARIVM.*

1 *Poculum abortionis tradens mulieri prægnanti qualiter puniatur.*

2 *Mulier scienter poculum abortionis sumens, quam pœnam incurrat.*

3 *Abortiuum procurans dupliciter potest considerari.*

4 *Anima hominis dicitur in sanguine consistere.*

5 *Infans intra quod tempus dicatur in vtero formatus?*

6 *Infans in vtero dicitur virtute planetarum formari & vegetari.*

7 *Infans septem mensium potest viuere, & alle non: & quare.*

8 *Mulier prægnans septem mensium accipiens poculum abortionis tenetur vt matricida.*

9 *Poculum abortionis dans mulieri septem mensium prægnanti tenetur* lege Cornelia de sica.

10 *Poculum abortionis à muliere prægnante sumptum, diuersimodè potest considerari, & secundùm diuersitatem considerationis inspice.*

11 *Poculum abortionis tradens, ex quo sequatur mors, tenetur pœnâ mortis, siue dolo fecerit, siue non.*

12 *Abortiuum procurans fœtus nondum animati, qua pœna teneatur.*

13 *Poculum abortionis ministrantes & componentes æquè puniuntur.*

DECIMOTERTIÒ prosequendo materiam poculorum quæro, quid si aliquis ministrauerit poculum mulieri prægnanti ad effectum vt faceret abortiuum, quod posteà effectualiter subsecutum fuerit, quâ pœnâ puniatur? Nec putes quæstionem istam esse eamdem, de qua *in d. §. qui abortionis,* quia *ibi* non fit mentio de abortu secuto, vel de infante occiso, sed disponitur *ibi*, quando poculum ipsum nocuit matri. Ad propositum igitur respondeo quòd in hac quæstione repetenda est distinctio illa, quam *suprà proximè in fine præcedentis quæst.* dedimus: quòd aut infans in vtero matris erat iam animatus & viuens, aut non. Primo casu, qui dedit poculum nulli dubium est, quòd secuto abortu tenetur de homicidio, Abortus infantis animati aut inanimati. *l. penult. C. ad leg. Corn. de sica. l. 1. in princ. ff. eo. tit. l. Cicero in prin. ff. de pœn.* & not. per glos. *in l. diuus. ff. de extraord. crim.* gloss. est *in cap. si aliquis de homic. & 2. quæst. 4. cap. consuluisti:* quia

Mala venena hominis necandi causa.

quia isto casu dicitur occidisse hominem & sumus propriè in terminis legis Corneliæ de sicariis *cap. quinto* vt *l. 3. in princ. ff. eod. tit.* & ista dicuntur esse mala venena, quæ facta sunt hominis necandi causâ, *d. l. 3. in princ.* Secundu verò casu, quando partus siue infans nondum erat animatus, neque formatus secuto aborsu, non tenetur de sicariis: sed alia pœnâ extraordinariâ relegationis vel simili ad arbitrium iudicis, secundùm qualitatem facti & personarum conditionem: *d. l. diuus.* & *l. Cicer. fin.* & *l. pregnantem ff. de pæn.* & *l. si mulierem visceribus, ff. ad leg. Corn. de sicar.*

¶ Mulier autem, quæ scienter poculum ipsum assumpsit vt faceret abortiuum, si inde sit secutus aborsus & infans iam animatus & completus erat, tenetur pœnâ legis Pompeiæ de parricidis: quia est matricida, vt *l. 1. in ver. mater ff. ad leg. Pomp. de parric.* & *ibi* Bar. & Bar. *in d. l. diuus,* idem tenet. Quòd si mulier ipsa adhuc prægnans receptâ pecuniâ partũ suum abegerit, tenetur pœna capitis indistinctè, siue partus erat iam animatus siue non: & hoc propter turpitudinem illam receptionis pecuniarum, quia dicitur assassinium: vt *l. Cicer. in princ. ff. de pæn.* vide Bar. *in d. l. diuus.*

Aborsiuũ procurãtis duplex est distinctio.

¶ Sed quia sit illa distinctio, quòd aut partus erat animatus aut non: in materia abortionis quæro, quanto tempore partus siue infans in vtero matris dicitur esse animatus à die cõceptionis? Respond. cùm primùm formatus fuerit infans & completus corpore, tunc anima ingreditur in ipso corpore quæ infunditur à Deo: illo tunc cum corpus reperitur formatum. *xxxij. q. ij. quod vero.* & *c. Moyses.* nõ enim conuenit quòd anima priùs infundatur in corpore illo, antequam habeat perfectam formam in omnibus partibus & membris suis: quia non est conueniens quòd habitare debeat in corpore sicco, hoc est rudi & informi: debet enim habere sedem siue domum suam perfectam, in qua habitare possit, vt dicit glos. *in d. c. quod vero* & *c. Moyses.* quæ glos. *in ver. sicco:* dicit quòd secundùm quorumdam opinionem anima dicitur habitare in sanguine, & propterea dicit, quòd Normandi, Anglici, & Poloni fortiter bibunt ne contingat animam habitare in sicco.

¶ Rursus quæritur, quo tempore, vel intra quantum tempus infans dicitur esse formatus in vtero matris. Glo. *in d. l. diuus,* videtur tenere quòd in quadraginta diebus. Bart. *ibi* dicit hoc esse verum in masculo: in fœmina verò post 60. dies. Demum hoc declarãdum reliquit Naturalibus: dominus autem Conciliat. *in suis differentiis. Physic. diff. xlix.* dicit quòd trigesimo, aut. xxxv. die ad plus, partus siue infans in vtero matris dicitur esse formatus.

¶ Deinde ponit notabilem & pulchram doctrinam circa partus genituram, formationem, & augmentum, & de illius ortu. Dicit enim quòd vnusquisque infans à principio suæ creationis, dum primò incipit generari vsque ad diẽ sui ortus, recipit fomentum & influentiã ab omnibus septem planetis, quorum vnusquisque singulo mense successiuè sui sideris gratiâ naturaliter operatur in ipso infante, in vtero matris iacẽte, secũdùm quã paulatim infans recipit augmentum, ita quòd deuenit ad perfectionẽ suam & venit in lucem. Primo enim mẽse regnat Saturnus, qui est frigidus & siccus, inimicus vitę humanæ, quæ consistit in calido & humido, vt per glo. prædictam *in d. c. quod verò & c. Moyses.* Istius planetæ seu sideris natura est sperma viri de recenti effusum in ventre matris, quod adhuc li-

Infans in vtero virtute planetarum formatur & vegetatur.

Planetæ dominãtes infanti in vtero.

Saturnus 1. mense infantem coagulat & inspissat.

quidam est, vnà cum spermate mulieris insimul coagulare & inspissare: ita quòd possit recipere formam, & adeò fortiter illud perstringit coagulando, quòd reducit illud tanquam in massā pastæ: quo sic in vnum coagulato fit paulatim extensio & formatur primò caput, deinde alia membra, adeò quòd trigesimo die completo communiter infans solet habere formam suam perfectam.

Iupiter secundo mense infantē extendit.

§ Secundo mense venit Iupiter, qui est calidus, amicus vitę humanę, & inimicus mortis, & infantem ipsū, quem formatum reperit, extendit & auget: quos verò inuenit nondum esse bene formatos, illorum formas complet mirabili gratia & fortuna: quod euenire solet quandoque propter debilitatem matris: & hinc est, quòd mulieres istæ communiter solēt secundo mense sentire infantem in vtero commoueri

Mars tertio mense augmēto incūbit.

§ Tertio mense Mars succedit, qui est calidus & siccus vt ignis, & iste similiter fert opem augmento partus: illas humiditates, quas reperit ex residuis sideris Iouis desiccat, & incumbit augmento pueri.

Venus quarto mense.

§ Quarto deinde mense venit Venus, quæ frigida & humida vtraque, & ipsa similiter temperat superfluas caliditates ignitas præcedentis sideris.

Mercurius quinto. Sol sexto mēse. Luna septimo.

§ Quinto succedit Mercurius.

§ Sexto Sol.

§ Septimo Luna & vnumquodque sidus procedit proportionabiliter secundùm eius naturam in augmentū ipsius infantis. Completo igitur septimo mense cursus iste sidereus reuertitur iterùm ad primum, quod est Saturnus, qui regnat & operatur octauo mense. Deinde ad Iouem qui venit nono mense: postea Martem qui decimo: & sic de singulis successiuè. Et hinc est quòd infans, qui nascitur

Saturnus octauo. Iupiter nono mense.

septimo mense viuit, eò quia nascitur sub sidere Lunæ, vitæ humanæ compatibili: & quia tunc infans dicitur esse perfectus, ex quo participauit de natura & qualitatibus omnium septē siderum siue planetarum, si nascitur illo septimo mense, dum Luna dominatur, viuit: & quàmplures reperiuntur qui nati sunt septimo mense & viuunt: si verò octauo mense veniret in lucem, perrarò vel nunquam viuit: ratio est, quia venit sub sidere Saturni maligno & multùm contrario vitæ hominis, ex quo, vt dixi, est frigidus & siccus, habet conformitatē cum morte. Illi igitur, qui sub isto sidere veniunt in lucem, adeò grauiter vulnerantur & premuntur istius sideris malignitate & frigiditate, quòd necesse est vt pereant. Hi verò, qui nono mense veniunt in lucem, prout maior pars venit, omnes communiter viuunt & crescunt, ex quo sub Ioue ceteris benigniore sidere, & humanæ vitæ conseruatore oriuntur, de quo magis quàm de aliis natura lætatur: hæc licèt sint aliquantulùm extra materiam nostram; tamen quia sunt delectabilis intelligentiæ, saltem pro iunioribus, *hic* inserere placuit.

§ Redeamus nunc ad materiam nostram, qua quærebamus, quanto tempore infans in vtero matris dicitur esse formatus: & concludendum est secundùm opinionem dicti Doct. quòd communiter trigesima & quandoque trigesima quinta die ad plus à die ipsius conceptionis; quidam alij dixerunt quòd masculus post xl. fœmina verò post lxxx. dies habet perfectam formam. Ita dicit glos. 5. *dist. in princ. in ver. xl.* quam refert & sequitur Abb. *in c. si aliquis in fi. de homic.* tamen de iure ciuili non est discedendum ab opinione glos. *in l. diuus.* quæ est communiter approbata. Si igitur post dictum tempus mulier

acceperit

acceperit poculum abortionis sciēter, tenetur vt matricida, & legis Pompeiæ de parricidiis pœnā punienda est, vt *d.l.1.§.matrr. ff.ad leg. Pomp. de parric.*

§ Si autem alius scienter dederit poculum prædictum, quod ipsa mulier ignoranter accepit, ille qui tradidit, punitur pœna legis Corneliæ de sicariis, vt *l.1 in princ.* & *l.3 ff.eo.tit. de sica.*

Abortiuum à prægnāte sumptū maliciosè attenditur.

§ Si verò poculum prædictum assumptum fuerit ante tempus prædictum, scilicet antequam puerperium esset formatum in vtero: & tunc aut mulier accepit pecuniam pro bibendo poculum, vt faceret abortiuum: & isto casu mulier semper punitur pœnā capitis, siue infans erat iam formatus, siue non, *d l.Cicero.in princ.* & *ibi* Bar. & idem Bar. *in d.l.diuus. ff.de extraor.crimin.* Si verò mulier pecuniam non accepit, non punitur pœna mortis: quando ante tempus formationis & vitæ ipsius infantis assumpsit poculum: sed aliā pœnā extraordinariā relegationis, *d. l.diuus.* & *ibi* glos. & Bar. *in l. pregnantem.* & *l. Cicero. §. fin. ff.de pœn.* & *l. si mulierem visceribus ff.ad leg. Cor. de sica.* quod verō est de iure ciuili per iura prædicta.

Pœna abortiui à prægnante sumpti in iure ciuili.

§ De iure autem Canonico infertur pœna spiritualis, scilicet excommunicationis quocumque tempore fuerint data dicta pocula, etiam si essent data mulieri nihil adhuc habenti in vtero, ad effectum ne concipiat, eadem pœnā puniuntur velut homicidæ, *c. si aliquis. de homic. in antiq.* & diximus *suprà prox. q. in fin.* Prædicta omnia tamen procedunt quando fuit secutus effectus, quòd mulier fecit abortiuum partum: sed quid si non obstante poculo mulier peperit filium viuentem, & qui durauit in vita: an qui dedit poculum, vel ipsa mulier puniatur, & qua pœna.

Abortiui sūpti ex iure canonico pœna spiritualis.

Abortiuo non obstante si mulier peperit viuentem quis & qua pœna teneatur.

Vide do. Andr.Barb. *in consil. 25. in 2.vol.* vbi dicit quòd non debet puniri pœna mortis, ex quo non fuit secutus effectus: quia hodie in maleficiis potius spectatur euentus quàm solus animus delinquentis sine effectu: nihilominùs non euadet impunis ille qui scienter tradidit vel qui scienter assumpsit, quia potest relegari, per ea quæ habentur *in l. si quis aliquid. §. qui abortionis. ff. de pœn.* Quandoque verò ex poculo huiusmodi sumpto mulier ipsa perijt & tūc ille qui tradit, punitur pœnā vltimi supplicij, licèt non dederit dolum contra ipsum, quia res mali exempli est, & iste propriè casus *in d. §. qui abortionis in fin.* Quid si aliquis dederit poculum amatorium mulieri prægnanti, vt excitaret eius animum ad amandū ipsum tradentem, ex quo poculo mulier ipsa perijt, qua pœna puniatur tradens. Dic quòd eadem pœna vltimi supplicij, quamuis animum occidendi non habuerit, & dolo non fecerit: vt *d. §. qui abortionis.* qui decidit vtrumque casum in terminis, hæc tamen, quæ *suprà* diximus, procedunt de iure ciuili & inter laicos. De iure autem Canonico vltra ea, quæ diximus *suprà*, clariùs hic distingue, quòd aut loquimur de iure antiquo secundùm legem Moysis, aut de iure nouo secundùm constitutiones Pontificum. Primo casu si infans iam formatus & animatus erat, quòd qualiter, & quanto tempore dicatur esse formatus & animatus, diximus *suprà ead. quæst.* tunc det animam pro anima, & sic punitur pœna mortis qui dedit poculum abortionis, quo necauit infantem: vt *in cap. Moyses, 32. quæst. 2. in princ.* aut partus nondum erat completus in forma, nec animatus; & tradens poculum huiusmodi mulctatur pecunia arbitrio iudicis, *dict. cap. Moyses.* Ratio est, quia

Abortiuū tradens ex quo sequitur mors, eadem mortis pœna tenetur.

Amatorium prægnanti propinans ad amorē, ex quo mortua sit, qua pœna mulctetur.

non potest dici exanimatū illud quod caret anima, quam non habet adhuc.

§ Secundo verò casu, quando loquimur de iure Pontificio: aut loquimur de pœna irregularitatis vel degradationis, & ista non infertur, nisi clericus esset: qualiter hominē viuentē occiderit: vel quòd sit natus, vel adhuc in vtero matris non refert, & *in c.1.& c.sicut dignum.§.1 de homic.* & per gl. *in d.c. Moyses c.si aliquis in glo. to.iis.* & gl. *in c.consuluisti 2.q.4* idem sequitur Panor. *in d.c.si aliquis.* aut loquimur de pœna excommunicationis, & ista infertur pro quocūq; abortiuo secuto, siue puerperiū erat animatū, siue non: & iura ipsa appellāt istud homicidium: sed, antequàm infans sit plenè formatus & animatus non potest dici propriè homicidium: quia non potest corpus exanimari, quod adhuc caret anima: vt *suprà proximè* diximus. Isto casu igitur impropriè dicitur homicidiū. Vide tex. *in d.c.si aliquis.* & *ibi* do. Abb. imò hac pœnā punitur, etiamsi aliquis libidine, aut odio daret mulieri, quæ nondū concepit, venenata pocula sterilitatis ad hoc ne coëundo cōcipere possit, vt *d.c.si aliquis.* vbi est casus valdè not. quòd non solùm quis tenetur de homicidio pro abortiuo iā facto: sed pro fiendo, vel pro impedimento præstito ad concipiendum.

Abortiuum cō ponentes & ministrantes a quo puniantur.

§ Et nota etiam hoc vsuum in tota materia poculorum, quòd non solùm punitur qui scienter tradidit poculū, verùm etiam ille qui scienter fecit & composuit: ita expressè not. Panor. *in d.c.si aliquis in princip.* & not. *in l.1 in princ.* & *l.3.ff.ad leg.Cor.de sica.* hoc idem seruatur in quibuscumque aliis sortilegiis, vt not. Arch. *26.q.5.c.quicūque.* & *1 dist.si quis viduam 33.q.vlt. pessimam.ff.ad leg.Iul.maie,* & *l.1.* & *ff. de iniur.l.item apud Labeonem.§.aduaisse.*

---

CAP. XIV.

*SVMMARIVM.*

1 *Sacerdos celebrans, si prætendens sortilegium faciat preces inhonestas & indebitas, quam pœnam incurrat.*

2 *Sacerdos celebrans contra viuentem, vt citiùs moriatur, infamis efficitur.*

3 *Sacerdos simplex aut ignorans, an pro sacramentorum abusu sit potiùs quàm expertus excusandus.*

DECIMOQVARTÒ vltra ea, quæ diximus suprà *in 11.q.* videndum est quid de sacerdotibus, qui super rebus profanis & aptis ad faciendum sortilegia, & ad illum duntaxat effectū oblatis, vnam aut plures Missas scienter celebrant, adhibitis nefariis & inhonestis precibus & verbis superstitiosis, quibus pœnis puniuntur. Res verò super quibus solent Missas ipsas celebrare, sunt vt plurimùm istæ, panis crudus siue pasta, aut coctus vt placenta, item calamita, quandoque cutis indumenti pueri nascentis, quam appellant *pelliculam virginem*, & alia his similia, simplicia, aut mixta, imposita super altari. Illis modis, de quibus *suprà* diximus *in 3.q.* pro isto facinore: dic quòd de iure Canonum clericus omnino deponitur: vt *in c.si quis Episcopus.16.quæst.5.* si enim pro sola celebratione Missæ defunctorum dicta pro viuentibus vt citiùs moriantur, aut periculum mortis incurrant, sacerdos perpetuo

Sacerdos Missas celebrans ad effectū sortilegij quo pœna teneatur.

Sacerdos celebrans contra viuentē vt mortem acceleret infamia notatur.

petuò priuatur officio, beneficio, ordine, gradu atque dignitate in perpetui exilij ergastulo, vnà cum consulente, vel id fieri procurante, relegatur, vt *in capit. quicumque* 26. *quæstione* 5. dixi & *suprà* 11. *quæst. vers. pro faciliori.* Quanto magis deberet iste sacerdos deponi & relegari, qui in Missarum suarum celebratione illa profana & immunda turpiter commiscuit; illáque vel Deo, aut potiùs Dæmoni vouere turpibus & superstitiosis precibus non veretur. Certè non video cur minori pœna puniri possit: maximè quando scienter ista patrauit, *dict. cap. quicumque, in* 2. *parte circa finem.* Pro quo facit argumentum textus *de consecrat. distinct.* 2. *cùm omne crimen. in fine.* vbi grauiter punitur clericus depositione, qui abutitur ordine Sacramenti, licèt id non faciat ad effectum sortilegiandi, aut per modum superstitiosum, vt latiùs *infrà* dicam.

Sacerdotis simplicitas & ignorantia in Sacramentorū abusu excusationis locum facit

§ Quidam verò dixerunt, quòd pro huiusmodi facinore sit pœna arbitraria, iuxta doctrinam domini Abbatis *in dict. cap.* 2. *extra eodem titulo.* hoc tamen tolerari posset quotiescumque factū non esset valdè turpe, vel persona sacerdotis esset adeò simplex, & debilis ingenij, quòd de facili quis cognoscere posset, quòd bona fide ductus, fuerit circumuentus putans benefacere & non peccare, vt *in dict. cap.* 2. & est tex. & *ibi.* Bar. *in l. si adulterium cum incestu. in vers. idem pollioni ff. ad leg. Iul. de adul.*

---

## CAP. XV.

### *SVMMARIVM.*

1 *Sacerdos abutens debito modo & ordine sacrificandi, quam pœnam incurrat*

DECIMOQVINTÒ quæro, quid de sacerdotibus, qui abutuntur debito modo & ordine sacrificandi: vt quia non ponunt vinum cum aqua simul in calice: sed vinum tantùm, aquam solam, vel botrum uvarum comprimunt in calice, aut panniculum musto intinctum & diu conseruatum aqua ablauant, & illam lauaturam ponunt in calice loco vini aqua commixti, aut panem Sacramenti intinctum in vino calicis sacrato tradunt laicis pro communione siue Eucharistiæ Sacramento, quibus pœnis puniuntur. Omnia ista narrantur in tex. *in cap. cùm omne crimen. de consecrat. distinct.* 2. & concluditur *in fine,* quòd sacerdos pro isto facinore debet priuari ad tempus omni ordine & gradu arbitrio iudicis, & tamdiu sic priuatus existere, donec iudici visum fuerit illum congruam pœnitentiam peregisse, vt posteà purgatus ad omnia sua pristina restituatur, vt *ibi* dicitur.

## CAP. XVI.

### *SVMMARIVM.*

1 *Vasa sacra Ecclesiastica, vel res Ecclesiæ benedictas polluens, & in vsum profanum illas conuertens, qua pœna sit puniendus.*

2 *Presbyter vel Diaconus rebus abutens sacris vel sacratis, qualiter puniantur.*

3 *Presbyter vel Clericus admiscens res sacras sortilegiis omni dignitate priuantur.*

4 *Rebus sacris vel benedictis abutens habetur vt sacrilegus.*

DECIMOSEXTO quæro qua pœna punitur sacerdos vel laicus, qui vasa Ecclesiastica sacrata vel vestes sacras aut benedictas (vt est altaris palla, calix, patena, purificatorium, tabernaculum sacramenti Eucharistiæ, aut aliquarum reliquiarum, item lapidem sacratum, totum aut partem, siue corporale, manipulum, stolam, camisiam, patenam: item vela quæ sunt in sanctuario, aut iuxta imaginem Crucis, aut B. Mariæ virginis & alia his similia acceperit, & ad profanos vsus irreuerenter conuerterit, aut damnabiliùs in sortilegiis commiscuerit. Dic quòd primo casu, quando quis abutitur illis in profanis domesticis vsibus circa sortilegia, de iure antiquo secundùm legem Moysis vltione diuina percutiebantur, & sæpiùs morte, & totius status subuersione, si erant reges vel alij principes, vt habetur *Daniel.* 5. vbi rex Baltassar filius Nabuchodonosor postquàm cœpit erga Deum & res sacras irreuerenter se habere, & quòd sacrata vel benedicta vasa aurea & argentea ex sacro templo *Domini* in Hierusalē abstulerat, & cum illis ipse rex Baltassar vnà cum principibus & primatibus suis, vxoribus, atque concubinis in conuiuiis suis vinum biberant, iratus est valdè Deus de tanta eorum insolencia: & primò monuit regem Baltassarem quodam præconio litterarum miraculosè scriptarum in albo pariete aulæ regiæ, quas nemo sapientum ipsius regis Baltassaris, sed solus Daniel interpretatus est, & comminatus fuit futurum malum iudicium cōtra ipsum, adeò vt illa nocte ipse rex Baltassar ab inimicis suis interfectus est, & regnum suum ad extraneas manus deuenit, Vide *in d. c. Daniel*, de quo fit mentio *de conse. dist.* 1. *c. vestimenta. & in c. sancta.* vnde concludi potest, quòd de iure antiquo pro huiusmodi rapina & abusu sit pœna mortis & bonorum suorum publicatio aut mala successio.

Res sacras polluens & prophanans qua pœna teneatur.

§ De iure verò Pontificio Diaconus pro isto crimine tribus annis & sex mensibus excommunicatus existit, & ab altaris ministerio omnino suspensus habetur.

§ Presbyter verò decem annis & sex mensibus remanet excommunicatus, & habetur *de conse. dist.* 1. *nemo per ignorantiam.*

Presbyteri pœna in abusu sacrorum.

§ Si verò bona prædicta ipsi immiscuerunt in sortilegiis, aut aliis tradiderunt vt immiscerent, grauiùs puniuntur: quia clericus debet deponi, & omnibus suis officiis atque beneficiis, ordine, gradu, & dignitate priuari, & in perpetuum carcerem intrudi, aut in exilium perpetuum mitti, vt *d. c. si quis Episcopus. & c. quicunque in fi.* 26. *q.* 5. Vel dic secundùm Abb. *in d. c.* 2. *extra eod. tit.* quòd erit pœna arbitraria, secundùm arbitrium iudicis moderanda, attenta qualitate facti, & personarum conditione, vt aliàs diximus *suprà eod.* per dicta iura, quæ ampliùs non refero vt capiam breuitatē.

§ Et

Rebus sacris abutens etiam poena sacrilegij tenetur:

¶ Et nota vnum in tota materia sortilegiorum, quòd ille qui abutitur rebus sacris vel benedictis & Ecclesiasticis semel dedicatis, non solùm tenetur pœnis, de quibus, *supra*; verùm etiam tenetur pœna sacrilegij, quia in veritate per similem contrectationem rerum sacrarum committitur sacrilegium, vt habetur. *xvij.q.iv.sacrilegium.* & *c. si quis contumax.* §.1.& domin.Ioan. *lect.in sum. in tit. de sacr.q.iij.* & Sanct.Thom.*in 2. 2. q.xcix. art. iij. versic. dicendum.* & de pœna ipsorum vide in dict. *c. si quis contumax.* Imo dicit Arch. *in c. felicis,de pœn.lib.vj. in princ.* quòd sacrilegium committit quilibet de ordinibus clericorum, qui ariolos, incantatores, aruspices, & similes consuluit, vel similia fecit, intelligens in

Sortilegus dici potest sacrilegus.

effectu quòd omnis sortilegus potest dici sacrilegus, & de sacrilegio puniri: vide tamen quæ latiùs dicam *infrà tit. sequent. q.1.* Et nota etiam quòd pro isto crimine subtractionis valorum sacrorum de Ecclesia imponuntur grauiores pœnæ, de quibus habetur *xij.q.ij. de viro. vide ibi.*

---

## CAP. XVII.

### *SVMMARIVM.*

1 *Sacerdos preces nefandas in sua celebratione faciens qualiter puniatur.*

2 *Exemplum sacerdotis Hispani, preces profanas in suis sacrificiis offerre consueti.*

3 *Votum inhonestum Deo exhibens quam pœnam incurrat.*

DECIMOSEPTIMÒ quæro quid de his sacerdotibus, qui in missarum suarum celebrationibus huiusmodi aliquas preces nefandas & turpes absque alicuius rei immistione, protulerint, illa aut Deo, aut Dæmoni vouendo, non absq; magna superstitione dicauerint, quare qua pœna puniantur: & vt faciliùs res ista apprehendi possit, subdam exemplum prout habui semel in facto Romæ. Quidam vir Hispanus clericus in sacris beneficiatus & decretorum Doct. ætatis annorum xlv. vel circa, captus erat amore quarundam monialium iuuenum, quæ erant plurimùm formâ venustæ, quas iste sæpius ad monasterium visitabat, & blandis verbis atq; muneribus multoties blandiebatur eis; adeò quòd propter illarum pulchritudinem & venerabilem venustatem, ille Hispanus paulatim cœpit ardescere, & frequentiùs illarum monasterij limina visitare, & in tam magnam deuenit insaniam & cæcitatem, quòd die noctéque tam in somnis, quàm in vigilia nihil aliud nisi illarum amplexus & concubitus meditabatur, corde, verbo, gestis, aut signis. Et in tam grauem dementiam adductus fuit, quòd asserebat expressè, ex quo ipse erat clericus esse sponsum Ecclesiæ, & moniales illas similiter esse sponsas Ecclesiæ: nam quia dicebantur esse sponsæ Christi, qui repræsentatur per Ecclesiam, concludebat quòd sponsi & sponsæ spirituales, hoc est sacerdotes & moniales poterant adinuicem carnaliter copulari sine peccato: & quod ita Deus præordinauerat putans summum bonum in solo coïtu consistere: & quod turpius est, ipse sæpius hoc prædicabat illis iuuenculis: adeò quòd ipsæ cœperunt illum euitare: vnde ipse clericus postèa deuenit in maiorem insaniam: quia quotidie cùm esset litteratus componebat aliquas orationes & preces nefarias, quibus orabat Deum & alios sanctos, vt præstarent sibi robur

Pœna sacerdotum preces inhonestas celebrantium immitentium.

Summum bonum qui ponebat in coitu.

bur maximum in renibus, in lumbis verò calorem talem pro posse facillimè in magna abundantia luxuriari, & coitum carnis sæpissime complere: & quia illarum monialium quædam vocabatur Cecilia, altera Vrsula, alia verò Magdalena & Clara, in ipsis suis orationibus, quas quotidie de nouo formabat summis precibus deprecabatur virgines illas sanctas & beatas post Dei inuocationem, vt ex dono gratiæ specialis in mentibus & cordibus ipsarum monialium hanc meditationem & firmam opinionem infunderent; ita quòd ipsæ moniales firmiter putarent, & crederent nullum aliud magis meritorium opus Deo fieri posse, quàm coire, & carnaliter commisceri, crescere & multiplicare, nulla adhibita personarum distinctione, sit sacra vel profana: sit coniugata vel soluta: sit consanguinea vel extranea, & similia: & quod ex coitu huiusmodi putarent votum castitatis nullatenùs infringi posse: sed magis hoc Deo placere quàm holocaustum siue sacrificium: & vltra hoc quòd ardentiùs illarum corda incalescerent ad amandum & vehementer diligendum virum ipsum sacerdotem, qui erat sponsus Ecclesiæ & eius vota carnalia firmiter maxima cum humilitate adimplere, eiusque mandatis vt veri patris parere, asserens quòd illo modo consummandum erat matrimonium spirituale inter religiosos viros & mulieres quemadmodum matrimonium carnale consummatur per veram vtriusque coniugum carnalem copulam, vt *in c. continebatur. primo responso de despon. impub.* & *in c. tua nos. de desponsa.*

Matrimonij spiritualis consummatio

¶ Quas quidem schedulas ipse clericus portabat quotidie ad quoddam monasterium, vbi morabantur quidam boni & purissimi sacerdotes mendicantes, qui potiùs simplicitate & bonitate quàm doctrina religionem suam profitebantur, & die qualibet ad Ecclesiam illius monasterij accedebat ad missam, & singulis diebus vnam ex ipsis schedulis dabat sacerdoti, & dabat etiam iulium vnum pro eleemosyna, ad hoc vt in celebratione missæ, scilicet in momento preces illas Deo & sanctis virginibus prædictis offerret cum deuotione, orando Deum & sanctas virgines prædictas, vt pia vota ipsius orantis exaudirent, & hoc modo decepit vnum vel duos ex simplicioribus & rudioribus illorum monachorum, & interim ipse quoque interesse missæ & totidem easdemque preces ipse cum deuotione recitabat, & prosequendo vlterius in hac sua superstitione quotidie nouas orationes componens deuenit tandem ad manus cuiusdam monachi, qui erat cæteris magis doctus atque expertus, qui sumpta schedula duplicata vnà cum eleemosyna accessit ad altare & perlegens quæ intus erant verba, valde obstupuit, & ne missæ sacrificium perturbaret dimisit schedulam illam in angulo altaris, & prosecutus fuit missam: demum eâ completa, ipse monachus multùm reprehendit ipsum clericum Hispanum, dicens, quòd verba illa erant valde turpia & superstitiosa, nec merebantur per aliquem sacerdotem in tanto missæ mysterio memorari. At ille subrisit deridens monachi illius simplicitatem & ignorantiam, cœpitque secum vel disputare, quia argutus erat & quasdā interpretationes diuinæ Scripturæ longè erroneas attribuens, adeò quòd non transibat absque scrupulo & labe hæreticæ prauitatis, vt aliàs diximus *supra, titul. 1. & 2.* Videns itaque monachus ille ipsum clericum tam graui errore apprehensum,-

Schedula sacerdoti aliteri data vt offerat Deo in celebratione hensum, sumptis pluribus ex illis suis schedulis, quas adinuenit, de præmissis omnibus consulit quam primùm Reueren. dominum Vicariū Papæ: cuius tunc ego auditor aderam, mihique mandauit vtrùm hunc cognoscerem, & ipsum clericum pro modo culpæ corriperem: qui statim ncarceratus & examinatus omnia ad rogum confessus est; imò à principio instabat pertinax in illa sua erroea opinione, volens defendere falas quasdam & nouas interpretationes, quas diuinæ Scripturæ attribuerat, qui quàm primùm vidit me præparari ad declarandum illum hæreticum, & pœnis hæreticorum subiiciēdum, nisi errorem ipsum reuocaret, incontinenti omnia reuocauit, & errorem suum solemniter abiurauit: deò quòd pro hæresis suspicione meruit veniam, & reuocauit omnes fas suas interpretationes, quas dederat diuinæ Scripturæ, & reliquas omnes insanias suas, quas *suprà* narrauimus: nihilominùs, vt cautiùs in futurum procederet, de mādato summi domini nostri Papæ fuit relegatus vrbe ad certū quoddā tēpus tātùm.

¶ Ad propositum nunc quæstionis nostræ redeundo, quæro, si reperiatur aliquis sacerdos, qui scienter preces huiusmodi aut similes, quæ nō ducunt ad verum diuinum cultum & salutem animæ, sed potiùs vertuntur peccatum in rem damnabilem, in Missæ solemni sacrificio celebrauerit: alio quouis modo vouerit aut obtulerit, qua pœna puniatur? Dic quòd casu putarem esse priuandum omni ordine, gradu, officiis atque beneficiis Ecclesiasticis, quin etiam purgandum esse tam ipsum sacerdotem, quàm illum qui ipsum consulit, seu præmissa fieri mandat, *argumentum quæ habentur in dicto cap. quisque. in fin. 26. q. 5.* vbi si sacerdos pro viuentibus celebrat Missam defunctorum, vt illi, pro quibus Missæ celebrantur, citiùs moriātur aut mortis periculū incurrant, sacerdos ipse punitur pœnis prædictis: & nihilominùs ibi non apparet de aliqua superstitiosa oratione aut ceremoniis, sed solùm de turpi celebrantis animo ac intentione, quantò magis in casu nostro ob oculos posito iste deberet hac pœna, & verò multò atrociori, puniri, qui recitauit preces istas obscœnas diuino cultui admodum contrarias, & quæ omnes tendunt ad peccatum & totius Christianæ fidei læsionem, & Ecclesiæ Catholicæ detrimentum, dū quærit per sacrificium Missæ præbere materiam peccandi & malè faciendi, per quam & eius holocaustum solent peccata dimitti. *de consecrat. distin. 2. cùm omne crimen.* & *ead. dist. nihil in sacrificiis.* & diximus *suprà titulo 1. q. 2. in principio.* Nihilominùs isto casu non discederem ab opinione Abbatis, de qua *in dicto cap. secundo, extra eodem titulo*: scilicet quòd pœnæ huiusmodi sint aggrauandæ vel minuendæ iuxta qualitatem facti, aut turpitudinem, siue scandalum quod inde exoritur, & personarum conditionem in quibus omnibus plurimùm vertitur arbitrium iudicis: ponamus enim quòd esset aliquis simplex, humilis sacerdos, idiota, qui sit aliàs bonæ conditionis & famæ, & puræ conscientiæ, qui ad preces & mandata alicuius magni Principis, Baronis, aut viri magnæ conditionis similes preces emiserit: eritne dicendum quòd sit puniendus ille, sicut alius versutus, malitiosus, & qui in istis turpitudinibus delectatur? certè non: & propterea benè & sanctè disposuit text. *in cap. sicut dignum, in principio de homicid. & in l. respiciendum. & l. aut facta ff. de pœn. & l. quid ergo.* & *ibi* Bart. *ff. de his qui notantur infa.* & Bar. Bal. & alij *in l. 1. §.*

Sacerdos Missam defuncti, ad mortem viuenti, celebrās, qua sit pœna puniendus.

Pœnarū grauitas vnde imponatur facinoris.

*dinum, & in l. diuus. & l. in leg. Cornel. ad legem Corneliam de sicariis*, vbi dicunt, quòd in omnibus criminibus attenditur principaliter animus & intentio delinquentis, an ex simplicitate quadam vel ignorantia, aut dolo & malitia inductus fuerit ad peccandum, taléque facinus perpetrandum, vt his diligenter & cautè attentis decernatur, & fiat variatio poenæ, pro quo bene facit textus, & quod ibi not. glos. & Panormitanus *in d. cap. 2. extra eod. tit.*

Attenditur animus & intentio delinquentis.

¶ Praeterea ponamus, quòd aliquis persuadet sacerdoti quòd vouear, & offerat pro eo preces quasdã in Missa; quæ expresse non apparebant nec cognoscebantur, saltem per virum rudẽ & inexpertum, quòd essent superstitiosa: vt quia in ipsis apparebant à principio verba quædam honesta & religiosa: deinde verò superstitiosa & diabolica, sed erant per nomina quædam aleò ignota ipsi sacerdoti, quòd putabat omnia esse bona, & nullam in se habere superstitionem: isto casu similiter putarem dictum sacerdotem esse longè mitiùs puniendum, per ea, quæ *suprà* diximus, & *d. c.* & *ibi* glos. *extra eod. tit.*

Laus Deo, beatæque ac gloriosæ Virgini Mariæ gratiæ immortales.

FINIS.

INDEX

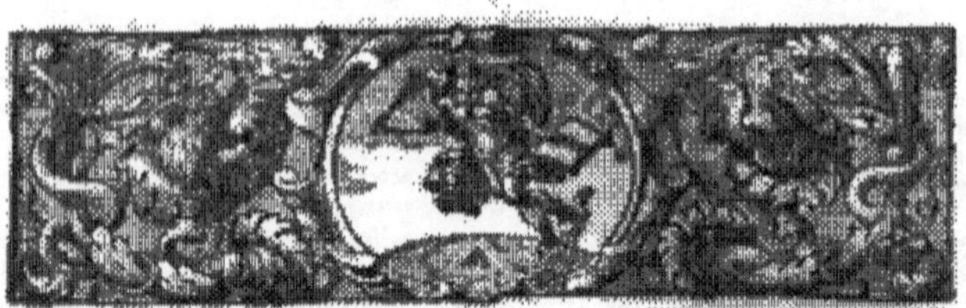

# INDEX ALPHABETICVS

## RERVM, VERBORVM, AC SENTENTIARVM MEMORABILIVM, quæ in hac ſecundi Tomi parte altera continentur.

### A

 im

## D

## E



Examen

## I

Maleficia

 ta

P Pacti

## P

## Q



## R

## T



## V

FINIS.